KB249126

− II −
ANNA KARENINA

안나 카레니나 II

펴 낸 날 ┃ 2022년 1월 15일 초판 1쇄

지 은 이 ┃ 레프 톨스토이
옮 긴 이 ┃ 이은연
펴 낸 이 ┃ 이태권

책임편집 ┃ 지은정
북디자인 ┃ 박은정

펴 낸 곳 ┃ 소담출판사
서울특별시 성북구 성북로5길 12 소담빌딩 301호 (우)02880
전화 ┃ 02-745-8566   팩스 ┃ 02-747-3238
등록번호 ┃ 1979년 11월 14일 제2-42호
e-mail ┃ sodambooks@naver.com
홈페이지 ┃ www.dreamsodam.co.kr

ISBN   979-11-6027-273-4 (04890)
979-11-6027-271-0 (전3권 세트)

• 책값은 뒤표지에 있습니다.
• 잘못된 책은 구입하신 곳에서 교환해드립니다.

안나 카레니나

레프 톨스토이 지음 | 이은연 옮김

ANNA KARENINA

LEV NICOLAYEVICH TOLSTOY

소담출판사

∽ **차례** ∾

1권

1부

2부

• 2권 •

3권

6부

7부

8부

역자 후기

작가 연보

주요 등장인물

- **안나 아르카디예브나 카레니나**: 스테판 오블론스키의 누이, 카레닌의 아내, 브론스키의 연인.
- **알렉세이 알렉산드로비치 카레닌**: 고위 관리, 안나의 남편.
- **알렉세이 키릴로비치 브론스키**: 백작, 안나 카레니나의 연인.
- **콘스탄틴 (코스챠) 드미트리예비치(드미트리치) 레빈**: 키티를 사랑하는 귀족, 키티와 결혼.
- **세르게이 이바노비치(이바니치) 코즈니셰프**: 콘스탄틴 레빈의 이부형제.
- **니콜라이 드미트리예비치(드미트리치) 레빈**: 콘스탄틴 레빈의 친형.
- **스테판 (스티바) 아르카디예비치 (아르카디치) 오블론스키**: 안나 카레니나의 오빠, 돌리의 남편.
- **다리야(돌리, 돌린카, 다쉔카) 알렉산드로브나 오블론스카야**: 스테판 오블론스키의 아내, 키티의 언니.
- **예카테리나(카챠, 카첸카, 키티) 알렉산드로브나 셰르바츠카야**: 돌리의 여동생, 콘스탄틴 레빈과 결혼.
- **알렉산드르 드미트리예비치(드미트리치) 셰르바츠키**: 노공작, 키티의 아버지.
- **세르게이 (세료자) 알렉세예비치 카레닌**: 안나와 알렉세이 알렉산드로비치의 아들.

일러두기

1. 이 책은 톨스토이 전집 총 20권(Л.Н.Толстой, Собрание сочинений в 20 томах, Государственное издательство художественной литературы, Москва, 1963)중에 8, 9권에 수록된 안나 카레니나(Анна Каренина)를 저본으로 번역한 것이다.

2. 러시아어 발음은 영어식으로 표기하였고, 본문 중에 나오는 외국어(프랑스어, 영어, 독일어 등)는 원음 발음을 한글 표기에 가깝게 적고 뜻을 각주에 넣거나 뜻을 풀어 적은 뒤 원어를 각주에 달았다.

3. 중요하다고 생각되는 인물이나 사건에 대해서는 독자의 이해를 돕기 위해 각주에 간략한 설명을 붙였다.

3부

1

세르게이 이바니치 코즈니셰프는 정신적으로 힘들었던 머리를 식히기 위해 통상 해외로 나갔지만, 이번엔 그 대신 5월 말경 시골에 있는 동생 집을 방문했다. 그의 신념에 비춰본 최고의 생활은 시골에서의 전원생활이었다. 그는 지금 이 생활을 즐기려고 동생 집을 찾은 것이다. 콘스탄틴 레빈은 니콜라이 형이 이미 이번 여름에는 찾아올 것으로 기대하지 않았기 때문에 형의 방문이 더욱더 기뻤다. 콘스탄틴 레빈은 세르게이 이바니치를 사랑하고 존경하였지만 형과 함께 시골에 있는 게 편치 않았다. 그에게 있어서 시골에 대한 형의 대도는 불편하고 불쾌하기 짝이 없었다. 콘스탄틴 레빈에게 시골은 생활을 위한 활동 무대, 즉 기쁨과 고통과 노동의 장이었으나, 세르게이 이바니치에게 시골은 한편으로는 노동으로부터의 휴식이었고, 또 다른 한편으로는 그 효과를 믿고 기꺼이 복용하는, 퇴폐에 대한 효과적인 해독제와도 같았다. 콘스탄틴 레빈은 시골을 의심할 여지없는 유익한 노동의 장이라고 생각했기에 더욱 좋아했다. 반면 세르게이 이바니치가 시골을 좋아한 이유는 그곳에서는 아무 일도 하지 않아도 되고, 또 어떤 일도 할 필요가 없기 때문이었다. 더욱이 농민을 대하는 세르게이 이바니치의 태도 역시 은근히 콘스탄틴의 마음을 상하게 했다. 세르게이 이바니치는 농민들을 사랑하고 이해한다고 말하며 농민들과 대화를 자주 나누었는데, 이때 그는 가식적이거나 거드름을 피우지 않고 이와 같은 대화를 통해 농민들에게 필요한 일반적인 자료와 자신이 농민을 이해하고 있다는 증거를 찾아내곤 했다. 콘스탄틴 레빈은 농민을 대하는 형의 이러한 태도가 마땅치 않게 여겨졌다. 콘스탄틴에게 있어 농민은 단지 일반적인 노동에서 중요한 참여자일 뿐이었다. 물론 그는 그들을 존경하고, 그 자신이 말한 것처럼, 태어날 때부터 몸에 배어 있는 혈육과 같은 사랑을 그들에게 느끼고 있었으며, 일반적인 업무에서 그들과 함께 작업을 할 때에도 그들의 역량과 온순함과 공정성에 때때로 경이로움을 느끼기도 하였다. 그럼에도 불구하고 그 작업에서 다른 질의 노동이 요구될 때 그들의 무관심, 방종, 폭음, 거짓말 때문에 적의를 품곤 했다. 만약 누군가가 콘스탄틴 레빈에게 농민을 사랑하느냐고 묻는다면, 그는 뭐라고 대답해야 할지 정확히 몰랐을 것이다. 그는 일반적인 사람들에 대해서도 마찬가지로, 농민을 사랑하기도 했고 싫어하기도 했다. 물론 선한 사람으로서 그는 사람들을 싫어하기보다는 사랑했고, 그건 농민을 사랑하는 마음도 마찬가지였다. 그러나 농민을 어떤 특별한 존재로 사랑한다든지 사랑하지 않는다든지 하는 것은 그로서는 할 수 없는 일이었다. 왜냐하면 그는 자신이 농민과 함께 살고 있고 그의 모든 이해관계가 농민과 연결되어 있을 뿐만 아니라 자기 자신도 농민의 일부라고 여겼기 때문에, 또 그는 자신에게서나 농민에게서도 어떤 특별한 성질이나 결함을 발견하지 못했으므로 자기를 농민과 대립된 존재로 여길 수가 없었기 때문이었다. 게다가 비록 그는 오랫동안 주인으로서, 중재인으로서, 특히 조언가로서(농민들은 그를 믿고 40베르스타 떨어진 곳에서도 조언을 구하러 그를 찾아오곤 했다) 농민들과 매우 가까운 관계를 유지하며 살아오면서도 농민에 대한 어떤 정해진 견해를 가지고 있지 않았다. 따라서 그는 농민을 이해하느냐는 질문을 받는다 해도 농민을 사랑하느냐는 질문을 받았을 때와 마찬가지로 대답하는 데 어려움을 겪었을 것이었다. 그에게 있어서 농민을 이해한다고 말하는 것은, 사람들을 이해한다고 말하는 것과 마찬가지였다. 그는 온갖 부류의 사람들을 이해하려고 하면서 관찰해 나갔다. 특히, 그가 선하고 흥미로운 사람들이라고 생각하는 농민들을 관찰했는데, 그들 내면에 새로운 특징을 꾸준히 찾아내고는 그들에 대한 이전의 견해를 바꾸고 새로운 견해를 만들어 나갔다. 그러나 세르게이 이바니치는 그와 반대였다. 그는 자기가 좋아하지 않는 생활과 상반된다는 점에서 전원생활을 사랑하고 찬미했는데 그것과 마찬가지로 자신이 좋아하지 않는 계급의 사람들과 전혀 다르다는

점에서 농민을 사랑했고 일반적인 사람들과 왠지 다르다는 점
에서 농민을 이해했다. 그의 체계적인 이성 안에서는 일정 부분
농촌 생활 그 자체에서 나온 생활의 일정한 형태가 확고히 정해
져 있었는데, 그것은 대부분 대조되는 형태였다. 그는 농민에 대
한 자기만의 생각과 그들에 대한 동정적인 태도를 결코 바꾸지
않았다.

형제 사이에 농민에 대한 견해의 차이가 생기면 세르게이 이
바니치는 언제나 동생을 이기곤 하였는데, 그것은 바로 세르게
이 이바니치는 농민과 그들의 성격, 특징, 취미에 대한 정해진
견해를 가지고 있었기 때문이다. 그러나 콘스탄틴 레빈은 일정
하고 확고한 어떤 견해도 갖고 있지 않았기 때문에 논쟁에서 콘
스탄틴은 항상 자기모순에 빠지곤 했다.

세르게이 이바니치에게 그의 막냇동생은 심장이 **제대로 된**(그
가 프랑스어로 표현한 것처럼), 그러나 비록 이성적으로 판단은 빠르
나 순간적인 인상에 사로잡혀서 많은 모순을 지닌 청년이었다.
때때로 그는 형의 너그러운 마음으로 그에게 사물의 의미를 설
명해주기도 했다. 그러나 그로서는 동생이 너무 쉽게 인정해버
리기 때문에 토론에서 만족을 느낄 수가 없었다.

콘스탄틴 레빈에게 형은 해박한 지식과 교육을 갖춘, 고결이
라는 단어가 주는 의미에 걸맞은, 모든 사람의 행복을 위한 활동
능력을 타고난 사람이었다. 그러나 그가 나이를 먹어가고 형을
가깝게 알아갈수록 그의 마음 깊은 곳에서는 자기에게는 존재

하지 않는다고 여겨왔던 모든 사람의 행복을 위한 활동 능력이 어쩌면 좋은 특성이 아니라 그 반대로 무언가의 결여, 다시 말해서 선함, 정직함, 고결한 바람 같은 취향의 결여가 아니라 마음이라고 불리는 생명력의 결여, 인간 앞에 수없이 제시되는 삶의 길목에서 그 하나를 선택하고 그 하나를 기원하게 만드는 갈망의 결여일지도 모른다는 생각이 점점 더 자주 뇌리를 스쳤다. 그리고 형을 점점 더 알면 알수록 그는 세르게이 이바니치를 비롯하여 모든 사람들의 행복을 위해 활동하는 많은 사람들이 마음에 의해 사랑에 이끌리는 게 아니라, 그런 일을 하는 게 좋다는 이성적인 판단에 의해서 그런 일을 할 뿐이라는 사실을 깨닫게 되었다. 그의 형이 모든 사람의 행복이나 영혼 불멸 같은 문제조차도 장기 게임이나 새로운 기계의 독창적인 구조에 관한 문제보다 특별히 더 마음을 쓰지 않는다는 것을 알게 된 것도 레빈의 이런 추측을 더욱 확고히 해주었다.

게다가 콘스탄틴 레빈이 형과 함께 지내는 것을 거북해하는 또 다른 이유가 있었는데, 그건 시골에서, 특히 여름철에 농사일로 정신없는 레빈은 농사에 필요한 일만 해도 긴 여름날이 부족할 지경이었지만 그에 반해 세르게이 이바니치는 쉬기만 했기 때문이었다. 그러나 그는 비록 지금은 쉬고 있었지만, 즉 저술 작업을 하고 있지는 않았지만, 지적 활동에 익숙해져 있어서 어떤 생각이 머리에 떠오른다 싶으면 그것을 아름답게 함축된 형식으로 표현하든지 또는 누군가에게 들려주기를 좋아했다. 그리고 가장 평범하고도 자연스럽게 들어주는 사람이 동생이었다. 그런 까닭에 그들의 관계는 다정하고 편안했지만, 콘스탄틴은 형을 혼자 남겨 두는 게 마음이 불편했다.

세르게이 이바니치는 태양 아래 마른 풀밭에 누워 햇볕을 쬐며 한가롭게 이야기하는 것을 좋아했다.

"넌 믿을 수 없을 거야." 그는 동생에게 말했다. "내가 이 소러시아[1]적인 게으름을 얼마나 좋아하는지 말이다. 머릿속엔 아무런 생각도 없이 텅 비어 있어서 공을 굴려도 될 지경이라니까."

그러나 콘스탄틴 레빈은 가만히 앉아서 그의 말만 듣고 있는 게 따분했다. 특히 그는 자기가 없으면 농부들이 아직 다 갈지도 않은 밭에 거름을 운반하고, 자기가 보고 있지 않으면 거름을 그냥 뿌려버릴지도 모를 일이며, 쟁기의 보습을 나사로 죄지 않고 있다가 빠져버리고 나면 나중에 한다는 소리가 엉터리로 만든 쟁기라느니, 안드레예브나의 쟁기보다 특별할 것도 없다느니 말할 게 틀림없었다.

"이 더위에 돌아다녀야 하는 거니?" 세르게이 이바니치가 그에게 말했다.

"아니요, 잠시 사무실에만 다녀올게요." 레빈은 이렇게 말하고 들로 달려갔다.

---

1   소소러시아는 우크라이나의 전 이름이다.

2

6월 초, 유모이자 가정부인 아가피야 미하일로브나가 막 소금에 절인 버섯 단지를 지하실로 옮기다 넘어져서 손목을 삐는 일이 일어났다. 이제 학교를 막 졸업한 젊고 말 많은 보건의가 왔다. 그는 손을 진찰하고 나서 뼈가 탈골된 것은 아니라고 말하며 습포를 대주었다. 그러고는 식사에 남아 저명한 세르게이 이바니치 코즈니셰프와 담소를 즐기면서, 사물을 바라보는 문화인으로서 자신의 견해를 보여주기 위해 지방 행정의 부조리한 상황에 대해 불평히며 군郡에서 노는 온갖 소문을 그에게 말해주었다. 세르게이 이바니치는 그의 말을 집중혜서 듣기도 하고 묻기도 하였다. 새로운 청자聽者가 생긴 것에 흥분한 그는 젊은 의사와의 대화에 몰두하다가, 몇 가지 예리하고 무게 있는 의견을 제시하며 젊은 의사에게 존경 어린 인정을 받았다. 그러고는 눈부시고 활기찬 대화 뒤에 느끼는, 동생도 이미 익히 알고 있는 그 들뜬 상태에 빠졌다. 의사가 돌아간 뒤, 세르게이 이바니치는 낚싯대를 들고 냇가로 가고 싶어 했다. 그는 낚시를 좋아했는데, 마치 이런 어리석은 일을 좋아하는 것에 대해 자랑스럽게 여기고 있는 듯했다.

밭과 목초지로 가야 했던 콘스탄틴 레빈은 형에게 마차로 데려다주겠다고 했다.

여름도 막바지로 치달았다. 올해의 수확량도 이미 결정되었고, 다음 해의 파종에 대한 걱정이 시작되고 풀베기 철이 다가온 시기였다. 호밀은 모두 이삭이 패고, 아직 채 여물지 않은 회녹색 이삭이 바람에 흔들리고, 초록색 귀리가 흩어져 있는 노란 풀의 덤불과 뒤섞여 늦갈이 밭에 어수선하게 들쭉날쭉 자라나고, 일찍 파종한 메밀이 무성하게 지면을 덮고 있고, 가축들이 밟아 돌처럼 단단하게 길이 난 휴경지도 절반 정도 갈아놓았고, 밖에 내놓은 마른 거름 더미는 노을 속에서 꿀 풀과 뒤섞여 향내를 풍기는 시기였다. 아래쪽엔 잘 보호된 풀밭이 수영줄기의 거무스름한 무더기와 뒤섞여 낫질을 기다리며 끝없는 바다처럼 펼쳐져 있었다.

매년 되풀이되는, 매번 농부들의 온 힘을 짜내야 하는 수확 기간 전에 짧은 휴식기가 다가온 때이기도 했다. 수확은 풍성했다. 그리고 화창하고 무더운 여름날과 함께 이슬이 내리는 짧은 밤이 계속되었다.

형제는 풀밭으로 가기 위해 숲을 통과해야만 했다. 세르게이 이바니치는 가는 내내 나뭇잎으로 우거진 숲의 아름다움에 마냥 즐거웠다. 그는 그늘 진 쪽이 누런 턱잎으로 짙게 얼룩진, 막 꽃을 피우려 하는 늙은 보리수를 가리키기도 하고, 올 들어 새로 고개를 든 에메랄드처럼 빛나는 새싹을 동생에게 가리켜 보이기도 했다. 콘스탄틴 레빈은 자연의 아름다움에 대해 말하거나 듣는 것을 좋아하지 않았다. 그는 말을 함으로써 자기가 눈으로 경험한 아름다움을 희석시킬 뿐이라고 생각했다. 그래서 그는 한편으로는 형의 말에 동의하면서도 자기도 모르게 다른 것에 생각을 빼앗기곤 했다. 숲을 빠져 나오자, 그의 관심은 온통 낮은 언덕 위에 휴한지의 모습에 집중되었다. 풀에 덮여 누런 곳도 있고, 어떤 곳은 쓰러져 격자 모양으로 구획되어져 있고, 또 어떤 곳은 거름더미가 쌓여 있고, 어떤 곳은 갈아져 있는 곳도 있었다. 들판을 따라서 달구지가 줄지어 가고 있었다. 레빈은 달구지의 수를 세고는 필요한 것들이 모두 운반되고 있는 것에 만족했다. 그리고 풀밭을 보자, 곧 그의 생각은 풀베기 문제로 옮겨 갔다. 그는 건초를 수확할 때면 항상 뭔가 특별하게 마음을 찌르는 느낌을 받곤 했다. 풀밭으로 나가간 레빈은 말을 세웠다.

풀의 밑동에는 아직 아침 이슬이 맺혀 있었으므로 세르게이 아바노비치는 발을 적시지 않기 위해 농어가 잡히곤 했던 버드나무 덤불까지 풀밭을 가로질러 마차로 데려다달라고 부탁했다. 콘스탄틴 레빈은 자기의 풀밭을 짓밟는 것이 내키지 않았지만 할 수 없이 풀밭으로 말을 몰고 들어갔다. 키 큰 풀들이 수레바퀴와 말의 다리를 부드럽게 휘감으며 젖은 바퀴살과 바퀴통에 그 씨앗을 남겼다.

형은 낚시 도구를 정리하고 관목 아래에 자리를 잡았다. 레빈은 말을 옆으로 끌고 나가 매어놓고는 바람에도 흔들림이 없는 광활한 회녹색 풀밭의 바다 속으로 들어갔다. 씨가 여문 비단결 같은 풀들은 습지에서는 거의 허리까지 닿았다.

풀밭을 가로질러 길로 나온 콘스탄틴 레빈은 벌통을 어깨에 메고 오는, 눈이 부은 노인을 만났다.

"어떤가? 잡았나, 포미치?" 그는 물었다.

"잡기는요, 콘스탄틴 드미트리치! 제 것이나 잘 지키면 좋은 일이죠. 벌써 달아난 게 두 번째인 걸요……. 고맙게도 저 친구들이 쫓아가줬습니다. 나리 댁 밭을 갈고 있다가 말을 풀어 쫓아갔지요……."

"그래, 어떻게 생각하나, 포미치? 이젠 베어도 될까, 아니면 좀 더 기다려야 할까?"

"글쎄요! 저희는 성베드로 축일까지는 기다립니다만, 나리께선 항상 일찍 베시니 말입니다. 하느님이 살펴서서 풀은 아주 좋습니다. 가축에게는 알맞을 겁니다."

"날씨는 어떨 것 같은가?"

"그거야 하느님의 뜻에 달렸죠. 아마 날씨도 좋을 겁니다."

레빈은 형에게로 다가갔다. 세르게이 이바니치는 한 마리도 잡지 못했지만 지루해하는 기색 없이 오히려 기분이 매우 좋아 보였다. 레빈은 형이 의사와의 대화에 자극을 받아서 얘기를 더

하고 싶어 한다는 것을 알았다. 그러나 그와 달리 레빈은 풀베기 문제를 해결해야 하는 게 마음에 걸려 있었기 때문에 빨리 집으로 돌아가서 내일 풀을 벨 인부들을 모으도록 지시하는 게 우선이었다.

"그럼, 돌아가지요." 그가 말했다.

"왜 그렇게 서두르는 거니? 조금만 더 있다 가자. 그런데 넌 어쩌다 그렇게 젖은 거냐? 잡힌 건 하나도 없지만 그래도 기분은 좋은데. 모든 사냥은 자연과 함께 해서 좋은 거야. 저 강철 빛 물색이 얼마나 아름다운가 말이야!" 그가 말했다. "이런 풀밭 기슭은……." 그가 말을 이었다. "언제나 내게 하나의 수수께끼를 생각나게 한단 말이야. 알겠니? 풀이 물에게 말하는 거야, 우리는 흔들리고 있다, 우리는 흔들리고 있다."

"난 그런 수수께끼는 몰라요." 레빈이 침울하게 대답했다.

3

"지금 너에 대해서 생각하고 있었어." 세르게이 이바니치가 말했다. "그 의사가 말한 것처럼 너희 마을에서 일어나고 있는 일은 정말로 말도 안 되는 엉터리야. 그 친구가 전혀 바보는 아니라는 거지. 내가 전에도 말했었고 지금도 말하는데 말이야. 네가 집회에 가지 않고 전반적인 자치회 사업을 멀리하는 것은 좋지 않아. 만약 점잖은 사람들이 그렇게 물러나버린다면 모든 일들이 어떻게 돌아갈지 굳이 설명할 필요도 없는 일이야. 우리가 돈을 내면 그 돈은 모두 봉급으로 들어가니, 학교도 병원도 산파도 약국도, 아무것도 없게 될 테지."

"나도 해 봤어요." 조용히 마지못한 어조로 레빈이 대답했다. "할 수 없는 일이에요! 대체 뭘 할 수 있겠어요!"

"그래, 네가 할 수 없는 이유가 뭐냐? 솔직히 이해가 가지 않는구나. 무관심하거나 무능한 건 아닐 테고. 그러면 그냥 귀찮아서 그러는 거냐?"

"그런 게 아니에요. 노력해보았어요. 그런데 할 수 있는 게 없다는 걸 깨달았을 뿐이에요." 레빈이 말했다.

그는 형의 말을 깊이 생각하지는 않았다. 그는 강 너머 밭을 바라보다 어떤 검은 물체를 보았는데 그것이 말인지, 말을 탄 관리인인지 분간할 수가 없었다.

"도대체 왜 너는 아무것도 할 수 없다는 거냐? 해 보다가 뜻대로 되지 않아서 포기한 건 아니고? 자존심은 있는 거니?"

"자존심?" 레빈은 형의 아픈 곳을 찌르는 말에 발끈해서 말했다. "이해가 안 되는군요. 만약 대학에서 모두들 적분 계산을 이해하는데 나만 이해하지 못한다면 자존심이라는 말이 필요하겠죠. 하지만 이런 일을 위해서는 먼저 재능에 대한 확신이 있어야 하고, 무엇보다 이 일이 매우 중요하다는 확신이 있어야 해요."

"그래서! 이 일은 중요하지 않다고 말하는 거냐?" 세르게이 이바니치는 동생이 자기가 하는 일을 중요시 여기지 않는 데 대해, 특히 동생이 자기 얘기를 거의 듣고 있지 않는 것에 화가 나서 말했다.

"나한테는 중요하게 여겨지지 않아요. 마음이 끌리지 않는데 어쩌겠어요 ……?" 레빈은 그가 보았던 것이 관리인이었고, 관리인이 아마도 밭갈이 농부들의 손을 쉬게 하는 것 같다고 생각하며 대답했다. 그들은 쟁기를 엎어놓고 있었다. '벌써 밭을 다 간 건가?' 그는 생각했다.

"그래도 들어 봐라." 형은 잘생기고 총명한 얼굴을 찌푸리며 말했다. "모든 일에는 한계가 있는 법이야. 괴짜나 성실한 인간이 되어서 거짓을 싫어하는 것은 아주 좋은 일이지. 그건 나도 이해해. 하지만 지금 네가 말하고 있는 건 의미가 없거나 아니면 아주 안 좋은 의미를 가지고 있잖아. 어떻게 넌 네가 사랑한다고 단언하면서 그 농민들이 중요하지 않다고 하는 거니 ……."

'난 단언한 적이 없는데.' 콘스탄틴 레빈은 생각했다.

"도움도 못 받고 죽어도 되는 거야? 무지한 아낙네들은 아이들을 굶겨 죽게 버려두고. 농부들은 무지함 속에서 서기의 손아귀에서 벗어나지 못하고 있다고. 그런데 네 손에는 그들을 도울 수 있는 수단이 주어져 있어. 그런데도 네 생각엔 이것이 중요하지 않다며 도우려 하지 않고 있잖아."

그리고 세르게이 이바니치는 '어쩌면 넌 너무 미숙해서 네가 할 수 있는 모든 것을 보지 못하는 건지도 몰라. 아니면 너 자신의 평안과 허영심을 양보하고 싶지 않은 거겠지. 난 어떻게 판단해야 할지 모르겠다.' 하고 동생을 궁지로 몰았다.

콘스탄틴 레빈은 승복하거나, 아니면 자신에게 공공사업에 대한 애정이 부족하다는 것을 인정하는 일만 남았음을 느꼈다. 그러자 그 사실이 그에게 모욕과 슬픔을 느끼게 했다.

"양쪽 다일 거예요." 그는 단호하게 말했다. "난 그런 일이 가능하다고 생각하지 않거든요……."

"어째서? 의료적인 혜택을 주기 위해 돈을 잘 분배하면 되는 거 아니냐?"

"불가능하다고 생각해요……. 우리 마을만 해도 4천 평방 베르스타에 얼음과 눈에, 눈보라에, 일손까지 필요한데, 나는 전 지역에 의료 혜택은 불가능하다고 봐요. 더욱이 난 의술은 믿지 않거든요."

"아니, 잠깐만. 그건 아니지……. 난 네게 수천 가지 예도 들 수 있어……! 그럼 학교는?"

"학교가 왜 필요한 거예요?"

"무슨 말을 하는 게냐? 설마 교육의 이로움에 대해 의심하는 거니? 만약 교육이 네게 유익한 거라면 다른 사람에게도 마찬가지 아니겠니!"

콘스탄틴 레빈은 자기가 도덕적으로 궁지에 몰렸음을 느꼈다. 그래서 흥분한 나머지 자기도 모르게 공공사업에 대해 자기가 냉담한 진짜 이유를 털어놔버렸다.

"어쩌면 그런 것들은 다 좋은 일일 수도 있어요. 하지만 어째서 내가 전혀 이용도 하지 않는 의료시설이라든지, 내 아이를 보낼 생각도 없고 농부들도 아이들을 보내려고 하지 않는 학교 설립을 걱정해야 하죠? 난 아이들을 학교에 보내야 하는지 확신도 없다고요." 그가 말했다.

세르게이 이바니치는 이 예상치 못한 견해에 순간 놀랐으나, 곧 새로운 공격 계획을 세웠다.

그는 잠시 침묵한 후 낚싯대 하나를 꺼냈다가 다시 던지고는 웃는 얼굴로 동생을 돌아보았다.

“그러면 보자……, 우선 보건소는 필요한 거야. 우리 아가피야 미하일로브나가 보건의의 도움을 받았으니까 말이야.”

“하지만 난 그녀의 손이 완전히 회복되지 못하고 굽은 채로 있을 거라고 생각해요.”

“그야 두고 봐야겠지……. 아무튼 글을 깨우친 농부나 노동자가 네게 더 필요하고 가치 있는 거야.”

“아니요, 아무에게나 물어보세요.” 콘스탄틴 레빈은 단호하게 대답했다. “글을 깨우친 노동자가 훨씬 더 별로예요. 길도 못 닦아요. 게다가 다리를 세우자마자 모두 훔쳐가버릴 텐데요.”

“어쨌든.” 세르게이 이바니치는 인상을 찌푸리며 말했다. 그는 반론을, 특히 이런 저런 화제로 끊임없이 옮겨 다니며 무엇을 대답해야 할지 모르는, 아무런 연관성도 없는 새로운 논거를 끄집어내는 대화를 좋아하지 않았다. “아무튼 말하려는 건 그게 아니야. 그럼, 넌 교육이 농민에게 주는 기쁨은 인정하니?”

“인정해요.” 레빈은 이렇게 무심코 내뱉고 나서는 곧 자기가 생각하고 있는 것과 다른 말을 했다는 것을 깨달았다. 그는 자기가 이 말을 인정함으로써 자기가 지금까지 한 말이 아무런 의미도 없는 헛소리를 해버린 게 되었다는 사실을 느꼈다. 그는 그것이 어떻게 입증될지는 몰랐지만, 논리적으로 입증되리란 것만은 확실히 알고 있었다. 그래서 그는 그 논증을 기다렸다. 논증은 콘스탄틴 레빈이 예상했던 것보다 훨씬 간단했다.

“만약 네가 그것이 기쁨이라고 생각한다면…….” 세르게이 이바니치가 말했다. "그렇다면 너는 정직한 사람이니 그런 사업을 사랑하고 공감해야 할 거야. 따라서 넌 그 사업을 위해 일하고 싶은 게 마땅한 거야."

"하지만 난 아직 그 사업이 좋은 일이라고 인정하지는 않아요." 콘스탄틴 레빈은 얼굴을 붉히며 말했다.

"어째서? 네가 방금 인정했잖아……."

"내 말은 그 사업을 좋은 일이라고도, 가능한 일이라고도 인정하지 않는다는 거예요."

"노력도 해 보지 않았는데 어떻게 말할 수 있니?"

"그렇다고 해요." 레빈은 이런 일에 대해서 전혀 생각하지 않았으면서 이렇게 말했다. "그건 그렇다고 해요. 하지만 난 여전히 내가 왜 그런 일에 마음을 써야 하는지 모르겠어요."

"그건 또 무슨 말이냐?"

"아니, 이미 이런 얘기가 시작되었으니 철학적 관점에서 설명해줘요." 레빈이 말했다.

"여기서 철학 얘기가 왜 나오는 거니." 세르게이 이바니치가 이렇게 말하자, 레빈은 형이 마치 자기에게 철학에 대해 논할 자격이 없다고 말하는 것처럼 여겨졌다.

"바로 이런 이유에서예요!" 그는 흥분해서 말했다. "나는 우리의 모든 행동의 원동력은 역시 개인의 행복이라고 생각해요. 그런데 지금 지방자치제도에서는 귀족으로서 내 개인의 행복에 도움을 주는 그 어떤 것도 보이지 않아요. 도로는 더 좋아지지도 않고, 또 더 좋아질 수도 없어요. 내 말들은 그 엉망인 길에서 나를 태우고 다녀요. 나한테는 의사도, 보건소도 필요 없어요. 치안 판사도 그렇고요. 난 그들을 찾아간 적이 한 번도 없었고 앞으로도 없을 거예요. 학교는 내게 무용지물일 뿐만 아니라 오히려 해가 될 뿐이에요. 나한테 지방자치제도는 그저 1데샤티나에 18코페이카의 세금을 내야 하고, 도시로 나가서 빈대와 함께 밤을 지새우며 온갖 쓸데없는 얘기와 야비한 얘기를 들어야 하는 의무일 뿐이에요. 개인적인 관심사와는 상관없는 것이라고요.”

“잠깐만.” 세르게이 이바니치가 미소를 지으며 말을 가로막았다. “개인적인 관심이 우리들에게 농노해방을 위해 일하도록 일깨운 건 아니야. 그런데 우리는 그 일을 했잖아.”

“아니요.” 콘스탄틴은 더욱 흥분하여 형의 말을 가로막았다. “농노해방은 다른 이야기예요. 거기엔 개인적인 이해가 있었어요. 우리들을 억압하던, 모든 선한 사람들을 억압하던 멍에를 스스로 벗어던지고 싶었던 거예요. 하지만 지방의회 의원이 돼서 청소부가 몇 명 필요한지, 내가 살지도 않는 도시에 파이프를 어떻게 설치할지 의논하고, 햄을 훔친 농부를 심판하는 데 배심원으로 앉아서 변호사와 검사의 온갖 허튼소리를 여섯 시간이나 듣고 있다가 재판장이 멍청한 알료샤 노인에게 ‘피고인은 햄을 훔친 사실을 인정합니까?’라고 물으면 ‘네?’ 하고 대답하는 것을 들어야 하는 거죠.”

콘스탄틴 레빈은 어느새 본지를 벗어나 재판장과 멍청한 알료샤를 상상하기 시작했다. 그는 이러한 모든 것이 이 문제와 관련이 있다고 여겼던 것이다.

그러나 세르게이 이바니치는 어깨를 으쓱해 보였다.

"그래, 도대체 네가 하고 싶은 말이 뭐냐?"

"난 다만, 나한테……, 내 이익과 관련된 권리라면 언제나 최선을 다해 지킬 것이라고 말하는 거예요. 언젠가 우리 대학 시절에 헌병들이 우리 몸을 수색하고 우리들의 편지를 읽었을 때도 난 온힘을 다해 그 권리, 교육과 자유를 위한 나의 권리를 지킬 각오를 했어요. 나는 우리 아이들이나 형제들, 그리고 나 자신의 운명과도 관련된 병역 의무는 이해해요. 난 나와 관련된 문제에 대해선 논의할 준비가 되어 있어요. 하지만 지방관청에 있는 4만 루블을 어떻게 분배할 것인지 판단한다거나 멍청이 알료샤를 재판하는 일에 대해선 난 이해하지도 못하고, 이해할 수도 없다는 말이에요."

콘스탄틴 레빈은 마치 말문이 터진 듯이 말을 쏟아냈다. 세르게이 이바니치는 미소를 지었다.

"그러면 내일 네가 재판을 받는다고 해도, 너는 이전의 형사 재판소에서 재판받는 게 더 낫다는 말이냐?"

"내가 재판받을 일이 뭐가 있어요? 난 절대 사람을 죽이지 않을 텐데요. 내게 그런 건 필요 없어요. 정말이라고요." 그는 또다시 전혀 다른 방향으로 주제를 벗어나 말을 이었다. "우리 자치 제도나 그와 비슷한 모든 것들은 자작나무를 닮았어요. 오순절

날에 숲을 흉내 내기 위해 땅에 꽂지만, 그 숲이라는 게 유럽에
서 자란 것이잖아요. 그래서 난 그것에 진심으로 물을 주고 그것
을 숲이라고 믿을 수 없다는 거예요!"

세르게이 이바니치는 동생이 무슨 말을 하려고 하는지 즉시
이해했지만, 지금 그들의 논쟁에 어째서 이 자작나무가 등장하
는지 놀랍다는 몸짓으로 어깨만 으쓱해 보일 뿐이었다.

"잠깐만, 이 일을 그렇게 판단하면 안 되지." 그는 지적했다.

그러나 콘스탄틴 레빈은 자신도 알고 있는 그 결점, 즉 공공사
업에 대한 무관심을 변명하고자 계속 말을 이었다.

"내 생각은요." 콘스탄틴이 말했다. "모든 활동은 개인의 이익
에 기반을 두지 않는다면 견고할 수 없다고 생각해요. 이것은 일
반적 진리이고, 철학적 진리예요." 그는 **철학적**이라는 단어를 반
복하며 마치 자기도 다른 사람들처럼 철학을 논할 권리가 있다
는 것을 보여주기라도 하려는 듯 단호한 어조로 말했다.

세르게이 이바니치는 다시금 미소를 지었다. '그래, 너에게도
일에 대한 자기 나름의 철학이 있다는 거겠지.' 그는 생각했다.

"아니, 철학은 내버려두고." 그가 말했다. "전 세기를 통해 개
인의 이익과 공공의 이익 사이에 존재하는 필연적인 관계를 알
아내는 게 바로 철학의 주된 과제라고 할 수 있지. 하지만 그게
논점이 아니야. 난 너의 비유를 바로잡아주려는 것뿐이야. 자작
나무는 꽂혀져 있는 게 아니라, 심어졌거나 파종된 것이란 말이
지. 그러니 그런 일에는 좀 더 조심스럽게 다뤄야 한다는 거야.

자기들의 제도가 중요하고 의미가 있다는 사실을 알고, 그것을 소중히 생각하는 민족만이 미래와 역사를 가진 민족으로 불릴 수 있는 거야."

세르게이 이바니치는 콘스탄틴 레빈으로서는 접근할 수 없는 철학사 분야로 화제를 돌리고, 그의 견해에서 공정하지 못한 점을 세세히 지적했다.

"네가 그것을 마음에 들어 하지 않는 것은, 미안하지만 그건 우리 러시아 사람들의 게으름과 거드름 때문일 거야. 하지만 난 네가 일시적으로 혼란스러운 것일 뿐 곧 지나갈 거라고 확신한다."

콘스탄틴 레빈은 잠자코 있었다. 그는 자기가 모든 면에서 깨지고 말았다는 사실을 알면서도, 동시에 자기가 하고 싶었던 말을 형이 이해하지 못했다는 것을 느꼈다. 단지 그는 왜 형이 이해하지 못했넌 건지 알지 못할 뿐이었다. 그는 자기가 말하고 싶었던 것을 명확히 표현하지 못했던 것인지, 아니면 형이 이해하려고 하지 않았거나 이해할 수 없었던 것인지 알지 못했다. 그러나 그는 이런 생각에 골몰하지도 않았으며 형에게 반박하지도 않았다. 그는 전혀 다른, 자기 개인적인 일에 대해 골똘히 생각하기 시작했다.

세르게이 이바니치는 마지막 낚싯대를 걷고, 말고삐를 풀었다. 그리고 그들은 마차를 타고 그곳을 떠났다.

4

형과 대화하는 동안 레빈의 마음에 자리잡고 있던 개인적인 일이 있었다. 그것은 지난해 어느 날, 레빈이 풀을 베러 갔다가 관리인에게 화를 내고는 마음을 진정시키는 자기만의 방법으로 농부에게서 낫을 가져와 직접 풀을 벤 일이었다.

그는 그때 그 일이 마음속에 좋게 남아서 그 후에도 몇 번 풀을 베었다. 그는 집 앞의 풀을 다 베어버렸고 올해는 초봄부터 농부들과 함께 날마다 풀베기를 하려고 계획을 세워 두고 있었다. 그러나 형이 오면서부터 그는 풀을 벨 것인지 말 것인지를 망설이고 있었다. 그는 매일 형을 혼자 남겨 두는 것이 왠지 마음에 걸렸다. 게다가 형이 그런 행동을 비웃을까 봐 두렵기도 했다. 그러나 풀밭을 지나자 그는 풀 베던 때를 떠올리고는 풀을 베기로 거의 마음을 먹었다. 그리고 형과의 신경질적인 논쟁 후에 다시금 이 계획을 떠올렸다.

'육체적인 활동이 필요해. 그렇지 않으면 내 성격을 완전히 버리게 될 거야.' 그는 이렇게 생각했다. 그리고 형과 사람들 앞에서 아무리 거북해도 풀을 베기로 마음먹었다.

저녁이 되자, 콘스탄틴 레빈은 사무실로 가서 할 일을 지시하고 이튿날 가장 넓고 가장 좋은 칼리노프 초원의 풀을 벨 일꾼들을 모으기 위해 마을마다 사람을 보냈다.

"그리고 내 낫을 티트한테 보내주게나. 날을 세워 내일 가져와야 하니까. 어쩌면 나도 같이 풀을 벨까 해서." 그는 당황하는 모습을 감추려 애쓰며 말했다.

관리인이 웃음을 머금고 말했다.

"알겠습니다."

저녁에 차를 마시며 레빈은 형에게도 말했다.

"날씨가 좋아진 것 같아요." 그는 말했다. "내일부터 풀베기를 할까 해요."

"나도 꽤나 좋아하는 일이지." 세르게이 이바니치가 말했다.

"난 너무 좋아해요. 때때론 농부들과 함께 직접 베기도 했어요. 내일은 온종일 베려고 해요."

세르게이 이바니치는 고개를 들고 호기심이 가득한 표정으로 동생의 얼굴을 쳐다보았다.

"어떻다고? 하루 온종일 농부들하고 똑같이 말이냐?"

"그럼요, 그건 정말 재밌어요." 레빈이 말했다.

"육체를 단련하는 일로는 최고겠구나. 그런데 견딜 수는 있겠니?" 세르게이 이바니치는 약간의 조롱도 없는 어투로 말했다.

"해 봤는걸요. 처음에는 꽤나 힘들더니 금방 익숙해지던데요. 뒤처지지는 않을 거예요."

"그래! 그런데 그것에 대한 농부들의 생각은 어떠니? 틀림없이 이상한 나리라고 생각하며 헛웃음을 지을 텐데."

"아니요, 그렇지 않아요. 아무튼 그 일은 유쾌하면서도, 다른 생각을 할 여유도 없을 만큼 힘들어요."

"그러면 점심도 농부들과 함께 먹겠다는 거냐? 라피트 적포 도주나 칠면조 고기를 그곳으로 보내는 것도 좀 거북스러운 일 아닌가?"

"아니요, 농부들이 쉬는 동안에 잠시 집에 와야지요."

다음 날 아침, 콘스탄틴 레빈은 평상시보다 일찍 일어났지만 농사일을 지시하다 보니 그가 풀을 베는 장소에 갔을 땐 일꾼들은 벌써 두 번째 두둑을 베고 있었다.

언덕 아래로 내려다보니, 산기슭에 이미 일부 풀베기를 마친 그늘진 풀밭이 그의 눈앞에 펼쳐졌다. 그리고 첫 번째 풀베기를 시작한 두둑에 일꾼들이 벗어놓은 카프탄 윗옷이 잿빛 두둑과 함께 검은 더미로 보였다.

그곳으로 다가가자 어떤 사람은 카프탄 차림으로, 또 어떤 사람은 셔츠만 입고 넓게 줄지어 늘어서서는 낫을 저마다 다양하게 휘두르는 모습이 그의 눈에 들어왔다. 그들의 수를 세어 보니 마흔두 명이었다.

그들은 오래된 저수지가 있던, 고르지 않은 풀밭 아래쪽을 따라 천천히 움직였다. 레빈은 자기 집에 드나드는 일꾼들 몇 사람을 알아보았다. 한 곳에선 아주 긴 흰색 셔츠를 입은 예르밀 노인이 몸을 구부린 채 낫을 휘두르고 있었고, 또 다른 한 쪽에서는 전에 레빈의 마부였던 젊은 바시카가 한 줄 한 줄 풀을 베고 있었다. 그리고 레빈에게는 풀베기 스승이라고 할 수 있는, 키가 작고 마른 농부인 티트도 있었다. 그의 몸놀림은 마치 낫을 가지고 노는 듯했는데, 그는 몸을 굽히지도 않은 채 맨 앞에서 자기가 맡은 넓은 두둑을 베며 앞으로 나갔다.

레빈은 말에서 내려 길옆에 말을 매어놓고는 티트에게로 다가갔다. 그러자 그는 덤불에서 다른 낫을 꺼내 레빈에게 주었다.

"준비됐습니다, 나리. 면도날 같아서 저절로 베어질 겁니다." 티트는 모자를 벗고 웃으며 그에게 낫을 건네주었다.

레빈은 낫을 받아서 시험 삼아 휘둘러보기 시작했다. 자기가 맡은 만큼 풀베기를 마친 일꾼들이 땀에 흠뻑 젖은 채 유쾌한 모습으로 줄지어 길로 나와서는 웃는 얼굴로 주인에게 인사를 했다. 그들은 모두 그를 바라보고만 있을 뿐, 수염이 없는 주름진 얼굴에 양가죽 잠바를 입은 키 큰 노인이 길로 나와서 그에게 말을 걸 때까지는 아무도 입을 열지 않았다.

"조심하십시오, 나리, 한번 일을 시작했으면 끝까지 가는 겁니다!" 그가 이렇게 말하자, 풀을 베는 일꾼들 사이에서 웃음을 참는 소리가 레빈에게 들렸다.

"뒤처지지 않도록 애써보겠네." 그는 그렇게 말하고 티트 뒤에 서서 일이 시작되기를 기다렸다.

"조심하십시오." 노인은 반복해서 말했다.

티트가 자리를 만들어주자 레빈은 그의 뒤를 따라갔다. 풀은 짧고 길가에 나 있었다. 풀을 베어본 지 오래된 데다 일꾼들의 시선까지 의식이 된 레빈은 당황하여 낫을 힘껏 휘둘렀지만 처음에는 잘 베어지지 않았다. 그의 뒤에서 이런 소리가 들려왔다.

"어째 베는 게 시원찮아. 낫자루도 높이 들었어. 굽히고 있는 모습도 어설프고 말이야." 한 농부가 말했다.

"발뒤꿈치에 힘을 더 줘야 하는데요." 다른 사람이 말했다.

"괜찮아. 잘될 게야." 노인이 말했다. "보라고, 이제 되는군…….
그런데 처음부터 욕심을 내면 이내 힘들어질 텐데……. 주인님이야 자기 일이니 열심히 하는 건 당연한 일이지! 저것 좀 보게나, 벤자리가 저러면 어째! 우리가 그랬다가는 혼쭐이 났을 텐데 말이야!"

풀은 점점 더 부드러워졌다. 레빈은 그들이 하는 말에 신경 쓰지 않고 가능한 잘 베려고 애쓰며 티트의 뒤를 따라갔다. 그들은 백 걸음가량 앞으로 나아갔다. 티트는 조금도 지친 기색 없이 멈추지 않고 계속 나아갔다. 그러나 레빈은 이미 견딜 수 없을 만큼 지쳐 힘겨움이 밀려오고 있었다.

그는 마지막 힘이라고 느끼면서 낫을 내두르고는 티트에게 쉬자고 말을 해야겠다고 생각했다. 바로 그때 티트가 하던 일을 멈추고 허리를 굽히더니 풀을 뜯어서 그것으로 낫을 닦고 갈기 시작했다. 레빈도 허리를 펴고 숨을 고르며 주위를 둘러보았다.

레빈의 뒤를 따라오던 농부도 역시 지쳤는지 그가 있는 데까지 다다르지 못하고 멈춰 서서 낫을 갈기 시작했다. 티트는 자기의 낫과 레빈의 낫을 갈았다. 그리고 그들은 앞으로 계속 나아갔다.

두 번째도 마찬가지였다. 티트는 전혀 지친 기색 없이 낫을 휘두르며 쉴 새 없이 앞으로 나갔다. 레빈은 그의 뒤를 따라가며 뒤처지지 않으려고 애쓰고는 있었지만 점점 더 지쳐가는 건 어쩔 수가 없었다. 그리고 완전히 기력이 쇠진한 바로 그때, 티트는 또다시 걸음을 멈추고 낫을 갈았다.

그렇게 그들은 첫 번째 줄을 다 끝냈다. 레빈은 이번 긴 두둑이 특히 힘들게 느껴졌다. 한 두둑을 끝내고 티트가 어깨에 낫을 메고 베어낸 자리에 자신이 남긴 발자국을 따라서 느린 걸음으로 걷기 시작하자, 레빈도 자기가 벤 자국을 따라 걷기 시작했다. 땀이 얼굴을 타고 비 오듯 흘러 콧등에서 떨어지고, 등 전체가 온통 물에 빠진 사람처럼 흠뻑 젖어 있었지만, 그의 기분은 최고였다. 특히 자기도 이런 일을 해낼 수 있다는 생각에 그는 더욱 기뻤다.

그러나 그는 자기가 벤 자리가 고르지 못한 것을 보고는 온전히 만족할 수 없었다. '팔을 좀 덜 흔들고, 몸을 더 움직여야겠군.' 그는 자를 대고 베기라도 한듯 고른 티트의 두둑과 제멋대로 고르지 못한 자기의 두둑을 비교하며 생각했다.

첫 번째 두둑은 티트가 주인을 시험해보려고 일부러 긴 두둑을 골라 빠른 속도로 풀베기를 했다는 것을 레빈도 눈치채고 있었다. 그래서 다음 두둑들은 한결 수월했지만 레빈은 그래도 농부들에게 뒤처지지 않기 위해 여전히 긴장을 놓지 않았다.

그는 오직 농부들에게 뒤처지지 않아야겠다는 생각과 가능한 잘 베어야겠다는 생각만 할 뿐 다른 것은 바라지도 않았다. 그에게는 오직 풀을 베는 낫 소리가 들려올 뿐이었다. 그는 자기 앞에 멀어져 가고 있는 티트의 모습과 반원형으로 베어진 자리, 낫의 날 주위로 천천히 물결치며 쓰러지는 풀들과 낫 옆으로 고개를 든 들꽃, 그리고 자기 앞에, 그곳에 가면 쉴 수 있는 두둑의 끝을 볼 뿐이었다.

일을 하던 중간에, 그게 무엇인지, 어디서 온 건지는 모르지만, 그는 갑자기 땀으로 흥건히 젖은 어깨에 기분 좋은 서늘한 기운을 느꼈다. 그는 낫을 가는 동안 하늘을 올려다보았다. 낮고 무거운 먹구름이 몰려오더니 굵은 빗줄기를 뿌리고 있었다. 카프탄을 벗어놓은 쪽으로 달려가 옷을 입는 농부들도 있었지만, 어떤 농부들은 레빈과 함께 그 싱그러운 시원함에 몸을 맡기며 즐거운 듯 어깨를 움츠리곤 하였다.

한 두둑, 한 두둑 계속 일이 진행되었다. 긴 두둑, 짧은 두둑, 좋은 풀이 자란 두둑, 나쁜 풀이 난 두둑도 있었다. 레빈은 시간이 얼마나 지났는지 잊고 잊어서 시간이 이른 건지 늦은 건지 전혀 알지 못했다. 지금 그는 일을 하면서 커다란 기쁨을 주는 변화가 일어나는 것을 느꼈다. 한창 일에 집중하고 있을 때는, 자기가 무슨 일을 하는지 인식하지 못했고, 그러자 일이 수월해졌다. 그래서 그때는 그의 두둑도 거의 티트의 두둑처럼 고르게 잘 베어졌다. 그러나 자기가 하는 일을 의식하며 잘하려고 애쓰자, 금방 일이 어렵다고 느껴지면서 잘 베어지지 않았다.

또 한 두둑을 끝낸 후, 그는 다시 시작하려고 했으나 티트가 하던 일을 멈추고 노인에게 다가가서는 무언가 조용히 말했다. 그리고 그들 두 사람은 해를 쳐다보았다.

'도대체 무슨 얘기를 하는 거지? 풀은 왜 안 베는 거야?' 레빈은 일꾼들이 쉬지도 않고 벌써 네 시간 넘게 풀을 베었고, 아침 식사 때가 되었다는 사실을 눈치채지 못한 채 이렇게 생각했다.

"아침 식사 시간입니다, 나리." 노인이 말했다.

"벌써 시간이 그렇게 되었나? 그럼 식사를 해야지."

레빈은 티트에게 낫을 건네고, 빵을 가지러 카프탄 윗옷이 있는 곳으로 가는 일꾼들과 함께 약간 비에 젖은 길게 풀을 벤 두둑을 가로질러 말이 있는 쪽으로 갔다. 그제야 그는 날씨를 예측하지 못해 건초가 비에 젖고 있다는 사실을 알았다.

"건초를 못 쓰게 되었군." 그가 말했다.

"괜찮습니다, 나리. 비올 때 베고, 날 좋을 때 거두라는 말이 있죠.." 노인이 말했다.

레빈은 매인 말을 풀고, 커피를 마시러 집으로 갔다.

세르게이 이바니치는 막 잠자리에서 일어났다. 레빈은 커피를 마신 후 세르게이 이바니치가 옷을 입고 식당으로 나오기도 전에 다시 풀을 베러 나갔다.

5

식사를 마친 후, 레빈은 처음 풀을 벤 자리에 가지 않고, 자기 옆으로 오라고 청한 익살스러운 한 노인과 지난 가을에 결혼해서 올 여름 처음으로 풀을 베기 위해 온 젊은 농부 사이에 자리를 잡았다.

몸을 곧게 편 노인은 굽은 다리를 일정하고도 넓은 보폭으로 움직였다. 그는 마치 놀이를 하듯 걸어가며 팔을 내저었는데, 그 정확하고도 규칙적인 손놀림으로 키 큰 풀들을 베어 나갔다. 그 모습은 마치 그가 아닌, 날카로운 낫이 혼자서 풀을 베어 나가는 것 같았다.

레빈의 뒤에는 젊은 미시카가 따라오고 있었는데, 싱싱한 풀을 엮어 머리를 동여맨 젊고 잘생긴 그의 얼굴엔 힘을 다해 지친 기색이 역력했다. 그러면서도 누군가 자기를 처다보면 그는 한껏 미소를 지어 보였다. 그는 힘든 모습을 남에게 보이느니 차라리 죽음을 택하겠다고 생각이라도 하는 사람처럼 보였다.

레빈은 그들 사이에서 일을 하고 있었다. 한창 더운 때였지만 풀베기가 그에게 그다지 힘들게 느껴지지 않았다. 온몸을 흠뻑 적신 땀은 그를 시원하게 해주었고, 등, 머리, 팔꿈치까지 소매를 걷어 올린 팔을 내리쬐는 태양은 노동에 강인함과 끈기를 더해주었다. 그리고 하고 있는 일을 잊게 하는 무의식 상태의 순간이 점점 더 자주 찾아왔다. 낫이 혼자서 풀을 베었다. 행복한 순간이었다. 그런데 그보다도 더 즐거운 순간은 베어 나가며 두둑이 맞닿은 냇가에 다가갔을 때, 노인이 젖은 풀 한 무더기를 잡아 낫을 닦고 맑은 냇물에 낫날을 씻은 후 양철통에 물을 떠서 레빈에게 대접했을 때였다.

"자, 내 크바스²가 어떻습니까, 좋지요?" 그는 눈을 찡긋거리며 말했다.

실제로 레빈은 녹 냄새가 물씬 풍기는 양철통에 풀잎이 떠 있는 그런 미지근한 물을 음료로 마셔본 적이 없었다. 그 후에는 곧 손에 낫을 쥔 채로 행복하고 한가로운 산책이 시작되었다. 그러는 동안 그는 흘러내리는 땀을 닦으며 가슴 가득히 공기를 들이마실 수 있었고, 길게 풀을 베는 늘어선 일꾼들의 모습과 주변의 숲과 들에서 일어나는 일들을 둘러볼 수 있었다.

레빈은 풀을 베면 벨수록 점점 자주 무아경의 순간을 경험하곤 했다. 그때는 손이 낫을 휘두르는 게 아니라, 생명으로 가득

---

2 과일을 발효시켜서 만든 러시아 전통 음료

한 육체를 스스로 인식하며 낫이 저절로 움직였다. 마치 마법에 걸린 것처럼 일에 대해 아무런 생각도 하지 않는데 정확하고 정교하게 알아서 진행되고 있었다. 가장 행복한 순간이었다.

다만 이처럼 무의식중에 이루어진 동작을 멈추고 생각하면서 흙덩이가 올라온 주변을 베거나 덜 뽑힌 수영을 베어야 할 때는 힘들었다. 노인은 힘들이지 않고 단숨에 그 일을 해냈다. 흙더미가 나오자, 노인은 그때그때 몸동작을 바꿔가며 낫 등이나 낫 끝으로 양쪽에서 짧게 쳐 내면서 나아갔다. 그는 자기 앞에 있는 상황을 살펴보고 관찰하면서, 때로는 풀뿌리를 따먹기도 하고, 그것을 레빈에게 권하기도 하고, 때로는 낫 끝으로 가지를 쳐 내고, 낫 바로 밑에서 인기척 때문에 어미가 날아가 버린 메추리 둥지를 들여다보기도 하고, 때로는 길에서 만난 뱀을 마치 포크로 집듯이 낫으로 들어 올려 레빈에게 보여주고는 던져버리기도 했다.

레빈도, 그의 뒤를 따라오던 젊은 청년도, 이런 동작의 변화는 어렵게 느껴졌다. 그들 두 사람은 긴장된 동작을 반복하며 일에만 집중하고 있었기에, 동작을 바꾸는 동시에 자기 앞에 무슨 일이 있는지 관찰할 수 있는 여유는 없었다.

레빈은 시간이 얼마나 흘렀는지 느끼지 못했다. 누군가 그에게 몇 시간이나 풀을 베었느냐고 물었다면, 그는 반 시간쯤이라고 대답했을 것이다. 그러나 벌써 점심때가 되고 있었다. 노인은 다른 두둑을 시작하려고 하다가 레빈의 주의를 한 곳으로 돌렸는데, 그곳엔 일꾼들에게로 걸어오는 여자아이들과 사내아이들의 모습이 아른거렸다. 그들은 키 큰 풀과 길을 따라 빵을 싼 보따리와 천 조각으로 막은 크바스 병을 들고 사방에서 걸어오고 있었다.

"저것 좀 보십시오, 딱정벌레들이 기어오네요!" 그는 아이들을 가리키며 이렇게 말하고는 손을 이마에 대고 태양을 바라보았다.

두 두둑을 더 벤 노인은 일하던 손을 멈추었다.

"자, 나리, 점심 드시지요!" 그는 결연한 어조로 말했다. 냇가에 이른 일꾼들은 두둑을 가로질러 카프탄을 벗어놓은 쪽으로 갔다. 거기엔 점심을 가져온 아이들이 그들을 기다리며 앉아 있었다. 농부들이 모여들었다. 멀리 있는 사람들은 달구지 밑에, 가까이 있는 사람들은 풀들을 던져놓은 비드니무 덤불 아래에 자리를 잡았다.

레빈도 그들 옆에 자리를 잡았다. 그는 그곳을 떠나고 싶지 않았다.

주인 앞에서 느끼던 온갖 불편함은 이미 사라진 지 오래되었다. 농부들은 점심 식사 준비를 했다. 한편에선 얼굴을 씻기도 하고, 또 젊은이들은 냇가에서 멱을 감았으며, 또 다른 한편에선 쉬기 위한 장소를 만들어 빵이 든 보따리를 풀고 크바스 병의 마개를 뺐다. 노인은 찻잔에 빵을 부수어 넣고는 숟가락 자루로 으깬 뒤 양철통의 물을 붓고 다시 빵을 짓이겨서 소금을 뿌리고는 동쪽을 향해 기도하기 시작했다.

"자, 나리, 제 빵죽 좀 드십시오." 그는 찻잔 앞에 무릎을 꿇고 앉아서 말했다.

레빈은 빵죽이 너무 맛있어서 집으로 식사하러 가려던 마음을 바꾸었다. 그는 노인과 함께 식사하며 그의 집안일에 대한 이야기를 나누었다. 그는 그들의 대화에 적극적인 관심을 보이며, 노인이 관심을 가질 만한 모든 돌아가는 상황과 자기 일에 대해 말해주었다. 그는 형보다도 노인을 더 가깝게 느끼며 그에게서 전해오는 따스함으로 자기도 모르게 미소를 지었다. 노인이 다시 자리에서 일어나 기도를 드리고는 풀을 베개 삼아 덤불 아래 눕자 레빈도 따라 누웠다. 그리고 내리쬐는 태양 아래서 온통 땀에 젖은 얼굴과 몸을 간질거리며 집요하게 달라붙는 파리와 딱정벌레에도 불구하고 그는 곧 잠이 들었다. 그는 태양이 덤불 맞은편으로 넘어가 그를 비추기 시작했을 때야 비로소 잠에서 깨었다. 노인은 벌써 일어나 앉아서 젊은이들의 낫을 손보고 있었다.

레빈은 주위를 둘러보며 자기가 어디에 있는지 금방 알아차리지 못했다. 그럴 정도로 모든 게 변해 있었다. 광활한 목초지는 이미 풀이 베어져 새롭고 특별한 빛을 발하고 있었고, 비스듬히 비치는 저녁 햇살에 건초더미는 벌써 향내를 풍기고 있었다. 냇가 옆에 베어진 덤불, 조금 전만 해도 보이지 않다가 지금은 강철처럼 반짝이며 굽이굽이 흐르는 시냇물, 움직이거나 서 있는 사람들, 아직 베다 만 풀밭의 가파른 풀 벽, 발가벗은 풀밭 위를 뱅뱅 돌고 있는 매, 이 모든 것은 그에게 완전히 새로웠다. 정신을 차린 레빈은 지금까지 얼마나 베었는지, 오늘은 얼마나 더 벨 수 있는지를 생각하기 시작했다.

마흔두 사람의 손으로 꽤나 많은 일을 한 터였다. 농노제도가 있던 시절에는 낫 서른 자루로 이틀 동안 벴던 넓은 초원이 벌써 거의 다 베어져 있었다. 구석에 있는 짧은 두둑만이 베이지 않은 채 남아 있었다. 그러나 레빈은 오늘 안에 가능한 더 많이 베고 싶었기 때문에 빨리 기울고 있는 태양이 원망스러웠다. 그는 전혀 피곤하지 않았다. 단지 가능한 빨리, 가능한 더욱 많이 일을 하고 싶었다.

"그래 어떤가, 마시킨 위쪽도 벨까? 어떻게 생각하나?" 그가 노인에게 말했다.

"글쎄요, 해가 기울고 있어서요. 일꾼들에게 보드카 값이라도 주신다면야……."

휴식 시간이 되자 일꾼들은 다시 자리를 잡고 앉아서 담배를 피우기 시작했다. 그때 노인이 일꾼들에게 '마시킨 언덕도 베면 보드카가 나온다는군.' 하고 알렸다.

"그럼, 못 벨 것도 없지! 가세, 티트! 빨리 끝내버리자고! 먹는 게 문젠가, 그야 밤에 먹으면 되는 거지! 가자고!" 하는 목소리들이 들려왔다. 일꾼들은 빵을 마저 먹으며 일을 하러 갔다.

"자아, 이보게들, 시작해보자고!" 티트는 이렇게 말하곤 마치 달려 나가듯이 앞서서 풀을 베었다.

"가세나, 가자고!" 노인은 그의 뒤를 따라가는가 싶더니 어느새 그를 앞질러 나갔다. "조심들 하게나! 아니면, 내가 베어버릴지도 모른다고!"

그러고는 마치 경쟁이라도 하듯이 젊은이들도 노인들도 풀을 베어 나갔다. 그렇게 서둘러 나아가면서도 그들은 풀을 못 쓰게하는 일도 없었고, 두둑들은 역시 깨끗하고 반듯하게 줄을 맞춰베어져 있었다. 구석에 남아 있던 풀은 5분 만에 베었다. 그리고앞쪽에서 일하던 일꾼들은 뒤쪽의 일꾼들이 아직 자기들의 두둑을 다 베기도 전에 벌써 카프탄을 어깨에 걸치고 길을 가로질러 마시킨 언덕으로 향했다.

그들이 양철 숫돌 통을 철그렁거리며 마시킨 언덕의 나무가우거진 골짜기로 들어섰을 때, 태양은 벌써 나뭇가지 끝에 걸려있었다. 골짜기 한가운데에 있는 허리춤까지 올라오는 풀은 부드럽고 연하며 잎이 넓었고, 숲속 여기저기에는 오랑캐꽃이 알록달록 피어 있었다.

세로로 벨지, 가로로 벨지를 잠시 의논한 후에, 풀베기에서는타의 추종을 불허하는 프로호르 예르밀린이라는 덩치가 크고피부색이 까무잡잡한 농부가 앞으로 나섰다. 그는 앞서서 한 두둑을 베고는 뒤로 돌아서 다시 베어 나갔다. 그러자 모두들 그의 뒤에 줄을 지어서 따라 나아갔다. 산기슭 계곡을 따라 내려가며 풀을 베는 사람도 있고, 또 언덕 위 숲의 가장자리를 따라가며 베는 사람도 있었다. 태양은 숲 뒤로 넘어갔다. 이미 이슬이 내려앉았다. 언덕 위에서 일하는 일꾼들은 햇빛을 받으며 풀을 베어 나갔고, 안개가 피어오르는 아래쪽과 건너편에 있는 일꾼들은 이슬에 젖은 싱그러운 그늘 속에서 풀을 베어 나갔다. 일은 순조롭게 진행되었다.

삭삭 소리와 함께 베어진 풀은 신선한 향내를 풍기며 줄을 맞춰 위로 높이 쌓였다. 짧은 두둑을 따라 사방에서 모여든 일꾼들은 양철통을 철그렁거리기도 하고, 낫을 부딪치거나 숫돌에 낫을 가는 소리를 내기도 하며, 유쾌한 고함 소리와 함께 서로를 재촉하며 앞으로 나아갔다.

레빈은 계속해서 젊은이와 노인 사이에서 풀을 베고 있었다. 양가죽 재킷을 입은 노인은 여전히 유쾌하고 익살스러웠으며 움직임도 자유로웠디. 숲속에서는 젓은 풀 사이에서 부풀어 오른 자작나무 버섯이 끊임없이 낫에 걸렸다. 노인은 버섯을 볼 때마다 매번 허리를 굽혀 그것을 주워서는 주머니에 넣었다. '할멈한테 줄 선물이 여기 또 있군 그래.' 그는 중얼거렸다.

축축하고 연약한 풀을 베는 일이 쉽다고 해도 골짜기의 가파른 경사면을 오르내리는 일은 힘들었다. 그러나 노인은 전혀 힘들어 보이지 않았다. 그는 이전과 변함없이 낫을 휘두르며 커다란 짚신을 신은 발로 작고 정확한 걸음을 떼며 천천히 비탈을 올랐다. 비록 온몸과 셔츠 아래로 흘러내린 바지가 떨리긴 했지만 그는 가는 내내 풀 한포기, 버섯 하나도 놓치지 않으며 여전히 농부들과 레빈에게 농담을 던졌다. 레빈은 그의 뒤를 따라가면서, 낫 없이도 올라가기 힘든 가파른 언덕을 낫을 가지고 오르니 틀림없이 넘어질 거라고 생각하곤 했다. 그러나 그는 그곳에 올라가서 해야 할 일을 해치워버렸다. 그는 어떤 외부적인 힘이 그를 움직이고 있는 것 같은 느낌이 들었다.

6

마시킨 언덕을 베고 마지막 두둑까지 마치자, 사람들은 카프탄을 입고 즐겁게 집으로 향했다. 말에 올라탄 레빈은 일꾼들과 아쉬운 마음으로 작별 인사를 나누고는 집으로 갔다. 그는 언덕에서 뒤를 돌아보았으나 저지에서 피어오르는 안개 때문에 그들의 모습은 보이지 않았다. 오직 유쾌하고 거친 목소리와 껄껄거리는 웃음소리, 낫이 서로 부딪치는 소리만 들릴 뿐이었다.

헝클어진 머리는 땀에 흠뻑 젖어 이마에 들러붙고 등과 가슴은 온통 땀으로 검게 얼룩진 채 레빈이 한껏 들뜬 기분으로 떠들며 형의 방으로 불쑥 들어섰을 때, 이미 오래전에 식사를 마친 세르게이 이바니치는 자기 방에서 막 우편으로 도착한 신문과 잡지를 훑어보며 얼음이 든 레몬수를 마시고 있었다.

"풀밭을 전부 다 해치웠어요! 아, 얼마나 기분 좋고 놀라운지 몰라요! 그런데 형은 뭘 하고 있었어요?" 레빈은 불쾌했던 어제의 논쟁을 완전히 잊어버리고 이렇게 말했다.

“세상에, 그게 무슨 꼴이냐!” 세르게이 이바니치는 처음에는 못마땅하다는 듯 동생을 훑어보며 말했다. “문, 그 문 좀 닫아라!” 그는 소리쳤다. “틀림없이 열 마리는 들어왔겠군.”

세르게이 이바니치는 파리를 무척 싫어해서 밤에만 창문을 열고 가능한 늘 방문을 닫으려고 했다.

“걱정 마세요. 한 마리도 들어오지 않았어요. 들어왔으면 내가 잡을게요. 내가 얼마나 즐거웠는지 형은 못 믿을 거예요. 형은 오늘 어떻게 지냈어요?”

“나야 잘 지냈지. 그런데 넌 정말 하루 종일 풀을 벤 게냐? 무척이나 배가 고프겠구나. 쿠지마가 널 위해 식사를 잔뜩 준비해 놓았다.”

“아니요, 배고프지 않아요. 거기서 먹었거든요. 이제 가서 좀 씻어야겠어요.”

“그래, 가 봐라, 어서. 나도 곧 뒤따라가마.” 세르게이 이바니치는 머리를 내젓고 동생을 쳐다보며 말했다. “어서 가라, 빨리 가.” 그는 웃으며 덧붙였다. 그리고 책들을 모아놓은 뒤 따라 나갈 준비를 했다. 그도 덩달아 갑자기 기분이 들떠서 동생과 헤어지고 싶지 않았던 것이다. “그런데 비가 내릴 때, 넌 어디에 있었니?”

“무슨 비요? 몇 방울 떨어지다 말던데요. 그럼 금방 돌아올게요. 그러니까 형도 하루를 즐겁게 보낸 거죠? 참, 잘됐어요.” 레빈은 이렇게 말하고 옷을 갈아입기 위해 나갔다.

5분 후에 형제는 식당에서 만났다. 레빈은 먹고 싶은 생각이 없었지만 쿠지마의 기분을 상하게 할까 봐 식탁에 앉았다. 그런데 막상 먹기 시작하자 갑자기 음식이 무척 맛있게 느껴졌다. 세르게이 이바니치는 미소를 지으며 그를 바라보았다.

"참, 네게 편지가 왔더라." 그가 말했다. "쿠지마, 아래에 가서 편지 좀 가져다주겠나. 방문은 잘 닫도록 하고."

오블론스키에게서 온 편지였다. 레빈은 그것을 소리 내어 읽었다. 오브론스키가 페테르부르크에서 보낸 편지였다. '돌리가 편지를 보냈더군. 그녀는 예르구쇼보에 있는데 모든 게 마땅치 않은가 봐. 미안하지만 그녀를 방문해서 조언 좀 해주게나. 자네는 모든 걸 알고 있으니 말이야. 자네를 만나면 무척이나 반가워할 걸세. 그녀는 완전히 혼자거든, 가엾게도 말이야. 장모는 다른 식구들과 함께 아직 외국에 있네.'

"그거 잘됐군! 꼭 다녀와야겠는걸." 레빈이 말했다. "괜찮으면 함께 가요. 그분은 정말 좋은 분이에요, 그렇지 않아요?"

"여기서 멀지 않은 곳에 있다는 거니?"

"30베르스타 정도인가. 아니, 한 40베르스타쯤 될 거예요. 그런데 길이 정말 좋아요. 기분 좋게 다녀올 수 있을 거예요."

"그러지 뭐." 세르게이 이바니치는 여전히 미소를 지으며 말했다.

동생의 태도가 그냥 그의 기분을 즐겁게 해주었다.

"그런데, 네 식욕도 대단한데……." 그는 접시 위로 숙인 동생의 거무스름하게 그을린 얼굴과 목을 보며 말했다.

"정말 좋아요! 형은 믿기 힘들 테지만, 온갖 번잡한 생각으로부터 벗어나는 데는 그보다 더 효과적인 방법은 없을 거예요. 난 노동요법이라는 새로운 용어로 의학을 풍요롭게 할 거예요."

"그런데 네게는 그게 필요할 것 같지 않은데."

"그렇죠, 하지만 다양한 신경증 환자에게는 필요하겠지요."

"그래, 시험해 볼 필요가 있겠군. 실은 나도 네가 풀 베는 곳에 가려고 하다가 어찌나 더운지, 숲에서 더는 못 가겠더구나. 그래서 잠시 앉아 있다가 숲을 지나 마을로 갔어. 거시서 네 유모를 만나서 너에 대해 농부들이 어떻게 생각하는지 물어보았지. 내가 이해한 바로는, 네가 풀 베는 것을 농부들이 그다지 환영하는 것 같지는 않더구나. 그녀는 '나리들이 할 일이 아니에요'라고 말하더구나. 내 생각엔, 농부들의 머리에는 그들이 말하는 '나리들'의 일에 대한 요구가 아주 확고히 정해져 있는 것 같더구나. 그들은 나리들이 자신들이 정해놓은 사고의 틀을 벗어나는 걸 허용하지 않는 거야."

"그럴지도 모르죠. 하지만 이것은 내가 살면서 한 번도 느껴본 적이 없는 엄청난 만족감인걸요. 게다가 또 나쁠 것도 없으니까요. 안 그래요?" 레빈이 말했다. "그들의 마음에 들지 않는다고 해도 어쩔 수 없는 일이지요. 아무튼 난 괜찮다고 생각해요, 그렇죠?"

"어쨌든." 세르게이 이바니치는 계속해서 말했다. "내가 보기에, 너는 오늘 하루를 만족하는 것 같구나.”

“아주 만족해요. 풀밭을 전부 베었거든요. 그리고 거기서 얼마나 좋은 노인을 사귀었는데요! 얼마나 멋진지, 형은 상상도 못할 거예요!”

“그래, 넌 오늘 정말 만족한 하루를 보냈구나. 나 역시 그래. 첫째로 난 체스 문제 두 개를 풀었는데 그중 하나가 매우 흥미로웠어. 졸을 두는 것으로 시작하는 거야. 나중에 보여줄게. 그다음엔 우리가 어제 나눈 대화에 대해서도 생각해보았지.”

“뭐라고요? 어제 한 얘기요?” 레빈은 식사를 끝낸 후 행복하다는 듯 눈을 가늘게 뜨고 숨을 내쉬며 말했는데, 그는 어제의 대화가 어떤 내용이었는지 기억해 낼 기운조차 없는 듯했다.

“난 네가 어떤 면에서는 옳다는 생각이 들더구나. 우리들 사이에 견해차가 있었던 건 개인적인 이익을 원동력으로 삼고 있는 네 견해와 달리, 난 교양인에게는 공동의 행복이라는 개념이 있어야 한다고 생각했던 거지. 물질적 이익을 갖는 활동이 좀 더 바람직하다는 점에서 어쩌면 네 견해가 옳을지도 모르겠어. 하지만 네게는 프랑스인들이 말하는 이른바 충동적인 성향이 커. 넌 열정적이고 에너지가 넘치는 활동을 원하든지 아니면 아무것도 원하지 않잖아.”

레빈은 형의 말을 듣기는 했으나 아무것도 이해하지 못했고, 이해하고 싶지도 않았다. 그는 다만 자기가 전혀 듣고 있지 않다는 걸 알아차릴 질문을 형이 할까 봐 걱정스러웠다,

"그렇지, 친구." 세르게이 이바니치는 그의 어깨를 건드리며 말했다.

"네, 물론이죠. 그렇지요, 뭐! 내 생각을 고집하는 건 아니에요." 레빈은 실수라도 저지른 어린아이 같은 미소를 지으며 대답했다. '그런데 난 무엇에 대해 논쟁을 했었지?' 그는 생각했다. '물론 나도 맞고, 형도 맞아. 그러면 모든 게 잘된 거네. 그런데 사무실에 일러둘 게 있군.' 그는 기지개를 켜고 웃으며 일어섰다.

세르게이 이바니치도 따라서 웃었다.

"어딜 갈 거면, 같이 가자." 그는 생기와 활력이 넘치는 동생과 헤어지기 싫어서 이렇게 말했다. "가자, 만약 사무실에 가야 하면 같이 가자."

"아아, 맙소사!" 레빈은 세르게이 이바니치가 깜짝 놀랄 만큼 크게 소리쳤다.

"왜, 왜 그래?"

"아가피야 미하일로브나의 손은 좀 어때요?" 레빈은 자기 머리를 치며 말했다. "그녀에 대해서 잊고 있었군요."

"많이 좋아졌어."

"그래요, 그녀에게 빨리 다녀와야겠어요. 형이 모자를 다 쓰기도 전에 돌아올게요."

그리고 그는 계단을 뛰어 내려가며 장난감 딸랑이를 단 것처럼 구두 뒤축을 덜그럭거렸다.

7

　스테판 아르카디치가 관청에서 근무하지 않는 사람은 이해할
수 없지만 관청에서 근무하는 관리에게는 잘 알려져 있는 자연
스럽고 지극히 필요한 의무, 그것 없이는 근무가 불가능한 의무,
즉 부처에 자신의 존재를 상기시키는 일을 수행하기 위해서 페
테르부르그에 가서 집안의 거의 모든 돈을 가저다가 경마와 별
장에서 즐겁고 유쾌한 시간을 보내고 있는 동안, 돌리는 가능한
생활비를 줄이기 위해 아이들과 함께 시골로 이사를 했다. 그녀
는 결혼할 때 지참금으로 받은 재산인 예르구쇼보로 옮겨왔는
데, 그곳은 봄에 팔린 산림이 있는 곳으로 레빈이 사는 포크로프
스코예에서 50베르스타쯤 떨어진 곳에 있었다.

　예르구쇼보의 낡은 대저택은 오래전에 헐렸고, 공작이 아직
자기 소유였을 때 보수하며 증축해 놓은 별채 한 채만 있었다.
이 별채는 다른 별채들처럼 옆으로는 가로수길이 있었고 남향
으로 세워진 집으로, 20년 전 돌리가 아직 어렸을 때에는 넓고

편리한 곳이었지만, 지금은 무너질 것처럼 낡아 있었다. 봄에 스테판 아르카디치가 산림을 팔러 왔을 때, 돌리는 그에게 집을 둘러보고 필요하면 수리를 시키도록 부탁했었다. 스테판 아르카디치는 아내에 대한 죄책감을 느끼고 있는 남편들이 그렇듯, 아내의 편의를 신경 쓰며 직접 집을 돌아보고 자신이 필요하다고 느낀 모든 조치를 취하고 돌아왔었다. 그가 필요하다고 생각한 것은 가구 전부를 크레톤 아마천으로 감싸고, 커튼을 달고, 정원을 깨끗이 손질하고, 연못에 다리를 놓고, 꽃을 심는 일이었다. 그러나 그는 다른 필요한 많은 일들을 잊어서, 이러한 부족한 부분은 나중에 다리야 알렉산드로브나를 괴롭혔다.

스테판 아르카디치는 자상한 아버지와 남편이 되려고 아무리 애를 써도 자기에게 아내와 아이들이 있다는 사실을 잊어버리곤 했다. 그에게는 독신자적인 성향이 있었고, 그의 생활은 그러한 성향에 따랐다. 모스크바로 돌아온 그는 아내에게 준비가 완료되었고, 집도 멋지게 꾸며놓았으니 꼭 가보도록 자랑스럽게 권했다. 스테판 아르카디치는 아내가 시골로 떠난다는 것에 대해 모든 면에서 매우 좋다고 생각하고 있었다. 아이들에게뿐만 아니라 지출도 줄어서 좋고, 게다가 그가 더욱 자유로워질 것이기 때문이었다. 다리야 알렉산드로브나 역시 여름 동안 시골로 옮기는 것이 바람직하다고 생각했는데 그 이유는 아이들, 특히 성홍열을 앓은 후에 건강이 회복되지 않은 딸을 위한 이유도 있었으나, 그녀를 괴롭혔던 장작 장수, 생선 장수, 신발 장수에게 갚아야 할 작은 빚과 그런 문제들로 인한 수치심에서 벗어나기 위해서기도 했다. 게다가 그녀는 수욕 처방이 내려 있는 여동생 키티가 한여름에 해외에서 돌아오면 자기가 사는 시골에서 그녀와 함께 살려고 했기 때문에 시골로 떠나는 게 더욱 즐거웠다. 키티도 두 사람의 어린 시절의 추억이 많은 예르구쇼보에서 돌리와 함께 여름을 보내는 것보다 더한 즐거움은 없을 거라며 온천장에서 편지를 보냈던 것이다.

처음 한동안 전원생활은 돌리에게 매우 힘들었다. 어린 시절을 시골에서 보낸 그녀에게 시골은 도시생활의 온갖 불쾌한 것으로부터의 구원이었고, 생활은 비록 좋지는 않았지만(돌리는 이러한 점에는 쉽게 적응했다) 그 대신 값싸고 편리한 곳이었다. 뭐든지 있고 뭐든지 값싸고 뭐든지 손에 넣을 수 있고, 아이들에게도 좋다는 생각을 했었다. 그런데 지금 주부가 되어 시골에 와 보니 모든 것이 그녀가 생각하고 있던 것과는 달랐다.

그들이 도착한 다음 날에는 폭우가 내렸는데, 밤에는 복도와 아이들 방에 비가 새는 바람에 침대를 거실로 옮겨야만 했다. 가정부도 없었다. 가축을 돌보는 하녀의 말에 의하면 아홉 마리의 암소 중에 어떤 것은 새끼를 배고, 어떤 것은 송아지이며, 어떤 것은 너무 늙고, 또 어떤 것은 젖이 말라버렸다고 했다. 버터와 우유조차 아이들에게 부족했다. 달걀도 없었다. 암탉도 구할 수가 없어서 늙고 보랏빛이 감도는 질긴 수탉을 굽거나 삶아 먹었다. 모두들 감자밭에 나가 있어서 마루를 닦을 여자도 구할 수 없었다. 말을 타고 다닐 수도 없었다. 말은 사나워서 수레 채를 묶기만 하면 빼려고 가만히 있지를 않았다. 목욕할 곳도 없었다. 강가는 온통 가축들이 더럽혀놓은 데다가 길에서도 환히 보였다. 심지어 무너진 울타리를 통해 가축들이 뜰로 들어왔는데, 그 중에 울어대는 사나운 황소 한 마리가 뿔로 들이받을 것만 같아 산책을 할 수도 없었다. 제대로 된 옷장도 없었다. 그나마 있는 것은 문이 닫히지 않거나 옆으로 지나가기만 해도 그냥 열리는 것뿐이었다. 솥도 단지도 없었다. 빨래 삶을 솥도 없고 하녀 방에 다리미판조차 없었다.

처음에는 안정과 휴식 대신, 그녀의 관점에서 볼 때, 이런 비참한 가난과 맞닥뜨린 다리야 알렉산드로브나는 절망스러울 수밖에 없었다. 그녀는 분주히 오가며 혼신을 다했지만 그 상태를 벗어날 수 없음을 깨닫고는 매순간 차오르는 눈물을 겨우 참아내고 있었다. 잘생긴 외모와 예의 바른 몸가짐으로 스테판 아르카디치의 마음에 들어서 문지기들 중에 집사로 뽑힌 전직 기병 상사는 다리야 알렉산드로브나의 어려운 처지에는 조금도 신경 쓰지 않고 공손한 어조로 이렇게 말했다. "어쩔 도리가 없다니까요. 저런 역겨운 놈들 같으니." 그러면서 그는 어떤 도움도 주려 하지 않았다.

그런 상황에서 벗어날 수 있는 방법은 없는 듯했다. 그러나 오블론스키 가족에게는 여느 가정과 마찬가지로 눈에 띄지는 않지만 중요하고 유익한 사람, 마트료나 필리모노브나가 있었다.

그녀는 마님을 안심시키고 **모든 게 다 잘될 거예요**(이 말은 그녀의 말인데, 마트베이가 그녀에게서 배워 쓰고 있었다)라고 확신하며, 서두르거나 걱정하지 않고 일을 처리해 나갔다.

그녀는 곧 집사의 아내와 친해져서 그곳에 도착한 첫날부터 집사 부부와 함께 아카시아 나무 아래에서 차를 마시며 모든 문제를 의논했다. 그리고 얼마 후 아카시아 나무 아래에는 마트료나 필리모노브나의 모임이 만들어졌다. 그리고 집사의 아내, 마을의 장로, 서기로 구성된 이 모임을 통해 생활 속의 어려움들이 차츰 해소되고 있었다. 실제로 일주일 후부터는 모든 일들이 제자리를 찾아가고 있었다. 지붕도 수리됐고, 장로의 대모가 가정부로 들어왔고, 암탉도 구입했고, 암소도 젖이 나왔다. 또 정원엔 말뚝을 박아 울타리를 쳤고, 목수가 스케이트장도 만들었고, 옷장에는 고리가 달려 저절로 열리지 않게 되었고, 군용 천을 씌운 다리미판도 안락의자의 팔걸이에서 서랍장 위로 걸쳐놓아 하녀의 방에선 다리미질 하는 냄새가 났다.

"자아, 보세요! 마님께선 낙담만 하셨죠." 마트료나 필리모노브나는 다리미판을 가리키며 말했다.

짚으로 울타리를 친 목욕장까지 만들어져서 릴리는 목욕을 하기 시작했다. 비록 안정적인 생활이라고는 할 수 없었지만 다리야 알렉산드로브나에게는 그나마 안락한 전원생활에 대한 기대가 생겼다. 여섯 아이와 평온한 생활을 한다는 것은 다리야 알렉산드로브나에겐 불가능한 일이었다. 한 아이가 아프면 다른 아이도 따라서 아플 수 있고, 셋째 아이에게는 뭔가 부족한 게 있고, 넷째 아이에게는 좋지 못한 성격의 징후가 보이기도 하는 등등의 일이 계속 되었던 것이다. 아주 가끔은 조용한 시간이 올 때가 있었지만, 다리야 알렉산드로브나는 이런 분주함과 걱정을 유일한 행복이라고 여기고 있었다. 만약 이런 일들이 없었다면 그녀는 자기를 사랑하지 않는 남편에 대한 혼자만의 생각에 빠져 지냈을 것이었다. 게다가 병에 대한 불안이나 질병 그 자체, 아이들에게서 나쁜 성향의 징후를 보는 슬픔은 어머니로서 괴로운 일이었지만, 이제는 아이들 자체가 그녀에게 슬픔에 대한 보상이라도 하듯 작은 기쁨을 안겨주었다. 그 기쁨이라는 것은 모래 속에 섞여 있는 금처럼 눈에 띄지 않을 만큼 아주 작아서 좋지 않은 순간에는 슬픔만을, 즉 모래만을 보았지만 좋을 때에는 기쁨만을, 즉 금만을 보곤 했다.

이제는 전원생활의 한적함 속에서 그녀는 점점 더 자주 이 기쁨을 의식하게 되었다. 아이들을 바라보며 그녀는 자기가 잘못 생각하고 있고, 어머니로서 아이들을 편애하고 있다는 것을 스스로 깨닫기 위해 온갖 노력을 기울였다. 그러면서도 그녀는 자기의 여섯 아이들이 성격은 제각각이지만, 보기 드문 예쁜 아이들이라는 것을 스스로 인정하지 않을 수 없었다. 그녀는 아이들 덕분에 행복했고 그런 아이들이 자랑스러웠다.

8

5월 말, 이미 모든 것이 어느 정도 정리되어 갈 무렵, 그녀는 시골 생활의 불편함을 남편에게 적어 보냈는데 그에 대한 남편의 답장을 받았다. 그는 편지에 모든 건 깊이 생각하지 못한 자신의 탓이라고 사과하면서 기회가 나는 대로 빨리 오겠노라고 약속했다. 다리야 알렉산드로브나는 그 기회를 기다렸지만, 6월 초까지 시골에서 혼자 지내야만 했다.

성 베드로제의 일요일에 다리야 알렉산드로브나는 아이들 모두에게 영성체[3]를 받게 하기 위해 미사에 다녀왔다. 다리야 알렉산드로브나는 여동생과 어머니와 친구들과 종교에 대한 자신의 자유로운 견해를 피력하며 자유롭게 철학적인 대화를 나눌 때 그들을 꽤나 자주 놀라게 하곤 했다. 그녀는 윤회라는 그녀만의 기묘한 종교를 굳게 믿고 있는 터라 교회의 교리에는 크게 신경

---

3 가톨릭에서 성체성사를 받는 일로 기독교의 성찬식을 일컫는다.

쓰지 않았다. 그러나 가정에서만큼은 단순히 모범을 보이기 위해서만이 아니라 충심으로 교회의 모든 요구를 엄격히 실천했다. 그래서 아이들이 벌써 1년 가까이 성체성사를 받고 있지 못하자 몹시 마음에 걸렸는데, 마트료나 필리모노브나의 격려와 동감을 얻어 이번 여름에 성찬을 받기로 한 것이었다.

다리야 알렉산드로브나는 벌써 며칠 전부터 아이들 모두에게 어떤 옷을 입힐지를 고심하고 있었다. 옷을 새로 짓기도 하고, 수선도 하고, 세탁도 하고, 솔기와 단을 늘리기도 하고, 단추를 달거나 리본을 달기도 했다. 영국인 가정교사가 손을 본 타냐의 옷만이 다리야 알렉산드로브나의 기분을 망쳐놓았다. 영국인 가정교사가 옷을 고쳐 꿰매면서 제 위치에 주름을 잡지 않고 소매를 너무 길게 재단하여 옷을 완전히 망쳐버리고 만 것이었다. 타냐에게는 어깨가 죄어서 보기에도 불편해 보일 정도였다. 그러나 마트료나 필리모노브나가 섶을 덧대고 긴 깃을 달 방법을 생각해 냈기 때문에 그 일은 해결되었으나, 영국인 가정교사와는 거의 싸울 뻔했다. 그러나 다음 날 아침에는 모든 게 잘 준비되었고, 신부님에게 기다려달라고 부탁한 9시가 다가오자 아이들은 새 옷을 입고 기쁨으로 가득한 환한 얼굴로 현관 계단 옆 마차 앞에 서서 어머니가 나오기를 기다리고 있었다.

마트료나 필리모노브나의 주선으로 마차에는 다루기 힘든 보론 대신에 집사의 말 부로고를 매어놓았다. 그리고 오랫동안 몸치장에 정성을 들이던 다리야 아렉산드로브나가 하얀 모슬린

옷을 차려입고 마차를 타러 나왔다.

다리야 알렉산드로브나는 한편으로는 걱정스럽고 또 다른 한편으로는 설레는 마음을 안고 머리를 매만지며 옷을 입었다. 그녀도 예전에는 자기 마음에 들게 옷을 입어서 다른 사람들에게도 예뻐 보이고 싶었지만, 시간이 지날수록 옷치장을 하는 게 점점 더 싫어졌다. 그녀는 스스로 매력을 잃어버렸다고 생각했다. 그러나 지금 그녀는 새로운 만족감과 설레는 마음으로 옷을 입었다. 지금은 자기 자신이나 자신의 아름다움을 위해서 옷치장을 하는 것이 아니라, 이 귀여운 아이들의 어머니로서의 인상을 망치지 않기 위해 옷치장을 한 것이다. 그리고 마지막으로 거울을 들여다보고는 스스로 만족했다. 그녀는 아름다웠다. 이 아름다움은 예전에 그녀가 무도회에서 아름답고 싶었던 것과 같은 그런 아름다움이 아니라, 지금 염두에 두고 있는 목적을 위한 아름다움이었다.

교회에는 농부들과 하인들과 그들의 아내들만 있었다. 그러나 다리야 알렉산드로브나는 자기의 아이들과 자기가 불러일으킨 황홀함을 본 듯했다. 아이들은 옷차림이 훌륭할 뿐만 아니라 의젓한 행동 또한 매우 사랑스러웠다. 사실 알료샤는 그다지 얌전하지는 않았다. 그는 계속 고개를 돌려 자기 재킷의 뒤쪽을 보려고 했다. 그래도 그는 여전히 귀여웠다. 타냐는 어른처럼 서서 동생들을 돌보았다. 막내딸 릴리는 모든 것에 대해 천진난만하게 놀라워하는 모습이 무척 사랑스러웠으며, 영성체를 받고 "좀 더 주세요." 하고 말했을 때는 모두들 웃지 않을 수 없었다.

아이들은 집으로 돌아오는 길에 무척 얌전했는데 뭔가 엄숙한 의식을 치른 것을 느낀 것 같았다.

집에서의 일도 모든 게 순조로웠다. 단지 아침 식사 때 그리샤가 휘파람을 불었는데, 무엇보다 안 좋았던 것은 영국인 가정교사의 말을 듣지 않았다는 이유로 맛있는 파이를 받지 못한 것이었다. 만약 다리야 알렉산드로브나가 그 자리에 있었더라면 그런 날은 벌을 주지 않았을 것이다. 그러나 영국인 가정교사의 지시를 지지해야 했기 때문에 그리샤에게는 맛있는 파이를 주면 안 된다는 그녀의 결정을 따라야만 했다. 이 일은 모두의 기분을 조금 상하게 했다.

그리샤는 니콜렌카도 휘파람을 불었는데 그에게는 벌을 주지 않았다면서 자기는 파이 때문에 우는 게 아니라며, 자기는 그런 건 어떻든 상관없는데 자기에게만 불공평하다며 울었던 것이었다. 그것은 너무나도 슬픈 일이었다. 그래서 다리야 알렉산드로브나는 영국인 가정교사와 상의해서 그리샤를 용서해주도록 해야겠다고 생각하고는 그녀의 방으로 갔다. 그때 홀을 지나가다가 눈물이 핑 돌 정도로 그녀의 마음을 기쁨으로 채워주는 장면을 보게 되었다. 그래서 그녀는 직접 죄인을 용서해주었다.

벌을 받은 아이는 홀의 한쪽 구석의 창가에 앉아 있었고, 그 옆에는 타냐가 접시를 들고 서 있었다. 타냐는 인형에게 밥을 먹인다는 핑계를 대고 자기 몫의 파이를 아이들 방으로 가져가도 좋다는 영국인 가정교사의 허락을 받고는 그것을 동생에게로 가져온 것이었다. 그리샤는 자기에게 가해진 벌이 부당하다고 계속 훌쩍이며 가져온 파이를 먹었고, 울먹이며 이렇게 말했다. "누나도 먹어. 같이 먹자, 같이……."

타냐는 처음에는 그리샤가 너무 불쌍하다고 느꼈는데, 이제는 자기의 선행에 대한 의식이 작용해 그녀의 눈에도 눈물이 글썽였다. 그러나 타냐는 거절하지 않고 자기 몫을 먹었다.

아이들은 어머니를 발견하고는 화들짝 놀랐지만 그녀의 얼굴에서 자기들이 좋은 일을 하고 있다는 것을 알아채고는 웃기 시작했다. 그리고 파이를 한가득 문 채로 웃고 있는 얼굴을 두 손으로 닦기 시작하자, 아이의 환한 얼굴이 온통 눈물과 잼으로 뒤범벅되었다.

"맙소사! 하얀 새 옷을! 타냐! 그리샤!" 어머니는 옷을 더럽히지 않게 하려고 애쓰면서도 눈물을 머금은 눈으로 행복하고 기쁨이 가득한 미소를 지으며 이렇게 말했다.

새 옷을 벗기고 여자아이는 블라우스를, 사내아이는 헌 재킷을 입히도록 지시한 뒤, 버섯 따기와 목욕을 하기 위해, 집사에게는 괴로운 일이었지만, 또다시 마차에 부로고를 매도록 했다. 그러자 아이들 방에서 환희의 함성이 터져 나왔고, 그 함성은 목욕장으로 출발할 때까지 계속되었다.

바구니 한가득 버섯을 땄다. 릴리도 자작나무 버섯을 찾아냈다. 전에는 미스 굴이 찾아내서 릴리에게 보여주곤 했는데 오늘은 릴리가 직접 커다란 자작나무 버섯을 찾아낸 것이다. 그래서 "릴리가 버섯을 찾았다!" 하며 모두들 환호성을 질렀다.

그러고는 마차를 몰아 강가로 가서 말들을 자작나무 밑에 세워 두고 모두들 먹을 감으러 갔다. 마부인 테렌티는 쇠파리를 쫓으려고 꼬리를 흔들고 있는 말을 나무에 매어놓고는 풀을 밟아 자리를 만든 뒤 자작나무 그늘에 누워서 싸구려 잎담배를 피웠다. 목욕장에서 끊임없이 아이들의 즐거워하는 소리가 그에게까지 들려왔다.

아이들 모두를 돌보고 아이들이 장난치지 못하도록 하는 일은 귀찮은 일이었고, 크기가 다른 아이들의 양말, 바지, 신발을 혼동하지 않고 기억하고 끈과 단추를 풀어주거나 매주고 하는 일은 힘들었지만, 다리야 알렉산드로브나는 평소 목욕하기를 좋아했고 아이들에게도 유익하다고 생각했기 때문에 아이들 모두와 함께 하는 목욕만큼 즐거운 일은 없었다. 양말을 신기면서 아이들의 통통한 발을 만지기도 하고, 발가벗은 몸을 안아서 물에 담그기도 하고, 때로는 즐겁고 때로는 놀라서 지르는 비명을 듣기도 하고, 유쾌하면서도 놀란 듯 눈을 동그랗게 크게 뜨고 숨을 헐떡이기도 하고, 물을 튀기며 노는 아이들의 천사 같은 얼굴을 보는 것은 그녀에게 커다란 즐거움이었다.

아이들의 반이 이미 옷을 입었을 때, 약초를 캐러 다녀온 잘 차려입은 아낙네들이 목욕장 쪽으로 다가와서는 수줍은 듯 발걸음을 멈추었다. 마트료나 필리모노브나는 물에 떨어뜨린 수건과 셔츠를 말릴 생각으로 그들 중 한 사람을 불렀고, 다리야 알렉산드로브나도 아낙네들과 이야기를 나누게 되었다. 아낙네들은 처음엔 손으로 입을 가리고 웃으며 묻는 말도 못 알아듣더니, 곧 대담하게 그녀와 이야기를 나누고 아이들에 대한 진심 어린 사랑의 눈길을 보내어 곧바로 다리야 알렉산드로브나의 환심을 샀다.

"어쩌면 이렇게 예쁘니, 설탕처럼 하얗구나." 한 아낙네가 타네치카를 넋 놓고 바라보면서 고개를 흔들며 말했다. "그런데 좀 말랐네요……."

"그래, 그 앤 좀 아팠거든."

"아휴, 너도 먹을 감았구나." 다른 한 아낙네가 아기를 보고 말했다.

"아니, 그 애는 태어난 지 겨우 석 달 되었네." 다리야 알렉산드로브나는 자랑스럽게 대답했다.

"어머나!"

"그런데 자네도 아이가 있나?"

"넷이 있었는데, 시금은 둘만 남았어요. 사내아이 하나와 게집아이 하나요. 지난 사순절에 젖을 뗴었어요."

"몇 살인데?"

"두 살이에요."

"왜 그렇게 오랫동안 젖을 먹였나?"

"저희들은 보통 그래요. 사순절이 세 번 올 때까지……."

그렇게 대화는 다리야 알렉산드로브나에게 가장 흥미로운 이야기로 넘어갔다. 아이는 어떻게 낳았는가? 무슨 병을 앓았나? 남편은 어디에 있는가? 집에 자주 오는가?

다리야 알렉산드로브나는 아낙네들과 헤어지고 싶지 않았다. 그들의 관심거리가 완전히 같은 것이니만큼 아낙네들과의 대화도 흥미로웠다. 다리야 알렉산드로브나가 더욱 기분이 좋았던 것은, 아낙네들 모두가 그녀에게 많은 아이들이 있다는 것과 그 아이들이 얼마나 예쁜지 감탄하는 것을 확실히 보았기 때문이었다. 아낙네들은 다리야 알렉산드로브나를 웃기기도 했고, 영국인 가정교사를 화나게도 했는데, 그 이유는 영국인 가정교사가 사람들이 왜 자기 때문에 웃는지 이해할 수 없었기 때문이었다. 젊은 아낙네들 중 한 사람이 마지막으로 옷을 입고 있던 영국인 가정교사를 지켜보다가, 그녀가 세 번째 페티코트를 입었을 때 참지 못하고 "저것 좀 봐요. 입고, 또 입고, 또 입네. 언제다 입을지 모르겠네요!" 하고 말을 뱉는 바람에 모두들 웃음을 터뜨린 것이다.

9

떡을 다 감고 젖은 머리를 한 아이들과 함께 머리에 수건을 두른 다리야 알렉산드로브나가 집 가까이에 다다랐을 때, 마부가 말했다.

"어떤 나리가 오십니다. 포크로프스키에서 오신 분 같은데요."

다리야 알렉산드로브나는 앞을 바라보다가, 회색 무자에 회색 외투를 입은 낯익은 얼굴의 레빈이 자기들 쪽을 향해 걸어오는 모습을 보고 기뻐했다. 그를 보는 건 그녀에게 언제나 기쁜 일이었지만, 지금은 지극히 행복한 자신의 모습을 보여주게 된 것이 특히 그녀를 기쁘게 했다. 그녀의 훌륭함을 레빈보다 더 이해해주는 사람은 없었다.

그녀를 본 레빈은 자기가 꿈꿔왔던 미래의 가족생활을 본 기분이 들었다.

"당신은 꼭 알을 품은 어미 닭 같으시네요, 다리야 알렉산드로브나."

"아, 정말 반가워요!" 그녀는 손을 내밀며 말했다.

"반가우시다면서 오신다는 소식도 주지 않으셨잖아요. 우리 집에는 지금 형님이 와 계세요. 사실은 스티바가 당신이 이곳에 와 계시다고 편지를 보냈더군요."

"스티바가요?" 다리야 알렉산드로브나는 놀랍다는 듯이 물었다.

"네, 당신이 여기에 계신다고 적었더군요. 제가 뭔가 당신을 도와드릴 수 있는 일이 있을 거라고 적어 보냈더군요." 레빈이 말했다.

이렇게 말하고 나서 레빈은 갑자기 당황한 듯 말을 끊더니 보리수의 순을 따서 씹으며 말없이 마차 옆으로 걸어갔다. 그가 당황했던 것은 마땅히 남편이 해야 할 일을 타인의 도움을 빌어 한다는 것이 다리야 알렉산드로브나로서는 불쾌할 수도 있겠다는 생각이 들었기 때문이었다. 실제로 다리야 알렉산드로브나는 자기의 가정일로 타인을 번거롭게 만드는 스테판 아르카디치의 태도가 마뜩지 않았다. 그리고 그녀는 레빈이 이러한 사실을 눈치채고 있다는 것을 금방 알 수 있었다. 다리야 알렉산드로브나는 그런 레빈의 세심한 이해심과 섬세함 때문에 그를 좋아했다.

"당연히 이해합니다." 레빈이 말했다. "편지는 당신이 나를 보고 싶어 하신다는 의미일 테지요. 그래서 나도 매우 기쁩니다. 당신과 같은 도회지 부인에게 이곳은 두말할 나위 없이 불편하실 겁니다. 그러니 만약 필요한 일이 있으시면 언제든지 말씀만 해주십시오."

"어머, 아니에요!" 돌리가 말했다. "처음에는 불편했는데 지금은 모든 게 자리를 잡았는걸요. 모두 우리 늙은 보모 덕분이지요." 돌리는 마트료나 필리모노브나 쪽을 가리키며 말했다. 자기에 대해 대화하고 있는 것을 눈치챈 늙은 보모는 레빈을 향해 즐겁고도 정다운 미소를 지어 보였다. 그녀는 그를 잘 알고 있었을 뿐만 아니라 막내 아가씨의 훌륭한 신랑감으로 알고는 그 결혼이 성사되기를 바라고 있었다.

"타세요, 이리로 좁혀 앉으면 돼요." 그녀가 레빈에게 말했다.

"아닙니다, 난 걸어가겠습니다. 애들아, 나하고 같이 말과 달리기 시합할 사람?"

아이들은 레빈을 잘 알지 못했고 언제 보았는지조차 기억도 못했다. 그러나 아이들은 흔히 위선적인 어른들을 대할 때 보이는, 그리고 그로 인하여 심하게 꾸중을 듣기도 하는 수줍음과 혐오감 같은 기묘한 감정을 그에게는 내보이지 않았다. 위선은 가장 현명하고 통찰력 있는 사람조차도 어떤 일에서든 감쪽같이 속일 수 있지만 아무리 정신적으로 미숙한 아이라고 해도, 또 아무리 아이들에게 그것을 교묘히 숨기려고 해도 금방 위선임을 느끼고는 꺼려하는 법이다. 그러나 레빈에게는 다른 결점이 있을 수는 있어도 위선만은 없었으므로 아이들은 그를 대하던 어머니의 얼굴에서 보았던 그 다정한 표정을 지어 보였다. 그의 제안에 곧바로 두 아이가 그에게로 뛰어 내려와서 그와 함께 유모나 미스 굴 혹은 어머니와 함께 달리던 것과 마찬가지로 자연스럽게 달려갔다. 릴리도 그에게 가겠다고 졸라서 어머니는 릴리도 그에게 건네주었다. 그는 릴리를 어깨 위에 앉히고 뛰어갔다.

"걱정 마세요, 걱정 마세요, 다리야 알렉산드로브나!" 그는 릴리의 어머니에게 즐겁게 웃어 보이며 말했다. "떨어뜨리거나 다치게 하는 일은 없을 거예요."

그의 민첩하면서도 강하고, 신중하면서도 지나칠 정도로 긴장된 동작을 보면서 그녀도 마음이 놓이는지 미소를 지으며 유쾌하고 격려하는 눈빛으로 그를 바라보았다.

여기 시골에서 그에게 호감이 있는 다리야 알렉산드로브나와 아이들과 함께 있는 동안, 레빈은 전에도 종종 경험했던 아이들 같은 명랑한 기분을 느꼈다. 다리야 알렉산드로브나는 특히 그의 그런 점을 좋아했다. 아이들과 함께 뛰어가며 그는 아이들에게 체조를 가르쳐주기도 하고, 서투른 영어로 미스 굴을 웃기기도 하고, 다리야 알렉산드로브나에게 시골에서의 자기 일에 대한 얘기를 들려주기도 했다.

점심 식사 후에 다리야 알렉산드로브나는 그와 단둘이 발코니에 앉아서 키티에 대해 얘기하기 시작했다.

"아세요? 키티가 이곳에 와서 나와 함께 여름을 보낼 거예요."

"정말입니까?" 레빈은 얼굴을 붉히며 이렇게 말하고는 화제를 바꾸려고 했다. "그러면 암소 두 마리를 보내드리면 되겠지요? 꼭 셈을 치르시고 싶으시면 한 달에 5루블씩만 내십시오. 불편하지 않으시면요.”

“아니요, 감사한 일이지요. 우리도 웬만큼 정리가 다 되었거든요.”

“그러면 댁의 소들을 한번 보지요. 그리고 사료 주는 법도 일러놓으면 좋겠군요. 모든 건 사료에 달려 있거든요.”

그러고는 레빈은 단지 화제를 바꾸기 위해, 암소란 젖을 우유로 바꾸는 기계에 불과하다는 등의 낙농업에 관한 이론을 다리야 알렉산드로브나에게 설명했다.

그는 이야기를 하면서도 키티에 대한 자세한 얘기를 간절히 듣고 싶었으나 한편으로는 두려웠다. 너무도 힘겨운 시간을 보내고 얻은 지금의 안정을 깰까 봐 더욱 두려웠던 것이다.

“그래요, 그런데 그러기 위해선 관리가 필요할 텐데, 누가 하지요?” 다리아 알레산드로브나는 마음이 내키지 않는 듯이 대답했다.

그녀는 지금 마트료나 필리모노브나가 집안일을 잘 처리하고 있었으므로 더 이상 아무것도 바꾸고 싶지 않았다. 그리고 그녀는 암소가 젖을 만들어 내는 기계일 뿐이라는 등의 레빈의 지식도 신뢰하지 못했고 그의 의견도 이해할 수 없었다. 그런 생각은 집안일에 방해만 될 뿐이라는 생각이 들었다. 그녀에게는 마트료나 필리모노브나가 설명하는 것이 모든 면에서 훨씬 간단하게 여겨졌다. 페스트루하와 벨로파하에게 먹이와 물을 좀 더 주고, 요리사가 부엌의 구정물을 세탁부의 암소에게 가져가지 못하게 하면 되는 것이었다. 그것은 명백했다. 그러나 분말사료와 풀사료에 대한 그의 생각은 왠지 의심스럽고 명료하지가 않았다. 그녀에게 무엇보다 키티에 관한 얘기를 그와 나누고 싶었다.

10

"키티가 고독과 안정을 가장 바란다고 내게 써 보냈더군요." 잠시 아무 말이 없던 돌리가 말했다.

"그런데 그녀의 건강은 괜찮습니까?" 레빈이 들뜬 듯한 마음으로 물었다.

"네, 덕분에 완전히 회복했어요. 난 그 애가 가슴앓이 같은 걸 하리라곤 생각도 못했어요."

"아, 정말 다행이군요!" 레빈이 말했다.

이렇게 말하고 말없이 돌리를 바라본 그의 얼굴에서 그녀는 무언가 감동적이고 애절한 빛이 떠오르는 것을 느꼈다.

"그런데요, 콘스탄틴 드미트리치." 다리야 알렉산드로브나는 선하면서도 약간 비웃는 듯한 미소를 지으며 말했다. "당신은 키티에게 화가 나 있는 거지요?"

"내가요? 화가 나 있을 리가요." 레빈이 말했다.

"아니요, 당신은 화가 나 있어요. 그게 아니라면 모스크바에

왔을 때 왜 우리 집에도, 키티의 집에도 들르지 않으셨나요?”

“다리야 알렉산드로브나.” 머리 밑까지 빨개진 그가 말했다. “당신처럼 선한 분이 왜 그걸 이해하지 못하시는지 놀랍군요. 당신은 모든 걸 알고 계시면서 날 측은하게 생각지 않으시는군요?”

“내가 무엇을 안다는 거예요?”

“내가 청혼하고 거절당한 것 말입니다.” 레빈은 이렇게 말하고 나자 바로 전까지만 해도 키티에게 가지고 있던 다정한 느낌이 모욕에 대한 분노로 바뀌어버렸다.

“당신은 왜 내가 그걸 알 거라고 생각하세요?”

“모르는 사람이 없기 때문이지요.”

“그것 보세요, 당신은 오해하고 계시잖아요. 나는 짐작은 했지만, 몰랐어요.”

“아아! 이제 이렇게 알게 되셨네요.”

“내가 알고 있는 건 단지 무슨 일이 있었다는 것과 무언가 그 애를 몹시 괴롭히고 있었다는 것, 그 애가 내게 그 일에 대해 말하지 말아달라고 부탁했다는 것뿐이에요. 내게도 말하지 않았는데 누구에게 말했겠어요. 그런데 무슨 일이 있었던 거예요? 얘기해주세요.”

“당신에게 말씀드렸었는데요.”

“언제요?”

“내가 마지막으로 댁에 들렀을 때요.”

“그렇다면 당신에게 할 말이 있어요.” 다리야 알렉산드로브나가 말했다. "난 그 애가 너무나 가여워요. 당신은 자존심 때문에 고통스럽겠지만……."

"그럴지도 모르죠." 레빈이 말했다. "그렇지만……."

돌리는 그의 말을 가로막았다.

"하지만 그 가여운 것, 난 정말 너무 그 애가 가여워요. 이제 모든 걸 알겠어요."

"그런데 다리야 알렉산드로브나, 죄송합니다만." 레빈은 일어서며 말했다. "난 이만 가 봐야겠습니다! 다리야 알렉산드로브나, 또 뵙겠습니다."

"아니, 잠깐만요." 그녀는 그의 옷소매를 잡으며 말했다. "잠깐만 앉아보세요."

"제발, 제발 그 얘기는 하고 싶지 않습니다." 그는 앉으면서 자기 마음속 깊숙이 잠자고 있던 희망이 깨어나는 것을 느끼며 말했다.

"만약 내가 당신을 좋아하지 않았다면……." 다리야 알렉산드로브나가 말했다. 그녀의 두 눈에는 눈물이 글썽였다. "내가 만약 당신을 잘 알지 못했더라면……."

이미 죽었다고 여겼던 감정이 더욱더 생생하게 되살아나며 레빈의 마음을 사로잡았다.

"그래요, 난 이제야 모든 걸 알겠어요." 다리야 알렉산드로브나는 계속해서 말했다. "당신은 이해할 수 없을지도 모르겠어요. 당신과 같이 스스로 자유롭게 선택하는 남자들은 자기가 누구를 사랑하는 것이 항상 명백하지요. 하지만 처녀들은 처녀의 수줍음을 가지고 기다리는 거예요. 그저 당신네 남자들을 멀리서 바라보며 모든 걸 있는 그대로 받아들이는 거예요. 그런 상태에서 처녀는 자기 자신도 무슨 말을 해야 할지 모르는 감정을 경험할 때가 있답니다."

"그렇죠, 마음이 말해주지 않는다면야……."

"아니요, 마음은 말해요. 단지 생각해보세요. 당신네 남자들은 어떤 처녀가 마음에 들면 그 집에 드나들면서 처녀와 가까이 지내고 자세히 살펴보고는 그녀에게 자기가 좋아하는 부분이 있는지 알아본 후에, 그녀를 사랑한다는 확신이 들면 청혼하는 거잖아요……."

"글쎄요, 꼭 그런 것만은 아니에요."

"어쨌든 마찬가지예요. 당신네들은 자신들의 사랑이 무르익든지 아니면 선택하려고 하는 두 여자 사이에서 저울질이 끝났을 때 청혼하지요 하지만 여자에게는 일어날 수 없는 일이에요. 여자에게도 선택권은 주어지지만, 여자는 선택할 수 없어요. 단지 '네' 또는 '아니오'라고 대답할 뿐이지요."

'생각해 보니, 나와 브론스키 사이에서 저울질을 했었지.' 레빈은 생각했다. 그러자 그의 마음속에 깨어나던 감정이 다시 죽어버리고, 그저 그의 가슴을 괴롭게 짓누를 뿐이었다.

"다리야 알렉산드로브나." 그가 말했다. "사람들이 옷을 고른다거나, 어떤 물건을 고르는 일이라면 그럴 수도 있을 거예요.

하지만 사랑은 그렇지 않습니다. 선택은 이미 된 거예요, 더욱 좋은 쪽으로겠지요……. 되풀이되는 것은 있을 수 없어요.”

“아아, 자존심, 저 자존심!” 다리야 알렉산드로브나는 여자들만이 느끼는 다른 감정과 비교하면서 그의 저속한 감정을 사뭇 경멸하는 듯한 어조로 말했다. “당신이 키티에게 청혼하셨을 때, 그 애가 대답할 수 없는 그런 상황이었다고 말씀드리는 거예요. 그 애는 갈등 중이었어요. 바로 당신과 브론스키 사이에서의 갈등이었지요. 키티는 브론스키는 매일 보고 있었지만 당신은 오랫동안 보지 못했잖아요. 만약 그 애가 조금만 더 나이가 있었더라도, 말하자면, 내 나이 정도에 그런 입장에 처했더라도 갈등 같은 건 하지 않았을 거예요. 난 브론스키가 늘 불쾌했거든요. 이렇게 끝나버리고 마는군요.”

레빈은 키티의 대답을 생각해보았다. 그녀는 ‘아니요, 안 될 거예요…….’라고 말했던 것이다.

“다리야 알렉산드로브나.” 그는 무심하게 말했다. “당신께서 나를 신뢰하신다니, 진심으로 감사합니다. 하지만 당신은 잘못 생각하고 계세요. 아무튼 내가 옳든 옳지 않는, 당신이 그토록 경멸하시는 내 자존심은 카테리나 알렉산드로브나에 대한 어떤 생각도 불가능하게 합니다. 이해하시겠어요? 전혀 불가능하다는 겁니다.”

“한마디만 더 하지요. 난 내 자식만큼 사랑하는 동생에 대해 말씀드리고 있는 거예요. 당신도 알고 계실 테죠. 난 그 애가 당신을 사랑했다고 말씀드리는 게 아니라 단지 그때 그 애의 거절은 아무런 의미가 없다는 것을 말씀드리는 것뿐이에요.”

“난 모르겠어요!” 레빈이 벌떡 일어서며 말했다. “지금 당신이 나를 얼마나 힘들게 하는지 아십니까?! 이건 마치 당신 아이가 죽었는데 사람들이 당신에게 하는 말과 같은 겁니다. 그 아이는 이런 아이가 되었을 것을, 또는 살 수도 있었을 것을, 당신도 그를 보고 기뻐했을 것이라는 식의 말이지요. 하지만 그 아이는 죽었습니다. 죽은 거지요, 죽어버린 겁니다⋯⋯.”

“정말 재미있으시군요.” 다리야 알렉산드로브나는 레빈의 격앙된 모습에도 쓸쓸한 미소를 지으며 말했다. “그래요, 난 이제야 모든 걸 확실히 이해하겠어요.” 그녀는 깊은 생각에 잠긴 듯한 어조로 계속 말했다.

“그러면 당신은 키티가 와도 우리 집에 오시지 않을 건가요?”

“네, 오지 않을 겁니다. 물론 카테리나 알렉산드로브나를 굳이 피하지도 않을 테지만, 그녀가 나로 인해 불쾌하지 않도록 노력할 것입니다.”

“당신은 정말, 대단히 재미있는 분이시군요” 다리야 알렉산드로브나는 부드러운 눈빛으로 그의 얼굴을 살피며 되풀이했다. “그래요, 알겠어요. 우리 사이에 이 일에 관한 얘기는 없었던 걸로 해요. 타냐, 왜 왔니?” 다리야 알렉산드로브나가 발코니로 들어온 딸애를 보고 프랑스어로 말했다.

“내 삽 어디 있어, 엄마?”

"엄마가 불어로 말하고 있으니, 너도 불어로 말하렴." 아이는 말하려고 했으나 불어로 삽이 무엇인지 잊어버렸다. 어머니는 그녀에게 슬쩍 귀띔해준 뒤, 불어로 어디에서 삽을 찾아야 하는지 말해주었다. 그 모습은 레빈에게 불쾌하게 여겨졌다.

이제 그에게는 다리야 알렉산드로브나의 집과 그녀의 아이들에게 있는 모든 것이 전처럼 사랑스러워 보이지 않았다.

'아이들과 불어로 말하는 이유가 뭘까?' 그는 생각했다. '얼마나 부자연스럽고 위선적인 일인가! 아이들도 역시 그것을 느끼고 있을 텐데. 불어를 가르침으로써 진실을 감춰버리는 거야.' 그는 혼자 이렇게 생각했지만 정작 다리야 알렉산드로브나가 이 문제를 벌써 스무 번이나 생각하고, 설령 진실이 감춰진다 해도 이런 방법을 써서까지 아이들을 가르칠 수밖에 없다는 결론에 도달한 사실은 알지 못했다.

"그런데 어디를 가시려고요? 좀 더 계세요."

레빈은 차를 마실 때까지 남아 있었지만, 유쾌한 기분은 사라져버리고 마음이 편치 않았다.

차를 마신 후, 그는 마차를 준비시키기 위해 현관으로 나갔다가 돌아왔다. 그런데 다리야 알렉산드로브나가 눈물이 가득한 얼굴로 기분이 상해서 무척 흥분되어 있었다. 레빈이 나간 바로 그때, 갑자기 다리야 알렉산드로브나가 오늘 느꼈던 모든 행복과 아이들에 대한 자랑스러움을 빼앗을 사건이 일어났다. 바로 그리샤와 타냐가 공을 놓고 싸움이 벌어졌던 것이다. 다리야 알렉산드로브나가 아이들 방에서 고함소리가 들려서 달려가 보니 두 아이가 끔찍한 모습을 하고 있었다. 타냐는 그리샤의 머리채를 잡고 있었고, 그리샤는 분노에 찬 얼굴로 타냐에게 주먹질을 하고 있었다. 이 광경을 본 다리야 알렉산드로브나는 마음이 무너져 내리는 것만 같았다. 자신의 삶에 어두움이 드리우는 것만 같았다. 그녀는 자기가 그토록 자랑스러워하던 아이들이 사실은 지극히 평범한 아이들인 데다 거칠고 난폭하며 제대로 교육받지 못한 불량한 아이들이라는 것을 깨달았던 것이다.

그녀는 이제 다른 것에 대해선 어떤 말을 할 수도, 생각을 할 수도 없었다. 그리고 레빈에게 자기의 불행을 하소연하지 않을 수 없었다.

레빈은 그녀의 불행한 모습을 보면서 아이들이 싸우는 것을 나쁘다고 할 수 없으며, 모든 아이들은 싸우면서 자라는 거라고 말하며 그녀를 위로하려고 애썼다. 그러나 레빈은 말은 이렇게 했지만 실제 마음속으로는 이렇게 생각했다. '아니, 난 나중에 내 아이들과 불어로 말한다거나 거드름을 피우지는 않을 거야. 그래도 내 아이들은 저렇지 않을 거야. 아이들을 바르게 키우면서 비뚤어지게만 하지 않는다면 훌륭하게 자랄 거야. 그래, 내 아이들은 저렇게 되지 않을 거야.'

그는 작별 인사를 하고는 마차를 타고 떠났고, 그녀는 그를 붙잡지 않았다.

11

7월 중순경, 포크로프스코예에서 20베르스타 정도 떨어진 곳에 있는 누나의 마을의 촌장이 일의 경과와 풀베기를 보고하려고 레빈을 방문했다. 누나 영지의 주요 소득원은 강변의 풀밭에서 얻어졌다. 예전에 그곳의 풀은 1데샤티나당 20루블로 농부들에게 팔아버렸으나, 레빈은 그 지역에 대한 관리를 하면서 풀밭을 돌아보고는 값어치가 더 나간다는 사실을 발견하고는 1데샤티나당 25루블로 값을 정했다. 그러나 농부들도 이 값을 지불하지 않았고, 레빈이 염려했던 대로 다른 구입자들까지 쫓아버린 결과를 낳았다. 그래서 레빈은 자신이 직접 그곳에 가서 일부는 일꾼을 사고, 또 일부는 배당제로 풀을 거두도록 지시했다. 마을 농부들은 수단과 방법을 가리지 않고 이 새로운 방법을 방해하려 했지만, 일은 잘 진행되어 첫해에는 그 풀밭에서 거의 두 배의 수입을 거두었다. 재작년과 작년에도 농부들의 방해는 계속되었다. 그러나 수확은 똑같이 이루어졌다. 올해는 농부들이 3

분의 1을 배당으로 받고 풀밭 전부를 가져갔다. 그래서 지금 촌장이 와서 풀베기가 끝났다는 것을 알리며, 비가 걱정이 되어 서기를 불러 그가 보는 앞에서 수확을 나누고 주인의 몫으로 열한 더미를 쌓아놓았다고 보고하러 온 것이다. 분배하는 데 있어 뭔가 명쾌하지 않은 느낌을 받은 레빈은 직접 가서 확인해 봐야겠다고 생각했다. 이유인즉, 가장 큰 풀밭에서 건초가 얼마나 수확되었는지에 대한 물음에 얼버무린다든지, 묻지도 않고 서둘러 분배해버린 촌장의 태도도 미덥지 않았기 때문이었다.

점심때쯤 마을에 도착한 레빈은 형의 유모의 남편으로 전부터 잘 알고 지내는 노인에게 말을 매어 두고 양봉소로 들어갔다. 그에게 풀베기에 관해서 자세히 알아볼 수 있을 것이라는 기대를 했기 때문이었다. 말 많고 잘생긴 파르메니치 영감은 레빈을 반갑게 맞이하고는, 그에게 자기가 하는 일을 모두 다 보여주며 자기의 꿀벌에 대해, 올해 벌떼가 움직이는 시기에 대해 자세히 들려주었다. 그러나 레빈이 풀베기에 대해 물어보자, 불분명하고 내키지 않는다는 듯이 말했다. 그의 이런 태도가 레빈의 추측을 더욱 확신시켜주었다. 그는 풀베기를 하는 곳으로 가서 건초 더미를 조사했다. 그 건초 더미는 쉰 수레가 되어 보이지 않았다. 레빈은 농부들의 잘못을 찾아내기 위해 건초 더미를 운반한 수레들을 가져오도록 하고 건초 한 더미를 들어 헛간으로 옮기도록 지시했는데, 그 더미에서는 겨우 서른두 수레밖에 나오지 않았다. 그러자 촌장은 건초의 부피는 쌓아놓으면 줄어들기도 한다며 변명을 늘어놓고는 하느님 앞에서 행해진 일이라고 맹세까지 했다. 그러나 레빈은 자기의 지시 없이 건초가 분배된 것이기 때문에 자기 몫의 건초를 한 더미당 오십 수레씩 친 것을 받아들일 수 없다고 주장했다. 이 말다툼은 오랫동안 계속되다가 결국 열한 더미를 오십 수레씩 쳐서 농부들이 자기 몫으로 갖고 주인의 몫은 다시 분배하기로 결정되었다. 이런 협상과 더미를 나누는 문제는 한낮까지 이어졌다. 그리고 마지막 건초가 분배되자, 나머지는 서기에게 감시하라고 맡긴 뒤 레빈은 버드나무 막대기로 표시한 건초 더미 위에 올라앉아서 사람들로 붐비는 풀밭을 넋을 놓고 바라보았다.

그의 눈앞, 작은 늪 건너편 강이 굽은 곳에서 낭랑하고도 유쾌한 목소리로 재잘거리며 걸어가는 아낙네들의 알록달록한 행렬이 움직였고, 주위에 흩어져 있는 건초의 구불구불한 회색빛 둑은 연둣빛 풀 위로 빠르게 뻗어 나갔다. 아낙네들 뒤를 따라 쇠스랑을 든 농부들이 걸어가고 있었고, 그 둑에서 넓고 높게 건초 더미가 부풀어 오르며 늘어나고 있었다. 이미 다 거둔 왼쪽 풀밭에서는 짐수레들이 덜컹거리며 움직였고, 풀더미는 커다란 쇠스랑에 쓸려 하나씩 차례로 사라지고 있었다. 향기로운 건초의 무거운 짐이 말의 엉덩이 위로 축 늘어져 짐수레 위에 쌓였다.

"풀을 거두기에 좋은 날씨로군요! 훌륭한 건초가 되겠습니다!" 노인이 레빈의 옆에 앉으며 말했다. "이건 차茶라고 해야지, 건초라고 할 수가 없겠습니다! 마치 곡식을 오리들한테 뿌려준 것처럼 주워 올리고 있군요!" 그는 쌓이고 있는 풀더미를 가리키며 덧붙였다. "점심 이후부터 반 정도는 운반했습니다."

"마지막 건초니?" 노인은 수레 상자 앞에 서서 삼으로 꼰 고삐의 끝을 흔들며 짐마차를 몰고 옆을 지나가던 젊은이에게 외쳤다.

"마지막이에요. 아버지!" 젊은이는 고삐를 당겨 말을 세우며 외쳤다. 그러고는 짐마차 안에서 역시 낯빛이 붉은 얼굴로 웃고 있는 아낙을 돌아보며 웃더니 말을 계속 몰았다.

"대체 누군가? 아들인가?" 레빈이 물었다.

"막내아들입니다." 노인은 상냥한 미소를 지으며 말했다.

"훌륭한 젊은이로군!"

"괜찮은 녀석입니다."

"벌써 장가를 간 건가?"

"네, 강림절부터 3년째 됩니다."

"그렇군. 그래, 아이들은 있고?"

"아이들이라니요! 1년간은 아무것도 몰랐는걸요. 수줍음을 타서 말입니다." 노인이 대답했다. "그런데 저 건초는 진짜 차라고 해도 되겠습니다!" 그는 화제를 바꾸고 싶어서 되풀이해서 말했다.

레빈은 좀 더 주의 깊게 반카⁴ 파르메노프와 그의 아내를 지

켜보았다. 그로부터 그다지 멀지 않은 곳에서 그들 부부는 건초를 쌓고 있었다. 젊고 아름다운 이반 파르메노프의 아내는 처음에는 한 아름씩, 그다음에는 쇠스랑으로 솜씨 있게 자기 남편에게 건네주었다. 그러면 그는 짐마차 위에 올라서서 자기 아내가 건네주는 큼직한 건초 다발을 받아서 밟으며 평평하게 만들었다. 젊은 아내는 힘들이지 않고 즐겁고도 손에 익게 일했다. 커다랗게 뭉친 건초는 쇠스랑으로 단번에 걸리지 않았다. 그래서 먼저 그것을 넓게 펼친 뒤 그것에 쇠스랑을 찔러 넣고, 그다음엔 탄력 있고 재빠른 동작으로 자기 몸의 모든 체중을 실어 누웠다. 그러고는 곧바로 빨간 허리띠를 맨 등을 굽혔다가는 곧게 펴고, 하얀 앞치마 아래로 풍만한 가슴을 드러내 보이며 민첩하게 몸을 움직여 두 손으로 쇠스랑을 잡아 건초 다발을 수레 위로 높이 던져 올렸다. 이반은 쓸데없는 노동에서 그녀를 구해주려는 듯 넘겨준 건초를 두 팔 넓게 벌려 재빨리 받아서 그것을 수레에 가지런히 쌓았다. 쇠스랑으로 마지막 건초를 건넨 그녀는 목덜미에 떨어진 건초 부스러기를 털어 내고 햇볕에 그을리지 않은 하얀 이마 위로 흘러내린 빨간 머릿수건을 바로 한 후, 짐을 묶기 위해 수레 밑으로 기어 들어갔다. 이반은 그녀에게 밧줄 거는 법을 가르쳐주다가 그녀가 무슨 말을 하자 큰 소리로 웃음을 터뜨렸다. 이 두 사람의 표정에는 얼마 전에 눈뜬, 힘차고 싱그러운 사랑이 엿보였다.

12

　짐은 모두 꾸려졌다. 이반은 뛰어내려서 보기 좋게 살이 오른 말의 고삐를 잡았다. 쇠스랑을 짐 위로 던져 올린 아내는 손을 흔들며 힘찬 걸음으로 춤을 추려고 모인 아낙네들 쪽으로 걸어갔다. 이반은 수레를 길로 끌고 나와서 다른 수레들의 대열 속으로 들어갔다. 화려한 색채를 빛내는 쇠스랑을 어깨에 멘 아낙네들은 유쾌하고 낭랑한 목소리로 재잘거리며 수레의 뒤를 따라 걸었다. 한 아낙네가 거친 목소리로 돌림 부분까지 노래를 부르자, 이번에는 그 뒤를 따라 굵은 목소리, 가는 목소리, 거친 목소리, 쉰 듯한 목소리 등 수십 가지의 다양한 목소리가 이 노래를 처음부터 다시 불렀다.

　아낙네들은 노래를 부르며 그에게로 다가왔다. 그는 마치 기쁨의 천둥과 함께 먹구름이 몰려오는 것처럼 여겨졌다. 몰려온 먹구름은 곧 그를 덮치더니 그가 누워 있던 건초 더미도, 다른 건초 더미도, 짐수레도, 저 멀리 들판에 있는 모든 풀밭도, 모든 것이 외침과 휘파람과 장단을 맞추는 소리가 뒤섞여 야생적이고도 신나는 노랫가락 아래 어울려 흔들리기 시작했다. 레빈은 이 건강한 즐거움이 부러웠고, 이런 삶의 기쁨을 표현하는 데 동참하고 싶었다. 그러나 그는 아무것도 할 수 없었다. 그는 누워서 바라보며 듣고 있을 뿐이었다. 노랫소리와 함께 사람들이 시야와 귓가에서 사라지자, 고독과 육체적인 무위와 이 세상을 향해 뿜어내는 적의에 대한 우수의 감정이 레빈을 무겁게 짓눌렀다.

그들 중 몇몇 농부들은 건초 때문에 누구보다도 그와 심하게 다투기도 하고, 그에게 모욕당하거나 그를 속이려고 했던 사람들도 있었지만, 바로 그 농부들이 그에게 즐겁게 인사를 건넸다. 그들은 분명히 그에게 악의를 품고 있지도 않았고, 품을 수도 없는 듯이 보였다. 그들은 그를 속이려고 했다는 사실에 대해 후회하기는커녕 기억조차 하지 않는 것처럼 보였다. 그 모든 것이 즐거운 공동 노동의 바다 속에 잠겨버린 듯했다. 하느님은 하루를 주셨고, 힘도 주셨다. 하루도 힘도 노동을 위해 바쳐졌고, 그 노동 자체에 의미가 있었다. 누구를 위한 노동인가? 노동의 결실은 무엇인가? 그런 생각은 아무런 상관도 없고 쓸모도 없는 것이었다.

레빈은 이런 생활에 자주 빠져들면서, 그렇게 살아가는 사람들이 부럽다는 생각을 하곤 했다. 그러나 오늘은 처음으로, 특히 이반 파르메노프가 자기의 젊은 아내를 대하는 것을 보고는 처음으로 레빈의 머릿속에 선명히 떠오른 게 있었다. 그것은 그가 지금까지 살아온 고통스럽고 분주하고 인위적이고 개인적인 생활을 깨끗하고 매력적인 일하는 공동체 생활로 바꾸는 것이 자신에게 달려 있다는 것이었다.

그와 함께 앉아 있던 노인마저 오래전에 집으로 돌아갔고, 사람들도 모두 제각기 흩어졌다. 가깝게 사는 사람들은 집으로 갔고, 멀리 사는 사람들은 저녁 식사를 하고 밤을 지새우기 위해 풀밭에 모였다. 사람들의 눈에 띄지 않던 레빈은 보고 듣고 생각하기 위해 여전히 건초 더미 위에 누워 있었다. 짧은 여름밤, 풀밭에서 잠을 청하려 했던 사람들은 거의 한잠도 못자고 꼬박 밤을 지새웠다. 처음 저녁 식사 때만 해도 즐거운 이야기 소리와 웃음소리가 들려오더니, 이내 다시 노래와 웃음소리로 바뀌었다.

온종일 이어진 긴 노동이 끝나고, 그들에게는 즐거움 외에는 아무런 흔적도 남지 않았다. 아침노을이 물들 때서야 모든 것이 고요해졌다. 오직 늪에서 밤새 쉬지 않고 울어대는 개구리 소리와 새벽녘 피어오르는 안개 속의 풀밭에서 콧바람을 부는 말의 소리만 들려올 뿐이었다. 정신이 돌아온 레빈은 건초 더미에서 일어나 별들을 바라보고는 밤이 지나가버린 것을 알았다.

'자, 이제 난 무엇을 하지? 이것을 어떻게 하지?' 그는 그 짧은 밤 동안 거듭 생각하고 느낀 모든 것을 자기 자신에게 분명히 하려고 애쓰면서 혼잣말을 했다. 그가 생각한 방향은 세 갈래로 나뉘었다. 그 하나는 자신의 낡은 생활의 부정, 자신의 쓸모없는 지식의 부정, 자신의 아무 데도 쓸모없는 교육의 부정이었다. 그러한 부정은 그에게 만족을 주었고, 그에게는 쉽고 간단한 일이었다. 두 번째는 그가 지금 원하는 생활과 그 생활은 다른 사고나 생각과 관련이 있었다. 그는 그런 생활의 단순함과 순수함과 합리성을 확실히 느꼈으며, 그런 생활 속에서 자기가 그토록 병적으로 부족하다고 느꼈던 만족과 가치와 안정을 구할 수 있으리라는 확신이 있었다. 그러나 세 번째는 예전 생활에서 새로운 생활로 어떻게 변화시킬 것인가에 대한 문제가 해결되지 못하고 겉돌고 있었다. 그에게 확실한 해결책이 떠오르지 않았던 것이다. '아내가 있어야 할까? 일과 일의 필요성을 가져야 할까? 포크로프스코예를 떠나야 하나? 땅을 살까? 공동체에 발을 들여야 할까? 농부의 딸과 결혼해야 할까? 난 이 일을 어떻게 해야 하지?' 그는 또다시 자신에게 물었지만, 그에 대한 답을 찾지 못했다 '아무튼 난 한잠도 자지 못해서 명확한 대답을 얻을 수 없는 거야.' 그는 이렇게 중얼거렸다. '나중에 생각하자. 한 가지 분명한 사실은 이 하룻밤이 내 운명을 결정지었다는 거야. 내가 꿈꾸던 예전의 가정생활은 모두 무의미한 거야. 그건 아니지.' 그는 자신에게 말했다. '이 모든 게 훨씬 단순하고 훌륭해……'

'정말 아름답구나!' 그는 바로 머리 위 하늘 한가운데 머물고 있는 하얀 양떼구름 속에 마치 진주조개껍질처럼 이상하게 생긴 부분을 바라보며 생각했다. '밤이 아름다우니 모든 게 아름답구나! 그런데 저 조개껍질 모양은 언제 만들어졌을까? 조금 전까지만 해도 하늘에는 두 개의 하얀 줄밖에 없었는데. 맞아, 내 인생에 대한 생각도 마찬가지야. 어느 순간 바뀌어버렸잖아!'

그는 풀밭에서 나와 큰길을 따라 마을로 향했다. 솔솔바람이 일고, 주위가 잿빛으로 어스름했다. 어둠에 대한 빛의 완전한 승리인 일상적인 새벽을 앞질러 어둠의 순간이 다가오고 있었다.

레빈은 추위로 몸을 움츠리며 땅을 바라보고 발걸음을 재촉했다. '뭐지? 누가 오나 보군.' 그는 방울 소리를 듣고서 이렇게 생각하고는 고개를 들었다. 그에게서 사십 걸음쯤 떨어진 곳에, 그가 걸어가고 있는 풀로 덮인 대로를 따라 지붕에 트렁크를 실은 사륜마차가 그를 향해 달려오고 있었다. 매어진 말들은 수레바퀴 자국 때문에 채에 눌려 있었으나, 마부석에 비스듬히 앉은 노련한 마부는 수레바퀴 자국을 따라 채를 잡았고 바퀴는 평평한 길을 달렸다.

레빈은 그것만을 보았을 뿐, 누가 타고 있는지는 생각도 하지 않고 지나가듯 마차 안을 들여다보았다.

마차 안 한쪽 구석에서 노파가 졸고 있었다. 창가에는 금방 잠에서 깨어난 듯한 젊은 처녀가 하얀 모자의 리본을 두 손으로 누르며 앉아 있었다. 환한 표정으로 깊은 생각에 잠긴, 레빈에게는 거리가 먼, 화려하고 복잡한 내면의 삶으로 온통 충만해 보이는 그녀는 그의 머리 너머로 새벽노을을 바라보고 있었다.

바로 그때, 이 광경이 사라짐과 동시에 정직한 그녀의 눈이 그를 바라보았다. 그녀는 그를 알아보았다. 놀라움이 가득한 기쁨으로 그녀의 얼굴은 환하게 빛났다.

그가 잘못 볼 수는 없었다. 이 세상에 하나밖에 존재하지 않는 바로 그 눈이었다. 이 세상에서 그의 모든 빛과 삶의 의미를 집중시킬 수 있는 존재는 단 하나뿐이었다. 그것은 바로 키티였다. 그는 그녀가 기차역에서 예르구쇼보로 가는 길이라는 것을 알았다. 그러자 불면의 밤 동안 그의 마음을 혼란스럽게 했던 모든 것들, 모든 결의들이 갑자기 사라져버렸다. 그는 농부의 딸과 결혼하려고 했던 자신의 공상을 혐오스러운 듯 떠올렸다. 오직 저기 빠른 속도로 멀어지면서 반대편 길로 넘어가버린 마차 속에, 최근 그를 그토록 괴롭히던 그의 삶의 수수께끼를 풀 수 있는 가능성이 오직 거기에 있었다.

그녀는 더 이상 내다보지 않았다. 마차의 삐걱거리는 스프링 소리는 들리지 않고 방울 소리만 희미하게 들려왔다. 개 짖는 소리만이 마차가 마을을 지나갔음을 알려줄 뿐이었다. 그리고 남겨진 것은 텅 빈 들판과 앞에 보이는 마을, 홀로 방치된 대로를 걸어가며 모든 것에 이방인인 고독한 그 자신뿐이었다.

그는 조금 전까지도 넋을 잃고 바라보았던, 오늘 밤에 자신이 한 생각과 감정의 길을 열어주었던 그 조개껍질을 찾아낼 마음으로 하늘을 바라보았다. 그러나 하늘에는 이미 조개를 닮은 어떤 것도 없었다. 거기 도달할 수 없는 높이에서는 이미 신비스러운 변화가 일어나고 있었다. 조개껍질 흔적은 자취도 없이 사라지고, 작은 조각으로 흩어지고 있는 평평한 양털 모양의 융단만 이 하늘의 반쪽을 차지한 채 넓게 펼쳐져 있을 뿐이었다. 하늘은 푸르게 걷히고 밝게 빛났다. 그리고 한결같은 부드러움은 있지만, 또한 여전히 도달할 수 없는 모습으로 그의 의혹의 눈길에 답하고 있었다.

'아니야.' 그는 자신에게 말했다. '이 소박한 노동의 삶이 아무리 좋아도 나는 이 생활로 돌아갈 수 없어. 난 여전히 그녀를 사랑하는 거야.'

13

알렉세이 알렉산드로비치와 가장 가까운 사람들을 제외하고는 그 누구도 겉보기에 지극히 냉철하고 사려 깊은 이 사람이 일반적인 성격과 정반대되는 한 가지 약점을 가지고 있다는 것을 알지 못했다. 알렉세이 알렉산드로비치는 아이들이나 여자들이 우는 것에 대해 무심히 듣고 보지 못하는 사람이었던 것이다. 눈물 앞에서 그는 당황한 나머지 판단력을 완전히 상실했다. 그의 사무장이나 서기는 이런 사실을 잘 알고 있었기에, 여자 청원자들에게 일을 그르치고 싶지 않으면 절대 울지 말라고 미리 알려주곤 했다. "그분은 화가 나시면 당신의 정원을 들어주시지 않을 거예요." 그들은 이렇게 말해주었다. 그리고 실제로 그런 경우, 눈물로 인해서 야기된 알렉세이 알렉산드로비치의 정신적 혼란은 그를 불같이 화나게 만들었으며 그는 "난 할 수 없어요. 아무것도 할 수 없군요. 나가주셨으면 합니다!"라고 소리치곤 했다.

경마에서 돌아오는 길에 안나가 그에게 브론스키와의 관계를 고백하고는 두 손으로 얼굴을 가리고 울기 시작하자, 알렉세이 알렉산드로비치는 내면에서 그녀에 대한 분노의 감정이 일어나는 것을 느끼면서도 동시에 늘 그렇듯이 눈물로 인한 그 정신적인 공황 상태에 빠졌다. 그는 그것을 알았고, 그 순간에 일어난 자기의 감정 표현이 지금의 상황에 알맞지 않을 수 있다는 것을 깨닫고는 마음속에서 끓어오르는 생명의 온갖 표상을 억누르려고 애썼다. 그는 미동도 없이 앉아 그녀를 바라보지도 않았다. 죽은 사람과도 같이 창백하고 기괴한 표정을 지으며 앉아 있는 그의 모습은 안나를 놀라게 했다.

집에 도착하자, 그는 아내를 마차에서 내려주고 최대한 자제하면서 여느 때처럼 예를 갖춰 그녀와 작별 인사를 나누고는 자신에게 별다른 책임을 부여하지 않는 몇 마디 말만 했을 뿐이었다. 그는 그녀에게 자기의 결정은 내일 알려주겠다고 말했다.

그의 최악의 의심을 확인시켜 준 아내의 말은 알렉세이 알렉산드로비치의 마음에 잔인할 정도의 고통을 안겨 주었다. 그 고통은 아내의 눈물이 그에게 일으킨 그녀에 대한 육체적 연민이라는 기괴한 느낌과 뒤섞여 더욱 강하게 다가왔다. 그러나 마차 속에 홀로 남게 된 알렉세이 알렉산드로비치는 그런 연민과 근래 자기를 괴롭히던 의심과 질투의 고통으로부터 완전히 자유로워진 느낌이 들어 놀랍고도 기뻤다.

그는 오랫동안 앓고 있던 이를 뽑은 것 같은 느낌이 들었다.

무서운 고통과 머리보다 큰 거대한 무언가가 턱에서 뽑혀져 나간 뒤, 자신의 행복을 믿지 못하는 환자가 갑자기 오랫동안 자신의 삶을 오염시키고 모든 관심을 집중해야만 했던 것이 더 이상 존재하지 않으며, 자기는 다시 치아 이외의 것에 흥미를 갖고 생각하며 살 수 있을 것이라 느끼는 감정을 알렉세이 알렉산드로비치도 경험했던 것이다. 고통은 기괴하고 무서웠지만 사라졌다. 이제 그는 아내만 생각하지 않고 다시 살 수 있을 것 같았다.

'명예심도, 인정도, 신앙심도 없는 타락한 여자 같으니! 나는 그것을 늘 알았고, 보고 있었어. 단지 그녀가 불쌍하여 나 자신을 속이고 있었던 거야.' 그는 혼잣말을 했다. 그리고 실제로 그는 자기가 그런 행동을 늘 봐왔던 것처럼 느껴졌다. 그는 예전에는 나쁘게 느껴지지 않았던 그들의 지난날들에 대해 하나하나 세세하게 기억을 떠올려보았디. 그러자 그 모든 세세한 점들은 그녀가 이전부터 타락한 여자였다는 것을 분명하게 보여주었다. '그녀와 삶의 연을 맺은 건 내 잘못이야. 하지만 내 실수에는 아무런 나쁜 점이 없어. 그러니 내가 불행할 이유가 없는 거야. 내가 잘못한 게 아니니까.' 그는 혼잣말을 했다. '그선 그녀의 잘못이지. 그녀 일은 내가 상관할 바가 아닌 거야. 내게 그녀는 더 이상 존재하지 않으니까……'

아내에 대한 감정과 함께 아들에 대한 감정도 변했다. 이제 아내와 마찬가지로 아들에 관해서도 더 이상 그에게는 관심의 대상이 아닌 일이 되었다. 지금 그의 신경을 건드리는 것은 오직 하나, 그녀의 타락으로 자신을 더럽힌 흙탕물을 털어 내고, 활동적이고 정직하고 유익한 자기 삶의 길을 계속 걸어가기 위해 어떻게 하면 자기 자신을 위해 가장 좋고 가장 예의 바르고 가장 편안하게, 그리하여 가장 정당한 방법으로 문제를 해결하느냐는 것이었다.

'하찮은 여자의 죄 때문에 내가 불행하면 안 되지. 난 오직 그녀로 인해 야기된 이 곤란한 상황에서 벗어나기 위해 최상의 탈출구를 찾기만 하면 되는 거야. 꼭 그것을 찾아야만 해.' 그는 더욱 강하게 눈살을 찌푸리며 자신에게 말했다. '이런 상황에 처한 사람이 내가 처음도, 마지막도 아니다.' 그러면서 역사적인 예를 논할 것도 없이, 아름다운 헬레네[5]로 인해 모두의 기억 속에 생생하게 남아 있는 메넬라오스[6]를 비롯하여 오늘날 상류사회에서 부정한 아내들에게 배신당한 남편들이 줄을 지어 알렉세이 알렉산드로비치의 상상 속에 떠올랐다. '다리얄로프, 폴타프스키, 카리바노프 공작, 파스쿠진 백작, 드람……, 맞다, 드람……, 그처럼 성실하고 유능한 사람조차도 말이야……. 세묘노프, 챠긴, 시고닌.' 알렉세이 알렉산드로비치는 그들의 이름을 떠올렸다. '설령 이런 사람들에게 비논리적인 야유가 쏟아졌다 해도 난 결코 그들에게서 불행밖에는 다른 아무것도 보지 못했다. 그들

---

5 자크 오펜바흐(Jacques Offenbach 1819~1880)의 오페레타
6 스파르타의 왕 메넬라오스는 아름다운 아내 헬레네를 되찾고자 트로이 전쟁을 일으켰다.

은 항상 동정의 대상일 뿐이었다.' 알렉세이 알렉산드로비치는 그렇게 자신에게 말했지만 그건 사실이 아니었다. 그는 결코 그런 종류의 불행을 동정하는 일이 없었으며, 남편을 배신한 아내의 얘기를 들을 때면 자기를 더욱 높게 평가했다. '이런 일은 누구에게나 일어날 수 있는 불행이야. 단지 그런 불행이 내게도 찾아왔을 뿐이지. 그렇기 때문에 최선의 방법으로 이 상황을 빠져나가야 하는 일만 남아 있을 뿐이야.' 그리고 그는 자기와 같은 처지에 놓였던 사람들이 어떻게 대처했는지 그들의 행동을 곰곰이 생각해보기 시작했다.

'다리얄로프는 결투를 했고……'

젊었을 때는, 특히 결투가 알렉세이 알렉산드로비치의 마음을 끌었었다. 그 이유는 그는 원래 소심한 사람인 데다 자기도 그것을 잘 알고 있었기 때문이었다. 알렉세이 알렉산드로비치는 자기를 향한 권총에 대해 두렵지 않을 자신이 없었다. 게다가 그는 살면서 무기라고는 그 어떤 것도 다뤄본 적이 없었다. 젊은 시절부터 결투에 대해 자주 생각하면서 느꼈던 그 두려움은 자기의 목숨이 위험에 처할 수 있는 상황에 대해 생각하노록 만들었다. 그는 인생에서 확고한 지위와 성공을 거둔 후, 그 감정을 오랫동안 잊고 있었다. 그러나 그 감정이 되살아나면서 자신의 소심함에 대한 두려움이 증폭되었기에, 알렉세이 알렉산드로비치는 어떤 상황에서도 결투만은 하지 않을 것이라는 사실을 알고 있었지만 오랫동안 결투에 대한 문제를 심사숙고하지 않을 수 없었다.

'두말할 필요도 없이, 우리 사회는 아직 너무 야만적이어서(영국과는 꽤나 다르게) 아주 많은 사람들—그들 중에는 알렉세이 알렉산드로비치가 특히 존중하는 의견을 가진 사람들도 포함되어 있었다—이 결투를 좋게 보지. 하지만 과연 얻어지는 결과가 뭐란 말인가? 설령 내가 결투를 신청한다고 치자.' 알렉세이 알렉산드로비치는 마음속으로 계속 생각했다. 결투를 신청한 후 보낼 밤과 자기에게 겨누어질 권총을 생생하게 떠올려보고는 그는 몸서리를 쳤다. 그리고 그는 절대 결투 같은 건 하지 않을 것이라는 사실을 깨달았다. '설령 내가 그에게 결투를 신청하고, 모두들 내게 어떻게 하는지 가르쳐준다고 가정해보자.' 그는 계속 생각했다. '자리에 서고 나는 방아쇠를 당긴다.' 그는 눈을 감으며 혼잣말을 했다. '그리고 내가 그를 살해한다.' 알렉세이 알렉산드로비치는 이렇게 생각했다. 그러고는 이 어리석은 생각을 털어 내려고 머리를 흔들었다. '죄를 지은 아내와 아들에 대한 내 태도를 명확히 하기 위해 사람을 죽인다는 게 무슨 의미가 있을까? 그녀에 대해 마땅히 해야만 하는 그 같은 결정을 나는 해야만 한다. 하지만 그보다 더 확실하고 의심할 여지없는 사실은 내가 살해되거나 부상을 입을 것이라는 사실이다. 아무런 죄도 없는 내가 죽거나 부상을 당하는 건, 더욱 의미 없는 일이야. 게다가 내 쪽에서 결투를 신청하는 것은 옳은 행동이 아니다. 과연 나는 내 친구들이 내가 결투하도록 결코 내버려두지 않으리라는 것을 모른단 말인가? 그들은 러시아를 위해 없어서는 안 될 한 정치가의 생명이 위험에 빠지도록 허용하지 않을 것이다. 그러면 어떻게 되는 거지? 나는 일이 위험에 빠지지 않을 것을 미리 알고도 결투를 신청하여 오직 자신의 헛된 명예를 얻고자 한 사람이 되어버리는 것이다. 이것은 옳지 못한 행동이고 위선이다. 이것은 나 자신을 포함한 모두를 기만하는 행위이다. 결투는 무의미하다. 게다가 내게 이것을 기대하는 사람은 아무도 없다. 지속적으로 활동하는 데 방해받지 않고 필요한 명성을 지키는 것이 나의 목적이다.' 알렉세이 알렉산드로비치에게는 공무상의 활동이 이전에도 큰 의미로 다가왔는데, 이제 그에게 더욱 특별한 의미가 되어 있었다.

결투에 대한 분석과 부정이 끝나자, 알렉세이 알렉산드로비치는 탈출구로 이혼을 선택한 몇몇 남편들을 생각해보았다. 자기가 기억하고 있는 세상의 모든 이혼 사례(그가 알고 있는 상류사회에는 이러한 사례들이 상당히 많았다)를 떠올린 알렉세이 알렉산드로비치는 자기가 생각한 이혼 목적과 맞는 예는 발견하지 못했다. 모든 경우, 남편들은 부정한 아내를 양보하거나 팔아치웠다. 그리고 죄를 지은 여자는 재혼의 권리를 잃고, 새로운 남편과 불법적인 관계를 맺었다. 그러나 알렉세이 알렉산드로비치는 자기의 경우 법률상, 즉 부정한 아내를 내치는 것으로 해결되는 그런 이혼은 불가능하다고 생각했다. 그의 생각으로는 자신의 복잡한 생활환경이 아내의 부정한 행동을 증명하는 법적 요구를 충족시킬 수 있는 추잡한 증거를 허용하지 않을 것이며, 설령 증거가 있다고 해도 이런 생활에서 잘 알려진 세련됨이 그것을 증거로 사용하는 것을 허용하지 않을 것이다. 그리고 그러한 증거를 사용하는 것은 여론상 그녀보다도 자기 자신의 품위를 떨어뜨린다는 것도 그는 알았다.

이혼을 시도해보는 것은 단지 그의 높은 사회적 지위를 격하시킬 뿐이고 그를 비방하는 적들에게 추문 거리를 주는 좋은 빌미가 될 뿐이었다. 소란을 최소화하면서 자신의 위치를 정하는 것이 가장 중요한 목적이었는데, 이는 이혼을 통해서 얻어질 수 없었다. 게다가 이혼을 하면, 아니 이혼의 시도만으로도 그와의 관계를 정리한 아내는 분명히 자신의 정부와 결합할 것이다. 그러나 알렉세이 알렉산드로비치는 자기가 이제 아내를 경멸하고 그녀의 일에 대해 무관심하다고 생각하면서도, 그녀에 대한 한 가지 감정, 즉 그녀가 죄를 지었음에도 불구하고 거리낌 없이 브론스키와 결합하면서 그녀의 죄가 그녀 자신에게 유리하게 돌아가는 일이 없길 바라는 감정이 남아 있었다. 그런 감정은 상상하는 것만으로도 알렉세이 알렉산드로비치의 마음을 심하게 자극하여 고통스럽게 했으므로, 그는 마차 안에서 벌떡 일어나 자리를 옮겨 앉았다. 그러고는 오랫동안 이맛살을 찌푸린 채 추위에 예민한 마른 두 다리를 부드러운 무릎 덮개로 감쌌다.

'정식으로 이혼하는 것 말고도 카리바노프나 파스쿠진, 그리고 그 좋은 사람인 드람이 했던 방법이 있잖아. 즉, 아내와 별거

하는 거야.' 그는 마음을 안정시키고 다시 생각했다. 그러나 이 방법도 이혼처럼 치욕스럽기는 마찬가지였다. 그리고 중요한 것은 별거도 정식 이혼이나 마찬가지로 브론스키에게 아내를 내주는 셈이었다. '아니야, 그건 말도 안 되지, 안 돼!' 그는 무릎 덮개를 고쳐 덮으며 큰 소리로 말했다. '난 불행하면 안 돼. 그리고 그녀와 그가 행복하면 안 될 말이야.'

아내의 부정을 확실히 알지 못했을 때는 질투의 감정이 그를 괴롭히더니, 그 질투의 감정은 아내의 고백으로 이가 뽑히는 고통과 함께 사라져버렸다. 그러나 그 질투의 감정은 다른 감정, 즉 그녀가 자신의 부정한 행동을 극복하면 안 될 뿐만 아니라 그것에 대해 보복을 당해야 한다는 감정으로 바뀌었다. 그는 의식적으로 그 감정을 키우지는 않았으나, 마음 깊숙한 곳에서는 그녀기 그의 평안과 명예를 빼앗은 벌을 받아 고통 받기를 바라고 있었다. 그래서 결투, 이혼, 별거의 조건들을 재검토한 알렉세이 알렉산드로비치는 이 세 가지 조건은 제외시키고 자신이 실행에 옮길 수 있는 방법은 하나뿐이라는 것을 확신했다. 무엇보다 중요한 건 그녀를 벌하고—그가 스스로 그것을 인정하고 있지는 않았지만— 그들의 관계를 끊을 수 있도록 모든 방법을 다 사용하면서 세상으로부터 사건을 숨기고 그녀를 자기 곁에 붙잡아 두는 것이었다. '그녀에 의해 비롯된 가족의 괴로운 상황을 진지하게 생각한 끝에 다른 어떤 방법도 양쪽을 위해 현재 표면적인 현 상태보다 좋을 수 없다는 나의 결정을 알려야 한다. 그

리고 그녀 쪽에서 내 의지를 실행한다는 단호한 조건, 즉 애인과
의 관계를 끊는다는 조건하에서만 내가 그것에 동의한다는 것
을 분명히 해야 한다.' 이 결심을 확정하면서, 알렉세이 알렉산
드로비치에게 다른 한 가지 중요한 생각이 떠올랐다. '이 결정을
함으로써 난 종교에 부합하는 행동을 하고 있는 거야.' 그는 혼
잣말을 했다. '이 결정만이 죄지은 아내를 버리지 않고 그녀에게
뉘우침의 기회를 주는 유일한 길이야. 그것이 아무리 괴롭더라
도, 그녀를 바로잡고 구제하는 데 내 힘의 일부를 바쳐야지.' 비
록 알렉세이 알렉산드로비치는 자기가 아내에게 어떤 도덕적
영향력을 줄 수 없고, 뉘우침을 위한 온갖 노력도 거짓을 빼고는
아무런 결과를 가져오지 않을 것이라는 사실을 알고 있었다. 게
다가 그는 그 괴로운 몇 분을 견디면서도 종교적인 구원을 생각
조차 하지 않았음에도 불구하고 지금 자기 결정이 종교적 요구
에 부합된다는 생각이 들자, 그의 결정에 대한 이런 종교적 승인
은 그에게 완전한 만족감과 다소 안정감을 주었다. 그리고 그토
록 중대한 인생사에서 그가 사회의 냉담과 무관심 속에서도 항
상 그 기치旗幟를 높이 들었던 종교적 교리에 따라 행동하지 않
았다고 아무도 말하지 않을 것이라는 생각에 무척 기뻤다. 그리
고 앞으로의 일들에 관해 꼼꼼히 살펴보며, 알렉세이 알렉산드
로비치는 왜 자기가 아내에 대해 예전의 태도를 그대로 유지하
지 못했는지에 대한 이유조차 알지 못했다. 의심할 여지없이 그
는 이제 그녀에 대한 자신의 존경심을 결코 돌이킬 수 없을 것이

었다. 그러나 그녀가 나쁜 아내이고 부정한 아내라고 하여 그가
자신의 생활을 망치면서 고통스러워할 이유는 전혀 없었고, 그
런 일은 있을 수도 없었다. '그래, 시간이 지나면 모든 게 제 위
치대로 설 거야. 그러면 관계도 예전처럼 회복되겠지.' 알렉세이
알렉산드로비치는 자신에게 이렇게 말했다. '다시 말하면, 사는
동안엔 내가 이 혼란을 느끼지 않을 정도로 회복될 거야. 그녀
는 당연히 불행해야 하지만, 나는 잘못이 없으니 불행해서는 안
돼.'

14

페테르부르크에 도착할 즈음, 알렉세이 알렉산드로비치는 이 결심을 확고히 하면서 머릿속에는 이미 아내에게 보낼 편지 내용을 정리하고 있었다. 그는 수위실에 들러 관청에서 온 편지와 서류들을 훑어보고는 서재로 가져가도록 지시했다.

"말은 풀어놓게. 그리고 아무도 들이지 말게." 그는 '들이지 말게.'라는 말에 특히 힘을 주며 문지기에게 말했다. 거기엔 기분이 좋은 상태임을 나타내는 어떤 만족스러움이 있었다.

알렉세이 알렉산드로비치는 서재에서 두어 차례 왔다 갔다 하다가, 그보다 먼저 들어온 하인이 켜놓은 여섯 개의 촛불이 놓인 커다란 책상 옆에 멈춰 섰다. 그는 손가락 마디를 꺾어 소리를 내고는 문구류를 정리하며 앉았다. 책상 위에 팔꿈치를 괸 채 머리를 기울여 잠시 생각에 잠긴 듯하던 그는 거침없이 편지를 써 내려가기 시작했다. 그는 그녀에 대한 호칭도 사용하지 않고, 러시아어에서는 냉정한 느낌을 지니고 있지만 프랑스어에서는 그와 같은 느낌을 지니고 있지 않은 '당신'이라는 대명사를 사용했다.

우리의 마지막 대화에서 난 당신에게 그 대화 내용과 관련한 나의 결정을 알려주겠다고 말했었소. 그래서 모든 것을 신중히 생각했고, 지금 당신에게 그 약속을 지키기 위해 편지를 쓰고 있소. 내 결정은 다음과 같소. 당신의 행동이 어떠했든 간에, 나는 하느님이 맺어준 관계를 끊을 수 있는 권리가 내게 있다고 생각하지 않소. 가정이란 변덕이나 의지, 심지어 부부 중에 한 사람이 잘못을 했다고 하여 깨버릴 수 있는 것이라고 생각하지 않소. 우리들의 생활은 예전과 같이 유지되어야만 하오. 이것은 나를 위해서도, 당신을 위해서도, 우리 아들을 위해서도 필요한 것이오. 난 당신이 이 편지를 쓰는 원인이 되고 있는 사실에 대해 뉘우쳤고, 또 뉘우치고 있다고 확신하오. 아울러 우리들의 불화의 원인을 근절하고 지난 과거를 잊어버리기 위해 나에게 협력해주리라 굳게 믿고 있소. 그렇지 않을 경우, 당신과 당신 아들을 기다리고 있는 것이 무엇인지 당신 스스로 짐작할 수 있을 것이라 생각하오. 이 모든 것과 관련하여 직접 보고 좀 더 자세히 상의할 수 있길 바라오. 이미 별장 생활을 위한 계절도 끝나가고 있으니 나는 당신이 가능한 빨리, 늦어도 화요일까지는 페테르부르크로 돌아오기를 바라오. 당신의 귀가에 필요한 모든 것은 준비시켜 놓겠소. 나의 이러한 요청이 실행되는 데 내가 특별한 의미를 두고 있다는 사실을 알아주길 바라오.

A. 카레닌

(추신 : 당신에게 필요할 수도 있을 것 같아서 이 편지에 돈을 동봉하오.)

그는 편지를 읽어보고는, 특히 자기가 돈을 동봉할 생각을 해 낸 것에 만족했다. 편지에는 잔인한 말이나 비난은 없었지만 넉넉함도 없었다. 중요한 것은, 아내의 귀가를 위한 황금 다리를 놓은 것이었다. 그는 편지를 접어 상아로 만든 크고 묵직한 페이퍼 나이프로 판판하게 만들었다. 그리고 봉투 안에 돈과 함께 편지를 넣고는 잘 정돈된 필기구를 사용할 때마다 항상 경험하는 만족스러움으로 벨을 눌렀다.

"이것을 심부름꾼에게 전해주게. 내일 별장에 있는 안나 아르카디예브나에게 전하도록 말이야." 그는 이렇게 말하고 일어섰다.

"알겠습니다, 각하. 차는 서재로 들여오도록 할까요?"

알렉세이 알렉산드로비치는 차를 서재로 가져오도록 지시하고, 묵직한 페이퍼 나이프를 만지작거리면서 램프와 막 읽기 시작한 이집트 상형 문자에 관한 프랑스어 책이 옆에 놓여 있는 안락의자 쪽으로 갔다. 의자 위에는 유명한 화가가 훌륭하게 그린, 금테를 두른 안나의 초상화가 걸려 있었다. 알렉세이 알렉산드로비치는 초상화를 쳐다보았다. 마음을 헤아릴 수 없는 그녀의 두 눈이 그들이 마지막으로 대화를 나누던 그날 밤처럼 조롱하 듯 뻔뻔스럽게 그를 쳐다보고 있었다. 화가에 의해 훌륭하게 그 려진 머리 위의 검은 레이스, 검은 머리카락, 넷째 손가락에 보 석반지를 낀 희고 아름다운 손의 모습은 알렉세이 알렉산드로 비치에게 참을 수 없는 뻔뻔스러운 느낌을 불러일으켰다. 잠시 초상화를 보고 난 알렉세이 알렉산드로비치는 입술이 '부르르' 소리가 날 정도로 떨리자 얼굴을 돌려버렸다. 그는 서둘러 안락 의자에 앉아서 책을 펼쳐 들었다. 그는 책을 읽으려 했으나, 예 전에 느꼈던 이집트 상형문자에 대한 흥미가 돌아오지 않았다. 그는 책을 보고는 있었지만 생각은 다른 곳에 가 있었다. 그러나 그는 아내에 대해서 생각하는 게 아니라, 당시 업무적으로 그에 게 중요한 관심사인 정치적인 활동 중에 근래 제기되었던 복잡 한 사건에 대해 생각하고 있었다. 그는 어느 때보다도 깊이 복잡 한 일에 몰두하고 있었으며, 그의 머릿속에는 얽힌 사건의 문제 를 해결하고, 업무적인 면에서 자신의 위상을 높이고, 적을 실각 시키고, 따라서 국가에 엄청난 이익을 가져다줄 엄청난 생각이 마구 자라나고 있음—그는 살난 척하지 않고 그렇게 말할 수 있었다—을 느꼈다. 하인이 차를 놓고 방을 나가자마자, 알렉 세이 알렉산드로비치는 일어나서 책상 쪽으로 갔다. 당면 문제 가 들어 있는 서류 가방을 책상 한가운데로 밀어놓고 보일 듯 말 듯한 자기만족의 미소를 머금은 채, 그는 받침대에서 연필을 집 어 들고 당면한 복잡한 일과 관련해서 그가 요청했던 서류를 검토하기 시작했다. 복잡한 일이란 이런 것이었다. 정치가로서 알렉세이 알렉산드로비치에게는 그 자신만이 가진 고유한 특성, 모든 유능한 관리들이 지닌 그 고유한 특성이 있었는데, 그것은 집요한 명예심과 절제력과 성실성과 자신감이었다. 그리고 그와 함께 그가 출세하는 데 도움을 준 그 특성은 서류 행정에 대한 경멸, 서신의 간소화, 긴급 사안에 대한 직접적으로 해결하는 태도, 절약하는 습관이었다. 6월 2일의 유명한 위원회에서 자라이스크 현의 토지에 대한 관개 사업 문제가 제기되었는데, 이것은 알렉세이 알렉산드로비치의 관청에 속하는 사업으로 비생산적인 지출과 탁상행정의 좋은 예였다. 알렉세이 알렉산드로비치는 그것이 정당하다는 것을 알고 있었다. 자라이스크 현의 토지 관개 사업은 알렉세이 알렉산드로비치의 전임자의 전임자에 의해 시작된 것이었다. 그리고 실제로 이 사업에 엄청난 비용이 지출되었으나 전혀 생산적이지 못해서, 앞으로도 분명히 아무런 성과도 기대할 수 없어 보였다. 알렉세이 알렉산드로비치는 취임과 동시에 바로 이러한 사실을 알고 이 일을 손보려고 했었다. 그런데 처음에 그는 자기가 아직 확고하지 않다는 것을 느꼈고, 또한 너무 많은 이해관계가 얽혀 있어서 현명한 처사가 아니라는 사실을 알았다. 그 후로는 다른 일로 바빠서 단순히 이 사업에 대해 잊고 있었다. 그러나 이 일도 모든 사업과 마찬가지로 타성에 의해 저절로 흘러가고 있었다(이 사업으로 많은 사람들이 생활을 하고 있었다. 특히 그중에는 매우 도덕적이고 음악을 사랑하는 한 가족이 있었는데, 그 집안의 딸들은 모두 현악기를 연주했다. 알렉세이 알렉산드로비치는 이 가족을 잘 알고 있었고, 나이가 위인 딸들 중 한 아이의 대부였다). 적의를 갖고 있는 부처가 이 사업에 대해 제기한 것은 알렉세이 알렉산드로비치의 생각에 부당한 처사였다. 왜냐하면 모든 부처에는 일정한 업무적인 예의상 아무도 문제를 제기하지 않는 사업이 있었기 때문이었다. 그러나 지금 도전의 장갑이 그에게 던져진 만큼, 그는 그것을 과감하게 받아들여 자라이스크 현의 토지 관개 사업 위원회의 업무를 검토하고 조사하기 위한 특별 위원회를 구성할 것을 요구했다. 그러나 대신 그는 이제 상대방에게 그 어떠한 양보도 하지 않았다. 그는 또한 이민족 정착에 관한 문제를 위한 특별 위원회를 구성할 것도 요구했다. 이민족 정착에 관한 문제는 6월 2일 위원회에서 우연히 제기되었고, 알렉세이 알렉산드로비치는 이민족의 비참한 상황을 보면 잠시도 지체할 수 없는 사안이라며 적극적으로 지지했다. 이 문제는 위원회에서 몇몇 부처들 사이에 논쟁의 원인이 되었다. 알렉세이 알렉산드로비치에게 적대적이던 부처는 이민족의 상황은 지극히 훌륭하며, 예상되는 개혁은 오히려 그들의 번영을 저해할 수도 있고, 만약 나쁜 점이 있다면 그것은 단지 법에 의해 제정된 방침을 알렉세이 알렉산드로비치의 부처에서 실행하고 있지 않기 때문이라고 주장했다. 그래서 알렉세이 알렉산드로비치는 지금 다음과 같은 요구를 계획했다. 첫째, 이민족의 상태를 조사할 새로운 위원회를 현지에서 구성할 것. 둘째, 만약 이민족의 상태가 실제로 위원회의 수중에 있는 공문서의 자료와 같다면, 이민족의 이런 비참한 상태의 원인을 a)정치적, b)행정적, c)경제적, d)인종학적, e)물질적, f)종교적 관점에서 조사할 또 다른 새로운 연구 위원회를 구성할 것. 셋째, 오늘날 이민족이 처한 것 같은 불리한 상황을 사전에 방지하기 위해, 지난 10년간 반대 측 부처가 어떤 조치를 취했는지에 대해 해당 부처에 보고하도록 요구할 것. 마지막으로, 부처가 위원회에 제출한 보고서인 1863년 12월 5일과 1864년 6월 7일자 제17015호 및 제18308호 보고서에서 보여주는 것처럼 기본 및 조직법 제18조 및 제36조의 기본 정신에 상반되는 행동을 취한 데 대한 해명을 해당 부처에 요구할 것. 이러한 생각의 개요를 거침없이 적어 내려가고 있는 알렉세이 알렉산드로비치의 얼굴에는 활력이 넘쳤다. 종이 한 장을 가득 채운 그는 일어서서 초인종을 눌렀다. 그리고 필요한 자료를 자기에게 보내라는 쪽지를 사무장에게 전달했다. 그는 일어나서 방 안을 거닐다가 또다시 초상화를 바라보고는 얼굴을 찌푸리며 경멸하는 미소를 지었다. 알렉세이 알렉산드로비치는 다시 이집트 상형문자에 관한 책을 조금 읽으며, 그것에 흥미를 되찾고는 11시에 잠자리에 들었다. 그가 잠자리에 누워 아내와의 일을 떠올렸을 때, 그것은 이미 예전처럼 그에게 그렇게 음울한 모습으로 다가오지는 않았다.

15

안나는 비록 브론스키가 지금 상태를 그대로 유지하는 것은 불가능하다며 남편에게 모든 것을 말하자고 자기를 설득했을 때에는 화를 내며 그의 말을 완강히 거부했으나, 마음 깊은 곳에서는 자신의 처지가 거짓되고 정직하지 못하다고 생각하면서 진심으로 그러한 상황이 바뀌길 바랐다. 남편과 함께 경마장에서 돌아오는 길에 순간적인 흥분 상태에서 남편에게 모든 것을 털어놔버린 그녀는 그때는 고통스러웠으나, 지금은 오히려 기뻤다. 그리고 남편이 그녀를 남겨 두고 가버렸을 때, 그녀는 오히려 홀가분했고 이제는 모든 게 확실해졌다. 적어도 앞으로는 거짓과 기만은 없을 것이라고 생각했다. 이제 자신의 위치가 평생 정해질 것은 의심할 여지가 없어 보였다. 그것은 어쩌면 좋지 않을 수도 있는 새로운 상황이지만 확실해질 것이고, 그 안에는 어떤 불투명한 것이나 거짓도 존재하지 않을 것이다. 그녀의 고백에 의해 자신과 남편에게 주었던 고통도 이제는 모든 게 분명해지는 것으로 보상받게 될 것이라고 그녀는 생각했다. 그날 밤, 그녀는 브론스키와 만났다. 자신의 위치를 확실히 정하기 위해서는 자기와 남편 사이에 일어난 일에 대해서 말해야 했지만, 그녀는 아무런 말도 하지 않았다.

다음 날 아침 눈을 떴을 때, 그녀의 머리에 가장 먼저 떠오른 것은 자기가 남편에게 한 말들이었다. 그녀는 자기가 어떻게 그처럼 거칠고 기괴한 말들을 입에서 뱉어 낼 수 있었는지 지금으로써는 이해할 수 없었고, 앞으로 어떤 결과를 초래하게 될지 상상할 수 없을 만큼 끔찍했다. 그러나 그 말들은 이미 주워 담을 수 없었고, 알렉세이 알렉산드로비치는 소리 없이 떠나버렸다. '난 브로스키를 만났는데도 그에게는 말하지 않았어. 그가 떠날 준비를 하고 있을 때 그를 불러 말하고 싶었지만 처음에 말하지 않은 게 어쩐지 이상하다는 생각이 들어서 그만두었지. 난 말하고 싶었는데 왜 말하지 않았을까?' 이 물음에 대한 대답이라도 하는 것처럼 수치심으로 달아오른 붉은 빛이 그녀의 얼굴에 퍼졌다. 그녀는 무엇이 자신을 억누르고 있었는지 깨달았다. 그녀는 자신이 부끄러웠던 것이다. 어제 저녁에는 분명한 것처럼 여겨졌던 그녀의 위치가 지금 갑자기 분명하지 않을 뿐만 아니라 빠져나갈 길이 없는 것처럼 느껴졌다. 예전에는 생각지도 못했던, 망신당할지도 모른다는 두려움이 밀려오기 시작했다. 그녀의 머릿속에는 남편이 어떻게 나올 것인지에 대한 생각만으로도 무서운 생각들이 떠올랐다. 집사가 당장이라도 자기를 내쫓기 위해 찾아올 것이고, 온 세상은 자기의 부정한 행실을 알게 될 것이다. 그녀는 집에서 쫓겨나면 어디로 갈 것인지 스스로에게 물었지만 대답을 찾지 못했다.

브론스키에 대해 생각하자, 그녀는 그가 이제는 자기를 사랑하지 않을 뿐만 아니라 자기를 귀찮게 여기기 시작했고 그녀 자신 또한 그에게 몸을 의탁할 수 없을 것만 같았다. 그런 생각은 그녀로 하여금 그에게 적의를 느끼게 했다. 그녀는 자기가 남편에게 애기한 말들, 끊임없이 상상 속에서 되풀이했던 그 말을 모든 사람에게 말해버렸고 또 모든 사람이 들은 것처럼 여겨졌다. 그래서 그녀는 함께 살고 있는 사람들의 눈을 바라볼 용기가 나질 않았다. 그녀는 하녀를 부를 수도 없었고, 더욱이 아들과 가정교사를 보기 위해 내려갈 수도 없었다.

한참동안 그녀의 방문에 귀를 기울이던 하녀가 그녀의 방으로 그냥 들어왔다. 안나는 의아한 눈으로 그녀의 눈을 바라보고는 놀라서 얼굴을 붉혔다. 하녀는 부르는 벨 소리가 들린 것 같아서 들어왔다고 말하며 용서를 구했다. 그녀는 원피스와 벳시에게서 온 쪽지를 들고 들어왔다. 쪽지에서 벳시는 오늘 아침 자기 집에서 리자 메르칼로바와 슈톨리츠 남작 부인이 그들의 숭배자인 칼루쥬스키와 스트레모프 노인과 함께 크리켓 놀이를 하기 위해 모인다는 것을 그녀에게 알리고 있었다. '풍속을 연구한다고 생각하고 보러 오세요. 기다릴게요.' 그녀의 쪽지는 이렇게 끝을 맺고 있었다.

안나는 쪽지를 다 읽고 나서 무겁게 한숨을 쉬었다.

"아무것도, 아무것도 필요 없어." 그녀는 화장대 위에 향수병과 빗을 바로 놓고 있는 안누쉬카에게 말했다. "나가 봐. 옷을 갈아입고 나가야 하니까. 아무것도, 아무것도 필요 없어."

안누쉬카는 나갔지만, 안나는 옷은 갈아입지도 않고 머리와 팔을 늘어뜨린 채로 앉아 있었다. 그러고는 어떤 몸짓을 하려는 것 같기도 하고, 무언가 말하려는 것 같기도 하다가, 다시 꼼짝 않고 있다가 간혹 온몸을 가볍게 떨었다. 그녀는 끊임없이 되뇌었다. '나의 하느님, 나의 하느님,' 그러나 '하느님'도, '나의'도 그녀에게는 어떤 의미도 갖지 못했다. 안나는 종교적 환경에서 자라나 종교에 대해 결코 의심해 본 적이 없었다. 그러나 그녀로서는 종교를 통해 자신이 처한 상황에 대해 도움을 구하는 것은 바로 알렉세이 알렉산드로비치에게 도움을 구하는 것과 마찬가지로 낯설었다. 그녀는 종교적 구원을 받기 위해서는, 그녀에게 있어서 살아가는 모든 의미인 그것을 버려야 한다는 조건이 전제된다는 사실을 알고 있었다. 그녀는 지금까지 한 번도 경험해 본 적이 없는 새로운 정신 상태 앞에서 단순히 괴로운 것이 아니라 두려움을 느끼기 시작했다. 그녀는 눈이 피곤할 때면 가끔씩 사물이 둘로 보이는 것과 마찬가지로, 자신의 마음속에서도 모든 것이 둘로 나눠지기 시작하는 것을 느꼈다. 그녀는 가끔씩 자기가 무엇을 두려워하고 있는지, 무엇을 바라고 있는지 몰랐다. 그녀가 두려워하면서도 바라고 있는 일이 이미 있었던 일인지, 앞으로 일어날 일인지, 도대체 자신이 무엇을 바라고 있는지, 그녀는 알지 못했다.

'아아, 내가 뭘 하고 있는 거지!' 그녀는 갑자기 머리 양쪽에 통증을 느끼며 이렇게 혼잣말을 했다. 정신을 차렸을 때, 그녀는 자기가 두 손으로 관자놀이 부근의 머리카락을 잡고 그것을 누르고 있다는 것을 알았다. 그녀는 벌떡 일어나서 거닐기 시작했다.

"커피가 준비되었어요. 그리고 마드무아젤이 세료자와 함께 기다리세요." 다시 돌아온 안누쉬카가 같은 자세로 있는 안나를 보고 말했다.

"세료자? 세료자가 왜?" 안나가 갑자기 생기를 찾으며 물었다. 그녀는 아침 내내 처음으로 자기 아들의 존재를 떠올렸다.

"무슨 잘못을 저질렀나 봐요." 안누쉬카가 웃으며 대답했다.

"무슨 잘못?"

"구석방에 복숭아가 있었는데 하나를 몰래 드신 것 같아요."

아들을 생각하면서 안나는 갑자기 그녀가 처해 있던 현재의 절망적인 상황에서 빠져나왔다. 그녀는 최근 몇 년 동안 자기가 책임졌던, 상당히 과장된 면이 있지만 그래도 부분적으로는 진심이었던, 아들을 위해 살아온 어머니로서의 역할을 생각해 내고는 기뻤다. 그것은 자신이 현재 처한 상황 속에서도 남편과 브론스키로부터 독립된 자신만의 영역이 남아 있다고 생각했기 때문이었다. 그 영역은 바로 아들이었고, 자신이 어떤 상황에 처했던지 그녀로서는 아들을 떠날 수가 없었다. 남편이 그녀를 모욕하고 내쫓더라도, 브론스키가 그녀에게 냉담해지고 그가 자기만의 독립된 생활을 지속한다 하더라도(그녀는 또다시 그 생각에 분노와 비난을 느꼈다) 아들을 두고 떠날 순 없었다. 그녀에게는 삶의 목적이 있었다. 그래서 그녀는 아들을 빼앗기지 않고, 아들과 함께 할 수 있는 환경을 보장받기 위한 행동을 취해야만 했다. 그녀로부터 아들을 빼앗아가지 못하도록 가능한 빨리 행동을 취해야만 했다. 아들을 데리고 떠나야만 한다. 바로 그것이 그녀가 지금 취해야 하는 유일한 일이었다. 그녀는 마음을 진정시키고 이 고통스러운 상황에서 벗어나야만 했다. 아들과 연관된 당면 문제에 대한 생각, 지금 당장 아들을 데리고 어디론가 떠나야겠다는 생각은 그녀를 편안하게 해주었다.

그녀는 서둘러 옷을 갈아입고 아래층으로 내려가서 결연한 발걸음으로 응접실로 들어갔다. 그곳에는 여느 때와 마찬가지로 커피와 세료자와 가정교사가 그녀를 기다리고 있었다. 온통 하얀 옷을 입은 세료자가 등과 머리를 굽힌 채 거울 밑 탁자 옆에 서서 긴장된 표정으로, 그녀가 잘 알고 있는, 제 아버지를 그대로 빼닮은 그런 표정으로 자기가 가져온 화초를 가지고 무언가를 만들고 있었다.

가정교사는 유달리 엄한 표정을 짓고 있었다. 세료자는 종종 그러하듯 날카로운 목소리로 외쳤다. "아, 엄마!" 그리고는 화초를 팽개치고 어머니에게 인사하러 갈지, 아니면 화환을 완성하여 가지고 갈지 결정을 못 내리고 멈춰 서 있었다. 가정교사는 인사를 한 뒤 세료자의 잘못된 행동에 대해 분명하고도 장황하게 설명하고 있었지만, 안나는 듣고 있지 않았다. 그녀는 가정교사를 데리고 가야 할지에 대해 생각하고 있었다. '아니야, 데리고 가지 말자.' 그녀는 마음먹었다. '아들만 데리고 떠나자.'

"그래, 그건 정말 나빴네." 안나는 이렇게 말하고 나서 아들의 어깨를 잡고는 엄한 표정이 아닌, 아들을 당혹스럽고도 기쁘게 만든 소심한 눈길로 그를 바라보며 입을 맞추었다. "둘만 있게 해주겠어요?" 그녀는 놀란 가정교사에게 이렇게 말하곤 아들의 손을 놓지 않은 채 커피가 차려진 탁자 앞에 앉았다.

"엄마! 난……, 난……, 아닌데……." 그는 복숭아 사건으로 인해 어떤 벌이 자기를 기다리고 있는지, 그녀의 표정에서 알아내려고 애쓰며 이렇게 말했다.

"세료자." 그녀는 가정교사가 방에서 나가자마자 말했다. "그건 나쁜 짓이야. 앞으로는 그런 행동을 하지 않겠지? 넌 엄마를 사랑하지?"

그녀는 눈물이 고이는 것을 느꼈다. '과연 내가 이 애를 사랑하지 않을 수 있을까?' 그녀는 놀람과 기쁨이 뒤섞인 아들의 표정을 들여다보며 이렇게 자신에게 물었다. '정말 나를 벌하기 위해 이 아이가 아버지와 한편이 될 수 있을까? 정말로 나를 가엾게 여기지 않을까?' 눈물은 벌써 그녀의 얼굴을 타고 흘러내렸다. 그녀는 눈물을 감추기 위해 벌떡 일어나 거의 뛰다시피 테라스로 나갔다.

지난 며칠간 번개를 동반한 소나기가 이어진 뒤로 쌀쌀하고 청명한 날씨가 시작되었다. 비에 씻긴 나뭇잎 사이로 눈부신 햇살이 쏟아졌지만 공기는 차가웠다.

그녀는 차가운 공기 때문이기도 했지만, 맑은 공기 속에서 새로운 힘으로 그녀를 사로잡은 내면의 공포 때문에 몸을 떨었다.

"가 봐라, 마리에트에게 가거라." 그녀는 자기의 뒤를 따라 나온 세료자에게 이렇게 말하고는 테라스에 깔아놓은 밀짚 깔개 위를 거닐기 시작했다. '그들은 정말 나를 용서하지 않을까? 이 모든 게 이렇게 될 수밖에 없었다는 것을 이해할 수 있지 않을까?' 그녀는 혼자 중얼거렸다.

그녀는 걸음을 멈추고 차가운 햇살에 반짝거리는 비에 씻긴 나뭇잎이 바람에 흔들리는 사시나무의 우듬지를 바라보다가, 문득 그들은 자기를 용서하지 않을 것이며 저 하늘과 저 푸른 풀잎처럼 그 무엇도, 그 누구도 그녀에게 냉혹해질 것이라는 사실을 깨달았다. 그러자 그녀는 또다시 자기 마음속에서 사물이 두 개로 갈라지기 시작하는 것을 느꼈다. '안 돼, 생각하면 안 돼.' 그녀는 혼잣말을 했다. '떠날 준비를 해야만 해. 어디로 가지? 언제? 누구를 데리고 가지? 그래, 모스크바로 가자, 밤 열차로. 안누쉬카와 세료자를 데리고, 꼭 필요한 물건만 챙기자. 그 전에 저 두 사람에게 편지를 써야겠지.' 그녀는 잰걸음으로 집 안으로 들어가 자기 방 테이블 앞에 앉아서 남편에게 편지를 썼다.

‘그런 일이 있었는데 내가 어떻게 더 이상 당신 집에 머물 수 있겠어요. 난 떠나겠어요. 아들은 내가 데리고 갈게요. 난 법에 대해선 몰라요. 아들이 부모 중에 누구와 있어야 하는지 몰라요. 하지만 난 그 애를 데리고 가겠어요. 그 애 없이는 살 수 없기 때문이에요. 부디 너그러운 마음으로 그 애는 나한테 맡겨줘요.’

여기까지 그녀는 빠르고 자연스럽게 써 내려갔지만, 그의 내면에 존재하지 않는 관대함에 호소한다는 것과 감동적인 문구로 편지를 끝맺어야 한다는 생각이 그녀의 손을 멈추게 했다.

‘내가 지은 죄와 내 뉘우침에 대해 말씀드릴 수는 없어요. 왜냐하면…….’

생각의 연결고리를 찾지 못한 그녀는 또다시 글을 멈추었다. ‘아니야,’ 그녀는 자신에게 말했다. ‘아무것도 필요 없어.’ 그러고는 편지를 찢어버리고 관대함에 관해 적은 내용을 삭제하고는 편지를 다시 써서 봉했다.

다른 한 통의 편지는 브론스키에게 써야만 했다. ‘난 남편에게 알렸어요.’ 그녀는 이렇게 써놓고는 더 이상 쓸 기력이 없어 오랫동안 그대로 앉아 있었다. 이것은 너무나 거칠고 너무나 여자답지 못했다. ‘그에게 더 이상 뭐라고 쓸 수 있겠어?’ 그녀는 혼자서 말했다. 그러자 또다시 수치심으로 그녀의 얼굴은 온통 붉

게 달아올랐고, 그의 침착한 모습이 떠오르자 그에 대한 분노로
그녀는 쓴 편지를 갈기갈기 찢어버렸다. '아무것도 필요 없어.'
그녀는 혼자 이렇게 말하고는 종이 폴더를 덮고 2층으로 올라가
가정교사와 하인들에게 오늘 모스크바로 떠날 거라고 알리고
곧장 짐을 꾸리기 시작했다.

16

별장에 있는 방마다 관리인과 정원사와 하인들이 돌아다니며 짐을 날랐다. 옷장과 서랍장은 열려 있었다. 하인들은 노끈을 사기 위해 두 번씩이나 상점에 다녀왔고, 마룻바닥에는 신문지가 널려 있었다. 트렁크 두 개, 꾸러미들, 끈으로 묶은 모포들이 현관으로 옮겨 나왔다. 사륜마차 한 대와 삯마차 두 대가 현관의 계단 아래 서 있었다. 안나는 정신없이 짐을 꾸리다 보니 마음속의 불안도 잊은 채 자기 방 테이블 앞에 서서 손가방을 정리하고 있었다. 그때 안누쉬카가 다가오는 마차 소리에 주의를 돌렸다. 안나는 창문을 통해 알렉세이 알렉산드로비치의 급사가 현관에서 벨을 울리고 있는 것을 보았다.

"가서 무슨 일인지 알아봐." 그녀는 이렇게 말하고는 무슨 일이 있어도 평정심을 잃지 않겠다고 마음먹은 뒤, 두 손을 무릎에 얹고 안락의자에 앉았다. 하인은 겉봉에 알렉세이 알렉산드로비치의 필체가 적힌 두툼한 봉투를 가져왔다.

"주인님이 마님의 답장을 받아오라고 급사에게 지시하셨답니다." 하인이 말했다.

"알았어." 그녀는 이렇게 말하곤 하인이 나가자마자 떨리는 손으로 겉봉을 뜯었다. 띠에 묶인 빳빳한 지폐 뭉치가 그 속에서 떨어졌다. 그녀는 편지를 꺼내 들고는 끝에서부터 읽기 시작했다. "당신의 귀가에 필요한 모든 것은 준비시켜 놓겠소. 나의 이러한 요청이 실행되는 데 내가 특별한 의미를 두고 있다는 사실을 알아주길 바라오." 그녀는 편지를 아래에서 위로 다 읽은 뒤, 또다시 처음부터 읽어보았다. 편지를 다 읽고 난 그녀는 전혀 예상치 못했던 무서운 불행이 자기 위로 쏟아져 내린 느낌이 들면서 온몸에 오한이 느껴졌다.

그녀는 아침에 남편에게 말한 것을 후회하며, 그런 말이 하지 않았더라면 하고 바라는 마음뿐이었다. 그런데 이 편지는 그 말을 없었던 것으로 하면서 그녀가 바라던 것을 그녀에게 주고 있었다. 그러나 지금 이 편지는 그녀에게 상상할 수 있는 그 무엇보다도 두렵게 여겨졌다.

'옳아! 옳아!' 그녀는 중얼거렸다. '물론 그이는 언제나 옳아. 그는 기독교인이고 너그럽지! 하지만 비열하고 역겨운 인간이야! 그런 사실은 나 말고는 아무도 몰라. 앞으로도 알 사람은 없겠지. 그런데 나도 그것을 설명할 수 없어. 사람들은 그이가 신앙심이 두텁고 도덕적이며 정직하고 총명한 사람이라고 말하지만, 그들은 내가 본 것을 보고 있지 않기 때문이야. 지난 8년간 그이 때문에 내 삶이 얼마나 옥죄였고, 내 안에 숨 쉬던 모든 게 얼마나 질식할 지경이었는지 사람들은 몰라. 그이는 한 번도 내가 사랑을 필요로 하는 생명을 가진 여자라고 생각해 본 적이 없다는 것을 사람들이 어떻게 알겠어. 그이가 모든 면에서 나를 모욕하고, 자기 혼자만의 만족에 빠져 있는 사람이라는 사실을 사람들이 알 리가 없지. 나라고 노력하지 않았겠어? 온 힘을 다해 노력했지. 내 삶의 정당성을 찾기 위해 말이야. 남편을 사랑할 수 없게 되었을 때조차도 그이를 사랑하고, 아들을 사랑하려고 노력하지 않았던가? 하지만 이제 때가 온 거야. 난 더 이상 나 자신을 속일 수 없다는 사실을 깨달았어. 나는 생명이 있는 사람이고, 난 죄가 없어. 나는 하느님이 나를 사랑하면서 살도록 만들었다는 사실을 비로소 깨달은 거야. 그런데 지금 이게 뭐지? 그가 만약 날 죽었기니 그를 죽였다면, 난 모든 걸 이겨 내고 모든 걸 용서할 텐데. 하지만 아니잖아, 그이는…….'

'그이가 어떻게 나올지 왜 나는 짐작하지 못했을까? 그는 타고난 비열한 성격으로 일을 처리할 거야. 그리고 그는 올바른 사람으로 남겠지. 그리고 나를, 이미 파멸한 나를 더욱 나쁘고 너욱 깊은 파멸로 몰아넣겠지…….' "당신과 당신 아들을 기다리고 있는 것이 무엇인지 당신 스스로 짐작할 수 있을 것이라 생각하오." 그녀는 편지 중에 이런 문구를 떠올렸다. '이것은 아들을 빼앗겠다는 위협이고, 아마도 그들의 어리석은 법에 따르면 가능한 일이겠지. 그런데 왜 그가 이런 말을 하는지 내가 과연 모른다고 생각하는 걸까? 그는 아들에 대한 내 사랑을 믿지 못하거나, 아니면 우습게 생각하는 거야(그는 항상 비웃는 듯했지). 하지만 그는 내가 아들을 버리지 않을 거라는 것도, 버릴 수 없다는 것도 알고 있어. 아들 없이는 사랑하는 사람과 함께 하는 삶조차도 내게는 있을 수 없다는 사실도 그는 알고 있고. 만약 내가 아들을 버리고 그를 떠나버린다면, 나는 가장 수치스럽고 추악한 여자가 된다는 사실도 그는 잘 알고 있어. 또한 그는 내가 그렇게 하지 못할 것이라는 것도 알고 있어.'

"우리들의 생활은 예전과 같이 유지되어야만 하오." 그녀는 편지의 또 다른 구절을 떠올렸다. '그와의 삶은 예전에도 고통스러웠지만, 최근에는 한층 더 끔찍했어. 도대체 이제 어떻게 될까? 그는 이미 이 모든 것을 알고 있어. 내가 숨을 쉬는 것처럼, 사랑하는 것을 후회하지 않을 거란 걸 알고 있어. 또한 그는 그것에서 거짓과 기만 외에는 아무것도 남을 게 없다는 것을 알고 있어. 그러면서도 그는 나를 계속 괴롭혀야만 하는 거겠지. 난 그를 알아. 그는 물속에 있는 물고기처럼 거짓 속을 헤엄쳐 다니며 즐기고 있는 거야. 하지만 안 돼. 난 그이에게 그런 즐거움을 줄 수가 없어. 난 그가 나를 옭아매고 있는 그 거짓의 거미줄을 뜯어버릴 거야. 될 대로 되라고 해. 거짓이나 기만보다는 전부 나을 테니까!'

'그러면 어떻게? 오, 하느님! 하느님이시여! 나처럼 불행한 여자가 언제 또 있었을까요……!'

'아니야, 뜯어버려야 해, 뜯어버릴 거야!' 그녀는 눈물을 삼키며 자리를 박차고 벌떡 일어나 외쳤다. 그러고는 그에게 다른 편지를 쓰기 위해 테이블 쪽으로 다가갔다. 그러나 자신이 이미 아무것도 뜯어버리지 못할 것이며, 아무리 거짓되고 정직하지 못하다 할지라도 예전의 상황에서 벗어날 기력조차 없다는 사실을 그녀의 마음속 깊은 곳에서는 느끼고 있었다.

그녀는 테이블에 앉았지만, 편지를 쓰는 대신 테이블 위에 두 손을 올려놓고 그 위에 머리를 얹고는 아이처럼 가슴을 들먹이며 흐느끼기 시작했다. 그녀가 운 것은 자신의 처지가 명백해질 것이라는 꿈이 영원히 무너졌다고 생각했기 때문이었다. 그녀는 모든 게 예전대로 남게 될 것이라는 것을, 심지어 전보다도 훨씬 나빠질 것이라는 사실을 예견하고 있었다. 그녀는 자기가 누려왔고, 아침까지도 그토록 하찮게 여겨지던 사회적 지위가 자신에게 소중하다는 것을 느꼈다. 그리고 그녀는 자기에겐 남편과 아들을 버리고 정부와 놀아난 파렴치한 여자의 지위를 택할 수 있는 힘이 없다는 것, 또한 자기가 어떤 노력을 하더라도 자기 자신보다 상해질 수는 없다는 것을 느끼고 있었다. 그녀는 결코 사랑의 자유를 누리지 못할 것이다. 그녀는 매순간 폭로될지도 모르는 위협 속에서 함께 할 수 없는 독립적으로 살아가는 남자와의 수치스러운 관계를 위해 남편을 배신한 부정한 아내로 영원히 남게 될 것이다. 그녀는 그렇게 되리라는 것을 알았지만, 그와 동시에 그것이 어떻게 끝날지에 대해 상상조차 할 수 없을 만큼 두려웠다. 그녀는 마치 벌을 받는 아이처럼 목놓아 울었다.

그녀는 다가오는 하인의 발소리에 정신을 차렸다. 그녀는 얼굴을 가리고 편지를 쓰는 척했다.

"급사가 답장을 청합니다." 하인이 말했다.

"답장? 그래." 안나가 말했다. "조금만 더 기다리라고 해. 내가 벨을 울릴 테니까."

'내가 뭘 쓸 수 있지?' 그녀는 생각했다. '나 혼자서 무슨 결정을 할 수 있겠어? 내가 뭘 알고 있지? 난 뭘 원하는 걸까? 난 무엇을 사랑하는 걸까?' 그녀는 또다시 자신의 마음속에서 분열이 일어나는 것을 느꼈다. 그녀는 이런 감정에 또다시 깜짝 놀랐다. 그리고 자기만의 생각에서 벗어나기 위해 첫 번째로 떠오른 구실에 매달렸다.

'알렉세이(그녀는 마음속으로 브론스키를 그렇게 불렀다)를 만나야겠어. 오직 그만이 내가 어떻게 해야 하는지 말해줄 수 있을 거야. 벳시에게 가 봐야겠어. 아마도 거기서 그를 볼 수 있을 거야.' 그녀는 혼자 중얼거렸다. 그녀는 어제 자기가 트베르스카야 공작 부인에게 가지 않겠다고 브론스키에게 말했기 때문에 그도 가지 않겠다고 대답했던 사실을 잊고 있었다. 그녀는 테이블로 가서 남편에게 다음과 같이 썼다. '당신의 편지는 잘 받았어요. A.' 그러고는 벨을 울려 그것을 하인에게 건넸다.

"떠나지 않을 거야." 그녀는 방으로 들어온 안누쉬카에게 말했다.

"아주 안 가는 거예요?"

"아니, 내일까지 짐을 풀지는 마. 마차도 그냥 두고. 난 공작 부인 댁에 다녀올게."

"그럼 어떤 옷을 준비할까요?"

17

트베르스카야 공작 부인이 안나를 초대한 크리켓 시합에는
귀부인 두 사람과 그들의 숭배자들로 구성될 예정이었다. 이 두
귀부인은 페테르부르크의 선별된 새로운 사교계의 중요한 대표
적 인물로, 무언가를 모방한 것을 또다시 모방하는 '세계의 일곱
가지 불가사의'로 불리고 있었다. 이 부인들은 최상류 그룹에 속
해 있었는데, 안나가 출입하던 사교계와는 적대 관계에 있었다.
게다가 페테르부르크의 영향력 있는 인물 중 한 사람이자 리자
메르칼로바의 추종자이기도 한 스트레모프 노인은 업무적으로
알렉세이 알렉산드로비치의 적이었다. 이 모든 점을 생각하자,
안나는 그곳에 가는 게 마음 내키지 않았다. 또한 안나가 그 초
청을 거절한 데는 트베르스카야 공작 부인이 보낸 쪽지의 암시
와도 관련이 있었다. 그런데도 안나는 지금 브론스키를 만날 수
있다는 희망 때문에 그곳에 가려고 하는 것이었다.

안나는 다른 손님들보다도 먼저 트베르스카야 공작 부인의

집에 도착했다.

그녀가 들어서고 있을 때, 구레나룻을 곱게 다듬은 하급 시종처럼 보이는 브론스키의 하인도 들어오고 있었다. 그는 문가에 멈춰 서서 모자를 벗고 그녀에게 길을 비켜주었다. 안나는 그를 알아보았다. 그제야 그녀는 어제 브론스키가 오지 않을 거라고 말했던 것이 생각났다. 아마도 그는 그것에 관해 쪽지를 보낸 듯했다.

그녀는 현관에서 겉옷을 벗으며, 그 하인이 '백작으로부터 공작 부인에게'라고 말할 때 '에르' 글자조차 하급 시종처럼 발음하며 쪽지를 건네는 걸 들었다. 그녀는 그의 주인이 어디에 있는지 물어보고 싶었다. 그녀는 되돌아가서 그에게 와달라고 하든지, 아니면 자기가 직접 그에게 가겠다고 편지를 보내고 싶었다. 그러나 그 어느 것도 실행할 수가 없었다. 그보다 앞서 그녀의 도착을 알리는 벨소리가 들렸고, 트베르스카야 공작 부인의 하인이 어느새 그녀가 안으로 들어가기를 기다리면서 열린 문 옆에 반쯤 몸을 내밀고 있었기 때문이었다.

"공작 부인께서는 성원에 계십니다. 지금 여쭙겠습니다. 정원으로 직접 가시겠습니까?" 다른 방에 있던 또 다른 하인이 말했다.

주저함과 불확실한 상황은 집에 있을 때와 마찬가지였다. 아니, 오히려 더욱더 나빴다. 어떤 조치도 취할 수 없는 상태이고 브론스키도 만날 수 없는 데다, 그녀의 기분과 너무도 상반되는 낯선 사람들 사이에 머물러 있어야 했기 때문이었다. 그러나 그녀는 잘 어울리는 옷차림을 하고 있었고, 그녀 스스로도 이를 잘 알고 있었다. 게다가 그녀는 혼자가 아니었다. 주위에는 익숙하고도 화려하고 나른한 분위기가 조성되어 있어서 집에 있는 것보다 기분이 나았다. 그녀는 자기가 무엇을 해야 할지 생각할 필요도 없었다. 모든 게 알아서 흘러갔다. 놀랄 정도로 우아한 흰옷을 입은 벳시를 보고 안나는 여느 때처럼 미소를 지어 보였다. 트베르스카야 공작 부인은 투쉬케비치와 또 한 명의 친척인 아가씨와 함께 걸어오고 있었다. 시골에 사는 그녀의 부모님은 자기의 딸이 유명한 공작 부인 댁에서 여름을 보낸다는 사실을 커다란 행복으로 여겼다.

어쩌면 안나에게 어떤 특이한 점이 보였는지, 벳시는 그것을 바로 알아차렸다.

"잠을 설쳤어요." 안나는 그들을 향해서 걸어오는 하인을 지켜보며 대답했다. 그녀는 그 하인이 브론스키의 쪽지를 가지고 오는 거라고 짐작했다.

"당신이 와주셔서 얼마나 기쁜지 몰라요." 벳시가 말했다. "난 피곤해서 손님들이 도착하기 전에 차를 마시려던 참이었어요. 당신이 가주시면 좋을 텐데요." 그녀는 투쉬케비치에게 말했다. "마샤와 함께 풀이 베어져 있는 크리켓 그라운드 좀 봐주시겠어요? 우리는 그동안 차를 마시면서 흉금을 터놓고 얘기해요. 기분 좋게 얘기나 나누면 되죠. 그렇죠?" 그녀는 양산을 쥔 안나의 손을 잡으며 미소를 머금고 안나에게 말했다.

"그래요, 오늘은 댁에서 오랫동안 머물 수도 없으니 더욱 그 래야겠어요. 브레데 노부인 댁에 가본다고 약속한 지 백 년도 넘은 것 같아요." 안나는 말했다. 거짓말은 그녀의 천성에 어긋 나는 것이었지만, 그녀는 사교계에 다니면서 간단하고 자연스 럽게 거짓말을 했을 뿐만 아니라 그것에 만족감마저 느끼고 있 었다.

그녀는 무엇 때문에 조금 전까지만 해도 생각조차 하지 않았 던 일을 이렇게 말했는지, 그녀 자신도 어떻게 설명할 수 없었 다. 그녀가 그렇게 말한 것은 브론스키가 오지 않는다면 자신의 자유를 확보하여 어떻게든 그를 만나야 한다는 오직 그 생각에 서였다. 그러나 그녀가 다른 많은 사람들을 놔두고 왜 늙은 궁녀 브레데의 이름을 떠올렸는지 그녀로서도 설명할 수 없는 일이 있으나, 나중에 생각해보니 브론스키를 만나기 위해서 그보다 더 나은 것은 없을 가장 교묘한 방법이었다.

"안 돼요, 난 무슨 일이 있어도 당신을 놓아주지 않을 거예요." 벳시는 안나의 얼굴을 주의 깊게 바라보며 대답했다. "정말이지, 내가 만약 당신을 좋아하지 않았다면 분명히 난 화가 났을 거예 요. 당신은 우리 집 모임이 당신의 명예를 실추시킬까 봐 걱정하 시는 거군요. 우리가 마실 차는 작은 거실로 가져와요." 그녀는 하인을 대할 때 늘 그렇듯이 눈을 가늘게 뜨고 하인에게 말했다. 그러고는 그 하인에게서 쪽지를 받아 그것을 읽었다. "알렉세이 가 우리에게 거짓말을 하네요." 그녀는 프랑스어로 말했다. "올 수 없다고 적었어요." 그녀는 안나에게 있어 브론스키는 크리켓 파트너 외에 다른 어떤 의미를 가지는지 생각해 본 적도 없다는 듯이 지극히 자연스럽고 단순한 어조로 말을 덧붙였다.

안나는 벳시가 모든 걸 알고 있다는 사실을 알았으나, 그녀가 브론스키에 대해 말하는 것을 듣고 있자면 순간적으로 그녀가 아무것도 모르는 것 같다는 생각이 들곤 했다.

"아!" 안나는 이것에 별다른 관심이 없다는 듯이 무관심한 어조로 말하곤, 미소를 지으며 계속 말을 이었다. "어떻게 당신의 모임이 누군가의 명예를 실추시킬 수 있다는 거예요?" 이런 말장난, 이런 비밀의 은폐는 모든 여자들과 마찬가지로 안나에게도 커다란 매력을 가져다주었다. 그리고 그녀가 매력적이라고 느끼는 것은 숨겨야 하는 필요성이나 그 목적 때문이 아니라 바로 숨기는 과정 그 자체에 있었다.

"내가 교황보다 더한 가톨릭 신자가 될 수는 없는 노릇이죠." 벳시가 말했다. "스트레모프와 리자 메르칼로바 같은 분들은 사교계의 꽃 중에 꽃이지요. 게다가 그분들은 어디서든 환영을 받아요. 그리고 나는……." 그녀는 '나는'이라는 말에 강하게 힘을 주어 말했다. "엄격하고 완고한 사람은 아니에요. 단지 시간이 없을 뿐이에요."

"아니, 당신은 스트레모프와 만나고 싶지 않은 건가요? 그분과 알렉세이 알렉산드로비치가 위원회에서 서로 부딪치는 걸 어쩌겠어요. 우리가 신경 쓸 일은 아니니까요. 내가 아는 사람

중에 그분은 사교계에서 가장 좋은 분이고, 크리켓 광이기도 해요. 당신도 알게 될 거예요. 지금은 노인이 돼서 리자에게 빠져있는 모습이 우스워 보이기는 하지만, 그래도 그가 그 우스운 상황을 어떻게 잘 빠져나가는지 보셔야 해요! 그분은 정말 사랑스러운 분이에요. 사포 슈톨츠를 모르시나요? 그분은 새로운, 전혀 새로운 유형의 사람이에요."

벳시가 이 모든 것을 말하는 동안, 안나는 그녀의 명랑하고 총명한 시선 속에서 그녀가 자신의 입장을 어느 정도 이해하며 무언가 궁리하고 있는 듯한 느낌을 받았다. 그들은 작은 서재에 있었다.

"그건 그렇고, 알렉세이에게 답장을 보내야겠네요." 그리고 벳시는 테이블 앞에 앉아서 몇 자 적은 뒤 그것을 봉투에 넣었다. "난 그에게 식사하러 오라고 적었어요. 우리 집에 오신 한 부인이 상대 신사분도 없이 식사하게 되었다고요. 보세요, 설득력 있지 않아요? 미안해요, 잠시 실례할게요. 당신이 봉인해서 보내주시겠어요?" 벳시가 문간에서 말했다. "몇 가지 지시해야 해서요."

안나는 잠시도 주저하지 않고 벳시의 편지를 들고 테이블에 앉아서 읽어보지도 않고 편지 아래에 덧붙였다. '당신을 꼭 만나야 해요. 브레데 댁 정원으로 와주세요. 6시에 그곳에서 기다릴게요.' 안나가 봉인하자 돌아온 벳시가 그녀가 있는 데서 편지를 하인에게 건넸다.

시원한 작은 거실로 작은 쟁반에 받쳐진 차가 오자, 실제로 두 여자들 사이에는 손님들이 도착할 때까지 트베르스카야 공작부인이 약속한 그 재미있는 얘기가 시작되었다. 그들은 기다리고 있는 사람들에 대해 험담을 하다가, 화제가 리자 메르칼로바에게서 멈췄다.

"그녀는 정말 사랑스러운 분이에요. 난 평소 그녀에게 호감을 느끼고 있었어요." 안나가 말했다.

"당신은 그분을 좋아해야만 할걸요. 그분은 당신한테 관심이 많거든요. 어제 경마가 끝나고, 내게 왔다가 당신을 만나지 못하고는 상당히 실망하던걸요. 그분은 당신을 진정한 소설 속의 여주인공이라고 하더군요. 만약 자기가 남자였더라면, 당신을 위해서 어리석은 행동도 수없이 저질렀을 거라고 말했다니까요. 그러자 스트레모프가 그녀에게 '당신은 그렇지 않아도 그런 행동을 하잖아요.'라고 말하는 거예요."

"그런데 말씀해주시겠어요? 난 정말 이해할 수 없어요." 안나는 잠시 아무 말 없이 가만히 있다가 하찮은 질문이 아니라 그녀에게는 당연히 중요하다는 어투로 말했다. "말씀해주세요, 미시카라고 불리는 칼루쥬스키 공작과 그녀는 어떤 관계인 거예요? 난 그분들을 많이 만나지는 못했어요. 도대체 뭐예요?"

벳시는 눈웃음을 짓고서 안나의 얼굴을 유심히 살폈다.

"새로운 방식이지요." 그녀가 말했다. "그분들 모두는 그 방식을 택한 거예요. 그분들은 체면 같은 건 전부 내다 버린 거예요.

그런데 버리는 것도 방식이 다양하거든요.”

“그래요, 그러면 칼루쥬스키에 대한 그녀의 입장은 뭐예요?”

벳시는 갑자기 참지 못하겠다는 듯이 쾌활하게 웃기 시작했다. 이런 일은 그녀에게 드문 일이었다.

“그건 먀흐카야 공작 부인의 사생활 침해인데요. 그 질문은 지극히 유아스럽군요.” 그러면서 벳시는 참고 싶은데 도무지 참을 수 없다는 듯이, 잘 웃지 않는 사람이 웃는 것처럼 전염성 강한 웃음을 터트렸다. “본인들에게 직접 물어보셔야만 하겠군요.” 그녀는 웃느라 눈물까지 흘리며 말했다.

“아니요, 당신은 웃고 계시는데요.” 안나는 전염이라도 된 것처럼 자기도 모르게 덩달아 웃으며 말했다. “난 이해가 안 되는걸요. 남편의 입장은 어떤 건지 말이에요.”

“남편요? 리자 메르칼로바의 남편은 무릎 덮개를 가지고 그녀의 뒤를 따라다니면서 언제든 그녀에게 봉사할 준비가 되어 있지요. 하지만 그다음에 실제로 무슨 일이 있는지 아무도 알고 싶어 하지 않아요. 당신도 알다시피, 훌륭한 사회에서는 옷차림에 대한 몇몇 구체적인 사항에 대해서는 말하거나 생각히지도 않잖아요. 그것과도 같은 거지요.”

“당신은 롤란다크 부인의 축하 파티에 가실 건가요?” 안나는 화제를 바꾸기 위해 이렇게 물었다.

“가지 않으려고 생각하고 있어요.” 벳시는 이렇게 대답하고는 자기 벗을 바라보지 않고, 작고 투명한 찻잔에 향기로운 차를 조심스럽게 따르기 시작했다. 그러고는 안나 쪽으로 찻잔을 밀어 놓고, 궐련을 꺼내 은제 파이프에 끼운 뒤 피우기 시작했다. "자아, 보시다시피 난 행복한 상황에 있어요." 그녀는 이미 웃음기 없는 얼굴로 찻잔을 손에 들고 말했다. "난 당신도 이해하고, 리자도 이해해요. 리자, 그분은 순진한 기질을 가진 아이 같은 마음을 갖고 있어서 무엇이 좋고 무엇이 나쁜지도 모르는 사람이에요. 적어도 그분은 아주 젊었을 때는 이해하지 못했을 거예요. 그런데 이제는 그분도 무지가 자기에게 어울린다는 것을 알아요. 지금은 어쩌면 일부러 모르는 체하는지도 모르지요." 벳시는 옅은 미소를 지으며 말했다. "하지만 어쨌든 그것은 그녀에게 잘 어울려요. 한 개의 사물을 비극적으로 보고 고통스러워할 수도 있지만, 단순히 보고 즐거워할 수도 있잖아요. 당신은 어쩌면 사물을 지나치게 비극적으로 보는 경향이 있는지도 모르죠."

"나는 나 자신을 아는 것만큼 다른 사람들에 대해서도 알았으면 좋겠어요." 안나는 생각에 잠긴 듯 진지하게 말했다. "나는 다른 사람들보다 나쁜 사람일까요, 아니면 좋은 사람일까요? 내 생각엔 나쁜 사람 같아요."

"너무 어린애 같군요. 진짜 어린애 같아요." 벳시는 되풀이해서 말했다. "그건 그렇고, 저기 손님들이 오네요."

18

발소리가 들리더니 이어서 남자 목소리, 여자 목소리와 웃음소리가 들려왔다. 그리고 뒤를 이어 기다리고 있던 손님들이 들어왔다. 그들은 사포 슈톨츠와 무척이나 건강해 보이는 바시카라는 젊은이였다. 그의 건강한 모습은 붉은 핏기를 띠는 비프스테이크, 송로, 부르고뉴산 포도주 같은 음식 섭취에 의한 것임을 보기만 해도 알 수 있었다. 부인들에게 인사를 한 바시카는 그들을 잠깐 바라볼 뿐이었다. 그는 사포에게 묶여 있기라도 한 사람처럼 그녀의 뒤를 따라 거실로 들어와서는 마치 그녀를 삼킬 듯한 빛나는 두 눈을 잠시도 그녀에게서 떼지 않았다. 사포 슈톨츠는 검은 눈동자를 가진 금발의 부인이었다. 그녀는 굽이 높은 구두를 신고 작은 잰걸음으로 들어와서는 남자처럼 부인들의 손을 꽉 잡았다.

안나는 이 새로운 유명 인사를 아직 한 번도 만난 적이 없어서 그녀의 아름다움과 극단적인 화장법과 그 거침없는 태도에 놀랐다. 그녀의 머리에는 자기 머리와 부드러운 금발의 가발을 섞어 풍성하게 말아 올려 있었는데, 그 머리의 크기는 앞을 드러낸 균형 있게 볼록한 가슴과 똑같을 정도였다. 그리고 그녀의 걸음걸이가 얼마나 힘찬지, 걸을 때마다 무릎과 허벅지의 윤곽이 옷 위로 선명히 드러났다. 상반신은 과감하게 노출하고 하반신과 등은 잘 감춰져 있어, 그녀의 작고 균형 잡힌 진짜 몸은 이 우아하게 흔들리는 산과 같은 드레스 속에서 실제로 어디쯤에서 끝나는지 자기도 모르게 궁금해질 정도였다.

벳시는 서둘러 그녀와 안나를 인사시켰다.

"상상이 가세요? 우린 하마터면 군인 두 사람을 칠 뻔했지 뭐예요." 그녀는 눈을 찡긋거리기도 하고, 미소를 지어 보이기도 하고, 한쪽으로 치우친 치마 자락을 끌어당기기도 하면서 곧바로 이야기하기 시작했다. "난 바시카와 같이 왔거든요……. 아아, 참, 아직 모르시죠." 그녀는 젊은이의 성을 불러서 그를 소개하고는, 처음 보는 부인 앞에서 그를 바시카라고 부른 자신의 실수에 얼굴을 붉히며 웃었다.

바시카는 다시 한 번 안나에게 인사를 했지만 아무런 말도 하지 않았다. 젊은이는 사포에게로 얼굴을 돌렸다.

"내기에 지셨습니다. 우리가 먼저 도착했으니까요. 자, 돈을 내시게 되었네요." 그는 웃으며 말했다.

사포는 더욱 쾌활하게 웃음을 터뜨렸다.

"지금 당장은 아니에요." 그녀가 말했다.

"상관없습니다. 나중에 받지요."

"좋아요, 좋아. 아, 참!" 그녀는 갑자기 여주인을 향해 몸을 돌렸다. "아휴, 난 참 대단하다니까요……. 까맣게 잊고 있었네요……. 손님 한 분을 모시고 왔는데. 바로 이분이에요."

사포가 데리고 와서 깜빡 잊었다는 뜻밖의 손님은 나이는 젊었지만 신분이 높은 사람이었기에 부인들은 일어나서 그를 맞이했다.

그는 사포의 새로운 숭배자였다. 그도 지금 바시카와 마찬가지로 그녀의 뒤를 따라다니고 있었다.

잠시 후, 칼루쥬스키 공작과 리자 메르칼로바가 스트레모프와 함께 도착했다. 갈색머리에 마른 체형인 리자 메르칼로바는 느긋한 동양적인 얼굴과 사람들의 말대로 형언할 수 없는 매력적인 눈을 가진 여자었다. 그녀가 입은 검은 의상의 특징은(안나는 즉시 알아보고 그것을 높이 평가했다) 그녀의 아름다움과 완벽한 조화를 이루고 있었다. 사포가 건강한 맵시를 자랑한다면, 리자는 부드럽고 자유로운 분위기가 있었다.

그러나 안나의 취향으로 보자면 리자 쪽이 훨씬 더 매력적이었다. 벳시는 안나에게 그녀에 관해 천진난만한 아이 같은 태도를 자아낸다고 말했지만, 안나가 보기에 그 말은 진실이 아닌 것 같았다. 그녀는 정말로 천진하고 퇴폐적이었으나 귀엽고 온순한 여자였다. 사실 그녀의 태도도 사포의 태도와 같은 부분이 있었다. 사포와 마찬가지로 마치 꿰매 붙인 것처럼 그녀 뒤를 쫓아다니는 두 사람의 숭배자가 있었는데, 한 사람은 청년이고 다른 한 사람은 노인이었다. 그들은 그녀를 집어삼킬 듯이 바라보고 있었다. 그녀에게는 그녀를 감싸고 있는 것보다 한층 더 고상한 어떤 것이 있었다. 그녀 안에는 유리 속 가운데에서 빛나는 진짜 다이아몬드의 광채가 있었다. 그 광채는 정말 뭐라 형언할 수 없는 매혹적인 그녀의 두 눈동자에서 빛나고 있었다. 눈 주위가 어두운, 지친 듯하면서도 열정을 담고 있는 시선은 완벽한 성실함으로 감동을 주었다. 그 눈을 들여다본 사람이라면 누구나 그녀의 모든 것을 알게 된 것처럼 느껴지게 되고, 그다음에는 사랑에 빠지지 않을 수 없었다. 안나를 보자, 그녀의 온 얼굴에 갑자기 기쁨의 미소가 환하게 떠올랐다.

"아아, 당신을 뵈어서 정말 기뻐요!" 그녀는 안나에게 다가서며 말했다. "어제 경마장에서 당신 곁으로 다가가려 했는데, 어느새 가버리셨더군요. 어제는 정말 뵙고 싶었어요. 정말 끔찍한 일이었지요?" 그녀는 마음을 활짝 열어놓은 듯한 그런 시선으로 안나를 바라보며 말했다.

"그래요, 나도 그렇게 흥분하리라고는 생각도 못했어요." 안나는 얼굴을 붉히며 말했다.

그때 사람들이 정원으로 나가려고 자리에서 일어났다.

"난 가지 않겠어요." 리자는 미소를 지으며 안나 옆으로 다가앉으며 말했다. "당신도 가지 않으시겠죠? 크리켓이 뭐가 재미있다고들 그러는지!"

"아니요, 난 좋아하는걸요." 안나가 말했다.

"어머나, 어떻게 그래요, 지루하지 않으세요? 당신을 보고 있으면 즐거워져요. 당신은 사는 게 활력 있어 보여요. 저는 지루한 면이 있거든요."

"지루하시다니, 의외군요. 페테르부르크에서 가장 활력 넘치는 사교계에 계시잖아요." 안나가 말했다.

"어쩌면 우리들 사교 모임 외의 사람들은 더욱 지루할지도 모르겠지요. 하지만 우리들에겐, 어쩌면 내게는, 즐겁다기보다 너무 지루해요. 정말이지 너무나 지루해요."

궐련에 불을 붙인 사포는 두 젊은이와 함께 정원으로 나갔다. 벳시와 스트레모프는 차를 마시며 남아 있었다.

"뭐가 지루하다는 거예요?" 벳시가 말했다. "사포는 어제 댁에서 무척 즐거웠다고 하던데요."

"아, 얼마나 지루했었는데요!" 리자 메르칼로바가 말했다. "경마가 끝나고 모두들 우리 집에 모였는데, 모든 게 늘 똑같아요, 모든 게 다요. 하는 일도 똑같다니까요. 저녁 내내 소파 위에서 뒹굴었을 뿐이에요. 거기에 대체 무슨 재미가 있다는 기예요? 아니, 지루하지 않으려면 어떻게 하면 되는 거예요?" 그녀는 다시 안나 쪽으로 얼굴을 돌렸다. "누구든 당신을 보면 보일 거예요. 어쩌면 행복하거나 불행할 수는 있겠지만 지루해하는 일이 없는 분이라는 걸 말이에요. 제발 좀 가르쳐주세요. 어떻게 그럴 수 있어요?"

"특별히 하는 건 없어요." 안나는 이 집요한 질문에 얼굴을 붉히며 대답했다.

"바로 그것이 최상의 방법이지요." 스트레모프가 말참견을 했다.

스트레모프는 반백의 머리털에 쉰 살 정도 되는 남자로 아직 활력은 있어 보여도 그다지 잘생긴 인물은 아니었다. 하지만 개성 있고 총명한 얼굴이었다. 리자 메르칼로바가 그의 처조카였다. 그는 시간이 날 때마다 항상 그녀와 함께 있었다. 안나 카레니나를 만난 그는 사교적이고 현명한 사람이었으므로, 업무적으로 알렉세이 알렉산드로비치의 적수라고 해도 그의 아내를 유달리 친절하게 대하려고 애썼다.

"특별히 하는 게 없다는 건." 그는 엷은 미소를 지으며 말을 받았다. "최고의 방법이에요. 오래전부터 내가 당신에게 말하는 게 그것이지 않소." 그는 리자 메르칼로바에게 말했다. "지루하지 않기 위해서는 지루할 거라는 생각을 하지 말아야 해요. 그건 불면증이 두려울 때 잠들지 못할까 걱정하면 안 되는 것과 같은 말이죠. 안나 아르카디예브나가 당신에게 말씀하신 것도 같은 얘기지요."

"나도 그렇게 말씀드렸다면 정말 기뻤을 거예요. 그 말은 현명하기도 하고 또 맞는 말이잖아요." 안나는 미소를 지으며 말했다.

"아니, 왜 잠들 수 없는지, 어떻게 하면 지루하지 않을 수 있는

지 말씀해주세요."

"잠자기 위해선 일을 해야지요. 즐겁게 살기 위해서도 역시 일을 해야만 하고요."

"하지만 내 일이 누구에게도 필요하지 않다면 무엇 때문에 일을 하겠어요? 게다가 일부러 일하는 척을 할 줄도 모르고, 하고 싶지도 않아요."

"당신은 공정하지 않아요." 스프레모프는 그녀를 보지도 않고 말하고는 다시 안나에게로 얼굴을 돌렸다.

그는 안나를 가끔 만나는 것이었기 때문에 평범한 대화 말고는 그녀에게 특별히 할 말이 없었다. 그러나 그는 그녀가 언제 페테르부르크로 돌아가는지, 리디야 이바노브나 백작 부인이 그녀를 얼마나 사랑하는지와 같은 평범한 대화를 했다. 그리고 그런 말들 속에서도 그는 그녀가 기분 좋기를 바라고, 그녀를 존경하는 마음 또는 그 이상의 것을 보여주려는 진심이 보였다.

투쉬케비치가 모두들 크리켓 경기 시작을 기다린다고 알리며 들어왔다.

"아니, 제발 가지 마세요." 리자 메르칼로바는 안나가 나가려는 것을 알아차리곤 이렇게 부탁했다. 스트레모프도 그녀의 의견에 동조했다.

"너무 심하게 대조되는군요." 그가 말했다. "이런 모임 뒤에 브레데 노부인에게 가신다니 말입니다. 게다가 당신의 방문은 그분에게 남의 험담을 할 기회를 제공해주는 겁니다. 그런데 여기는 다른, 지극히 아름다운, 험담과는 정반대되는 감정만이 일어나거든요." 그가 안나에게 말했다.

안나는 잠시 결정을 내리지 못하고 깊은 생각에 잠겼다. 이 현명한 남자의 현혹하는 언변, 리자 메르칼로바가 그녀에게 보여준 천진스러운 호감, 친숙한 사교적인 분위기, 이 모든 것은 무척 마음을 가볍게 했지만 어려운 일이 그녀를 기다리고 있었다. 그녀는 남아도 될지, 힘든 설명의 시간을 미룰지 순간 결정하지 못하고 있었다. 그러나 그녀는 자기가 아무런 결정도 내리지 못했을 경우, 집에서 자기를 기다리고 있는 것이 무엇일지를 생각했다. 생각만 해도 끔찍한 몸짓, 자기가 두 손으로 머리카락을 움켜잡았던 때의 모습이 떠오르자, 그녀는 작별 인사를 하고 그곳을 떠났다.

19

브론스키는 경박하게 보이는 사교계 생활을 하고 있었지만 무질서를 경멸하는 사람이었다. 그는 젊은 시절, 유년 학교에 다닐 때 돈을 빌리려 했다가 수모를 겪은 다음부터는, 단 한 번도 자기 자신을 그런 상황에 몰아넣는 일이 없었다.

언제나 자신의 일을 정돈해 두기 위해, 그는 상황에 따라 다르긴 했지만 일 년에 다섯 번 정도는 혼자 틀어박혀 자신의 모든 일을 정리했다. 그는 이것을 '결산' 또는 '세탁'이라고 불렀다.

경마 이튿날, 브론스키는 느지막이 잠에서 깨어 면도도 목욕도 하지 않고 여름 제복을 입은 채, 책상 위에 논과 주판과 편지를 늘어놓고 일을 시작했다. 페트리츠키는 그런 상황에서 그가 화를 잘 낸다는 것을 알고는 잠에서 깨어나 친구가 책상 앞에 앉아 있는 것을 보고 그에게 방해되지 않기 위해 조용히 옷을 갈아입고 나갔다.

자신을 둘러싼 복잡한 상황을 세세하게 아는 사람이라면 누구든 그런 복잡한 상황과 그것을 해명해야 하는 어려움은 자기에게만 해당되는 특수한 일이라고 여기며, 다른 사람들도 자기와 마찬가지로 자기만의 복잡한 상황에 둘러싸여 있다고 생각하지 않는다. 브론스키도 그렇게 생각되었다. 그는 내적인 자존감과 근거를 가지고 다른 사람이 그처럼 그렇게 어려운 상황에 처했었다면 이미 오래전에 방황하면서 좋지 않은 행동을 했을 거라고 생각했다. 그러나 브론스키는 방황하지 않기 위해서 바로 지금 자신의 상황을 결산하고 분명하게 해야 한다고 느꼈다.

브론스키가 가장 쉬운 일로 첫 번째로 붙잡은 건 금전 문제였다. 그는 편지지에 작은 글씨로 자신의 부채를 모두 적고 그것을 합산했는데, 결과적으로 1만 7천 루블의 빚과 계산을 편하게 하려고 빼놓은 몇 백 루블이 더 있다는 것을 알게 됐다. 그리고 지니고 있는 돈과 은행의 잔고를 합해 보니 자기에게 고작 1천 8백 루블이 남아 있고, 새해 전까지는 돈 들어올 곳이 보이지 않는다는 것도 알게 됐다. 부채를 다시 계산해 본 브론스키는 그것을 세 분류로 나누어 다시 적었다. 첫 번째는 지금 당장 지불해야 하거나 청구되면 지체 없이 곧바로 지불해야 하는 부채를 적어 넣었다. 그런 부채가 4천 루블 정도 되었다. 말 값이 1천 5백루블이었고, 2천 5백 루블은 브론스키가 보는 앞에서 사기꾼에게 돈을 잃은 젊은 동료인 베네프스키를 위한 보증금이었다. 브론스키는 당시 돈을 내주려고 했으나(그때는 그에게 돈이 있었다), 베네프스키와 야시빈이 브론스키는 도박도 하지 않았으니 자기들이 갚겠다고 고집을 피웠던 것이다. 그것은 그렇게 해결되었다. 그러나 브론스키는 베네프스키의 보증을 서겠다는 말로만 이 더러운 사건에 관여하였으나, 그 돈을 사기꾼에게 던져주고 더 이상 아무 소리도 못하게 하려면 2천 5백 루블이 있어야만 한다는 것을 알고 있었다. 그렇기 때문에 이 첫 번째로 가장 중요한 분류를 위해서 4천 루블을 가지고 있어야만 했다. 두 번째 분류에 속하는 8천 루블은 덜 중요한 부채였다. 이것은 주로 경마장의 마구간, 귀리와 건초를 보급하는 상인, 영국인 조마사, 마구 판매상 등에게 갚을 빚이었다. 마음 편히 지내기 위해 이 부채에 대해서도 2천 루블 정도는 분배해 두어야 했다. 마지막 분류에 속하는 부채는 상점들, 호텔들, 양복점에 대한 빚으로 그것은 걱정할 게 없었다. 그렇게 해도 당장 필요한 돈은 최소한 6천 루블이었지만, 수중에는 고작 1천 8백 루블밖에 없었던 것이다. 사람들은 브론스키의 수입이 10만 루블 정도 되니까 그 정도의 빚은 문제없을 거라고들 추정했다. 그러나 그의 실제 수입이 10만 루블과는 거리가 멀다는 게 문제였다. 연간 20만 루블에 달하는 아버지의 엄청난 재산이 형제들 사이에 분배되지 않았다. 게다가 당시 산더미 같은 빚이 있던 형이 재산이라곤 한 푼도 없는 데카브리스트[7]의 딸인 바랴 치르코바와 결혼했을 때,

---

7 러시아의 농노제와 전제정치에 반대하여 1825년 12월 14일 반란을 일으킨 귀족 혁명가를 일컫는 말로 러시아어로 12월을 의미한다.

알렉세이 자신은 연간 2만 5천 루블만 받기로 하고 아버지의 영지에서 나오는 수입을 모두 다 형에게 양보했다. 그때 알렉세이는 자기는 아마도 결혼하지 않을 것 같지만, 아무튼 결혼할 때까지는 그 돈이면 충분할 것이라고 형에게 말했다. 형은 가장 돈이 많이 드는 연대 중의 하나를 지휘하면서 결혼까지 한 상태라 그 선물을 받지 않을 수 없었다. 별도로 자기 개인 소유의 재산을 가지고 있던 어머니가 정해진 2만 5천 루블 외에 매년 2만 루블 정도를 더 주었고, 알렉세이는 그것도 모두 생활비로 썼던 것이다. 최근에 그의 연애 문제와 그가 모스크바를 떠난 일로 다툰 다음부터 어머니는 그에게 돈을 보내지 않았다. 그 결과, 4만 5천 루블로 생활하는 데 익숙해져 있던 브론스키는 올해 2만 5천 루블만을 받고는 곤란한 상황에 처한 것이었다. 그렇다고 해서 이런 곤란함을 해결하기 위해 어머니에게 돈을 달라고 손을 벌릴 수도 없는 노릇이었다. 전날 그가 받은 어머니의 마지막 편지는 그를 특히 불안하게 했는데, 그 편지에서 어머니는 사교계에서나 업무적인 성공을 위해서는 도와줄 준비가 되어 있지만, 올바른 사회에 추문을 불러일으키는 데 도움을 줄 마음이 없다는 암시를 했기 때문이었다. 그는 어머니가 자기를 매수하려고 한다는 생각이 들자 마음속 깊은 곳까지 굴욕스러웠다. 그래서 어머니에 대한 그의 마음은 더욱 싸늘해졌다. 그러나 지금 그는 카레니나 부인과의 관계에서 몇 가지 일어날 사건들을 어렴풋이 예견하고는 자기가 한 관대한 말이 너무나 경솔했으며 결혼하지 않은 자기에게도 10만 루블 전부가 필요할 수도 있다는 것을 느꼈다. 하지만 한번 내뱉은 말을 없었던 일로 할 수는 없었다. 한번 준 것을 도로 빼앗는 것이 불가능하다는 것을 이해하는 데는 형수를 떠올리는 것만으로도 충분했다. 그 사랑스럽고 훌륭한 바랴는 기회가 있을 때마다 자기는 그의 관대함을 기억하고 있으며 그것을 높이 평가한다고 말했던 것이다. 그렇기에 그것은 부인을 때리거나 도둑질하거나 거짓말하는 것과 마찬가지로 불가능한 일이었다. 그러므로 브론스키는 할 수 있고 해야만 하는 한 가지 일을 조금도 망설임 없이 결심했다. 그것은 고리대금업자에게 1만 루블을 빌리는 그다지 어렵지 않은 일과 전반적인 지출을 줄이고 경마용 말을 파는 일이었다. 이렇게 결심한 그는 즉시 자기에게 말을 사겠다고 수차례 제안해왔던 롤란다키에게 편지를 썼다. 그린 다음 영국인과 고리대금업자를 부르러 사람을 보내고, 자기가 가지고 있던 돈을 계산에 따라 나누었다. 그 일을 끝낸 후, 그는 냉정하고 날카로운 답장을 적어 어머니에게 보냈다. 그다음에 안나에게서 온 세 통의 편지를 지갑에서 꺼내 읽은 후 그것을 태워버렸다. 그는 어제 있었던 그녀와의 대화를 떠올리고는 깊은 생각에 잠겼다.

<h1 style="text-align:center">20</h1>

브론스키의 생활은 특히 행복했는데, 해야 할 일과 해서는 안 될 일에 대한 자기만의 명백한 규칙을 가지고 있었기 때문이었다. 이러한 규칙은 매우 좁은 범위를 허용할 뿐이었지만, 그 대신 그 규칙은 의심할 여지가 없는 것이었다. 그래서 브론스키는 결코 이 범위 밖으로 나간 적이 없었고, 해야 할 일을 수행할 때 결코 한순간도 머뭇거린 적이 없었다. 그 규칙은 다음과 같았다. 사기도박꾼에게는 돈을 지불해야 하지만 재단사에게는 지불할 필요가 없다, 남자는 거짓말을 하면 안 되지만 여자는 괜찮다, 그 누구도 속여서는 안 되지만 남편은 속여도 상관없다, 모욕을 용서할 수는 없지만 다른 사람을 모욕하는 건 괜찮다 등등이었다. 이런 모든 규칙들은 그다지 이성적이라거나 썩 훌륭하다고는 할 수 없었지만 그것은 추호의 의심도 없이 확고했기 때문에 브론스키는 그런 일을 행하면서도 평안하다고 느꼈고, 고개를 꼿꼿이 세우고 다녔다. 다만 최근에 안나와의 관계에서 브론스

키는 그 규정이라는 것이 모든 조건을 다 확실하게 해주는 것은 아니라는 사실을 느끼기 시작했다. 그리고 자기가 통제할 수 없는 어렵고 의아한 상황이 닥쳐올 것 같은 느낌이 들었다.

현재 안나와 그녀의 남편에 대한 그의 입장은 그에게 있어서 단순하고 명백했다. 그것은 그의 규정 속에 분명하고도 정확하게 규정지어져 있었다.

그녀는 그에게 사랑을 바친 점잖은 여인이었고, 그는 그녀를 사랑하고 있었다. 따라서 그에게 있어서 그녀는 법적인 아내보다 훨씬 더 존경을 받을 만한 가치가 있는 여인이었다. 그는 말이나 암시로 그녀를 모욕한다거나 여자라면 누구나 기대하는 정도의 존경을 그녀에게 보여줄 수 없다면, 자신의 손을 먼저 잘라버렸을 것이다.

사교계에 대한 입장도 분명했다. 모든 사람이 그 사실을 알 수도 있고 그것을 의심할 수도 있지만, 누구도 감히 그것에 관해 말을 해서는 안 되었다. 그러나 만약 누군가 그것을 입 밖에 냈을 경우엔 그 사람의 입을 다물게 만들고 자기가 사랑하는 여인의 정숙함을, 실재하지 않는 부분이라고 해도, 존중하도록 만들 준비가 되어 있었다.

남편에 대한 입장은 그 무엇보다 명백했다. 안나가 브론스키를 사랑하게 된 바로 그 순간부터, 그는 그녀에 대한 자신의 권리를 양보할 수 없는 것으로 간주했다. 남편은 오직 불필요하고 방해만 될 뿐이었으며 의심할 여지없는 불쌍한 위치에 있었다.

대체 그가 무엇을 할 수 있겠는가? 남편이 갖고 있는 유일한 권리는 손에 무기를 들고 결투 신청을 하는 것이다. 브론스키는 그것에 대해선 처음부터 준비가 되어 있었다.

그러나 최근 그와 그녀 사이에 새로운 내면적 관계가 나타났고, 그 불확실성이 브론스키를 놀라게 했다. 어제서야 그녀는 그에게 임신한 사실을 알렸다. 그는 이 소식과 그녀가 그에게 기대하고 있는 것이 그의 삶을 지배해온, 법전으로 규정되지 않는 그 규칙의 무언가를 요구하고 있다는 사실을 느꼈다. 사실 그것은 그로서는 불시에 당한 일이었고, 그녀가 자신의 임신 사실을 알리던 그 첫 순간 그의 마음이 그녀에게 남편을 떠나도록 요구해야 한다고 그에게 속삭였다. 그래서 그는 그 말을 했지만 지금 곰곰이 생각하면서 그 말을 하지 않고 넘어갔더라면 더 나았을 것이라는 게 분명해 보였다. 그리고 동시에 그는 '이게 나쁜 건가?' 하고 혼잣말을 하며 걱정했다.

'만약 내가 남편을 떠나라고 말한다면, 그것은 나와 결합하자는 것을 의미한다. 나는 그럴 준비가 되어 있는 걸까? 지금은 돈도 없는데, 내가 어떻게 그녀를 데리고 떠난다는 말인가? 돈은 어떻게든 해결된다고 가정해보자……. 하지만 난 군복무 중인데 어떻게 그녀를 데리고 떠난다는 말인가? 하지만 그렇게 말했으니 거기에 대한 준비는 해야 한다. 즉, 돈이 마련되어야 하고 퇴역을 해야만 한다는 말이지.'

그래서 그는 깊은 생각에 잠겼다. 퇴역할 것인지 아닌지에 대한 문제는 그 혼자만 알고 있는 비밀로 간직하고 있는 것이지만, 그의 삶에서 대단히 중요한 부분과 관련된 다른 비밀로 그를 이끌었다.

공명심은 그의 소년 시절과 청년 시절을 지배했던 오랜 꿈이었다. 그 자신은 그 꿈을 인식하고 있지는 않았지만, 너무도 강렬하여 지금도 그 열정이 그의 사랑과 싸우고 있을 정도였다. 사교계에서와 군에서 시작한 첫걸음은 성공적이었다. 그러나 2년 전에 그는 어리석은 잘못을 저지르고 말았다. 그는 자신의 독립심을 보여주고 승진하기 위해 자기에게 제안된 자리를 거절하였다. 그는 그 거절로 자신의 가치가 높아지길 바랐다. 하지만 그 일은 그가 지나치게 대담하다고 여기게끔 하여 그를 그냥 내버려두는 결과를 가져왔다. 그래서 그는 싫든 좋든 자신을 독립된 인간으로 만들어놓고 매우 세심하고 현명하게 처신하고 있었다. 마치 자기는 아무에게도 화가 나지 않다는 듯이, 누구에게도 모욕 받지 않았다는 듯이, 자기는 즐거우니 사람들이 자기를 가만히 내버려두기를 바란다는 듯이 그는 행동했다. 그렇지만 사실은 지난해 그가 모스크바로 떠났을 때부터 그의 기분은 유쾌하지 않았다. 그리고 마음만 먹으면 뭐든 할 수는 있지만, 아무것도 원하지 않는 독립된 인간의 위치도 이미 희미해지고 있었다. 많은 사람들이 그가 정직하고 선한 젊은이라는 것 외에는 아무것도 할 수 없는 사람으로 생각하기 시작했다는 것을 느꼈다. 세상에 물의를 일으키며 일반 사람들의 주의를 끈 카레니나 부인과의 관계는 그에게 새로운 빛이 되어 그를 갉아먹던 공명심이란 벌레를 잠시 동안 달래주었다. 그런데 일주일 전부터 이 벌레가 새로운 힘을 가지고 새롭게 눈을 떴다. 세르푸호프스코이가 두 계급 승진한 데다 젊은 장교에게는 좀처럼 수여되지 않는 훈장을 받고 최근에 중앙아시아에서 돌아왔던 것이다. 세르푸호프스코이는 그의 유년 시절 친구로 같은 환경, 같은 사회에 속했고, 사관학교 동기생이며 졸업도 함께 했다. 또 세르푸호프스코이와는 교실에서나 운동장에서나 장난칠 때나 공명심을 꿈꿀 때나 항상 경쟁하던 사이였다.

그가 페테르부르크에 도착하자마자 사람들은 그가 마치 새롭게 떠오른 일등성이라도 되는 것처럼 그에 대해 이야기하기 시작했다. 브론스키와는 동갑이자 동창이었던 그는 장군이 되어 국정에 영향을 줄 수 있는 자리의 임명을 기다리고 있었다. 그러나 브론스키는 독립적이고 화려한 생활을 하면서 아름다운 여인의 사랑을 받고는 있었지만, 실은 원하는 만큼 독립이 허용되는 기병 대위에 불과했다. '물론 나는 세르푸호프스코이를 부러워하지도 않고, 부러워할 수도 없어. 단지 그의 승진은 나에게 시기를 기다려야 한다는 것과 나 같은 사람은 어쩌면 무척 빠르게 출세할 수 있다는 사실을 보여주고 있는 거야. 3년 전까지만 해도 그의 처지도 나와 다를 바 없었어. 퇴역은 자기 배를 스스로 태워버리는 것이나 마찬가지야. 군에 머물러 있으면 나는 아무것도 잃지 않아. 그녀도 자신의 현재 상황을 바꾸고 싶지 않다

고 말했어. 그녀의 사랑을 받는 내가 세르푸호프스코이를 부러
워할 이유는 없지.' 그는 느린 동작으로 콧수염을 꼬며 책상에서
일어나 방 안을 거닐었다. 그의 눈은 유난히 빛났다. 그는 자신
의 위치를 분명히 정하고 나면 늘 그렇듯이, 확고하고 침착하며
유쾌한 기분을 느꼈다. 앞서 결산을 마친 뒤에 느꼈던 것처럼 모
든 것이 선명하고 명백했다. 그는 면도를 하고 찬물로 목욕한 뒤
옷을 갈아입고 나갔다.

21

"자네를 데리러 왔네. 오늘은 세탁하는 데 시간이 꽤 오래 걸렸군." 페트리츠키가 말했다. "그래, 다 끝났나?"

"끝났네." 브론스키는 눈웃음을 지으며 대답했다. 그는 마치 일이 정리된 뒤에 너무 대담하고 빠른 동작은 그 일을 망칠 수도 있다는 듯이 콧수염 끝을 조심스럽게 꼬았다.

"세탁을 끝낸 자네의 모습은 항상 목욕한 사람 같다니까." 페트리츠키가 말했다. "난 그리츠카(그들은 연대장을 그렇게 불렀다)한테서 오는 길인데, 모두들 자네를 기다리고 있어." 브론스키는 아무런 대답 없이 다른 것을 생각하며 동료의 얼굴을 바라보았다.

"그럼 저 음악 소리는 거기서 나는 건가?" 그는 들려오는 귀에 익은 관악의 폴카와 왈츠 소리에 귀를 기울이며 말했다. "대체 무슨 파티인데?"

"세르푸호프스코이가 왔어."

"아!" 브론스키는 말했다. "난 몰랐네."

미소로 가득한 그의 눈은 더욱 선명하게 빛났다.

그는 자신이 공명심을 버리는 대가로 사랑을 택하여 행복하다고 결론 내렸기 때문에—적어도 그런 역할을 맡기로 했기 때문에—브론스키는 세르푸호프스코이에게 부러움을 느낀다든지, 그가 연대에 도착해서 자기를 제일 먼저 찾아오지 않은 것에 대해 노여움을 갖는다든지 할 수 없었다. 세르푸호프스코이는 좋은 친구였고, 그는 그가 온 것이 기뻤다.

"아, 정말 반가운 일이군."

연대장 제민은 지주의 커다란 저택에서 살고 있었다. 널찍한 아래층 발코니에 사람들이 모여 있었다. 마당에서 브론스키의 눈에 가장 먼저 띈 것은 보드카통 옆에 서 있는 하복 차림의 가수들과 장교들에게 둘러싸여 있는 연대장의 건강하고 쾌활한 모습이었다. 그는 발코니의 첫 계단으로 나와 연주하고 있는 오펜바흐의 카드릴을 압도할 만큼 큰 목소리로 한쪽 옆에 서 있던 병사들에게 손을 흔들며 뭔가를 지시하고 있었다.

한 무리의 병사들과 기병 상사와 부사관 몇 명이 브론스키와 함께 발코니로 다가갔다. 식탁으로 되돌아 온 연대장은 샴페인 잔을 들고 다시 계단 쪽으로 나와서 건배를 제의했다. "우리들의 지난날의 동료이자 용감한 장군인 세르푸호프스코이 공작의 건강을 위하여, 만세!"

연대장에 이어 손에 샴페인 잔을 들고 세르푸호프스코이도 웃으며 나왔다.

"자넨 점점 더 젊어지는군, 본다렌코." 그는 바로 자기 앞에 서 있는 뺨이 붉고 젊어 보이는 기병 상사에게 말했다. 그는 두 번째 복무를 수행하고 있던 중이었다.

브론스키는 3년 동안 세르푸호프스코이를 보지 못했다. 그는 구레나룻을 길러 성숙해 보였으나 여전히 날씬했고 잘생긴 외모라기보다는 얼굴과 자태에 부드러움과 품위가 느껴졌다. 브론스키가 그에게서 발견한 변화라면 오직 하나, 성공한 자가 모든 사람이 자기의 성공을 인정한다는 확신이 들 때 그 얼굴에 나타나는 조용하고 은은한 빛이었다. 그것을 익히 알고 있던 브론스키는 세르푸호프스코이의 얼굴에서 나타난 그 빛을 이내 알아볼 수 있었다.

계단을 내려오던 세르푸호프스코이가 브론스키를 보았다. 그러자 세르푸호프스코이의 얼굴에 환한 미소가 번졌다. 그는 머리를 위로 살짝 끄덕하며 브론스키에게 인사를 하고는 샴페인 잔을 들어올렸다. 그러고는 그와 입맞춤을 하기 위해 조금 전부터 입술을 다물고 서 있는 기병 상사에게 먼저 가지 않을 수 없다는 몸짓을 해 보였다.

"아, 여기 왔군!" 연대장이 외쳤다. "자네가 울적해하고 있다는 얘기는 야시빈에게 들었네."

세르푸호프스코이는 건강한 기병 상사의 촉촉하고 생기 있는 입술에 입을 맞추고 나서 손수건으로 입술을 닦으며 브론스키에게로 다가갔다.

"이거 정말 반갑네!" 그는 브론스키의 손을 쥐고, 그를 옆으로 데려가면서 말했다.

"그 친구 좀 신경 쓰게!" 연대장은 브론스키를 가리키며 야시빈에게 외치곤 병사들에게로 내려갔다.

"어제 경마장에는 왜 오지 않았나? 거기서 자넬 볼 수 있지 않을까 했는데." 브론스키는 세르푸호프스코이를 훑어보며 말했다.

"가긴 갔네만, 늦었지 뭔가. 미안하게 됐네." 그는 이렇게 말하고는 부관 쪽을 돌아보며, "자, 사람 수대로 잘 나눠주도록 하게"

그리고 그는 서둘러 지갑에서 100루블짜리 지폐 석 장을 꺼내주고는 얼굴을 붉혔다.

"브론스키! 뭘 좀 먹겠나, 아니면 뭐 마시겠나?" 야시빈이 물었다. "어이, 여기 백작님께 먹을 것 좀 갖다 드리지! 자, 한잔 들게."

연대장 집에서의 파티는 오랫동안 계속 되었다.

사람들은 꽤나 많이 마셨다. 사람들은 세르푸호프스코이를 흔들고 헹가래를 쳤다. 그런 다음 연대장도 헹가래를 쳤다. 그리고는 연대장이 가수들 앞에서 페트리츠키와 함께 춤을 추었다. 다소 지친 연대장은 마당의 벤치에 앉아서 프로이센에 비해 러시아가 우월하다는 것, 특히 기병대의 공격력의 우월성을 야시빈에게 증명하기 시작하자 주연은 잠시 조용해졌다. 세르푸호프스코이는 집 안 화장실에 손을 씻으러 들어갔다가 거기서 브론스키를 발견했다. 그는 물을 몸에 끼얹고 있었다. 그는 하복을 벗고 털로 뒤덮인 붉은 목을 세면대의 수도꼭지 밑에 댄 채 손으로 머리와 목을 씻고 있었다. 그렇게 세안을 끝낸 브론스키는 세르푸호프스코이의 곁에 다가와서 앉았다. 두 사람은 거기에 있는 소파에 앉았다. 그리고 두 사람 모두에게 흥미로운 대화가 두 사람 사이에 시작되었다.

"아내를 통해서 자네에 관한 얘기는 듣고 있었네." 세르푸호프스코이가 말했다. "자네가 아내를 자주 찾아주었다고 하여 여간 기쁜 게 아니었네."

"자네 부인은 바랴와 친하게 지내거든. 그리고 두 부인은 페테르부르크에서 내가 만나길 즐거워하는 유일한 여성분들이기도 하지." 브론스키는 웃으며 대답했다. 그가 웃은 이유는 대화가 어디로 향할지를 예상하고 있었고 그에게 그것은 즐거웠기 때문이었다.

"유일하다고?" 세르푸호프스코이가 미소를 지으며 되물었다.

"그래, 나도 자네에 대해서 알고 있네만 자네 부인을 통해서만은 아니라네." 브론스키는 그가 암시하려는 것을 제지하려는 듯이 엄숙한 표정으로 말했다. "난 자네의 성공에 대해 무척 기뻤네. 그런데 조금도 놀라지는 않았지. 난 그 이상의 것을 기대하고 있었거든."

세르푸호프스코이는 웃었다. 그는 자기에 대한 이런 견해에 대해 확실히 기분이 좋은 것 같았고, 그것을 숨겨야 할 필요가 없다고 생각했다.

"난 그 반대라네. 솔직히 말하면, 난 그 이하를 예상하고 있었거든. 하지만 난 기쁘네, 정말 기뻐. 난 명예욕이 강하니까. 그게 내 약점이기도 하지만 말이야. 나도 인정해."

"만약 성공하지 않았다면, 어쩌면 자넨 그걸 인정하지 않았을 거야." 브론스키가 말했다.

"그렇게 생각지 않네." 세르푸호프스코이가 또다시 미소를 지으며 말했다. "그것 없이는 살아갈 가치가 없다는 말은 하지 않겠네만, 지루하지 않을까 하는 생각이 드네. 물론 어쩌면 잘못 생각하고 있는지도 모르겠네. 하지만 난 내가 선택한 활동 무대에서는 어느 정도 재능이 있어 보이니 그것이 무엇이든 내 손 안에 있는 권력은, 만약 그렇게 된다면 말이야, 내가 아는 많은 사람들 손 안에 있는 것보다 나을 것이라고 생각하네." 세르푸호프스코이는 성공에 대한 인식으로 빛나는 얼굴로 이렇게 말했다. "그래서 그것에 가까워질수록 나는 더욱 만족스러워."

"글쎄, 자네에게는 그럴지도 모르지만 모든 사람에게 그런 것은 아니네. 나도 그렇다고 생각한 적이 있었어. 그런데 살다 보니, 그것만을 위해 사는 것은 가치가 없다는 사실을 깨닫게 되더군." 브론스키가 말했다.

"바로 그거야! 바로 그거라고!" 세르푸호프스코이는 웃으며 말했다. "그래, 자네에 관해서 들은 얘기 말이야. 자네가 거절한 바로 그 얘기부터 시작한 거라고……. 물론 난 자네의 결정을 인정했네. 하지만 모든 일에는 방법이 있는 거야. 난 자네의 행동 자체는 좋았네만, 그 방법은 아니었다고 생각하거든."

"지나간 일은 지난 일이네. 자네도 알다시피, 행해진 일에 대해 난 결코 후회 같은 건 하지 않네. 게다가 난 기분 좋게 잘 지내고 있는걸."

"기분 좋은 건 한때라고. 자넨 그것으로 만족하지 못할 테니까 말이야. 나도 자네 형에게는 말하지 않아. 그분은 이 집의 주인처럼 귀여운 어린애 같으니까 말이야. 바로 저기에 있군!" 그는 '만세!'라는 큰 소리에 귀를 기울이며 덧붙였다. "저분은 즐거운가 보군. 그런데 자네는 그것으로 만족하지 못할 거야."

"나도 만족스럽다는 말을 하고 있는 건 아닐세."

"물론, 그것 하나만 가지고 그러는 건 아니야. 자네 같은 사람이 필요하다는 말이네."

"누구한테 말인가?"

"누구한테? 사회에 말이야. 러시아에는 인물이 필요하다고. 정당이 필요해. 그렇지 않으면 모든 게 파멸의 길로 가게 될 걸세."

"그건 무슨 말인가? 러시아 공산주의자들에 대항하고 있는 베르테네프 당을 말하나?"

"아닐세." 세르푸호프스코이는 자기가 한 말을 그런 어리석은 말로 의심하는 것 같은 섭섭한 마음에 얼굴을 찡그리며 말했다.

"그건 전부 어리석은 일이야. 그건 항상 존재했고, 앞으로도 존재할 거라고. 공산주의자라는 건 있지도 않아. 음모를 즐기는 사람들은 항상 해롭고 위험한 정당을 생각해 내야만 할 테니 말이야. 그건 이미 옛날 얘기라고. 그게 아니고, 나와 자네 같이 독립된 사람들의 정당이 필요하다는 말을 하고 있는 걸세."

"하지만 도대체 왜?" 브론스키는 영향력 있는 몇몇의 인물을 예로 들었다. "그런데 그들은 어째서 독립된 사람들이 아니라는 건가?"

"왜냐하면 그들은 태어나면서부터 독립할 수 없는 상태였든지, 아니면 경제적으로 독립할 수 없기 때문이네. 그들은 가문이라는 것도 없고, 우리가 태어난 그 태양에 가까운 곳에 있지도 않지. 그들은 돈이나 감언으로 매수될 수 있다는 거야. 그리고 그들은 자기 자리를 지키기 위해서는 어떤 노선을 생각해 내야만 하지. 그래서 그들은 자기 자신도 믿지 않는 악의적인 정책 방향을 생각해 낸다는 말일세. 그런 정책이란 게 모두 관사를 얻고 봉급을 받기 위한 수단일 뿐이라는 말이네. 그들의 카드를 들여다보면, 모든 게 그다지 영악한 것도 아니거는. 어쩌면 내가 그들보다 못나고 어리석을지도 모르네. 물론 내가 왜 그들보다 못나야 하는지 모르겠지만 말이야. 여하튼 자네와 나에게는 중요한 한 가지 장점이 있어. 우리 같은 사람을 매수하는 건 한층 더 어렵다는 점이지. 그리고 그런 인물이 그 어느 때보다도 필요한 시점이라네."

브론스키는 주의 깊게 듣고 있었다. 하지만 세르푸호프스코이의 말에 담고 있는 그 내용보다는 이 세계에 이미 공감과 반감을 가지고 권력에 맞서 싸울 생각을 하고 있는 일에 대한 그의 태도가 브론스키의 마음을 끌었다. 브론스키는 고작 자기 기병 중대의 업무에 관해서만 관심을 가지고 있었기 때문이었다. 게다가 브론스키는 세르푸호프스코이가 일을 살피고 이해하는 타고난 능력을 가지고 있고, 그가 살고 있는 사회에서 보기 드물게 지성과 언변을 가지고 있으므로 강한 인물이 될 것이란 느낌이 들었다. 그래서 브론스키는 부끄럽다 해도 그가 부러운 건 어쩔 수 없었다.

"아무튼 나한테는 그것을 위한 중요한 한 가지가 빠져 있다네." 그가 말했다. "권력에 대한 야망이 없다는 점이야. 그게 있었던 때도 있었지만 지금은 아니네."

"미안하지만 그건 진실이 아닐 걸세." 세르푸호프스코이는 웃으며 말했다.

"아니야, 진실이야, 진실이라고……! 지금은 그렇다네." 브론스키는 진심을 담아 덧붙여 말했다.

"그래, 진실이겠지. 하지만 '지금'이라는 건 다른 문제야. 그 '지금'은 영원하다는 의미는 아닐 테니까."

"그럴지도 모르지" 하고 브론스키는 대답했다.

"자넨 **'아마도'**라고 말하지만." 세르푸호프스코이는 마치 그의 생각을 읽기라도 하듯이 말을 계속 이었다. "그러면 난 자네에게 '**분명히**'라고 말하지. 바로 이 때문에 자네를 보려고 했네. 자네는 마땅히 해야만 한다고 생각했던 대로 행동한 거겠지. 그건 나도 이해하네. 하지만 자네는 '**집요하게**' 그러면 안 되네. 난 자네에게 행동의 자유를 부탁하고 싶은 것이네. 내가 자넬 보호하겠다는 게 아니야……. 그런데 나는 왜 자넬 보호하면 안 된다는 건가? 자네가 얼마나 많이 보호해줬는데! 난 우리의 우정이 그 이상의 가치가 있기를 바라네, 그렇지 않은가?" 그는 여자처럼 부드럽게 미소를 지으며 말했다. "내게 그 행동의 자유를 주게. 연대에서 퇴직하게. 그러면 내가 자네를 남의 눈에 띄지 않게 끌어주겠네."

"하지만 날 이해해주게. 난 아무것도 필요 없어." 브론스키가 말했다. "모든 게 있는 그대로라면 그것으로 되었네."

세르푸호프스코이는 일어나서 그를 마주보고 섰다.

"자넨, 모든 게 있는 그대로라면 그것으로 되었다고 했나? 자네가 무슨 말을 하는 건지 나도 알고 있네. 하지만 들어보게. 우린 동갑내기야. 어쩌면, 숫자로 따지면 나보다 자네가 여자를 더 많이 알고 있을지도 모르네." 세르푸호프스코이의 미소와 몸짓은 그의 아픈 곳을 부드럽고 조심스럽게 건드릴 테니 너무 두려워할 필요는 없다고 브론스키에게 말하는 듯했다. "그렇지만 난 결혼했으니 믿어도 되네. 자기가 사랑하는 아내 한 사람을 아는 것은, (누군가 썼던 것처럼) 자네가 천 명의 여자를 아는 것 이상으로 모든 여자를 아는 것이나 마찬가지라네."

"지금 갑니다!" 브론스키는 방을 둘러보며 연대장이 그들을 부른다고 말하는 장교에게 외쳤다.

브론스키는 세르푸호프스코이가 자기에게 무슨 말을 하려는 건지 알기 위해 그의 애기를 끝까지 들으려고 했다.

"자, 이제 내 생각을 자네에게 말하겠네. 여자들이란 인간의 활동에서 부딪치는 중요한 장애물이네. 여자를 사랑하면서 다른 일을 한다는 것은 어려운 일이네. 그런데 방해를 받지 않고 편안하게 여자를 사랑할 수 있는 방법이 딱 하나 있지. 그게 결혼이네. 어떻게 하면 내 생각을 자네에게 제대로 전달할 수 있는지 모르겠군." 비유적인 말을 좋아하는 세르푸호프스코이는 이렇게 말했다. "잠깐, 기다려보게! 그래, 짐을 나르며 양손으로 무언가 할 수 있는 경우는 그 짐을 등에 묶는 것이지. 그게 바로 결혼이라고 할 수 있네. 나도 결혼하고 나니 그게 느껴지더군. 갑자기 두 손이 자유로워진 거야. 하지만 결혼을 하지 않고 그 짐을 끌고 가면, 양손이 자유롭지 않으니 당연히 아무것도 할 수 없겠지. 마잔코프나 크루포프를 보게. 여자들 때문에 출셋길이 막힌 좋은 예가 아니겠나."

"대단한 여자들이지!" 브론스키는 방금 말한 두 사람이 관계를 맺었던 프랑스 여인과 여배우를 떠올리며 말했다.

"여자의 사회적인 지위가 확고할수록 더 나쁜 법이야. 그건 짐을 두 손으로 그냥 끌고 가는 게 아니라, 다른 사람에게서 그걸 빼앗는 거나 마찬가지거든."

"자넨 사랑에 빠져본 적이 없군 그래." 브론스키는 정면을 주시한 채, 안나를 생각하며 조용히 말했다.

"그럴지도 모르지. 하지만 오늘 내 말을 기억해 두게. 그리고 또 하나는 모든 여자들은 남자들보다 물질적이라는 거야. 우리 남자들은 사랑으로 어떤 커다란 것을 만들어 내지만, 여자들은 언제나 현실적이라는 말이네."

"가네, 간다고!" 브론스키는 들어온 하인을 향해 말했다.

그러나 하인은 그가 생각했던 것처럼 그들을 부르러 다시 들어온 게 아니라, 브론스키에게 편지를 가지고 온 것이었다.

"트베르스카야 공작 부인의 심부름꾼이 가져왔습니다."

편지를 뜯어본 브론스키의 얼굴이 갑자기 빨개졌다.

"머리가 아프기 시작하는군. 집에 가야겠네." 그는 세르푸호프스코이에게 말했다.

"그래, 그럼 잘 가게나. 행동의 자유를 주는 거지?"

"나중에 얘기하세. 내가 페테르부르크에서 자네를 찾아가겠네."

22

벌써 6시에 가까워지고 있었으므로 제시간에 늦지 않고, 또 누구나 알고 있는 자신의 마차를 타지 않기 위해 브론스키는 야시빈이 타고 온 삯마차를 타고 가능한 빨리 몰도록 일렀다. 낡은 4인승 삯마차는 널찍했다. 그는 구석에 앉아 앞자리에 다리를 뻗고는 생각에 잠겼다.

일이 정리되었다는 그 선명함에 대한 막연한 의식, 자기를 필요한 사람으로 여기는 세르푸호프스코이의 우정과 칭찬에 대한 막연한 회상, 무엇보다 만남에 대한 기대, 이 모든 것이 삶의 기쁨이라는 전체적인 감흥으로 결합되었다. 이러한 감정이 너무도 강렬하여 저절로 미소가 흘러나왔다. 그는 앞자리에서 다리를 내리고, 어제 낙마하면서 다친 다리를 다른 쪽 다리의 무릎 위에 올려놓고 한 손으로 잡은 후 탄력 있는 장딴지를 만져보았다. 그리고 몸을 뒤로 젖혀서 가슴 한가득 여러 차례 숨을 들이마셨다.

'좋아, 아주 좋아!' 그는 자신에게 말했다. 그는 예전에도 자신의 육체에 대한 즐거운 의식을 경험하곤 했지만, 지금처럼 자기 자신과 자기 육체를 사랑해 본 적이 없었다. 그는 강한 다리에 가볍게 느껴지는 통증도 기분 좋았고, 숨을 쉴 때 느껴지는 가슴 근육의 움직임도 좋았다. 안나에게는 그토록 절망적으로 작용했던 그 화창하고 차가운 8월의 날이 그에게는 설렘 가득한 활력을 주어, 물을 끼얹어 달아오른 그의 얼굴과 목을 상쾌하게 해 주었다. 콧수염에서 풍기는 향기는 신선한 공기 속에서 그의 기분을 더욱 좋게 했다. 마차의 창을 통해 그가 본 모든 것, 이 차갑고 맑은 공기 속에 있는 모든 것은 창백한 일몰의 빛 속에서 그 자신처럼 신선하고 유쾌하고 강해 보였다. 저물어 가는 햇빛 속에서 반짝이는 집의 지붕들, 담장과 건물 모서리의 날카로운 윤곽, 가끔씩 마주치는 행인들과 마차들의 모습, 움직임 없이 서 있는 푸르른 나무와 풀들, 반듯한 두둑의 감자밭, 집들과 나무들과 덤불들, 감자밭의 두둑이 드리운 비스듬한 그림자, 이 모든 것이 이제 막 칠을 끝낸 멋진 풍경화처럼 아름다웠다.

"빨리, 더 빨리!" 그는 창밖으로 목을 내밀고 마부에게 말했다. 그러고는 주머니에서 3루블짜리 지폐를 꺼내 뒤를 돌아본 마부에게 쥐어주었다. 마부의 손이 램프 옆에서 무언가 건드리는가 싶더니 이내 채찍 소리가 들리고, 마차가 평평한 도로를 빠르게 달려갔다.

'아무것도, 아무것도 난 필요 없어. 이 행복만 있으면 돼.' 그는 창문과 창문 사이에 있는 종의 상아 손잡이를 보면서 안나를 마지막으로 보았을 때의 모습을 생각했다. '시간이 지날수록 그녀를 사랑하는 마음이 더욱 커져만 가. 저기 브레데의 국유 별장의 정원이 있군. 그녀는 대체 저기 어디에 있을까? 어디에? 어떻게? 그녀는 왜 여기서 만나자고 하고, 벳시 편지에 적어 보낸 건 뭐지?' 그는 지금에서야 그것을 생각해 냈다. 하지만 이젠 생각할 시간이 없었다. 그는 가로수 길로 들어서기 전에 마부에게 멈추라고 이르고는 아직 멈추지 않는 마차의 문을 열고 뛰어내려 별장으로 향하는 가로수 길로 걸어갔다. 가로수 길에는 아무도 없었다. 그러나 오른쪽으로 돌아보니 그녀가 보였다. 그녀의 얼굴은 베일에 싸여 있었지만 그는 기쁨 가득한 시선으로 그녀만의 특이한 걸음걸이, 어깨선과 머리의 움직임을 알아보았다. 그러자 바로 그 순간, 그는 전류가 자신의 몸을 타고 흐르는 것 같았다. 그는 탄력 있는 발걸음에서부터 숨 쉴 때마다 움직이는 폐의 운동까지 새로운 힘으로 자신을 느꼈다. 그리고 무언가 입술을 간질이기 시작했다.

그를 만난 그녀는 그의 손을 꼭 쥐었다.

"내가 불러서 화난 건 아니죠? 당신을 꼭 만나야 했어요." 그녀가 말했다. 그때 베일 밑으로 비친 진지하고도 엄숙한 그녀의 입술은 그의 기분을 바꾸어놓았다.

"내가요? 화를 내다니요! 그런데 당신은 어떻게 여기 온 거예요? 어딜 가려고요?"

“그건 아무래도 상관없어요.” 그녀는 그의 손에 자기의 손을 올려놓으며 말했다. “가요, 상의할 얘기가 있어요.”

그는 무슨 일이 생겼다는 것과 이 만남이 즐겁지 않을 것임을 깨달았다. 그녀와 함께 있으면 그는 자기 의지대로 할 수가 없었다. 그는 안나가 왜 불안해하는지 이유를 알 수 없었지만, 그 불안이 자기도 모르게 자신에게 전해지고 있음을 느꼈다.

“대체 무슨 일이예요? 왜 그래요?” 그는 팔꿈치로 그녀의 팔을 누르며 그녀의 얼굴에서 그녀의 생각을 읽으려고 애써다.

그녀는 마음을 가라앉히기 위해 조용히 몇 걸음 떼고는 갑자기 멈춰 섰다.

“어제 말하지 않은 게 있어요.” 그녀는 빠르고 무겁게 숨을 쉬며 말하기 시작했다. “집으로 돌아가던 중에 알렉세이 알렉산드로비치에게 모든 건 말해버렸어요……. 더 이상 그의 아내로 있을 수 없다는 것도…… 말했어요. 모든 걸 다 말했어요.”

그는 그녀의 괴로운 상황을 덜어주고 싶다는 듯 자기도 모르게 온몸을 기울여 그녀의 말을 듣고 있었다. 그러나 그녀가 말을 끝내자마자, 그는 곧 몸을 바도 세웠다. 그의 얼굴온 오만하고 굳은 표정이었다.

“그래요, 그래. 그게 더 나아요. 훨씬 더 나아요! 그렇게 한 게 얼마나 괴로운 일이었을지 알고 있어요.” 그가 말했다.

그러나 그녀는 그의 말을 듣고 있지 않고 그의 표정에 나타난 그의 마음을 읽으려 했다. 그녀는 결투에 대해선 한 번도 생각해

보지 않았기 때문에 브론스키의 뇌리에 처음 떠오른 생각, 이제 결투를 피할 수 없게 되었다는 생각이 가장 먼저 그의 표정에 나타났다는 사실을 알지 못했다. 그래서 그녀는 순간 스쳐 지나간 그의 굳은 표정을 보고는 전혀 다른 의미로 받아들였다.

남편의 편지를 받아 본 안나는 모든 것이 예전대로 흘러갈 것이라는 것과 자신의 지위와 아들을 버리고 애인에게로 달려가기에는 자기에게 너무 힘이 없다는 사실을 마음속 깊이 알고 있었다. 트베르스카야 공작 부인 집에서 아침을 보내고 난 후, 그녀의 그런 생각은 더욱 확고해졌다. 그러나 어쨌든 그와의 이 만남은 그녀에게 더없이 중요했다. 그녀는 이 만남이 자기들의 상황을 바꿔주고, 자신을 구해주길 바라고 있었다. 그래서 만약 그가 그 소식을 들은 즉시, 잠시의 머뭇거림도 없이 단호하고도 열정적으로 '모든 걸 버리고 나와 떠납시다.'라고 말했더라면 그녀는 아들을 버리고 그와 함께 떠났을 것이다. 그런데 그 소식은 그녀가 그에게서 기대했던 모습을 불러일으키지 않았다. 그의 태도는 노여움을 산 사람 같아 보일 뿐이었다.

"난 조금도 힘들지 않았어요. 그건 저절로 그렇게 되어버린 거예요." 그녀는 흥분해서 말했다. "그리고 여기요……." 그녀는 장갑 속에서 남편의 편지를 꺼냈다.

"이해해요, 이해해요." 그는 편지를 받았지만 읽지는 않은 채, 그녀를 진정시키려고 애쓰며 그녀의 말을 막았다. "내가 원하고 바라는 것은 오직 하나예요. 당신의 행복을 위해 내 삶을 바치려고 이런 상황을 거두려는 것뿐이에요."

"왜 그런 말을 하세요?" 그녀가 말했다. "내가 그걸 의심하겠어요? 만약 내가 의심했었다면……."

"저기 오는 사람이 누구죠?" 브론스키는 갑자기 그들 쪽을 향해 다가오는 두 부인을 가리키며 말했다. "어쩌면 우리를 아는 사람일 거예요." 그는 그녀를 자기 뒤로 끌어당겨 보이지 않게 하고는 서둘러 옆길로 빠졌다.

"아, 난 아무래도 상관없어요!" 그녀가 말했다. 그녀의 입술이 떨리기 시작했다. 그는 기이한 적의를 품은 그녀의 두 눈이 베일 속에서 자기를 지켜보고 있는 것처럼 느껴졌다. "내가 말하는 건 그게 아니에요. 난 그것을 의심할 수 없어요. 하지만 그가 여기 써 보냈어요. 읽어보세요." 이렇게 말하고 그녀는 다시 걸음을 멈췄다.

그녀와 그녀 남편과의 불화 소식을 처음 듣던 순간처럼, 다시 브론스키는 편지를 읽으며 모욕당한 남편에 대한 감정이 자기도 모르게 자신의 내면에서 불러일으키는 그 자연스러운 감정으로 빠져들었다. 그리고 그는 그녀의 남편의 편지를 손에 쥐고 있는 지금, 오늘이나 내일이면 분명히 자기에게 보내질 결투 신청과 결투하는 모습을 상상하고 있었다. 결투하는 동안 그는 그의 얼굴에 나타난 그 차갑고도 오만한 표정으로 허공에 대고 총을 쏜 뒤에 모욕당한 남편의 총구 아래 서게 될 것이다. 그리고 그 순간, 조금 전에 세르푸호프스코이가 자기에게 해준 말과 그 자신이 아침에 생각했던 것, 즉 자신을 옭아매지 않는 게 좋다는 생각들이 머릿속을 스쳤다. 그러나 그런 생각을 그녀에게 전할 수 없다는 걸 그는 알고 있었다.

편지를 다 읽은 후, 그는 고개를 들어 그녀의 눈을 들여다보았다. 그러나 그의 눈빛에는 어떤 단호함도 보이지 않았다. 안나는 바로 그 순간, 이전부터 이것에 대해 그도 생각하고 있었다는 걸 깨달았다. 그가 무슨 말을 하든지 그가 생각하고 있는 것을 그녀에게 모두 말하지 않으리란 걸 알았다. 그리고 그녀는 자기의 마지막 희망이 기만당했다는 것을 깨달았다. 그것은 그녀가 기대하던 게 아니었다.

"그이가 어떤 사람인지 당신도 이제 아셨겠죠." 그녀는 떨리는 목소리로 말했다. "그이는……."

"잠깐만. 난 오히려 그 점을 기쁘게 생각해요." 브론스키가 그녀의 말을 막았다. "내가 먼저 말을 끝내도록 하겠어요." 그는 눈으로 자신의 말을 설명할 시간을 달라고 간청하며 덧붙였다. "내가 기쁘게 생각하는 이유는 불가능해서예요. 어떻게 해도 그가 생각하는 대로 남는 것은 불가능한 일이기 때문이에요."

"대체 그게 왜 불가능하다는 거예요?" 안나는 눈물을 참으며 말했다. 분명 그녀는 이제 그가 말하는 것에 어떤 의미도 부여하지 않는 듯했다. 그녀는 자신의 운명이 결정되었다고 느꼈다.

브론스키는 자기가 생각하기에 이제 피할 수 없는 결투를 한 후에는 지금 그대로의 상태를 유지할 수 없을 것이라는 말을 하고 싶었던 것인데 다른 말을 해버리고 말았다.

"지금 그대로 가는 건 불가능한 일이에요. 당신이 당장 그를 떠났으면 좋겠어요. 내가 바라는 건……." 그는 당황하며 얼굴을 붉혔다. "당신이 내게 우리의 삶을 신중히 생각하고 계획할 수 있도록 해주는 거예요. 내일……." 그는 이렇게 말을 시작했다.

그러나 그녀는 그가 끝까지 말하도록 두지 않았다.

"그럼 내 아들은요?" 그녀는 외쳤다. "그이가 적은 글을 봤잖아요! 아들을 두고 가야 해요. 그런데 난 그럴 수도 없고, 그러고 싶지도 않아요."

"그럼 말해 봐요. 어떤 게 더 나은 건가요? 아들을 버리는 거예요, 아니면 이런 비굴한 삶을 계속 살아야 하는 거예요?"

"누구에게 비굴하다는 거예요?"

"모두에게 말이에요. 당신에겐 더욱 그렇고요."

"당신은 비굴하다는 말을 하는데……, 그런 말은 하지 말아요. 나한테 그런 말은 아무런 의미가 없으니까요." 그녀는 떨리는 목소리로 말했다. 그녀는 그가 거짓말을 하는 게 싫었다. 그녀에게는 오직 그의 사랑만이 남아 있었고, 그녀는 그를 사랑하고 싶었다. "이해해줘요. 내가 당신을 사랑하기 시작한 그 순간부터 내 모든 게 변해버렸어요. 내게 남은 건 오직 하나, 당신의 사랑, 바로 그거예요. 당신의 사랑만 있다면, 난 고귀하고 굳건하다고 생각해요. 그 어떤 것도 비굴하다고 느낄 수 없을 거예요. 난 내 처지가 자랑스러워요. 왜냐하면…… 자랑스러운 건……, 자랑스러워요…….” 그녀는 자기가 무엇을 자랑스러워하는지 끝까지 말하지 못했다. 부끄러움과 절망의 눈물로 그녀의 목소리가 막혀버렸다. 그녀는 걸음을 멈추고 흐느끼기 시작했다.

그도 역시 목구멍으로 무언가 치밀어 올라와 코끝을 찌르는 것 같았다. 그는 난생 처음으로 울음을 터트릴 것만 같은 느낌이 들었다. 그는 대체 무엇이 자기의 마음을 그렇게 건드린 건지 말할 수는 없었다. 그는 그녀가 가여웠지만 자기가 그녀를 도울 수 없을 거라는 느낌과 함께 그녀가 불행한 건 자기 책임이라는 것과 자기가 뭔가 좋지 않은 일을 저질렀다는 것을 깨달았다.

“이혼이 불가능하고 생각하는 거예요?” 그는 힘없이 말했다. 그녀는 대답하지 않고 고개만 끄덕였다. “그냥 아들만 데리고 그를 떠나는 게 안 된단 말이에요?”

“그래요, 그이에게 모든 게 달려 있어요. 이제 난 그에게 가야만 해요.” 그녀는 무덤덤하게 말했다. 모든 게 전과 다름없을 거라는 그녀의 예감은 틀리지 않았다.

“화요일엔 나도 페테르부르크로 갈 거예요. 그럼 모든 게 결정되겠지요.”

“그래요” 그녀가 말했다. “더 이상 이 얘긴 하지 말아요.”

안나가 아까 돌려보내면서 브레데 댁의 정원 울타리 쪽으로 오라고 일러두었던 마차가 다가왔다. 안나는 그와 헤어져 집으로 향했다.

23

6월 2일 월요일, 위원회의 정례 회의가 열렸다. 알렉세이 알렉산드로비치는 회의실로 들어가 여느 때와 다름없이 위원들과 위원장과 인사를 나눈 뒤에 자기 자리에 앉았다. 그리고 앞에 준비되어 있는 서류에 한 손을 올려놓았다. 그 서류들 중에는 그에게 필요한 참고 자료와 그가 계획하고 있는 안건의 대략적인 개요가 들어 있었다. 그러나 이제 그에게 그 참고 자료들은 필요 없는 것이 되어버렸다. 그는 모든 것을 기억하고 있어서 말하려고 하는 내용을 자기 머릿속에서 반복할 필요가 없다고 생각했다. 그는 때가 되면, 자기 앞에 쓸데없이 애써 무관심한 척 표정을 짓는 반대자의 얼굴을 보게 되면, 자기가 지금 준비할 수 있는 것보다 훨씬 더 훌륭한 연설이 막힘없이 나올 것이라는 걸 알았다. 그는 자기의 연설 내용이 너무도 훌륭하여 단어 하나하나가 모두 의미를 갖게 될 거라고 여겼다. 일상적인 보고를 듣는 동안 그는 지극히 순진하고 온순한 모습으로 있었다. 그

래서 핏줄 선 하얗고 긴 손가락으로 앞에 놓인 흰 종이 끝을 부
드럽게 만지고 있는 그의 손과 옆으로 고개를 기울이고 있는 그
의 지친 듯한 모습을 보면서, 그 누구도 이제 곧 그의 입에서 의
원들이 서로의 말을 자르면서 소리를 지르고 의장에게 질서 유
지를 요구하게 만드는 그런 무서운 폭풍과도 같은 연설이 쏟아
지리라곤 생각하지 못했다. 보고가 끝나자, 알렉세이 알렉산드
로비치는 가늘고 조용한 목소리로 이민족 정착 문제와 관련된
자신의 몇 가지 생각을 말했다. 모든 관심이 그에게 집중되었다.
알렉세이 알렉산드로비치는 헛기침을 한 후, 연설할 때면 늘 그
렇듯이 자기의 반대파 사람은 보지도 않고 자기 바로 앞에 앉아
있는, 위원회에서는 결코 어떤 의견도 내놓은 적이 없는 작고 점
잖은 노인을 선택해 바라보며 자신의 의견을 진술하기 시작했
다. 문제가 근본적이고 자연법적인 법률에 이르자, 반대자는 급
기야 벌떡 일어나 항변하기 시작했다. 위원회의 일원으로 똑같
이 급소를 찔릴 스트레모프도 자신을 정당화시키기 시작했다.
그리하여 회의장은 순식간에 아수라장으로 변해버렸다. 알렉세
이 알렉산드로비치는 그렇게 승리를 거두었고, 그의 제안은 채
택되어 세 개의 새로운 위원회가 구성되었다. 다음 날, 페테르부
르크의 유명한 사교계에서는 그 회의에 관한 얘기로 입을 모았
다. 알렉세이 알렉산드로비치는 그 자신이 기대했던 것 이상으
로 성공을 거두었다.
　다음 날인 화요일 아침, 알렉세이 알렉산드로비치는 잠에서

깨어나자 만족한 기분으로 어제의 승리를 떠올렸다. 그리고 관청의 사무장이 그의 비위를 맞추려고 그에게까지 들려온 위원회에서 있었던 소문을 전했을 때에는 태연한 척하려 했지만 웃음이 나오는 걸 어쩔 수 없었다.

사무장과 일을 하면서, 알렉세이 알렉산드로비치는 오늘이 화요일, 즉 안나 아르카디예브나가 돌아오기로 정해진 날이라는 사실을 까맣게 잊고 있었다. 그래서 그녀가 도착했다는 사실을 그에게 알리러 사람이 왔을 때, 그는 놀라면서도 언짢은 기분이 들었다.

안나는 아침 일찍 페테르부르크에 도착했다. 그녀의 전보를 받고 그녀에게 마차를 보냈기 때문에 알렉세이 알렉산드로비치는 그녀가 도착한다는 것을 알 수 있었다. 하지만 그녀가 도착했는데도 그는 그녀를 맞으러 나오지 않았고, 그가 아직 출근 전이고 사무장과 업무 처리를 하고 있는 중이라고 그녀에게 알려왔다. 그녀는 남편에게 자기가 도착한 사실을 알리라고 지시하고는, 자기 방으로 들어가 그가 오기를 기다리면서 짐을 정리했다. 한 시간이 지나도 그는 오지 않았다. 그녀는 뭔가 지시한다는 구실로 식당에 나와 남편이 오기를 기대하며 일부러 큰 소리로 말했다. 그녀는 그가 사무장을 배웅하며 서재 문까지 나오는 소리를 들었다. 그러나 그는 서재 문 밖으로 나오지는 않았다. 그녀는 평소대로 그가 곧 출근하리란 걸 알고 있었으므로 그 전에 그를 보고 두 사람의 관계를 명확히 하고 싶었다.

그녀는 홀을 거닐다가 결심한 듯 남편에게로 갔다. 그녀가 그의 서재로 들어섰을 때, 그는 출근 준비를 마치고 제복 차림으로 작은 탁자 옆에 앉아서 탁자에 팔꿈치를 괴고 침울한 얼굴로 앞을 바라보고 있었다. 그가 그녀를 보기 전에 그녀가 먼저 그를 보았다. 그녀는 그가 그녀에 대해 생각하고 있었다는 것을 알았다.

그는 그녀를 보고 일어서려다 말았다. 그 순간, 그의 얼굴이 달아올랐는데 안나는 그의 그런 모습을 예전에는 한 번도 본 적이 없었다. 그는 벌떡 일어서더니 그녀의 눈을 보는 대신, 그녀의 이마와 머리를 보며 그녀를 향해 걸어 나왔다. 그는 그녀에게 다가서며 그녀의 손을 잡고 앉기를 청했다.

"당신이 돌아와줘서 정말 기쁘오." 그는 그녀의 옆자리에 앉으며 말했다. 그러고는 뭔가 말을 하려는 듯하다가 그냥 입을 다물어버렸다. 그는 몇 차례 말을 꺼내려다가 그만두곤 하였다. 이 만남을 위해 마음의 준비를 했던 그녀는 남편을 멸시하고 비난할 생각이었는데, 지금 그를 만나자 무슨 말을 해야 할지 몰랐을 뿐만 아니라 그가 불쌍하게 여겨졌다. 그렇게 꽤 오랜 침묵이 흘렀다. "세료자는 건강하오?" 그는 그렇게 말하고는 대답도 기다리지 않고 이렇게 덧붙였다. "오늘은 집에서 식사하지 않을 거요. 지금 나가 봐야 하오."

"모스크바로 가려고 했어요." 안나가 말했다.

"아니오. 당신이 돌아온 건 정말, 정말 잘한 일이오." 그는 이렇게 말하고는 다시 입을 다물었다.

그녀는 그가 먼저 얘기를 시작할 수 없다는 것을 알고 자기가 말을 시작했다.

"알렉세이 알렉산드로비치." 그녀는 자신의 머리에 눈을 고정시키고 있는 그의 시선에서 눈을 떼지 않고 말했다. "난 죄를 지었어요. 난 나쁜 여자예요. 하지만 난 전과 달라진 게 없어요. 그때 당신에게 말씀드렸던 그대로예요. 나는 아무것도 바꿀 수 없다는 걸 말하려고 당신에게 온 거예요."

"난 그것에 대해 당신에게 묻지 않았소." 그는 증오에 찬 눈빛으로 그녀의 눈을 똑바로 쳐다보며 갑자기 단호하게 말했다. "예상하고 있던 일이오." 분노에 편승하여 그는 확실히 자기의 모든 능력을 다시 되찾은 것 같았다. "하지만 그때 당신에게 말하고 편지에 써 보낸 것처럼……." 그는 날카롭고 가는 목소리로 말하기 시작했다. "지금 다시 말하지만, 난 그걸 알아야 할 의무가 없소. 그런 일은 무시하오. 모든 아내들이 당신처럼 착하지는 않소. 그토록 **기분 좋은** 소식을 서둘러 남편에게 전할 만큼 말이오." 그는 특히 '기분 좋은'이란 단어에 힘을 주어 말했다. "난 세상이 아직 그 사실을 모르고, 내 이름이 더럽혀지지 않는 동안은 무시해버릴 것이오. 그렇기 때문에 우리 두 사람의 관계는 지금까지 해왔던 것과 같아야 하오. 만약 당신이 앞으로 자신의 명예를 지키지 못한다면 나도 내 명예를 지키기 위해 마땅한 조치를 취할 것이라는 점을 염두에 두길 바라오."

“하지만 우리 두 사람의 관계가 어떻게 지금까지와 같을 수 있겠어요?” 안나는 놀란 표정으로 그를 바라보며 겁먹은 목소리로 말했다.

그녀는 또다시 남편의 침착한 태도를 보며 그의 째지면서도 조롱하는 듯한 흡사 어린애 같은 목소리를 듣자, 그에 대한 혐오감이 마음속에 있던 연민의 감정을 모두 몰아내버렸다. 그녀는 단지 두려울 뿐이었다. 그러나 그녀는 무슨 일이 있어도 자신의 위치를 분명히 해 두고 싶었다.

“난 더 이상 당신의 아내로 있을 수는 없어요. 내가…….” 그녀는 말하기 시작했다.

그는 악의에 찬 싸늘한 미소를 지었다.

“당신이 선택한 생활방식은 당신의 사고에 반영되어 있겠지. 내가 존경하고 있든, 경멸하고 있든, 아니면 둘 다든……, 난 당신의 과거를 존경하고 현재를 경멸하오……. 당신이 내 말에 부여한 해석은 내 마음과는 거리가 먼 것이오.”

안나는 한숨을 내쉬고는 고개를 떨구었다.

“그런데 난 도무지 이해할 수 없군. 당신처럼 독립심이 강한 사람이…….” 그는 격한 감정으로 말을 계속 이었다. “자신의 부정을 남편에게 직접 고백하고도 분명 아무런 죄책감도 느끼지 않으면서, 어째서 남편에 대한 아내의 의무 이행을 비난받을 짓으로 여기는지 말이오.”

“알렉세이 알렉산드로비치! 당신은 내가 어쩌길 바라세요?”

"내게 원하는 것은 내가 여기서 그자와 마주치는 일이 없도록 하는 것과 당신이 사교계에서도 하인한테도 비난받지 않도록 처신해주는 것……, 당신도 그자를 만나지 않는 것뿐이오. 많은 요구라고 생각하지 않소만. 그 대신 당신은 아내로서의 의무를 다하지 않아도 정숙한 아내로서의 권리를 이용할 수가 있소. 이게 내가 당신에게 말할 수 있는 전부요. 이제 나가 봐야겠소. 집에서 식사하지 않을 거요."

그는 일어나서 문 쪽으로 걸어갔다. 안나도 따라서 일어섰다. 그는 말없이 고개를 숙이고 그녀를 먼저 나가게 했다.

24

건초 더미 위에서 보낸 레빈의 하룻밤은 그에게 무의미하지만은 않았다. 그 후로 그는 지금까지의 농경방식이 싫어졌고, 그에 대한 모든 흥미를 잃어버렸다. 수확은 너무도 훌륭하였으나 올해처럼 그와 농부들 사이에 실패와 적의가 있었던 적은 없었다. 적어도 그는 그렇게 느꼈다. 그리고 이제야 그런 실패와 적의의 원인이 완전히 이해되었다. 풀베기라는 노동 자체에서 그가 느꼈던 경이로움과 그 과정 속에서 농부들과 가까워진 것, 농부들과 그들의 생활 속에서 느껴지던 부러움, 그날 밤 농부들의 생활을 꿈꾸었던 것이 그에게 있어서 공상으로 끝나고 마는 것이 아닌 그런 삶으로 옮겨가기 위해 그가 곰곰이 생각하고 계획했던 것을 이루는 바람, 그런 모든 것들이 그가 경영했던 기존 농경에 대한 견해를 바꿔놓았다. 그는 이제 그 속에서는 예전과 같은 흥미를 느낄 수 없었으며, 모든 일의 근원이 되었던 노동자들에 대한 자신의 불편한 입장을 보지 않을 수 없었다. 파바와 같은 우량종의 암소 떼, 쟁기질을 잘하여 거름을 뿌린 땅, 버드나무 가지로 둘러싸인 아홉 군데 평야, 땅을 깊게 갈아서 거름을 뿌려놓은 90데샤티나의 밭, 파종기 등등 이 모든 일들은 직접 하든지, 아니면 그와 마음이 맞는 친구들과 함께 했다면 훌륭했을 것이다. 그러나 이제 그는 분명히 알았다(농업의 주된 요소는 노동자들이어야만 한다는 농업에 관한 그의 저술 작업이 이런 점에서 그에게 도움을 주었다). 그는 자기가 지금까지 생각했던 농경은 자신과 노동자들 사이에 혹독하고 끈질긴 투쟁만 부추겼을 뿐이라는 것과 그 투쟁의 한편에서는, 즉 그의 편에서는 더 낫다고 판단되는 쪽으로 모든 것을 개선하려고 끊임없는 긴장된 노력을 했지만 다른 한편에서는 사물의 자연적인 질서가 존재한다는 것을 깨닫게 되었다. 그리고 그 투쟁에서 그는 온힘을 다해 노력했으나, 그에 반해 다른 한쪽은 그 어떤 노력도 기울이지 않았을 뿐만 아니라 아무런 계획조차도 없었으므로 결국 농사는 어느 쪽으로도 진척되지 않았고, 훌륭한 농구, 가축, 토지를 쓸모없게 만들어버렸다는 사실을 깨달았다. 무엇보다 그에게 있어서 농사에 대한 의미가 드러난 지금에 와서, 그 일에 쏟은 정력이 완전히 헛되이 사라져버렸을 뿐만 아니라 그 정력의 목적마저 너무나도 가치가 없었다는 사실을 느끼지 않을 수 없었다. 그렇다면 본질적으로 무엇을 위한 투쟁이었단 말인가? 그는 한 푼 한 푼을 위해 싸웠다(그가 조금 느슨하게 일을 했다면 일꾼들에게 지불할 돈이 모자를 수 있었기 때문에 그는 그렇게 하지 않을 수가 없었다). 그런데 농부들은 자기들이 늘 해왔던 대로 평안하고 기분 좋게 일하고 싶어 했다. 그의 이익을 생각하면, 일꾼들이 각자 가능한 더 많은 일을 하고, 키와 쟁기와 탈곡기 같은 농기구들이 망가지지 않도록 조심스럽게 다루고, 자기가 하는 일을 면밀히 생각하는 것이었다. 그러나 일꾼들은 가능한 한 즐겁게 쉬어가면서 일하고, 무엇보다 모든 것을 잊고 걱정거리 없이 일하고 싶어 했다. 올여름 레빈은 매 순간 그와 같은 모습을 발견하게 되었다. 그는 잡풀과 쑥이 섞여 자라 씨를 뿌리기에 적합하지 않은 땅을 골라 건초로 쓸 토끼풀만 베도록 사람들을 보냈다. 그런데 그들은 관리인의 지시를 따랐다는 핑계를 대면서 종자를 뿌릴 생각으로 남겨 둔 좋은 땅을 몇 데샤티나 베어놓고는 훌륭한 건초가 될 거라면서 그를 위로했다. 그러나 그는 그곳이 풀베기가 더 쉬워서 그렇게 했다는 것을 뻔히 있었다. 또 건초를 털어 말리는 기계를 보냈더니 일을 시작하자마자 망가뜨리고 말았다. 왜냐하면 머리 위에서 돌아가고 있는 날개 밑의 운전대에 가만히 앉아 있는 게 지루했기 때문이다. 그러고는 그들은 "걱정하지 않으셔도 됩니다. 아낙네들이 잘 추리거든요." 하고 레빈에게 말했다. 그들에겐 쟁기조차 쓸모없어 보였다. 왜냐하면 그들은 올려져 있는 쟁기 날을 내릴 생각는 하지 않고 무조건 힘으로만 돌려서 말을 괴롭히고 땅을 못 쓰게 만들기 때문이다. 그러고 나서도 그들은 레빈에게 괜찮다고 말했다. 게다가 아무도 불침번을 서려고 하지 않아서 말들이 밀밭으로 들어가고 말았다. 일꾼들에게 그렇게 하지 말라고 지시했으나 교대로 불침번을 서겠다고 하고는 온종일 일을 한 반카가 잠이 들어버리고 말았던 것이다. 그러고는 자신의 잘못을 뉘우치며 "처분에 따르겠습니다." 하고 말하면 그뿐이었다. 우량종 송아지 세 마리를 물통도 없이 토끼풀 밭에 풀어놓아 죽어버렸을 때도 너무 많이 먹어 배탈이 났다는 사실은 믿으려 하지 않고, 그를 위로한답시고 이웃집에서는 사흘 동안에 112마리나 죽었다고 말했다. 이 모든 것들은 누군가 일부러 레빈에게, 혹은 그의 농업에 대해 악의를 품고 한 짓이 아니었다. 오히려 그 반대로 그는 그들이 자기를 좋아하고, 자기를 소탈한 나리(그것은 최고의 찬사였다)로 생각한다는 것을 알고 있었다. 그럼에도 불구하고 그렇게 되어버린 것은 그들이 단지 즐겁고 걱정 없이 일하고 싶어 했고, 그의 이익이 그들에게는 상관없는 것으로 여겨졌을 뿐만 아니라 바로 그들이 정당하다고 생각하는 이익과 운명적으로 상반되었기 때문이었다. 이미 오래전부터 레빈은 농경에 대한 자신의 태도에 불만을 느끼고 있었다. 그는 자신의 보트가 새고 있는 것을 알면서도, 모르는 척 자신을 속이면서 새는 구멍을 찾으려고도 하지 않고 찾지 않았다는 것도 알고 있었다. 그러나 이젠 더 이상 자신을 속일 수가 없었다. 그는 자기가 지금까지 해온 농경에 대해 흥미만 잃은 게 아니라 싫어지기까지 했기 때문에 더 이상 그 일을 할 수가 없었다.

게다가 그가 만나고 싶어도 만날 수 없는 키티 셰르바츠카야가 그에게서 불과 30베르스타 떨어진 곳으로 왔다는 사실도 이유로 작용했다. 다리야 알렉산드로브나 오블론스카야는 그가 방문했을 때, 또 방문해달라고 했었다. 그는 다리야 알렉산드로브나로부터 그가 이번에 그 댁을 방문하여 키티에게 새롭게 청혼한다면 그의 청혼을 받아들일 것이라는 암시를 받은 느낌이었다. 그리고 레빈 자신도 키티 셰르바츠카야를 보고는 자기가 그녀를 여전히 사랑하고 있다는 사실을 깨달았다. 그러나 그는 그녀가 오블론스키 댁에 와 있는 것을 알고 있으면서도 그곳을 찾아갈 수 없었다. 그가 그녀에게 청혼을 했고, 그녀가 거절했다는 사실은 그들 두 사람에게 극복할 수 없는 장벽이 되어버렸던 것이다. '그녀가 자신이 원했던 사람의 아내가 될 수 없었다고 해서, 어떻게 그녀에게 내 아내가 되어달라고 할 수 있겠어.' 레빈은 자신에게 이렇게 말했다. 그런 생각으로 인해 그녀에 대한 그의 마음은 냉정하고 적대적으로 변해버렸다. '난 비난하지 않고 그녀와 대화할 수 없고, 또 노여움 없이는 그녀를 볼 수도 없어. 그러니 그녀는 더욱 날 증오하게 될 뿐이야. 더욱이 다리야 알렉산드로브나에게 그런 얘기까지 들은 이 상황에서 그곳에 어떻게 갈 수 있겠어? 과연 그녀가 나에게 한 말을 내가 모르는 척할 수 있을까? 내가 넉넉한 마음으로 그녀를 용서하러 갈 수 있을까? 내가 그녀 앞에서 그녀를 용서하고 사랑하는 사람의 역할을 한다고……! 다리야 알렉산드로브나는 왜 내게 그런 얘기를 했을까? 우연히 그녀를 만났더라면, 모든 게 저절로 해결되었을 텐데. 하지만 지금으로서는 불가능해. 불가능한 일이야!'

다리야 알렉산드로브나는 그에게 키티가 사용할 부인용 안장을 빌려달라는 편지를 보내왔다. 그녀는 이렇게 쓰고 있었다. '당신에게 안장이 있다는 말을 들었어요. 당신께서 직접 가져다 주셨으면 해요.'

그것은 그에게 도무지 참을 수 없는 일이었다. 그처럼 총명하고 섬세한 부인이 어떻게 동생을 이토록 욕되게 할 수 있단 말인가! 그는 답장을 열 통이나 썼다가 모두 찢어버리고, 아무런 답장도 없이 그냥 안장만 보냈다. 그는 자기가 가겠다고 적을 수는 없었다. 왜냐하면 그는 갈 수가 없었기 때문이었다. 그로서는 갈 수 없다든지, 또는 다른 데 갈 일이 있다든지 하는 말을 써 보내는 것은 더욱 좋지 않았다. 그는 답장도 없이 무언가 부끄러운 행동을 한 것 같은 기분으로 안장만을 보냈다. 그리고 다음 날 싫증닌 농시일을 모두 관리인에게 맡기고 멀리 떨어진 군에 사는 친구 스비야쥐스키를 방문하기 위해 길을 나섰다. 그 친구의 영지 부근에는 도요새가 서식하는 좋은 늪지가 있었는데, 얼마 전 그 친구가 레빈에게 보낸 편지에 자기에게 들르겠다던 오래 전의 계획을 실행해 옮기라고 적혀 있었다. 수로프 군郡에 있는 도요새 늪지는 오래전부터 레빈을 유혹하고 있었지만, 그는 농경에 바빠서 여행을 계속 미루어 왔었다. 그래서 그는 지금 셰르바츠키 댁의 이웃에서, 무엇보다 농사일에서 빠져 나와 모든 슬픔을 잊기에 가장 좋은 위안인 사냥터로 떠나는 것이 기뻤다.

수로프 군까지는 철도도, 역마차 도로도 없어서 레빈은 자신의 여행 마차를 타고 갔다.

여행 중간 즈음에 다다랐을 때, 그는 말한테 여물을 주려고 어느 부유한 농가에 들렀다. 붉은 수염으로 턱 주위가 덥수룩하고 뺨은 허옇게 센 수염을 기른, 건강해 보이는 대머리 노인이 문설주에 몸을 붙이고 삼두마차를 통과시키기 위해 대문을 활짝 열어주었다. 노인은 마부에게 불에 탄 쟁기를 넣어 둔 넓고 깨끗하게 정리된 넓은 마당에 있는 헛간의 처마 밑을 가리키고, 레빈에게 객실로 들어갈 것을 청했다. 깨끗한 옷차림을 하고 맨발에 덧신을 신은 젊은 아낙이 몸을 구부리고 새 현관의 마루를 닦고 있었다. 그녀는 레빈의 뒤를 따라 뛰어들어온 개를 보고 놀라 소리를 질렀다가 개가 아무 짓도 하지 않는다는 것을 알고는 금방 자기가 놀란 것 때문에 웃었다. 그녀는 옷소매를 걷어 올린 손으로 레빈에게 객실 문을 가리키고는 다시 몸을 구부려 자기의 아름다운 얼굴을 숨기며 계속 마루를 닦았다.

"차 좀 드시겠어요?" 그녀가 물었다.

"네, 부탁합니다."

객실은 네덜란드풍의 난로와 칸막이가 있는 커다란 방이었다. 성화 밑에는 여러 색깔 무늬를 넣은 탁자와 긴 의자와 의자 두 개가 놓여 있었다. 문 근처에는 그릇을 넣은 찬장이 있었다. 덧문은 닫혀 있었고 파리도 거의 보이지 않을 정도로 깨끗해서, 레빈은 길을 달려오느라 흙탕물을 뒤집어 쓴 라스카가 마룻바닥을 더럽히지는 않을까 걱정되어 문 옆의 한쪽 구석에 자리를 정해주었다. 레빈은 객실을 둘러본 후 뒷마당으로 나갔다. 덧신을 신은 젊고 아름다운 아낙은 멜대에 매단 빈 통을 흔들면서 우물물을 길러 그의 앞을 뛰어갔다.

"빨리빨리!" 노인은 그녀에게 유쾌하게 외치고는 레빈 곁으로 다가왔다. "나리께선 니콜라이 이바니치 스비야쥐스키 댁으로 가시는 길입니까? 그 나리께서도 저희 집에 들르곤 하십니다." 그는 계단 난간에 팔꿈치를 괴고는 수다스럽게 말하기 시작했다.

노인이 스비야쥐스키와의 친분에 대해 대화하고 있는 도중에 대문이 다시 삐거덕 소리를 내더니 농부들이 쟁기와 써레를 가지고 마당으로 들어섰다. 그들은 밭에서 돌아오는 길이었다. 쟁기와 써레에 매인 말들은 영양 상태가 좋고 튼실해 보였다. 농부들은 한 가족인 것이 분명했다. 두 젊은이는 챙이 없는 모자에

면직 루바슈카를 입고 있었고, 삼베 루바슈카를 입은 다른 두 사람은 품삯을 받고 일하는 사람들이었는데, 한 사람은 노인이고 다른 한 사람은 젊은이였다. 노인은 계단에서 떨어져 말에게 다가가더니 말을 풀어놓기 시작했다.

"무엇을 갈다 왔소?" 레빈이 물었다.

"감자밭을 갈고 왔습니다. 저희도 땅뙈기가 좀 있습니다. 얘, 페도트야, 거세한 말은 내놓지 말거라. 여물통 옆에 매어 두고 다른 놈을 채워라."

"그런데 아버지, 쟁기 날을 갖다 달라고 했는데 가져오셨어요?" 키가 크고 건장한 노인의 아들인 듯한 젊은 사람이 이렇게 물었다.

"저기……, 썰매 안에 있다." 노인은 풀어놓은 고삐를 동그랗게 말아 땅바닥에 던지며 대답했다. "밥 먹는 동안에 처리해라."

젊고 아름다운 아낙이 물이 가득 차서 어깨를 짓누르는 물통을 메고 현관으로 들어갔다. 그러고는 어디서 왔는지 또 다른 아낙네들이 나타났다. 젊고 아름다운 아낙들, 중년의 아낙들, 그리고 늙고 못생긴 아낙들이 아이들을 데리고 오거나 아이들 없이 혼자서 왔다.

사모바르에서 물 끓는 소리가 들리기 시작했다. 일꾼들과 집안 식구들은 말들을 다 손질해놓고 식사를 하러 갔다. 레빈은 마차 안에서 음식을 꺼내 노인에게 함께 차를 마시자고 청했다.

"저희는 벌써 마셨습니다." 노인은 그렇게 말했지만 그 제의를 분명히 기쁘게 받아들였다. "그럼, 말벗이나 하면서 한 잔 더 하지요."

차를 마시는 동안 레빈은 노인에게서 농사짓는 모든 법을 자세히 들었다. 노인은 10년 전에 어느 여지주에게서 120데샤티나의 토지를 빌렸다가 작년에 그 땅을 사들였고, 또 이웃 지주에게서 300데샤티나의 토지를 빌렸다. 그는 그 땅 가운데 토질이 가장 나쁜 일부는 소작으로 나눠주고, 40데샤티나 정도 되는 밭은 일꾼 두 사람을 고용하여 가족끼리 직접 농사를 짓고 있었다. 노인은 농사일이 잘 되지 않는다고 하소연했다. 그러나 레빈은 노인이 겸손하게 말하는 것일 뿐이고, 실제로는 농사일이 상당히 잘 되고 있다는 것을 알았다. 만약 정말로 농사가 엉망이었다면, 그는 105루블이나 주고 땅을 사지도, 세 아들과 조카를 장가보내지도, 집에 두 차례나 불이 났을 때 두 번 다 전보다 더 좋은 집을 짓지도 못했을 것이다. 노인은 푸념을 늘어놓기는 했지만 자신의 부유함과 자기의 아들들, 조카, 며느리들, 말들과 소들, 특히 농사를 잘 해 나가고 있는 것에 대해 자랑스럽게 여기고 있었다. 노인과의 내화에서 레빈은 그가 신식 영농법도 기피하지 않는다는 것을 알았다. 그는 감자를 많이 심고 있었다. 레빈이 마차를 타고 오면서 본 이곳의 감자는 이제 겨우 꽃이 피기 시작한 레빈의 마을과 달리, 이미 꽃이 지고 열매를 맺기 시작하고 있었다. 게다가 그는 지주에게서 빌린 '플루그'라고 불리는 신식 쟁기를 사용하고 감자밭을 갈고 있었다. 그는 밀 농사도 짓고 있었다. 레빈은 호밀을 솎아 낸 알곡을 말 사료로 준다는 노인의 세심한 마음에 특히 감동받았다. 레빈도 이 훌륭한 사료가 버려지는 것을 보고 수차례 모으려 했으나 매번 수포로 돌아가고 말았다. 그런데 그것이 이 농부의 집에서는 실행되고 있었으며, 노인은 그것을 끊임없이 자랑하고 있었다.

"아낙네들이 무슨 일을 할 수 있겠습니까? 여자들이 다발로 묶어서 길에 내놓으면 수레가 가서 실어오는 거지요."

"그런데 우리 지주들은 일꾼들과 화합이 잘되지 않아서 문제지요." 레빈은 컵에 차를 따라 그에게 건네며 말했다.

"감사합니다." 노인은 컵을 받으며 대답했다. 그는 갉아먹다 남은 설탕 덩어리를 보여주며 설탕은 사양했다. "일꾼들한테만 일을 맡겨서 잘되는 일이 없지요." 노인이 계속 말했다. "엉망이 되는 겁니다. 저기, 스비야쥐스키 댁만 해도 그렇지요. 저흰 그 땅이 어떤 땅인지 잘 압니다. 좋은 땅이지요. 그런데 수확은 그다지 좋지 못합니다. 모든 게 지켜보지 않은 탓이지요!"

"하지만 노인장도 일꾼들을 데리고 농사를 짓고 있지 않소?"

"저희들 일은 농사꾼 일이지요. 저희는 모두 직접 하는걸요. 일을 못하면 당장 보내버리죠. 식구끼리 하면 되는 겁니다."

"아버님, 피노겐이 타르를 갖다 달라네요." 덧신을 신은 아낙이 들어와서 말했다.

"그럼 나리!" 노인은 자리에서 일어나며, 계속해서 성호를 긋고 레빈에게 감사를 표하고 나갔다.

레빈이 자기의 마부를 부르러 컴컴한 집 안으로 들어가자 온 집안 남자들이 식탁에 둘러앉아 있었다. 아낙네들은 서서 시중을 들고 있었다. 젊고 건장한 아들이 죽을 한입 가득 넣고 무언가 우스운 얘기를 하고 있는지 모두들 큰 소리로 웃었다. 특히 그릇에 양배추 수프를 퍼 주고 있던 덧신을 신은 아낙이 가장 유쾌하게 웃었다.

덧신을 신은 아낙의 맑은 얼굴은 분명 레빈이 이 농부의 집에서 느낀 잘 정돈된 가정의 인상에 크게 영향을 주었다. 그 인상은 너무도 강렬하여 레빈으로서는 결코 잊을 수 없을 정도였다. 그래서 레빈은 노인의 집에서 스비야쥐스키 집으로 가는 내내, 마치 그 인상 속에 자기의 주의를 끄는 어떤 특별한 것이 있기라도 하듯 그 농가를 또다시 떠올렸다.

26

　스비야쥐스키는 자기 군의 귀족 단장이었다. 그는 레빈보다 다섯 살이 많았고, 오래전에 결혼했다. 그의 집에는 그의 젊은 처제가 살고 있었는데 레빈은 그녀에게 상당한 호감을 느끼고 있었다. 레빈은 스비야쥐스키와 그의 아내가 그 처녀를 자기에게 시집보내고 싶어 한다는 것을 알고 있었다. 그는 신랑감이라고 불리는 젊은이들과 마찬가지로, 그것을 결코 다른 사람에게 말한 적은 없었지만 그 사실을 분명히 잘 알고 있었다. 또한 그는 자기가 결혼하고 싶고, 모든 면에서 너무나 매력적인 이 처녀가 훌륭한 아내가 될 것이 분명하지만, 설령 자기가 키티 셰르바츠카야를 사랑하지 않는다 하더라도 그 처녀와 결혼한다는 것은 하늘로 날아가는 것만큼이나 불가능한 일이라는 것을 알고 있었다. 그의 그러한 인식은 스비야쥐스키네 집을 방문하는 데에서 오는 만족감을 잃게 했다.

　스비야쥐스키로부터 사냥하러 오라는 편지를 받고 레빈은 곧 그런 생각을 했지만, 스비야쥐스키가 자기에 대해 그런 생각을 가지고 있다는 것은 아무런 근거도 없는 자기만의 추측에 불과하다는 결론을 내리고 그냥 가야겠다고 마음먹었던 것이다. 게다가 그의 마음속 깊은 곳에서는 자신을 시험해보고 싶은 마음, 그 처녀에 대한 자기의 감정을 다시 한 번 재보고 싶은 마음이 있었다. 더욱이 스비야쥐스키의 가정생활은 더할 나위 없이 기분 좋은 것이었고, 또한 스비야쥐스키도 레빈이 알고 있는 한, 지방 자치 활동가 중 가장 훌륭하고 레빈에게는 언제나 재미있는 인물이었다.

스비야쥐스키는 레빈이 항상 경이롭게 느끼는 인물들 가운데 하나였다. 그러한 사람들의 사고는 결코 독창적이지는 못하지만, 그래도 지극히 일관되어 있다. 또한 생활 자체로 보자면 극도로 일정하고 확고부동하여 그 생각과는 전혀 상관없이 항상 거의 반대로 향하고 있었다. 스비야쥐스키는 극도의 자유주의자였다. 그는 귀족 계급을 경멸하였고, 대부분의 귀족들은 소심하여 겉으로 드러내지는 않지만 비밀스러운 농노주의자라고 간주했다. 그는 또한 러시아를 터키처럼 몰락한 나라로 간주했으며, 러시아 정부의 정책에 대해 진지하게 비판하는 일조차도 없을 만큼 저질이라고 생각하고 있었다. 그렇지만 그와 동시에 그는 관리이자 모범적인 귀족 단장이었으며, 외출할 때면 항상 모표가 달린 붉은 테가 달린 군모를 쓰곤 했다. 그는 인간다운 삶은 오직 외국에서만 가능하다고 여겼으며 기회만 있으면 외국

으로 나가 생활했다. 그와 동시에 그는 러시아에 무척 복잡하고
도 완벽한 농업 방식을 도입하였고, 러시아에서 일어나고 있는
일이라면 모든 대단한 흥미를 가지고 지켜보았으며, 또한 러시
아에서 일어난 일이라면 모르는 게 없이 다 알고 있었다. 그는
러시아의 농부를 원숭이에서 인간으로 옮겨가는 진화 과정에
있는 존재에 지나지 않는다고 여겼다. 그러면서도 다른 한편으
로는 지방자치회 선거 때가 되면 제일 먼저 농부들과 악수를 하
고, 그들의 의견을 경청하곤 했다. 그는 악마도, 죽음도 믿지 않
았다. 그러나 사제들의 생활에 대한 개선이나 교구 수의 감소에
는 신경을 썼고, 교회를 자기 마을에 존치시키는 문제에 대해서
도 유난히 분주하게 돌아다녔다.

　여성 문제에 있어서 그는 여성의 완전한 자유, 특히 노동에 대
한 여성의 권리를 열렬히 지지하였다. 그러나 그는 자식이 없어
도 모두가 부러워할 정도로 아내와 화목하게 살고 있었다. 그는
자기 아내가 남편과 좀 더 좋고 즐겁게 생활하는 일을 제외하고
는 아무것도 하지 않게끔, 또 아무것도 할 수 없게끔 만들어놓았
던 것이다.

　만약 레빈이 사람들에게서 가장 좋은 면만 보는 성품을 가지
고 있지 않았더라면, 그는 스비야쥐스키의 성격에 대해 그 어떤
어려움이나 의문점도 갖지 않았을 것이다. 그가 자신에 대해 바
보나 인간쓰레기라고 말했다면 모든 게 명백했을 것이다. 그러
나 그는 바보라고 말할 수 없었다. 왜냐하면 스비야쥐스키는 의

심할 여지없이 총명한 사람이었고, 더욱이 상당한 교양을 갖추고 있으면서도 그 교양을 뽐내지 않는 사람이었기 때문이다. 그는 모르는 게 없는 사람이었다. 그러나 그는 어쩔 수 없는 경우에만 자신의 지식을 드러냈다. 그리고 레빈이 그를 인간쓰레기라고 말하는 것은 더욱 말도 안 되는 일이었다. 왜냐하면 스비야쥐스키는 의심할 여지없이 정직하고 선하고 총명한 사람이었기 때문이다. 그는 유쾌하고 활발하게 꾸준히 일을 했으며, 주변 사람들로부터 높은 평가를 받고 있었다. 더욱이 의식적으로 나쁜 일을 하거나, 나쁜 일을 할 수 있는 사람이 결코 아니었다.

레빈은 그를 이해하려고 노력해 봤지만 결국 이해하지 못하고, 항상 살아 있는 수수께끼를 바라보듯이 그와 그의 생활을 바라보곤 했다.

레빈은 그와 가까운 사이였으므로 스비야쥐스키의 인생관에 대한 근본을 캐보려고 했으나 그 일은 언제나 헛되이 끝났다. 레빈이 모든 사람에게 열려 있는 스비야쥐스키의 지성의 문으로 좀 더 들어서려고 할 때마다 스비야쥐스키가 살짝 당황했던 것이다. 그의 표정 속에는 마치 레빈에게 들키기라도 할까 봐 두려워하는 것처럼 겨우 알아차릴 정도의 놀라움이 나타났고, 그는 선량하고 유쾌하게 저항하곤 했다.

자신의 농사일에 실망하고 난 지금의 레빈은 스비야쥐스키 집에 머물게 되어 특히 즐거운 기분이었다. 자기 자신에게도, 다른 모든 사람에게도 만족스럽게 보이는 비둘기처럼 행복한 그들 부부의 모습과 그들의 잘 정돈된 보금자리가 그에게 즐겁게 작용한 것은 두말할 나위 없고, 현재 자신의 생활이 불만스럽기만 한 레빈은 생활에서 그런 선명함과 확실함과 즐거움을 느끼게 해주는 스비야쥐스키의 비결을 파고들어 알아내고 싶었다. 게다가 레빈은 스비야쥐스키의 집에서 이웃 지주들을 만나게 되리라는 것을 알고 있었다. 그리고 지금 특히 그의 흥미를 끄는 것은 농업경영, 수확, 일꾼 고용 등에 대해 그들의 의견을 듣고 이야기를 나누는 것이었다. 지금 레빈에게는 가장 중요한 일로 여겨지고 있는 그 이야기가 어쩐 일인지 상당히 저속한 것으로 간주되어지고 있다는 사실을 레빈 자신도 잘 알고 있었다. '어쩌면 이런 것은 농노제 시대에는 중요하지 않았을 거야. 영국에선 지금도 중요하지 않을 수 있겠지. 그 두 경우에 있어서는 조건 자체가 확실해. 하지만 모든 게 뒤집어져 있다가 이제 겨우 정리된 지금, 이런 조건들을 어떻게 정리할 것인가 하는 문제가 러시아에서는 가장 중대한 하나의 문제인 거겠지.' 레빈은 생각했다.

사냥은 레빈이 기대했던 것보다 그다지 좋지는 않았다. 늪의 물이 말라버려서 도요새는 전혀 보이지 않았다. 그는 온종일 돌아다녔지만 잡은 것이라고는 겨우 세 마리였다. 그러나 그 대신 사냥에서 돌아올 때면 늘 그렇듯 왕성한 식욕과 더없이 상쾌한 기분을 가지고, 강렬한 육체 활동에 따르는 활성화된 정신 상태로 돌아왔다. 사냥터에서 그가 아무 생각 없이 있다고 느끼던 순간, 그 노인과 그 가족의 일이 또다시 머릿속에 떠올랐다. 그 인상은 마치 그에게 주의를 요구했을 뿐만 아니라 그것과 관련된 어떤 것에 대한 해결도 요구하고 있는 듯했다.

저녁에 차를 마시는 동안 후견에 관한 문제로 방문한 두 지주가 있는 자리에서 레빈이 기대하고 있던 매우 흥미로운 대화가 시작되었다.

레빈은 티 테이블에서 안주인의 옆자리에 앉았으므로 그녀와 그의 맞은편에 앉아 있는 스비야쥐스키의 처제와 얘기를 나누어야만 했다. 금발의 안주인은 둥근 얼굴에 보조개가 있고 미소로 빛나는 자그마한 여자였다. 레빈은 그녀를 통해서 그녀의 남편이 제기한 수수께끼, 자신에게는 중요한 그 수수께끼를 풀려고 애썼다. 하지만 그는 괴로울 정도로 거북해서 자유롭게 생각할 수 있는 온전한 시간을 가질 수가 없었다. 그가 괴로울 정도로 거북했던 이유는 그의 맞은편에 앉은 처제가, 그의 생각엔 특별히 자기를 위해 하얀 가슴께가 네모나게 파인 옷을 입고 있었기 때문이었다. 그 드러난 앞가슴이 희었음에도 불구하고, 아니 너무도 희었기 때문에 레빈에게서 생각할 수 있는 자유를 빼앗았다. 그는 아마도 잘못 생각한 것이겠지만, 그렇게 파인 재단은 자기를 염두에 둔 것이라고 상상하면서 그는 자기가 그것을 바라볼 권리가 없다고 생각했다. 그래서 그는 그것을 보지 않으려고 애썼다. 그런데 그는 그렇게 가슴을 드러내게 했다는 그 하나만으로도 자기 잘못이라고 느꼈다. 레빈은 자기가 누군가를 속이는 것 같았고, 그래서 무언가 설명해야만 한다는 느낌이 들었지만, 어떻게도 그것을 설명할 수 있을 것 같지 않았다. 그 때문에 그의 얼굴은 내내 붉어 있었고 그의 마음은 불편하고 거북했다. 그의 거북해하는 태도는 그 아름다운 처제에게 그대로 전달되었다. 그러나 안주인은 그것을 눈치채지 못했는지 일부러 그녀를 대화 속으로 끌어들이고 있었다.

"당신이 말씀하시는 건……." 안주인은 시작된 얘기를 계속 이어갔다. "러시아적인 모든 것은 남편의 흥미를 끌지 못할 것이라는 말씀이신데요. 그 반대예요. 물론 그이는 외국에서 즐거운 시간을 보내죠. 그래도 여기에서만큼은 아니에요. 여기서 그이는 자기 자리에 있다고 느끼는걸요. 그이에게는 할 일이 엄청나게 많아요. 그런데 어떤 일이든 흥미를 느끼는 천성을 가지고 있지요. 아, 당신은 우리 학교에 와보신 적이 없으시던가요?"

"봤습니다……. 담쟁이로 뒤덮인 작은 건물 말씀이시죠?"

"그래요, 나스챠 작품이에요." 그녀는 여동생을 가리키며 말했다.

"당신이 직접 가르치시나요?" 레빈은 파인 가슴을 쳐다보지 않으려고 애쓰며 물었다. 그러나 그가 어디를 보든, 다른 곳을 보아도 파인 곳을 볼 수밖에 없었다.

"네, 제가 직접 가르쳤어요. 그리고 지금도 가르치고 있어요. 그런데 아주 훌륭한 여선생님이 계세요. 그래서 우린 체조도 시작했어요."

"아니요, 감사합니다만 차는 그만하겠습니다." 레빈은 이렇게 말하고는 다소 무례한 줄 알면서도 더 이상 그 대화를 계속할 수가 없어서 얼굴을 붉히면서 일어섰다. "아주 재미있는 말씀들을 나누시는 것 같군요." 그는 이렇게 덧붙여 말하고는 주인과 두 지주가 앉아 있는 테이블의 다른 쪽 끝으로 다가갔다.

스비야쥐스키는 테이블에 비스듬히 앉아 팔꿈치를 괸 손으로 찻잔을 빙그르 돌리고, 또 다른 손으로는 자신의 턱수염을 모아 쥐고 마치 냄새라도 맡으려는 듯이 그것을 코까지 올렸다가 다시 내려놓곤 했다. 그는 까만 눈동자를 빛내며 잔뜩 흥분하여 말하고 있는 하얀 콧수염 난 지주를 바라보고 있었는데, 분명히 그의 얘기를 재미있어 하는 것 같았다. 그 지주는 농민에 대한 불평을 늘어놓고 있었다. 레빈은 스비야쥐스키가 그 지주의 불평을 단번에 무너트릴 수 있는 대답을 알고 있지만 그렇게 대답할 수 없는 자신의 입장을 생각하고, 또한 지주의 우스운 얘기가 재미없는 것도 아니기 때문에 들어주고 있다는 것을 분명히 알고 있었다.

희끗희끗한 콧수염을 기른 지주는 분명히 뿌리 깊은 농노주의자이며, 시골의 토박이로 살고 있는 열정적인 농가의 주인이었다. 레빈은 그 증거를 지주가 평소에 입지 않을 듯한 고풍스럽고 오래된 프록코트에서, 미간을 찌푸리고 있는 그의 총명한 눈에서, 그 유창한 러시아어에서, 분명히 오랜 경험으로 익숙한 명령적인 말투에서, 넷째 손가락에 낡은 반지를 낀 햇볕에 그을린 큼직하고 잘생긴 붉은 손의 결연한 움직임에서 알 수 있었다.

27

"버리는 게 아깝지만 않다면, 지금까지 해온 일을……, 온갖 고생을 다한 일을…… 미련 없이 팔아버리고 니콜라이 이바니치처럼 떠날 텐데요……. **헬레네**나 듣고 말이에요." 지주가 말했다. 그의 총명하고 늙은 얼굴에 유쾌하고 밝은 미소가 번졌다.

"그런데 버리지 못하셨잖아요." 니콜라이 이바니치 스비야쥐스키가 말했다. "그렇다면 무슨 이득이 될 만한 일이 있는 모양이지요."

"단 한 가지 이득이라면, 산 것도 빌린 것도 아닌 자기 집에서 살고 있다는 것뿐이에요. 그리고 농부들이 생각 좀 하며 살기를 바라는 거예요. 믿으실지 모르겠지만, 그들은 폭음에다 방탕까지 일삼습니다! 모두 다 나눴는데도 말도 소도 아무것도 없다는 겁니다. 그러고는 굶어 죽게 된 놈을 데려다가 일꾼이라고 고용해보십시오. 모든 걸 죄다 망쳐놓고는, 결국 치안판사 앞에 서게 만들 겁니다."

“그러면 당신도 치안판사에게 고소를 하면 될 것 아닙니까?” 스비야쥐스키가 말했다.

“고소하라고요? 하늘이 무너져도 그런 일은 안 해요. 소문이 돌아서 고소한 걸 후회하게 될 거예요. 얼마 전 우리 공장에서 선금만 챙겨 도망쳐버린 일이 있었거든요. 그런데 치안판사가 어떻게 결정한 줄 아세요? 무죄 판결을 내리더군요. 모든 건 오직 지방재판소와 촌로들 덕분에 유지되는 거라고요. 그들은 옛날식으로 호되게 매질로 다스리거든요. 그렇게 하지 않으면, 모든 걸 내팽개칠 거예요! 세상 끝으로 도망쳐버리는 거죠!”

지주가 스비야쥐스키를 놀리는 게 확실했지만, 스비야쥐스키는 화도 내지 않고 오히려 그것을 재밌어 하는 듯했다.

“하지만 우린 그러지 않고도 농사일을 잘 해 나가고 있는걸요.” 그는 미소를 지으며 말했다. “나도 그렇고, 레빈도, 그리고 저분들도 마찬가지고요.”

그는 다른 지주를 가리키며 말했다.

“그래요, 미하일 페트로비치 댁도 잘되고 있지요. 그런데 한번 물어보세요. 그것이 정말 합리적인 경영이라고 생각하는지 말이에요.” 지주는 ‘합리적’이라는 단어를 확실히 강조하며 말했다.

“내 경영 방식은 간단합니다.” 미하일 페트로비치가 말했다. “하느님께 감사하고, 가을에 세금으로 낼 돈을 준비해 두는 게 내 경영 방식의 전부입니다. 그러면 농부들이 찾아와서는 ‘나리, 도와주십시오!’ 하거든요. 농부들은 모두 이웃이 아니겠습니까,

불쌍하지요. 그래서 3분의 1을 주면서 말합니다. '내가 자네들을 도와줬다는 걸 기억해 두게. 그러니 필요할 땐 날 도와줘야 하네. 귀리를 심을 때나 건초를 수확할 때나 또 곡물을 수확할 때도 말일세.' 그러고는 각 호당 얼마인지 흥정하는 겁니다. 물론 그들 중에는 양심 없는 자도 있어요. 이건 사실입니다."

레빈은 이미 오래전부터 그런 가부장적인 방식을 알고 있었던 터라 스비야쥐스키와 눈짓을 교환하며 미하일 페트로비치의 말을 막고는 콧수염이 희끗한 지주에게로 다시 얼굴을 돌렸다.

"그럼 당신의 생각은 어떻습니까?" 그가 물었다. "이제 어떻게 농사일을 해야 할까요?"

"그건, 미하일 페트로비치처럼 할 수도 있겠네요. 절반씩 나눠 갖든지 또는 그들에게 땅을 빌려준다든지 하는 게 있겠지요. 하지만 그럴 경우, 국가의 전체적인 부에 손실을 가져올 것입니다. 농노 시대에는 내 땅에서도 농사를 잘하면 아홉 배의 수확을 가져왔는데, 반분하고 나니 세 배의 수확밖에는 얻어지지 않는다는 겁니다. 농노해방이 러시아를 망쳐놓은 거지요!"

스비야쥐스키는 미소 띤 눈으로 레빈을 바라보았는데, 그 눈길에는 어렴풋이 조소가 섞여 있는 듯했다. 그러나 레빈은 지주의 말이 우스꽝스럽게 여겨지지 않았다. 그는 스비야쥐스키 말을 이해하는 것보다 지주의 말을 더 이해하고 있었다. 지주가 농노해방이 러시아를 파멸로 몰아간 이유에 대해 입증하려고 한 그의 말 가운데 오히려 많은 부분이 그에게는 매우 신빙성이 있고 새롭고 반박할 여지가 없는 것으로 생각되었다. 지주는 분명히 자신의 독특한 생각을 말하고 있었다. 그런 일은 극히 드물긴 하지만, 그 생각은 무료한 두뇌를 무언가로 활성화시켜 보려는 마음에서 나온 것이 아니라 그의 삶의 조건에서 비롯된 것이며 떨어져서 혼자 시골 생활을 하면서 다방면으로 곰곰이 생각해서 나온 것이었다.

"문제는 말입니다. 모든 진보는 오직 권력에 의해서만 이루어진다는 데 있습니다." 그는 자기가 교육과 거리가 먼 사람이 아니라는 사실을 분명히 보여주려고 하면서 말했다. "표트르 대제[8], 예카테리나 2세[9], 알렉산드르 1세[10]의 개혁을 생각해보십시오. 또 유럽의 역사를 생각해보세요. 무엇보다도 농업의 진보를 생각해보세요. 감자만 해도 우리나라에서는 국가에 의해서 시행된 거란 말이지요. 또 쟁기도 늘 그것으로 밭을 갈지는 않았을 겁니다. 아마 그것도 봉건시대에 들어왔겠지만, 역시 강제적으로 도입되었을 겁니다. 그리고 우리 시대에 들어와서 우리 지주들은 농노제 시대 동안에 개량된 농기구를 사용하여 농업을 해왔지요. 건조기, 키, 비료 운반기, 또 다른 모든 농기구들도 우리의 힘으로 들여온 겁니다. 농부들은 처음에는 반대했지만, 나중엔 우리를 따라하게 되었지요. 그런데 농노제가 폐지된 지금

8　러시아의 황제. 페테르부르크를 수도로 건설하였다.

9　러시아의 여제. 농노제를 강화하고 폴란드를 분할하였다.

10　러시아의 황제. 나폴레옹의 러시아 정복을 실패시켰다.

에 와서는 우리의 권력도 빼앗겼고, 높은 수준에까지 올랐던 우리의 농경도 가장 야만스럽고 원시적인 상태로 되돌아갈 상황에 놓인 겁니다. 나는 그렇게 생각하고 있습니다."

"도대체 왜 그런 걸까요? 만약 그것이 합리적이라면, 일꾼을 부려서 하면 될 텐데 말입니다." 스비야쥐스키가 말했다.

"권력이 없는데 어쩌겠습니까. 그럼 감히 여쭙겠습니다. 도대체 난 누구와 일을 하면 되는 것입니까?"

'바로 그거다, 노동력! 농업에서 가장 중요한 요소인 거야.' 레빈은 생각했다.

"그야 일꾼들이지요."

"일꾼들은 일을 잘하고 싶어 하지도 않고, 좋은 농기구를 가지고 일하는 것도 원하질 않아요. 우리 일꾼들이 아는 유일한 것은 그저 돼지처럼 술을 잔뜩 마시고 취해서는 우리가 자기들에게 주는 모든 것을 못 쓰게 망가뜨릴 뿐입니다. 말에게 물을 너무 많이 주거나, 좋은 마구는 망가뜨리고, 수레바퀴는 빼다가 술과 바꿔 마시고, 망가뜨릴 요량으로 탈곡기에 수레의 굴대를 쑤셔넣기도 합니다. 그들은 자기네들에게 맞지 않는 것은 모조리 싫어한단 말입니다. 그로 인해서 전반적인 농업의 수준이 떨어진 겁니다. 땅은 방치되어 잡초만 무성하게 자라고 있거나, 아니면 농부들에게 분배되어서 전에는 100만 체트베르티[11]를 생산했

11　러시아의 옛 곡물량 단위로 1체트베르티는 ≒ 209.21리터에 해당됨.

던 곳에서 10만 체트베르티를 생산하고 있다는 말입니다. 전체적인 부가 줄어든 것이지요. 만약 같은 일을 해도 좀 더 생각을 했더라면……."

그리고 그는 그런 불편을 제거해줄 수도 있는 농노해방에 관한 자신의 계획을 펼치기 시작했다.

레빈은 그런 얘기엔 흥미가 없었다. 그의 얘기가 끝나자, 레빈은 처음의 화제로 되돌아가 스비야쥐스키에게 말을 걸어서 그가 자신의 진지한 견해를 피력하게끔 하려 했다.

"농업의 수준이 낮아지고 있다는 것, 일꾼에 대한 지금과 같은 우리의 관계로는 유익하고 합리적인 농경을 이끌어갈 수 있는 가능성이 없다는 것은 전적으로 맞는 말입니다." 그가 말했다.

"난 그렇게 보고 있지 않습니다." 스비야쥐스키는 진지하게 반박했다. "난 단지 우리가 농업을 잘 이끌어갈 능력이 없다는 것과 농노제 시대에서 해왔던 농업의 수준이 그다지 높지 않은 게 아니라 오히려 지나칠 정도로 낮은 수준이었다는 것을 알고 있을 뿐이지요. 우리는 기계도 없고, 좋은 가축도 없고, 제대로 된 관리법도 없고, 계산까지도 할 줄 모르잖아요. 어느 지수에게든 물어보세요. 그들은 무엇이 자신에게 유익하고, 무엇이 불리한지조차 모르고 있을 테니까요."

"이탈리아식 부기법 말씀이시군요." 지주가 빈정거리며 말했다. "그것으로는 아무리 계산해보아도, 모든 걸 엉망으로 만들어버려서 이득은 없을 겁니다."

"어째서 엉망으로 만들어버린다는 거지요? 형편없는 탈곡기며 당신네 러시아식 연자방아는 망가지겠지만, 내 증기식 기계는 그럴 일이 없어요. 러시아 말은 어떻습니까. 뭐라고 하더라? 꼬리를 잡아끌어야 움직이는 그런 좋은 당신의 성격을 망쳐놓겠지요. 하지만 페르슈종[12]이나 하다못해 수레 끄는 말을 부려보세요. 그런 일은 없을 테니까요. 모든 게 다 그렇죠. 우린 농업의 수준을 더욱 높여야만 합니다."

"그럴 수만 있으면 말이지요, 니콜라이 이바니치! 당신 같은 분에겐 괜찮겠지만 아들 하나는 대학에 보내고, 작은 아이는 고등학교에 보내는 나 같은 사람은 도무지 페르슈종을 살 만한 여유가 없다는 거지요."

"그래서 은행이란 게 있지 않습니까?"

"그럼 마지막 기둥뿌리까지 뽑으라는 말씀입니까? 천만에요, 사양하겠습니다."

"난 농업의 수준을 한층 높여야 한다든지, 또 높일 수 있다는 말에는 동의할 수 없군요." 레빈이 말했다. "난 지금도 그것에 신경을 쓰고 있고, 또 내겐 그만한 자금도 있어요. 하지만 난 아무것도 할 수 없어요. 은행이 대체 누구를 위해 이로운 건지 모르겠다는 말이지요. 적어도 내가 농업에 투자한 자금은 모두 날려버린 거예요. 가축도, 기계도 모두 손실뿐이에요."

---

12 프랑스의 페르슈 지방이 원산지인 말이다.

“그건 정말 맞는 말씀입니다.” 수염이 희끗한 지주가 만족스러운 듯 웃음을 지으며 공감했다.

“그리고 그건 나만 그런 게 아니에요.” 레빈이 계속해서 말했다. “난 합리적으로 농사일을 하고 있는 모든 지주의 얘기를 하는 겁니다. 그들은 모두, 드물게 예외는 있지만, 농사를 지으며 손해를 보고 있어요. 자, 그럼 한번 얘기해보시죠. 당신의 농사일은 어떤가요, 이익을 내고 있나요?” 레빈은 스비야쥐스키를 향해 말했다. 그 순간 레빈은 스비야쥐스키의 시선에서 그의 지성의 문으로 들어서려 할 때 느끼곤 했던 그 순간적인 놀라움의 빛을 알아차렸다.

게다가 이 문제는 레빈 쪽에서 보면 전혀 정직하다고 할 수 없었다. 바로 조금 전에 차를 마시면서 안주인이 올 여름에 5백 루블을 주고 모스크바에서 독일인 부기 전문가를 불러 그들의 농사일을 계산해 보니, 3천 루블 남짓한 손해를 발견했다는 사실을 그에게 얘기해준 것이었다. 그녀는 정확한 액수를 기억하지는 못했지만, 그 독일인은 4분의 1코페이카까지도 계산했던 것 같다고 했다.

지주는 스비야쥐스키의 농업 이윤에 관한 얘기가 나오자, 이웃이자 군 귀족 단장인 그에게 얼마의 이윤이 있었을지 알고 있다는 듯 미소를 지었다.

“아마도 이윤이 없었을 거예요.” 스비야쥐스키가 대답했다. “하지만 그것은 단지 내가 능력 없는 지주든지, 아니면 지대를 올리기 위해 자금을 지출했다는 입증일 따름이지요."

"아, 지대라고요!" 레빈은 경악하며 외쳤다. "어쩌면 유럽에는 지대라는 것이 있을 수 있겠군요. 노동력을 투입해서 토질이 좋아진 곳에서는 말이에요. 우리 나라에서는 투입된 노동력 때문에 오히려 토질이 나빠지고 있습니다. 다시 말해, 황폐해져 가고 있는데 지대라니 가당치도 않지요."

"왜 지대가 있을 수 없다고 생각하나요? 그건 법으로 정해진 거예요."

"그렇다면 우리는 법망에서 벗어나 있는 거예요. 지대는 우리들에게 아무런 설명도 해주지 못하고, 오히려 혼란만 초래할 뿐이에요. 그럼, 어디 설명 좀 해보세요. 대체 지대론이라는 게 어떻게……."

"요구르트 좀 드시겠어요? 마샤, 여기에 요구르트나 산딸기 좀 보내줘요." 그는 아내 쪽으로 얼굴을 돌리고 말했다. "올해는 산딸기가 꽤 오래가는군."

그리고 스비야쥐스키는 매우 유쾌한 기분으로 그곳에서 물러났다. 레빈은 대화가 막 시작되었다고 생각했는데, 그는 대화가 끝난 것으로 여기고 있는 것 같았다.

대화 상대를 잃은 레빈은 이번에는 지주와 얘기를 계속 이어 나가면서 모든 어려움은 지주들이 자기 일꾼의 특성과 습관을 알려고 하지 않는 데서 발생하는 문제라는 사실을 입증하려고 애썼다. 그러나 지주는, 독자적으로 혼자서 생각하는 사람이

그렇듯이, 다른 사람의 생각은 이해하지 못하면서 자기 생각에
만 유난히 매달렸다. 그는 '러시아 농부들은 돼지라서 돼지처럼
사는 것을 좋아한다. 돼지 같은 삶에서 그들을 끌어내기 위해서
는 권력이 필요한데 그 권력이 없으니 매라도 사용해야 한다. 그
런데 우리들은 그 천년 동안이나 사용해 오던 매를 갑자기 대단
한 자유주의자라도 된 듯 무슨 변호사니 유치장이니 하는 것으
로 바꿔버렸고, 그 안에서는 아무런 쓸모도 없고 악취를 풍기는
농부들에게 좋은 수프를 먹이고 그들에게 제곱피트의 공기까지
계산해주고 있다.'라고 주장하였다.

"당신은 왜 그렇게 생각하지요?" 레빈은 처음 질문으로 돌아
가려고 애쓰며 말했다. "노동을 생산적으로 만들 수 있는 노동
력에 대한 관계를 찾는 게 불가능하다고 생각하시는 건가요?"

"그건 러시아 농민에게는 결고 일이날 수 없는 일이지요. 권
력이 없지 않습니까." 지주가 대답했다.

"그럼 어떻게 해야 새로운 조건이 찾아지겠어요?" 스비야쥐
스키가 요구르트를 마시고 궐련에 불을 붙인 후, 다시 논쟁하는
사람들에게로 다가서며 말했다. "노동력에 대한 모든 가능한 관
계는 이미 정의되고 연구되었어요." 그는 말했다. "야만 시대의
잔재인 서로 연대책임을 진 원시공동체는 저절로 붕괴되고 농
노제도는 폐지되어 이제 자유노동만 남아 있는데, 그 형태는 결
정되고 마련되었기 때문에 그것을 받아들여야만 합니다. 머슴,
날품팔이, 농장주, 그런 것으로부터 당신들은 벗어날 수 없는 거

예요."

"하지만 유럽은 그런 형태에 불만을 가지고 있어요."

"만족을 하지 못하고 새로운 것을 찾고 있지요. 그들은 분명히 찾아내겠죠."

"지금 내가 그걸 말하는 거예요." 레빈이 말했다. "왜 우린 우리 나름의 것을 찾으려 하지 않는 걸까요?"

"왜냐하면 그건 철도를 새롭게 부설하는 법을 고안해 내는 것과 다름없을 테니까요. 이미 고안되어 있고 마련되어 있는데 말이죠."

"하지만 만약 그게 우리에게 적합하지 않고 어리석은 것이라면요?" 레빈이 말했다.

그리고 그는 또다시 스비야쥐스키의 눈에서 놀란 빛을 보았다.

"그건 말이죠, 별것도 아닙니다. 우리는 유럽이 찾고 있는 걸 찾아냈어요! 난 잘 알고 있지만, 노동자 구조에 대한 문제가 유럽에서 만들어졌다는 것을 알고 있는지 모르겠군요."

"아니, 잘 모릅니다."

"이건 지금도 유럽의 지식인들이 신경 쓰고 있는 문제입니다. 슐체 델리치[13]파라든지……, 그리고 가장 자유주의적인 라살레[14]

---

13 1808~1883 독일 협동조합의 창설자다.
14 1825~1864 독일 노동운동가로 전 독일 노동자 동맹을 창설하였다.

학파의 노동문제에 관한 방대한 저술……, 밀하우젠[15] 제도, 이러한 것들은 이미 있는 사실이지요. 아마 당신도 알고 있겠죠.”

“알고는 있지만, 아주 막연히 아는 정도입니다.”

“아니, 말만 그런 거죠. 당신은 분명히 나보다 못하지는 않을 겁니다. 물론 난 사회학 교수는 아니지만, 그 문제에 흥미를 갖고 있습니다. 당신도 흥미가 있다면 한번 연구해보십시오.”

“그럼 그들은 어떤 결론에 도달했나요?”

“실례하겠습니다…….”

지주들이 자리에서 일어섰기 때문에 스비야쥐스키는 자기의 내면을 들여다보려고 하는 레빈의 불쾌한 습관을 다시 제지하고는 손님들을 배웅하러 나갔다.

---

15 돌푸스에 의해 설립된 노동자 생활을 위한 제도

28

이날 저녁 레빈은 부인들과 함께 하는 시간이 견딜 수 없이 지루했다. 지금 그가 느끼고 있는 농업에 대한 불만은 자기만의 특별한 상황이 아니라 러시아 농업이 처한 일반적인 상황이라는 것, 노동자가 어디서 일하든 그가 오는 길에 농부의 집에서 알게 된 것과 마찬가지로 일꾼과의 관계를 정비하는 건 공상이 아니라 반드시 해결해야만 하는 과제라는 것, 이런 생각은 그의 마음에 전에 없던 동요를 일으켰다. 그리고 그는 이 문제를 해결할 수 있고, 또 꼭 시도해 봐야만 할 것 같았다.

부인들과 작별 인사를 나누면서 모두 함께 말을 타고 국유림에 있는 재미있는 낭떠러지를 구경하러 가기 위해 내일 하루 더 머물기로 약속한 후, 레빈은 잠자리에 들기 전에 스비야쥐스키가 그에게 권했던 노동문제에 관한 책을 가지러 주인의 서재에 들렀다. 스비야쥐스키의 서재는 책으로 가득한 책장이 방 전체를 둘러싸고 있는 엄청나게 커다란 방이었다. 두 개의 탁자가 놓여 있었는데, 방 한가운데에는 커다란 사무용 책상이 놓여 있었고, 다른 하나는 둥근 탁자로 그 위엔 각국의 신간 신문과 잡지들이 별 모양으로 램프 주변에 놓여 있었다. 사무용 책상 옆에는 다양한 종류의 작업을 위해 금장 표식을 해 둔 서랍장이 놓여 있었다.

스비야쥐스키는 책을 꺼내 들고 흔들의자에 앉았다.

"무얼 보고 있습니까?" 그는 원탁 옆에서 걸음을 멈추고 잡지를 뒤적이고 있는 레빈에게 말했다. "아, 그래요, 거기에 아주 재미있는 논문이 있어요." 스비야쥐스키는 레빈이 쥐고 있는 잡지를 보며 말했다. "판명되었다는데……." 그는 유쾌하고 생기 있는 어조로 말을 덧붙였다. "폴란드 분할의 주된 책임자는 결코 프리드리히가 아니라고 하네요. 그렇게 판명되었으니……."

그리고 그는 그 특유의 명쾌한 어조로 이 새롭고 매우 중요하고 흥미로운 발견을 간단하게 얘기했다. 지금 레빈은 무엇보다 농업에 대한 생각에 마음을 빼앗기고 있었으나, 집주인의 말을 들으며 자신에게 물었다. '도대체 이 사람의 마음속에는 무엇이 들어앉아 있는 걸까? 그리고 왜, 어째서 폴란드의 분할에 흥미를 갖는 걸까?' 스비야쥐스키가 이야기를 마쳤을 때, 레빈은 자기도 모르게 "그래서 그게 뭐요?" 하고 물어보고 말았다. 하지만 별다른 의미가 있었던 것은 아니었다. 스비야쥐스키는 다만 '그렇게 판명되었다'라는 말이 재미있었을 뿐이었다. 하지만 스비야쥐스키는 왜 그것이 흥미 있는지에 대해 설명하지도 않았고,

또 설명할 필요도 느끼지 못했다.

"그런데 나는 화를 내는 그 지주가 무척 재미있었어요." 레빈은 한숨을 내쉬곤 말했다. "그는 현명한 사람이고, 맞는 말을 많이 하더군요."

"아니, 무슨 말입니까? 그는 그들 모두와 마찬가지로 드러나지 않은 뿌리 깊은 농노주의자입니다." 스비야쥐스키가 말했다.

"당신은 그들의 귀족 단장이시잖아요……."

"그렇지요. 그런데 난 그들을 다른 방면으로 지도해 나가고 있답니다." 스비야쥐스키는 웃으며 말했다.

"내 마음을 끈 것은 말이죠." 레빈이 말했다. "그의 말이 맞았기 때문이에요. 우리들의 사업은, 즉 합리적인 농업이라는 것은 이루어지지 않는데 그 온순한 사람처럼 오직 고리대금업 농업이나 가장 단순한 농업은 된다는 것 말입니다. 그렇게 되면 누구의 잘못인 건가요?"

"그야 물론 우리들 자신이지요. 하지만 합리적인 농업이 이루어지지 않는다는 말은 사실이 아닙니다. 바실치코프네는 잘 해 나가고 있거든요."

"공장은……."

"그런데 난 무엇이 당신을 놀라게 하는지 여전히 모르겠군요. 농민은 물질적, 정신적 발달 수준이 지극히 낮기 때문에 자기들에게 생소한 것은 전부 반대해야 하는 것은 당연하지요. 유럽에서 합리적인 농경이 이루어지고 있는 것은 농민들이 교육을 받았기 때문입니다. 그러고 보면 우리도 농민들을 교육시켜야만 합니다. 이게 전부입니다.”

“그러면 대체 어떻게 농민을 교육시킨단 말인가요?”

“농민들을 교육하기 위해서는 세 가지가 필요하지요. 첫째도 학교, 둘째도 학교, 셋째도 학교입니다.”

“하지만 당신이 말했듯이 농민은 물질적인 발달이 지극히 낮은데 학교가 대체 무슨 도움을 줄 수 있단 말입니까?”

“당신은 내게 어느 환자의 충고에 관한 일화를 떠올리게 하는군요. ‘당신은 완화제를 써보는 게 좋을 텐데요.’ ‘써보았는데 더 나빠졌어요.’ ‘그럼 거머리를 써보세요.’ ‘써보았는데 더 나빠졌는걸요.’ ‘그럼 하느님께 기도하는 일만 남았군요.’ ‘해보았습니다만 더욱 나빠졌어요.’ 지금 당신과 내가 그런 상황이에요. 내가 정치 경제를 말하면 당신은 더 나빠질 거라고 하고, 내가 사회주의를 말하면 당신은 또 더 나빠질 거라고 말하고, 교육에 대해서도 마찬가지죠. 당신은 또다시 더 나빠질 거라고 말합니다.”

“그럼 학교가 무슨 도움이 된다는 말이에요?”

“그들에게 또 다른 욕구를 느끼게 해주겠지요.”

“바로 그것이 내가 도무지 이해할 수 없는 점입니다.” 레빈은 열을 내며 반박했다. “어떤 방법으로 학교가 농민의 물질적 상황을 개선시키는 데 도움을 줄 거라는 거예요? 당신은 지금 학교나 교육이 그들에게 새로운 욕구를 느끼게 해줄 거라고 말하는데, 그건 더욱 좋지 않아요. 왜냐하면 그들에겐 그러한 요구를 충족시킬 만한 힘이 없기 때문이에요. 그런데 어떤 방식으로 덧셈, 뺄셈, 교리문답 같은 지식이 그들의 물질 상태를 개선시키는 데 도움을 준다는 것인지 난 결코 이해할 수 없어요. 사흘 전 저녁에 갓난아기를 안은 한 아낙을 만나게 돼서 어딜 가느냐고 물어보았더니 그녀가 '무당한테 다녀오는 길이에요. 아이가 경기驚氣를 해서 치료하고 오는 길이에요.' 하고 말하더군요. 그래서 무당이 경기를 어떻게 치료하더냐고 내가 물었더니, 그녀는 '아이를 닭장 속의 횟대에 올려놓고 뭐라고 주문을 외던데요.'라고 말하는 겁니다."

"그것 봐요. 당신 스스로 말하고 있잖아요! 그 아낙이 경기를 치료하려고 아이를 닭장 횟대에 올려놓지 않도록 하기 위해 필요한 것이……." 스비야쥐스키는 유쾌하게 웃으며 말했다.

"아, 그게 아니지요!" 레빈은 곤혹스럽다는 듯이 말했다. "나한테 그런 치료는 단지 학교 교육으로 농민을 치유하겠다는 것과 마찬가지라는 거예요. 농민은 가난하고 못 배웠어요. 그 아낙이 갓난아이가 우는 것을 보고 경기를 아는 것과 마찬가지로 우리도 분명히 잘 알고 있어요. 하지만 닭장 안의 횟대가 어떻게 경기의 치료약으로 쓰일 수 있는지 이해할 수 없는 것과 마찬가지로 학교가 어떻게 그 불행으로부터, 가난과 무지로부터 농민을 도와준다는 말인지 모르겠다는 거예요. 도와야만 하는 것은 그들이 가난하게 된 원인을 찾는 거예요."

"그래요, 적어도 그 점에 있어서는 당신이 그토록 싫어하는 스펜서의 의견과 일치를 보는 셈이군요. 그의 생각도 당신과 마찬가지로 교육은 어쩌면 생활의 큰 행복과 편의, 그가 말한 것처럼 자주 씻는 것의 결과일 뿐이지 읽거나 계산하는 능력의 결과는 아니라는 것이죠……."

"글쎄, 나는 스펜서와 내 견해가 일치한다는 게 무척 기쁘기도 하고 또 정반대이기도 하군요. 그건 오래전부터 알고 있었어요. 아무튼 학교는 도움을 줄 수 없어요. 농민이 보다 부유해지고, 보다 여가를 갖게 되는 그런 경제 조직이 도움을 주겠죠. 그렇게 되면 학교는 저절로 생길 거예요."

"그렇지만 전 유럽에서는 지금의 학교 교육이 의무화되어 있잖아요."

"그럼 당신은 이 문제와 관련해서 어떻게 스펜서와 동의한다는 건가요?" 레빈이 물었다.

그러자 스비야쥐스키의 눈에 또다시 놀라움의 빛이 스쳤다. 하지만 그는 웃는 얼굴로 이렇게 말했다.

"아니, 그 갓난아기의 경기 얘기는 정말 훌륭해요! 당신이 직접 들은 얘기 맞나요?"

레빈은 이 사람의 삶과 그의 사상의 연관성을 찾기 위해 이런 방법은 통하지 않는다는 것을 깨달았다. 그는 자기의 논증이 어떤 결과를 가져오게 될지 상관없는 게 분명했다. 그에게는 오직 추론의 과정만이 필요했던 것이다. 그래서 그는 자기의 추론이 막다른 골목으로 몰리면 불쾌해했다. 그는 그것을 싫어했고, 또 그런 상황이 오면 기분 좋은 유쾌한 주제로 화제를 돌려 피했다.

이날 그가 받은 모든 인상은 오는 도중에 만난 농부의 집에서 받은 인상, 지금 그가 느끼는 모든 감정과 사고의 바탕이 될지도 모르는 인상과 뒤섞여 레빈의 마음을 강하게 흔들었다. 머릿속엔 오직 공적 효용성에 대한 생각만 들어차 있고 분명히 레빈이 모르는 어떤 비밀스러운 삶의 원리를 갖고 있으면서도 동시에 다수라고 불리는 군중과 더불어 자신에게는 낯선 여론을 이끌고 있는 이 귀여운 스비야쥐스키, 삶의 고난 속에서 터득한 판단은 전적으로 옳지만 러시아의 전체 계급과 러시아 최상의 계급에 대한 분노는 옳지 않은 그 성마른 지주, 자신의 활동에 대한 불만과 이 모든 일을 개선해보려는 막연한 희망, 이 모든 것이 내적인 불안과 가까운 미래에 해결될 것이라는 기대감 속으로 함께 흘러들었다.

레빈은 자신을 위해 준비된 방에 남아서, 손발을 움직일 때마다 불현듯 흔들리는 스프링이 달린 침대에 누워 오랫동안 잠들지 못했다. 스비야쥐스키는 영리한 말을 많이 했지만, 그 어떤 말도 레빈의 관심을 끌지는 못했다. 그러나 지주의 논증은 논의의 여지가 있어 보였다. 레빈은 자신도 모르게 그가 한 모든 말을 떠올리면서 마음속으로 자기가 그에게 대답한 말을 바로잡곤 했다.

'그래, 난 그에게 이렇게 말해야만 했어. 당신은 우리 농업이 발전하지 못하는 이유가 농민들이 개량을 싫어하는 데서 비롯된 것이기 때문에 권력으로 강제해야 한다고 말했습니다. 그런데 만약 농업이 그러한 개량이 없어서 전혀 발전하지 못했다면, 당신의 말이 맞습니다. 그런데 오는 도중에 내가 만난 노인의 집에서는 농부들이 자기들 습관대로만 일을 하는데도 잘되고 있었습니다. 결국, 농업에 대한 당신과 나의 공통적인 불만은 잘못이 우리에게 있는지, 아니면 농민들에게 있는지 입증하는 겁니다. 우리는 이미 오랫동안 노동력의 본질에 대해선 묻지도 않고 우리 방식대로, 즉 유럽 방식으로 이끌고 왔습니다. 이제는 노동력을 관념적인 노동력이 아닌 본능을 지닌 러시아 농부로 인정하고, 우리 한번 농경을 정비해봅시다. 나는 또 이렇게 얘기했어야만 했어. 생각해보세요. 당신도 내가 만난 그 노인처럼 농경을 하고 일의 성공에 대해 농민들이 관심을 갖도록 방법을 찾아내고 그들이 인정하는 개량 수단에서 그 중용을 찾는다면, 당신은 토지를 황폐하게 만들지 않으면서도 이전의 두 배, 세 배가 되는 수확을 얻어낼 겁니다. 그것을 반으로 나누어 노동자들에게 주어도 당신에게는 이전보다 더 많이 남을 테고, 노동자들에게도 더 남게 될 것입니다. 하지만 그것을 실행하기 위해서 농경의 수준을 낮추고 노동자들이 농업의 성공에 흥미를 갖도록 만들어야 합니다. 어떻게 그렇게 하느냐, 이건 세부적인 문제지만 그것이 가능하다는 데는 의심할 여지가 없습니다.'

그런 생각은 레빈을 강한 흥분 상태로 이끌었다. 그는 그런 생각을 실행하기 위한 세부 사항을 곰곰이 생각하느라 거의 뜬눈으로 밤을 지새웠다. 그는 다음 날 돌아갈 생각은 아니었는데, 지금은 아침 일찍 집으로 돌아가야겠다고 마음먹었다. 게다가 앞가슴이 파인 원피스를 입은 처제가 그의 마음속에, 나쁜 행동을 했을 때의 수치심이나 후회의 감정과 비슷한 감정을 불러일으켰다. 중요한 건, 그는 지체 없이 떠나야 한다는 것이었다. 새로운 기반에서 파종을 실행하기 위해 가을 파종 전에 농민들에게 새로운 계획을 제안해야 했다. 그는 지금까지 해 오던 농사법을 모두 바꾸기로 결심했다.

29

레빈이 계획을 실행하는 데는 많은 어려움이 따랐다. 그는 온 힘을 다하여 노력했고, 비록 자기가 바랐던 만큼은 아니었지만 자신을 속이지 않고 그 일이 해 볼 만한 가치가 있다고 믿을 수 있을 만큼의 성과를 이루었다. 단지 큰 어려움 중의 하나는, 이미 시작된 농사를 전면 중단시키고 처음부터 다시 시작할 수는 없다는 것이었다. 운전 중에 기계를 개조해야만 했다.

그가 그날 밤 집으로 돌아와서 관리인에게 자신의 계획을 알리자, 관리인은 레빈이 지금까지 해온 일이 모두 어리석고 무익했다고 설명한 부분에서 노골적으로 만족을 드러내며 그의 말에 동의하였다. 관리인은 이미 오래전부터 자기가 해 오던 말인데 아무도 자기 말에 귀를 기울이지 않았다고 했다. 레빈이 자기도 한 사람의 주주로서 일꾼들과 함께 전반적인 농업 계획에 참여해야겠다는 제안을 하자, 관리인은 분명한 자기 의사를 표현하지 않고 크게 낙심한 표정을 지어 보였다. 그러고는 곧 내일 나머지 호밀 다발을 옮겨놓아야 하고 두벌갈이를 하러 사람을 보내야 한다는 얘기를 시작했다. 그래서 레빈은 아직 그럴 때가 아니라는 것을 느꼈다.

농부들과 같은 것에 대해 의논하면서 그들에게 새로운 조건으로 토지를 대여하겠다는 제안을 했을 때도 레빈은 중요한 어려움에 부딪쳤는데, 그것은 그날그날의 일로 바빠서 그 계획에 대한 손익을 계산해 볼 시간이 그들에게는 없다는 것이었다.

순진한 농부인 가축지기 이반은 가족과 함께 축사에서 생기는 이익에 참여하게 될 것이라는 레빈의 제안을 충분히 이해하고, 그 계획에 충분히 공감하는 듯이 보였다. 그러나 레빈이 앞으로 발생될 이익에 대한 생각을 불어넣자, 이반의 얼굴에는 불안함과 유감의 빛이 나타나면서 끝까지 들을 수 없겠다는 듯 지체하면 안 되는 일이라도 있는 것처럼 서둘러 일을 찾아냈다. 그는 마구간에서 건초를 끌어내기 위해 쇠스랑을 집어 들기도 하고 물을 뿌리기도 하고 거름을 치우기도 했다.

다른 어려움은 뿌리 깊은 농부들의 불신이었는데, 그들은 지주의 목적이 가능한 자기들을 더 많이 부려먹으려는 것에 있다고 생각했다. 그들은 지주의 진정한 목적은(그가 그들에게 무슨 말을 하든지) 언제나 그가 자기들에게 말하지 않는 것에 있다고 확고히 믿고 있었다. 그래서 그들 자신도 솔직히 말하겠다며 많은 말을 해도, 자신들의 진정한 목적이 어디에 있는지는 결코 말하지 않았다. 그 외에도(레빈은 그 성마른 지주가 옳았다는 것을 느꼈

다) 농부들은 어떤 계약을 맺더라도 첫 번째 절대조건으로 새로운 농사법과 새로운 기계 사용을 강요하지 않는다는 것을 내세웠다. 그들은 신식 쟁기가 더 낫고, 파쇄기가 훨씬 효율적이라는 것에 동의하면서도 그것을 왜 사용하면 안 되는지 수천 가지 이유를 찾아냈다. 비록 그는 농업 수준을 낮춰야 한다는 확신은 있었지만, 그래도 확실한 이익이 보이는 개량법을 포기한다는 게 안타까웠다. 하지만 그런 모든 어려움에도 불구하고 그는 자신의 의견을 관철시켜서 가을 즈음에는 일이 진행되었다. 적어도 그에게는 그렇게 여겨졌다.

처음에 레빈은 새로운 협동조합을 만들어 농부들과 일꾼들과 관리인에게 전적으로 농사일을 맡기려고 생각했다. 그런데 그는 곧 그것이 불가능하다는 것을 확신하고, 농사일을 나누기로 마음먹었다. 축사, 정원, 채소밭, 풀밭, 들판이 몇 개의 구역으로 나뉘어 개별적인 항목으로 이루어져야만 했다. 레빈이 보기에, 누구보다도 자기 일을 잘 이해한 순진한 가축지기 이반은 자기 가족들로 조합원을 골라서 축사의 참여자가 되었다. 8년간 휴경지로 방치되어 있던 멀리 있는 밭은 영악한 복수 표도르 레주노프의 도움으로 여섯 농가가 새로운 협동조합 아래 맡았고, 농부 슈라예프는 같은 조건으로 채소밭 전부를 빌렸다. 나머지 땅들은 예전 그대로 남아 있었지만, 이들 세 항목은 새로운 조직의 시작으로서 레빈의 마음을 완전히 빼앗았다.

사실, 축사는 아직까지 예전보다 나아진 게 없었다. 이반은 소를 따뜻한 데 두는 것과 크림 버터를 만드는 것에 강하게 반대했다. 그는 소는 찬 곳에 두어야 사료를 덜 먹고, 또 버터가 더 잘 된다고 주장했다. 그리고 그는 예전대로 급료를 요구하며, 자신이 받는 돈이 급료가 아니라 앞으로 발생할 이익 배당금의 선금이라는 것에는 조금도 홍미를 보이지 않았다.

표도르 레주노프의 조합은 시간이 짧았다는 핑계를 대면서, 합의했음에도 불구하고 파종 전에 두벌갈이를 하지 않았다. 이 조합의 농부들은 새로운 기반에서 일을 진행한다고 계약했지만 그 땅을 공유물로 여기지 않고 수확을 반분하는 것으로 생각했다. 그래서 그 조합의 농부들이나 레주노프도 "나리께서 지대를 받으시면 나리께서도 더 편하시고 저희들도 홀가분할 텐데 말입니다." 하고 레빈에게 여러 번 말하곤 했다. 이뿐만 아니라 그들은 그 땅에 축사와 곳간을 짓기로 약속하고는 온갖 구실을 대면서 겨울까지 미루고 말았다.

슈라예프도 자기가 빌린 채소밭을 작게 나누어 농부들에게 빌려주려고 했다. 그는 토지를 빌린 조건을 완전히 왜곡해서, 아니 분명히 고의로 왜곡해서 받아들인 듯했다.

레빈은 농부들과 자주 대화하고 그들에게 새로운 계획의 모든 이익을 상세히 설명해줄 때면, 농부들은 오직 그의 목소리만을 듣고 있을 뿐 그가 무슨 말을 하든지 자기들은 결코 속지 않을 것이라고 굳게 확신한다는 듯한 느낌을 받곤 했다. 특히 그는 농부들 가운데 가장 영리한 레주노프와 이야기를 나눌 때도 그런 느낌을 받았는데, 레빈은 레주노프의 눈에서 레빈에 대한 조롱과 설령 누군가 속인다 해도 결코 레주노프 그 자신은 아닐 것이라는 확신을 발견하곤 했다.

그러나 그 모든 문제에도 불구하고, 레빈은 사업이 잘 진행되고 있다고 생각했다. 그래서 그는 계산도 철저히 하고 자신의 입장을 고수하면서 장차 그런 조직이 유익하다는 점을 그들에게 입증해보일 것이고, 그렇게 되면 모든 일은 스스로 알아서 진행될 것이라고 생각했다.

그런 일들은 그의 손 안에 남아 있던 다른 일들과 서재에서의 저술 작업과 함께 그의 마음에 자리 잡고 있었기 때문에 레빈은 여름 내내 사냥도 거의 나가지 못했다. 그는 8월 말경에 안장을 돌려주려고 온 심부름꾼으로부터 오블론스키 가족이 모스크바로 떠났다는 사실을 알았다. 그는 다리야 알렉산드로브나의 편지에 답장을 쓰지 않은 것에 스스로 무례를 저질렀다고 느끼고 있었기 때문에 그 일을 떠올릴 때마다 부끄러움에 얼굴이 붉어졌다. 결국 그 행동은 스스로 자기 배를 태워버린 것이나 다름없는 일이어서 이제 그들을 방문할 수 없다고 느꼈나. 그는 작별 인사도 하지 않고 떠나는 것으로 스비야쥐스키에게도 그와 똑같은 행동을 저질렀다. 하지만 그는 역시 그에게도 다시는 방문하지 않을 것이다. 지금 그에게는 그런 일들은 아무래도 상관없었다. 그의 삶 속에서 이제까지 자기의 농경을 새롭게 조직하는 일만큼 그의 마음을 사로잡은 건 아무것도 없었다. 그는 스비야쥐스키에게서 받은 책을 다 읽은 후 자기에게 없는 것을 베껴 적었다. 그리고 그것에 관한 정치적, 경제적, 사회주의적인 서적을 모두 읽었으나 예상했던 것처럼 자기가 착수한 작업과 관련된 것은 아무것도 발견하지 못했다. 정치경제학 서적에서는, 예를 들면 그의 관심이 집중되어 있던 문제의 해결책을 찾아내겠다는 기대를 가지고 그가 처음부터 열성적으로 연구했던 밀의 저서에서 유럽의 농경 상황에서 도출한 법칙을 발견했다. 그러나 그는 러시아에 적용되지 않는 법칙이 왜 일반적이어야 하는지 도무지 이해할 수 없었다. 그는 사회주의 서적에서도 그와 똑같은 것을 보았다. 그것은 그가 아직 학생이었을 때 마음을 빼앗겼던, 훌륭하기는 하지만 실현 불가능한 공상이거나 또는 유럽이 처한 상황에 대한 개선과 보수에 불과할 뿐, 러시아의 농업과는 아무런 공통점을 가지고 있지 않았다. 정치 경제학 서적은 유럽의 부를 발전시켰고, 또 발전시키고 있는 법칙들이 일반적이고 의심할 여지없는 법칙의 핵심이라고 말하고 있었다. 그리고 사회주의의 교의는 그러한 법칙에 의한 발전이 파멸의 길로 향하는 것이라고 말하고 있었다. 그러나 그 어느 것도 레빈과 모든 러시아 농민들과 지주들이 공동의 복지를 위해 그들의 수백만 노동력과 땅을 가지고 가장 생산적으로 하려면 어떻게 해야 하는지에 대한 대답은 고사하고 최소한의 암시도 주지 못했다.

일단 이미 이 일을 시작한 그는 자기가 연구하는 주제와 관련된 모든 서적을 열심히 읽어 나갔다. 그리고 그는 자주 부딪혀

왔던 자기 주제와 관련된 다양한 문제들에 대해 더 이상 골머리를 쓰는 일이 없도록, 가을이 오면 현지에서 연구하기 위해 외국에 나갈 계획이었다. 부딪히는 문제란, 그가 상대방의 생각을 겨우 이해하여 자신의 의견을 말하기 시작하면 사람들은 갑자기 그에게 이렇게 말하곤 하는 것이다. "그런데 카우프만, 존스, 뒤부아, 또 미첼은요? 당신은 그들의 책을 읽지 않으셨군요. 읽어보세요. 그들은 이 문제에 대해 자세히 연구했거든요."

그는 이제 카우프만도 미첼도 자기에게 해줄 말이 아무것도 없다는 것을 확실히 알게 되었다. 그는 자기가 무엇을 원하는지 알고 있었다. 그는 러시아가 훌륭한 토지와 훌륭한 노동력을 가지고 있고, 여행 도중에 들렀던 농부네 집처럼 몇몇 경우에는 노동력과 땅이 많은 것을 생산하기도 하지만, 유럽식으로 자금이 부자되는 대부분의 경우에는 오히려 생산이 줄어든다는 것을 알았다. 그리고 그것은 노동자들이 자기들의 원래 방식대로 일하려고 하고 또 그렇게 일하기 때문이라는 것, 이러한 반작용은 우연한 것이 아니라 국민성에 바탕을 둔 항시적인 현상이라는 것을 알았다. 그는 광활한 미개척지에 이주하여 개간해야 하는 사명을 지닌 러시아 민족이 모든 땅이 개간될 때까지는 거기에 필요한 방법을 의식적으로 고수할 것이고, 그 방법들은 사람들이 일반적으로 생각한 것처럼 그렇게까지 나쁘지는 않을 것이라고 생각했다. 그리고 그는 이론적으로는 자신의 저술에서, 실질적으로는 자신의 농업에서 이를 증명해보려고 했다.

30

9월 말, 조합에 분담된 토지에 축사를 위한 목재가 운반되었고, 암소에서 얻어진 버터가 팔려 그 이익이 분배되었다. 농경은 실제로 훌륭하게 진행되고 있었다. 적어도 레빈에겐 그렇게 여겨졌다. 이론적으로 모든 문제를 해명하고, 레빈의 공상대로 정치경제학의 전환을 일으킬 뿐만 아니라, 그 학문을 완전히 무너뜨리고 토지와 농민의 관계에 관한 새로운 학문의 기초를 세울 저서를 끝내기 위해서는, 오직 해외로 나가서 그 분야에서 이루어진 모든 것을 현지에서 연구하고 그곳에서 이루어진 모든 게 필요한 건 아니라는 확증을 찾아야만 했다. 그래서 레빈은 돈을 받아 외국으로 떠나기 위해 오직 밀의 출하만을 기다리고 있었다. 그런데 비가 오기 시작하여 들에 남겨진 곡식과 감자를 수확할 수 없게 되었고, 모든 작업과 밀의 출하까지도 중단되었다. 길은 진창이 되어 사람이 다닐 수 없을 정도로 변했다. 방앗간 두 채도 비에 쓸려 내려갔고, 게다가 날씨는 점점 더 나빠지고 있었다.

9월 30일에는 아침부터 해가 얼굴을 내밀었기 때문에 레빈은 좋은 날씨를 기대하면서 결연히 출발 준비를 시작했다. 그는 밀을 넣도록 지시하고 돈을 받기 위해 관리인을 상인에게 보낸 뒤, 자신은 출발하기 전에 마지막 지시를 하기 위해 농장을 돌아보러 나섰다.

레빈은 일을 다 끝낸 뒤, 가죽 외투를 따라 목덜미와 장화 속으로 흘러드는 물에 온통 젖은 채, 그럼에도 불구하고 활기차고 흥분된 기분으로 저녁 무렵 집으로 돌아왔다. 날씨는 저녁 가까이 되면서 한층 더 나빠졌다. 온통 비에 젖어 귀와 머리를 떨고 있던 말은 아프게 내리치는 우박 때문에 똑바로 걷지 못하고 옆으로 걸었다. 그러나 레빈은 머리에 두건을 쓰고 있어서 괜찮았다. 그는 때로는 수레바퀴 지국을 따라 흘러가는 흙탕물을, 때로는 잎이 다 져버린 나뭇가지에 매달려 있는 물방울을, 때로는 다리의 널판 위에 아직 녹지 않은 채 남아 있는 하얀 눈의 알맹이를, 때로는 앙상한 나무 주위에 수북이 쌓인 두툼하고 수분이 있는 느릅나무 잎을 즐겁게 바라보았다. 주위가 음산했음에도 불구하고, 그는 유난히 들뜬 기분이었다. 멀리 떨어진 마을의 농부들과의 대화는 그들이 그 새로운 관계에 익숙해지기 시작했다는 것을 보여주고 있었다. 그가 몸을 말리기 위해 잠시 들른 집의 늙은 문지기는 분명히 레빈의 계획에 동의하고는 자기도 가축을 사서 조합에 가입하겠다고 말했다.

'오직 자신의 목적을 향해 당차게 걸어야 해. 그러면 목적을 이루게 될 거야.' 레빈은 생각했다. '내가 일하고 노력하는 데는 이유가 있어. 그것은 내 개인의 일이 아니라 공동의 복지에 관한 문제야. 전반적인 농업, 무엇보다 모든 농민의 생활이 완전히 바뀌어야만 해. 가난 대신에 공동의 부와 만족이 있어야 하고, 적의 대신에 서로에 대한 이해와 조화가 생겨야 해. 한마디로 말해서, 그것이 피를 흘리지 않는 가장 위대한 혁명인 거야. 처음엔 우리 지방의 작은 구역에서 시작되어, 그다음엔 현과 러시아 전역에 퍼지고 결국 전 세계로 퍼져 나가게 될 거야. 왜냐하면 정당한 사상은 결실을 맺지 않을 수 없으니까. 그래, 그 목적을 위해 일할 만한 가치가 있는 거야. 그리고 그 사람이 바로 나, 코스차 레빈, 검정 넥타이를 매고 무도회에 가서 셰르바츠카야에게 거절당하고 스스로를 불쌍하고 하찮게 여긴 바로 그 사람. 하지만 그것은 아무것도 증명하지 못해. 나는 프랭클린도 자신의 모든 것을 회상하면서 자신의 존재가 하찮다고 생각하고 자신을 믿지 못했을 것이라고 확신해. 하지만 그런 것은 아무런 의미도 없어. 그에게도 확실히 자신의 계획을 얘기할 자기만의 아가피야 미하일로브나가 있었을 거야.'

그러한 생각에 빠져 레빈은 어두워서야 집에 도착했다.

상인한테 갔던 관리인은 밀 값의 일부를 받아가지고 돌아왔다. 문지기와의 계약도 이루어졌다. 그리고 관리인이 길을 가는 도중에 본, 여기저기 들판에 널려 있는 아직 거두어들이지 않은

160더미 정도 되는 곡식은 다른 집의 것과 비교해보면 아무것도 아니라고 말했다.

식사를 끝낸 후, 레빈은 늘 그렇듯 책을 들고 안락의자에 앉아 책을 읽으면서 저술과 관련된 눈앞에 다가온 자신의 여행에 대해 계속 생각했다. 그날 특히 그에게는 그 사업의 의미가 확실하게 그려졌고, 그의 사고의 본질을 나타내는 전반적인 그림이 그의 머릿속에 자연스럽게 그려졌다. '이건 써 놓아야겠군.' 그는 생각했다. '이건 전에는 불필요하다고 생각했던 짤막한 머리말이 되겠어.' 그는 책상으로 가려고 일어섰다. 그러자 그의 발밑에 누워 있던 라스카도 기지개를 켜고 일어서서는 마치 어디로 가느냐고 묻기라도 하듯 그의 얼굴을 쳐다보았다. 그러나 그가 메모해 둘 겨를도 없이 조합장들이 지시를 받으러 왔기 때문에 레빈은 그들을 만나러 현관으로 나갔다.

내일 할 일에 대한 지시를 내리고 그에게 볼일이 있어 찾아온 농부들도 만나 본 뒤, 레빈은 서재로 가서 일을 시작했다. 라스카는 책상 밑에 눕고 아가피야 미하일로브나는 양말을 가지고 자기 자리에 앉았다.

잠시 글을 쓰던 레빈은 갑자기 키티를, 그녀의 거절을, 마지막 만났을 때를 유난히 생생하게 떠올렸다. 그는 일어서서 방 안을 거닐기 시작했다.

"무료하실 일이 뭐가 있어요." 아가피야 미하일로브나가 그에게 말했다. "왜 집에 계시는 거예요? 작정했을 때 온천에라도 다녀오시면 좋을 텐데요."

"모레는 떠나려고 하네, 아가피야 미하일로브나. 일을 끝내야
만 해."

"아휴, 또 무슨 일을 말씀하시는 거예요! 농부들에게 그렇게
까지 하셨는데 부족한 게 있단 말이에요! 그들은 나리께서 황제
한테 이것으로 상을 받으실 거라고 말하는걸요. 모를 일이죠. 어
째서 나리께선 그토록 농부들을 걱정하시는 거예요?"

"그들을 걱정한다기보다는 나 자신을 위해서 하는 거야."

아가피야 미하일로브나는 레빈의 농사 계획에 관해서 모든
걸 상세히 알고 있었다. 레빈은 그녀에게 자주 자신의 생각을 세
세히 설명해주곤 했는데, 그녀와 종종 언쟁을 하면서도 그녀의
설명에는 동의하지 않았다. 하지만 지금 그녀는 그의 말을 전혀
다르게 이해했다.

"무엇보다 자기 영혼에 대해 먼저 생각해야만 해요." 그녀는
한숨을 쉬며 말했다. "그 파르펜 데니시치를 보세요. 그는 글도
모르는 무식쟁이긴 했지만, 하느님이 축복해주시는 그런 죽음
을 맞이했어요." 그녀는 얼마 전에 죽은 하인에 대해서 말했다.
"성찬식도 받고 성유식도 받았지요."

"내 얘긴 그게 아니네." 레빈이 말했다. "난 나 자신의 이익을
위해 일하고 있다는 것을 말하는 거네. 농부들이 일을 잘한다면,
그것은 모두 내 이익이 되는 거니까."

"나리께서 아무리 그러셔도 게으름쟁이라면 모든 게 헛되이

되어버리고 말 거예요. 양심이 있으면 일을 할 테고, 그렇지 않으면 아무것도 하지 않을 테니 말이에요."

"하지만 이반이 가축을 더 잘 돌보게 되었다고 말하지 않았나."

"제가 한 가지만 말씀드릴게요." 아가피야 미하일로브나는 순간적인 생각이 아닌 심사숙고한 것이 분명한 말을 했다. "나리께서는 장가를 가셔야만 한다는 바로 그 말이에요!"

그는 자기가 지금 막 떠올렸던 바로 그것을 아가피야 미하일로브나가 상기시키자 우울하면서도 모욕감을 느꼈다. 레빈은 얼굴을 찌푸리고는 그녀에게 대답도 하지 않고 일을 계속하기 위해 자리에 앉았다. 그는 자기가 하는 일에 대한 의의를 다시 되풀이하여 생각했다. 이따금 그는 고요 속에서 들려오는 아가피야 미하일로브나의 뜨개질 소리에 귀를 기울였다. 그러다가 기억하고 싶지 않은 것을 떠올리며 그는 또다시 눈살을 찌푸렸다.

9시가 되자 방울 소리와 함께 진창을 달리는 마차의 둔탁한 소리가 들려왔다.

"아, 손님이 오셨나 봐요. 심심하시지 않게 되셨군요." 아가피야 미하일로브나가 일어나 문 쪽으로 가며 말했다. 레빈은 그녀를 앞질러 갔다. 마침 일에 진척이 없던 터라 그는 손님이 누구든지 간에 반가웠다.

31

레빈이 계단을 반쯤 뛰어 내려갔을 때, 현관 쪽에서 귀에 익은 기침 소리가 들려왔다. 그러나 그는 자기의 발소리 때문에 또렷이 들리지 않았으므로 자기가 잘못 들었기를 바랐다. 그리고 곧 그는 키가 크고 깡마른, 낯익은 형체를 보았다. 그는 여전히 자기가 잘못 본 것이며, 외투를 벗으면서 기침을 하고 있는 이 키 큰 사내가 니콜라이 형이 아니기를 바랐지만 이미 자신을 속일 수는 없었다.

레빈은 니콜라이 형을 사랑했지만, 그와 함께하는 시간은 늘 고통이었다. 지금 레빈은 머릿속에 떠오른 생각과 아가피야 미하일로브나가 해준 말의 영향으로 분명하지 않고 혼란스러운 상태에서 형과의 만남이 유달리 괴롭게 느껴졌다. 그는 자기의 혼란스러운 마음을 다독여 줄 쾌활하고 건강한 손님을 바랐었는데, 그 대신 자기 마음의 깊숙한 곳까지 꿰뚫어 보고 자기 마음속에 있는 가장 은밀한 생각까지 불러내 모든 것을 고백해버리게 하는 형을 만나야만 했기 때문이다. 그는 이런 상황을 원치 않았다.

레빈은 그런 혐오스러운 감정을 품은 자신에게 화를 내며 현관으로 달려 내려갔다. 그러나 형을 가까이에서 본 순간, 그의 개인적인 실망감은 곧바로 사라지고 불쌍한 마음으로 바뀌었다. 니콜라이 형의 그 초췌하고도 병적인 모습은 이전에도 보기가 무서웠었는데, 지금은 쇠약한 모습이 더욱 두드러져 보였다. 지금은 가죽을 씌워놓은 해골 같았다.

그는 현관에 서서 목도리를 푸느라 야윈 목을 경련하듯 떨면서 기이하고 애처로운 미소를 지어 보였다. 그 온화하고 순종적인 미소를 보자, 레빈은 목구멍이 경련으로 죄는 듯한 느낌을 받았다.

"그래, 드디어 네게 왔구나." 니콜라이는 잠시도 동생의 얼굴에서 눈을 떼지 않고 분명치 않은 목소리로 말했다. "진작 오려고 했는데 몸이 계속 좋지 않았어. 근래 많이 좋아졌어." 그는 뼈만 남은 커다란 손바닥으로 턱수염을 쓰다듬으며 말했다.

"그럼요, 그럼요!" 레빈은 대답했다. 그리고 그는 형에게 입을 맞추면서 형의 메마른 몸을 입술로 느끼고 가까이에서 크고 기묘하게 빛나는 형의 눈을 보자, 그는 더욱 무서웠다.

몇 주 전에 레빈은 형에게 분배되지 않고 남아 있던 재산의 일부를 매각했으므로 형의 몫으로 약 2천 루블의 돈을 받을 수 있게 되었다는 편지를 보냈었다.

니콜라이는 그 돈도 받고, 무엇보다 자신의 둥지에 잠시 머물면서 전설 속의 용사들처럼 앞으로 활동할 힘을 축적하기 위해 대지를 밟으러 온 것이라고 말했다. 더욱 심하게 굽은 허리와 키가 커서 더욱 눈에 띄는 초췌함에도 불구하고, 그의 움직임은 여느 때와 마찬가지로 민첩하고 돌발적이었다. 레빈은 그를 서재로 안내했다.

형은 전과 달리 유난히 신경 써서 옷을 갈아입고 숱이 없는 뻣뻣한 머리카락을 빗은 후 한껏 환한 얼굴로 2층에 올라갔다.

형은 레빈이 어린 시절에 자주 보곤 했던 상냥하고 명랑한 모습이 되어 있었다. 그는 세르게이 이바니치에 대해 아무런 원망도 없이 말하고 있었다. 아가피야 미하일로브나에게는 농담도 걸고 옛날의 하인들에 대해 묻기도 했다. 그는 파르펜 데니시치가 죽었다는 소식에 적잖이 놀란 눈치였다. 그렇게 잠시 그의 얼굴에는 놀라는 빛이 보였지만, 곧 기분은 돌아왔다.

"그래, 그도 꽤나 나이를 먹었지." 그는 이렇게 말하고는 화제를 돌렸다. "그런데 이번엔 너한테 두 달쯤 머물다가 모스크바로 가려고 왔어. 실은 마흐코프가 일자리를 약속했거든. 그래서 일을 하려고. 이제 완전히 다른 생활을 해보려고 해." 그는 말을 이었다. "실은 그 여자도 떼어 냈어."

"마리야 니콜라예브나 말입니까? 어떻게, 대체 왜요……?"

"아, 몹쓸 여자야! 나한테 불쾌한 짓을 많이 했단 말이야." 그러나 그는 그 불쾌한 짓이라는 게 무엇인지는 말하지 않았다. 그는 마리야 니콜라예브나가 차를 약하게 탔다거나, 무엇보다도 자기를 병자처럼 다뤘기 때문에 그녀를 쫓아버렸다고는 말할 수 없었다. "어쨌든 난 이제 생활을 완전히 바꾸고 싶어. 나도 물론 모든 사람들처럼 어리석은 행동을 했었지, 그러나 재산은 최종적인 문제고, 난 그런 것은 아깝지 않아. 몸만 건강하면 좋은 일이지. 그런데 건강도, 하늘이 도운 덕분에 회복되었지."

레빈은 형의 이야기를 들으면서 뭔가 해줄 말을 생각하려 했지만 생각이 나지 않았다. 니콜라이도 아마 같은 것을 느낀 것 같았다. 그는 동생에게 그의 사업에 관해 캐묻기 시작했다. 레빈은 가식 없이 말할 수 있었기 때문에 자기 사업에 대해 얘기하는 게 기뻤다. 그는 형에게 자기의 계획과 활동에 관해 얘기했다.

형은 듣고는 있었지만 이런 얘기가 분명히 재미없는 것 같아 보였다.

두 사람은 친형제였고 매우 가까운 사이였으므로 아주 사소한 동작, 어투만으로도 말로 가능한 것 이상의 많은 것을 서로에게 말하고 있었다.

지금 두 사람은 한 가지 생각을 하고 있었다. 니콜라이의 병이 깊어지고 있다는 것과 그의 죽음이 가까이 왔다는 것, 그것은 다른 모든 생각을 압도하고 있었다. 하지만 두 사람 중 누구도 감히 그것에 대해서 말하지 못했다. 그렇기 때문에 그들이 무슨 말을 하든지 서로의 마음을 지배하고 있는 그 한 가지에 대해 얘기하지 않는다면, 모든 것은 거짓말이 되었다. 레빈은 이때처럼 밤이 깊어져서 잠자리로 간 것이 기뻤던 적이 없었다. 그 어떤 다른 사람과 그 어떤 공식적인 만남이 있을 때에도, 그는 이날 밤처럼 그토록 부자연스럽고 가식적이었던 때는 없었다. 이 부자연스러움에 대한 의식과 후회는 그를 더욱 부자연스럽게 만들었다. 그는 죽어가고 있는 사랑하는 형을 위해 울고 싶었다. 그런데도 그는 그가 앞으로 살아가는 문제에 관한 얘기를 듣고 맞장구를 쳐야만 했다.

집 안이 습하고 또 난로를 피워놓은 방도 하나밖에 없었기 때문에 레빈은 자기의 침실에 칸막이를 치고 형을 자도록 했다.

잠자리에 든 형은 잠이 든 건지 아닌지, 병자들이 그러하듯 몸을 뒤척이며 기침을 했고, 기침이 멎지 않을 때면 뭐라고 중얼거렸다. 그리고 이따금 무거운 한숨을 내쉬고는 "아, 하느님, 맙소사!" 하고 말하곤 했다. 이따금 가래로 숨이 막힐 때면 그는 "에이! 빌어먹을 악마 같으니!" 하고 짜증스럽다는 듯이 말했다. 레빈은 그런 소리를 들으며 오랫동안 잠을 이루지 못했다. 그의 머릿속엔 온갖 다양한 생각들이 떠올랐지만, 모든 생각의 끝엔 하나, 죽음이 있었다.

죽음이라는 그 어느 것도 피할 수 없는 종말이 거부할 수 없는 힘으로 처음으로 레빈 앞에 나타났다. 그리고 이 죽음, 잠결에 그저 습관적으로 때로는 하느님을, 때로는 악마를 아무런 의미도 없이 부르며 신음하고 있는 사랑하는 형의 내면에 있는 죽음은 그가 예전에 생각했던 것처럼 그렇게 멀리 있지 않았다. 죽음은 그 자신 속에도 있었다. 그는 그것을 느꼈다. 오늘이 아니면 내일, 내일이 아니면 그렇게 30년 후, 어쨌든 마찬가지가 아닌가? 그런데 그는 이 피할 수 없는 죽음이란 게 도대체 무엇인가에 대해 알지 못했을 뿐만 아니라, 그것에 대해 한 번도 생각해 본 적이 없었다. 그것에 대해선 생각할 능력도 없었고 생각할 만한 용기도 없었다.

'난 일을 하고 있어. 뭔가를 하고 싶어. 그런데 모든 것이 끝난다는 것, 죽음이 있다는 것을 잊고 있었어.'

그는 어둠 속에서 침대 위에 앉아 무릎을 끌어안고 몸을 웅크린 채 긴장으로 숨을 죽이며 생각했다. 그러나 그가 생각을 집중하면 할수록 의심할 여지없이 인생에서 한 가지 작은 조건을 간과하고 있었다는 사실만이 점점 더 분명해질 뿐이었다. 그것은 죽음이 오면 모든 것이 끝나버린다는 사실, 어떤 일도 시작할 가치가 없다는 사실, 또 죽음으로부터 구해줄 수 있는 것은 그 무엇도 없다는 사실이었다. 그렇다, 무서운 일이다. 하지만 그것은 사실인 것이다.

'그래, 난 아직 살아 있다. 이제 난 대체 무엇을 해야 하나? 무엇을 해야 한단 말인가?' 그는 절망적으로 외쳤다. 그는 촛불을 켜고 조심스럽게 일어나서 거울 앞으로 갔다. 그리고 자기의 얼굴과 머리를 비춰 보았다. 그래, 양옆의 관자놀이에 흰 머리털이 생겼구나. 그는 입을 벌려보았다. 어금니도 썩기 시작했다. 그는 근육이 단단한 자기의 팔을 드러내보았다. 그래, 아직 힘은 꽤 있군. 하지만 저기에 폐의 남은 부분으로 숨을 쉬고 있는 니콜라이 형도 건장한 육체를 가지고 있던 때가 있지 않았던가. 그리고 그는 문득 어린 시절을 떠올렸다. 어린 시절 형과 함께 잠자리에 들어 표도르 보그다니치가 방에서 나가기만을 기다렸다가 베개를 서로에게 던지면서 깔깔대며 장난을 쳤었다. 넘쳐흐르는 행복한 삶의 의식으로 웃음을 억누르지 못하고 깔깔거리며 표도르 보그다니치에 대한 두려움 따위는 아랑곳하지 않았었다. 그랬는데 어느새 저렇게 구부러진 텅 빈 가슴은……. 나 역시 내게 왜, 무슨 일이 일어날지 모르고 있다…….'

"컥! 컥! 이런, 빌어먹을 악마 같으니! 무얼 그렇게 꼼지락거리고 있니? 왜 안 자는 거냐?" 형이 그에게 말을 걸었다.

"모르겠어요. 왠지 잠이 안 오네요."

"난 잘 잤는데. 난 이제 식은땀이 나지 않아. 이것 봐, 셔츠를 만져 봐. 땀이 없지?"

레빈은 만져 본 뒤, 칸막이 너머로 돌아와 촛불을 껐다. 그러고도 여전히 오랫동안 잠을 이루지 못했다. 어떻게 살 것인지에 대한 문제가 어느 정도 분명해지자 해결할 수 없는 새로운 문제, 죽음이라는 문제가 나타났던 것이다.

'그래, 형은 죽어가고 있어. 봄이 오기 전에 죽을 거야. 하지만 무엇을 도울 수 있을까? 형에게 무슨 말을 할 수 있지? 이 죽음에 대해 난 무엇을 알고 있지? 난 그것이 존재한다는 사실도 잊었어.'

32

레빈은 이미 오래전부터 사람들이 지나치게 겸손하거나 순종적이면 거북함을 느끼고, 그러면 지나치게 까다롭고 트집 잡기를 좋아하는 태도에도 금방 견딜 수 없게 된다는 것을 알게 되었다. 그는 형에게도 그런 일이 일어나고 있다는 것을 느꼈다. 그리고 실제로 니콜라이 형의 유순함은 오래 가지 않았다. 그는 다음 날 아침부터 잔뜩 화가 나서는 동생의 가장 아픈 곳을 건드리며 집요하게 트집을 잡았다.

레빈은 자기에게 잘못이 있다고 느끼면서도 그것을 바로잡을 수가 없었다. 그는 만약 자기들 두 사람이 꾸미지 않고 감성을 솔직히 얘기한다면, 다시 말해, 자기들이 정확히 생각하고 느끼는 것을 그대로 얘기한다면, 단지 서로 눈과 눈을 바라보고 콘스탄틴이 '형은 죽어가고 있어. 형은 죽어가고 있어. 형은 죽어가고 있어!'라고 말을 하면 니콜라이는 그저 '내가 죽을 거라는 것을 나도 알아. 그런데 두렵다, 두렵다, 두렵다고!'라고 대답하리라는 것을 그는 느꼈다. 그리고 만약 마음을 털어놓고 말했다면, 그 이상은 아무것도 말하지 않았을 것이다. 그러나 도저히 그렇게 살 수는 없었기에 그는 평생 노력했지만 할 수 없었던 것, 자기가 관찰한 바로는 많은 사람들이 잘 해내고 있고, 그것 없이는 사는 게 불가능한 것처럼 보였던 것을 해보려고 했다. 즉, 그는 마음에도 없는 말을 해보려고 했다. 그러나 그런 말은 항상 거짓이 되어버리고, 그것을 눈치챈 형은 더욱 화를 냈다.

사흘째 되던 날, 니콜라이는 동생을 불러 계획에 대해 다시 말하게 하고는 그것에 대해 비난만 한 것이 아니라 일부러 그를 공산주의와 결부시키기까지 했다.

"넌 단지 남의 생각을 빌린 것뿐이야. 그것을 왜곡시켜서는 가당치도 않게 적용시켜 보려는 거지."

"아니, 그것과는 아무런 공통점도 없다니까요. 그들은 사유재산, 자본, 유산의 정당성을 부인하잖아요. 그런데 난 그런 중요한 자극[16](레빈 자신은 이런 말을 사용하는 게 거북했지만, 그 작업에 열중하면서부터는 자기도 모르게 점점 더 자주 러시아어가 아닌 단어를 쓰게 되었다)을 부정하지 않으면서 노동을 조정하고 싶은 거예요."

"바로 그거란 말이야. 넌 남의 생각을 가지고 그 생각을 이루는 모든 힘을 떼어버리고는 그것으로 뭔가 새로운 것이라고 믿게 만들려는 거란 말이야." 니콜라이는 화가 난 듯이 넥타이 밑

---

16 stimulus(라틴어)

으로 목을 바르르 떨면서 말했다.

"아니, 내 생각은 그것과는 아무런 공통점이 없어요……."

"거기엔……." 니콜라이는 심술궂게 눈을 반짝이고 빈정거리는 듯이 웃으며 말했다. "거기엔 적어도 아름다움이라는 게 있어. 뭐랄까, 기하학적인, 명쾌함과 정확함 같은 것 말이야. 어쩌면 그것은 유토피아일지도 모르지. 하지만 모든 것을 과거로부터 백지 상태로 만들 수 있다고 가정해보자. 재산도 가족도 없고, 노동도 정리될 거야. 하지만 너한테는 아무것도 없는 거야……."

"형은 왜 모든 걸 뒤섞어버리는 거예요? 난 공산주의자였던 적이 없어요."

"그런데 난 그런 적이 있었지. 시기상조이긴 하지만 합리적이고, 마지 초기의 기독교처럼 장래성도 있어."

"난 단지 노동력은 자연과학적인 관점에서 연구되어야만 한다고 생각하는 거예요. 즉, 그것을 연구해서 그 특성을 알고 또……."

"그건 전혀 쓸모없는 일이야. 그런 힘이라는 것은 발전 단계에 따라서 스스로 일정한 활동 형식을 찾아내거든. 처음에는 도처에 노예들이 있었는데 그다음에는 소작인이 나타났잖아. 우리 나라에도 수확을 반분하는 경우, 임대하는 경우, 일용 노동자도 있어. 그럼 넌 대체 무엇을 추구하려는 거냐?"

레빈은 이 말에 갑자기 벌컥 화를 냈다. 왜냐하면 그의 마음속에는 그것이 진실일지도 모른다는 두려움이 있었기 때문이다. 그가 공산주의와 기존의 형식들 사이에서 균형을 맞추려고 했다는 것도 진실이고, 그것이 결코 실현될 가능성이 희박하다는 것도 진실이라는 것이 두려웠다.

"난, 나는 물론이고 소작인들을 위해서도 어떻게 하면 생산적으로 일할 수 있는지 그 방법을 찾고 있어요. 내가 조직하려는 것은……." 그는 격앙된 어조로 대답했다.

"넌 아무것도 조직하고 싶어 하지 않아. 넌 그냥 평생 살아왔던 대로 네가 단순히 농부들을 착취하는 게 아니라 어떤 이상을 가지고 일을 하고 있다는 것을 보여주면서 괴짜 흉내를 내고 싶을 뿐이야."

"그래, 그렇게 생각해요. 이제 내버려 둬요!" 레빈은 왼쪽 뺨의 근육이 심하게 경련을 일으키는 것을 느끼며 대답했다.

"넌 전에도 확신이 없었고, 지금도 확신이 없어. 넌 그저 자기 자존심만을 만족시키면 그만이지."

"그래요, 좋아요. 날 그냥 내버려 두라고요!"

"그래 내버려 두마! 벌써 때가 되었는데, 꺼져버려라! 여기 온 게 후회가 되는구나!

그 일이 있고 난 다음, 레빈은 형의 마음을 진정시키려고 온갖 노력을 다했지만 니콜라이는 아무것도 들으려고도 하지 않고 헤어지는 게 훨씬 좋을 것이라는 말만 했다. 레빈은 이제 형에게 삶이 견딜 수 없는 게 되었다는 것을 느꼈다.

레빈이 형에게 다시 가서 뭔가 화나게 한 일이 있으면 용서해 달라고 부자연스럽게 용서를 빌었을 때, 니콜라이는 이미 완전히 떠날 준비를 하고 있었다.

"아, 관대하기도 하군." 니콜라이는 이렇게 말하고 싱긋 웃었다. "만약 네가 옳다고 생각하고 싶으면, 네게 그 만족을 양보할 수 있어. 네가 옳아. 그래도 난 떠나야겠다!"

니콜라이는 떠나기 직전에 레빈과 입을 맞추고는 갑자기 이상할 정도로 심각하게 동생의 얼굴을 유심히 들여다보며 이렇게 말했다.

"어쨌든 날 나쁘게 기억하지는 말아다오, 코스챠!" 그의 목소리가 떨리고 있었다.

이것이 진심에서 우러나온 그의 유일한 한마디였다. 레빈은 이 말 속에 의미가 함축되어 있음을 느꼈다. '너도 내 건강이 많이 악화된 걸 봐서 알지. 우리는 어쩌면 이제 더 이상 못 만날지도 몰라.' 레빈이 그것을 깨닫게 되자, 두 눈에서 눈물이 쏟아져 나왔다. 그는 다시 한 번 형에게 입맞춤을 했다. 그러나 아무런 말을 할 수도, 할 말을 찾지도 못했다.

형이 떠나고 사흘 째 되던 날, 레빈도 외국으로 떠났다. 그리고 기차에서 키티의 사촌 오빠인 셰르바츠키를 만났을 때, 레빈의 침울한 얼굴은 그를 몹시 놀라게 했다.

"무슨 일 있어요?" 셰르바츠키가 물었다.

"아니, 괜찮아요. 그냥, 세상에는 즐거운 일이 별로 없네요."

"별로 없다니요? 그럼 나와 함께 파리에 가시죠. 뮐하우젠에
가지 말고요. 알게 될 겁니다, 얼마나 즐거운지 말이에요!"

"아니, 난 이제 끝났어요. 죽을 때가 온 거에요."

"아니, 무슨 그런 농담을!" 셰르바츠키는 웃으며 말했다. "난
지금 막 시작할 준비를 마쳤는데요."

"그래, 나도 얼마 전까지만 해도 그렇게 생각하고 있었어요,
그런데 이제야 나도 머지않아 죽을 거라는 사실을 알게 되었어
요."

레빈은 자기가 요즈음 진심으로 생각하고 있던 것을 말한 것
이었다. 그는 모든 곳에서 오직 죽음, 혹은 죽음에 가까이 가는
것만을 보았다. 죽음이 오기 전까지 어떻게든 삶을 살아가야만
했다. 그에게는 모든 게 암흑으로 뒤덮여 있는 듯했다. 그러나
바로 그 어둠 때문에 그는 자신의 일이 그 어둠 속에서 자기를
이끌어 줄 유일한 끈이라고 느꼈고, 온힘을 다해 그것을 붙잡고
그것에 매달렸다.

4부

1

　카레닌 부부는 한집에 살면서 매일 얼굴을 마주하고 지냈지만 서로에게 완전히 남남이나 마찬가지였다. 알렉세이 알렉산드로비치는 하인들이 추측하지 못하도록 매일 아내를 보는 것을 규칙으로 정해놓았지만, 집에서 식사를 하는 것은 피하고 있었다. 브론스키는 알렉세이 알렉산드로비치의 집을 방문한 적은 없었지만, 안나는 밖에서 그를 만나고 있었고 남편도 그 사실을 알고 있었다.

　이런 상황은 세 사람 모두에게 견디기 힘든 일이었기 때문에 이러한 상태에서 곧 벗어날 것이고 일시적인 고통에 불과하나는 생각을 하지 않았더라면, 이들 중 그 누구도 이런 상태를 하루도 견딜 수 없었을 것이다. 알렉세이 알렉산드로비치는 모든 게 지나가듯 이 열정 또한 사라지고, 사람들도 이 일에 대해 잊어버리면, 자신의 이름도 더럽혀지지 않을 것이라고 기대했다. 안나는 이런 상황에 책임이 있었기 때문에 누구보다도 괴로웠다. 그렇지만 모든 게 곧 풀리고 해결될 것이라고 기대했을 뿐만 아니라 그렇게 굳게 믿고 있었으므로 그 상황을 견딜 수 있었다. 그녀는 무엇이 이 문제를 해결해줄 것인지는 전혀 알지 못했으나, 곧 무슨 일이 일어나리라는 것을 확신했다. 브론스키 역시 자기도 모르게 그녀의 영향을 받아 자신과 관계가 없는 무언가가 이 모든 고난을 마땅히 해결해주리라 기대하고 있었다.

한겨울에 브론스키는 아주 따분한 한 주를 보냈다. 그는 페테르부르크를 찾아온 외국 왕자의 수행원 역할을 맡게 되어 페테르부르크의 명소를 그에게 안내해야 했다. 브론스키는 풍채가 당당했을 뿐만 아니라 품위 있고 공손하게 처신하는 법을 알았고 이런 사람들을 대하는 데 익숙해 있었기 때문에 왕자를 수행하게 된 것이었다. 그런데 그는 이 임무가 고통스러웠다. 왕자는 사람들이 러시아에서 무엇을 보았는지 물어볼 만한 것은 하나도 빠짐없이 보려고 했을 뿐만 아니라 러시아적인 환락을 가능한 많이 경험하고 싶어 했다. 브론스키는 이 모든 것을 염두에 두고 안내해야만 했다. 아침에는 명승지를 보러 다니고, 또 저녁에는 러시아적인 향락에 빠져들었다. 그는 왕자들 중에서도 유달리 건강한 왕자였다. 왕자는 체조와 훌륭한 몸 관리로 심할 정도로 향락에 빠져 있었음에도 불구하고 마치 푸른 광택이 나는 네덜란드산 오이처럼 싱싱했다. 왕자는 많은 곳을 여행했다. 그는 오늘날 교통이 용이해진 데서 오는 중요한 이점 중의 하나가 각 민족의 쾌락을 맛볼 수 있는 것이라고 생각했다. 스페인을 여행했을 때 그는 그곳에서 세레나데를 부르고 만돌린을 켜던 스페인 여자와 가까워지기도 했다. 스위스에서는 영양羚羊을 사냥했다. 영국에서는 빨간 연미복을 입고 말을 몰아 높은 목책을 뛰어넘기도 하고, 내기로 2백 마리의 꿩을 쏘아 잡기도 했다. 터키에서는 하렘을 찾아가고 인도에서는 코끼리를 타고 다녔다. 이제 그는 러시아에서 온갖 러시아적인 향락을 맛보기고 싶어 했다.

왕자의 의전 장관 역할을 수행하는 위치에 있는 브론스키는 다양한 사람들로부터 왕자에게 제공되는 온갖 종류의 러시아적인 향락을 분배하는 게 매우 힘들었다. 러시아에는 경마도 있고, 블린[17]도 있고, 곰 사냥도 있고, 트로이카도 있다. 또한 집시 여자도 있고, 식기를 깨트리는 러시아식 주연도 있었다. 왕자는 너무도 쉽게 러시아 기질을 습득하여 식기를 담은 쟁반을 깨트리고, 집시 여자를 무릎에 앉히고는 '또 뭐가 있지요? 러시아 기질이라는 게 고작 이것뿐인가요?' 하고 묻는 것 같았다.

그러나 모든 러시아적 기질의 향락 속에서도 실제로 왕자의 마음을 가장 움직인 것은 프랑스 여배우들과 발레리나와 하얀 라벨의 샴페인이었다. 브론스키는 황족들을 대하는 데는 익숙해 있었지만, 그 자신이 최근에 변한 탓인지 아니면 이 왕자와 너무 가까이 지냈던 탓인지 이번 일주일이 그에게는 너무도 괴

---

17 일종의 팬케이크로 사육제의 주요 음식

롭게 느껴졌다. 그는 이 일주일 동안, 위험한 미치광이를 시중드는 일을 맡은 사람이 그를 두려워하면서 동시에 그 미치광이와 가까이 있음으로 해서 자신의 정신마저 걱정하는 것과 같은 느낌을 경험하곤 했다. 브론스키는 이 왕자에게 멸시받는 일이 없도록 하려면 엄격하고 예의를 갖춘 공식적인 태도를 한순간도 늦춰서는 안 된다고 느끼고 있었다. 러시아적인 향락을 제공하려고 온갖 노력을 다하는 사람들을 대하는 왕자의 멸시하는 듯한 태도는 브론스키를 놀라게 했다. 러시아 여성을 연구하고 싶어 하는 왕자의 여성에 대한 비판을 들은 브론스키는 빈번히 분노로 얼굴을 붉혔다. 그러나 브론스키가 이 왕자에게서 특히 괴로웠던 주요한 이유는 왕자에게서 뜻하지 않게 자기 자신의 모습을 발견했기 때문이다. 더욱이 그 왕자라는 거울 속에서 본 자신의 모습은 그의 자존심을 만족시켜 줄 만한 것이 아니었다. 그 모습은 너무나 어리석고 너무나 자존심이 강하며 지극히 건강하고 깔끔한 사람일 뿐 그 이상은 없었다. 그는 신사였다. 그것은 맞는 말이다. 브론스키도 그것을 부정할 수는 없었다. 그는 윗사람에게 아첨하지 않고 의연하며, 동등한 사람을 대할 때는 자유롭고 진솔했으며, 신분이 낮은 사람을 대할 때는 모욕적일만큼 친절했다. 브론스키도 그러했고, 그는 그러한 태도를 훌륭한 인격을 갖춘 것으로 여겼다. 그런데 왕자와 함께 있을 때는 자신이 아랫사람이었기 때문에 자신을 대하는 왕자의 그런 모욕적일만큼 친절한 태도는 그를 화나게 만들었다.

'어리석은 고깃덩어리! 내가 정말 저렇단 말인가?' 그는 생각했다.

어쨌든 7일째 되던 날 모스크바로 떠나는 왕자와 헤어지면서 그에게 감사하다는 말을 들었을 때, 그는 그런 불편한 상황을 벗어난 것과 불쾌한 거울에서 벗어난 것이 기뻤다. 그는 밤을 새워 러시아적인 용맹성을 발휘해 곰 사냥을 하고 돌아오는 길에 기차역에서 왕자와 작별 인사를 나누었다.

2

집으로 돌아온 브론스키는 자기 방에서 안나의 쪽지를 발견했다. 그녀는 쪽지에 이렇게 적었다. '나는 지금 아프고 불행해요. 외출할 수가 없어요. 하지만 더 이상 당신을 보지 않고는 견딜 수가 없어요. 오늘 저녁에 와주세요. 알렉세이 알렉산드로비치는 7시에 회의에 가서 10시경에 돌아올 거예요.' 그를 불러들여서는 안 된다는 남편의 요구가 있었는데도 안나가 그를 자기 집으로 부른다는 게 한순간 이상했지만, 그는 가기로 마음먹었다.

브론스키는 이번 겨울에 대령으로 진급하여 연대를 나와서 혼자 살고 있었다. 식사를 마치고 난 뒤 그는 바로 소파 위에 드러누웠다. 그러자 약 5분 동안 최근 며칠 사이에 보았던 온갖 추악한 장면들이 안나의 모습과 곰 사냥에서 중요한 역할을 한 몰이꾼 농부의 모습과 뒤섞여 떠올랐으나, 브론스키는 곧 잠들어버렸다. 그는 무서움에 몸을 떨며 어둠 속에서 잠을 깨고는 서둘러 촛불을 켰다. '뭐지? 무엇이었을까? 꿈속에서 본 그 무서운 것은 뭐였지? 그래, 맞아. 턱수염을 더부룩하게 기른 그 작은 몸집의 추레한 몰이꾼 농부인 것 같았는데, 그 자가 허리를 구부리고 무언가를 하다가 갑자기 프랑스어로 뭔가 이상한 말을 지껄이기 시작했는데. 그렇지, 꿈은 그것뿐이었어.' 그는 혼자서 말했다. '그런데 그게 왜 그렇게 무서웠을까?' 그는 농부와 그 농부가 말한 이해할 수 없는 프랑스어를 기억해 냈다. 그러자 등골에 소름이 끼쳤다.

'무슨, 말도 안 되는 소리!' 브론스키는 이렇게 생각하고 시계를 보았다.

벌써 8시 반이었다. 그는 벨을 눌러서 하인을 부르고는 서둘러 옷을 갈아입고 꿈은 잊어버린 채 늦은 것만을 걱정하면서 현관 계단으로 나갔다. 카레닌의 집 현관 계단에 다가왔을 때 다시 시계를 보니 9시 10분 전이었다. 두 필의 회색 말이 매인, 높고 폭이 좁은 마차가 입구에 서 있었다. 그는 그것이 안나의 마차라는 것을 알아차렸다. '나한테 올 생각이었군.' 브론스키는 생각했다. '그게 좋았을 텐데. 이 집 안으로 들어가는 건 불쾌한 일이야. 하지만 어쨌든 마찬가지야. 이제 와서 숨는다는 것도 그렇지.' 그는 그렇게 혼자서 중얼거리고는 어려서부터 몸에 배어 아무것도 부끄러워할 줄 모르는 사람의 태도로 썰매에서 내려 출입문 쪽으로 다가갔다. 그때 문이 열리면서 무릎 덮개를 손에 든 문지기가 마차를 불렀다. 평소에는 사소한 일에 신경을 쓰지 않던 브론스키도 문지기가 자기를 힐끔 보면서 깜짝 놀라는 표정을 눈치챘다. 브론스키는 문간에서 알렉세이 알렉산드로비치와 거의 부딪칠 뻔했다. 가스등의 불빛은 검정 모자 밑으로 핏기 없이 야윈 얼굴과 수달피 외투의 깃 속에서 반짝이는 하얀 넥타이를 똑바로 비추었다. 흔들림 없는 흐릿한 카레닌의 눈이 브론스키의 얼굴 위에 멈췄다. 브론스키가 고개를 숙여 인사하자 알렉세이 알렉산드로비치는 입술을 깨물고는 한 손을 모자에 댄 채 지나가버렸다. 브론스키는 그가 뒤돌아보지도 않고 마차에 올라앉아 창문으로 무릎 덮개와 쌍안경을 받아들고 사라지는 것을 보았다. 브론스키는 현관 안으로 들어갔다. 그의 눈썹은 찌푸려지고 두 눈은 독기와 오만함으로 빛났다. '이게 무슨 꼴이지!' 그는 생각했다. '만약 그가 자기 명예를 지키기 위해 싸우려 한다면 나도 당연히 맞대응을 해서 내 감정을 표시할 텐데. 저렇게 나약하고 비열하니…… . 그는 나를 사기꾼으로 만들려고 하는 군. 나는 그런 인간이 되기 싫었어. 지금도 그런 인간이 되기 싫은 건 마찬가지야.'

브레데의 정원에서 안나와 얘기를 나눈 후, 브론스키의 생각은 많이 바뀌었다. 그에게 모든 것을 맡기고 앞으로 자기의 운명을 결정지어주기를 기다리는 안나의 연약함에 무의식적으로 굴복하면서, 그때 생각했던 것처럼 이제 두 사람의 관계가 끝날 수 있다는 생각은 이미 오래전에 그만두었다. 그의 야심 찬 계획은 다시 뒤로 물러서고 말았다. 그는 모든 게 정해져 있는 활동의

범위에서 나와버린 느낌으로 모든 것을 자신의 감정에 맡겼다. 그러자 그 감정은 점점 더 강하게 그를 안나에게 옭아맸다.

현관에서 그는 멀어져 가는 그녀의 발소리를 들었다. 그는 그녀가 자기를 기다리고 있었고, 귀를 기울이고 있다가 거실로 돌아가고 있는 것을 알았다.

"아니에요!" 그를 보자 안나가 소리쳤다. 그리고 그렇게 말하자마자 그녀의 눈에서는 눈물이 글썽거렸다. "이건 아니에요, 만약 이런 상태가 계속된다면 훨씬 더 빨리 그 일이 일어날 거예요!"

"뭐가 말이에요?"

"뭐냐고요? 난 괴로워하며, 한 시간, 두 시간을 기다렸어요……. 아니에요, 난 하지 않을래요……! 난 당신과 싸울 수 없어요. 분명히 당신은 할 수 없었을 거예요. 아니에요, 난 하지 않겠어요."

안나는 두 손을 그의 어깨에 얹고 오랫동안 깊고 환희에 가득한, 그러면서도 뭔가를 알아내려는 듯한 시선으로 그를 바라보았다. 안나는 그를 만나지 못한 시간 동안의 행적을 찾아내기라도 하려는 듯 그의 얼굴을 탐색했다. 그녀는 그와 만날 때면 언제나 그랬듯이, 상상하고 있던 그의 모습(그것은 현실에서는 불가능한, 비교되지 않을 만큼 훌륭한 것이었다)을 실제 그의 모습과 하나로 일치시켰다.

3

"그이를 만났어요?" 그들 두 사람이 탁자 옆 램프 밑에 앉았을 때 안나가 물었다. "늦게 온 벌이라고 생각하세요."

"그런데 어떻게 된 거예요? 그 사람은 회의에 갔어야 하잖아요."

"나갔다가 돌아왔는데, 또 어딘가 나가던 길이었어요. 하지만 그건 상관없어요. 그 얘긴 그만해요. 당신은 어디 있었어요? 줄곧 그 왕자하고 있었어요?"

그녀는 그의 생활에 대해 상세한 것까지 알고 있었다. 그는 밤새 한잠도 못자서 늦잠을 잤다고 말하려고 했으나, 그녀의 들뜨고 행복해하는 얼굴을 보자 그런 말을 꺼내는 게 부끄러운 생각이 들었다. 그래서 그는 왕자의 출발을 보고하러 가야만 했다고 말했다.

"하지만 이제 끝난 거죠? 왕자도 떠났죠?"

"다행히도 끝났어요. 얼마나 내게 괴로운 일이었는지, 당신은 믿지 못할 거예요."

"어머나, 왜요? 그건 당신네 젊은 남자들 모두의 일상생활이 잖아요." 그녀는 얼굴을 찌푸리며 말했다. 그리고 탁자 위에 놓여 있던 뜨개질감을 집어 들고 브론스키를 쳐다보지 않은 채 그 안에서 뜨개질바늘을 끄집어 들었다.

"나는 그런 생활과 이별한 지 이미 오래되었어요." 그는 그녀의 표정 변화에 놀라 그 의미를 추측해보려고 애쓰며 말했다. "그리고 솔직히 말해서……." 그는 고르고 하얀 이를 드러내 보이며 웃는 얼굴로 말했다. "나는 지난 한 주간 그런 생활을 지켜보면서 마치 나 자신을 거울에 비춰 보는 듯한 기분이 들어 불쾌했어요."

안나는 뜨개질감을 들고도 뜨개질은 하지 않고, 왠지 이상하게 반짝이면서도 다정하지만은 않은 시선으로 그를 바라보았다.

"오늘 아침에 리자가 우리 집에 들렀었어요. 그들은 리디야 이바노브나 백작 부인이 있어도 우리 집에 오는 걸 두려워하지 않아요." 그리고 안나는 이렇게 말을 덧붙였다. "그리고 당신들의 그 아테네의 밤에 대해 말해주었어요. 너무 추잡해요!"

"나도 막 얘기하려던 참인데……."

그녀는 그의 말을 막았다.

"그 여자는 예전에 알고 지냈던 테레자였다죠?"

"내가 말하려던 것은……."

"당신네 남자들은 정말 추잡해요! 남자들은 여자들이 그런 것을 결코 잊지 못한다는 것을 어째서 이해하지 못하는 거예요?" 그녀는 점점 더 흥분하여 자기가 분개하는 이유를 밝히려 했다. "특히, 당신의 생활을 알 수 없는 여자는 더욱 그래요. 내가 뭘 알고 있겠어요? 뭘 알고 있었겠어요?" 그녀가 말했다. "당신이 말하는 게 전부예요. 그것도 진실을 말하는지 내가 어떻게 알겠어요."

"안나! 나를 모욕하고 있군요. 그러면 내 말을 믿지 않는다는 말인가요? 전에 내가 말하지 않았던가, 내게는 당신에게 밝히지 못할 생각은 하나도 없다고 말이에요!"

"네, 그랬죠." 안나는 확실히 질투심을 몰아내려고 애쓰며 말했다. "하지만 내가 얼마나 괴로운지 당신이 알고 있다면……! 나는 믿어요, 당신을 믿어요……. 그래, 뭐라고 했죠?"

그러나 브론스키는 자기가 말하려 했던 것을 금방 기억해 낼 수가 없었다. 근래에 점점 더 자주 그녀에게 찾아오는 질투의 발작은 그를 몸서리치게 했다. 질투의 원인이 자기에 대한 사랑이라는 걸 알면서도, 그녀에 대한 식어가는 사랑의 감정을 아무리 숨기려 해도 그는 숨길 수 없었다. 그는 그녀의 사랑은 행복이라고 얼마나 많이 스스로에게 말했는지 모른다. 실제로 그녀는 인생에서 사랑을 모든 행복보다 더 값어치를 두는 여자만이 할 수 있는 그런 사랑을 그에게 주고 있었다. 그런데 그는 그녀의 뒤를 쫓아 모스크바를 떠났을 때보다 행복으로부터 훨씬 멀어져 있었다. 당시 그는 자기가 불행하다고 느끼면서 행복이 미래에 있다고 생각했다. 그런데 지금은 최고의 행복은 이미 과거로 지나가버렸다고 느끼고 있었다. 그녀는 그가 처음 만났을 때와는 완전히 다른 사람이 되어 있었다. 그녀는 정신적으로나 육체적으로나 안 좋은 쪽으로 변해 있었다. 그녀는 전체적으로 살쩌 있었고, 여배우에 대해 말할 때에 그녀의 얼굴은 악의로 가득하여 얼굴 모양이 삐뚤어지기도 했다. 그는 아름다움에 홀려 꽃을 꺾어 시들게 만들고는, 자기가 꺾어 시든 그 꽃에서 아름다움을 애써 찾으려 하는 사람처럼 그녀를 바라보았다. 그럼에도 불구하고 그는 자기의 사랑이 가장 뜨거웠을 때는 만약 강렬하게 원했다면 자기의 가슴속에서 그 사랑을 뽑아버릴 수 있었겠지만, 그녀에 대한 사랑이 덤덤해진 지금으로서는 오히려 그녀와의 관계를 끊을 수 없다는 것을 알았다.

"자, 자, 왕자에 대해 무슨 말을 하고 싶었던 거예요? 이제 쫓아버렸어요. 악마를 쫓아버렸어요." 안나는 덧붙였다. 그들 사이에선 질투를 악마라고 불렀다. "그래, 그 왕자에 대해 무슨 얘기를 시작했었지요? 왜 그렇게 괴로웠나요?"

"아, 정말 견디기 힘들었어요!" 그는 놓친 생각의 실마리를 잡으려고 애쓰며 말했다. "그는 가까이 지내서 좋을 게 없는 사람이었어요. 만약 그에 대해 정의를 내리자면, 품평회에서 일등 메달을 탈 정도로 훌륭하게 살찌운 동물이라고 할 수 있을 거예요, 그저 그뿐이에요." 그가 화가 나서 말한 어투가 그녀의 흥미를 끌었던 모양이었다.

“아니, 그건 왜요?” 그녀는 반박했다. “그래도 그분은 견문도 넓고 교양도 갖추었을 텐데요?”

“그건 전혀 다른 교양이에요……. 그런 사람들의 교양이에요. 그 사람은 오직 교양을 멸시할 권리를 갖기 위해 교양을 쌓은 거예요. 그런 사람들이 동물적인 쾌락 이외에는 모두 멸시하는 것처럼 말이에요.”

“그런데 당신네들은 모두 그런 동물적인 쾌락을 좋아하잖아요?” 안나가 말했다. 그리고 또다시 자기의 시선을 피하려고 하는 그녀의 어두운 눈길을 보았다.

“왜 그렇게 그 사람을 변호하는 거죠?” 그가 웃으며 말했다.

“변호하는 게 아니에요. 그건 나와는 전혀 상관없는걸요. 그렇지만 만약 당신이 그런 쾌락을 정말로 좋아하지 않았다면 거절할 수 있지 않았을까 하는 생각이 들어서요. 당신은 이브의 옷을 걸친 테레자를 보는 게 즐거웠기 때문에…….”

“또, 또, 악마가 나오는군요!” 브론스키는 탁자 위에 놓인 그녀의 손을 잡고 거기에 입을 맞추며 말했다.

“그래요, 하지만 난 어쩔 수가 없어요! 당신은 모를 거예요. 내가 당신을 기다리면서 얼마나 괴로워했는지 말이에요! 난 내가 질투가 많은 여자라고 생각하지 않아요. 당신이 나와 함께 있을 때는 난 당신을 믿어요. 하지만 당신이 어디선가 혼자서 내가 모르는 당신 자신의 생활을 할 때면…….”

그녀는 그에게서 떨어져 마침내 뜨개질감에서 뜨개바늘을 뽑아냈다. 그러고는 집게손가락을 이용하여 램프의 불빛 아래서 반짝이는 하얀 털실의 코를 재빨리 한 바늘씩 떠 나갔다. 자수가 놓인 소매 안에서 가는 손목이 신경질적으로 빠르게 움직이기 시작했다.

"그래 어땠어요? 어디서 알렉세이 알렉산드로비치를 만났어요?" 그녀의 목소리가 갑자기 부자연스럽게 울렸다.

"현관에서 마주쳤어요."

"그이가 당신에게 이런 식으로 인사했지요?"

그녀는 얼굴을 길게 빼고 눈을 반쯤 감고는 재빨리 얼굴 표정을 바꾸어 두 손을 포갰다. 그러자 브론스키는 그녀의 아름다운 얼굴에서 뜻밖에도 알렉세이 알렉산드로비치가 자기에게 인사했을 때와 싱딩히 똑같은 표정을 볼 수 있었다. 그가 미소를 짓자, 그녀는 그녀의 매력 가운데 하나인 가슴에서 우러나오는 그 사랑스러운 웃음으로 쾌활하게 웃기 시작했다.

"난 그 사람을 도저히 이해하지 못하겠어요." 브론스키가 말했다. "별장에서 당신이 나와의 관계를 고백한 후에 그가 당신과 헤어졌든지 아니면 나에게 결투를 신청했더라면……. 하지만 난 이해하지 못하겠어요. 그 사람은 어떻게 이런 상황을 견뎌 내고 있는 걸까요? 그 사람도 힘들어하는 건 분명해요."

"그이가요?" 안나는 비웃는 듯이 말했다. "그이는 지극히 만족하고 있는걸요."

"왜 우리 모두는 괴로워하고 있는 걸까요? 모든 게 얼마든지 좋을 수 있을 텐데 말이에요."

"그이만은 아니에요. 그이와 그이가 완전히 흡수한 그 거짓을 내가 모르겠어요……? 그이가 무언가를 느끼면서 나하고 살고 있는 이런 생활을 지속할 수 있을까요? 그이는 아무것도 이해하지 못하고, 아무것도 느끼지 못하는 거예요. 조금이라도 뭔가 느끼는 사람이라면 부정한 아내와 한집에서 살 수 있겠어요? 그런 여자와 대화를 나눌 수 있겠어요? 그녀에게 '여보'라고 말하면서 말이에요."

그리고 그녀는 다시 무심코 남편을 흉내 내며 "당신, 여보, 여보, 안나!" 하고 말했다. "그인 남자가 아니에요. 사람이 아닌걸요. 그 사람은 인형이에요! 아무도 몰라요. 하지만 난 알고 있어요. 아, 내가 만약 그이의 입장에 있었다면 난 벌써 죽어버렸을 거예요. 나 같은 아내는 갈기갈기 찢어버렸을 거예요. '당신, 여보, 여보, 안나!' 그런 말은 하지 않았을 거예요. 정말 그인 사람이 아니에요. 그이는 관청의 기계예요. 그이는 내가 당신의 아내이며 자신은 타인에 불과한 쓸데없는 사람이라는 걸 이해하지 못하고 있어요……. 이젠 그만두죠, 이런 얘긴 그만둬요."

"그건 옳지 않아요. 옳은 생각이 아니에요, 안나!" 브론스키는 그녀를 진정시키려고 애쓰며 말했다. "하지만 아무튼 상관없어요. 그 사람에 대한 얘기는 그만합시다. 당신은 뭘 하고 있었는지 말해 봐요. 무슨 일이 있었어요? 그 병이란 게 대체 뭐예요?

의사는 뭐라고 해요?"

안나는 우습다는 듯한 즐거운 기분으로 그를 바라보았다. 그녀는 남편에게서 또 다른 우스꽝스럽고 추한 면을 발견하고는 그것을 말할 기회를 기다리고 있는 게 분명했다.

그러나 그가 말을 계속했다.

"내가 추측하건대 그건 병이 아니라 당신의 몸 때문인 것 같이여. 그런데 그건 언제쯤이나 될까?"

그녀의 눈 속에서 우습다는 듯한 빛은 사라졌으나, 그로서는 알 수 없는 어떤 자각과 조용한 슬픔이 서린 미소가 떠올랐다.

"머지않았어요, 곧이요. 당신은 우리 처지가 견딜 수 없으니 어떤 결론이라도 내려야 한다고 했죠. 이런 처지가 내게 얼마나 괴로운지 당신이 알았으면 좋겠어요. 자유롭게 거리낌 없이 당신을 사랑할 수 있다면 난 모든 걸 줄 수 있어요! 그렇게 된다면 질투심 때문에 나 자신을 괴롭히지도, 당신을 괴롭히지도 않을 거예요. 그것이 그다지 멀리 있지는 않지만, 우리가 생각하는 대로 되지는 않을 거예요."

그리고 그것이 어떻게 닥쳐올 것인지를 생각하자, 안나는 자신이 가엾다는 생각이 들면서 눈물이 핑 돌아 얘기를 계속할 수가 없었다. 안나는 램프 아래에서 하얗게 빛나는 반지 낀 손을 그의 소매 위에 얹었다.

"그건 우리 생각대로 되지 않을 거예요. 당신에게 이런 말을 하고 싶지는 않았지만, 당신이 말하도록 만드네요. 이제 머지않아 곧 모든 게 풀리고, 우리 모두는 안정되고 더 이상 괴로워하지 않을 거예요."

"무슨 말이에요, 이해할 수 없어요." 브론스키는 그 말을 이해하고 있으면서도 이렇게 말했다.

"당신은 언제쯤이냐고 물었지요? 곧이요. 그리고 난 잘 견디지 못할 거예요. 내 말을 막지 마세요!" 그녀는 서둘러 말을 이었다. "나는 그걸 알아요. 확실히 알아요. 나는 죽을 거예요. 하지만 내 죽음으로 나와 당신이 구원된다면 나는 무척 기쁜걸요."

안나의 눈에서 눈물이 흘러내렸다. 브론스키는 아무런 근거는 없지만 스스로 극복할 수 없는 흥분을 감추려 애쓰면서 그녀의 손 위로 몸을 굽혀 그녀의 손에 입을 맞추었다.

"그렇게 될 거예요. 그러는 편이 나아요." 그녀는 아주 강한 동작으로 그의 손을 쥐며 말했다. "그것 하나, 그 한 가지가 우리에게 남은 유일한 거예요."

그는 제정신을 차리고 고개를 들었다.

"무슨 그런 바보 같은 소릴! 무슨 그런 쓸데없는 소릴 하는 거예요!"

"아니에요, 이건 사실이에요."

"뭐가 말이에요, 뭐가 사실이란 거예요?"

"난 죽을 거예요. 꿈을 꾸었거든요."

"꿈이라니?" 브론스키는 그 말을 되풀이하고 한순간 꿈속에서 자기가 본 그 농부를 생각해 냈다.

“그래요, 꿈이요.” 안나가 말했다. “오래전에 꾼 꿈이에요. 나는 뭔가 알아보려고, 뭔가 가져올 게 있어서 내 침실로 뛰어 들어갔어요. 꿈속에선 있을 수 있는 일이 있잖아요.” 안나는 두려움에 눈을 크게 뜨며 말했다.

“그런데 침실 구석에 뭔가 서 있는 거예요.”

“아, 바보 같은 소리군요! 그걸 어떻게 믿어요…….”

그러나 그녀는 자기 말을 막지 못하도록 했다. 그녀가 지금 말하고 있는 것은 그녀에겐 너무나 중요한 일이었기 때문이다.

“그런데 그 뭔가가 돌아섰는데, 보니까 그건 수염이 더부룩한 작고 무섭게 생긴 농부였어요. 나는 도망치려고 했는데, 그는 자루 위로 허리를 구부리고 두 손으로 뭔가 그 안을 뒤졌어요…….”

그녀는 농부가 자루를 뒤지는 흉내를 냈다. 그녀의 얼굴에는 공포의 빛이 떠올랐다. 브론스키도 자기가 꾼 꿈을 떠올리자 공포감이 마음속을 한가득 메우는 느낌이 들었다.

“그 농부는 자루를 뒤지면서 빠르게, 아주 빠른 프랑스어로 중얼거렸어요. 그것도 에르(R)자를 목젖으로 울리면서 ‘쇠를 두드리고 문질러서 모양을 만들어야겠어.’라고 말하는 거예요. 너무 무서워서 빨리 잠에서 깨고 싶었어요. 그리고 잠에서 깼는데……, 꿈속에서 잠이 깬 거였어요. 그래서 이건 무엇을 의미하는 건지 스스로에게 묻기 시작했어요. 그랬더니 코르네이가 ‘산고産苦로, 산고로 돌아가십니다. 산고로 말입니다, 마님…….’ 하고 내게 말하지 않겠어요."

"무슨 그런 바보 같은 소릴, 그런 어리석은 소리가 어디 있어요!" 브론스키가 말했다. 그러나 그 자신도 자기 목소리에 아무런 설득력이 없다는 것을 느끼고 있었다.

"이제 이런 얘긴 그만해요. 벨을 울려줘요. 차를 가져오라고 할게요. 아, 잠깐 기다려요. 이제 곧 나는……."

갑자기 그녀는 말을 멈췄다. 그녀의 표정이 순간 변하면서 공포와 흥분이 갑자기 조용하고 진지하고 행복한, 무언가에 집중하는 표정으로 바뀌었다. 그는 그 변화의 의미를 이해할 수 없었다. 그녀는 자기의 몸속에서 새로운 생명의 움직임을 들었던 것이다.

4

알렉세이 알렉산드로비치는 자기 집 현관 계단에서 브론스키와 마주치고도 예정대로 이탈리아 오페라를 보러 갔다. 그는 2막이 끝날 때까지 그곳에 있으면서 만나야 할 사람들을 모두 만났다. 집에 돌아오자 그는 옷걸이를 유심히 보고 군인 외투가 없는 것을 확인한 후에야 여느 때처럼 자기 서재로 갔다. 그러나 평소와 달리 그는 잠자리에 들지 않고 새벽 3시까지 서재를 이리저리 거닐었다. 예의를 지키려고도 하지 않고, 정부를 집 안으로 불러들여서는 안 된다는 유일한 조건마저 아랑곳하지 않는 아내에 대한 분노의 감정이 그의 마음속에서 요동쳤다. 아내는 그의 요구를 이행하지 않았다. 일이 이런 지경에까지 이른 지금으로서는 아내를 벌하기 위해 이혼을 청구하고 아들을 빼앗겠다는 이전의 위협을 실행에 옮길 일만 남은 듯했다. 그는 그 일과 관련된 모든 어려움을 알고 있었다. 그러나 그렇게 하겠다고 한 이상, 이젠 그 위협을 실행에 옮겨야만 할 상황이 된 것이다.

리디야 이바노브나 백작 부인은 지금의 어려운 처지를 벗어날
수 있는 최선의 방법은 그것뿐이라고 여러 번 눈치를 주었었다.
또 최근에는 이혼 절차도 거의 완벽하게 정리가 되어 있어서, 알
렉세이 알렉산드로비치는 형식상의 곤란함을 극복할 가능성이
있음을 알고 있었다. 그러나 불행은 혼자 찾아오는 게 아니라는
말도 있듯이, 이민족 정착 문제와 자라이스크 현의 관개시설 문
제가 업무적으로 매우 힘든 상황에 처해 있어서 알렉세이 알렉
산드로비치는 요즘 들어 줄곧 극도로 예민해져 있었다.

그는 밤새 한잠도 자지 않아서 그의 분노는 점점 더 커졌고 아
침 무렵에는 극에 달하고 말았다. 그는 서둘러 옷을 갈아입고는,
분노로 가득 찬 잔을 들고 그것을 엎지르지나 않을까 두려워하
는 마음으로, 그리고 그 분노와 함께 아내와 담판을 짓는 데 필
요한 정력을 소비하지 않을까 두려워하는 마음으로, 아내가 일
어났다는 말을 듣자마자 곧바로 아내의 방으로 들어갔다.

안나는 평소 남편에 대해선 뭐든 다 알고 있다고 생각하고 있
었으나 지금 자기의 방에 들어온 그의 모습을 보고는 깜짝 놀랐
다. 그는 미간을 찌푸린 채, 아내의 눈을 똑바로 보지 않고 침울
하게 앞쪽을 바라보면서 입은 경멸한다는 듯이 굳게 다물고 있
었다. 그의 걸음걸이와 몸짓과 목소리에는 안나가 전에 본 적이
없는 결연함과 단호함이 있었다. 그는 방 안으로 들어와서는 그
녀에게 인사도 하지 않고 곧장 아내의 탁자로 다가가 열쇠를 들
고 서랍을 열었다.

"뭐가 필요한데요?" 안나가 외쳤다.

"당신 정부의 편지가 필요하오." 그가 말했다.

"그건 여기 없어요." 안나는 서랍을 닫으며 말했다.

그러나 그는 아내의 그런 행동으로 자신의 추측이 옳다는 것을 알았다. 그는 난폭하게 아내의 손을 밀치고 손가방을 재빨리 집어 들었다. 그는 그녀가 그 속에 가장 중요한 서류를 넣어 둔다는 것을 알고 있었다. 안나는 손가방을 빼앗으려고 하였으나 그는 그녀를 밀쳤다.

"앉아요! 당신과 꼭 해야 할 말이 있소." 그는 손가방을 겨드랑이에 끼고는 한쪽 어깨가 올라갈 정도로 팔꿈치로 꽉 죄며 말했다.

안나는 놀라움과 두려움을 느낀 채로 말없이 남편의 얼굴을 쳐다보았다.

"나는 당신에게 당신 정부를 집 안에 끌어들이지 말하고 경고했소."

"그분을 만나야 할 일이 있었어요. 왜냐하면……."

그녀는 아무런 생각이 떠오르지 않아 그냥 말을 멈췄다.

"여자가 왜 정부를 만나야 하는지 그 이유를 자세히 들을 필요는 없소."

"나는 그러고 싶었어요. 단지……." 안나는 발끈해서 말했다. 남편의 난폭한 태도가 그녀를 화나게 했고, 결국 그녀에게 용기를 주었던 것이다. "당신은 나를 모욕하는 게 별일이 아니라고 생각하는 거죠?” 그녀가 말했다.

“결백한 남자나 여자에게라면 모욕일 수도 있겠지. 하지만 도둑놈에게 도둑놈이라고 하는 건, 그 사실을 확인하는 것에 불과한 거요.”

“이런 새로운 특성이, 잔인성이 당신에게 있는지 예전엔 몰랐군요.”

“남편이 아내에게 체면만 지켜달라는 오직 한 가지 조건 하에서 명예와 자유를 보호해줬는데 그것을 잔인성이라고 부르는군. 그게 과연 잔인한 것이요?”

“그건 잔인한 것보다 더욱 나빠요. 꼭 알고 싶으세요? 그럼 말할게요. 그건 비열한 짓이에요!” 안나는 분노를 폭발시키며 이렇게 외치고는 일어나 밖으로 나가려고 했다.

“안 돼!” 그는 특유의 그 새된 목소리를 평소보다 한 음정 높여 외치고는 커다란 손으로 그녀의 손목을 팔찌의 자국이 빨갛게 남을 정도로 세게 붙잡아 억지로 제자리에 앉혔다. “비열하다고 했소? 만약 그런 말을 쓰고 싶다면 말하겠소. 비열하다는 건 말이오, 정부 때문에 남편과 자식을 버리고도 남편의 빵을 먹는 것, 그게 바로 비열이란 거요!”

안나는 고개를 숙였다. 그녀는 자기가 전날 밤 정부에게, ‘당신이야말로 나의 남편이고 그인 쓸모없는 사람’이라고 말했던 것을 입 밖에 내지 않았을 뿐만 아니라 생각조차 하지 않았다. 그녀는 그의 말이 전적으로 옳다고 느끼고 단지 조용한 목소리로 이렇게 말했다.

"당신이 무슨 말을 해도 나 자신이 생각하는 것보다 더 나쁘게 내 처지를 말하진 못할 거예요. 그런데 대체 왜 그런 말을 하는 거죠?"

"왜 그런 말을 하냐고? 왜 그러냐고?" 그는 여전히 격앙된 어조로 말했다. "체면이라도 지켜달라는 내 요구를 저버렸으니, 나도 이런 상태를 끝내기 위해 조치를 취하겠다는 것을 당신에게 알리기 위해서요."

"이대로 두어도 곧 끝날 거예요." 안나가 말했다. 그리고 이제는 차라리 소망이 되어버린 다가오는 죽음을 생각하자, 그녀의 눈에는 다시 눈물이 글썽였다.

"그건 당신과 당신 정부가 생각하는 것보다 더 빨리 끝날 거요! 당신들에겐 동물적인 욕망을 채우는 게 필요할 테니 말이오……."

"알렉세이 알렉산드로비치! 당신의 그런 행동이 관대하지 못하다고 말하지는 않겠어요. 하지만 쓰러진 사람을 때린다는 건 바람직한 행동이 아니잖아요."

"그래, 당신은 오직 당신 자신만을 생각하고 있군. 당신의 남편이었던 사람의 고통은 전혀 관심도 없다는 거군. 사람의 일생이 망가지고 그 사람이 게…… 게…… 게로워한들 당신은 상관하지 않겠지."

알렉세이 알렉산드로비치는 너무나 빨리 말하는 바람에 혀가 꼬여 '괴로워'라는 말을 제대로 발음할 수가 없어서 결국 '게로워'라고 발음하고 말았다. 안나는 우스웠으나 곧 이런 상황에서 자신이 우스워할 수 있다는 게 부끄럽게 생각되었다. 그 순간 그녀는 처음으로 그를 동정하면서 그의 입장이 되어 그가 가엾게 생각되었다. 그러나 이제 와서 무슨 말을 하고, 무엇을 할 수 있겠는가? 그녀는 오직 고개를 숙인 채 가만히 있을 뿐이었다. 그 또한 잠시 말없이 있었다. 그러고는 이제 그다지 덜 날카롭고 덜 냉랭한 목소리로 별다른 의미도 없는, 되는대로 나오는 말을 힘주어 말하기 시작했다.

"당신에게 할 말이 있어서 왔소⋯⋯." 그가 말했다.

안나는 흘끗 그를 쳐다보았다. '아니야, 그건 내가 잘못 생각한 거야.' 그녀는 남편이 '게로워한들'이라고 말하며 혀가 꼬였을 때를 기억해 내면서 이렇게 생각했다. '아니야, 그렇게 흐릿한 눈을 가진, 자기만족에 갇혀 있는 사람이 무엇을 느낄 수 있겠어?'

"나는 아무것도 바꿀 수 없어요." 안나는 낮은 목소리로 말했다.

"나는 내일 모스크바로 떠날 거요. 이 집으로 다시는 돌아오지 않으려고 하오. 변호사가 당신에게 통고할 거요. 이혼 수속을 변호사에게 위임할 거요. 당신에게 이 말을 하려고 왔소. 그리고 내 아들은 누님에게 맡기겠소." 알렉세이 알렉산드로비치는 아들에 대해 말하려고 했던 것을 힘겹게 떠올리며 이렇게 말했다.

"세료자는 나를 괴롭히기 위해서 필요한 거죠." 안나는 시무룩하게 그를 쳐다보며 말했다. "당신은 그 아이를 사랑하지 않잖아요……. 세료쟈는 그냥 둬요!"

"그래, 난 아들에 대한 사랑도 잃어버렸소. 그건 그 아이가 당신에 대한 혐오감과 연결되어 있기 때문이었소. 그래도 난 그 애를 데리고 가겠소. 그럼 잘 있으시오!" 이렇게 말하고 그는 나가려고 했다. 그러나 이번에는 안나가 그를 붙잡았다.

"알렉세이 알렉산드로비치! 세료쟈는 두고 가요!" 안나는 다시 한 번 속삭이듯이 말했다. "난 더 이상 할 말이 없어요. 세료쟈만은 나의 '그때'까지 남겨 둬요……. 나는 곧 아기를 낳을 거예요. 그 아이는 두고 가요!"

알렉세이 알렉산드로비치는 화를 벌컥 내며 안나의 손을 뿌리치고 말없이 방을 나왔다

5

알렉세이 알렉산드로비치가 페테르부르크의 유명한 변호사를 방문했을 때 그의 응접실은 온통 사람들로 붐비고 있었다. 세 명의 여인, 즉 노파와 젊은 여인과 상인의 아내가 있었고, 또 세 명의 신사, 즉 반지를 낀 독일인 은행가와 턱수염을 기른 상인과 목에 십자가를 건 화난 얼굴의 관리가 꽤 오래전부터 기다리고 있는 게 분명했다. 두 서기는 펜 소리를 내며 책상에서 글을 쓰고 있었는데, 평소에 문구류에 취미를 가지고 있던 알렉세이 알렉산드로비치는 꽤나 좋은 펜이라는 것을 금방 알아차렸다. 서기 가운데 한 사람이 자리에 앉은 채 눈을 가늘게 뜨고 화가 난 듯 알렉세이 알렉산드로비치를 돌아보았다.

"무슨 일로 오셨나요?"

"변호사에게 볼 일이 있소."

"변호사님께서는 지금 바쁘신데요." 그 서기는 기다리고 있는 사람들을 펜으로 가리키며 완고하게 대답하고는 쓰는 일을 계속했다.

"잠시 시간을 내실 수는 없을까요?" 알락세이 알렉산드로비치가 말했다.

"그분은 한가한 시간이 없어요. 항상 바쁘시거든요. 기다리십시오."

"그럼 수고스럽겠지만, 내 명함을 전해주시겠습니까?" 알렉세이 알렉산드로비치는 자신의 신분을 밝힐 필요를 느끼며 이렇게 위엄 있게 말했다.

서기는 명함을 받아들고는 확실히 그 내용을 믿을 수 없다는 태도로 문 안으로 들어갔다.

알렉세이 알렉산드로비치는 원칙적으로는 공개재판에 공감했지만, 자기가 몸담고 있는 고위 직책상의 관계로 그것을 러시아에 적용하는 데서 오는 세부적인 부분에 대해서는 완전히 공감할 수 없었다. 그리고 최고권위층에서 승인된 것을 비난할 수 있는 범위 내에서 그것을 비난하고 있었다. 그는 모든 생활을 행정적 활동 속에서 보내고 있었다. 그래서 그가 어떤 일에 공감하지 않을 때도, 그 반감은 무슨 일에든 잘못은 있을 수 있으며 그것을 고칠 수 있다는 인식에 의해서 완화되었다. 새로운 재판 제도에서 변호사 제도를 설정한 부분에는 동의하지 않았다. 그러나 그는 이제까지 변호사에게 볼일이 있었던 적이 없었기 때문에 그것은 단지 이론상으로 한 말에 불과했었다. 그런데 지금 변호사 사무실에서 받은 불쾌한 인상 때문에 그 동의할 수 없는 감정이 더욱 강해졌다.

"곧 나오실 겁니다." 서기가 말했다. 그리고 정말 2분쯤 지나자 문 쪽에 변호사와 상의를 끝낸 키가 크고 나이가 지긋한 법률가와 변호사가 나타났다.

키가 작고 통통한 변호사는 머리가 벗겨졌고 튀어나온 이마 밑으로 희끗희끗하고 기다란 눈썹에 갈색의 턱수염을 기르고 있었다. 넥타이와 시계의 이중 사슬, 에나멜 구두에 이르기까지 그 차림새가 마치 새 신랑 같았다. 얼굴은 영리한 농부의 모습이었는데 옷차림새는 사치스럽고 저속해 보였다.

"어서 들어오십시오!" 변호사는 알렉세이 알렉산드로비치에게 말했다. 그리고 침울한 표정으로 카레닌을 들여보내고는 문을 닫았다.

"앉으시겠습니까?" 그는 서류가 잔뜩 놓여 있는 탁자 옆의 안락의자를 가리키고는 그 자신은 의장석처럼 생긴 자리에 앉아 짧은 손가락에 흰 솜털이 잔뜩 난 작은 손을 비비면서 고개를 옆으로 갸웃거렸다. 그런데 그가 그런 자세로 자리에 앉자마자 탁자 위로 나방 한 마리가 날아왔다. 그러자 변호사는 도저히 예기치 못한 날쌘 동작으로 양손을 펴서 나방을 잡고는 다시 원래의 자세로 돌아와 앉았다,

"용건을 말하기에 앞서……." 알렉세이 알렉산드로비치는 놀란 표정으로 변호사의 동작을 지켜보고 나서 이렇게 말했다. "미리 말해 둘 것이 있습니다. 나와의 대화 내용은 절대 비밀로

해주길 바랍니다."

희미한 미소가 변호사의 늘어진 붉은 콧수염을 움직였다.

"변호사라면 당연히 의뢰받은 사건의 비밀을 지켜야 합니다. 하지만 뭔가 보증을 받고 싶으시다면……."

알렉세이 알렉산드로비치는 그의 얼굴에서 총명한 회색빛 두 눈이 웃음을 머금고 있는 것을 보고는 이미 모든 것을 알아차렸다고 생각했다.

"제 이름은 알고 계시나요?" 알렉세이 알렉산드로비치가 말을 계속했다.

"알고 있습니다. 그리고 당신의 유익한……." 그는 또다시 나방을 잡았다. "활동을 알고 있습니다. 모든 러시아인들은 다 알고 있지요." 변호사는 고개를 숙이며 말했다.

알렉세이 알렉산드로비치는 마음을 가다듬으며 깊은 숨을 내쉬었다. 그러나 일단 결심을 했기 때문에 그는 겁내지도 않고 더듬거리지도 않으며, 또 어떤 말에는 힘을 주면서 그 새된 목소리로 말을 계속했다.

"실은 내게 불행한 일이 생겼습니다." 알렉세이 알렉산드로비치는 본론으로 들어갔다. "아내에게 배신당했습니다. 그래서 법률적으로 아내와의 관계를 끊고 싶습니다. 다시 말해서 이혼하되, 아들의 양육권을 아내에게 주고 싶지 않습니다."

변호사의 회색 눈은 웃지 않으려고 애쓰고 있었지만 자제할 수 없는 즐거움으로 빛나고 있었다. 알렉세이 알렉산드로비치는 그의 눈빛에 그저 유리한 주문을 받은 사람의 기쁨만이 아니라 승리와 환희가 깃들어 있음을 보았다. 그것은 그가 언젠가 아내의 눈에서 보았던 그 불쾌한 빛과도 같은 것이었다.

"당신은 이혼하시기 위해 제 도움을 필요로 하시는 거군요?"

"바로 그렇습니다. 하지만 미리 말해 둡니다만, 내가 당신의 수고를 남용할 수도 있습니다. 나는 단지 당신과 미리 상의하러 온 겁니다. 나는 이혼을 원합니다. 하지만 내겐 그것을 수행하는 형식이 무엇보다 중요합니다. 만약 그 형식이 내 요구와 맞지 않을 경우엔 법적인 모색은 포기할 겁니다."

"아, 그건 항상 그렇습니다." 변호사가 말했다. "그리고 그것은 언제나 당신의 뜻대로 하시면 됩니다."

변호사는 억누를 수 없는 기쁨을 드러내 보이는 것이 의뢰자의 기분을 상하게 할 수도 있다는 생각에 알렉세이 알렉산드로비치의 발밑으로 자신의 시선을 내렸다. 그는 자기 코앞에 날아가는 나방을 발견하고 또다시 한 손을 내밀었으나, 알렉세이 알렉산드로비치의 지위에 대한 존경심 때문에 그것을 잡지는 않았다.

"이 문제에 대한 우리 나라의 법적 입장은 알고 있습니다만……." 알렉세이 알렉산드로비치는 말을 계속했다. "이런 종류의 문제가 실제로 어떻게 처리되는지 그 형식을 알고 싶군요."

"당신이 원하시는 것은……." 변호사는 눈을 내린 채 싫어하는 티를 내지 않고 고객의 말에 맞장구를 치며 대답했다. "당신의 바람을 실현할 수 있는 방법을 알고 싶으신 거군요.”

변호사는 알렉세이 알렉산드로비치가 수긍한다는 듯이 고개를 끄덕이는 것을 보고는 붉은 반점이 있는 알렉세이 알렉산드로비치의 얼굴을 흘긋거리며 쳐다보았다.

“우리 나라의 법률에 따르면 이혼은…….” 그는 러시아의 법률에 대해 가벼운 비난조로 말했다. “당신도 아시다시피, 다음과 같은 경우에 가능한 것으로 되어 있습니다……. 잠시 기다리라고 해요!” 그는 문으로 얼굴을 내민 서기에게 이렇게 말했지만, 그래도 일어나서 몇 마디 건네고는 다시 자리로 돌아와 앉았다. “다음과 같은 경우란 부부에게 육체적인 결함이 있을 때와 5년 동안 행방불명일 때…….” 그는 솜털이 잔뜩 난 짤막한 손가락을 꼽으며 말했다. “그리고 다음은 간통(그는 이 단어를 매우 만족스러운 듯이 발음했다)입니다. 그 경우를 세분하면 이렇습니다(비록 경우와 세분을 동시에 분류하는 게 불가능해 보였으나 그는 자기의 짧고 굵은 손가락을 꼽아 나갔다). 즉 남편이나 아내의 육체적인 결함, 남편이나 아내의 간통.” 모든 손가락을 꼽게 되자 이번에는 그것을 펴면서 계속했다. “이것은 이론석인 견해입니다만, 딩신이 일부러 찾아오신 것은 실제로 어떻게 적용되는지 알고 싶어서라고 생각합니다. 따라서 판결을 참조해보면 실제 이혼은 다음의 경우에만 가능하다는 것을 말씀드립니다. 제 생각으로 보자면, 육체적인 결함은 없으실 테지요? 또한 행방불명도 아니신 것 같고요?”

알렉세이 알렉산드로비치는 긍정하듯 고개를 숙였다.

"그렇다면 다음과 같은 경우를 생각해 볼 수 있겠습니다. 다시 말해서, 배우자 가운데 한쪽의 간통으로 쌍방이 합의하여 간통 사실을 인정하는 겁니다. 그리고 합의 없이 폭로하는 경우가 있을 때입니다. 그러나 후자의 경우는 실제로는 드문 경우입니다." 이렇게 말하고 변호사는 알렉세이 알렉산드로비치의 얼굴을 슬쩍 보더니, 마치 권총을 파는 상인이 그 무기의 이런 저런 성능을 설명한 뒤 고객의 선택을 기다리는 사람처럼 입을 다물었다. 그러나 알렉세이 알렉산드로비치가 아무런 말을 하지 않았기 때문에 변호사는 계속해서 말했다. "가장 보편적이고 합리적인 것은, 제 생각으로는 쌍방의 합의로 간통 사실을 인정하는 경우지요. 저도 교양 없는 사람과 대화할 때는 이런 표현을 쓰지 않습니다." 변호사는 계속 말했다. "하지만 당신은 이해하시리라고 생각합니다."

그러나 알렉세이 알렉산드로비치는 간통 사실 증명이 합리적이라는 것이 금방 이해되지 않아 몹시 혼란스러워하며 의혹에 찬 시선을 보였다. 그러자 변호사가 곧 그를 도왔다.

"그렇게 되면 누구든 같이 살 수 없겠지요. 그게 사실입니다. 따라서 만약 양측에서 그 부분에 대해 합의된다면, 세부적인 부분이나 형식은 문제가 되지 않습니다. 동시에 그게 가장 단순하고 가장 확실한 방법입니다."

알렉세이 알렉산드로비치는 이번에는 확실히 이해했다. 하지만 그에게는 그 방법의 승인을 방해하는 종교적인 요구가 있었다.

“그것은 지금 경우에는 논외입니다.” 그가 말했다. “그렇다면 한 가지 경우만 가능한 거군요. 내가 가지고 있는 편지로, 본의 아니게 죄상을 증명하는 것이죠.”

편지라는 말을 듣자, 변호사는 입술을 다물고 동정과 함께 멸시가 섞인 듯한 가냘픈 소리를 냈다.

“그렇다면…….” 그는 말을 시작했다. “이런 종류의 사건들은 아시다시피 종교성에서 결정됩니다. 신부나 사제들은 이런 종류의 사건에 대해 세세한 부분까지 알려고 들지요.” 그는 사제들의 취미에 공감하는 듯 미소를 지으며 말했다. “편지도 부분적으로는 사실을 확인할 수가 있습니다. 그러나 증거는 직접적인 방법, 즉 증인들로부터 얻어진 것이어야 합니다. 그러니 만약 저를 신뢰하실 수 있다면 어떤 방법을 선택할지에 대한 문제는 제게 맡겨 주십시오. 결과를 바라는 사람은 방법도 허락하는 법이니까요.”

“만약 그렇다면…….” 알렉세이 알렉산드로비치는 갑자기 창백해지더니 말하기 시작했다. 하지만 그때 변호사는 일어나 다시 문으로 나가서 그의 말을 가로막은 서기에게로 갔다.

“그 부인에게 말해주게. 우린 값싼 사건은 취급하지 않는다고 말이야!”

이렇게 말한 변호사는 알렉세이 알렉산드로비치에게로 돌아왔다.

자리로 되돌아와서 그는 눈에 띄지 않게 살짝 또 한 마리의 나방을 잡았다. '여름까지 내 벽걸이 양탄자도 볼만하게 되겠군!' 그는 얼굴을 찡그리며 생각했다.

"자, 그러니까 당신 말씀은……." 그가 말했다.

"결정해서 서면으로 당신에게 알려드리겠습니다." 알렉세이 알렉산드로비치는 일어서며 이렇게 말하고는 탁자를 잡았다. 그리고 잠시 말없이 서 있다가 말했다. "당신 말씀대로라면 난 이혼할 수 있다고 결론지어도 되겠군요. 당신의 조건도 알려주었으면 합니다."

"제게 전적인 행동의 자유를 주신다면 무슨 일이든 가능합니다." 변호사는 상대의 질문에는 대답하지 않고 이렇게 말했다. "그러면 그 소식은 언제쯤 받을 수 있을까요?" 변호사는 자기의 눈과 에나멜 구두를 반짝이며 문 쪽으로 다가가며 말했다.

"일주일 후에요. 그럼 당신이 이 사건을 맡을 것인지, 또 어떤 조건으로 맡으실지, 내게 그에 대한 답변을 주시기 바랍니다."

"알겠습니다."

변호사는 공손히 고개를 숙이고는 고객을 문밖으로 내보냈다. 그리고 혼자 남게 되자, 자신의 즐거운 감정에 몸을 맡겼다. 그는 기분이 너무 좋은 나머지 자신의 규칙을 어기고 수임료를 깎아달라는 어떤 부인의 요구를 들어주었다. 그리고 내년 겨울에는 시고닌의 집처럼 가구를 벨벳으로 천갈이 해야겠다고 굳게 결심하며 나방을 잡는 것도 그만두었다.

6

알렉세이 알렉산드로비치는 8월 17일의 위원회에서 빛나는 승리를 거두었다. 그러나 그 승리의 결과는 그를 곤란한 처지로 몰았다. 이민족의 생활과 관련하여 모든 부분에서 연구할 새로운 위원회가 알렉세이 알렉산드로비치의 제안으로 대단한 속도와 기세로 조직되어 현지로 파견되었다. 3개월 후에 보고서가 제출되었다. 이민족의 생활 상태는 역사적, 행정적, 경제적, 인종적, 물질적, 종교적인 관점에서 연구되었다. 모든 문제에 대한 해답이 훌륭하게 작성되었다. 그 해답은 모두가 항상 오류에 빠지곤 하는 인간 사고의 산불이 아니라 공적 활동의 산물이었기 때문에 의심할 여지가 없었다. 그 해답은 모두 공적인 자료, 즉 면사무소나 지역 교구 사제의 보고를 기초로 한 군수나 교구장의 보고에 바탕을 두었으며, 그것은 다시 지사나 대주교의 보고라는 공식적인 자료의 결과였다. 그렇기 때문에 그러한 해답은 의심할 여지가 없었다. 예를 들면, 어째서 흉작이 드는지, 어째서 주민들은 자기네 신앙을 고집하는지 등등 관청 조직이라는 편의가 없었더라면 결코 해결되지 않는, 아니 수 세기에 걸쳐도 도저히 해결할 수 없는 문제에 대해 의심할 여지없는 분명한 해답을 얻은 것이다. 그리고 그 해답은 알렉세이 알렉산드로비치의 의견에 유리한 것이었다. 그런데 지난번 회의에서 약점을 찔렸다고 느낀 스트레모프는 위원회의 보고를 받자 알렉세이 알렉산드로비치로서는 예상치 못한 술책을 썼다. 스트레모프는 다른 몇몇 위원을 자기편으로 만들어서는 갑자기 알렉세이 알렉산드로비치 편으로 옮겨 앉아 카레닌이 제안한 방책의 실행을 열렬히 지지했을 뿐만 아니라, 취지는 같지만 매우 극단적인 방책을 제안했다. 알렉세이 알렉산드로비치의 근본 사상과는 상당히 거리가 먼, 오히려 반대되는 이 방책이 채택되었고 비로소 스트레모프의 술책이 표면에 드러나게 되었다. 극단으로 치달은 이 방책은 그 어리석음을 드러내며 관리들도, 여론도, 총명한 부인들도, 신문도 모두가 이 방책뿐만 아니라 그 방책의 아버지로 공인된 알렉세이 알렉산드로비치에 대해 불만을 표출했다. 스트레모프는 자기는 오직 맹목적으로 카레닌의 계획에 따랐을 뿐이라고 하면서, 지금 와서 자기도 이런 결과에 적잖이 놀라서 분개하고 있다는 태도를 취하며 슬며시 물러섰다. 이것은 알렉세이 알렉산드로비치에게 큰 타격을 주었다. 그러나 알렉세이 알렉산드로비치는 건강도 쇠약해지고, 가정적인 슬픔도 있었지만 굴복하지 않았다.

위원회에는 분열이 생겼다. 스트레모프를 우두머리로 하는 일부 위원들은 알렉세이 알렉산드로비치가 지도하는 조사 위원회가 제출한 보고서를 믿었던 자기들이 잘못이라고 하면서 변명을 늘어놓았다. 또한 그들은 그러한 보고는 엉터리며 단지 휴지 조각에 불과하다고 주장했다. 알렉세이 알렉산드로비치는 공적인 서류에 대한 이런 혁명적인 태도의 위험성을 깨닫고는 일부 위원들과 함께 조사 위원회가 제출한 자료를 계속 지지했다. 그 결과, 상류사회는 물론 일반 사회에 이르기까지 다들 큰 혼란에 빠졌다. 이 문제에 대해 모두들 대단한 관심을 보이고 있었음에도 불구하고 어느 누구도 이민족이 실제로 가난한지, 몰락하고 있는 건지, 번영하고 있는 건지 알 수가 없었다. 이 사건으로 인해, 그리고 부분적으로는 아내의 부정으로 그에게 쏟아진 멸시하는 듯한 시선으로 인해, 알렉세이 알렉산드로비치의 입장은 매우 불안정하게 되었다. 그런 상황 속에서 알렉세이 알렉산드로비치는 중요한 한 가지 결심을 했다. 그 사건을 조사해야겠다면서 자기를 직접 파견해달라고 요청하여 위원회의 사람들을 깜짝 놀라게 한 것이다. 그리고 허가를 얻자, 알렉세이 알렉산드로비치는 멀리 떨어진 현들을 향하여 출발했다.

알렉세이 알렉산드로비치가 출발했다는 소식은 세간을 떠들썩하게 했다. 게다가 출발 직전에 행선지까지 여비조로 지급된 역마 열두 필의 대금을 서면을 통해 공식적으로 반납했기 때문에 더욱 떠들썩했다.

"그건 정말 훌륭한 태도예요." 벳시는 이 일에 대해 먀흐카야 공작 부인과 얘기하고 있었다. "그런데 지금은 어디를 가든 철도가 있는걸 모르는 사람이 없는데 역마 대금을 지급하는 이유는 뭘까요?"

그러나 먀흐카야 공작 부인은 그에 대해 찬성하지 않았을 뿐만 아니라 트베르스카야 공작 부인의 말은 오히려 그녀를 짜증 나게 했다.

"당신은 그렇게 말씀하실 수도 있겠지만요……." 그녀가 말했다. "댁이야 몇 백만이 있는지도 모를 부자시니까요. 하지만 우리 같은 사람은 남편이 여름에 시찰 여행을 떠난다고 하면 좋아요. 남편에게는 여행이 건강을 위해서도 좋고 즐겁기도 하니까요. 그리고 나는 그 돈으로 마차와 마부를 부리면 되니 얼마나 좋아요."

멀리 떨어져 있는 여러 현으로 가는 길에 알렉세이 알렉산드로비치는 사흘 동안 모스크바에 머물렀다.

모스크바에 도착한 다음 날, 그는 총독을 방문하러 나섰다. 언제나 마차와 삯마차로 붐비는 가제트니 가의 사거리에서 알렉세이 알렉산드로비치는 갑자기 자기 이름을 부르는 크고 유쾌한 목소리를 듣고 뒤를 돌아보지 않을 수 없었다. 그러자 보도의 한쪽 모퉁이에 최신 유행하는 짧은 외투에 챙이 있는 모자를 비스듬히 쓰고 붉은 입술 사이로 하얀 치아를 드러내며 환하게 웃는, 쾌활하고 젊게 빛나는 스테판 아르카디치가 서 있는 것이 보였다. 그는 결연하고 집요하게 소리를 지르며 마차를 세우려고 했다. 그는 길모퉁이에 세워 둔 마차의 창문을 한 손으로 잡고 있었다. 창문 밖으로 벨벳 모자를 쓴 부인과 두 아이가 머리를 내밀고 있었다. 스테판 아르카디치는 웃으며 한 손으로 매제에게 손짓을 하고 있었다. 부인도 다정한 미소를 지으며 역시 알렉세이 알렉산드로비치에게 손을 흔들었다. 거기엔 돌리와 아이들이 함께 있었다.

알렉세이 알렉산드로비치는 모스크바에서는 아무도 만나고 싶지 않았다. 게다가 처남을 보는 일은 더욱 바라던 바가 아니었다. 그는 잠깐 모자를 들어 올리고 그냥 지나치려고 했지만, 스테판 아르카디치는 마부에게 마차를 세우라고 지시하고는 눈을 가로질러 그에게로 달려왔다.

"아니, 왔는데 기별도 않다니 말이야! 온 지 오래됐나? 어제 듀소 호텔에 갔다가 거기 방명록에 적힌 '카레닌'이란 이름을 봤는데, 그게 자네라는 생각은 하지 못했네!" 스테판 아르카디치는 마차의 창문 안으로 머리를 들이밀며 말했다. "그런 줄 알았으면 들렀을 텐데 말이야. 어쨌든 만나서 반갑네!" 그는 눈을 털기 위해 발과 발을 맞부딪치며 말했다. "소식도 없이 오다니 너무한 거 아닌가!" 그는 반복해서 말했다.

"시간이 없어서요. 너무 정신이 없어서 말입니다." 알렉세이 알렉산드로비치는 무덤덤하게 대답했다.

"저기 집사람에게로 가세. 자네를 무척 만나고 싶어 하네."

알렉세이 알렉산드로비치는 추위로 차가워진 다리를 쌌던 무릎 덮개를 걷고는 마차에서 나와 눈을 가로질러 돌리에게로 갔다.

"어떻게 된 거예요, 알렉세이 알렉산드로비치. 왜 우리를 그냥 지나치려고 하세요?" 돌리는 미소를 지으며 말했다.

"너무 바빠서 그랬어요. 만나서 정말 반갑습니다." 그는 이렇게 만난 게 정말 유감이라는 어투로 말했다. "건강은 어떠세요?"

"그런데 나의 귀여운 안나는 어떻게 지내고 있어요?"

알렉세이 알렉산드로비치는 뭔가 중얼거리고는 그만 돌아가려고 했다. 그러나 스테판 아르카디치가 그를 붙잡았다.

"그럼, 내일 이렇게 하기로 하지. 돌리, 이 친구를 식사에 초대합시다. 그리고 코즈니셰프와 페스초프도 불러서 이 친구가 모스크바 지식층의 환대를 받도록 해주자고."

"그러면, 꼭 오세요." 돌리가 말했다. "5시에 기다리고 있을게요. 원하신다면 6시에 오셔도 좋고요. 그건 그렇고, 나의 귀여운 안나는 어떻게 지내고 있어요? 오랫동안……."

"건강하게 지내고 있습니다." 알렉세이 알렉산드로비치는 얼굴을 찌푸리며 중얼거렸다. "만나서 반가웠습니다!" 그는 이렇게 말하고는 자기의 마차 쪽으로 걸어갔다.

"꼭 오시는 거죠?" 돌리가 큰 소리로 외쳤다.

알렉세이 알렉산드로비치는 뭐라고 중얼거렸지만, 돌리는 오가는 마차들의 소음 때문에 그 소리를 알아들을 수가 없었다.

"내가 내일 들를게!" 스테판 아르카디치가 그에게 소리쳤다.

알렉세이 알렉산드로비치는 마차에 올라타서는 밖을 내다보지도 않고, 밖에서도 자기를 보지 못하도록 깊숙이 몸을 묻었다.

"이상한 친구야!" 스테판 아르카디치가 아내에게 말했다. 그러고는 시계를 들여다보더니 아내와 아이들에게 애정을 표시하는 손짓을 해 보이고는 활기차게 보도를 따라 걸어갔다.

"스티바! 스티바!" 돌리는 얼굴을 붉히며 외쳤다. 그가 돌아다보았다.

"그리샤하고 타냐에게 외투를 사 줘야 해요. 돈 좀 주세요!"

"괜찮소. 내가 나중에 계산한다고 해요! 이렇게 말하고 그는 마차를 타고 지나가던 지인에게 유쾌하게 고개를 끄떡여 보이고는 사라졌다.

7

다음 날은 일요일이었다. 스테판 아르카디치는 볼쇼이 극장의 발레 리허설에 들러 자기가 주선하여 새로 입단한 귀여운 무용수 마샤 치비소바에게 전날 약속한 산호 목걸이를 건네주었다. 그리고 극장의 무대 뒤 한낮의 어둠 속에서 선물을 받아 기쁨으로 빛나는 그녀의 귀여운 얼굴에 입을 맞출 수 있었다. 이 산호 목걸이 선물 외에도, 그는 발레가 끝난 후 그녀와 만나기로 약속하려 했다. 그는 발레가 시작될 때는 올 수 없다고 설명하고, 마지막 막에 와서 그녀를 식사에 데리고 가겠다고 약속했다. 그리고 스테판 아르카디치는 극장에서 나와 아호트니 랴드 거리에 들러 직접 만찬에 쓸 생선과 아스파라거스를 고르고, 12시에는 벌써 듀소 호텔에 가 있었다. 그는 다행이도 한 호텔에서 세 사람을 방문하기로 되어 있었다. 한 사람은 얼마 전 외국에서 돌아와 이곳에 묵고 있는 레빈이었고, 또 한 사람은 이번에 높은 자리에 올라 모스크바에 시찰하러 온 자기의 새로운 상관이었고, 나머지 한 사람은 반드시 만찬에 데리고 가야 하는 매제 카레닌이었다.

스테판 아르카디치는 만찬을 좋아했는데, 특히 요란하지 않으면서도 식사와 음료와 손님의 선택에 맞춘 세련된 식사 대접을 좋아했다. 오늘 밤의 메뉴는 꽤나 그의 마음에 들었다. 살아 있는 농어와 아스파라거스, 주요리로 훌륭하면서도 단순한 로스트비프, 그것과 어울리는 술이 있었다. 이것은 먹을 것과 마실 것에 대한 것이었고, 손님으로는 키티와 레빈이 오기로 되어 있었는데 그들이 너무 눈에 띄지 않게 하기 위해서 사촌 여동생과 젊은 셰르바츠키가 올 예정이었다. 그리고 주빈으로는 세르게이 코즈니셰프와 알렉세이 알렉산드로비치를 초대했다. 세르게이 이바노비치 코즈니셰프는 모스크바 출신으로 철학자이고, 알렉세이 알렉산드로비치는 페테르부르크 출신의 실무 행정가였다. 그 밖에 또 한 사람은 유명한 괴짜이자 정열가인 사랑스러운 50세 청년, 페스초프였다. 그는 자유사상가이자, 궤변가이자, 음악가이자, 역사가로서 코즈니셰프와 카레닌에게 소스도 되고 양념도 될 만한 사람이었다. 그는 두 사람을 자극하여 논쟁하도록 부추길 것이었다.

상인으로부터 두 번째 산림 대금을 받은 돈이 아직 남아 있었고, 돌리도 요새는 무척 사랑스럽고 다정했다. 그래서 이와 같은 만찬은 여러모로 스테판 아르카디치를 기쁘게 했다. 그는 더할 나위 없이 기분이 좋았다. 두 가지 다소 불쾌한 점이 있었지만,

그 두 가지 불편한 점도 스테판 아르카디치의 마음속에서 넘실대는 관대한 즐거움의 바다 속으로 가라앉아버렸다. 그 두 가지 불편한 점이란 이런 것이었다. 첫째는 어제 길에서 알렉세이 알렉산드로비치를 만났을 때 그가 자기를 대하는 것이 무뚝뚝하고 경직되어 있었다는 것을 알아챘던 것이었다. 스테판 아르카디치는 그때 알렉세이 알렉산드로비치의 표정과 모스크바의 와 있으면서도 찾아오기는커녕 알려주지도 않았다는 사실을 안나와 브론스키에 관해 이미 들은 소문과 결부시켜 보며, 그들 부부 사이가 원만하지 않다는 것을 예측하고 있었다.

이것이 한 가지 불쾌한 일이었다. 다소 불쾌한 또 다른 하나는 새로 온 상관이 모든 신임 상관과 마찬가지로 아침 6시에 기상하여 말처럼 일하고, 아랫사람들에게도 그렇게 일하기를 요구하는 무서운 사람으로 이미 평판이 나 있다는 것이었다. 게다가 이 신임 상관은 곰 같은 태도로 사람을 대하고, 소문에 의하면 전 장관이 속해 있던 경향이며 스테판 아르카디치 자신도 속해 있던 경향과는 정반대의 성향을 가진 사람이었다. 어제 스테판 아르카키티가 제복을 입고 출근을 했는데 신임 상관은 아주 친절하게, 마치 지인을 대하듯 오블론스키에게 말을 걸었다. 그래서 스테판 아르카디치는 프록코트 차림으로 상관을 방문하는 것이 자신의 의무라고 생각했다. 그런데 신임 상관이 자기를 별로 환영하지 않을지도 모른다는 생각이 두 번째의 불쾌한 점이었다. 그러나 스테판 아르카디치는 본능적으로 모든 것이 잘될 거라고 느꼈다. '모든 사람들이, 모든 인간들이 우리와 마찬가지로 죄 많은 인간들이다. 화를 내고 싸워야 할 이유가 뭐가 있겠는가?' 그는 호텔로 들어가며 이렇게 생각했다.

"잘 있었나, 바실리." 그는 모자를 비스듬히 쓰고 복도를 지나가며 낯익은 사환에게 말했다. "구레나룻을 길렀군. 레빈은 7호실에 있던가? 안내해주게. 그리고 아니츠킨 백작(그가 신임 상관이었다)께서 접견하실 수 있는지 알아봐주게."

"예, 알겠습니다." 바실리는 웃으며 대답했다. "오랜만에 오셨습니다."

"어제도 왔어. 다른 입구로 들어왔었지만. 여기가 7호실인가?"

스테판 아르카디치가 들어갔을 때, 레빈은 트베리에서 온 농부와 함께 방 한가운데 서서 갓 잡은 곰의 가죽을 자로 재고 있었다.

"오호, 자네들이 잡은 건가?" 스테판 아르카디치가 소리쳤다. "근사한 놈이군! 암놈인가? 반갑네, 아르히프!"

그는 농부와 악수하고 나서 외투와 모자도 벗지 않은 채 의자에 앉았다.

"모자라도 벗고 앉지 그래!" 레빈이 그의 모자를 벗겨주며 말했다.

"아니야, 시간이 없어. 난 아주 잠깐 들른 거야." 스테판 아르카디치가 대답했다. 그는 외투 단추만 풀고 있다가 결국은 외투를 벗어놓고는 레빈과 함께 사냥 얘기며, 또 마음 깊숙이 담아 두었던 얘기를 하면서 한 시간을 앉아 있었다.

"자아, 말해보게. 외국에서 뭘 하고 지냈나? 어디 갔었나?" 농부가 나가자 스테판 아르카디치가 말했다.

"독일, 프로이센, 프랑스, 영국에 갔었는데 수도에 있었던 게 아니라 공업 도시에 가서 새로운 것을 많이 보고 왔네. 잘 다녀왔다고 생각해."

"그래, 나도 자네가 노동자의 조직 문제를 생각하고 있다는 건 알고 있네."

"전혀 아니네. 러시아에는 노동자 문제란 있을 수 없어. 러시아에는 토지와 소작 농민과의 관계라는 문제가 있네. 하지만 그런 문제는 저쪽에도 있지. 거기는 망가진 것을 수선하는 격이지만 우리의 것은……."

스테판 아르카디치는 주의 깊게 레빈의 얘기를 듣고 있었다.

"그렇지, 그래!" 그가 말했다. "자네 말이 정말 옳을지도 모르겠군." 그는 말했다. "하지만 난 자네의 활기 넘치는 모습을 보게 돼서 기쁘군. 곰 사냥을 하러 다니고, 일하고, 무엇에든 열중하고 있는 모습을 보는 게 기쁘단 말이네. 그런데 셰르바츠키가 내게 말하길……, 자네 그 친구 만났지……? 자네가 왠지 침울해져서 죽음에 관한 소리만 했다고……."

"그래, 그런데 그게 왜? 난 죽음에 대해 늘 생각하고 있어." 레빈이 말했다. "죽을 때가 다가오는 건 사실이네. 이런 건 모두 시

시한 일에 불과하지. 솔직히 말하자면, 난 내 사상과 일을 높이 평가하고 있네. 하지만 실제로는, 생각해보게, 우리가 살고 있는 이 세계는 아주 작은 행성 위에 자라난 작은 곰팡이나 마찬가지라는 말이네. 그런데도 우리는 우리에게 뭔가 위대한 것, 위대한 사상이나 사업이 있을 수 있다는 듯이 생각하고 있지 않은가. 그런 건 모두 모래알에 불과하네."

"여보게, 친구! 그것은 이 세계만큼이나 낡은 얘기네!"

"낡았다고 해도, 그것을 분명하게 깨달으면 모든 게 무의미해진단 말이야. 오늘 내일 사이에 죽으면 아무것도 남는 게 없다는 사실을 깨닫게 되고, 결국 모든 게 무의미해지는 거야! 나도 내가 가지고 있는 사상을 대단히 중요하게 여기지만, 가령 그것이 실현된다고 한들 이 암곰을 잡는 것과 마찬가지로 무의미한 일이지. 단지 죽음이라는 것을 생각하고 싶지 않기 때문에 일이나 사냥에 몰두하면서 일상을 보내는 거야."

스테판 아르카디치는 레빈의 이야기를 들으며 다정하고 잔잔한 미소를 지었다.

"그야 물론이지! 드디어 자네가 내 쪽으로 왔군. 기억나나? 내게 인생의 쾌락만을 쫓는다면서 공격했지 않은가?"

오, 도덕군자여, 그렇게 엄하게 굴지 마오……![18]

---

18 아파나시 페트(Afanasy A. Fet 1820~1892)의 번역 연작시 「하피스로부터」

“아니야, 그래도 인생에는 좋은 일도 있지…….” 레빈은 당황했다. “그래, 나도 잘은 모르네만, 우리가 곧 죽는다는 것은 알고 있네.”

“어째서 곧이라는 건가?”

“그런데 말이야, 죽음에 대해 생각하면 삶의 매력은 줄어들지 모르지만 마음은 한결 편해진단 말이야.”

“그건 정반대야. 마지막에 가까워질수록 오히려 즐거워지는 법이지. 그건 그렇고, 나는 가 봐야겠어.” 스테판 아르카디치는 열 번째 일어나며 말했다.

“아니, 좀 더 앉아 있게!” 레빈은 그를 만류하며 말했다. “이제 언제 만나지? 나는 내일 떠나는데.”

“내가 정신이 나갔군! 내가 찾아온 이유를 깜박했네……. 오늘 우리 집에 식사하러 꼭 와야 하네. 자네 형도 오실 거고, 내 매제인 카레닌도 올 거야.”

“아니, 그 사람이 여기 있어?” 레빈이 물었다. 그는 키티에 대해서도 묻고 싶었다. 그는 키티가 초겨울 페테르부르크에 있는 외교관의 아내인 자기 언니네 집에 머물고 있다는 소식을 들었지만, 그녀가 돌아왔는지는 모르고 있었다.

“그러면 오는 거지?”

“암, 물론이지.”

중 시 한 편의 1행과 2행을 합쳐 개작한 것이다.

“그럼 5시에 프록코트 차림으로 오게.”

그리고 스테판 아르카디치는 일어나서 아래층의 신임 상관에게로 내려갔다. 본능은 스테판 아르카디치를 속이지 않았다. 무섭다고 소문난 신임 상관은 상당히 온후한 사람이었다. 그래서 스테판 아르카디치는 그와 함께 식사를 하고, 꽤 오래 앉아 있다가 3시가 넘어서야 알렉세이 알렉산드로비치에게로 갔다.

8

알렉세이 알렉산드로비치는 예배를 보고 돌아와서 오전 내내 호텔에 있었다. 그날 아침 그에게는 처리해야 할 두 가지 일이 있었다. 첫째는 페테르부르크로 가는 길에 현재 모스크바에 체류하고 있는 이민족 대표단을 만나서 적절한 방향을 제시해 주는 일이었고, 둘째는 변호사에게 약속한 편지를 쓰는 일이었다. 그 대표단은 비록 알렉세이 알렉산드로비치의 발의로 소환되기는 했지만, 많은 곤란한 상황과 위험마저 있었기 때문에 알렉세이 알렉산드로비치는 모스크바에서 그들을 만난 것을 매우 기쁘게 생각했다. 이 대표단의 사람들은 자신들의 역할과 임무에 대해 아무 생각이 없었다. 그들은 순진하게도 자신들의 임무는 단지 궁핍한 처지와 실상을 호소하여 정부의 원조를 청하는 일이라고 믿고 있을 뿐이었으며, 진술과 요구의 종류에 따라서 오히려 반대파를 도와 모든 걸 망칠 수 있다는 것을 전혀 이해하지 못했다. 알렉세이 알렉산드로비치는 오랫동안 그들과 시간을 보내면서 결코 벗어나면 안 되는 강령을 적어주고 그들을 돌려보낸 뒤, 페테르부르크에 그들에 대한 지도를 의뢰하는 편지를 적어 보냈다. 리디야 이바노브나 백작 부인이 이 문제에 대해선 주요한 원조자였다. 그녀는 대표단 업무에 대해선 전문가였으며, 그녀만큼 대표단을 잘 다루고 또 적절한 지도를 해줄 수 있는 사람은 없었다. 이 일을 끝내자, 알렉세이 알렉산드로비치는 변호사에게 편지를 썼다. 그는 조금도 주저하지 않고 그의 판단대로 행동하도록 허락해주었다. 그는 편지와 함께 안나한테서 강제로 빼앗은 손가방 속에서 발견한, 브론스키가 안나에게 보낸 편지 3통도 동봉했다.

알렉세이 알렉산드로비치가 가족에게로 돌아가지 않을 결심으로 집을 나온 후부터, 변호사를 방문하여 자기의 계획을 얘기했을 때부터, 특히 이 인생의 문제를 서류상의 문제로 바꿔놓았을 때부터, 그는 점점 그 계획에 익숙해져 갔다. 그리고 이제는 그 실행 가능성을 명백히 보게 되었다.

그가 변호사에게 부칠 편지를 봉하고 있을 때, 스테판 아르카디치가 큰 소리로 말하는 것이 들려왔다. 스테판 아르카디치는 알렉세이 알렉산드로비치의 하인과 다툼을 하면서 주인에게 자기가 온 것을 전하라고 고집을 부렸다.

'무슨 상관이야.' 알렉세이 알렉산드로비치는 생각했다. '오히려 잘됐어. 지금 당장 그의 여동생에 대한 내 입장을 밝히고, 그의 집에서 식사할 수 없는 이유를 설명해야겠어.'

"안으로 모시게!" 그는 서류를 모아 페이퍼 홀더에 끼우며 큰 소리로 말했다.

"그것 봐, 자네가 거짓말을 했잖아. 저렇게 안에 있는데!" 그를 들여보내지 않으려고 했던 하인에게 대답하는 스테판 아르카디치의 목소리가 들렸다. 오블론스키는 외투를 벗으며 방 안으로 들어왔다. "아아, 자네를 만나서 정말 기쁘네! 자아, 그럼……." 그는 유쾌하게 말하기 시작했다.

"갈 수 없습니다." 알렉세이 알렉산드로비치는 손님에게 앉을 것을 권하지도 않고 선 채로 차갑게 말했다.

알렉세이 알렉산드로비치는 이혼 소송을 제기하려는 아내의 오빠에 대해 마땅히 취해야만 하는 그런 냉담한 태도를 지금 취하려고 했으나, 스테판 아르카디치의 마음의 언덕에서 흘러나오는 바다 같은 넉넉함을 고려하지 않고 있었다.

스테판 아르카디치는 그 빛나는 맑은 눈을 크게 떴다.

"왜 올 수 없는 건가? 뭘 말하고 싶은 건가?" 그는 의아해하며 프랑스어로 말했다. "아니, 이건 이미 약속된 일이잖나? 우린 모두 자네가 오는 걸로 생각하고 있단 말이네."

"내가 갈 수 없는 이유를 말할게요. 그건 우리 사이의 친척 관계가 끊어질 것이기 때문이에요."

"뭐? 아니, 대체 어떻게? 뭣 때문에?" 스테판 아르카디치는 미소를 지으며 말했다.

"그건 당신의 누이동생, 즉 내 아내와 이혼 소송을 제기할 생각이기 때문이에요, 난 어쩔 수 없이⋯⋯.”

하지만 알렉세이 알렉산드로비치가 말을 다 끝내기도 전에 스테판 아르카디치는 전혀 예상 밖의 행동을 보였다. 스테판 아르카디치는 한숨을 쉬며 안락의자에 털썩 앉았다.

“아니, 알렉세이 알렉산드로비치, 자네 무슨 말을 하는 건가!” 오블론스키는 이렇게 외쳤는데 그의 얼굴엔 고통의 빛이 나타났다.

“그건 사실이에요.”

“미안하네만, 믿을 수가 없네. 난 그걸 믿을 수가 없어⋯⋯.”

알렉세이 알렉산드로비치는 자신의 말이 기대했던 만큼의 효과를 가져오지 못했다는 것, 그래서 자세히 설명해야겠다는 것, 그리고 어떤 설명을 하든지 자기와 처남과의 관계는 그대로 남으리라는 것을 느끼며 자리에 앉았다.

“그래요, 나는 이혼을 요구할 수밖에 없는 괴로운 처지에 놓였어요.” 그가 말했다.

“내가 한마디만 하겠네, 알렉세이 알렉산드로비치. 나는 자네가 훌륭하고 공정한 사람이라는 걸 알고 있네. 그리고 안나도, 미안하네만, 그 애가 아름답고 훌륭한 여자라는 내 생각도 바꿀 수가 없네. 그래서 난 그런 일을 도저히 믿을 수가 없단 말이네. 거기엔 뭔가 오해가 있겠지.” 스테판 아르카디치가 말했다.

“그래요, 만약 그것이 그냥 오해였다면야⋯⋯.”

그래, 자네의 심정은 이해하네.” 스테판 아르카디치가 말을 막았다. "하지만 물론……, 한마디 하자면, 서두르지 말게. 서둘러서는 안 돼, 서둘러서는 절대 안 되네!"

"서두르지 않았어요." 알렉세이 알렉산드로비치는 냉담하게 말했다. "그런 문제는 누구하고도 상의할 수 없어요. 난 굳게 결심했어요."

"끔찍한 일이군!" 스테판 아르카디치는 힘겹게 한숨을 내쉬며 말했다. "한 가지만 해주게, 알렉세이 알렉산드로비치. 제발 부탁이네. 그렇게 해주게! 내가 보기에 소송은 아직 시작되지 않은 것 같으니, 소송을 제기하기 전에 내 아내를 한번 만나서 얘기 좀 해보게나. 그 사람은 안나를 동생처럼 사랑하고, 자네도 사랑하고 있네. 그 사람은 놀라운 여자네. 제발 부탁이니 그 사람과 얘길 좀 해보게! 우정을 생각해서라도 꼭 부탁하네."

알렉세이 알렉산드로비치는 생각에 잠겼다. 스테판 아르카디치도 그 침묵을 방해하지 않고 동정 어린 눈빛으로 그를 바라보고 있었다.

"내 아내를 만나 볼 거지?"

"글쎄, 모르겠어요. 그래서 당신 집에 가지 않은 거예요. 우리 관계도 달라져야만 할 거예요."

"그건 대체 왜? 난 그렇게 생각하지 않네. 내가 생각하건대, 우리의 친척 관계를 제쳐두더라도, 내가 자네에 대해 품고 있는 우정을 자네도 나에 대해 조금이라도 가지고 있을 것이네……. 그리고 진심 어린 존경도." 스테판 아르카디치는 그의 손을 꼭 잡으며 말했다. "가령 자네의 최악의 추측이 사실이라 해도 나는 결코 어느 쪽에 대해서도 비판하지 않을 것이네. 그러니 나로서는 우리의 관계가 바뀌어야 하는 이유를 찾아낼 수가 없네. 하지만 지금은 그렇게 해주게나. 내 아내를 만나러 와주게."

"글쎄, 우리는 이 문제를 서로 다르게 바라보는군요." 알렉세이 알렉산드로비치는 차갑게 말했다. "아무튼 더 이상 이 얘기는 하지 않는 게 좋겠군요."

"아니, 어째서 우리 집에 못 온다는 건가? 오늘 저녁 식사조차도 같이 못 하겠다는 건가? 집사람이 자네를 기다리고 있어. 부탁이네, 와주게. 아무튼 집사람과 얘길 좀 해보게. 그 사람은 놀라운 여자라네. 제발 부탁이야. 무릎 꿇고 빌겠네!"

"그렇게까지 원하신다면 가겠습니다." 알렉세이 알렉산드로비치는 한숨을 내쉬며 말했다.

그리고 화제를 바꾸기 위해 그는 두 사람 모두에게 흥미 있는 얘기, 아직 나이도 많지 않은데 갑자기 그런 높은 지위에 오른 스테판 아르카디치의 신임 상관에 대해 물었다.

알렉세이 알렉산드로비치는 이전부터 아니츠킨 백작을 좋아하지 않았을 뿐만 아니라 그와는 의견도 항상 달랐다. 하지만 이제는 근무에서 실패한 사람이 승진한 사람에 대해 품는 증오심, 공직에 있는 사람이라면 이해할 수 있을 그런 증오심을 억제할 수 없었다.

"그래, 그 사람을 만났어요?" 알렉세이 알렉산드로비치는 심술궂은 미소를 지으며 물었다.

"물론이지, 어제 우리 관청에 나왔었으니까. 그 사람은 업무 파악도 꽤 잘하고 있고, 또 대단한 활동가인가 보던데."

"그래요, 하지만 그 활동은 무엇을 위한 걸까요?" 알렉세이 알렉산드로비치가 말했다. "정말로 일을 하자는 걸까요, 아니면 남이 해놓은 일을 고쳐 쓰자는 걸까요? 우리 나라의 불행은 탁상행정인데, 그 사람은 그 방면에서는 훌륭한 대표자죠."

"사실 난 그 사람의 어떤 점을 비난해야 할지 모르겠어. 난 그의 경향은 잘 모르지만 한 가지, 아주 훌륭한 사람이라는 것은 알고 있어." 스테판 아르카디치가 대답했다. "나는 지금 그 사람에게 있다가 왔는데, 정말 훌륭한 사람이었어. 그와 함께 점심을 먹었네. 그리고 그 사람에게, 자네도 알 거야, 그 오렌지를 넣은 포도주 만드는 법을 가르쳐주었네. 그건 아주 시원한 음료잖아. 그걸 모르다니 놀라운 일이야. 그 사람은 그걸 아주 마음에 들어 하더군. 아니, 정말 좋은 사람이던데."

스테판 아르카디치는 시계를 흘끗 보았다.

"저런! 이거 큰일이군, 벌써 4시가 지났네. 난 이제부터 돌고부신에게 다녀와야 해! 그럼, 꼭 식사하러 오게나. 만약 오지 않는다면 나와 집사람이 얼마나 크게 실망할지 자네는 상상도 못 할 걸세."

알렉세이 알렉산드로비치는 그를 맞이할 때와는 전혀 다른 태도로 그를 배웅했다.

"약속했으니 꼭 가겠습니다." 그는 침울하게 대답했다.

"정말 고맙네. 자네도 후회하지 않았으면 하네." 스테판 아르카디치는 웃으며 대답했다.

그리고 그는 걸어가며 외투를 입다가 한 손으로 하인의 머리를 건드리고는 웃으면서 밖으로 나갔다.

"5시네. 프록코트 차림으로 오게. 꼭이야!" 그는 다시 한 번 문 어귀까지 돌아와서 그렇게 외쳤다.

9

어느새 5시가 지나고 있었다. 집주인이 도착했을 때는 벌써 손님 몇 사람이 와 있었다. 그는 세르게이 이바노비치 코즈니셰프와 페스초프와 현관에서 동시에 만나 함께 안으로 들어갔다. 오블론스키가 부르는 것처럼 이 두 사람은 모스크바 지식층의 주요한 대표자들이었다. 이 두 사람 모두 성격 면에서도 지식 면에서도 존경할 만한 인물들이었다. 그들은 서로를 존경했지만, 도저히 어쩔 수 없을 정도로 거의 모든 면에서 서로 의견이 달랐다. 그것은 두 사람이 서로 대립되는 당파에 속해 있었기 때문이 아니라 같은 진영에 속해 있으면서도(반대파들은 그들을 하나로 혼동하고 있었다) 그 진영 속에서 각자 저마다의 색깔을 가지고 있었기 때문이었다. 더욱이 반추상적인 문제에 대한 의견의 차이만큼 합의가 어려운 것이 없었기 때문에 그들은 여태까지 한 번도 의견의 일치를 본 적이 없었다. 그뿐만 아니라 이미 오래전부터 그들은 상대방의 바로잡을 수 없는 오해에 대해 화내지 않고 비웃어 넘기는 일이 습관화되어 있었다.

그들이 날씨에 관한 이야기를 나누며 문으로 들어서고 있을 때, 스테판 아르카디치가 그들을 따라잡았다. 객실에는 이미 오블론스키의 장인인 알렉산드르 드미트리예비치 공작과 젊은 셰르바츠키, 투로프친, 키티, 카레닌이 앉아 있었다.

스테판 아르카디치는 자기가 없어서 객실의 분위기가 어색하다는 것을 금세 알아차렸다. 회색 실크 드레스를 입은 다리야 알렉산드로브나는 아이들 방에서 자기들끼리 따로 식사를 해야 하는 아이들과 아직 돌아오지 않은 남편 때문에 마음이 쓰이는 듯했다. 그녀는 남편 없이 그 자리를 편안하게 이끌 수가 없었다. 손님들은 마치 손님으로 온 사제의 딸(노공작의 표현을 빌리자면)처럼 어째서 이런 곳에 왔는지 모르겠다는 듯한 표정으로 그저 침묵을 피해볼까 하는 요량으로 얘깃거리를 쥐어짜고 있었다. 사람 좋은 투로프친은 분명히 자기가 있을 곳이 아니라고 느끼는 게 분명했다. 그리고 스테판 아르카디치를 그 두툼한 입술에 떠오른 미소로 맞이했을 때, 마치 '어이, 이 친구야, 자네는 나를 이렇게 똑똑한 사람들 사이에 앉혀놓았나! 꽃의 싱[19]에서 한잔하는 게 나한테는 더 잘 어울리는데 말이야.' 하고 말하는 것 같았다. 노공작은 반짝이는 조그만 눈으로 카레닌을 곁눈질하면서 말없이 앉아 있었다. 그래서 스테판 아르카디치는 그가 이

---

19 Château des fleurs(프랑스어)

미 철갑상어 요리라도 되는 것처럼, 사람들의 주목을 받고 있는 이 정치가에게 들어맞는 말을 생각해 냈다는 것을 알았다. 키티는 콘스탄틴 레빈이 들어올 때 얼굴을 붉히지 않으려고 온 힘을 다해 애쓰면서 문 쪽을 바라보고 있었다. 젊은 셰르바츠키는 아무도 자기를 카레닌에게 소개시켜주지 않았지만, 그런 것에 개의치 않는다는 것을 보여주려 애쓰고 있었다. 카레닌은 페테르부르크에서의 습관대로 부인들과 동석하는 만찬회에서는 프록코트에 흰 넥타이를 매고 있었다. 스테판 아르카디치는 그의 표정을 보고 그가 단지 약속을 지키기 위해 왔다는 것과 이런 모임에 참석하면서 괴로운 의무를 수행하고 있다는 것을 알 수 있었다. 그는 스테판 아르카디치가 도착하기 전에 모든 손님들의 기분을 얼어붙게 만든 냉랭한 분위기를 조성한 장본인이었다.

스테판 아르카디치는 객실에 들어서서 용서를 구한 뒤, 자신이 늦거나 참석하지 못할 때면 늘 희생양으로 삼는 어느 공작에게 붙잡혀서 늦었노라고 변명했다. 그는 서둘러 모두를 소개하고, 알렉세이 알렉산드로비치와 세르게이 코즈니셰프를 붙여놓으며 폴란드의 러시아화라는 주제를 던져주었다. 그러자 그들은 곧바로 페스초프와 함께 그 주제에 매달렸다. 그는 투로프친의 어깨를 툭 치더니 뭔가 우스운 말을 속삭이고는 아내와 공작 옆에 앉혔다. 그다음에는 키티에게 오늘은 유난히 아름답다고 말하고는 셰르바츠키를 카레닌에게 소개했다. 그는 한순간에 이 모임을 잘 반죽하여 객실 어디에서나 사람들의 목소리가 활기차게 울려 퍼지기 시작했다. 한 사람, 콘스탄틴 레빈만이 없었다. 그러나 그것은 오히려 다행이었다. 왜냐하면 스테판 아르카디치가 식당에 가 보니 기절초풍하게도 가져온 포도주와 셰리주가 레베 상점이 아니라 데프레 상점에서 가져온 것이기 때문이었다. 그래서 그는 가능한 빨리 마부를 다시 레베로 보내도록 지시하고 다시 객실로 향했다.

식당에서 그는 콘스탄틴 레빈과 마주쳤다.

"내가 늦었나?"

"자네가 늦지 않을 리 없지!" 스테판 아르카디치는 그의 팔을 잡으며 말했다.

"손님은 많은가? 누가 왔나?" 레빈은 무의식중에 얼굴을 붉히면서 장갑으로 모자의 눈을 털며 물었다.

"모두 가까운 사람들이야. 키티도 있어. 자, 들어가세. 카레닌에게 소개해줄 테니."

스테판 아르카디치는 자기의 자유주의적인 성향에도 불구하고 카레닌과 알고 지내는 것이 사람들에게 즐거운 일이 아닐 수 없다고 생각했기 때문에 가까운 친구에게는 그를 소개하는 것으로 대접하곤 했다. 그러나 그 순간 콘스탄틴 레빈은 그런 소개에서 오는 만족을 온전히 느낄 만한 상태가 아니었다. 그는 브론스키를 만났던 그 잊지 못할 밤 이후로, 큰길에서 그녀를 본 순간을 제외하면 키티를 한 번도 보지 못했다. 그는 마음속 깊이 오늘 이곳에서 그녀를 만나게 되리라는 것을 알았다. 그러나 그는 생각의 자유를 유지하면서 자기는 그런 것은 모른다고 스스로 타이르고 있었다. 그런데 지금 그녀가 이곳에 있다는 말을 듣게 되자, 그는 갑자기 숨이 막히고, 하고 싶은 말을 표현할 수 없을 정도로 기쁨과 공포가 교차하였다.

'그녀는 어떨까? 예전과 같을까, 아니면 마차에 타고 있던 때와 같을까? 만약 다리야 알렉산드로브나가 진실을 말한 것이라면……? 하지만 진실이 아닐 수도 있지 않은가?' 그는 곰곰이 생각했다.

"그래, 카레닌에게 인사시켜주게나." 그는 간신히 이렇게 말하고는 아주 결연한 걸음걸이로 객실로 들어가 그녀를 보았다.

그녀는 예전 같지도 않았고, 마차에 타고 있던 모습도 아니었다. 그녀는 전혀 딴 사람처럼 보였다.

그녀는 왠지 놀라고 수줍어하는 듯한 모습이었지만 그래서 더욱 매력적으로 보였다. 그녀는 레빈이 방 안으로 들어서자마자 바로 그를 쳐다보았다. 그녀는 그를 기다리고 있었던 것이다. 그녀는 너무도 기뻐한 나머지 자기 스스로도 어찌할 바를 모르고 있었다. 그래서 그가 돌리 옆으로 가까이 다가가서 다시 그녀를 쳐다본 순간 그녀도, 그도, 모든 것을 지켜보고 있던 돌리도 그녀가 참지 못하고 울음을 터뜨리지나 않을까 생각할 정도였다. 그녀의 얼굴이 갑자기 붉어졌다 창백해지고 다시 붉어졌다가 얼어버렸다. 그러고는 가늘게 입술을 떨면서 그가 다가오기를 기다렸다. 그는 그녀에게로 다가가서 인사하고는 아무런 말없이 손을 내밀었다. 만약 입술의 가벼운 떨림과 눈에 맺힌 눈물, 그로 인한 반짝거림이 없었다면 그녀가 다음과 같이 말하면서 보인 미소는 거의 차분한 것으로 보였을 것이다.

"참 오랜만에 뵙는군요!" 이렇게 말하고 그녀는 너무도 결연하게 자신의 차가운 손으로 그의 손을 쥐었다.

"당신은 나를 보지 못했지만, 난 당신을 보았어요." 레빈은 행복한 미소를 지으며 말했다. "당신이 기차역에서 예르구쇼보로 마차를 타고 가시는 걸 보았어요."

"언제요?" 키티는 깜짝 놀라며 물었다.

"당신은 마차를 타고 예르구쇼보로 가는 길이었어요." 레빈은 가슴에 넘쳐나는 행복감으로 숨이 막히는 것을 느끼며 말했다. '어떻게 난 이런 감동적인 존재에게 뭔가 불손한 생각을 결부시키려 한단 말인가? 그래, 다리야 알렉산드로브나는 진실을 말했음이 분명해.' 그는 이렇게 생각했다.

스테판 아르카디치는 레빈의 손을 끌고 카레닌이 있는 곳으로 데리고 갔다.

"인사들 나누시게나." 그는 두 사람의 이름을 말했다.

"다시 뵙게 되어 대단히 반갑습니다." 알렉세이 알렉산드로비치는 레빈의 손을 잡으며 냉담하게 말했다.

"자네들이 서로 아는 사이던가?" 스테판 아르카디치는 깜짝 놀라며 물었다.

"열차에서 세 시간이나 함께 보낸 적이 있지." 레빈은 미소를 지으며 말했다. "그런데 마치 가면무도회에 나오는 사람들처럼 잔뜩 호기심만 갖고 나왔지. 적어도 나는 그랬어."

"아, 그랬었군! 그럼 여러분, 저리로." 스테판 아르카디치는 식당 쪽을 가리키며 말했다.

남자들은 식당으로 들어가서 여섯 종류의 보드카와 여섯 종류의 치즈, 캐비어, 청어, 여러 종류의 통조림과 얇게 썬 프랑스 빵이 차려진, 즉 자쿠스카[20]가 차려진 식탁으로 다가갔다.

남자들은 향이 좋은 보드카와 자쿠스카 주위를 둘러섰다. 그래서 세르게이 이바노비치 코즈니셰프와 카레닌과 페스초프 사이에 오가던 폴란드의 러시아화라는 주제에 관한 열띤 대화도 식사를 기다리는 동안 점차 가라앉았다.

세르게이 이바노비치는 추상적이고 진지한 논쟁의 마무리를 짓기 위해 불현듯 점잖은 농담을 던져 사람들의 기분을 전환시키는 데 탁월한 재주를 가지고 있어서, 지금도 그 방법을 썼다.

알렉세이 알렉산드로비치는 폴란드의 러시아화는 오직 러시아 정부가 채택해야만 하는 최고 정책의 결과에 의해서만 실현 가능하다고 논증했다.

페스초프는 한 민족이 다른 민족을 자기 민족에 동화시키기 위해서는 동화시키는 민족의 인구밀도가 높아야만 한다고 주장했다.

---

20 본 식사 전에 가볍게 먹는 음식

코즈니셰프는 제한을 붙이며 양쪽의 주장을 인정했다. 그들이 객실을 나왔을 때, 코즈니셰프는 대화를 끝맺기 위해 웃으며 이렇게 말했다.

"그래서 타민족을 러시아화 시키기 위해선 한 가지 방법밖에 없습니다. 즉, 가능한 아기를 많이 낳는 겁니다. 그런 관점에서 보면 나와 동생은 기여한 바가 없습니다. 그런데 여러분처럼 결혼한 분들은, 특히 스테판 아르카디치는 정말로 애국적인 행동을 하는 겁니다. 당신은 아이가 몇이지요?" 그는 주인에게 상냥하게 미소를 짓고 조그만 술잔을 내밀며 말했다.

모두들 웃음을 터뜨렸다. 특히 스테판 아르카디치는 마냥 즐거웠다.

"정말 그게 가장 좋은 방법이겠군요!" 그는 이렇게 말하고는 치즈를 씹으며 내민 술잔에 뭔가 특별한 종류의 보드카를 따랐다. 논쟁은 이 농담으로 사실상 중단되었다.

"이 치즈는 나쁘지 않은데요. 어때요?" 주인이 말했다. "자네, 정말 운동을 다시 시작했나?" 그는 레빈을 향해 왼손으로 그의 근육을 만지며 말했다. 레빈은 살포시 미소 지으며 팔에 힘을 주었다. 그러자 단단한 알통이 동그란 치즈처럼 스테판 아르카디치의 손가락 밑 프록코트의 얇은 천 아래에서 불쑥 올라왔다.

"이게 바로 이두박근이로군! 삼손이 따로 없군!"

"곰 사냥을 하기 위해선 상당한 힘이 있어야겠지요." 사냥에 대해선 막연한 생각밖에 없는 알렉세이 알렉산드로비치가 거미

줄처럼 얇은 빵의 부드러운 부분에 치즈를 발라 그것을 찢으며
말했다.

레빈은 웃었다.

"전혀요, 그 반대인걸요. 아이들도 곰을 죽일 수 있어요." 그는
안주인과 함께 자쿠스카가 있는 식탁으로 다가온 부인들에게
가볍게 목례를 하고 옆으로 비켜서며 말했다.

"곰을 잡으셨다는 애길 들은 것 같은데요?" 키티는 하얀 팔이
비치는 소매 자락을 흔들며 미끈거려 잡히지 않는 버섯을 포크
로 찍으려고 애쓰며 말했다. "당신이 계신 곳에 정말 곰이 있어
요?" 그녀는 자기의 아름다운 얼굴을 그에게로 반쯤 돌리고 웃
으며 덧붙였다.

그녀의 말 속엔 특별한 의미는 없어 보였다. 그러나 그에게는
그녀가 말할 때의 그 말 한 마디 한 마디에, 그녀의 입술과 눈과
손의 움직임 하나하나에 말로는 표현할 수 없는 의미가 담겨 있
었다. 거기에는 용서를 구하는 마음도, 그에 대한 신뢰도, 부드
럽고 소심한 애교도, 약속과 희망도, 그에 대한 사랑도 있었다.
그는 그 사랑을 믿지 않을 수 없었고 그 사랑으로 행복해서 숨이
막힐 것 같았다.

"아니요, 우리는 트베리 현으로 갔었어요. 그곳에서 돌아오는
길에 열차 안에서 당신의 형부, 아니 당신의 형부의 매제를 만났
는데 정말 우스운 만남이었어요." 그는 미소를 지으며 말했다.

그리고 그는 유쾌하다는 듯 재미있게, 자기가 한잠도 못자고

나서 반코트 차림으로 알렉세이 알렉산드로비치의 찻간에 뛰어 들었던 얘기를 하였다.

"차장이 속담에 반하는 행동을 하는 겁니다. 그 자가 글쎄 내 옷차림을 보고는 밖으로 쫓아내려고 하잖아요. 그래서 나도 좀 허세를 부리며 말하기 시작했어요. 그리고…… 당신도 역시…….'그는 상대방의 이름을 잊어버리고는 카레닌을 향해 말했다. "처음에는 반코트를 입은 내 모양새를 보고 쫓아내려고 하셨지만, 나중에는 내 편을 들어주셨지요. 대단히 고맙게 생각하고 있습니다."

"승객이 좌석을 선택할 권리가 매우 불명확해요." 알렉세이 알렉산드로비치는 손수건으로 손가락 끝을 닦으며 말했다.

"날 두고 어떻게 대해야 할지 몰라 망설이시는 게 보였거든요." 레빈은 선량하게 웃으며 말했다. "그래서 나는 반코트 입은 모양새를 만회하기 위해 서둘러 재치 있는 얘기를 시작했지요."

세르게이 이바노비치는 안주인과 얘기를 하면서도 한쪽 귀로는 동생의 말에 귀를 기울이며 그를 곁눈질했다. '오늘은 저 애가 무슨 일이야? 왜 저렇게 신이 난 거야.' 그는 생각했다. 그는 레빈이 날개 돋친 듯한 기분이라는 것을 몰랐다. 레빈은 키티가 자기의 얘기를 들으면서 즐거워하고 있는 것을 알고 있었고, 오직 그 한 가지 사실만이 그의 마음을 온통 사로잡고 있었다. 그에게는 그 방에, 아니 온 세상에, 그 자신에게 커다란 의의와 중요성을 갖게 된 그 자신과 그녀뿐이었다. 그는 자신이 머리가 핑

돌 정도로 높은 곳에 있고, 저기 어딘가 먼 아래쪽에 이 모든 선량한 사람들, 사랑스러운 카레닌 같은 사람들, 오블론스키 같은 사람들, 그리고 온 세상이 있는 듯 느껴졌다.

스테판 아르카디치 아무도 눈치채지 못하게 두 사람에게 눈길도 주지 않으면서 마치 다른 곳에 자리가 없다는 듯이 레빈과 키티를 옆에 나란히 앉혔다.

"자, 여기라도 앉게나." 그는 레빈에게 말했다.

식사는 스테판 아르카디치가 흥미를 갖고 있는 식기와 마찬가지로 훌륭했다. 마리-루이즈식 수프도 훌륭하고 입에서 녹아버리는 듯한 작은 고기만두도 더 없이 좋았다. 흰 넥타이를 맨 두 하인과 마트베이는 눈에 띄지 않게 먹을 것과 마실 것을 조용하고도 민첩하게 나르고 있었다. 만찬은 물질적인 면에서도 성공이었지만, 비물질적인 면에서도 그에 못지않게 성공적이었다. 대화는 때론 공통된 내용으로, 때론 사적인 내용으로 옮겨가며 끊이지 않고 계속되어서 식사가 끝날 즈음에는 매우 활기를 띠어 남자들은 식탁에서 일어서면서도 대화를 중단할 줄을 몰랐고, 알렉세이 알렉산드로비치조차도 한껏 활기를 띠고 있었다.

10

페스초프는 끝까지 논쟁하는 것을 좋아하여 세르게이 이바노비치의 말에 만족하지 못했다. 더욱이 그는 자기의 의견이 옳지 않다는 것을 느끼고 있었으므로 더욱 불만스러웠다.

"나는 절대……." 그는 수프를 먹으면서 알렉세이 알렉산드로비치에게 말했다. "인구밀도민을 가지고 말하는 게 아닙니다. 그건 원칙이 아니라 근본적인 것과 연결시켜서 한다는 말입니다."

"내 생각으로는……." 알렉세이 알렉산드로비치는 서두르지 않고 느긋하게 말했다. "그건 같은 말이지요. 내 생각으로는 다른 민족에 영향을 주는 것은 오직 보다 높은 발전 단계에 있는 민족만이 가능한 일입니다. 그 민족은……."

"하지만 그 점이 문제라는 겁니다." 페스초프는 그 특유의 저음으로 상대방의 말을 가로막았다. 그는 언제나 급하게 말했고, 자기가 한 말에 온 정신을 쏟고 있는 것처럼 보였다. "보다 높은 발전 단계라는 것이 무엇을 두고 하는 말입니까? 영국인, 프랑스인, 독일인 중에 어느 민족이 보다 높은 발전 단계에 있는 겁니까? 그중에서 다른 민족을 동화시키는 민족은 어느 민족입니까? 라인 지방이 프랑스화된 것을 알고 있습니다만, 그렇다고 독일인들이 프랑스인들보다 뒤떨어져 있다고 할 수 없지요." 그는 소리쳤다. "거기에는 다른 법칙이 있는 겁니다!"

"내 생각으로는 영향력이라는 것은 언제나 참다운 교육에 있는 것 같습니다." 알렉세이 알렉산드로비치는 살짝 눈썹을 올리며 말했다.

"그렇다면 참다운 교육의 징표를 어디서 찾아야 합니까?" 페스초프가 말했다.

"그러한 징표는 이미 알려져 있다고 생각합니다만." 알렉세이 알렉산드로비치가 말했다.

"그것이 완전히 알려져 있다고 할 수 있을까요?" 세르게이 이바노비치가 엷은 미소를 지으며 얘기에 끼어들었다. "오늘날엔 참다운 교육은 순수하게 고전적인 것이어야 한다고들 합니다만, 우리는 양쪽의 격렬한 논쟁을 보고 있습니다. 게다가 반대측의 주장이 강력한 논증을 갖고 있지 않다는 것에 대해 부정하면 안 됩니다."

"당신은 고전주의자군요, 세르게이 이바노비치. 붉은 포도주를 드시겠습니까?" 스테판 아르카디치가 말했다.

"난 어떤 교육에 대해서 나 자신의 의견을 말하는 게 아니에요." 세르게이 이바노비치는 잔을 내밀면서 어린애를 대하듯 너

그렇게 미소 지으며 말했다. "내가 하고 싶은 말은 단지 양쪽 모두 유력한 논증을 가지고 있다는 겁니다." 그는 알렉세이 알렉산드로비치를 향해 계속 말했다. "내가 받은 교육으로 보면 난 고전주의자입니다. 하지만 이 논쟁에서 난 개인적으로 내 입장을 취할 수 없어요. 어째서 고전적 학문이 실제적 학문보다 우월하다는 것인지 나로서는 분명한 논증이 보이지 않거든요."

"자연과학도 교육적 발전적 영향력을 상당히 가지고 있어요." 페스초프가 말을 받았다. "예를 들어 천문학이나 식물학이나 일반적 법칙의 체계를 가진 동물학을 보세요."

"난 그 견해에 전혀 동의할 수 없습니다." 알렉세이 알렉산드로비치가 대답했다. "난 언어 형태를 연구하는 과정이 정신 발달에 매우 좋은 영향을 미친다는 것을 인정하지 않을 수 없어요. 게다가 고전적 작가의 영향은 최고로 도덕적인 데 반해, 불행히도 자연과학의 교육에는 우리 시대의 질병을 야기시키는 해롭고 거짓된 가르침과 연결되어 있다는 것도 부정할 수 없습니다."

세르게이 이바노비치는 뭔가 말하려고 했지만 페스초프가 그 굵은 저음으로 그의 말을 막았다. 그는 그 견해가 잘못된 것임을 열렬히 논증하기 시작했다. 세르게이 이바노비치는 그의 말을 들으며 끝나기를 침착하게 기다리고 있었다. 그는 분명히 승리할 수 있는 반증을 준비하고 있는 것 같았다.

"그렇지만……." 세르게이 이바노비치는 옅은 미소를 짓고 카레닌 쪽을 돌아보며 말했다. "만약 고전적 학문과 실제적 학문의 모든 이해득실을 완전히 저울질해보는 건 어려운 일이라는데 동의하지 않을 수 없군요. 그리고 고전적 교육에 방금 당신이 말씀하신 도덕적인 우월성, 직접적으로 말하자면, 반허무주의적인 영향력이 없다면 그중 어느 학문을 선택해야 할지 서둘러 결단을 내리지는 못할 겁니다."

"물론입니다."

"만약 고전적 교육에서 이 반허무주의적 영향력의 우월성이 없다면, 우리는 더욱 신중히 생각해야 할 것이고 양쪽의 논거를 저울질해 봐야 할 테지요." 세르게이 이바노비치는 엷은 미소를 지으며 말했다. "그리고 우리는 이 두 방향에 대해 길을 열어주었을 겁니다. 하지만 지금 우리는 그 고전적 교육이라는 알약 속에 반허무주의에 대한 치료 효능이 있다는 것을 알고 있기 때문에 과감하게 환자들에게 주고 있는 겁니다……. 그런데 만약 효능이 없으면 어쩌죠?" 그는 점잖게 익살을 부리며 말을 맺었다.

세르게이 이바노비치가 알약이라는 말을 하자, 모두들 웃음을 터뜨렸다. 특히 투로프친은 사람들의 얘기를 들으면서 우스꽝스러운 말이 나오기만을 기다리고 있었던 터라 큰 소리로 유쾌하게 웃었다.

스테판 아르카디치가 페스초프를 초대한 건 잘한 일이었다. 페스초프 덕분에 지적인 대화가 한순간도 끊이질 않았다. 세르게이 이바노비치가 점잖은 농담으로 말을 끝내자마자, 페스초프는 금방 새로운 화제를 들고 나왔다.

"난 도무지 동의할 수가 없군요." 그가 말했다. "정부가 그런 목적을 가지고 있다는 데 말입니다. 정부는 확실히 스스로 채택한 정책의 영향력에 무관심합니다. 단지 일반적인 생각에 끌려 다닐 뿐입니다. 예를 들면, 여성 교육의 문제는 해로운 것으로 간주되어야 하지만 정부는 여성들을 위한 과정과 대학들을 개방하고 있습니다."

대화는 곧 여성 교육이라는 새로운 주제로 넘어갔다.

알렉세이 알렉산드로비치는 여성의 교육 문제는 일반적으로 여성 해방 문제와 혼동되고 있어서, 단지 그 이유로 유해한 것으로 간주되고 있다는 자신의 의견을 말했다.

"나는 그 반대로 생각해요. 이 두 문제는 끊을 수 없는 관계로 묶여 있다고 봅니다." 페스초프는 계속 밀했다. "이깃은 익순환이에요. 여성은 교육이 부족하기 때문에 권리를 빼앗깁니다. 바로 그 권리가 상실됨으로 인해서 교육의 부족이 생겨난다는 거지요. 여성 속박은 매우 오래되고 뿌리 깊은 문제입니다. 그래서 우리 남성들은 종종 우리와 그들을 갈라놓는 심연을 이해하려 들지 않는다는 것을 잊지 말아야 합니다."

"당신은 권리라고 말씀하셨는데……." 세르게이 이바노비치는 페스초프가 말을 끝내기를 기다렸다가 이렇게 말했다. "그 권리라는 건 배심원, 지방자치회의 의원, 단체장, 공무원, 의회 의원 같이 지위를 가질 수 있는 권리를 말씀하시는 거지요……?"

"물론이에요."

"그런데 만약 드물기는 하지만 여성이 그런 지위에 오른다 해도, 나는 당신이 '권리'라는 말을 잘못 사용하고 있다는 생각이 듭니다. 그보다는 '의무'라는 말이 더 정확할 겁니다. 배심원, 지방자치회의 의원, 전신국 공무원 등의 직무를 수행할 때, 우리가 어떤 의무를 수행한다고 느낀다는 데 모두들 동의할 것입니다. 그렇기 때문에 정확히 말하자면 여성들은 의무를 찾는다고 말하는 게 옳을 것이고, 그것은 완전히 적법한 것입니다. 그리고 남성들의 일반적인 노동을 돕겠다는 여성들의 소망에 동감할 수밖에 없는 것입니다."

"전적으로 옳은 말씀입니다." 알렉세이 알렉산드로비치가 그의 말에 동의했다. "단지 여성들이 그 의무를 수행할 능력이 있는지 없는지가 문제의 관건이겠지요."

"아마도 상당한 능력이 생기게 될 것입니다." 스테판 아르카디치가 끼어들며 말했다. "여성들 사이에 교육이 보급된다면 말입니다. 우리가 보고 있듯이 말이에요……."

"그렇다면 이 속담은 어떨까요?" 이미 오래전부터 사람들의 얘기에 귀를 기울이고 있던 공작이 조롱이 담긴 작은 눈을 반짝이며 말했다. "딸애들 앞에서 상관없겠지, 머리털이 긴[21]……."

---

21 '머리털이 긴 짐승은 생각이 짧다'라는 러시아 속담이 있다.

"흑인 해방 전까지는 우리도 흑인들에 대해서 그와 똑같이 생각했어요!"페스초프는 화가 난 듯이 말했다.

"난 단지 여성들이 새로운 의무를 찾고 있는 게 이상하게 여겨질 뿐입니다."세르게이 이바노비치가 말했다. "우리가 보건대, 우리 남성들은 불행히도 일반적으로는 그런 의무를 회피하는데 말입니다."

"의무는 권리와 연결되어 있어요. 권력, 금력, 명예. 여성들은 바로 이러한 것들을 찾고 있는 겁니다."페스초프가 말했다.

"그렇다면 그것은 내가 유모가 될 권리를 찾는답시고 여자들에게는 보수를 지불하고 내게는 보수를 지불하지 않는다고 화내는 것과 같은 맥락이군요."노공작이 말했다.

투로프친은 이번에도 큰 소리로 웃음을 터트렸다. 그래서 세르게이 이바노비치는 자기가 그 말을 하지 못한 것을 유감스럽게 생각했다. 알렉세이 알렉산드로비치조차도 미소를 지었다.

"그래요. 하지만 남자는 젖을 먹일 수 없잖아요."페스초프가 말했다. "하지만 여자는……."

"아니죠, 어떤 영국인은 기선汽船에서 자신의 아기를 잘 키웠어요."노공작은 자기 딸들 앞에서 자유롭게 대화하는 것을 스스로에게 허용하며 말했다.

"그런 영국 남자들의 수만큼 여성 관리도 늘어날 겁니다."세르게이 이바노비치가 말했다.

"그렇군요. 그런데 가정이 없는 미혼 여성은 어떻게 되는 거죠?" 스테판 아르카디치는 언제나 염두에 두고 있는 치비소바를 떠올리며, 페스초프의 의견에 동감하고 그를 지지하며 끼어들었다.

"그런 여성의 이력을 살펴보면, 그는 여자다운 일을 할 수 있는 자기 집이나 언니의 집을 버렸다는 것을 알게 될 거예요." 다리야 알렉산드로브나가 불쑥 대화에 끼어들며 화난 어조로 말했다. 그녀는 스테판 아르카디치가 어떤 여성을 염두에 두고 말하는지 알아챈 것 같았다.

"하지만 우리는 원칙과 이상 편에 서 있잖아요!" 페스초프는 낭랑한 저음으로 반박했다. "여성은 교육을 받은 독립된 인간이 될 권리를 원하고 있습니다. 하지만 그것이 불가능하다는 의식에 억눌려 구속당하고 있어요."

"하지만 나는 육아원에서 날 유모로 받아주지 않아서 오히려 억눌리고 구속당하고 있습니다." 늙은 공작이 또다시 이렇게 말하자, 투로프친은 너무 즐겁게 웃느라 아스파라거스의 굵은 끝을 소스 속에 빠뜨리고 말았다.

11

　모두들 이 공통된 대화에 참여하고 있었으나 키티와 레빈만은 달랐다. 처음에 한 민족이 다른 민족에 미치는 영향에 관해 얘기하고 있을 때는, 레빈은 무의식중에 자기도 그 문제에 대해선 할 말이 있다는 생각을 했다. 그러나 예전에는 그토록 중요하게 생각되었던 그런 생각들도 지금은 마치 꿈속인 듯 머릿속에서 아른거릴 뿐 그에게 조금도 흥미를 주지 못했다. 그뿐만 아니라 사람들이 왜 아무에게도 소용없는 그런 얘기에 그토록 몰두하고 있는 건지 이상하게 여겨질 정도였다. 키티도 여성의 권리나 교육에 관한 화제에는 흥미를 느끼시 않을 수 없었을 것이다. 그녀는 외국에서 사귄 친구 바렌카와 그녀의 힘겨운 더부살이에 대해서도 여러 번 생각해보았고, 자기가 결혼하지 않으면 어떻게 될지, 또 그녀 자신에 대해서도 여러 번 생각해보곤 했다. 그리고 그 일로 인해 언니와 몇 번이나 말다툼을 했는지 모른다. 그런데 그런 일들이 지금은 조금도 그녀의 흥미를 끌지 못했다.

그녀와 레빈은 그들만의 대화를 하고 있었다. 아니, 대화라기보다는 뭔가 신비로운 교감을 나누고 있었다. 그리고 그것은 매순간 두 사람을 더욱 가깝게 결합시켰고, 두 사람이 내딛는 미지의 세계 앞에서 그들의 마음에 즐거운 공포심을 불러일으켰다.

먼저 지난해 마차를 타고 가는 자기를 어떻게 보았는지 키티가 묻자, 레빈은 풀베기를 하고 돌아오는 길에 큰길을 걷다가 보았다면서 그녀에게 당시 광경을 들려주었다.

"아주 이른 아침이었어요. 당신도 막 잠에서 깬 것 같았어요. 어머님은 한쪽 구석에서 주무시고 계셨어요. 참 놀라운 아침이었어요. 나는 걸어가면서 저 사두마차엔 누가 타고 있을까 하고 생각했어요. 작은 방울을 단 훌륭한 마차였어요. 그 순간 당신의 모습이 아른거렸어요. 창문을 보니, 당신은 이런 모습으로 앉아서 두 손으로 모자의 리본을 잡은 채 깊은 생각에 빠져 있는 것 같더군요." 레빈은 미소를 지으며 말했다. "그때 당신이 뭘 생각하고 있었는지 알고 싶군요. 중요한 일이었겠지요?"

'혹시 내 모습이 흉하지 않았을까?' 그녀는 잠시 생각했다.

그러나 그런 자세한 기억이 그에게 불러일으킨 즐거운 미소를 보자, 그녀는 반대로 자기가 준 인상이 좋았다는 것을 느꼈다. 그녀는 살짝 얼굴을 붉히고는 기쁘게 웃었다.

"정말 기억이 안 나네요."

"투로프친은 참 잘 웃네요!" 레빈은 그의 촉촉한 눈과 들썩이는 몸을 넋을 잃고 바라보며 말했다.

"당신은 저분과 오래전부터 알고 계셨나요?" 키티가 물었다.

"그를 모르는 사람이 어디 있겠어요!"

"그런데 당신은 저분을 나쁜 사람이라고 생각하고 계시는 것 같아요."

"나쁜 사람이 아니라 보잘것없는 사람이지요."

"옳지 않아요! 이제 그런 생각은 하지 마세요!" 키티가 말했다. "저도 저분을 상당히 좋지 않게 생각하고 있었어요. 하지만 저분은 대단히 친절하고 놀라울 정도로 좋은 분이에요. 정말 마음씨가 황금 같아요."

"어떻게 그의 마음을 아세요?"

"저분과는 아주 친한걸요. 저분을 잘 알고 있어요. 지난해 겨울 당신이 저희 집에 다녀가신 후, 얼마 안 되어⋯⋯." 그녀는 미안해하면서도 그와 동시에 신뢰하는 듯한 미소를 지으며 말했다. "돌리의 아이들이 모두 성홍열에 걸렸었어요. 그때 저분이 어쩐 일인지 언니 집에 들른 거예요. 그리고 어땠는지 아세요?" 키티는 속삭이는 목소리로 말했다. "저분은 언니가 너무 가엾다면서 그냥 남아서 언니를 노와 아이들을 간호해주셨어요. 3주 동안 그 집에 남아서 보모처럼 아이들을 보살펴주셨다고요."

"지금 콘스탄틴 드미트리치에게 성홍열이 돌았을 때 투로프친이 해주신 일을 들려주고 있어." 그녀는 언니 쪽으로 몸을 젖히며 말했다.

"네, 정말 놀랍고 훌륭했어요!" 돌리는 자신의 이야기를 하는 것을 느낀 투로프친을 바라보고 그에게 상냥한 미소를 지으며 말했다. 레빈은 다시 한 번 투로프친을 돌아보고는 어째서 전에는 이 사람의 훌륭한 점을 이해하지 못했는지 놀랐다.

"미안해요, 미안해요. 다시는 절대로 사람에 대해 나쁘게 생각하지 않을게요." 레빈은 자기가 지금 느끼고 있는 것을 솔직히 털어놓으며 유쾌하게 말했다.

12

여성의 권리에 대해 시작된 대화에는 여성들 앞에서 말하기 민감한, 결혼생활에 있어서의 권리의 불평등이라는 문제가 있었다. 페스초프는 식사 중에 여러 번 이런 문제에 다가가려고 했으나 세르게이 이바노비치와 스테판 아르카디치가 조심스럽게 주의를 다른 곳으로 돌렸디.

모두들 테이블에서 일어나고 부인들이 나갔을 때, 페스초프는 그들의 뒤를 따라가지 않고 알렉세이 알렉산드로비치에게 그 불평등의 주된 원인에 대해 자신의 의견을 말하기 시작했다. 그의 의견에 따르면, 부부간의 불평등은 남편과 아내의 똑같은 부정을 놓고 법률적으로나 사회적으로 불평등한 처벌을 받는다는 점에 있었다.

스테판 아르카디치는 알렉세이 알렉산드로비치에게 얼른 다가가 담배를 권했다.

"아니, 안 피워요." 알렉세이 알렉산드로비치는 침착하게 대답하고, 그런 대화는 두렵지 않다는 것을 일부러 보여주기라도 하려는 듯 냉소적인 미소를 지으며 페스초프에게로 얼굴을 돌렸다.

"나는 그러한 견해의 근본은 사물의 본질 자체에 있다고 생각합니다." 그는 이렇게 말하고 객실 쪽으로 가려고 했다. 그때 갑자기 예기치 않게 투로프친이 알렉세이 알렉산드로비치에게 말을 걸었다.

"당신은 프랴츠니코프에 대해 들으셨습니까?" 샴페인을 마시고 한껏 기분이 들뜬 투로프친이 벌써부터 자기를 괴롭히던 침묵을 깰 기회를 노리다가 이렇게 말했다. "바샤 프랴츠니코프 말입니다." 그는 촉촉한 붉은 입술에 선량한 미소를 띠며, 주빈인 알렉세이 알렉산드로비치를 향해 말했다. "오늘 들었는데, 트베리에서 크비츠키와 결투하다가 그를 죽였다는군요."

사람은 항상 남들이 고의로 자신의 아픈 곳을 찌른다고 생각하듯이, 스테판 아르카디치는 지금도 그와 같은 상황이어서 불행히도 오늘 얘기가 번번이 알렉세이 알렉산드로비치의 아픈 곳만 건드리는 것처럼 느껴졌다. 그래서 그는 매제를 다시 다른 곳으로 데려가려고 했는데, 알렉세이 알렉산드로비치가 호기심을 보이며 이렇게 물었다.

"프랴츠니코프는 무엇 때문에 결투를 했던 겁니까?"

"아내 때문이죠. 남자다운 행동이었어요! 결투를 신청해서 죽였잖아요!"

“아하!” 알렉세이 알렉산드로비치는 덤덤하게 말하고는 눈썹을 치켜올리고 객실로 갔다.

“정말 잘 오셨어요.” 돌리는 객실로 난 방에서 그를 만나자 놀란듯한 미소를 지어 보이며 말했다. “이야기 좀 나눠요. 여기 앉으세요.”

알렉세이 알렉산드로비치는 눈썹을 치켜올린 그 무덤덤한 표정으로 다리야 알렉산드로브나의 옆에 앉아 억지웃음을 지어 보였다.

“잘됐네요.” 그는 말했다. “양해를 구하고 곧 떠나려던 참이었습니다. 내일 떠나야 해서요.”

다리야 알렉산드로브나는 안나의 결백을 굳게 믿고 있었으므로, 자신의 죄 없는 친구를 그토록 태연하게 파멸시키려고 하는 이 차갑고 무정한 사람에 대한 분노로 얼굴이 창백해지고 입술이 떨리는 것을 느꼈다.

“알렉세이 알렉산드로비치!” 그녀는 아주 결연한 표정으로 그의 눈을 바라보며 말했다. “안나의 안부를 물었었는데, 당신은 대답하지 않으셨지요. 안나는 어떻게 지내고 있어요?”

“그 사람은 아마도 잘 지내고 있겠지요, 다리야 알렉산드로브나.” 알렉세이 알렉산드로비치는 그녀를 바라보지 않은 채 대답했다.

“알렉세이 알렉산드로비치! 죄송해요. 내게 이럴 권리는 없어요……. 하지만 난 안나를 친동생처럼 사랑하고 있고, 또 존경

해요. 제발 부탁이에요. 두 사람 사이에 무슨 일이 일어나고 있는 건지 말씀해주세요. 당신은 왜 안나를 비난하고 계시는 거예요?"

알렉세이 알렉산드로비치는 눈살을 찌푸리고는 거의 눈을 감은 채 고개를 숙였다.

"내가 왜 안나 아르카디예브나와의 관계를 정리할 수밖에 없다고 생각하는지 남편에게서 들으셨으리라 생각합니다." 그는 그녀의 눈을 보지 않고, 객실을 지나가던 셰르바츠키를 불만스럽게 바라보며 말했다.

"믿지 않아요, 믿어지지 않아요, 믿을 수가 없어요!"

돌리는 앙상한 두 손을 움켜쥐고 격렬한 몸짓을 하며 이렇게 말했다. 그녀는 재빨리 일어나더니 자기의 한 손을 알렉세이 알렉산드로비치의 소매에 얹었다. "여기서는 사람들에게 방해를 받아요. 이쪽으로 오세요."

돌리의 흥분은 알렉세이 알렉산드로비치에게도 영향을 주었다. 그는 일어서서 순순히 그녀를 따라 아이들의 공부방으로 들어갔다. 두 사람은 온통 펜나이프로 긁어놓은 방수포를 씌운 책상 앞에 앉았다.

"못 믿겠어요, 믿을 수가 없어요!" 돌리는 자기를 피하는 그의 시선을 잡으려 애쓰며 말했다.

"사실을 믿지 않을 수 없습니다, 다리야 알렉산드로브나!" 그는 사실이라는 말을 강조하며 말했다.

"그런데 그녀가 도대체 무슨 짓을 했다는 거예요?" 돌리가 말했다. "정말 무슨 짓을 한 건가요?"

"그 사람은 자기의 의무를 저버리고 남편을 배신했습니다. 바로 그게 그 사람이 한 짓입니다." 그가 말했다.

"아니, 아니에요. 그럴 리가 없어요! 아니에요, 맙소사, 당신이 잘못 알고 있는 걸 거예요!" 돌리는 눈을 감고 두 손으로 관자놀이를 누르며 말했다.

알렉세이 알렉산드로비치는 그녀와 그 자신에게 자기의 결심이 확고하다는 것을 보여주려고 입술만 움직이며 차갑게 미소 지었다. 그녀의 열렬한 변호는 그의 마음을 움직이지는 못했지만 그의 상처를 건드렸다. 그는 열을 내며 말하기 시작했다.

"아내가 스스로 그 사실을 남편에게 말했는데 어떻게 오해가 있을 수 있겠어요. 그녀는 8년 동안의 생활도, 아들도, 모두 잘못이라며 처음부터 다시 살고 싶다고 말하더군요." 그는 코를 식식거리며 화가 난 듯이 말했다.

"안나와 죄악을 결부시켜 생각할 수가 없어요."

"다리야 알렉산드로브나!" 그는 이제 돌리의 상기된 선한 얼굴을 똑바로 바라보며 말했다. 그는 말이 저절로 흘러나오는 것을 느꼈다. "아직도 의심할 여지가 있다면 정말 좋겠습니다. 의심하고 있을 때는 괴롭긴 했습니다만, 그래도 지금보다는 나았어요. 희망이라는 것이 있었어요. 하지만 이제는 희망조차 없어요. 그리고 모든 걸 의심하게 되었어요. 아들도 미워지고 심지어

때론 내 아들이 맞을까 하는 생각이 들 정도로 의심하는 지경에 이르렀어요. 난 너무도 불행합니다."

그는 이런 말까지 할 필요는 없었다. 다리야 알렉산드로브나는 자기를 바라본 그의 얼굴을 본 순간 그것을 알아차렸다. 그녀는 그가 불쌍해졌다. 그래서 친구의 결백을 믿는 마음이 흔들리기 시작했다.

"아! 이건 끔찍해요, 정말 끔찍해요! 그런데 당신은 정말 이혼을 결심하신 거예요?"

"마지막 방법을 취하기로 했어요. 그것 외에 달리할 방법이 없어요."

"달리 방법이 없다는 거죠, 방법이 없다는 말이군요……." 그녀는 눈물을 글썽이며 말했다. "아니에요, 방법이 없는 건 아니에요!" 그녀가 말했다.

"이런 종류의 슬픔이 무서운 건, 모든 다른 경우처럼, 즉 실패나 죽음의 경우처럼 십자가를 지는 것만 해서 되는 게 아니라 어떤 행동을 취해야 한다는 것 때문입니다." 그는 마치 그녀의 마음을 짐작이라도 한듯 이렇게 말했다. "자신이 처한 그 굴욕적인 상태에서 빠져나와야 해요. 세 사람이 함께 살 수는 없는 일이니까요."

"이해해요, 그 점은 너무도 잘 알고 있어요." 돌리는 이렇게 말하고 고개를 숙였다. 그녀는 자기 자신과 자기 가정의 슬픔을 생각하며 잠시 묵묵히 있었다. 그러다 갑자기 활력 넘치는 움직임으로 고개를 들더니 기도하는 듯이 두 손을 모았다. "하지만 조금만 기다려주세요! 당신은 기독교인이에요. 그녀를 생각해보세요! 당신이 그녀를 버린다면, 그녀는 어떻게 되겠어요?"

"생각해 봤어요, 다리야 알렉산드로브나. 많이 생각해보았어요." 알렉세이 알렉산드로비치가 말했다. 그의 얼굴에는 붉은 얼룩들이 있었고, 그의 흐릿한 눈이 그녀를 똑바로 바라보고 있었다. 다리야 알렉산드로브나는 이제 진심으로 그가 불쌍하게 여겨졌다. "나는 그 사람이 내게 그 치욕을 알린 후에 당신이 말씀하신 대로 했었습니다. 나는 모든 걸 예전 상태로 놓아두었습니다. 모든 걸 바로잡을 기회를 주었습니다. 그녀를 구원하려고 노력했습니다. 그런데 어찌되었습니까? 그녀는 가장 쉬운 요구조차 이행하지 않았습니다. 체면만을 지켜달라는 것뿐이었습니다." 그는 갑자기 화를 내며 말했다. "파멸을 원치 않는 인간이리면 구원할 수도 있겠지요. 하지만 만약 천성이 너무도 썩고 타락해서 그 파멸을 구원이라고 생각하는 사람이라면 어떻게 할 수 있겠어요?"

"무엇이든 괜찮지만, 이혼만은 마세요!" 다리야 알렉산드로브나가 대답했다.

"무엇이든 괜찮다는 건 무슨 뜻이죠?"

"아니에요, 끔찍한 일이에요. 그녀는 누구의 아내도 되지 못해요. 그저 파멸하고 말 거예요!"

"내가 무엇을 할 수 있겠어요?" 알렉세이 알렉산드로비치는 어깨와 눈썹을 치켜올리며 말했다. 그리고 아내의 마지막 행동에 대한 기억은 그를 너무도 화나게 만들어서 그는 얘기를 처음 시작했을 때처럼 다시 차갑게 변해버렸다. "당신의 동정은 대단히 감사합니다만, 이제 가 봐야 할 시간입니다." 그는 일어나며 말했다.

"아니에요, 잠깐만요! 당신은 그녀를 파멸시켜서는 안 돼요. 조금만 기다려요. 당신에게 내 얘기를 말씀드릴게요. 내가 결혼한 후, 남편은 나를 배신했어요. 나는 노여움과 질투심으로 모든 걸 버리고 싶었어요. 나 자신까지도……. 하지만 정신을 차렸어요. 누구 때문인지 아세요? 안나가 날 구해줬어요. 그래서 난 이렇게 살잖아요. 아이들은 자라고 남편은 가정으로 돌아와서 자신의 잘못을 깨닫고 전보다 더 결백하고 좋은 사람이 됐어요. 그래서 이렇게 살고 있어요……. 난 용서했어요. 당신도 용서해주셔야 해요."

알렉세이 알렉산드로비치는 듣고 있었으나, 그녀의 말은 그의 마음을 움직이지 못했다. 그의 가슴속에서는 자기가 이혼을 결심했던 그날의 모든 악의가 또다시 깨어나고 있었다. 그는 몸을 부르르 떨고는 날카로운 큰 소리로 말하기 시작했다.

"용서할 수 없어요. 그러고 싶지 않아요. 그리고 그건 온당한 일이 아니라고 생각해요. 나는 그 사람을 위해 모든 걸 다 했어요. 하지만 그 사람은 자기 본성에 맞는 진탕 속에 모든 것을 짓이기고 말았어요. 나는 악한 사람이 아니에요. 나는 그 누구도 결코 미워해 본 적이 없어요. 하지만 그 사람만은 너무도 밉습니다. 용서할 수가 없어요. 왜냐하면 그 사람이 나한테 행한 사악한 짓을 너무도 증오하기 때문이에요. 그는 악의에 받쳐 울부짖듯이 말했다.

"너희를 미워하는 자를 사랑하라고 했듯이……." 다리야 알렉산드로브나는 부끄러운 듯 이렇게 속삭였다.

알렉세이 알렉산드로비치는 경멸하듯 웃었다. 그도 오래전부터 알고 있는 얘기였으나 자신의 경우에는 그것을 적용시킬 수가 없었다.

"너희를 미워하는 자를 사랑하라. 하지만 내가 미워하는 자를 사랑할 수는 없습니다. 마음 상하게 해서 죄송합니다. 모든 사람은 자기의 슬픔만으로도 버거운 법인데 말입니다!" 알렉세이 알렉산드로비치는 이렇게 말했다. 그리고 그는 마음을 추스르고 조용히 작별 인사를 하고 떠났다.

모두가 식탁에서 일어났을 때, 레빈은 키티의 뒤를 따라 객실로 가려고 했다. 그러나 그는 자기가 너무 노골적으로 그녀의 뒤를 따라다녀서 그녀가 불쾌감을 느끼지는 않을까 두려웠다. 그래서 그는 남자들 사이에 남아 공통된 화제에 끼어들었다. 그는 키티를 보고 있지는 않았지만 그녀의 행동, 그녀의 시선, 객실에서 그녀가 앉은 자리까지 분명히 느끼고 있었다.

지금 그는 이미 그녀에게 약속한, 즉 언제나 모든 사람에 대해 좋게 생각하고 언제나 모든 사람을 사랑하겠다는 약속을 조금의 노력도 들일 것 없이 실천하고 있었다. 화제는 페스초프가 어떤 특별한 원칙을 발견하고 그것에 '합창적 원리'라고 명명한 농촌 공동체로 옮겨졌다. 레빈은 페스초프에게도, 자기 멋대로 러시아의 농촌 공동체의 의미에 대해 인정하기도 하고 인정하지 않기도 하는 형에게도 동의하지 않았다. 레빈은 단지 그들과 대화하면서 그들을 중재하고 그들의 반박을 완화시키는 데 노력할 뿐이었다. 그는 자기가 하는 말에 조금도 흥미가 없었을 뿐만 아니라 그들이 하는 말에는 더욱 그랬다. 오직 한 가지, 이 두 사람과 모든 사람이 즐겁고 기분이 좋기를 바랄 뿐이었다. 이제 그는 자기에겐 오직 하나만이 중요하다는 것을 알고 있었다. 그리고 그 하나는 처음엔 객실에 있었는데 점점 움직이더니 이윽고 문가에 멈춰 섰다. 레빈은 돌아보지 않고도 자기를 향한 집중된 시선과 미소를 느꼈고, 돌아보지 않을 수 없었다. 그녀는 셰르바츠키와 함께 문가에 서서 그를 바라보고 있었다.

"당신이 피아노 쪽으로 가는 줄 알았습니다." 레빈은 그녀에게 다가서며 말했다. "내가 시골 생활에서 부족하다고 느끼는 건 음악일 겁니다."

"아니에요. 우리는 그저 당신을 불러내려고 왔을 뿐이에요. 그리고 감사드려요." 그녀는 마치 선물을 주듯이 미소 지으며 말했다. "당신이 와주셔서요. 논쟁하는 게 좋으신가요? 상대방을 결코 설득할 수 없을 텐데요."

"네, 맞습니다." 레빈이 말했다. "대부분의 경우 상대가 무엇을 논증하는지 이해하지 못하기 때문에 열을 내며 논쟁하는 겁니다."

레빈은 종종 지극히 총명한 사람들 사이에서 벌이는 논쟁에서, 상당한 노력과 엄청난 수의 논리적 기교와 말들을 쏟아낸 후에 결국 자기들이 오랜 시간 동안 논증했던 것이 이미 오래전 논쟁을 시작할 때부터 알고 있던 것이며 단지 저마다 좋아하는 것이 다를 뿐이라는 것과 상대방에게 논박을 당하지 않기 위해 그 좋아하는 것을 말하지 않는다는 사실을 보곤 했다. 그는 또한 논쟁 중에 상대방이 좋아하는 것을 알아채면 갑자기 자기도 그것을 좋아하게 되어 곧바로 상대방에 동의하게 되고, 그렇게 되면 모든 논증도 쓸데없는 것이 되어버리는 것을 종종 경험했다. 그러나 때로는 그와 반대의 경우도 경험했다. 자기가 좋아하는 것을 솔직히 말하고 그로부터 논증을 생각해 내고 그것을 훌륭하고 진솔하게 표현하면, 갑자기 상대방이 그것에 동의하면서 논쟁을 끝내버리는 것이다.

키티는 그의 말을 이해하려고 이마를 찡그렸다. 그러나 그가 설명을 시작하자마자 그녀는 금방 이해했다.

"알겠어요. 우선 상대방이 무엇 때문에 논쟁하는지, 상대방이 좋아하는 게 무엇인지 알아야만 되겠군요. 그러면 가능하지요……."

그녀는 서툴게 표현된 그의 생각을 완전히 이해하고 그것을 표현했다. 레빈은 기쁜 미소를 지어 보였다. 그는 페스초프와 형을 상대로 벌인 말 많고 뒤엉킨 논쟁이, 이처럼 거의 말을 하지 않고도 지극히 복잡한 생각들이 간결하고도 분명하게 전달되는 것을 보면서 무척 감동스러웠다.

셰르바츠키는 그 자리를 물러났다. 그러자 키티는 카드를 준비해놓은 탁자로 다가가 앉았다. 그러고는 백묵을 들어 새로운 녹색 천에 동그라미를 그리기 시작했다.

그들은 식사 때 나눈 대화였던 여성의 자유와 직업에 관한 얘기를 다시 시작했다. 레빈은 결혼하지 않은 처녀는 가정에서 여자다운 일을 찾아야 한다는 다리야 알렉산드로브나의 의견에 동의했다. 그는 어떤 가정이든 집안일을 도울 여자 없이는 살림을 꾸려 나갈 수 없으며, 가난한 가정에서도 부유한 가정에서도 고용이든 친척이든 보모가 있어야 한다며 자기의 주장을 펼쳤다.

"그렇지 않아요." 키티는 얼굴을 붉히면서도 진심 어린 시선으로 더욱 대범하게 그를 바라보며 말했다. "처녀는 자신을 비하하지 않고는 가정에 들어갈 수 없게 되어 있는지도 몰라요. 하지만 나 자신은……."

그는 그 암시로 그녀를 이해했다.

"아, 그래요!" 그는 말했다. "네, 그래요, 그래요. 당신의 말이 맞아요, 당신이 맞아요!"

그리고 그는 키티의 마음속에 있는 처녀로서의 공포와 굴욕감을 발견한 것으로 페스초프가 식사 때 말한 여성의 자유라는 문제에 대해 이해했다. 그래서 그는 그녀를 사랑하는 마음이 있었기에 그 공포와 굴욕을 느끼고는 이내 자신의 논증을 그만두었다.

침묵이 흘렀다. 그녀는 탁자 위에 여전히 뭔가를 그리고 있었다. 그녀의 눈은 고요한 빛을 발하고 있었다. 그도 그녀의 기분에 압도되어, 자신의 존재 자체를 휘감으며 점점 더 강해지는 행복한 긴장감에 빠져들었다.

"어머, 탁자를 온통 낙서투성이로 만들었네요!" 그녀는 이렇게 말하고는 백묵을 내려놓더니 일어서려는 듯한 몸짓을 했다.

'그녀가 가고 나 혼자 남으면 어쩌지?' 레빈은 두려움을 느끼며 백묵을 집어 들었다.

"잠깐만요." 그는 탁자 앞에 앉으며 말했다. "난 오래전부터 당신한테 한 가지 물어보고 싶은 게 있었어요."

그는 키티의 부드러우면서도 왠지 겁먹은 듯한 눈을 똑바로 바라보았다.

"네, 말씀하세요."

"그건……." 그는 이렇게 말하고는 다음과 같은 머리글자를 적었다. '언, 당, 내, 그, 수, 없, 대, 그, 영, 그, 거, 뜻, 아, 그, 당, 그, 거, 뜻.' 그 철자는 '언젠가 당신이 내게 그럴 수 없다고 대답했는데, 그것은 영원히 그럴 거라는 뜻이었나요, 아니면 그 당시에만 그럴 거라는 뜻이었나요?'라는 의미를 담고 있었다. 그녀가 이런 복잡한 문장을 이해할 수 있을 가능성은 없었지만, 그는 그녀가 이 말을 이해하는지 못하는지에 자기 인생이 걸려 있는 듯한 표정으로 그녀를 바라보았다.

키티는 심각한 얼굴로 그를 바라보더니 찌푸린 이마를 한쪽 손으로 괴고 읽기 시작했다. 이따금 그녀는 '내가 생각하고 있는 게 맞나요?' 하고 묻는 듯한 시선으로 그를 바라보았다.

"알았어요." 그녀는 얼굴을 붉히며 말했다.

"이건 무슨 뜻이지요?" 그는 '영원히'라는 뜻을 나타내는 '영 (H)'을 가리키며 물었다.

"그건 '영원히'라는 뜻이에요." 그녀가 말했다. "그렇지만 그렇지 않아요!"

그는 재빨리 자기가 쓴 글자를 지우고, 그녀에게 백묵을 건네준 뒤에 일어섰다. 그녀는 이렇게 적었다. '그, 그, 대, 수, 없.'

돌리는 이 두 사람의 모습을 보며 알렉세이 알렉산드로비치와의 대화에서 생긴 슬픔을 완전히 위로받고 있었다. 키티는 백묵을 손에 들고 조심스럽고도 행복한 미소를 지으며 아름다운 레빈을 올려다보고 있었고, 그는 탁자 위에 허리를 구부리고 그 불타는 듯한 눈으로 탁자와 그녀를 번갈아 보고 있었다. 그의 얼굴이 갑자기 빛났다. 그는 그 뜻을 이해했던 것이다. 그것은 '그때는 그렇게밖에 대답할 수가 없었어요.'라는 뜻이었다.

레빈은 의아해하며 소심하게 그녀를 바라보았다.

"그때만 그랬나요?"

"네." 그녀는 미소 지으며 대답했다.

"그럼 지……, 지금은?" 그가 물었다.

"그럼, 이걸 읽어보세요. 내가 바라는 걸 말할게요. 진심으로 바라는 거요." 그녀는 다시 머리글자를 썼다. '당, 지, 일, 잊, 용, 주, 바, 있' 그것은 '당신이 지난 일을 잊고 용서해주길 바라고 있어요.'라는 뜻이었다.

그는 긴장되어 떨리는 손가락으로 백묵을 집어 들더니 그것을 부러뜨려서 다음과 같은 머리글자를 썼다. '나는 잊을 일도 용서할 일도 없습니다. 나는 당신을 항상 사랑하고 있었으니까요.'

그녀는 얼어버린 듯한 미소를 지으며 그의 얼굴을 쳐다보았다.

"알았어요." 그녀는 속삭이듯이 말했다.

레빈은 앉아서 긴 글을 썼다. 그녀는 모든 것을 알아차렸다. 그래서 그에게 '그런가요?'라고 묻지 않고 백묵을 집어 들고 곧장 대답을 썼다.

그는 그녀가 쓴 것을 한참 동안 이해할 수가 없어서 자꾸 그녀의 눈을 들여다보았다. 그는 행복감으로 머리가 멍해졌다. 그는 그녀가 쓴 말의 의미를 이해할 수 없었으나, 행복감으로 빛나는 그녀의 아름다운 눈 속에서 자기가 알아야만 하는 것은 모두 이해했다. 그래서 그는 세 글자를 적었다. 그러나 그가 다 쓰기도 전에 그의 손을 보고 읽어 나가던 그녀는 벌써 그 뜻을 이해하고 스스로 문장을 끝내고는 '네'라는 대답을 썼다.

"서기 놀이라도 하는 건가?" 노공작이 다가오며 말했다. "극장에 시간 맞춰 가려면 이젠 가야지."

레빈은 일어나서 키티를 문까지 배웅했다.

그 두 사람은 대화 속에서 모든 것을 말했다. 그녀가 그를 사랑하고 있다는 것도, 그녀가 내일 아버지와 어머니에게 말하겠다는 것도, 내일 아침에 그가 방문하겠다는 것도 모두 말했다.

14

키티가 떠나고 혼자 남은 레빈은 그녀가 없는 것에 대해 심한 불안을 느꼈다. 그리고 그녀를 다시 만나 영원히 그녀와 결합하게 될 내일 아침이 좀 더 빨리 왔으면 하는 조급한 마음이 들었다. 그녀 없이 보내야 할 열네 시간이 그에겐 마치 죽음처럼 두렵게 다가왔다. 그는 혼자 남지 않기 위해, 시간을 빨리 보내기 위해서 누군가와 함께 얘기하며 있어야만 했다. 스테판 아르카디치는 이런 그에게 가장 좋은 말벗이었지만, 그는 만찬에 간다고 말했다. 그러나 사실 그는 발레에 가는 것이었다. 그래서 레빈은 그에게 자기는 행복하고 그를 사랑하며 그가 자기를 위해 해준 일을 절대로 절대 잊지 않겠다는 말만 겨우 할 수 있었다. 레빈은 스테판 아르카디치의 눈길과 미소로 그가 자기의 감정을 분명히 이해했다는 것을 느꼈다.

"어때, 아직은 죽을 때가 아니지?" 스테판 아르카디치는 감격스럽다는 듯이 레빈의 손을 꽉 쥐며 말했다.

“그, 그래!” 레빈이 대답했다.

다리야 알렉산드로브나는 그와 작별 인사를 나누며 마치 축하 인사라도 하듯 이렇게 말했다.

“당신이 키티와 다시 만나서 정말 기뻐요. 오랜 우정을 소중히 여겨야만 하죠.”

그러나 레빈은 다리야 알렉산드로브나의 이런 말이 불쾌했다. 이 모든 일이 너무도 고상하고 그녀로서는 접근할 수 없는 것이어서, 그녀는 그것을 감히 언급해서는 안 된다는 것을 이해하지 못했다.

레빈은 그들과 작별 인사를 나누고, 혼자 남지 않기 위해 형에게 달라붙었다.

“어디로 가세요?”

“회의에 가야 해.”

“그럼 같이 가요. 괜찮지요?”

“안 될 것도 없지. 같이 가자.” 세르게이 이바노비치는 미소를 지으며 말했다. “오늘 무슨 일이 있었던 거야?”

“나한테 말인가요? 난 행복해요!” 레빈은 타고 가는 마차의 창문을 내리며 말했다. “열어도 괜찮아요? 안이 답답하네요. 형은 왜 아직까지 결혼하지 않으셨어요?”

세르게이 이바노비치는 웃었다.

“난 무척 기쁘다. 그녀는 보기에 훌륭한 아가씨인 것 같…….” 세르게이 이바노비치가 말을 시작하려 했다.

"말하지 마세요, 하지 말아요, 하지 마세요!" 레빈은 두 손으로 형의 모피 외투 깃을 잡아 여며주면서 소리쳤다. '그녀는 훌륭한 아가씨'라는 말이 그의 감정과는 너무도 맞지 않는, 지극히 단순하고 속된 말이었기 때문이다.

세르게이 이바노비치는 유쾌하게 웃었다. 이는 그에게 보기 드문 일이었다.

"그래도 내가 무척 기쁘다는 말은 해도 되잖아."

"그것도 내일, 내일 해요. 더 이상 아무 말도 하지 마세요! 아무것도, 아무것도, 조용히!" 레빈이 말했다. 그리고 한 번 더 형의 외투를 여미며 덧붙였다. "난 형을 무척 사랑해요! 그런데 내가 회의에 같이 가도 괜찮겠어요?"

"물론, 괜찮고말고."

"오늘은 무엇에 관한 얘기를 하나요?" 레빈은 여전히 미소를 머금고 물었다.

그들은 회의장에 도착했다. 레빈은 비서가 자기 자신도 무슨 내용인지 분명히 이해하지 못하는 것 같은 회의록을 더듬더듬 읽는 소리를 듣고 있었다. 그러나 레빈은 비서의 얼굴에서 그가 사랑스럽고 선하고 훌륭한 사람이라는 것을 알았다. 그것은 그가 회의록을 읽으면서 당황해하고 혼란스러워하는 모습으로도 분명해 보였다. 그러고는 연설이 시작되었다. 사람들은 어떤 금액의 공제와 관의 부설에 관해 논쟁하고 있었는데, 세르게이 이바노비치는 두 위원을 공격하면서 우월감에 가득 차서는 뭔가 오랫동안 얘기했다. 다른 위원은 종이에 뭔가 적고는 처음에는 머뭇거리더니 나중에는 독기 어린 답변을 상냥한 어조로 말했다. 그다음에는 스비야쥐스키(그도 거기에 있었다)도 역시 상당히 우아하고 점잖게 뭔가 말을 했다. 레빈은 그들의 말을 들으면서 그런 금액의 공제도, 관의 부설도, 모두 아무것도 아니라는 것, 그들은 조금도 화를 내고 있지 않다는 것, 그들은 모두 지극히 선하고 훌륭한 사람들이라서 그들 사이에서는 모든 문제가 원만하고 기분 좋게 진행되고 있다는 것이 확실히 보였다. 그들은 누구의 방해도 받지 않고 있었으며 모두들 유쾌해 보였다. 레빈이 멋지다고 느낀 건, 오늘 그들 모두의 마음을 들여다보았고 전에는 눈에 띄지 않던 조그마한 징후에 의해 그들의 마음을 이해하게 되었으며 또 그들 모두가 선한 사람들이라는 것을 분명히 깨닫게 되었다는 점이었다. 특히 오늘은 그들 모두가 유난히 레빈에게 잘해주었다. 그것은 그들이 그와 대화하는 어투와 심지어 모르는 사람들까지도 부드럽고 애정 어린 눈빛으로 그를 바라봐주는 모습에서 분명히 알 수 있었다.

"그래 어땠어, 괜찮았어?" 세르게이 이바노비치가 그에게 물었다.

"네, 이렇게 재미있으리라고는 생각도 못 해 봤어요. 너무 좋았어요!"

스비야쥐스키는 레빈에게로 다가와서 차를 마시러 가자며 그를 자기 집으로 초대했다. 레빈은 자기가 무슨 이유로 스비야쥐스키에게 불만을 품고 있었는지, 그에게서 무엇을 찾으려고 했는지 기억도 나지 않았고 이해할 수도 없었다. 그는 총명하고 놀라울 정도로 선한 사람이었다.

"기꺼이 가겠습니다." 그는 이렇게 말하고 그의 아내와 처제에 대해 물었다. 그리고 생각이 이상하게 뻗어 나가 그의 머릿속에는 스비야쥐스키의 처제에 대한 생각과 결혼이 연결되었고, 오늘 자신의 행복에 대해 얘기할 상대로 스비야쥐스키의 아내와 처제보다 더 좋은 상대가 없다는 생각이 들었다. 그래서 그는 기꺼이 그의 집에 함께 갔다.

스비야쥐스키는 늘 그렇듯이 유럽에서 발견되지 않은 것은 러시아에서도 발견될 가능성이 없다는 투로 시골에서의 그의 작업에 관해 물었다. 그러나 지금은 그런 그의 태도가 레빈에게는 조금도 불쾌하지 않았다. 오히려 그는 스비야쥐스키의 의견이 옳을 뿐만 아니라 그런 일들이 모두 하찮은 것처럼 느껴졌다. 그리고 그는 스비야쥐스키가 놀랄 정도로 섬세하고 점잖게 자신이 옳다는 주장을 피하는 것을 알게 되었다. 스비야쥐스키 가의 여인네들은 특히 사랑스러웠다. 레빈은 그녀들이 이미 모든 것을 알고 있고 그에게 공감하고 있으나, 단지 섬세함 때문에 아무 말도 하지 않는 것이라고 생각했다. 그는 다양한 주제에 관해 대화하면서 한 시간, 두 시간, 세 시간 동안 앉아 있었지만 자기 마음속에 가득 찬 한 가지만을 생각하고 있었기 때문에, 그들 모두 그에게 싫증을 느끼고 있으며 이제 잠자리에 들 시간이 꽤나 지나버렸다는 것을 알아채지 못했다. 스비야쥐스키는 하품을 하며 그를 현관까지 배웅하면서도 자기 친구의 이상한 심리 상태에 놀라고 있었다. 1시가 지나 있었다. 레빈은 호텔로 돌아오자 아직 남아 있는 열 시간을 어떻게 혼자서 견뎌야 할지 생각하며 스스로 놀라고 있었다. 당직 보이가 촛불을 켜고 나가려 하자, 레빈은 그를 불러 세웠다. 레빈은 예고르라는 이 보이를 전에는 알아보지 못했는데, 이제 보니 매우 영리하고 착하며 무엇보다 친절한 사람이었다.

“어때, 예고르. 잠을 못자는 게 힘들지 않나?”

“어쩔 수 없죠. 우리 일이라는 게 그런데요. 나리들 댁에 있으면 좀 더 편하겠지만, 그 대신 여기는 수입이 더 많거든요.”

예고르는 가정을 꾸린 사람으로 아들 셋과 바느질하는 딸이 있는데, 그는 딸을 마구점의 점원에게 시집보내고 싶다고 했다.

레빈은 말이 나온 김에 결혼에 대한 자기의 생각, 즉 결혼에서 가장 중요한 것은 사랑이며 행복은 오직 자기 마음속에 있기 때문에 사랑으로 언제든지 행복해질 수 있다고 예고르에게 말했다.

예고르는 주의 깊게 듣고 있었다. 그는 레빈의 말을 이해한 듯했으나, 그는 그 의견을 확인하려는 듯 레빈으로서는 예기치 못했던 얘기를 꺼냈다. 그는 전에 어떤 좋은 나리 댁에서 일할 때에도 언제나 주인에게 만족했었고, 지금도 비록 주인이 프랑스인이지만 전적으로 만족한다고 말했다.

'정말 착한 사람이군!' 레빈은 생각했다.

"그럼, 예고르. 자넨 결혼할 때 자네 처를 사랑하고 있었나?"

"당연히 사랑했지요." 예고르가 대답했다.

레빈은 예고르도 역시 들뜬 기분이며, 감춰 두었던 마음속의 감정을 털어놓고 싶어 한다는 것을 알았다.

"제 인생도 마찬가지로 놀랄 만한 일이 있었죠. 저는 어릴 적부터……." 그는 하품이 다른 사람에게 전염되듯이, 분명히 레빈의 들뜬 마음에 전염되어 눈을 빛내며 얘기하기 시작했다.

그런데 마침 그때 벨 소리가 들려와서 예고르도 가버리고 레빈은 혼자 남게 되었다. 그는 만찬에서 아무것도 먹지 않았고, 스비야쥐스키의 집에서도 차나 밤참을 사양했다. 그런데도 저녁 식사에 대한 생각이 나지 않았다. 그는 전날 밤에도 자지 않았는데, 지금도 잠잘 생각이 들지 않았다. 방 안은 시원했지만 열기 때문에 숨이 막혔다. 그는 통풍구 양쪽을 모두 열어 그 맞은편 탁자 앞에 앉았다.

눈에 덮인 지붕 너머로 사슬 달린 무늬를 넣은 십자가가 보이고, 그 위로 누르스름하고 선명한 카펠라 별과 점점 위로 솟아오르는 세모꼴의 마부馬夫 모양의 별자리가 보였다. 그는 십자가와 별을 번갈아 바라보며 방으로 고르게 들어오는 얼어붙은 듯한 신선한 공기를 들이마시고 있었다. 그리고 마치 꿈을 꾸는 것처럼 상상 속에서 피어오르는 형상들과 기억을 좇아가고 있었다.

3시가 지났을 때, 그는 복도에서 발소리가 들려 문밖으로 내다보았다. 그가 알고 있는 도박꾼 먀스킨이 클럽에서 돌아오는 모양이었다. 그는 얼굴을 찌푸리고 기침을 하면서 어두운 표정으로 걷고 있었다. '불쌍하고 불행한 사람!' 레빈은 생각했다. 그러자 이 남자에 대한 사랑과 연민으로 그의 눈에 눈물이 고였다. 그는 그와 얘기를 나누며 위로해주고 싶었지만, 자기가 내의만 입고 있다는 사실에 생각을 바꾸었다. 그는 다시 통풍구 앞에 앉았다. 그리고 차가운 공기를 쐬며, 침묵하고 있지만 그에게는 의미로 충만하게 느껴지는 이 기묘한 모양을 한 십자가와 드높이 떠오르는 선명한 노란색 별을 쳐다보았다. 6시가 지나자 청소부들이 웅성거리기 시작하고 무슨 예배를 알리는 종소리가 울리기 시작했다. 레빈은 몸이 차가워지는 것을 느꼈다. 그는 통풍구를 닫고서 세수하고 옷을 갈아입은 뒤 거리로 나섰다.

15

거리는 아직 텅 비어 있었다. 레빈은 셰르바츠키 댁 쪽으로 갔다. 대문들은 잠겨 있고 모든 것이 잠들어 있었다. 그는 다시 발길을 돌려 호텔 방으로 들어가 커피를 시켰다. 예고르와 교대한 당번 보이가 커피를 가져왔다. 레빈은 그와 애기하고 싶었으나 보이를 부르는 벨이 울려서 그는 나가버렸다. 레빈은 커피를 마시고 둥근 빵을 입에 넣었지만, 그의 입은 그 빵을 어떻게 해야 할지 몰랐다. 레빈은 그 빵을 뱉어버리고는 외투를 입고 다시 거닐러 나갔다. 그가 두 번째로 셰르바츠키 댁의 현관 계단에 도착했을 때는 9시가 지나서였다. 집 안에서는 사람들이 막 일어났고, 요리사는 장을 보러 가는 길이었다. 아직 적어도 두 시간은 더 있어야 했다.

레빈은 지난밤부터 오늘 아침까지 완전히 무의식 상태에 있었기 때문에 자기가 물질적인 생활 조건에서 완전히 벗어난 것처럼 느껴졌다. 그는 온종일 아무것도 먹지 않았고 이틀 밤을 자지 않았으며 추위에 웃옷을 벗은 채로 몇 시간을 보냈지만, 그는 그 어느 때보다도 건강하고 생기가 넘칠 뿐만 아니라 자신이 육체로부터 완전히 자유로워진 느낌이었다. 그는 근육을 쓰지 않고도 쉽게 움직였으며, 또 무엇이든 할 수 있을 것 같았다. 그는 만약 필요하다면 위로 날아오를 수도 있고, 집의 한쪽 구석을 움직일 수도 있을 것 같은 확신이 있었다. 그는 끊임없이 시계를 들여다보고 주위를 둘러보며 나머지 시간 동안 거리를 거닐었다.

그는 그때 본 것을 그 후로 다시는 볼 수 없었다. 특히 학교 가는 아이들, 지붕에서 보도로 내려앉는 회청색 비둘기들, 보이지 않는 손이 진열해놓은 가루 묻은 흰 빵, 이런 것들이 그에게 감동을 주었다. 이 흰 빵과 비둘기와 두 아이는 이 세상의 존재가 아닌 듯싶었다. 그 모든 일은 동시에 일어났다. 아이가 비둘기 쪽으로 달려가서는 환하게 웃으며 레빈을 쳐다보자, 비둘기는 날개를 퍼덕거리며 하늘에서 떨고 있는 눈가루 사이로 햇빛에 반짝거리며 날아다녔다. 창문을 통해 갓 구운 빵 냄새가 풍겼고, 흰 빵이 진열되었다. 이 모든 것이 너무 좋아서 레빈은 기쁜 나머지 웃기도 하고, 울기도 했다. 가제트니 골목을 따라서 키슬로프 거리로 멀리 돌아서 그는 다시 호텔로 돌아왔다. 그리고 자기 앞에 시계를 놓고 앉아 12시가 되기를 기다렸다. 옆방에서는 기계와 속임수에 관해 뭔가 이야기하는 소리와 아침에 하는 기침 소리가 들려왔다. 그들은 시곗바늘이 이미 12시에 가까워지고 있음을 모르는 것 같았다. 시곗바늘이 12시를 가리켰다. 레빈은 현관 계단으로 나갔다. 마부들은 모든 것을 알고 있는 게 분명했다. 그들은 행복한 얼굴로 서로 다투어 자기 썰매를 권하며 레빈을 둘러쌌다. 레빈은 다른 마부들을 노엽게 하지 않으려고 애쓰며 다음에 이용하겠다고 약속하고는 그중 하나를 골라 타고 셰르바츠키 댁으로 가자고 일렀다. 그 마부는 탄력적이고 혈색 좋은 건장한 목에 달라붙어 있는 하얀 셔츠 깃을 카프탄 밖으로 내놓은 게 꽤나 멋져 보였다. 이 마부의 썰매는 높직하고 편안했는데 레빈은 그 후 다시는 이런 썰매를 타 보지 못했다. 말은 얼마나 훌륭한지 꽤 달리고 있었음에도 전혀 움직이지 않은 듯했다. 마부는 셰르바츠키 댁을 알고 있었다. 그는 손님에게 유난히 공손하게 손을 둥글게 하고는 '워, 워' 하면서 현관 앞에 마차를 세웠다. 셰르바츠키 댁의 문지기는 모든 것을 알고 있는 듯했다. 그것은 그의 눈웃음과 인사말로 알 수 있었다.

"오랜만입니다, 콘스탄틴 드미트리치!"

그는 모든 것을 알고 있었을 뿐만 아니라 춤출 듯이 기뻐하면서도 기쁨을 감추려고 애쓰는 것 같았다. 레빈은 그의 노인다운 다정한 눈을 보자, 자신의 행복 속에 뭔가 새로운 것이 더 있다는 것을 깨달았다.

"다들 일어나셨나?"

"어서 들어가십시오! 그건 여기에 두십시오." 레빈이 모자를 가지러 돌아서려고 하자, 그는 웃으며 이렇게 말했다. 그건 뭔가 의미가 있는 듯 보였다.

"어느 분에게 알릴까요?" 하인이 물었다.

그는 새로운 하인 가운데 한 사람이었는데, 젊고 멋스러운 데다 무척 선하고 좋은 사람으로, 역시 모든 것을 알고 있었다.

"공작 부인께……, 공작께……, 따님께……." 레빈이 말했다.

그가 만난 첫 번째 사람은 마드무와젤 리농이었는데, 홀을 지나가는 그녀의 곱슬머리와 얼굴이 환하게 빛났다. 그가 그녀와 막 말을 하려고 하자 갑자기 문 뒤에서 옷자락 스치는 소리가 들려왔다. 그리고 레빈의 눈앞에서 마드무와젤 리농이 사라지고, 가까이 다가오는 행복으로 인한 기쁨의 두려움이 그에게 전해졌다. 마드무와젤 리농은 그를 남겨 둔 채 서둘러 다른 문으로 가버렸다. 그녀가 나가자마자 가볍고 빠른 걸음 소리가 마루를 따라 울리기 시작했다. 그리고 그 행복이, 그의 삶이, 그 자신이, 어쩌면 그 자신보다도 좋은, 그가 그토록 오랫동안 바라고 찾아왔던 그것이 그를 향해 빠른 속도로 다가오고 있었다. 그녀는 걸어오는 게 아니라 뭔가 보이지 않는 힘에 의해 그에게로 끌려오고 있었다.

레빈은 자기의 마음을 가득 채우는 그 사랑의 기쁨으로 놀란 듯한 그녀의 맑고 진실된 눈을 보았을 뿐이었다. 그 눈빛은 사랑의 빛으로 그의 눈을 멀게 하며 점점 더 가까이에서 빛나기 시작했다. 그녀는 그의 옆에 바짝 붙어 섰다. 그녀의 두 손이 올라가더니 그의 어깨 위에 내려앉았다.

그녀는 자기가 할 수 있는 모든 것을 한 것이었다. 그녀는 수줍어하기도 하고 기뻐하기도 하며 그에게로 달려와 모든 것을 그에게 맡겼다. 그는 그녀를 안고 그의 키스를 기다리던 그녀의 입에 입술을 맞췄다.

그녀도 역시 밤새 잠을 이루지 못하고 아침 내내 그를 기다리고 있었다. 아버지와 어머니는 두말없이 동의하며 행복한 딸의 모습을 보며 행복해했다. 그녀는 그를 기다렸다. 그리고 그녀는 누구보다도 먼저 그에게 자기의 행복과 그의 행복을 알리고 싶었다. 그녀는 혼자서 그를 맞이할 준비를 하고는 그런 생각으로 기뻐하고 수줍어하고 부끄러워했다. 그런데 그녀 자신도 무엇을 해야 할지를 몰랐다. 그녀는 그의 발소리와 목소리를 듣고 문 뒤에서 마드무와젤 리농이 나가기만을 기다렸다. 마드무와젤 리농이 나갔다. 그녀는 무엇을 어떻게 할지 생각지도, 또 자신에게 묻지도 않고 그냥 그에게로 다가가서 그녀가 방금 했던 것을 했던 것이다.

"어머니한테 가요!" 그녀는 그의 손을 잡고 말했다. 그는 한참 동안 아무런 말도 할 수 없었다. 그것은 자신의 고상한 감정을 말로 손상시킬까 두려웠기 때문이 아니라, 말을 하려 할 때마다 말 대신에 행복의 울음이 터질 것 같았기 때문이었다. 그는 그녀의 손을 잡고 입을 맞췄다.

"과연 이것이 진짜일까요?" 그는 분명하지 않은 목소리로 말했다. "당신이 나를 사랑하다니 믿을 수가 없어요!"

키티는 이 '당신'이라는 다정한 말과 수줍어하는 듯 자기를 바라보는 그의 모습에 환하게 웃었다.

"그래요!" 그녀는 의미심장하게 천천히 말했다. "난 너무 행복해요."

그녀는 그의 손을 놓지 않고 객실로 들어갔다. 공작 부인은 그들 모습을 보고는 숨을 거칠게 여러 번 내쉬더니 바로 울음을 터뜨렸다. 그리고 이내 웃기 시작하더니 레빈이 예상치 못했던 힘찬 발걸음으로 그들에게로 달려왔다. 그러고는 레빈의 머리를 끌어안고 그에게 입을 맞추어 그의 뺨을 온통 눈물로 적셨다.

"이제 다 끝났어요! 기뻐요. 저 애를 사랑해주세요. 난 기뻐서……. 키티!"

"빨리도 정리되었군!" 노공작은 차분하려고 애쓰며 이렇게 말했다.

그러나 레빈은 그가 자기 쪽을 바라보았을 때 그의 눈이 젖어 있는 것을 보았다.

"나는 오래전부터 늘 이렇게 되길 바라고 있었네." 그는 레빈의 손을 잡아 자기 쪽으로 끌어당기며 말했다. "나는 이미 그때, 이 말괄량이가 그런 생각을 했을 때……."

"아버지!" 키티는 크게 소리치고는 두 손으로 그의 입을 막았다.

"알았다, 말하지 않을게!" 공작이 말했다. "난 정말, 정말……, 기쁘다……. 아, 내가 얼마나 어리석은지……."

공작은 키티를 끌어안고 그녀의 얼굴과 손에, 그리고 다시 얼굴에 입을 맞추고 성호를 그어주었다.

키티가 오랫동안 아버지의 통통한 손에 부드럽게 입을 맞추고 있는 것을 보며, 레빈은 전에는 남이었던 이 늙은 공작에 대해 새로운 애정의 감정이 밀려드는 것을 느꼈다.

16

공작 부인은 안락의자에 앉아 말없이 미소 짓고 있었다. 공작도 그녀의 옆에 앉았다. 키티는 여전히 아버지의 손을 놓지 않고, 그가 앉은 안락의자 옆에 서 있었다. 모두들 아무 말이 없었다.

공작 부인이 제일 먼저 말을 시작하고는 모든 생각과 감정을 삶의 문제로 옮겨놓았다. 그러자 이것이 처음에는 모두에게 똑같이 이상하고 심지어 마음이 아픈 것처럼 생각되었다.

"언제가 좋을까? 축복도 해야 하고 발표도 해야죠. 결혼식은 언제쯤 하지? 당신은 어떻게 생각해요, 알렉산드르?"

"이 사람이 있잖소." 노공작은 레빈을 가리키며 말했다. "이 사람이 주인공이잖소."

"언제로 하냐는 말씀이시죠?" 레빈은 얼굴을 붉히며 말했다. "내일로 하시죠. 만약 제게 물어보신다면, 제 생각으로는 오늘 축복기도를 올리고 내일 결혼식을 올렸으면 합니다."

"아휴 그만두게. 무슨 그런 바보 같은 소릴 하나!"

"그럼 일주일 후로 하시죠."

"정말 제정신이 아니군."

"아니, 왜요?"

"글쎄 생각 좀 해보게!" 공작 부인은 이런 성급한 태도가 즐겁다는 듯이 미소를 지으며 말했다. "그럼 결혼 지참금은 어떻게 하고?"

'정말 결혼 지참금이니 하는 모든 것이 필요한 걸까?' 레빈은 두려움을 느끼며 생각했다. '그런데 결혼 지참금이니 축복기도니 하는 모든 것들이 우리의 행복을 손상시키지는 않을까? 그 무엇도 그걸 손상시킬 수는 없어!' 그는 키티를 흘끗 보고 결혼 지참금에 대한 생각이 그녀를 조금도, 조금도 모욕하지 않았다는 것을 알았다. '그렇다면 그게 필요한가 보군.' 그는 생각했다.

"저는 정말 아무것도 모릅니다. 전 제 바람을 말씀드렸을 뿐입니다." 레빈은 사과하며 말했다.

"그럼 함께 의논합시다. 축복기도나 발표하는 건 지금이라도 할 수 있어요. 그건 그래요."

공작 부인은 남편에게 다가가서 입을 맞추고 나가려고 했다. 그러자 노공작이 그녀를 붙잡더니 마치 사랑에 빠진 젊은이들처럼 부드럽게 안고는 미소를 지으며 몇 번이고 입을 맞췄다. 노인들은 순간 혼란에 빠져서 사랑에 빠진 게 자기들인지, 아니면 딸인지 잘 모르는 게 분명했다. 공작과 공작 부인이 나가자, 레빈은 자기의 약혼녀 옆으로 다가가서 그녀의 손을 잡았다. 그도 이제는 정신을 가다듬고 얘기할 수 있었다. 그녀에게 할 얘기가 너무도 많았다. 그런데 그는 해야 할 말은 하지 않고 전혀 상관없는 얘기를 했다.

"나는 이렇게 될 거라는 걸 알았어요! 나는 기대한 적은 없었지만, 마음속으로는 항상 확신하고 있었어요." 그가 말했다. "이건 예정된 것이었다고 믿어요."

"하지만 난……." 키티가 말했다. "그때조차도……." 그녀는 여기서 잠시 말을 멈추었다가 진심 어린 눈빛으로 그를 바라보며 결연하게 말을 계속했다. "난 스스로 나 자신의 행복을 밀어냈을 그때에도 오직 당신을 사랑하고 있었어요. 하지만 그때 나는 뭔가에 정신을 빼앗겼었어요. 난 얘기해야만 해요……. 당신은 그때의 일을 잊을 수 있겠어요?"

"어쩌면 더 잘된 일인지도 모르죠. 난 당신에게 용서를 구해야 할 일이 많아요. 당신에게 말해야 할 것은……."

그것은 그가 그녀에게 솔직하게 말하기로 결심한 것 가운데 하나였다. 그는 처음부터 그녀에게 두 가지를 말하려고 결심하고 있었다. 그 하나는 자기가 그녀처럼 순결한 사람이 아니라는 것이었고, 다른 하나는 자기에게는 신앙이 없다는 것이었다. 이것은 괴로운 일이었지만, 그는 이 두 가지를 꼭 말해야 한다고 생각했다.

"아니, 지금 말고 나중에!" 그가 말했다.

"그렇게 하세요. 나중에요. 하지만 꼭 얘기해주세요. 난 아무 것도 두렵지 않아요. 난 모든 걸 알아야만 해요. 이제는 모든 게 결정된 거예요."

"물론 당신은 나를 받아주는 거죠? 내가 어떤 인간이든 날 거부하지 않을 거죠, 그렇죠?" 그는 그렇게 하던 말을 마저 했다.

"네, 그럼요."

두 사람의 대화는 마드무와젤 리농 때문에 중단되었다. 그녀는 비록 과장되기는 했지만 부드러운 미소를 지어 보이며 사랑하는 제자를 축하하기 위해 들어온 것이었다. 그리고 그녀가 아직 나가기도 전에 하인들이 축하하기 위해 들어왔다. 그다음엔 친척들이 마차를 타고 연이어 도착했다. 그렇게 행복한 혼란이 시작되었고, 그 혼란 속에서 레빈은 결혼식 다음 날까지 빠져나오지 못했다. 레빈은 줄곧 기북스럽고 지루했지만 행복한 긴장감은 더욱 커져갔다. 그는 항상 자기가 알지 못하는 많은 것을 요구당하는 듯한 느낌이 들었다. 그래서 그는 사람들이 말하는 대로 했고, 그러자 그 모든 것이 오히려 행복감을 가져다주었다. 그는 자기의 결혼은 다른 결혼과 전혀 다를 것이며, 흔한 결혼 조건은 자신의 특별한 행복을 망치고 말 것이라고 생각했었다. 그런데 결국 그도 다른 사람들과 똑같은 일을 하게 되었던 것이다. 그리고 그것으로 그의 행복은 더욱 커지고 있었으며, 어떤 결혼과도 닮지 않은 더욱더 특별한 것이 되었다.

"이제 우리 사탕과자 먹어요." 마드무와젤 리농이 말하면 레빈이 사탕과자를 사러 나갔다.

"이거 정말 기쁘군." 스비야쥐스키가 말했다. "꽃다발은 포민의 가게에서 사시는 게 좋을 겁니다."

"그래야 하나요?" 그리고 레빈은 포민의 가게로 달려갔다.

형은 그에게 선물을 비롯하여 다른 비용이 많이 들 테니 돈을 빌려놓아야 할 거라고 말했다.

"아, 선물도 필요해요?" 그리고 그는 풀드로 말을 몰았다.

그는 과자점에서도, 포민의 가게에서도, 풀드의 가게에서도, 모두들 그를 기다렸다가 그가 지난 며칠간 관계를 맺었던 모든 사람들과 마찬가지로 그의 행복을 축복해주는 것을 보았다. 그런데 이상한 것은 모두가 그를 사랑하고 있을 뿐만 아니라, 전에는 그에게 호감도 없고 냉담하고 무관심한 사람들도 기뻐해주고 모든 일에 그의 뜻을 따라주고 그의 감정을 부드럽고 섬세하게 대해주며 완벽의 극치인 약혼녀를 둔 자신이 세상에서 가장 행복한 사람이라는 그의 확신에 공감을 해주는 것이었다. 키티도 그와 똑같은 기분을 느꼈다. 노르드스톤 백작 부인이 자기는 좀 더 나은 사람을 기대하였다는 암시를 하자, 키티는 몹시 화를 내며 이 세상에는 레빈보다 훌륭한 사람은 없다고 단호하게 말했다. 그래서 노르드스톤 백작 부인도 그 사실을 인정하지 않을 수 없었고, 키티 앞에서는 기쁨의 미소를 지으며 레빈을 대했다.

레빈이 약속한 고백은 그 시기에 단 하나의 괴로운 사건이었다. 그는 노공작과 상의하고 그의 허락을 얻은 뒤 자신을 괴롭히는 일이 적혀 있는 일기장을 키티에게 넘겨주었다. 그는 당시 미래의 아내를 염두에 두고 이 일기를 쓰고 있었다. 그를 괴롭힌 것은 두 가지였다. 즉, 자기가 순결하지 않다는 것과 신앙이 없다는 것이었다. 신앙이 없다는 고백은 별다른 일 없이 지나갔다. 그녀는 신앙심이 깊어서 종교의 진리를 한 번도 의심해 본 적이 없었는데도 그가 겉으로 드러난 신앙이 없다는 것에 대해선 조금도 마음의 동요를 일으키지 않았다. 그녀는 사랑으로 그의 영혼을 전부 이해했고, 그의 마음속에서 자신이 원하는 것을 보았다. 그래서 그런 영혼의 상태를 불신앙이라고 부른다 해도 그것은 그녀에게 상관없었다. 그러나 다른 하나의 고백은 그녀로 하여금 쓰라린 눈물을 흘리게 했다.

레빈이 마음의 갈등 없이 그녀에게 자신의 일기장을 준 것은 아니었다. 그는 자신과 그녀 사이에는 비밀이 있을 수 없고, 있어서도 안 된다고 생각했기 때문에 그렇게 하기로 결심했던 것이다. 그러나 그는 그것이 어떤 영향을 미칠지 분명히 알지 못했고, 그녀의 입장이 되어 보지 않았다. 그날 저녁, 극장에 가기 전에 그들 집에 들러 그녀의 방에 들어간 레빈은 자기가 만든 돌이킬 수 없는 슬픔 때문에 눈물에 젖어 있는 불행하고 가엽고 사랑스러운 그녀의 얼굴을 보았다. 그러자 그는 비로소 자기의 수치스러운 과거와 그녀의 비둘기 같은 순결을 갈라놓은 심연을 깨닫고는 자기가 한 짓에 소스라치게 놀랐다.

"가져가세요. 이런 끔찍한 노트들을 가져가세요!" 그녀는 자기 앞 탁자 위에 놓여 있는 노트들을 밀어내며 말했다. "왜 이런 걸 내게 주신 거예요……! 아니, 그래도 그 편이 나았어요." 그녀는 그의 절망적인 표정에 동정을 느끼며 이렇게 덧붙였다. "하지만 이건 끔찍해요, 정말 끔찍해요."

레빈은 고개를 숙인 채 조용히 있었다. 그는 아무 말도 할 수가 없었다.

"당신은 나를 용서하지 못할 거예요." 그는 속삭이듯이 말했다.

"아니에요, 용서했어요. 그렇지만 이건 끔찍한 일이에요!"

그러나 그의 행복이 너무도 컸기 때문에 이런 고백도 그 행복을 무너트릴 수는 없었고 오히려 새로운 색채를 더해주었다. 그녀는 그를 용서했지만 그때부터 그는 자신을 아내보다 존재 가치가 덜 하다고 느꼈고 그녀 앞에서는 도덕적으로 더욱 낮은 자세를 취했으며 자신의 분에 넘치는 행복을 더 높이 평가하게 되었다.

17

알렉세이 알렉산드로비치는 만찬 때도, 또 만찬이 끝난 다음에도 자기가 나누었던 대화의 인상을 자기도 모르게 기억 속에 떠올리면서 쓸쓸한 호텔 방으로 돌아왔다. 용서해준다는 다리야 알렉산드로브나의 말은 그에게 단지 노여움을 불러일으킬 뿐이었다. 기독교의 원칙을 자신의 경우에 적용히느냐 안 히느냐 하는 문제는 경솔하게 입에 올려서는 안 되는 너무도 중요한 문제였다. 더욱이 알렉세이 알렉산드로비치는 오래전에 이미 그 문제에 대해 부정적인 결론을 내렸다. 그날 밤 오갔던 대화 중에 그의 머릿속에 새겨진 말은 그 어리석고 마음씨 좋은 투로프친이 '남자다운 행동이었어요! 결투를 신청해서 죽였잖아요!'라고 한 말이었다. 예의상 아무도 말하지는 않았으나 모두들 그 말에 동감하는 게 분명했다.

'하지만 이미 끝난 문제야. 내 문제는 더 이상 생각할 것도 없어.' 알렉세이 알렉산드로비치는 스스로에게 이렇게 말했다. 그리고 그는 오직 눈앞에 닥친 출발과 조사 업무에 관해서만 생각하면서 방으로 들어가 그를 안내한 문지기에게 하인은 어디에 있냐고 물었다. 알렉세이 알렉산드로비치는 차를 가져오도록 지시하고 탁자 앞에 앉아서 프룸[22]을 꺼내 들고 여행 코스를 생각하기 시작했다.

"전보가 두 통 와 있습니다." 하인이 방으로 들어서며 말했다. "죄송합니다, 각하. 잠시 나갔다 왔습니다."

알렉세이 알렉산드로비치는 전보를 받아 봉함을 뜯었다. 첫 번째 전보는 바로 카레닌이 바라던 그 직위에 스트레모프가 임명되었다는 소식이었다. 알렉세이 알렉산드로비치는 그 전보를 내팽개치고 붉어진 얼굴로 일어나서는 방 안을 거닐기 시작했다. '신은 멸망시키고자 하는 자들에게서 먼저 이성을 빼앗는다.[23]' 그는 '자들'이라는 말을 그 임명에 협력한 사람들로 생각하며 중얼거렸다. 그는 자기가 그 지위에 임명되지 않았다거나, 자기가 분명히 따돌림을 당했다는 사실 때문에 화가 났던 게 아니라, 떠벌이 스트레모프가 그 어느 누구보다 그 일에 역량이 부족하다는 것을 사람들이 보지 못하는 것이 이해되지 않고 놀라울 뿐이었다. 어째서 그들은 그런 임명이 자신들의 위신을 떨어뜨린다는 것을 모른단 말인가!

---

22 러시아와 유럽의 교통수단 안내서
23 'Quos vult perdere dementat.'(라틴어)

"이것도 뭔가 비슷한 내용이겠지." 그는 두 번째 전보를 열어 보며 신경질적으로 중얼거렸다. 그것은 아내한테서 온 전보였다. 파란 연필로 쓴 '안나'라는 서명이 제일 먼저 그의 눈에 들어왔다. '난 죽어가고 있어요. 제발, 와주세요. 당신에게 용서받고 편안한 마음으로 죽고 싶어요.' 그는 다 읽은 후, 경멸에 찬 미소를 지으며 전보를 던져버렸다. 처음에 그는 '이건 또 무슨 기만이고 교활한 짓이야?' 하고 생각했다.

'그녀가 무슨 거짓말인들 못하겠어? 해산 때문일 테지. 어쩌면 거기서 온 병일 거야. 그런데 목적이 뭐야? 태어난 아이를 내 아이로 하여 내 명예를 더럽히고 이혼을 방해하려는 것일까' 그는 생각했다. '그런데 뭐라고 적혀 있었더라, 죽어가고 있어요……' 그는 전보를 다시 읽었다. 그러자 문득 전보에 적힌 말의 직접적인 의미가 그의 마음을 움직였다. '만약 사실이라면!' 그는 중얼거렸다. '만약 그녀가 고통과 죽음의 순간에서 진심으로 뉘우치고 있는데, 내가 거짓말로 여기고 돌아가는 걸 거부한다면? 그것은 잔인한 행동이고 사람들로부터 비난받게 될 뿐만 아니라 내 입장에서도 어리석은 짓이다.'

"표트르, 마차를 준비해 둬, 페테르부르크에 다녀와야겠다." 그는 하인에게 말했다.

알렉세이 알렉산드로비치는 페테르부르크로 가서 아내를 만나기로 마음먹었다. 만약 그녀가 거짓말을 한 것이라면 아무 말 없이 나올 것이고, 만약 그녀가 정말로 아프고 죽기 직전에 보려

는 것이라면 그녀를 용서해주고, 만약 너무 늦게 도착할 경우에
는 마지막 의무를 다할 것이라고 그는 생각했다.

그는 가는 내내 자기가 해야 할 일에 대해 더 이상 생각하지
않았다.

알렉세이 알렉산드로비치는 열차 안에서 하룻밤을 지새워 피
곤함과 지저분함을 느끼며 페테르부르크의 이른 아침 안개에
싸인 텅 빈 넵스키 거리로 마차를 몰았다. 그는 자기를 기다리고
있는 것에 대해서는 생각하지 않고 앞만 바라보고 있었다. 그는
앞으로 일어날 일을 상상할 때마다 아내의 죽음이 자신의 그 모
든 어려운 상황을 당장 해결해줄 것이라는 생각을 뿌리칠 수 없
었기 때문에 차마 그런 생각을 할 수 없었던 것이다. 빵집 사람
들, 닫혀 있는 가게들, 야간 마차들, 인도를 쓸고 있는 문지기들
이 그의 눈에 아른거리곤 했다. 그는 자신을 기다리고 있는 것,
자신이 바라서는 안 되지만 그래도 바라게 되는 것에 대한 생각
을 없애려고 애쓰며 그 모든 것을 관찰하고 있었다. 그는 집의
현관 입구에 도착했다. 삯마차 한 대와 마부가 졸고 있는 사륜마
차 한 대가 현관 입구에 서 있었다. 현관에 들어서면서 알렉세이
알렉산드로비치는 마치 뇌 깊숙한 곳에서 꺼내듯이 그 결심을
정리해보았다. '만약 거짓이라면 경멸하며 조용히 떠날 것', '만
약 사실이라면 예의를 지킬 것.'

알렉세이 알렉산드로비치가 벨을 울리기 전에 문지기가 문을
열었다. 카피토니치라고도 불리는 문지기 페트로프는 낡은 프

록코트에 넥타이도 매지 않고 슬리퍼를 신은 이상한 모습을 하고 있었다.

"마님은 어떠신가?"

"어제 무사히 해산하셨습니다."

알렉세이 알렉산드로비치는 걸음을 멈추었고 얼굴이 창백해졌다. 그는 그제야 자기가 얼마나 그녀의 죽음을 바랐는지 분명히 깨달았다.

"건강은?"

에이프런 차림의 코르네이가 계단을 달려 내려왔다.

"아주 안 좋습니다." 그는 대답했다. "어제 의사 선생님이 다녀가셨고, 지금도 계십니다."

"짐을 가져오게." 알렉세이 알렉산드로비치가 말했다. 그리고 그녀기 여전히 죽을 가망이 있다는 소식에 약간의 위안을 느끼며 현관으로 들어섰다.

옷걸이에 군인 외투가 걸려 있는 것을 보고 알렉세이 알렉산드로비치는 물었다.

"누가 와 있나?"

"의사 선생님과 산파, 그리고 브론스키 백작이 계십니다."

알렉세이 알렉산드로비치는 집 안으로 들어갔다.

객실에는 아무도 없었다. 그의 발소리에 안나의 방에서 자주색 리본이 달린 두건을 쓴 산파가 나왔다.

그녀는 알렉세이 알렉산드로비치에게로 다가와서는 죽음이

가까운 때에 보이는 격식 없는 태도로 그의 손을 잡고 침실로 데
려갔다.

"정말 잘 돌아오셨습니다! 그저 나리, 나리에 대한 말씀만 하
고 계세요." 그녀가 말했다.

"빨리 얼음을 주세요!" 안나의 침실에서 지시하는 의사의 소
리가 들려왔다.

알렉세이 알렉산드로비치는 안나의 방으로 들어갔다. 그녀의
탁자 옆에 놓인 낮은 의자에 브론스키가 옆으로 등을 지고 앉아
두 손으로 얼굴을 가린 채 울고 있었다. 그는 의사의 말소리에
벌떡 일어나 얼굴에서 손을 떼었을 때 알렉세이 알렉산드로비
치를 보았다.

안나의 남편을 보자, 그는 너무도 당황하여 마치 어디론가 사
라지고 싶은 듯 어깨 사이로 머리를 움츠리고는 다시 주저앉았
다. 그러나 그는 가까스로 힘을 내고 일어나 이렇게 말했다.

"저 사람이 죽어가고 있습니다. 의사들은 가망이 없다고 합니
다. 모든 건 당신의 처분에 맡기겠습니다. 오직 여기에 있게만
허락해주십시오……. 하지만 그것도 당신의 뜻에 따르겠습니
다. 나는……."

알렉세이 알렉산드로비치는 브론스키의 눈물을 보자, 다른
사람의 고통스러운 모습이 그의 마음속에 일으키는 정신적 혼
란이 밀려오는 것을 느꼈다. 그래서 그는 얼굴을 돌린 채 브론스
키의 말을 끝까지 듣지 않고 서둘러 문 쪽으로 걸어갔다. 침실

에서 무언가 말하는 안나의 목소리가 들려왔다. 그녀의 목소리는 쾌활하고 생기 있고 지나칠 정도로 정확했다. 알렉세이 알렉산드로비치는 침실로 들어가 침대 옆으로 다가갔다. 안나는 그가 있는 쪽으로 얼굴을 돌리고 누워 있었다. 뺨은 붉게 달아올랐고 눈빛은 빛났고 윗옷의 소매 밖으로 나온 작고 하얀 손은 이불의 가장자리를 말며 만지작거리고 있었다. 그녀는 건강하고 생기 있어 보일 뿐만 아니라 더없이 기분이 좋은 것 같았다. 그녀는 매우 정확하고 감성적인 억양으로 빠르고 낭랑하게 말했다.

"왜냐하면 알렉세이는……, 난 알렉세이 알렉산드로비치에 대해 말하는 거예요(두 사람 모두 알렉세이라는 이름을 가지고 있으니 이 얼마나 이상하고 무서운 운명인가요, 안 그래요?). 알렉세이는 날 거부하지 않을 거예요. 나도 잊어버릴 테고. 그이는 용서해줄 거야……. 그런데 대체 그이는 왜 오지 않을까요? 그이는 좋은 사람이에요. 그이는 자기가 얼마나 좋은 사람인지 몰라요. 아, 너무 괴로워요! 빨리 물 좀 주세요! 아, 그건 아기한테 해로울 거예요. 그래, 좋아요. 아기를 유모에게 주세요! 그래요. 난 동의해요. 그게 오히려 더 좋을 거예요. 그이는 올 거예요. 그이는 갓난아기를 보는 게 괴로울 거예요. 아기를 데려가요."

"안나 아르카디예브나, 주인어른이 오셨어요. 자, 여기 계세요." 산파는 안나의 주의를 알렉세이 알렉산드로비치에게로 돌리려고 애쓰며 말했다.

"아니, 말도 안 되는 소리야!" 안나는 남편 쪽을 보지 않고 계속 말했다. "자, 아기를 줘요. 아기를 달라니까요! 그이는 아직 오지 않았어요. 당신은 그이가 용서하지 않을 거라고 말하지만, 그건 그이를 몰라서 그래요. 아무도 몰랐어요. 나만 알았죠. 그래서 더욱 괴로운 거예요. 그이의 눈은 세료쟈의 눈과 꼭 같아요. 그래서 난 볼 수가 없어요. 세료자는 식사를 했나요? 모두들 잊어버릴 거라는 걸, 나는 알아요. 그 애는 잊지 못할 거예요. 세료쟈를 구석방으로 데려가서 마리예트와 함께 자라고 해요."

그녀는 갑자기 몸을 움츠리더니 입을 다물었다. 그러고는 마치 손찌검을 예상이라고 한 듯, 또 그것을 막기라도 하려는 듯 놀라서 두 손을 얼굴 쪽으로 들어올렸다. 그녀는 남편을 보았던 것이다.

"아니, 아니야!" 그녀는 입을 열었다. "난 저이가 무섭지 않아요. 난 죽는 게 두려워요. 알렉세이, 이리 오세요. 이렇게 서두르는 건 이젠 별로 시간이 없어서예요. 난 얼마 더 살지 못해요. 이제 곧 열이 나면 난 아무것도 이해하지 못할 거예요. 하지만 지금은 알아요. 모든 걸 다 알아요. 모든 게 다 보여요."

알렉세이 알렉산드로비치의 주름진 얼굴에는 고통스러운 표정이 나타났다. 그는 아내의 손을 잡고 무슨 말을 하려고 했지만 도무지 아무런 말도 할 수 없었다. 그의 아랫입술이 떨리고 있었지만, 그는 여전히 마음을 안정시키려고 안간힘을 쓰면서 이따금 아내의 얼굴을 쳐다볼 뿐이었다. 그리고 그녀를 바라볼 때마다, 전에는 한 번도 그렇게 바라본 적이 없는 사랑스럽고 감동적이고 온화한 표정으로 자기를 바라보는 그녀의 눈과 마주쳤다.

"기다려요. 당신은 몰라요……. 조금만 기다려요. 조금만이요……." 안나는 생각을 가다듬으려는 듯이 말을 중단했다. "그래요." 그녀는 말을 시작했다. "그래, 그래, 그래요. 나는 말하고 싶었어요. 놀라지 마세요. 난 전과 똑같은 여자에요……. 하지만 내 마음속에는 또 다른 여자가 있어요. 난 그녀가 두려워요. 그녀는 다른 사람을 사랑해요. 그래서 난 당신을 증오하려고 했어요. 그런데 난 예전의 나 자신을 잊을 수가 없어요. 그 여자는 내가 아니에요. 지금의 내가 진짜 나이고, 온전한 나예요. 난 지금 죽어가고 있어요. 죽을 거란 걸 알아요. 저 사람한테 물어보세요. 난 지금도 내 손 위에도, 내 다리 위에도, 내 손가락 위에도 엄청난 무게가 느껴져요. 이 손가락 좀 보세요. 이렇게 크잖아요? 하지만 이것도 곧 끝날 거예요……. 단지 바라는 것은 날 용서해달라는 거예요. 깨끗이 용서해줘요! 난 무서운 여자예요. 하지만 유모가 내게 말한 것처럼 거룩한 순교자……, 그 이름이 뭐였더라? 그 여자는 나보다 더 나쁜 여자였어요. 나도 로마로 갈 거예요. 거기에는 황야가 있겠죠. 그러면 난 아무에게도 방해가 되지 않을 거예요. 세료쟈만 데리고 갈 거예요. 그리고 아기도……. 아니, 당신은 용서하지 못할 테지요! 그런 일은 용서할 수 없다는 걸 알아요! 아니, 아니에요. 가세요. 당신은 너무나 좋은 사람이에요!" 안나는 열이 나서 뜨거운 한쪽 손으로는 그의 손을 붙잡고, 또 다른 손으로는 그를 밀쳤다.

알렉세이 알렉산드로비치의 정신적 혼란은 더욱 심해져서 이 제는 그것에 맞서 싸울 힘조차 남아 있지 않았다. 그런데 그는 갑자기 정신적 혼란으로 여겨졌던 것이, 그 반대로 전에는 경험하지 못한 새로운 행복을 가져다준 정신적인 행복임을 느꼈다. 그는 자신이 평생 따르려고 했던 기독교의 율법이 그에게 원수를 용서하고 사랑하라고 명령했다고는 생각하지 않았지만, 원수에 대한 사랑과 용서의 기쁜 감정이 그의 마음을 가득 채웠다. 그는 무릎을 꿇었다. 그리고 윗옷을 통해 불타는 듯이 뜨겁게 전달되는 그녀의 팔 위에 머리를 숙인 채 어린아이처럼 흐느껴 울었다. 그녀는 벗겨지기 시작한 그의 머리를 끌어안고 몸을 밀착시켰다. 그리고 자랑스럽다는 듯이 눈을 치켜떴다.

"그이가 왔어요. 난 알고 있었어요! 이제 모두 안녕, 안녕……! 저들이 또 왔군요. 왜 저들이 안 가는 거죠……! 제발, 당장 모피 외투를 벗겨줘요!"

의사는 그녀의 양손을 떼어 조심스럽게 베개 위에 올려놓고는 어깨까지 이불을 덮어주었다. 그녀는 얌전하게 반듯이 누워 반짝이는 눈빛으로 정면을 응시하고 있었다.

"내게 필요한 건 당신의 용서뿐이라는 걸 기억해 두세요. 다른 건 아무것도 바라는 게 없어요……. 그런데 그이는 왜 안 오는 거죠?" 안나는 문 쪽 브론스키에게로 얼굴을 돌리며 말했다. "이리 가까이 오세요, 이리로요! 두 분이 악수하세요."

브론스키는 침대 끝으로 다가왔으나 안나를 보고는 다시 두 손으로 얼굴을 가렸다.

"얼굴을 보여줘요. 이분을 보세요. 이분은 성자예요." 안나가 말했다. "손을 떼요, 어서요!" 안나는 화난 듯이 말했다. "알렉세이 알렉산드로비치, 저 사람의 얼굴에서 손을 떼어주세요. 난 저 사람의 얼굴이 보고 싶어요."

알렉세이 알렉산드로비치는 고뇌와 치욕으로 무섭게 변한 브론스키의 얼굴에서 손을 떼어놓았다.

"저 사람에게 손을 내미세요. 저 사람을 용서하세요."

알렉세이 알렉산드로비치는 흘러내리는 눈물을 참으려고도 하지 않고 브론스키에게 손을 내밀었다.

"고마워요, 고마워요." 안나가 말을 시작했다. "이젠 모든 게 준비됐어요. 다리를 좀 펴고 싶어요. 그래, 됐어요. 이 꽃들은 어떻게 이도록 밋이 없을까! 제비꽃 같지가 않네요." 그녀는 벽지를 가리키며 말했다. "맙소사, 맙소사! 이건 언제 끝날까요? 모르핀을 놔 주세요, 의사 선생님! 모르핀 좀 놔 줘요. 아, 맙소사!"

그리고 그녀는 침대 위에서 몸부림쳤다.

주치의와 다른 의사들은 그녀가 앓고 있는 것이 산욕열이며, 이는 백 명 중에 아흔아홉 명이 죽음을 맞이하는 병이라고 했다. 온종일 열과 헛소리와 의식불명의 상태가 지속되었다. 자정 무렵, 환자는 감각도 맥박도 거의 없는 상태로 누워 있었다.

모두들 매순간 임종을 기다리고 있었다.

브론스키는 집으로 돌아갔다가 다음 날 아침 상태를 알기 위해 다시 왔다. 그리고 알렉세이 알렉산드로비치는 현관에서 그를 맞아 이렇게 말했다.

"있어주십시오. 당신을 찾을지도 모르니." 그리고는 직접 그를 아내의 방으로 데리고 갔다.

아침이 다가오면서 또다시 그녀의 흥분과 활기가 반복되고 생각과 말이 빨라졌지만, 다시 정신을 잃고 말았다. 사흘째도 그녀의 상태는 똑같았는데, 의사는 희망이 있다고 말했다. 그날 알렉세이 알렉산드로비치는 브론스키가 있는 방에 들어가 문을 잠그고 그와 마주 앉았다.

"알렉세이 알렉산드로비치." 브론스키는 변명할 때가 온 것을 느끼고 이렇게 말을 시작했다. "할 말도 없고, 무슨 일인지도 모르겠습니다. 용서해주십시오! 당신도 매우 힘들겠지만, 나는 더 두렵습니다."

그는 일어나려 했다. 그러나 알렉세이 알렉산드로비치는 그의 손을 붙잡고 이렇게 말했다.

"내 말을 잘 들으십시오. 꼭 들어주어야 합니다. 난 당신이 나에 대해 오해하지 않도록 하기 위해 나를 지배해왔고, 앞으로도 지배하게 될 내 감정을 당신에게 설명해야만 합니다. 아시다시피 난 이혼을 결심했고, 심지어 그 절차까지 밟기 시작했습니다. 솔직히 말해서 그 일을 시작하기 전에 주저했고, 또 괴로웠습니다. 솔직히 말하겠습니다. 난 당신과 아내에게 복수하고 싶은 생각을 떨쳐버릴 수가 없었습니다. 전보를 받고서도 난 오는 내내 그런 감정을 가지고 왔지요. 조금 더 말한다면, 난 그녀가 죽기를 바랐습니다. 그런데⋯⋯." 그는 그에게 자신의 감정을 말할지 말지 망설이며 잠시 말을 멈췄다. "그런데 난 그녀를 보고 모든 걸 용서했습니다. 그리고 용서의 행복감은 나에게 의무감을 느끼게 해주었습니다. 난 완전히 용서했습니다. 난 다른 쪽 뺨까지 내밀고 싶은 마음입니다. 내 겉옷을 가져가려는 자에게 속옷마저 주고 싶은 마음입니다. 다만 하느님에게 용서의 행복을 내게서 빼앗아가지 말아달라고 빌고 싶을 뿐입니다." 그의 눈엔 눈물이 글썽였고, 밝고 고요한 시선이 브론스키를 감동시켰다. "이것이 지금 내 처지입니다. 당신은 나를 진흙탕 속에서 짓밟을 수도 있고 세상의 웃음거리로 만들 수도 있습니다. 난 저 사람을 버리지 않을 것이고, 당신을 비난하는 일도 결코 없을 겁니다." 그는 계속 말했다. "내게 나의 의무는 너무도 명백합니다. 난 저 사람과 함께 있어야만 합니다. 그리고 그렇게 할 것입니다. 만약 저 사람이 당신을 보고 싶어 하면 당신에게 알리겠습니다. 하지만 지금은 당신과 떨어져 있는 게 나을 듯싶습니다."

그는 일어섰고, 흐느낌 때문에 말문이 막혔다. 브론스키도 일어서서는 구부정한 상태에서 그를 올려다보았다. 그는 알렉세이 알렉산드로비치의 감정을 이해할 수 없었다. 그러나 그는 그것이 자기의 세계관으로는 도무지 이해할 수 없는, 뭔가 높은 것으로 느껴졌다.

18

알렉세이 알렉산드로비치와의 대화가 끝난 후, 브론스키는 카레닌 집의 현관 계단을 나섰다. 그리고 그는 자기가 어디에 있고, 어디로 가야 하는지 힘겹게 떠올리며 걸음을 멈췄다. 그는 자신의 굴욕을 씻을 가능성조차도 빼앗긴, 모욕과 멸시를 당한 죄인이라고 스스로 느꼈다. 그는 자기가 지금까지 그토록 자랑스럽고 경쾌하게 걸어온 궤도에서 이탈된 것처럼 느껴졌다. 그토록 확고한 것 같았던 자기 생활의 모든 습관과 규칙이 갑자기 거짓되고 쓸모없는 것으로 여겨졌다. 지금까지 불쌍한 존재로, 우연하고도 약간은 우스꽝스럽게 자기 행복의 방해꾼으로 여겨지던 배신당한 그녀의 남편이 갑자기 그녀의 부름을 받아서는 굴종을 불러일으키는 높은 위치로 올려졌다. 더욱이 그 남편은 높은 곳에서 사악하고 위선적이고 우스꽝스러운 인간이 아니라 선량하고 솔직하며 고상한 인간이 되었다. 브론스키는 그것을 느끼지 않을 수 없었다. 두 사람의 역할이 갑자기 바뀌고 만 것이다. 브론스키는 그의 지고한 위치와 자신의 굴욕스러움, 그의 정당함과 자신의 부정함을 느꼈다. 그는 그녀의 남편은 슬픔 속에서도 관대한 데 반해, 자신은 기만 속에서도 쓸모없는 비열한 인간이라고 느꼈다. 그러나 자기가 부당하게 멸시했던 그녀의 남편 앞에서 자신의 비열함을 깨닫는 것은 그의 슬픔에서 일부에 불과한 것이었다. 그가 지금 말로 표현할 수 없을 만큼 불행하다고 느낀 이유는, 최근에 식어버린 것만 같았던 안나에 대한 열정이 그녀를 영원히 잃었다고 생각된 지금에야 그 어느 때보다도 강렬해졌기 때문이었다. 그는 그녀가 아픈 동안 그녀를 지켜보면서 그녀의 마음을 알게 되었다. 그러자 그는 지금까지 자기가 그녀를 사랑한 적이 없었던 것으로 느껴졌다. 그리고 그녀를 알게 되고 그녀를 제대로 사랑하게 된 지금에 와서, 그는 그녀 앞에서 굴욕스러움을 느끼고 자신에 대한 오직 부끄러운 기억만을 그녀의 마음속에 남긴 채 그녀를 영원히 잃게 된 것이다. 브론스키가 가장 굴욕스럽게 느꼈던 것은, 수치스러워하는 자신의 얼굴에서 알렉세이 알렉산드로비치가 두 손을 떼어놓았을 때 그 우스꽝스럽고 부끄러운 자의 모습이었다. 그는 카레닌의 집 현관 계단에 서서 마치 정신을 놓은 사람처럼 어찌할 바를 몰랐다.

“삯마차를 불러드릴까요?” 문지기가 물었다.

“그래, 삯마차를 불러주게.”

사흘 밤을 꼬박 지새운 브론스키는 집으로 돌아와서 옷도 벗지 않고 소파에 엎드려 팔을 포개고 그 위에 머리를 묻었다. 머리가 무거웠다. 너무도 기괴한 기억과 생각들이 엄청난 속도로 선명하게 떠오르며 머릿속을 오가고 있었다. 때론 자기가 환자에게 약을 따르다가 숟가락에 넘치기도 하고, 때론 그것이 산파의 하얀 팔이 되기도 하고, 때론 침대 아래 바닥에 있는 알렉세이 알렉산드로비치의 기묘한 자세가 나타나기도 했다.

'자야 해! 자자!' 그는 피곤하여 자려고 할 땐 바로 잘 수 있는 건강한 사람의 평온한 자신감을 가지고 혼자서 중얼거렸다. 그리고 실제로 그 순간 머릿속이 혼미해지면서 그는 망각의 심연 속으로 빠져들었다. 무의식적인 생명의 파도가 그의 머리 위에 밀려들더니 불현듯 아주 강력한 전류가 그의 몸속으로 흘러든 것 같았다. 그로 인해 소파의 스프링 위에서 온몸이 뛰어오를 정도로 크게 전율을 느낀 그는 놀라서 두 손을 짚으며 무릎을 꿇었다. 그의 눈은 한잠도 자지 않은 것처럼 크게 떠져 있었다. 조금 전까지만 해도 머리를 짓누르던 무거움과 사지의 나른함이 갑자기 사라져버렸다.

'당신은 나를 진흙탕 속에서 짓밟을 수도 있습니다.' 그는 알렉세이 알렉산드로비치의 그런 말을 들었고, 자기 앞에 있는 그의 모습을 보았다. 그리고 부드럽고 사랑이 가득한 반짝이는 눈빛으로 자기가 아닌 알렉세이 알렉산드로비치를 바라보던 붉게 달아오른 안나의 얼굴을 보았다. 그는 알렉세이 알렉산드로비치가 그의 얼굴에서 손을 떼어놓았을 때 적어도 자기에겐 그렇게 느껴진, 그 바보스럽고도 우스꽝스러운 자신의 모습도 보았다. 그는 다시 다리를 펴고는 좀 전과 같은 자세로 소파 위에 몸을 던지고 눈을 감았다.

'자자! 잠을 자자!' 그는 마음속으로 되뇌었다. 그러나 눈을 감아도 경마 전 저녁에 본 안나의 얼굴이 더욱 선명하게 보였다.

'그런 일은 없어. 앞으로도 없을 거야. 그녀는 그것을 기억 속에서 지워버리려고 해. 하지만 난 그것 없이는 살아갈 수 없어. 어떻게 하면 화해할 수 있을까, 도대체 어떻게 해야만 화해할 수 있단 말인가?' 그는 소리를 내어 말하고는 무의식중에 그 말을 반복하기 시작했다. 그 반복된 말도 머릿속에 포화 상태로 느껴지는 새로운 이미지와 기억이 떠오르는 것을 억누르지는 못했다. 그러나 그 같은 말의 반복이 상상력을 오랫동안 제어하지는 못했다. 또다시 가장 행복했던 순간과 함께 조금 전의 굴욕감이 빠르게 잇달아 떠올랐다. '손을 떼요.' 안나의 목소리가 말했다. 그리고 손을 떼자, 그는 치욕스럽고 어리석은 표정이 자기의 얼굴에 나타난 것을 느꼈다.

그는 아무런 희망도 없음을 느꼈지만 잠을 청하려고 애쓰며 여전히 누워 있었다. 그리고 무작위로 떠오르는 단어들을 중얼거리며, 그 단어들이 새로운 이미지가 떠오르는 것을 억제시켜 주기를 바라고 있었다. 그리고 그가 귀를 기울이자 이상하고 미친 듯한 속삭임으로 반복적인 말이 들려왔다. '가치를 몰랐어, 누릴 줄도 몰랐어.'

'이게 무슨 소리지? 아니면 내가 미쳐가고 있는 건가?' 그는 혼잣말을 했다. '어쩌면 그럴지도 몰라. 이런 이유로 사람이 미치거나 자살하는 걸까?' 그는 이렇게 자문자답하며 눈을 뜨고는, 자기 머리 옆에 형수인 바랴가 수놓은 베개를 놀란 눈으로 바라보았다. 그는 베개의 술을 만져보고 바랴에 대해, 그녀를 마지막으로 만났을 때를 기억해 내려고 애썼다. 그러나 뭔가 다른 일을 생각하는 게 고통스러웠다. '아니야, 잠을 자야 해!' 그는 쿠션을 당겨 거기에 머리를 파묻었다. 그러나 눈을 감고 있는 것만도 꽤나 노력이 필요했다. 그는 벌떡 일어나 앉았다. '나한테는 전부 끝나버린 거야.' 그는 중얼거렸다. '어떻게 해야 할지 신중히 생각해 봐야 해. 대체 뭐가 남았지?' 그의 생각은 안나에 대한 사랑 외의 삶으로 빠르게 달려가고 있었다.

'공명심? 세르푸호프스코이? 사교계? 궁정?' 그는 그 어떤 곳에도 머물 수가 없었다. 전에는 그 모든 것에 의미가 있었지만, 이제는 아무런 의미도 가지고 있지 않았다. 그는 소파에서 일어나 프록코트를 벗고 혁대를 푼 뒤, 숨을 좀 더 편히 쉬기 위해 털북숭이 가슴이 보이도록 셔츠를 풀고 방 안을 거닐기 시작했다. '사람들이 이렇게 미쳐가는 거구나.' 그는 되풀이하며 말했다. '치욕을 겪지 않기 위해 이렇게 권총 자살을 하는 거야……' 그는 천천히 덧붙였다.

그는 출입문으로 다가가서 문을 잠갔다. 그런 다음, 시선을 고정하고 이를 악물고는 탁자로 다가가 권총을 집어 들고 바라보다가 장전을 하고 생각에 잠겼다. 그는 2분 정도 깊은 생각에 빠진 긴장된 표정으로 고개를 떨구고 권총을 손에 든 채 꼼짝도 하지 않고 서서 생각했다. "당연하지." 그는 마치 논리적이고 연속적이며 분명한 사고의 흐름이 한 치의 의심도 없는 결과로 이끈 것처럼 그렇게 혼잣말을 했다. 그러나 그에게 확실한 이 '당연하지'라는 말도 사실은 그가 수십 번 지나온 기억이나 상념의 고리가 반복된 결과에 불과했다. 그것은 바로 영원히 잃어버린 행복에 대한 기억이었고, 앞으로 다가올 삶이 모두 무의미하다는 생각이었고, 자신의 굴욕에 대한 자각이었다. 그것은 또한 이런 생각과 감정들의 연속체였다.

'당연하지.' 그는 자기의 생각과 기억들이 요술 같은 순환 고리를 따라 세 번째로 돌기 시작했을 때, 이렇게 되뇌었다. 그러고는 왼쪽 가슴에 권총을 대고 그것을 주먹으로 꽉 쥐듯이 손을 떨면서 갑자기 방아쇠를 잡아당겼다. 그는 총소리는 듣지 못했으나 가슴에 충격을 받고 쓰러졌다. 그는 탁자 끝을 잡으려다가 권총을 떨어뜨리고, 비틀거리며 마룻바닥에 주저앉아서 놀란 눈으로 주위를 둘러보았다. 그는 구부러진 탁자 다리, 휴지통, 종이 바구니, 호피 가죽을 아래쪽에서 보면서 자기 방이라는 것을 깨닫지 못했다. 삐걱거리는 객실 바닥을 딛는 하인의 잰걸음 소리에 그는 제정신이 들었다. 그는 온힘을 다해 생각을 집중하고 나서야 자기가 바닥에 앉아 있다는 것을 깨달았으며, 호피 가죽과 자기 손에 묻은 피를 보고서 자기가 권총 자살을 시도했다는 것을 깨달았다.

'멍청하기는, 실패했잖아!' 그는 권총을 찾으려 한 손으로 더듬으며 말했다. 권총은 바로 옆에 있었는데, 그는 먼 곳에서 그것을 찾고 있었다. 그렇게 계속 찾으며 다른 쪽으로 손을 뻗다가 몸의 균형을 잃고 피를 흘리며 쓰러지고 말았다.

지인들에게 자기의 신경 쇠약을 종종 푸념하곤 했던 구레나룻을 기른 멋쟁이 하인이 마룻바닥에 누워 있는 주인의 모습을 보고는 너무도 놀라서 피가 흐르는 대로 그대로 남겨 둔 채 도움을 청한다며 뛰쳐나갔다. 한 시간 후에 형수인 바랴가 달려와서 사방으로 사람을 보내는 바람에 한꺼번에 세 명의 의사가 나타나게 되었고, 그녀는 그들과 함께 부상자를 침대에 눕히고 그를 보살피기 위해 그의 옆에 남았다.

19

　알렉세이 알렉산드로비치가 저지른 실수는, 그가 아내와 만나려고 준비하면서 그녀의 후회가 진실이고 그도 그녀를 용서하였는데 그녀가 죽지 않을 경우를 고려하지 않았던 것이다. 그와 같은 실수는 그가 모스크바에서 돌아온 지 두 달이 지나서야 그 본연의 힘을 보여주었다. 그러나 그가 저지른 실수는 단지 그런 경우를 생각하지 않았기 때문이 아니라, 죽어가는 아내를 만나기 전까지 자기의 본심을 몰랐던 데서 생긴 일이었다. 그는 병든 아내의 침상을 지키며 처음으로 따뜻한 동정의 감정에 몸을 맡겼다. 그 감정은 다른 사람의 고통이 불러일으키는 것이있는데, 전에는 해로운 약점이라고 치부하며 부끄럽게 여겼던 감정이었다. 그러나 아내에 대한 연민과 자기가 아내의 죽음을 바랐던 일에 대한 후회, 무엇보다 용서하는 기쁨 때문에 그는 갑자기 자신의 고통이 사라지는 것을 느꼈을 뿐만 아니라 전에는 경험해보지 못했던 마음의 평온을 느꼈다. 그는 갑자기 자신이 느꼈던 고통의 원인 그 자체가 정신적인 기쁨의 원천이 되었다는 것을 느꼈다. 그가 비난하고 질책하고 미워할 때는 해결할 수 없는 것처럼 여겨졌던 일이 용서하고 사랑하고 보니 단순하고 명확하게 느껴졌다.

그는 아내를 용서했고, 그녀의 고통과 후회를 불쌍하게 생각했다. 그리고 브론스키를 용서했고, 특히 그의 절망적인 행동에 대한 소문을 들은 후로 그를 불쌍히 여겼다. 그는 아들도 전보다 더욱 가엾게 생각했다. 그래서 지금은 아들에게 너무도 무관심했던 자신을 스스로 책망했다. 그러나 갓 태어난 딸아이에 대해서는 단지 동정심만이 아니라 측은함 같은 독특한 감정마저 느꼈다. 처음에 그는 단순한 동정심에서 자기의 딸이 아닌, 갓 태어난 여자아이를 돌보았다. 아이는 어미가 병들어 방치되어 있다가, 만약 자기가 걱정하지 않았더라면 죽었을지도 모를 일이었다. 그는 자기가 그 아기를 사랑하기 시작한 것을 스스로 깨닫지는 못했다. 그는 하루에도 수차례 아기 방으로 가서 오랫동안 그곳에 앉아 있었기 때문에 처음에는 그 앞에서 불편해하던 유모나 보모도 그에게 익숙해졌다. 그는 때때로 반시간 동안 솜털이 보송보송하고 쪼글쪼글하게 주름 잡힌, 잠들어 있는 아기의 주홍색 조그만 얼굴을 들여다보면서 이마를 찡그리는 움직임이나 손가락을 쥐고 손등으로 눈과 미간을 문지르고 있는 그 작고 토실토실한 두 손을 지켜보고 있었다. 그런 때면 알렉세이 알렉산드로비치는 특히 마음이 매우 안정되면서 스스로 조화를 이루는 것을 느꼈다. 그는 자신의 상황에서 어떤 별다른 점이나 바꿔야 할 부분을 발견하지 못했다.

그러나 시간이 지나면서 그는 지금 이 상황이 자기에게 아무리 자연스러운 것일지라도 그 안에 그대로 머물도록 놔두지는 않을 것이라는 사실을 점점 더 분명하게 느꼈다. 그는 자기의 영혼을 이끌어주는 행복한 정신력 외에 자기의 생활을 이끌어주는 다른 광폭한 힘이 있는데, 그것은 전자와 비슷하거나 아니면 그보다 강력한 힘으로 그가 바라는 온화한 평온함을 가져다주지 않을 것이란 사실을 느꼈다. 그는 사람들이 모두 의아한 눈빛으로 자기를 쳐다보며 자기를 이해하지 못하고 자기에게 뭔가를 기대하고 있다는 것을 느꼈다. 특히 그는 아내와 자기와의 관계에 견고하지 못하고 부자연스러운 것이 있다는 것을 느꼈다.

죽음이 다가왔을 때 그녀의 내면에서 생거났던 그 부드러움이 사라지자, 알렉세이 알렉산드로비치로서는 안나가 자기를 두려워하고 불편해하며 자기의 얼굴을 바라보지 못하고 있다는 것이 느껴졌다. 안나는 그에게 뭔가 말하고 싶어 하면서도 말하지 못하는 것 같았다. 그녀 역시 두 사람의 관계가 그대로 지속될 수 없다는 것을 예감하는 것인지, 그에게 뭔가를 기대하고 있었다.

안나라고 이름을 지은 안나의 딸이 2월 말경에 병이 들었다. 알렉세이 알렉산드로비치는 아침에 아기 방에 가서 의사를 부르도록 이르고 관청에 출근했다. 그는 일을 마치고 3시가 넘어

집에 돌아왔다. 현관에 들어서면서 그는 줄 장식이 달린 제복에 곰 가죽 외투를 입은 잘생긴 하인이 미국산 개가죽으로 만든 민소매 외투를 들고 서 있는 것을 보았다.

"누가 오셨나?" 알렉세이 알렉산드로비치가 물었다.

"엘리자베타 표도로브나 트베르스카야 공작 부인이 오셨습니다." 알렉세이 알렉산드로비치가 보기에 하인은 입가에 미소를 머금고 대답했다.

그 힘겨운 시간 동안 알렉세이 알렉산드로비치는 사교계의 지인들, 특히 여자들이 자기네 부부에 대해 특별한 관심을 보이고 있는 것을 알아차렸다. 그는 그 모든 지인들에게서 어떤 기쁨을 애써 감추려는 듯한 느낌을 받았다. 그는 그와 똑같은 기쁨의 빛을 그 변호사의 눈에서도 보았었는데, 지금 또다시 이 하인의 눈에서 보게 된 것이다. 모두들 마치 누군가를 시집보내기라도 하듯 기쁨에 어쩔 줄 몰라 하는 것처럼 여겨졌다. 그러면서도 그를 만나면 간신히 그 기쁨을 내색하지 않으며 그녀의 건강을 묻곤 했다.

트베르스카야 공작 부인과 마주하는 것은 이 부인과 연결된 기억으로도 그렇고, 또 애초에 이 부인을 싫어한 이유로도 그렇고 알렉세이 알렉산드로비치에게는 불쾌한 일이었으므로 그는 곧바로 아이 방으로 들어갔다. 첫 번째 아이 방에서는 세료쟈가 가슴을 탁자에 대고 두 발을 의자 위에 올려놓은 채 즐겁게 흥얼 거리며 무언가 그림을 그리고 있었다. 안나가 병석에 누워 있는 동안 프랑스인 가정교사를 대신하고 있는 영국인 가정교사는 소년의 옆에서 뜨개질을 하고 앉아 있다가 황급히 일어나더니 무릎을 굽혀 가볍게 인사를 하고 세료쟈를 끌어당겼다.

알렉세이 알렉산드로비치는 한 손으로 소년의 머리를 쓰다듬어주고 아내의 건강을 묻는 가정교사의 질문에 대답하고는 아기에 대해 의사가 뭐라고 했는지 물었다.

"의사 선생님은 조금도 걱정할 필요가 없다고 하시면서 목욕을 시키라고 하셨습니다."

"하지만 여전히 칭얼거리는군요." 알렉세이 알렉산드로비치는 옆방에서 들려오는 갓난아기의 울음소리에 귀를 기울이며 말했다.

"제 생각에 유모가 좋지 않은 듯해서요, 나리." 영국인 부인은 단호하게 말했다.

"무슨 이유로 그렇게 생각하시는 겁니까?" 그는 걸음을 멈추고 물었다.

"볼리 백작 부인 댁에서도 이와 똑같은 일이 있었어요. 아무리 치료해도 소용없었는데, 아기가 배가 고파서 칭얼거렸다는 걸 나중에 알게 된 겁니다. 유모의 젖이 부족했던 거죠."

알렉세이 알렉산드로비치는 그 자리에 한동안 서서 곰곰이 생각하다 옆방으로 들어갔다. 갓난아기는 유모의 품에 안겨 고개를 뒤로 젖힌 채 버둥거리며 유모의 부푼 젖을 물려고 하지 않았다. 그 위에 허리를 구부리고 유모와 보모가 아무리 소리를 내어 어르고 달래도 아기는 울음을 멈추지 않았다.

"아직도 그대로인가요?" 알렉세이 알렉산드로비치가 물었다.

"몹시 보챕니다." 보모가 낮은 소리로 대답했다.

"미스 에드워드는 혹시 유모의 젖이 부족한 게 아닌가 하던데." 그가 말했다.

"저도 그런 생각이 듭니다, 알렉세이 알렉산드로비치."

"그럼, 왜 그런 말을 하지 않았나요?"

"하지만 어느 분에게 말씀드려야 하나요? 안나 아르카디예브나는 계속 몸이 좋지 않으시고……." 보모는 불만스럽다는 듯이 말했다.

보모는 오랫동안 집안일을 하던 하녀였다. 그래서 그녀의 이런 단순한 말에도 알렉세이 알렉산드로비치는 자기 처지에 대한 암시로 느껴졌다.

아기는 몸부림을 치며 목이 쉬도록 울어댔다. 보모는 포기했다는 듯이 손을 내젓더니 유모의 손에서 아기를 받아 안고 왔다 갔다 걸어 다니며 아기를 달래기 시작했다.

"의사에게 유모를 봐달라고 해야겠군." 알렉세이 알렉산드로비치는 그렇게 말했다.

겉보기에 건강하고 잘 차려입은 유모는 해고당할까 놀라서 뭐라고 입속으로 중얼거리더니 옷을 여미며 자기의 커다란 유방을 가리고는 자기 젖의 양에 대해 의심하는 태도를 비웃는 듯이 웃음을 지어 보였다. 알렉세이 알렉산드로비치는 그 웃음 속에서도 자기 처지에 대한 비웃음을 발견했다.

"가엾은 아가야!" 보모는 울음을 그치게 하려고 달래면서 계속 왔다 갔다 걸었다.

알렉세이 알렉산드로비치는 의자에 앉아서 괴롭고 우울한 표정으로 앞뒤로 걷고 있는 보모를 바라보고 있었다.

겨우 달랜 아기를 작고 깊숙한 침대에 내려놓고 베개를 바로 베어 준 뒤 보모가 그곳을 물러난 뒤에, 알렉세이 알렉산드로비치는 자리에서 일어나 발꿈치를 들고 조심스럽게 아기 쪽으로 다가갔다. 그는 잠시 아무런 말없이 그 우울한 표정으로 아기를 들여다보았다. 갑자기 그의 머리와 이마의 피부가 움직이고 그의 얼굴에 미소가 번졌다. 그는 조용히 아기 방을 나왔다.

그는 식당에서 벨을 눌러 들어온 하인에게 다시 의사를 부르리고 지시했다. 그는 그토록 어여쁜 갓난이기에 대헤 신경 쓰지 않는 아내에게 화가 치밀었다. 그는 이런 화가 난 기분으로 아내를 볼 마음도 생기지 않았고, 벳시 공작 부인도 만나고 싶지 않았다. 하지만 안나가 어째서 평소처럼 자신의 방에 들르지 않는지 의아해할까 봐 겨우 마음을 추스르고 아내의 침실로 갔다. 부드러운 카펫 위를 따라 문으로 다가갔을 때, 그는 듣고 싶지 않은 말을 얼떨결에 듣고 말았다.

"그 사람이 떠나지 않는다면 당신의 거절과 그의 거절도 이해했겠지만, 당신의 남편은 그것을 초월하신 분이에요." 벳시가 말했다.

“난 남편을 위해서가 아니라 나 자신을 위해서 그러고 싶지 않아요. 그런 얘기는 하지 말아요!” 안나는 흥분한 목소리로 대답했다.

“그래요. 하지만 당신 때문에 권총 자살까지 기도한 사람과 작별 인사조차 싫을 수는 없잖아요…….”

“바로 그래서 싫다는 거예요.”

알렉세이 알렉산드로비치는 죄라도 저지른 놀란 표정으로 걸음을 멈추곤 눈치 못 채게 그냥 그 자리를 떠나려고 했다. 하지만 그러는 게 옳지 않다고 생각한 그는 마음을 바꿔 헛기침을 하고 침실로 향했다. 말소리가 멈추자, 그는 방으로 들어갔다.

회색 가운을 입은 안나는 짧게 자른 검은 머리카락이 촘촘한 솔처럼 솟아난 동그란 머리모양을 하고는 안락의자에 앉아 있었다. 남편의 모습을 볼 때면 늘 그렇듯이 그녀의 얼굴에는 생기가 사라졌다. 그녀는 고개를 숙이고 불안한 표정으로 벳시를 돌아보았다. 벳시는 최신 유행의 옷을 입고, 머리 위에는 램프에 갓을 씌워놓은 것처럼 모자를 쓰고 있었다. 그녀의 회청색 원피스에는 강렬한 줄무늬가 사선으로 있었는데 그 줄무늬는 허리와 스커트 부분에서 서로 다른 방향을 하고 있었다. 그녀는 평평하고 기다란 몸을 똑바로 세우고 안나 옆에 앉아 있다가 고개를 살짝 숙여 인사한 뒤, 비웃는 듯한 미소를 지으며 알렉세이 알렉산드로비치를 맞았다.

“어머!” 그녀는 놀란 사람처럼 말했다. “댁에 계셔서 정말 반갑습니다. 어디에서도 얼굴을 보여주시지 않으시네요. 안나가 병석에 누운 후로는 당신을 뵙질 못했습니다. 듣기는 했습니다, 당신의 보살핌에 대해서요. 정말 훌륭한 남편이세요!” 그녀는 아내에 대한 그의 행동에 대해 마치 관대함의 훈장이라도 주듯 이 의미심장하고 상냥한 표정을 지으며 말했다. 알렉세이 알렉 산드로비치는 차갑게 고개를 끄덕거렸다. 그리고 아내의 손에 입을 맞추고 몸은 어떠냐고 물었다.

“좀 나아진 것 같아요.” 그녀는 그의 시선을 피하며 대답했다.

“하지만 얼굴에 열이 있는 것 같은데.” 그는 ‘열’이라는 말을 강조하며 말했다.

“우리가 말을 너무 많이 해서 그럴 거예요.” 벳시가 말했다. “제가 이기적이었네요. 이젠 가 봐야겠어요.”

그녀는 일어섰다. 그러자 안나는 갑자기 얼굴을 붉히며 재빨 리 그녀의 손을 잡아당겼다.

“아니에요. 잠깐만 더 계세요. 부탁이에요. 당신에게 할 얘기 가 있어요……. 아니, 당신에게요.” 그녀는 알렉세이 알렉산드로 비치 쪽을 돌아보았다. 그녀의 목과 이마가 붉게 물들었다. “난 아무것도 당신에게 숨기고 싶지 않아요. 또 숨길 수도 없고요.”

알렉세이 알렉산드로비치는 손가락 마디를 꺾으며 머리를 숙 였다.

“브론스키 백작이 타쉬켄트로 떠나기에 앞서 작별 인사를 하 러 우리 집에 오고 싶어 한다고 벳시가 말하네요.” 그녀는 남편을 보지 않고 있었다. 그녀는 아무리 힘들어도 말을 다 해버리려고 서두르는 게 분명했다. "그래서 난 그를 만날 수 없다고 말했어요."

"당신은 알렉세이 알렉산드로비치의 뜻에 달려 있다고 하셨잖아요?" 벳시가 그녀의 말을 바로잡으려는 듯 말했다.

"아니요, 난 그를 만날 수 없어요. 그건 아무런 소용이 없어요……." 안나는 갑자기 말을 멈추고 뭔가 묻는 듯한 시선으로 남편을 바라보았다(그는 아내를 보고 있지 않았다). "한마디로, 난 싫어요……."

알렉세이 알렉산드로비치는 자신의 손을 내밀어 아내의 손을 잡으려 했다.

처음에 그녀는 자신의 손을 찾고 있는, 굵은 힘줄이 불거져 나온 축축한 남편의 손을 피하려 했지만 자신을 억누르며 그의 손을 잡았다.

"나에 대한 당신의 믿음은 참으로 고마운 일이지만……." 그는 당황스럽기도 하고, 또 울화가 치밀어 올라오는 것을 느끼며 말했다. 그는 자기 혼자서는 쉽고 명확하게 해결할 수 있는데, 트베르스카야 공작 부인 앞에서는 논의할 수 없다는 것을 느끼고 있었기 때문이었다. 그녀는 그에게 사교계의 시선으로 그의 생활을 지배하고, 그가 사랑과 용서의 감정에 순응하는 것을 방해하는 난폭한 힘의 여신처럼 여겨졌다. 그래서 그는 트베르스카야 공작 부인을 보며 말을 멈췄다.

"그럼 안녕히 계세요, 안나." 벳시는 일어나며 말했다. 그녀는 안나에게 입을 맞추고 나갔다. 알렉세이 알렉산드로비치는 그녀를 배웅했다.

"알렉세이 알렉산드로비치! 당신은 정말 마음이 넓으신 분이라는 걸 알고 있어요." 벳시는 작은 객실에서 걸음을 멈추고, 다시 한 번 유난히 강하게 그의 손을 쥐며 말했다. "저는 제삼자예요. 하지만 안나를 사랑하고, 당신를 존경하기 때문에 감히 말씀드려요. 그가 와서 만나도록 허락해주세요. 알렉세이 브론스키는 인격을 갖춘 사람이고, 또 곧 타쉬켄트로 떠납니다."

"당신의 조언과 관심에 감사합니다, 공작 부인. 하지만 아내가 누구를 만나고 안 만나는 문제는 그녀 스스로 결정할 겁니다."

그는 습관대로 품위 있게 눈썹을 치켜올리며 말했다. 그러나 그 순간, 그는 자신이 무슨 말을 하든지 그의 처지에 품위는 있을 수 없다는 것을 깨달았다. 그는 벳시가 자기의 말을 들은 뒤 참는 듯한 악의적이고 조롱이 섞인 미소를 지으며 자신을 쳐다보는 것을 알아차렸다.

20

알렉세이 알렉산드로비치는 객실에서 벳시와 작별 인사를 하고 아내에게로 갔다. 그녀는 누워 있다가 그의 발소리를 듣고는 얼른 조금 전의 자세로 앉아서 놀란 표정으로 그를 바라보았다. 그는 그녀가 울고 있었다는 것을 알아챘다.

"나에 대한 당신의 믿음은 참으로 고맙소." 그는 벳시 앞에서 프랑스어로 한 그 말을 다시 러시아어로 부드럽게 반복하고 그녀의 옆에 앉았다. 그가 러시아어로 말하며 그녀에게 '당신'이라고 친근하게 부르자, 안나는 참을 수 없을 정도로 날카로워지는 기분이었다. "그리고 당신의 결정에 대해 무척 고맙게 생각하오. 나 역시 브론스키 백작이 떠난다고 하는데 굳이 이곳에 올 필요가 없을 듯싶소. 하지만……"

"네, 이미 그렇게 말했는데 되풀이할 필요가 있어요?" 안나는 올라오는 짜증을 억누를 새도 없이 그의 말을 가로막았다.

'올 필요가 없다고?' 안나는 생각했다. '자기가 사랑하는 여자와 작별 인사를 하러 오는 건데, 그 여자 때문에 죽으려고까지 하면서 자신을 망가뜨렸는데, 더욱이 여자도 그 사람 없이는 살 수 없는데, 그래도 그럴 필요가 없다고?' 그녀는 입술을 꽉 깨물었다. 그리고 빛나는 그녀의 시선은 양손을 천천히 문지르고 있는, 힘줄이 불거져 나온 그의 손에 머물렀다.

"다시는 이런 얘기 하지 않기로 해요." 안나는 조금 침착해진 태도로 덧붙였다.

"난 이 문제의 해결을 당신에게 일임했소. 그리고 난 매우 기쁘게 생각하오. 당신이……." 알렉세이 알렉산드로비치가 말하기 시작했다.

"내 소망이 당신 소망과 같은 것이라는 말을 하는 건가요?" 그녀는 빠르게 말을 끝맺었다. 그녀는 그가 하려는 말을 자기가 이미 알고 있는데도 그가 너무 천천히 밀하자 짜증이 났던 것이다.

"그렇소." 그는 그녀의 말을 확인해주었다. "그런데 트베르스카야 공작 부인은 남의 어려운 가정사에 너무도 적절하지 못한 참견을 하는군. 특히 그녀는……."

"사람들이 그녀에 관해 뭐라고 하든, 난 그 애기는 조금도 믿지 않아요." 안나는 재빨리 말했다. "그녀가 진심으로 나를 아끼고 있다는 걸 알고 있어요."

알렉세이 알렉산드로비치는 한숨을 쉬며 입을 다물었다. 그녀는 그에 대한 고통스러운 육체적인 혐오감을 품고 그의 얼굴을 바라보며 불안하게 가운의 술을 만지작거리고 있었다. 그런 자신의 감정에 대해 스스로 꾸짖어보았지만 도무지 극복할 수가 없었다. 이제 그녀가 바라는 것은 오직 한 가지, 그와 함께 있는 역겨운 상황에서 벗어나고 싶은 것이었다.

"방금 의사를 부르러 보냈소." 알렉세이 알렉산드로비치가 말했다.

"난 괜찮은데, 의사는 왜요?"

"아니, 아기가 울어서 말이오. 유모의 젖이 모자란 것 같다고 하오."

"그럼 왜 내가 젖을 먹이겠다고 간청했을 때 허락하지 않았어요? 아무래도 상관없지만요(알렉세이 알렉산드로비치는 '아무래도 상관없지만'이 뜻하는 의미를 알고 있었다). 그 애는 아직 갓난아기예요. 모두들 그 애를 죽이고 있어요." 그녀는 벨을 눌러 아기를 데려오라고 지시했다. "내가 젖을 물리겠다고 했는데도 허락하지 않더니, 이제 와서 내 탓을 하시는군요."

"당신 탓을 하는 게 아니오……."

"아니요, 탓하고 있잖아요! 아, 난 왜 죽지 않은 거예요!" 안나는 이렇게 말하곤 흐느껴 울기 시작했다. "미안해요. 내가 흥분했어요. 내 잘못이에요." 그녀는 제정신으로 돌아왔다. "하지만 나가 줘요……."

'아니야, 이런 상태로 계속 있을 수는 없어.' 알렉세이 알렉산드로비치는 아내의 방을 나오면서 결연히 생각했다.

사교계의 눈에 비친 그의 입장이 더 이상 지속 불가능하다는 사실, 그에 대한 아내의 증오, 그의 기분과 정반대로 그의 삶을 지배하고 그 뜻을 실행하며 아내에 대한 그의 태도를 바꿀 것을 요구하는 그 난폭하고 비밀스러운 힘의 위력이 오늘만큼 그의 앞에 그토록 분명하게 나타난 적은 없었다. 그는 사교계 전체와 아내가 자기에게 뭔가를 요구하고 있다는 것은 분명히 알았지만, 그것이 무엇인지는 도무지 이해할 수 없었다. 그 때문에 그는 자기의 마음속에 평안과 그간의 모든 공적을 파괴해버리는 악의가 솟구쳐 오르는 것을 느꼈다. 그는 안나를 위해서 그녀가 브론스키와의 관계를 끊는 게 더 나은 일이라고 생각했다. 하지만 만약 그들에게 그것이 불가능한 일이라고 한다면, 또 단지 아이들을 욕되게 하거나 그들을 잃지 않고 자신의 처지를 변화시키지만 않는다면, 그는 그들의 관계를 다시 허락할 준비까지도 되어 있있다. 그것이 아무리 나쁘다고 헤도, 그녀를 빠져나갈 수 없는 치욕의 상태로 몰아넣고 그에게서 사랑하는 모든 것을 잃게 될 이혼보다는 나을 것이었다. 그러나 그는 무력함을 느꼈다. 그리고 그는 모두가 자기에게 적대적이라는 것, 지금 자신에게 지극히 자연스럽고 좋게 느껴지는 그것을 허용하지 않을 거란 것, 나쁘지만 그들에게 당연하다고 여겨지는 것을 강요할 것이라는 사실을 예감했다.

21

벳시는 객실에서 미처 나가기도 전에, 싱싱한 생굴이 들어온 옐리세예프 가게에서 막 돌아온 스테판 아르카디치와 문가에서 만났다.

"아, 공작 부인, 만나서 기쁩니다!" 그가 말했다. "방금 댁에서 오는 길입니다."

"만나자마자 헤어져야겠네요. 지금 가려던 중이었거든요." 벳시는 장갑을 끼면서 미소를 머금은 얼굴로 대답했다.

"잠깐만요, 공작 부인. 장갑은 나중에 끼시고, 손에 키스하게 해주십시오. 손에 입을 맞추는 것 같은 옛 풍습의 부활은 정말 고마운 일이라니까요." 그는 벳시의 손에 입을 맞추었다. "언제 또 뵐 수 있을까요?"

"당신에겐 그럴 자격이 없어요." 벳시가 웃으며 말했다.

"아니요, 난 자격이 충분합니다. 왜냐하면 난 상당히 진지한 인간이 되었거든요. 내 가정사뿐만 아니라 남의 가정사도 해결하고 있으니까요." 그는 의미심장한 표정으로 말했다.

"그래요, 그거 참 기쁜 일이군요." 벳시는 안나를 두고 하는 말이라는 것을 즉시 깨닫고 대답했다. 그리고 그들은 홀로 돌아와 한쪽 구석에 섰다. "그분은 그녀를 죽이고 있어요." 벳시는 의미 있는 말을 속삭였다. "있을 수가 없어요, 말도 안 돼요……."

"당신이 그렇게 생각하신다니 정말 기쁩니다." 스테판 아르카디치는 진지하고도 공감하는 듯한 고난의 표정으로 머리를 가볍게 흔들며 말했다. "나도 그 일로 페테르부르크에 온 겁니다."

"도시 전체가 온통 그 얘기잖아요." 그녀가 말했다. "이건 정말 있을 수 없는 상황이에요. 그녀는 점점 더 쇠약해지고 있어요. 그분은 그녀가 감정을 가지고 장난칠 수 없는 여자 중의 한 사람이라는 걸 모르고 있어요. 둘 중 하나예요. 과감하게 그녀를 데리고 떠나든지, 아니면 이혼하든지 해야죠. 저건 그녀의 숨통을 조이는 일이에요."

"네, 그래요……, 정말 그래요……." 오블론스키는 한숨을 쉬며 말했다. "나도 그래서 온 겁니다. 정확히는 그 일 때문만은 아니지만……. 날 시종으로 임명해준 것에 대해 인사도 드려야 해서 왔지만, 그래도 중요한 건 그 일을 해결해야 하는 거지요."

"그럼 하느님께서 당신을 도와주시기를 바라요!" 벳시가 말했다. 스테판 아르카디치는 벳시 공작 부인을 현관까지 배웅하고 그녀의 장갑 낀 손에, 맥박이 뛰는 곳에 다시 한 번 입을 맞춘 뒤, 그녀가 화를 내야 할지 웃어야 할지 모를 무례한 헛소리를 늘어놓고는 누이의 방으로 갔다. 그는 울고 있는 안나를 보았다.

스테판 아르카디치는 뛸 듯이 기분이 좋은 상태였지만, 누이의 기분에 맞춘 동정과 감성 어린 흥분된 태도로 자연스럽게 금방 바뀌었다. 그는 그녀에게 건강 상태를 묻고 오전에 어떻게 지냈는지 물었다.

"아주, 아주 나빴어요. 아침에도, 낮에도, 모든 지난날들도, 앞으로 올 날들도." 안나가 대답했다.

"너무 우울한 기분에 빠져 있는 것 같구나. 털고 일어나야지. 현실을 똑바로 봐야만 해. 괴롭다는 것은 알지만……."

"여자들이 상대의 결점까지도 사랑한다는 말을 듣곤 하지만……." 갑자기 안나는 말을 시작했다. "난 그이의 선행 때문에 그를 증오해요. 난 그이와 함께 살 수 없어요. 이해하시겠어요? 난 그이의 모습만 봐도 생리적으로 영향을 주어 이성을 잃게 돼요. 난 할 수 없어요, 그이와 같이 살 수 없다고요. 어쩌면 좋아요? 난 불행했었는데, 더 이상 불행해지진 않을 거라고 생각했어요. 난 지금 내가 경험하는 이런 끔찍한 상황은 상상도 못했어요. 오라버니가 믿으실지 모르겠지만, 그이가 착하고 훌륭한 사람이라는 걸 알면서도, 나는 그이에 비해 손톱만큼의 값어치도 없다는 것을 알면서도, 그이가 여전히 미워요. 그이의 관대함이 증오스러워요. 그러니까 이제 내게 남은 거라고는 단지……."

그녀는 '죽음'이라고 말하려 했지만, 스테판 아르카디치는 그녀에게 끝까지 말하도록 두지 않았다.

"넌 병 때문에 신경이 예민해져 있어서 그래." 그가 말했다. "넌 모든 걸 지나치게 과장하고 있어. 그런 무서운 일이 어디에 있다고 그러니."

그리고 스테판 아르카디치는 빙그레 웃었다. 그 어떤 사람이라도 스테판 아르카디치가 처한 이런 절망적인 상황과 마주했다면 웃음을 보일 수는 없었을 것이다(미소가 무례하게 느껴졌을 수도 있었을 것이다). 그러나 그의 웃음은 너무도 선량하고 여성과도 같은 부드러움을 지니고 있어서 상대에게 모욕감을 주기는커녕 상대의 마음을 다독이며 안정감을 주었다. 그의 조용하고도 위로해주는 말과 미소는 편도유扁桃油처럼 그녀를 부드럽게 안정시키는 작용을 하였고, 안나도 이내 그것을 느꼈다.

"아니에요, 스티바." 그녀가 말했다. "난 파멸이에요. 파멸하고 말았어요! 파멸보다 더 나빠요. 아직 완전히 파멸한 건 아니에요. 모든 게 끝났다고 할 수는 없어요. 그 반대로 끝나지 않았다는 게 느껴져요. 난 끊어질 수밖에 없는 팽팽하게 당겨진 현 같아요. 하지만 아직은 끝나지 않았어요……. 그러다 무섭게 끝나버리겠죠."

"괜찮아, 조금씩 현을 늦출 수 있으니까. 빠져나갈 방법이 없는 경우란 없어."

"생각하고 또 생각했는데, 오직 하나만이……."

그는 또다시 누이의 얼굴에 나타난 두려움에 찬 시선을 보며 그녀가 생각했다는 유일한 방법이 죽음이라는 것을 알아채고는 이번에도 그녀의 말을 가로막았다.

"걱정할 거 하나도 없어." 그가 말했다. "넌 내가 보는 것처럼 너 자신의 처지를 제대로 볼 수 없을 거야. 내 생각을 솔직히 말한다면……." 그는 또다시 감미로운 미소를 지었다. "처음부터 말하자면, 너는 스무 살이나 연상인 남자와 결혼했어. 사랑이 없었던지, 아니지 사랑이 뭔지도 모르고 결혼한 거야. 그래, 그게 잘못이었다고 해 두자."

"끔찍한 실수였어요!" 안나가 말했다.

"하지만 거듭 말하지만, 그건 이미 일어난 일이야. 그리고 말하자면, 너는 불행하게도 남편이 아닌 다른 사람을 사랑하게 된 거야. 그건 불행한 일이지만 역시 이미 일어난 사실이야. 네 남편도 그것을 인정하고 용서해주었어." 그는 그녀의 반박을 예상하며 문장이 끝날 때마다 매번 말을 멈추었지만 그녀는 아무런 대답도 하지 않았다. "이게 지금까지 있었던 일이야. 그렇다면 남은 문제는 네가 지금 남편과 계속해서 살 수 있느냐, 없느냐 하는 것이야. 넌 그걸 바라니? 네 남편은 그러길 바라고 있는 거니?"

"난 아무것도, 정말 아무것도 모르겠어요."

"그런데 네가 직접 말하지 않았니. 그 사람을 참을 수 없다고 말이야."

"아니요, 그런 말은 하지 않았어요. 취소할게요. 난 아무것도 모르겠어요. 정말 아무것도 모르겠어요."

"그래, 하지만 말이야………."

"오라버니는 이해하지 못해요. 난 어떤 심연 속으로 거꾸로 떨어지는 기분이에요. 그런데 난 구출돼서는 안 돼요. 또 구출될 수도 없어요."

"괜찮아. 밑에 깔개를 깔아서 너를 받아줄 테니까. 네 마음은 이해해. 네가 너의 희망이나 감정을 솔직히 말할 수 없는 걸 이해하고말고."

"난 아무것도, 아무것도 바라지 않아요……. 오직 이 모든 게 끝났으면 좋겠어요."

"하지만 네 남편도 이걸 보고 있고, 또 알고 있어. 너는 그 사람이 이 문제에 대해 너보다 덜 고민하고 있다고 생각하는 거니? 너도 괴로워하고 있지만 네 남편도 너와 마찬가지로 괴로워하고 있어. 그렇다면 이 상황을 어떻게 빠져나갈 수 있을까? 이혼이 모든 문제를 해결해주겠지……." 스테판 아르카디치는 이 중요한 의견을 어렵사리 말하고 나서 의미심장하게 누이를 쳐다보았다.

그녀는 아무런 대답도 하지 않고, 짧게 자른 머리를 부정적으로 흔들었다. 그러나 갑자기 예전과 같은 아름다움으로 빛나는 그녀의 표정을 통해, 그는 그녀가 그것을 바라지 않는 이유는 그것이 불가능한 행복이라고 여기기 때문이라는 것을 알았다.

"나는 너희 둘 다 너무 가여워! 만약 이 일이 해결된다면 난 너무도 행복할 것 같구나!" 스테반 아르카디치는 더욱 과감하게

웃으며 말했다. "말하지 마, 아무 말도 하지 마라! 하느님이 내가
느끼는 대로 말할 수 있게만 해주신다면 좋겠다만. 난 그 친구에
게 가 봐야겠다."

안나는 생각에 잠긴 듯 빛나는 눈으로 그를 바라보았으나 아
무 말도 하지 않았다.

22

스테판 아르카디치는 관청의 의장석에 앉을 때와 같은 약간 엄숙한 표정으로 알렉세이 알렉산드로비치의 서재로 들어갔다. 알렉세이 알렉산드로비치는 뒷짐을 지고 방 안을 거닐며 스테판 아르카디치가 안나와 얘기하던 그 일에 대해 생각하고 있었다.

"방해되었나?" 스테판 아르카디치는 매제의 얼굴을 보자 갑자기 자신에게는 익숙하지 않은 당혹스러움을 느끼며 말했다. 이 당혹스러움을 감추기 위해 그는 새로운 방법으로 막 구입한, 여닫을 수 있는 담배 케이스를 꺼내 가죽 냄새를 맡고는 담배를 꺼냈다.

"아니, 뭐 필요한 게 있나요?" 알렉세이 알렉산드로비치는 내키지 않는 투로 말했다.

"그게, 하고 싶은……, 해야 할 말이……. 그래, 할 얘기가 있어서 왔네."

스테판 아르카디치는 자기 자신에게도 익숙하지 않은 소심함에 놀라며 말했다.

그런 감정은 너무도 뜻밖이고 이상해서 스테판 아르카디치는 자기가 하려고 하는 일이 나쁜 일이라고 그 자신에게 말하는 양심의 소리라는 것을 믿지 않았다. 그는 안간힘을 쓰며 그를 덮치는 소심함과 싸웠다.

"난 자네가 누이에 대한 내 사랑과 자네에 대한 나의 진정한 우정과 존경을 믿어주길 바라네." 그는 얼굴을 붉히며 말했다.

알렉세이 알렉산드로비치는 그대로 멈춰 서서 아무런 대답도 하지 않았다. 하지만 그의 얼굴에 나타난 순종적인 희생자 같은 표정은 스테판 아르카디치에게 감동을 주었다.

"내가 말하려고 하는 건, 내 누이와 자네 두 사람의 입장에 대해 얘기하고 싶어서." 스테판 아르카디치는 여전히 자기 자신에게도 낯선 소심함과 싸우며 말했다.

알렉세이 알렉산드로비치는 슬픈 미소를 지으며 처남을 바라보았다. 그리고 말없이 테이블 옆으로 다가가서 막 쓰기 시작한 편지를 집어서 처남에게 건네주었다.

"나도 끊임없이 그 일에 대해 생각하고 있어요. 그래서 이렇게 편지를 쓰고 있어요. 편지로 얘기하는 편이 나을 것 같아서요. 내가 옆에 있으면 저 사람이 예민해지거든요." 그는 편지를 건네며 말했다.

스테판 아르카디치는 편지를 받아 들고 자기를 응시하고 있는 흐릿한 그의 눈을 의아하게 바라본 후 편지를 읽기 시작했다.

'내 존재가 당신을 힘들게 한다는 것을 난 알고 있소. 그것에 대해 확신하는 게 내게 아무리 괴로운 일일지라도 그건 사실이고, 또 다른 어찌할 수 없다는 것을 알고 있소. 당신을 비난하는 게 아니오. 하느님 앞에 말하는 거요. 당신이 앓고 있는 동안 당신을 보며 우리들 사이에 있었던 모든 것을 잊고 새로운 삶을 살기로 진심으로 결심했었소. 나는 내가 한 일을 후회하지 않고, 앞으로도 후회하는 일은 결코 없을 것이오. 하지만 내가 바라는 것은 오직 하나, 당신의 행복, 당신 마음의 행복이었소. 그런데 그 바람이 이루어지지 않았다는 것을 알 수 있소. 무엇이 당신에게 진정한 행복과 마음의 평안을 가져다줄 수 있는지 당신이 직접 말해주시오. 나는 모든 걸 당신이 옳다고 여기는 감정에 맡기겠소.'

스테판 아르카디치는 편지를 돌려주고는 무슨 말을 해야 좋을지 몰라 여전히 의아한 표정으로 매제를 바라보았다. 이 침묵이 두 사람에게 얼마나 어색했는지, 스테판 아르카디치가 카레닌의 얼굴에서 눈을 떼지 않고 침묵하고 있는 동안 그의 입술에 병적인 경련이 일어났다.

"이게 내가 그녀에게 말하려고 하는 거예요." 알렉세이 알렉산드로비치는 얼굴을 돌리며 말했다.

"그래, 그래……." 스테판 아르카디치는 눈물이 목을 타고 올라와 대답할 수조차 없었다. "그럼, 그럼. 자네를 이해하네." 그는 겨우 말했다.

"난 아내가 뭘 원하는지 알고 싶어요." 알렉세이 알렉산드로비치가 말했다.

"난 저 애가 자신의 처지를 모르고 있는 게 아닐까 걱정스러워. 저 애가 재판관은 아니지 않나." 스테판 아르카디치는 마음을 가다듬으며 말했다. "저 애는 기가 죽어 있네. 바로 자네의 관대함에 주눅 들어 있는 거네. 만약 저 애가 이 편지를 읽는다면 말할 기력조차 잃어버리고, 오직 고개만 더욱 숙일 걸세."

"그래요. 그럼 대체 어떻게 해야 할까요? 어떻게 설명해야……, 저 사람이 바라는 걸 어떻게 알아낼 수 있을까요?"

"내 의견을 말해도 된다면 말이네, 이런 상태를 끝내는 데 필요한 방법을 직접 제시할 수 있는 사람은 오직 자네뿐이네."

"결국 당신은 이러한 상황을 끝내야 할 필요가 있다고 생각하는군요." 알렉세이 알렉산드로비치는 그의 말을 가로막았다. "그럼 어떻게 해야죠?" 그는 눈앞에서 양손으로 전에 없던 손짓을 하며 덧붙였다. "내 눈에는 그 어떤 탈출구도 보이지 않아요."

"모든 상황에는 빠져나가는 길이 있기 마련이네." 스테판 아르카디치는 일어나며 생기 있게 말했다. "자네가 이혼하겠다고 한 적도 있었지……. 만약 자네가 지금도 함께 살면서 행복을 누릴 수 없다고 확신한다면……."

"행복도 다양하게 이해될 수 있는 거예요. 하지만 가령 내가 모든 것에 동의하고 아무것도 원하지 않는다면, 이런 상태에서 빠져나갈 수 있는 길은 어떤 게 있을까요?"

"만약 내 생각을 알고 싶다면……." 스테판 아르카디치는 안나와 이야기했을 때처럼 사람의 마음을 부드럽게 해주는 그 편도유 같은 온화한 미소를 지으며 말했다. 그 선한 미소는 매우 설득력이 있어서 알렉세이 알렉산드로비치는 자기도 모르게 마음이 풀려서는 그것에 순응하여 스테판 아르카디치가 하는 말을 믿을 준비가 되어 있었다. "저 애는 절대로 원하는 걸 말하지 않을 걸세. 하지만 한 가지는 가능하지. 저 애가 바랄 수 있는 그 하나 말이네." 스테판 아르카디치는 계속 말했다. "그것은 관계를 끊고 그것들과 관련된 모든 기억을 끊어버리는 거야. 내 생각으로는 자네들의 지금 상황에서는 상호 간의 새로운 관계를 분명히 해야만 하네. 그리고 그런 관계는 오직 양측의 자유에 의해서만 성립될 수 있지."

"이혼을 말하는 거군요." 알렉세이 알렉산드로비치는 혐오감을 드러내며 그의 말을 막았다.

"맞아, 이혼이라고 생각하네. 그래 이혼." 스테판 아르카디치는 얼굴을 붉히며 되풀이했다. "자네들과 같은 상태에 있는 부부한테는 모든 면에서 그게 가장 합리적인 방법일 거야. 부부라는 사람들이 삶을 함께 할 수 없다고 한다면 달리 무엇을 할 수 있겠나? 이런 일은 항상 일어날 수 일이 아닌가?" 알렉세이 알렉산드로비치는 무겁게 한숨을 내쉬고는 눈을 감았다. "여기에는 단 한 가지 고려해야 할 것이 있네. 그건 부부 중 어느 한 사람이 다른 사람과의 결혼을 원하느냐 아니냐 하는 것이지. 만약 그렇지 않다면 문제는 매우 간단하네." 스테판 아르카디치는 소심함에서 조금씩 더 벗어나며 말했다.

흥분하여 얼굴을 찡그린 알렉세이 알렉산드로비치는 혼자서 뭐라고 중얼거리며 아무런 대답도 하지 않았다. 알렉세이 알렉산드로비치는 스테판 아르카디치에게는 지극히 간단하게 여겨지는 이 일에 대해 헤아릴 수 없이 많이 생각했다. 그리고 이 모든 것이 그에게는 전혀 간단한 일이 아닐 뿐만 아니라 완전히 불가능하게 여겨졌다. 그가 이미 상세히 알아 본 이혼이 이제 그에게는 불가능한 것으로 여겨진 이유는 자존심과 종교에 대한 외경심이 그로 하여금 간통에 대한 비난을 받아들이도록 허용하지 않았고, 더욱이 그가 용서한 사랑하는 아내의 죄가 폭로되어 수모를 겪는 일을 허용할 수 없었기 때문이었다. 그 외에도 다른 중요한 이유로 이혼은 불가능한 일이라고 생각되었다.

이혼할 경우, 아들은 어떻게 해야 한단 말인가? 그 어미와 같이 있게 할 수는 없다. 이혼한 어미가 법률이 인정하지 않는 가족 관계를 맺을 때, 그런 속에서 의붓아들의 위치와 양육은 어느 면으로 봐도 틀림없이 좋지 않을 것이다. 그럼 아들을 내가 데리고 있다면? 그는 그럴 경우 자기 쪽에서 보면 복수일 수 있지만 그렇게 하고 싶지는 않았다. 하지만 무엇보다 알렉세이 알렉산드로비치에게 이혼이 불가능하다고 여겨진 이유는 이혼에 대한 동의 자체가 안나를 파멸로 이끌 수 있기 때문이었다. 그의 마음속엔 모스크바에서 다리야 알렉산드로브나가 한 말, 즉 그가 이혼을 결심하면서 그건 자기 자신에 대해서 생각한 것일 뿐 돌이킬 수 없는 파멸의 길로 들어서게 될 안나에 대해선 생각하지 않은 것이라고 한 말이 새겨져 있었다. 그래서 그는 이 말을 자신의 용서와 자식에 대한 자신의 애착과 결부시켜 자기 방식대로 이해하고 있었다. 이혼에 대한 동의와 그녀에게 자유를 주는 것은, 그의 개념으로 보자면 사랑하는 자녀들의 삶과 연결된 마지막 끈을 자신에게서 빼앗는 것이고, 그녀에게서는 선한 길로 가기 위한 마지막 버팀목을 빼앗아 그녀를 파멸의 수렁으로 빠뜨리는 것을 의미했다. 만약 그녀가 이혼을 당한다면 브론스키와 결합할 것인데, 그런 결합은 법을 벗어난 죄악이 될 것이다. 왜냐하면 교회의 율법에 따르면 아내는 남편이 살아 있는 동안에는 재혼할 수가 없기 때문이다. '그녀는 그와 결합하겠지. 그리고 한두 해가 지나면 그가 그녀를 버리든지 아니면 그녀가 새로운 관계를 찾겠지.' 알렉세이 알렉산드로비치는 이렇게 생각했다. '그렇게 되면 불법적인 이혼에 동의한 나 역시 그녀의 파멸에 대한 죄인이 되는 것이다.' 그는 이 모든 것을 수백 번 생각하고 난 후에, 이혼이라는 것이 처남이 말하듯 그다지 단순한 일이 아닐 뿐만 아니라 완전히 불가능하다고 확신했다. 그는 스테판 아르카디치가 하는 말에 수천 가지의 반박을 댈 수 있었기 때문에 그의 말을 하나도 믿지 않았다. 그러나 그는 그의 말을 듣고 있었다. 처남의 말 속에는 그의 생활을 지배하고, 그에 복종해야만 하는 그런 강력하고도 잔혹한 힘이 담겨 있었다.

"문제는 오직 자네가 어떻게, 어떤 조건으로 이혼에 동의하느냐 하는 거네. 저 애는 아무것도 원하는 게 없어. 자네에게 감히 요청도 못하지. 저 애는 모든 걸 자네의 관대함에 맡기고 있네."

'맙소사! 맙소사! 대체 왜?' 알렉세이 알렉산드로비치는 남편이 그 죄를 떠맡는 이혼에 대한 상세한 부분을 떠올리고는 부끄러운 마음에 브론스키가 취했던 동작과 똑같이 두 손으로 얼굴을 가렸다.

"자네가 흥분하는 건 이해하네. 하지만 자네가 잘 생각해보면……."

'오른쪽 뺨을 때리면 왼쪽 뺨도 내놓고, 외투를 빼앗거든 셔츠도 내줘라.' 알렉세이 알렉산드로비치는 생각했다.

"그래요, 알겠어요." 그는 날카로운 목소리로 소리쳤다. "내가 치욕도 떠안고, 아들도 내줄게요. 하지만……, 하지만 그냥 이대로 두는 게 좋지 않을까요? 그러나 원하는 대로 하세요……."

그리고 그는 처남이 자기를 보지 못하도록 등을 돌리고 창가의 의자에 가서 앉았다. 그는 마음이 아프고 수치스러웠다. 그러나 그는 고통과 수치심을 느끼면서, 그와 더불어 자신의 고결한 겸손함에 기쁨과 감동을 느꼈다.

스테판 아르카디치는 감동하여 말없이 가만히 있었다.

"알렉세이 알렉산드로비치, 믿어주게. 저 애는 자네의 관대함을 높이 평가할 거네." 그가 말했다. "하지만 하느님의 뜻임이 틀림없어." 그는 이렇게 덧붙였다. 그러나 그는 어리석은 말을 했다는 것을 스스로 느끼며, 자기의 어리석음에 웃음이 나오는 것을 간신히 참았다.

알렉세이 알렉산드로비치는 무언가 대답하려 했으나 눈물이 그것을 막았다.

"이건 숙명적인 불행이야. 그러니 인정할 수밖에 없어. 나는 이 불행을 이미 일어난 사실로 인정하고, 저 애와 자네를 도우려 애쓰고 있다네." 스테판 아르카디치가 말했다.

스테판 아르카디치는 매우 감동하며 매제의 방을 나왔다. 그러나 그런 감동이 일을 성공적으로 해결한 것에 대한 그의 만족감을 약화시키지는 않았다. 왜냐하면 알렉세이 알렉산드로비치는 자기가 한 말을 뒤집을 사람이 아니라고 확신했기 때문이었다. 이 만족감과 더불어 이 일이 해결되면 아내와 가까운 지인들에게 다음과 같은 질문을 해 봐야겠다는 생각이 그에게 떠올랐다. '나와 황제는 어떤 차이가 있을까? 황제가 열병[24]을 명하면 그 누구에게도 좋은 일이 없지만, 내가 이혼을 명하니 세 사람에게 모두 좋은 일이군……. 아니, 나와 황제 사이에는 어떤 공통점이 있을까? 글쎄…… 더 좋은 걸 생각해 내기로 하자.' 그는 미소를 지으며 혼잣말을 했다.

---

24 러시아어로 열병(razvod)과 이혼(razvod)은 동음이의어로 같은 단어이다.

23

브론스키의 부상은 심장을 비켜나긴 했지만 위험했다. 며칠 동안 그는 생사를 오갔다. 그가 처음으로 말을 할 수 있는 상태가 되었을 때, 그의 방에는 형수인 바랴가 혼자 있었다.

"바랴!" 그는 엄숙한 표정으로 그녀를 바라보며 말했다. "나는 우발적으로 나를 쏜 거예요. 제발 이 일에 대해선 말하지 마세요. 모두에게 그렇게 일러두세요. 너무 어리석은 짓이잖아요."

바랴는 그의 말에는 대답하지 않고, 그의 몸 위로 허리를 굽히고는 기쁜 미소를 지어 보이며 그의 얼굴을 바라보았다. 그의 눈은 맑고 열은 없어 보였지만 표정만은 엄숙했다.

"세상에, 정말 다행이에요!" 그녀가 말했다. "아프지 않으세요?"

"여기가 조금." 그는 가슴을 가리켰다.

"그럼 붕대를 갈아줄게요."

그는 그녀가 붕대를 갈아주는 동안 입을 악물고 그녀를 바라보았다. 그녀가 일을 끝마치자 그가 말했다.

"내가 잠꼬대를 하는 게 아니에요. 제발 내가 고의로 나를 쐈다는 말이 돌지 않게 해주세요."

"아무도 그런 말은 하지 않아요. 더 이상 우발적으로 총을 쏘는 일은 없길 바라요." 그녀는 캐묻듯이 미소를 지으며 말했다.

"물론 그런 짓은 하지 않을 거예요. 그런데 차라리……."

그리고 그는 우울한 미소를 지었다.

바랴를 놀라게 한 그런 말과 미소에도 불구하고, 염증이 아물고 그의 건강이 회복되기 시작하자 그는 자신이 슬픔의 일부에서 완전히 해방된 느낌이 들었다. 그는 마치 그런 행동으로 전에 느끼고 있던 수치심과 굴욕감을 씻어 낸 것 같았다. 그는 이제 편안한 마음으로 알렉세이 알렉산드로비치에 대해 떠올릴 수 있었다. 그는 그의 관대함을 인정하면서도 스스로 모욕감을 느끼지 않았다. 그는 게다가 또다시 예전의 생활로 돌아갔다. 그는 수치심 없이 사람들의 눈을 바라볼 수 있는 가능성을 보았고, 자기의 습관대로 살 수 있게 되었다. 한 가지, 끊임없이 그 감정과 싸우고 있음에도 불구하고 자신의 가슴속에서 떼어버릴 수 없는 오직 한 가지는 영원히 그녀를 잃었다는 것에 대한 절망적인 회한이었다. 이제 그는 그녀의 남편에게 자신의 죄를 속죄한 만큼 그녀에 대해서는 단념하고, 앞으로는 잘못을 뉘우친 그녀와 그녀의 남편 사이에 절대 끼지 않겠다고 굳게 마음먹었다. 그러나 그는 그녀의 사랑을 잃었다는 안타까운 심정을 가슴속에서 떨쳐버릴 수가 없었고, 그녀와 함께 했던 그 행복한 순간들, 당시에는 그다지 가치를 몰랐으나 지금은 한없이 매력적으로 다가오는 그 행복한 순간들의 기억을 지워버릴 수도 없었다.

세르푸호프스코이가 그를 위해 타쉬켄트의 근무지 발령을 생각해 냈을 때, 브론스키는 조금도 주저하지 않고 그의 제안에 동의했다. 그러나 출발할 때가 가까워지자 그는 의무라고 여기고 바친 희생이 점점 더 괴롭게 느껴졌다.

그의 상처가 아물자, 그는 타쉬켄트로 떠날 준비를 하면서 이곳저곳을 돌아다녔다.

'그녀를 한 번 보고 난 다음에야 사라지든지 죽든지 할 텐데.' 그는 이렇게 생각하고, 작별 인사를 하러 벳시에게 갔을 때 그녀에게 자신의 생각을 솔직히 말했다. 벳시는 이 임무를 맡고 안나를 찾아갔으나 그에게 부정적인 대답을 가지고 왔다.

'차라리 잘됐어.' 브론스키는 그 소식을 듣고 이렇게 생각했다. '그건 나의 마지막 힘을 파괴시킬 수도 있는 나약함이었어.'

다음 날 아침, 벳시가 그에게 직접 찾아와서는 오블론스키를 통해 얻었다면서 알렉세이 알렉산드로비치가 이혼에 동의했으므로 그녀를 볼 수 있다는 긍정적인 정보를 전했다. 브론스키는 모든 자기의 결심을 잊어버리고 벳시를 배웅하는 것조차 신경 쓰지 않은 채 그녀를 언제 만날 수 있는지, 그녀의 남편은 어디에 있는지 물어보지 않은 상태로 곧장 카레닌의 집으로 마차를 몰았다. 그는 계단을 달려 올라가 아무도, 아무것도 보지 않고,

뛰고 싶은 마음을 겨우 억누르며 그녀의 방에 들어섰다. 그러고는 방 안에 누가 있는지 없는지 생각하거나 신경도 쓰지 않고, 그는 그녀를 끌어안고 얼굴과 손과 목에 키스를 퍼부었다.

안나는 이런 해후를 각오하고 그에게 할 말을 생각해 두었지만, 아무런 말도 할 수 없었다. 그의 열정이 그녀를 사로잡아버렸던 것이다. 그녀는 그를 진정시키고 자신도 진정하려고 했지만 이미 늦어버렸다. 그의 감정이 그녀에게도 전해졌던 것이다. 그녀는 입술이 떨려서 오랫동안 아무런 말도 할 수가 없었다.

"그래요, 당신이 나를 차지했어요. 난 당신 거예요." 그녀는 자기 가슴에 그의 두 손을 갖다 대며 말했다.

"이렇게 되어야만 했던 거예요!" 그가 말했다. "우리가 살아 있는 동안엔 마땅히 이렇게 되어야만 했어요. 이제는 알아요."

"맞아요." 그녀는 점점 더 창백해지면서 그의 머리를 껴안으며 말했다. "그런데 그 모든 일 뒤에 이 속에서 뭔가 무서운 일이 있을 것만 같아요."

"모든 건 지나갈 거예요. 모든 건 지나가요. 우리들은 행복해질 거예요! 우리들의 사랑이 강해질 수 있다면, 좀 더 강해진다면, 거기엔 뭔가 무서운 것이 있기 때문이에요." 그는 고개를 들고 튼튼한 이가 드러나 보이게 웃으며 말했다.

그래서 그녀도 그의 말에 대해서가 아니라 사랑에 빠진 그의 눈에 대해서 미소로 답하지 않을 수 없었다. 그녀는 그의 손을 잡고 자신의 차가운 뺨과 짧게 자른 머리를 쓰다듬게 했다.

"이렇게 머리를 짧게 자르니 못 알아보겠군요. 더 귀여워졌어요. 마치 남자아이 같군요. 그런데 얼굴이 너무 창백하네요!"

"네, 난 너무 쇠약해졌어요." 그녀는 미소를 지으며 말했다. 그녀의 입술이 또다시 떨리기 시작했다.

"우리 이탈리아로 가요. 당신의 몸도 좋아질 거예요." 그가 말했다.

"정말 우리가 부부로 우리 둘만의 가정을 이룰 수 있을까요?" 그녀는 가까이에서 그의 눈을 들여다보며 말했다.

"난 오히려 지금까지 그렇지 않았던 게 놀라울 따름이에요."

"스티바는 그이가 모든 것에 동의했다고 하지만, 난 그이의 관대함을 받아들일 수 없어요." 그녀는 생각에 잠긴 듯 브론스키의 얼굴을 외면하며 말했다. "난 이혼하고 싶지 않아요. 이제는 어떻게 되든 상관없어요. 단지 그이가 세료쟈에 대해 어떻게 결정할 건지, 그걸 모르겠어요."

그는 그녀가 이 해후의 순간에 왜 아들이나 이혼에 관해 생각하고 회상하는지 좀처럼 이해할 수 없었다. 아무래도 상관없는 일이 아닌가?

"그런 얘긴 하지 말아요. 생각도 하지 말고요." 그는 자기 손안에 있는 그녀의 손을 돌려 쥐고 그녀의 관심을 자기에게 돌리려고 애쓰며 말했다. 그러나 그녀는 여전히 그를 바라보지 않았다.

"아, 왜 나는 죽지 않았지? 그 편이 나았을 텐데." 그녀가 말했다. 그러자 소리 없는 눈물이 두 뺨을 타고 흘러내렸다. 그러나 그녀는 그를 실망시키지 않으려 웃으려고 애썼다.

브론스키의 예전 사고방식대로 하면 영광스럽고 위험한 타쉬켄트로의 부임을 거절한다는 것은 수치스럽고도 불가능한 일이었다. 그러나 지금 그는 한순간도 망설이지 않고 그 자리를 거절했다. 그리고 상급자들이 이런 행동을 마땅치 않게 여길 것을 깨닫고는 곧바로 전역해버렸다.

한 달 후, 알렉세이 알렉산드로비치는 아들과 단둘이 자기 집에 남았고, 안나는 이혼을 받아들이지 않고 단호히 거절한 채 브론스키와 함께 외국으로 떠났다.

5부

1

셰르바츠카야 공작 부인은 5주밖에 남지 않은 사순절 이전에 결혼식을 치르는 것은 불가능한 일이라고 생각했다. 왜냐하면 그때까지 혼수의 절반도 준비할 수 없기 때문이었다. 그러나 사순절 후에는 너무 늦어질 거라는 레빈의 말에도 동의하지 않을 수 없었다. 세르바츠키 공작의 늙은 친척 아주머니가 중병을 앓고 있어서 당장이라도 상(喪)을 치를 수 있기 때문에, 그럴 경우 상례로 인해 혼례가 지연될 것이었다. 그래서 공작 부인은 혼수를 큰 부분과 작은 부분으로 나누기로 결정하고, 결혼식을 사순절 전에 치르기로 동의했다. 그녀는 작은 혼수는 지금 준비하고, 큰 것은 나중에 보내기로 결정했다. 그런데 레빈이 그것에 대해 동의하는지 동의하지 않는지 진지하게 대답해주지 않아서 그녀는 레빈에게 몹시 화가 나 있었다. 그것은 두 젊은이가 결혼식이 끝나자마자 곧장 큰 혼수가 필요 없는 시골로 떠나기 때문에 더욱 번거롭지 않은 결정이었다.

레빈은 줄곧 제정신이 아닌 상태에 있어서, 그에게는 자신과 자신의 행복이 존재하는 모든 것 중에서 가장 중요하고 유일한 목적인 것처럼 여겨졌다. 이제는 그 무엇에 대해 생각하거나 걱정할 필요도 없는 것 같았다. 그리고 그는 모든 일들이 자기를 위해 다른 사람들에 의해 행해지고 있고, 행해질 것으로 여겨졌다. 그는 미래에 대한 아무런 계획도, 목적도 가지고 있지 않았다. 그는 모든 게 잘될 것이라고 믿으며 그 결정을 다른 사람에게 맡기고 있었다. 형인 세르게이 이바노비치, 스테판 아르카디치, 공작 부인은 해야 할 일들을 그에게 지시했다. 그는 오직 자기에게 제안하는 모든 것에 대해 전적으로 동의할 뿐이었다. 형은 그를 위해 돈을 빌렸고, 공작 부인은 결혼식이 끝나면 모스크바를 떠나라고 조언했다. 스테판 아르카디치는 외국으로 나가도록 권유했다. 그는 모든 것에 동의했다. '당신들이 즐거우시다면야, 좋도록 하십시오. 난 행복합니다. 내 행복은 당신들이 무슨 일을 한다고 해도 더하지도, 덜하지도 않을 테니까요.' 그는 그렇게 생각했다. 그가 외국으로 나가라는 스테판 아르카디치의 조언을 키티에게 전하자, 그녀가 그것에 찬성하지 않고 자기 두 사람의 장래에 대한 그녀 자신만의 분명한 요구가 있는 것에 대해 그는 꽤나 놀랐다. 그녀는 레빈이 좋아하는 일이 시골에 있다는 것을 알고 있었다. 레빈이 보기에는 그녀가 그 일을 이해하지 못했을 뿐만 아니라 이해하고 싶어 하지도 않는 것 같았다. 그렇다고 그것이 그녀가 이 일을 중요시 여기지 않는다는 것은 아니었다. 그녀는 자기들이 시골에서 살 것이라는 걸 알고 있었기에, 자기들이 살지도 않을 외국으로 나가는 것보다는 자기들이 앞으로 살 집이 있는 곳으로 가고 싶었다. 그녀의 자기 생각에 대한 분명한 표현은 레빈을 놀라게 했다. 그러나 그로서는 어느 쪽이든 마찬가지였다. 그는 즉시 스테판 아르카디치에게, 마치 그의 의무라도 되는 듯이, 시골에 가서 그가 가지고 있는 그 수많은 취미에 따라 모든 일을 정리해달라고 부탁했다.

"그런데 말이야, 여보게." 스테판 아르카디치는 신혼부부가 올 것에 대비한 모든 정리를 하고 시골에서 돌아와서 레빈에게 말했다. "자네 고해성사를 한 증서는 가지고 있지?"

"아니, 그건 왜?"

"자네, 그것 없이는 결혼 못 해."

"아이, 참, 참!" 레빈은 소리쳤다. "단식과 금욕을 지키지 않은 지 벌써 9년 정도는 된 거 같은데. 그건 정말 생각지도 못한 일이야."

"잘했군!" 스테판 아르카디치는 웃으며 말했다. "나한테는 허무주의자라고 부르면서 말이야! 하지만 아무튼 그것 없이는 안 돼. 자네 꼭 고해성사를 해야 돼."

"그럼 언제? 나흘밖에 안 남았는데."

스테판 아르카디치는 이 일도 정리해주었다. 그래서 레빈은 단식과 금욕을 지키기 시작했다. 신앙을 갖고 있지는 않지만, 신앙을 가진 사람을 존경하는 레빈으로서는 교회의 어떤 의식에 참석하거나 참여하는 것이 꽤나 힘겨운 일이었다. 모든 사물에 대해 지금과 같이 마음이 부드럽고 감성적인 상태에서 자기 자신을 속여야만 한다는 것이 괴로울 뿐만 아니라 불가능한 일처럼 여겨졌다. 그는 지금 영광스럽고도 행운이 피어나는 상태에서 거짓말을 하거나, 아니면 신성함을 모독해야만 했던 것이다. 그는 그 어느 것도 할 수 없을 것 같았다. 그래서 그는 고해하지 않아도 증서를 받을 수 있는 길이 있는지 스테판 아르카디치에게 수차례 물었으나, 스테판 아르카디치는 불가능한 일이라고 알렸다.

"별거 아니야. 고작 이틀 아닌가? 그리고 그는 정말로 친절하고 현명한 노인이야. 그는 자네가 알아채기도 전에 그 이를 뽑아주실 거야."

첫 미사에 참석하여 서 있으면서, 레빈은 열예닐곱 살쯤에 경험한 강렬한 종교적 감정에 관한 젊은 시절의 기억을 되살려보려고 애썼다. 그러나 그는 이내 그것이 불가능하다는 것을 깨달았다. 그래서 그는 이 모든 것을 남의 집 방문과도 같은, 아무 의미 없는 공허한 습관으로 바라보려고 애썼다. 그러나 그에게는 그것조차도 할 수 없을 것 같은 느낌이었다. 레빈의 종교관은 동시대의 대부분의 사람들과 마찬가지로 지극히 모호했다. 그는 믿을 수 없다고 생각하면서도, 다른 한편으로는 그런 것들이 옳지 않다는 확신도 없었다. 그래서 그는 자기가 하고 있는 일의 의미를 믿을 수도 없었고, 또 그것을 공허한 형식으로 치부하여 무심하게 바라보고 있을 수만도 없는 상태에 있었다. 그는 정진하는 동안 내내 자기 자신도 이해하지 못하고, 그래서 내면의 목소리가 말하는 것처럼 무언가 거짓되고 좋지 않은 일을 하는 것 같아 거북스럽고 창피한 느낌이 들었다.

미사를 보는 동안, 그는 기도에 자기의 견해에 어긋나지 않는 의미를 부여하려고 애쓰면서 기도를 듣기도 하고, 또는 자기로서는 이해할 수 없기에 비난받아 마땅하다고 느끼면서 그것을 듣지 않으려고도 노력해보았다. 그리고 교회에서 무료하게 서 있는 동안, 자기의 생각과 관찰과 너무도 생생하게 머릿속을 돌아다니는 추억에 몰두했다.

그는 아침 미사와 저녁 미사와 밤 미사를 꼬박 견뎠다. 그리고 다음 날 여느 때보다 일찍 일어나 차도 마시지 않고, 아침 미사와 고해성사를 위해 8시에 교회로 갔다.

교회에는 구걸하는 병사 한 명과 두 노파와 교회지기 외에는 아무도 없었다.

얇은 사제복 아래로 기다란 등이 뚜렷하게 둘로 나뉘어 보이는 젊은 부제가 그를 맞이하고는 곧 벽 옆의 작은 탁자로 다가가서 기도문을 읽기 시작했다. 읽는 동안에 '자빌베푸스, 자빌베푸스'라는 말로 들리는 '주여, 자비를 베푸소서!'라는 소리가 특히 빠르게 자주 반복되는 동안, 레빈은 자기의 사고가 닫히고 봉인되어 그것을 만져서도 움직여서도 안 되고 그렇지 않으면 뒤죽박죽될 것 같은 생각이 들었다. 그래서 그는 부제 뒤에 서서 기도문을 듣지도, 깊이 몰두하지도 않고 계속 자기에 대한 생각만 하고 있었다. '그녀의 손에는 놀랍게도 많은 표정이 있어.' 그는 어제 그녀와 구석의 탁자 옆에 앉아 있던 일을 떠올리며 생각했다. 거의 늘 그렇듯이, 그때 그들에게는 할 얘기가 없었다. 그녀는 한 손을 탁자 위에 올려놓고 손을 폈다 오므렸다 하면서 자신의 손동작을 보고 웃기 시작했다. 그는 자기가 그 손에 입을 맞춘 후, 장밋빛 손바닥의 손금을 봐 주었던 일을 떠올렸다. '또 자빌베푸스로군.' 레빈은 성호를 긋고 허리를 숙이며, 역시 허리를 숙이는 부제의 유연한 등의 움직임을 보며 생각했다. '그리고 그녀도 내 손을 잡고 손금을 봐 주었지. 훌륭한 손이에요, 그녀가 말했지.' 그는 자기의 손과 부제의 짤막한 손을 번갈아 보았다. '그래, 이제야 끝나는가 보군.' 그는 생각했다. '아니야, 다시 처음부터 하려는 것 같은데.' 그는 기도 소리에 귀를 기울이며 생각했다. '아니야, 끝나가고 있어. 저것 봐, 바닥에 닿도록 절을 하고 있잖아. 저건 끝나기 전에 늘 하는 행동이야.'

부제는 벨벳 소맷부리 안에 있는 손으로 3루블짜리 지폐를 받고는 적어 두겠다고 말했다. 그리고 텅 빈 교회의 포석을 새 장화로 힘차게 밟아 소리를 내며 제단 안으로 들어갔다. 잠시 후, 그는 거기서 얼굴을 내밀고 레빈을 손짓해 불렀다. 그러자 지금까지 닫혀 있던 생각이 레빈의 머릿속에서 움직이기 시작했다. 그러나 그는 서둘러 그것을 쫓아버렸다. '어떻게든 되겠지!' 그는 그렇게 생각하고 설교대 쪽으로 갔다. 층계로 올라가 오른쪽을 돌아보니 사제가 보였다. 성글고 반쯤 희끗한 턱수염에 지친 듯한 선한 눈을 가진 늙은 사제가 성서대 옆에 서서 성례기를 넘기고 있었다. 그는 레빈에게 가볍게 목례를 하고 곧바로 일상적인 목소리로 기도문을 읽기 시작했다. 그리고 그것이 끝나자 바닥에 닿도록 절을 하고 레빈에게로 얼굴을 돌렸다.

"여기 그리스도께서 눈에 보이지 않게 당신의 참회를 받고 계십니다." 그는 십자가의 그리스도상을 가리키며 말했다. "당신은 우리 성스러운 사도 교회의 모든 가르침을 믿고 계십니까?" 사제는 레빈의 얼굴에서 눈을 돌리고 두 손을 견대 밑으로 모으며 계속해서 말했다.

"난 모든 것을 의심했었고, 지금도 의심하고 있습니다." 레빈은 자신이 듣기에도 불쾌한 목소리로 말하고는 입을 다물었다.

사제는 그가 무슨 말을 더 하지 않을까 하는 마음에 잠시 기다렸다가, 눈을 감고 '오'음을 빠른 블라디미르 지방의 사투리로 말했다.

"의심은 인간의 약함에 깃든 고유한 특성입니다. 하지만 우리는 자애로우신 하느님께서 우리들을 강하게 해주시도록 기도해야 합니다. 당신은 어떤 특별한 죄를 지으셨습니까?" 그는 시간을 낭비하지 않으려고 애쓰는 것처럼 조금의 사이도 두지 않고 이렇게 덧붙였다.

"나의 가장 큰 죄는 의심입니다. 나는 모든 걸 의심하고 있습니다. 그리고 대부분 나는 그 의심 속에서 살고 있습니다."

의심은 인간의 약함에 깃든 고유한 특성입니다. 사제는 똑같은 말을 되풀이했다. "그렇다면 당신이 의심하는 것은 주로 무엇입니까?"

"나는 모든 걸 의심하고 있습니다. 때로는 신의 존재마저도 의심하곤 합니다." 레빈은 이렇게 무심코 말하고는, 자기가 한 말이 너무도 무례하여 스스로 적잖게 놀랐다. 하지만 레빈의 말은 사제에게 별다른 영향을 주지 않은 것처럼 보였다.

"신의 존재에 어떤 의심이 있을 수 있을까요?" 그는 보일 듯 말 듯한 옅은 미소를 지으며 얼른 말했다.

레빈은 말없이 가만히 있었다.

"당신은 신이 창조한 세상을 보면서 창조주에 대해 의심한단 말인가요?" 사제는 그 습관적인 빠른 말투로 말을 계속했다. "누가 천체를 온통 별들로 장식했을까요? 누가 대지를 이렇게 아름답게 만들어 놓았을까요? 어떻게 창조주가 없다고 할 수 있겠어요?" 그는 의아하다는 듯이 레빈을 쳐다보며 말했다.

레빈은 사제와 철학적인 논쟁을 한다는 것이 무례하다고 느껴져서 그 문제와 직접적인 관계가 있는 대답만을 말했다.

"모르겠습니다." 그가 말했다.

"모르겠다고요? 그럼 어째서 당신은 신이 만물을 창조하신 것을 의심하는 겁니까?" 사제는 이해하지 못하겠다는 듯 쾌활하게 말했다.

"아무것도 이해하지 못하겠습니다." 레빈은 얼굴을 붉히며 자기의 말이 어리석다는 것을, 이런 상황에서는 어리석지 않을 수 없다는 것을 느끼며 말했다.

"하느님께 기도하세요. 그분에게 의지하십시오. 성자이신 신부님들조차 의심을 품고, 자기의 신앙을 견고하게 해달라고 하느님께 간구합니다. 악마의 힘은 굉장합니다. 우리들은 그것에 굴복해서는 안 됩니다. 하느님께 기도하며 그분께 의지하십시오. 기도하십시오." 그는 서둘러 되풀이했다.

사제는 깊은 생각에 잠긴 것처럼 한동안 말없이 가만히 있었다.

"내가 듣기로, 당신은 내 교구 형제인 셰르바츠키 공작의 영애와 결혼하신다지요?" 그는 미소를 지으며 덧붙였다. "참으로 아름다운 아가씨죠!"

"네." 레빈은 사제의 말에 얼굴을 붉히며 대답했다. '고해성사에서 이런 걸 물어야 할 필요가 있는 건가?' 그는 이렇게 생각했다.

그러자 마치 그 생각에 대답하기라도 하듯이 사제가 말했다.

"당신은 결혼을 앞두고 있습니다. 하느님은 아마도 당신에게 자손을 선물하실 겁니다, 그렇지 않나요? 그때 만약 당신이 자신을 불신앙으로 이끄는 악마의 유혹을 이겨내지 못한다면, 당신은 어린 자녀들에게 어떻게 교육을 하실 건가요?" 그는 부드러운 질책이 섞인 어조로 말했다. "만약 당신이 자녀를 사랑한다면, 선량한 아버지로서 자녀들을 위해 단지 재산이나 사치나 영예만을 바라지 않고 자녀들에게 구원을, 진리의 빛에 의한 정신적 깨달음을 바라실 것입니다. 그렇지 않나요? 그리고 만약 순수한 어린아이가 당신에게 '아버지, 이 세상에서 나를 기쁘게 해주는 땅, 물, 태양, 꽃, 풀, 이 모든 건 누가 만들었어요?' 하고 물으면 당신은 어떻게 대답하시겠습니까? 정말 '모르겠구나.' 하고 말씀하시겠습니까? 하느님께서 그 위대한 자비로 당신 앞에 그것을 열어주셨는데, 당신이 그것을 모르실 수는 없습니다. 그리고 또 당신의 아이들이 '우리가 죽으면 어떻게 되나요?' 하고 물었을 때 만약 당신이 아무것도 모르신다면 아이에게 무엇을 말씀해주실 겁니까? 그 아이에게 어떻게 대답하실 겁니까? 당신은 그 아이를 세상과 악마의 유혹에 맡기겠습니까? 그것은 좋지 않습니다!" 그는 이렇게 말하고 나서 옆으로 머리를 기울이고, 선하고 부드러운 눈길로 레빈을 바라보며 말을 맺었다.

레빈은 이제 아무런 대답도 하지 않았다. 그것은 사제와 언쟁을 시작하고 싶지 않아서가 아니라, 지금까지 누구도 자기에게 그런 질문을 던진 사람이 없었고, 또 자기 아이들이 이런 질문을 하여 그가 대답해야 하는 시기까지는 아직 시간이 남아 있다고 여겼기 때문이었다.

"당신은 이제 인생의 황금기로 접어들고 있습니다." 사제는 계속 말했다. "이제 당신의 길을 선택해서 그것을 유지해야만 합니다. 하느님께서 자비로우심으로 당신을 도와주시고, 사랑을 베풀어주시도록 기도하십시오." 그는 말을 맺었다. "우리의 하느님, 주 예수 그리스도여, 당신의 넘치는 사랑과 은총으로 여기 당신의 아들을 용서해주시옵소서!" 사제는 면죄 기도를 마친 후 그를 축복하고 내보냈다.

그날 숙소로 돌아온 레빈은 불편한 상황이 끝났다는 것에, 더욱이 거짓말을 하지 않고 끝났다는 것에 기쁨을 느꼈다. 게다가 그의 마음속에는 그 선하고 상냥한 노인의 말이 처음 그가 느꼈던 것처럼 완전히 어리석은 것이 아니고, 거기에는 확실히 해야 할 무언가가 있다는 듯한 막연한 기억이 남아 있었다.

'물론 당장은 아니지.' 레빈은 생각했다. '하지만 언젠가 나중에.' 이때 레빈은 자기의 영혼 속에 이전보다도 더한 어떤 불확실하고 불손한 것이 있다는 것, 그리고 종교에 대한 태도도 자기가 다른 사람에게서 너무도 선명하게 보면서 좋아하지 않았던, 그로 인해 친구인 스비야쥐스키를 비난했던 것과 똑같은 입장이 되었다는 것을 느꼈다.

레빈은 그날 저녁을 약혼녀와 함께 돌리의 집에서 보내며 유달리 즐거웠다. 그리고 그는 스테판 아르카디치에게 자기의 들뜬 기분을 말하면서, 자기는 마치 고리 속을 뛰어넘는 법을 배운 개가 마침내 그 요령을 터득하여 시키는 대로 해내고는 멍멍 짖기도 하고 꼬리를 치기도 하면서 그 기쁨으로 탁자 위로, 창문 위로 뛰어오르는 것처럼 기쁘다고 말했다.

2

결혼식 날 레빈은 관습에 따라(공작 부인과 다리야 알렉산드로브나는 모든 관습을 지켜야 한다고 완강히 주장했다) 약혼녀와 만나지 못하고, 호텔의 자기 방에서 우연히 모여든 세 명의 독신자, 즉 세르게이 이바노비치와 레빈이 길에서 만나 자기 숙소로 끌고 온 대학 동창이자 지금은 자연과학 교수인 카타바소프, 레빈의 들러리이자 모스크바의 치안판사이자 레빈의 곰 사냥 친구인 치리코프와 함께 식사를 했다. 식사는 매우 유쾌했다. 세르게이 이바노비치는 기분이 상당히 좋았으며, 카타바소프의 독특한 점을 재미있어 했다. 카타바소프는 자신의 독특한 점이 평가되고 이해되고 있다는 것을 느끼고 그것을 뽐냈다. 치리코프는 쾌활하고 관대하게 모든 대화에 맞장구를 쳤다.

"자, 보세요……." 카타바소프는 강단에서 얻은 버릇대로 말을 길게 끌며 말했다. "우리의 벗인 콘스탄틴 드미트리치가 얼마나 유능한 젊은이였습니까. 하지만 난 존재하지 않는 사람에 대해 얘기하고 있는 거예요. 왜냐하면 예전의 그는 없으니까요. 대학을 졸업할 무렵, 그는 학문을 사랑했었고 인간에 대한 관심도 있었어요. 그런데 지금은 자기 능력의 반은 자기 자신을 기만하는 데에 가 있고, 나머지 반은 그 기만을 변호하는 데 쓰이고 있어요."

"당신처럼 단호하게 결혼을 반대하는 사람을 본 적이 없어요." 세르게이 이바노비치가 말했다.

"아니에요, 난 결혼 반대론자가 아닙니다. 나는 노동 분업의 지지자일 뿐이에요. 아무것도 할 줄 모르는 사람들은 인간이라도 만들어야 한다는 거예요. 나머지 사람들은 그들의 교육과 복지에 힘을 써야지요. 이게 내 생각이에요. 그 두 가지 일을 혼동하는 사람이 많지만 난 그런 사람이 아닙니다."

"자네가 사랑에 빠졌다는 것을 알게 되면 얼마나 행복할까!" 레빈이 말했다. "결혼식에는 나를 꼭 불러주시게."

"난 이미 사랑에 빠졌는데."

"그래, 오징어한테 말이지. 형님도 아실 거예요," 레빈은 형에게로 얼굴을 돌리며 말했다. "미하일 세묘니치는 영양에 관해 저술을 하고 있어요. 그리고……."

"아, 헷갈리는 소리 좀 그만두게! 무엇에 관한 저술이든 상관없는데, 문제는 내가 정말로 오징어를 사랑하고 있다는 거네."

"하지만 그건 자네가 아내를 사랑하는 데 방해가 되지는 않잖아."

"오징어는 방해하지 않겠지만, 아내가 방해를 할 거야."

"그건 어째서?"

"아, 곧 알게 될 거야. 자네는 지금 농사와 사냥을 사랑하고 있지만, 어디 두고 보게나!"

"그런데 오늘 아르히프가 와서 말하길, 프루드노예에 사슴이 상당히 많다던데. 곰도 두 마리나 있다고 하고." 치리코프가 말했다.

"그럼, 나 없이 잡게나."

"그럼, 그럴 거야." 세르게이 이바노비치가 말했다. "앞으로는 곰 사냥과 작별을 해야겠구나. 아내가 놔주지 않을 테니까 말이야."

레빈은 웃었다. 아내가 자기를 보내지 않는 상상을 하자, 그는 기분이 좋았다. 그래서 그는 곰을 보는 만족감을 영원히 포기할 각오까지 했을 정도였다.

"하지만 그래도 왠지 자네 없이 그 두 마리의 곰을 잡는다는 게 서운하군. 자네는 최근 하필로보에서의 일을 기억하고 있나? 멋진 사냥이 될 텐데." 치리코프가 말했다.

레빈은 사냥 없이도 어딘가에 뭔가 좋은 일이 있을 수 있다는 말로 그를 실망시키고 싶지 않았기 때문에 아무런 말도 하지 않았다.

"독신 생활과 작별하는 관습이 그냥 생긴 게 아니지." 세르게이 이바노비치가 말했다. "아무리 행복하다고 해도 역시 자유가 아쉬울 거야."

"고백해보게. 고골의 작품 속의 구혼자[25]처럼 창문으로 뛰어내리고 싶은 심정 말이야."

"그런 감정도 있을 수 있어. 하지만 인정하지는 않지!" 카타바소프는 이렇게 말하고는 큰 소리로 웃기 시작했다.

"어때, 창문은 열려 있는데. 당장 트베리로 갑시다! 암곰 한 마리가 있어요. 굴로 갈 수도 있고요. 정말로 5시 기차로 갑시다! 거기서는 원하는 대로 할 수 있어요." 치리코프가 웃으며 말했다.

"그런데 난……." 레빈도 웃으며 말했다. "내 마음속에서 자유를 아쉬워하는 감정을 찾을 수가 없는데 어쩌지."

"그래, 자네 마음속은 너무도 혼란스러워서 지금은 아무것도 분별할 수 없는 거라고." 카타바소프가 말했다. "잠시만 기다려보게. 조금 정리가 되면 알 수 있을 테니."

"아니, 나는 내 감정(그는 친구 앞에서 사랑이라는 말을 하고 싶지 않았다)과…… 행복 외에 자유를 잃는 서운함을 느낄 수도 있겠는데……. 그 반대로 이 자유의 상실을 기뻐하고 있어."

"허어, 좋지 않은데! 가망 없는 사람이군, 그래!" 카타바소프가 말했다.

"자, 레빈의 회복을 위해 마십시다, 아니면 그의 꿈이 백분의

---

25 고골의 희극 《결혼》의 주인공인 이반 쿠즈미치 포드콜료신이란 구혼자는 청혼 직전에 창문에서 뛰어내려 도망간다.

일이라도 실현되기만을 기원합시다. 그렇게 되면 이 세상에 둘도 없는 그런 행복이 될 테니까요."

식사가 끝나자 곧 손님들은 결혼식에 맞춰 옷을 갈아입기 위해 그 자리를 떠났다.

레빈은 혼자 남아 독신자들과 대화한 내용을 떠올리며 다시 한 번 스스로에게 물었다. 자기 마음속에 그들이 말한 것처럼 자유를 아쉬워하는 감정이 있는지, 그는 그 물음에 미소 지었다. '자유? 무슨 목적을 위한 자유? 행복은 오직 그녀의 희망, 그녀의 사상을 사랑하고 바라고 생각하는 것에 있는 거야. 다시 말해서, 자유는 조금도 없는 것, 그것이 행복이야!'

'하지만 나는 그녀의 사상과 희망과 감정을 알고 있는 것일까?' 문득 어떤 목소리가 그에게 속삭였다. 그러자 그의 얼굴에서 미소가 사라졌다. 그는 생각에 잠겼다. 갑자기 그는 이상한 느낌이 들었다. 공포와 의심, 모든 것에 대한 의심이 그에게 찾아들었던 것이다.

'만약 그녀가 나를 사랑하지 않는다면? 단지 결혼하기 위해 나에게 시집을 오는 거라면? 만약 그녀는 자기가 하고 있는 일이 무엇인지 모른다면 어떻게 할 것인가?' 그는 이렇게 자문해 보았다. '제정신이 돌아온 후에야 그녀는 자기가 결혼했다는 사실을 알고, 자기가 나를 사랑하지 않고 또 사랑할 수도 없다는 것을 깨달을 수도 있어.' 그러자 그녀에 대해 이상하고 아주 안 좋은 생각이 그의 머릿속에 떠올랐다. 그는 1년 전, 브론스키와 같이 있는 그녀를 보았던 그날 저녁의 일이 어제 일이기라도 한 것처럼 브론스키에게 질투를 느꼈다. 그리고 그녀가 자기한테 모든 것을 말한 게 아닐지도 모른다는 의심이 들었다.

그는 벌떡 일어났다. '아니야, 그렇게 되는 건 안 돼!' 그는 절망에 빠져서 혼잣말을 했다. '그녀한테 가서 마지막으로 물어보고 얘기해 봐야겠다. 우리는 자유로운 사람들입니다. 여기서 멈추는 게 좋지 않을까요? 그 어떤 일도 영원한 불행, 굴욕, 불신보다는 나을 테니까요!' 그는 마음속에 절망을 담고, 모든 인간에 대해, 자기 자신에 대해, 그녀에 대해 증오를 품고는 호텔을 나와 그녀에게로 마차를 몰았다.

그는 안방에서 그녀를 만났다. 그녀는 트렁크 위에 앉아 의자들의 등받이와 마룻바닥에 널려 있는 다양한 색깔의 수많은 옷을 정리하면서 하녀에게 뭔가를 지시하고 있었다.

"어머!" 그녀는 그를 보자 기쁨으로 화색이 돌며 소리쳤다. "아니, 자기가 어떻게, 당신이 어떻게(마지막 날까지도 그녀는 그를 때로는 '자기'로, 때로는 '당신'으로 불렀다)? 전혀 생각지도 못했어요! 처녀 때의 옷을 정리하고 있어요. 누구한테 어떤 옷을 줄까 하고……."

"아! 정말 좋은 일이군요!" 그는 우울한 표정으로 하녀를 쳐다보며 말했다.

"물러가도록 해, 두냐샤. 필요하면 부를게." 키티가 말했다. "자기, 무슨 일 있어요?" 그녀는 하녀가 나가자마자 그에게 단호히 '자기'라고 부르며 말했다. 그녀가 그의 우울하면서도 흥분된 기이한 얼굴을 알아채자, 그녀에게 두려움이 밀려들었다.

"키티, 나는 괴로워요. 혼자서 괴로워할 수만은 없어요." 그는 그녀 앞에 멈춰 서서 애원하듯이 그녀의 눈을 바라보며 절망적인 목소리로 말했다. 그는 그녀의 사랑스럽고도 진실한 얼굴을 보면서 자기가 말하고자 하는 것에서 아무것도 해결되는 게 없으리라는 것을 깨달았지만, 그래도 역시 그녀가 직접 의혹을 풀어줘야만 한다고 생각했다. "난 아직 늦지 않았다고 말하려고 왔어요. 모든 걸 없었던 것으로 하고 바로잡을 수 있어요."

"뭐라고요? 무슨 말인지 도통 모르겠어요. 무슨 일 있어요?"

"내가 당신에게 천 번은 말했지만 그래도 생각하지 않을 수 없어서……. 난 당신에 비하면 보잘것없는 사람이고, 당신이 나와의 결혼을 승낙했을 리가 없다는 거예요. 생각해 봐요. 당신이 실수한 건 아닌지. 정말 잘 생각해 봐요. 당신이 나 같은 사람을 사랑할 수 있다는 게……, 만약……, 말해주는 게 나아요." 그는 그녀를 보지 않고 말했다. "나는 불행할 거예요. 사람들에게 원하는 대로 말하라고들 해요. 불행한 것보다는 나아요……. 무슨 일이든 아직 시간이 있는 지금이 더 나아요……."

"이해할 수 없군요." 그녀는 놀라서 대답했다. "그러니까 당신은 결혼을 없었던 일로 하자는 건가요……? 필요 없다고요?"

"네, 만약 당신이 나를 사랑하지 않는다면."

"제정신이 아니군요!" 그녀는 화가 나서 얼굴을 붉히며 소리쳤다.

그러나 그의 얼굴이 너무도 가여워 보여서 그녀는 화를 억눌렀다. 그리고 안락의자에서 옷을 들어 내던지고는 그의 가까이로 옮겨 앉았다.

"무슨 생각을 하는 거예요? 모두 말해보세요."

"난 당신이 나를 사랑할 수 없다는 생각이 들어요. 무엇 때문에 당신이 나 같은 사람을 사랑할 수 있겠습니까?"

"아, 맙소사! 내가 뭘 할 수 있을까요?" 그녀는 이렇게 말하며 울음을 터뜨렸다.

"아, 내가 무슨 짓을 한 거야!" 그는 외쳤다. 그리고 그녀 앞에 무릎을 꿇고 그녀의 손에 키스하기 시작했다.

공작 부인이 5분 후에 방으로 들어왔을 때, 그들은 이미 완전히 화해가 끝나 있었다. 키티는 그에게 자기의 사랑을 확인시켜주었을 뿐만 아니라, 어떻게 자기를 사랑할 수 있느냐는 그의 물음에 이유까지 설명해주었다. 그녀는 자기가 그를 사랑하는 이유는 자기가 그의 모든 것을 이해하기 때문이며, 그가 무엇을 사랑하는지 알고 있고, 또 그가 사랑하는 모든 것은 훌륭하다는 걸 알고 있기 때문이라고 했다. 그러자 그는 충분히 이해한 것 같았다. 공작 부인이 안으로 들어왔을 때, 두 사람은 트렁크 위에 나란히 앉아서 입씨름을 하고 있었다. 키티는 레빈이 자기에게 청혼했을 때 입고 있었던 황갈색 옷을 두냐샤에게 주고 싶어 했고, 그는 그 옷은 아무에게도 주지 말라고 고집을 피우면서 두냐샤에게는 하늘색 옷을 주라고 했다.

"이해하지 못하는군요? 저 애는 피부와 눈이 갈색이에요. 저 애한테는 어울리지 않아요…… 그걸 이미 다 생각하고 말하는 거예요."

그가 찾아온 이유를 알게 된 공작 부인은 농담 반 진담 반으로 화를 내며 곧 샤를이 오기 때문에 키티가 머리를 만지는 데 방해되지 않도록, 그리고 레빈도 옷을 갈아입도록 그를 숙소로 보냈다.

"저 애는 근래 아무것도 먹지 않아서 여위었는데, 자네까지 그런 쓸데없는 소리로 저 애를 속상하게 하면 어쩌나." 그녀는 그에게 말했다. "자, 어서 가게, 어서 가."

레빈은 잘못을 저질러 부끄러웠지만 안정된 마음으로 호텔로 돌아왔다. 그의 형과 다리야 알렉산드로브나와 스테판 아르카디치는 몸단장을 마치고, 성상으로 그를 축복하기 위해 기다리고 있었다. 지체할 시간이 없었다. 다리야 알렉산드로브나는 다시 자기 집에 들러 곱슬곱슬하게 한 머리에 포마드 기름을 바른 아들을 데리러 가야만 했다. 그녀의 아들은 마차로 신부와 함께 성상을 가져와야만 했기 때문이다. 그리고 마차 한 대를 신랑 들러리를 위해 보내야만 했고, 세르게이 이바노비치를 데려다줄 마차도 불러야 했다. 생각해야 할 복잡한 일들이 매우 많았다. 그러나 단 한 가지, 의심할 여지없는 사실은 벌써 6시 반이어서 꾸물거리면 안 된다는 것이었다.

성상 축복은 싱겁게 끝났다. 스테판 아르카디치는 희극적이면서도 장엄하게 아내와 나란히 성상을 들고 서서는 레빈에게 바닥에 이마가 닿도록 절을 하라고 이르고, 선량하고도 장난기 어린 미소를 지으며 그에게 세 번 키스했다. 다리야 알렉산드로브나도 그와 똑같이 했다. 그리고 곧바로 서둘러 마차로 출발하려고 했으나 또다시 마차 운행 계획으로 혼란에 빠지고 말았다.

"아니, 그럼 우리 이렇게 하죠. 자네는 우리 마차로 그를 데리러 가고, 세르게이 이바노비치는 좋으신 분이니 거기에 들르셨다가 마차를 다시 돌려보내 주시죠."

"물론, 난 좋아요."

"그럼, 우린 이제 그를 데리고 올게요. 짐은 보냈나?" 스테판 아르카디치가 말했다.

"보냈어." 레빈이 대답했다. 그리고 쿠지마에게 옷을 갈아입을 수 있도록 준비하라고 일렀다.

3

　수많은 사람들, 특히 여자들이 결혼식을 위해 불이 밝혀진 교회를 둘러쌌다. 가운데로 끼어들지 못한 사람들은 밀치기도 하고 다투기도 하고 창살 너머로 들여다보기도 하면서 창문 주위로 몰려들었다.

　20대 이상의 마차가 헌병의 지시에 따라 길가에 배치되었다. 경관 한 명은 추위에도 아랑곳하지 않고 자신의 제복을 빛내며 입구에 서 있었다. 마차들이 쉴 새 없이 아직도 도착하고 있었다. 그리고 때론 꽃 장식을 하고 치맛자락을 들어 올린 귀부인들이, 때론 군모나 검은 모자를 벗어 든 남자들이 교회 안으로 들어갔다. 교회 안에는 이미 양쪽으로 샹들리에 두 개와 성상 앞의 모든 초들이 켜져 있었다. 성상 앞에 장식된 휘장의 붉은 바탕 위의 황금빛 광채, 성상의 황금색 문양, 성상 앞의 은제 샹들리에와 촛대, 바닥의 석판, 양탄자, 성가대석 위의 깃발, 설교대의 계단, 거무스름한 오래된 책들, 사제의 긴 옷, 미사복, 이 모든 것에서 빛이 나고 있었다. 따뜻한 교회의 오른편에는 연미복과 하얀 넥타이, 제복, 두꺼운 옷, 벨벳, 새틴, 머리카락, 꽃, 살이 드러난 어깨와 팔, 목이 긴 장갑의 혼잡 속에서 조심스러우면서도 활발한 대화가 오갔다. 그 소리는 높고 둥근 천장에 기이하게 울렸다. 문이 열리는 소리가 들릴 때마다 들어오는 신랑과 신부를 보려고 기다리는 사람들이 돌아다보았기 때문에 얘기 소리가 끊기곤 했다. 그러나 문은 벌써 열 차례도 더 열렸지만 매번 늦게 도착한 손님들이거나 오른쪽의 초대석에 합류하려는 손님들이었고, 아니면 경관을 속이거나 그의 동정심을 얻어서 왼쪽의 일반 대중석에 끼어드는 여자 구경꾼이었다. 그래서 친척들도 구경꾼들도 모든 기다림의 단계를 거치며 지루해하고 있는 상황이었다.

처음엔 신랑과 신부가 곧 오리라 생각하고 늦어지는 것에 아무런 의미도 부여하지 않던 사람들도 무슨 일이 일어난 건 아닌가 하여 더욱 자주 문 쪽을 힐긋거리며 수군거리기 시작했다. 이제는 그렇게 늦어지는 것이 거북스럽게 느껴지면서, 친척들과 내빈들은 신랑에 대해 생각하지 않고 자기들의 대화에 몰두하는 것처럼 보이려고 애썼다.

부제장 副祭長은 자기 시간의 가치를 상기시키려는 듯 창문 유리가 흔들릴 정도로 성마른 기침을 해댔다. 성가대에서는 가수들의 목소리를 가다듬는 소리도 들리고 기다림에 지쳐 코를 푸는 소리도 들렸다. 사제는 쉴 새 없이 교회지기나 부제[26]를 내보내서 신랑이 도착했는지 어떤지를 알아보게 했다. 그리고 자신도 보라색 제의에 수놓은 띠를 두른 채 신랑을 기다리면서 옆문으로 자주 들락거렸다. 마침내 부인들 가운데서 한 사람이 시계를 들여다보며 이렇게 말했다. "그렇지만 이건 이상한데요." 그러자 내빈들 모두가 불안에 싸여 저마다 놀라움과 불만을 큰 소리로 토로하기 시작했다. 들러리 가운데 한 사람이 무슨 일이 있는지 알아보기 위해 마차를 몰았다. 이미 오래전에 준비가 완전히 끝난 키티는 하얀 드레스에 긴 면사포와 오렌지 꽃 화관을 쓰고 결혼식 대모이자 언니인 르보바와 함께 셰르바츠키네 집의 홀에 서서, 신랑이 교회에 도착했다는 소식을 들러리가 가져오길 기다리며 벌써 30분 이상이나 헛되이 창문을 바라보고 있었다.

그 동안에 레빈은 조끼도 연미복도 입지 않은 채 바지만 입고, 줄곧 방문 밖으로 고개를 내밀거나 복도를 둘러보며 방 안을 이리저리 돌아다녔다. 그러나 복도에는 그가 기다리는 사람은 보이지 않았다. 그래서 그는 절망적인 기분으로 되돌아와서는 손사래를 치며, 편안하게 담배를 피우고 있는 스테판 아르카디치에게 말했다.

"이런 끔찍하고 멍청한 입장에 빠진 사람이 또 있을까!" 그는 말했다.

---

26 부제품을 받은 성직자로, 사제를 도와 강론, 성체 분배 등을 집행한다.

“그래, 어처구니가 없군.” 스테판 아르카디치는 위로하듯 미소를 지으며 맞장구를 쳤다. “하지만 진정하게, 곧 가져올 테니.”

“아니, 어떻게 이런 일이 생기는 거야.” 레빈은 폭발할 것만 같은 화를 억누르며 이렇게 말했다. “그리고 이 앞이 벌어진 멍청한 조끼는 뭐야! 참을 수가 없어!” 그는 구겨진 셔츠의 가슴 부분을 보며 말했다. “그런데 벌써 내 짐을 기차역으로 가져가버렸으면 어쩌지!” 그는 절망적으로 외쳤다.

“그러면 내 옷을 입으면 되지.”

“그래, 벌써 그렇게 했어야 했어.”

“우스꽝스러우면 안 되지……. 좀 더 기다려 봐! **잘될 거야.**”

사실은 이러했다. 레빈이 옷을 갈아입으려고 늙은 하인인 쿠지마에게 지시하여 연미복과 조끼와 그 밖에 필요한 것을 가져왔는데 그때 문제가 생겼다.

“셔츠는?” 레빈이 소리쳤다.

“셔츠는 입고 계시는데요.” 쿠지마는 침착한 미소를 지으며 대답했다.

결혼식을 마친 후, 오늘 저녁에 신랑 신부는 셰르비츠키네 집에서 앞으로 살게 될 시골로 출발하려고 했기 때문에 셔츠를 남겨 두어야 한다는 생각을 미처 못한 쿠지마는 연미복만 제외하고는 지시대로 모든 짐을 꾸려 셰르바츠키네 집으로 보냈던 것이다. 아침부터 입고 있던 셔츠는 구겨져서 요즘 유행하는 앞이 트인 조끼를 입을 수가 없었다. 셰르바츠키네 집으로 사람을 보내기에는 거리가 너무 멀었다. 그래서 새 셔츠를 사러 사람을 보냈으나 하인은 일요일이라 어디를 가도 모두들 문을 닫았다며 그냥 되돌아왔다. 스테판 아르카디치의 집으로 사람을 보내서 셔츠를 가지고 왔는데 그것도 품이 크고 짧아서 입을 수가 없었다. 결국은 셰르바츠키네 집으로 사람을 보내서 짐을 풀도록 지시했다. 교회에서는 모두들 신랑을 기다리고, 그는 마치 우리 안에 갇힌 짐승처럼 복도를 내다보기도 하고 두려움과 절망이 뒤섞인 기분으로 자기가 키티에게 지껄여댔던 말과 그녀가 지금 무슨 생각을 할지 떠올리며 방 안을 이리저리 서성거렸다.

드디어 실수를 저지른 쿠지마가 숨을 몰아쉬며 셔츠를 들고 방 안으로 뛰어 들어왔다.

"간신히 찾았습니다. 마차에 싣고 있는 중이었지 뭡니까." 쿠지마가 말했다.

3분 후, 상처를 자극하지 않기 위해 시계도 보지 않고 레빈은 복도를 뛰어갔다.

"뛴다고 도움이 되진 않아." 스테판 아르카디치는 미소를 머금은 채 서두르지 않고 그의 뒤를 따르며 말했다. **"잘될 거야. 잘될 거라고**…….내 말 이 맞을 거네."

4

"왔어요!" "저기 신랑이에요!" "어느 분이요?" "좀 더 젊은 사람이요?" "그런데 여자 쪽은 산 사람인지, 죽은 사람인지 모르겠네요!" 레빈이 입구에서 신부를 맞이하여 같이 교회 안으로 들어서자 군중 속에서 수군거리기 시작했다.

스테판 아르가디치는 왜 늦었는지 아내한테 이야기했다. 그러자 내빈들은 웃으며 자기들끼리 수군거렸다. 레빈은 아무것도, 아무도 보이지 않았다. 그는 신부에게서 눈을 떼지 못하고 바라보고만 있었다.

모두들 그녀가 요즘 매우 수척해져서 화관을 얹고 있는 모습이 평소보다 예쁘지 않다고 말했다. 그러나 레빈은 그렇게 생각하지 않았다. 그는 길고 하얀 베일 속에 흰 꽃으로 장식하여 높이 틀어 올린 그녀의 머리, 특히 처녀답게 긴 목의 양옆 부분은 감추고 앞쪽을 드러낸 높게 주름 잡은 깃, 유달리 가는 허리를 바라보았다. 그에게는 그녀가 그 어느 때보다도 아름다워 보였다. 그것은 꽃과 면사포와 파리에서 주문해온 드레스가 그녀의 아름다움을 더해주었기 때문이 아니라, 인위적인 의상의 화사함에도 불구하고 그녀의 사랑스러운 얼굴과 그녀의 시선과 그녀의 입술에 나타난 표정이 여전히 그녀 특유의 순수한 진실함을 담고 있었기 때문이었다.

"난 당신이 도망치려고 하는 줄 알았어요." 그녀는 그에게 이렇게 말하며 방긋 웃었다.

"어이없는 일이 있었어요. 말하기도 부끄럽군요!" 그는 얼굴을 붉히며 말했다. 그는 옆으로 다가온 세르게이 아바노비치 쪽을 돌아봐야만 했다.

"셔츠 얘기는 정말 대단해!" 세르게이 이바노비치는 고개를 내저으며 웃음을 머금고 말했다.

"네, 그래요." 레빈은 그에게 무슨 말을 하고 있는지도 모르면서 이렇게 대답했다.

"그런데 코스챠, 이제 결정해야 해." 스테판 아르카디치가 깜짝 놀란 듯한 시늉을 해 보이며 말했다. "중요한 문제야. 바로 지금 자네는 그 문제의 중요성을 평가할 상황에 놓인 거야. 쓰던 양초를 켤지, 아니면 새 양초를 켤지 나한테 물어보더군. 차이는 10루블이야." 그는 입술에 잔득 웃음을 머금고 이렇게 덧붙였다. "난 결정했어. 그런데 자네가 동의해주지 않을까 봐 염려되는데."

레빈은 그것이 농담이란 것을 알았다. 그러나 웃을 수는 없었다.

"그러니 어찌할까? 새것으로 할까, 쓰던 것으로 할까? 그게 문제거든."

"그래, 그래! 새것으로 해야지."

"그래, 기쁘군! 문제가 해결되었네!" 스테판 아르카디치는 웃으며 말했다. "하지만 이런 경우에 사람들은 정말 멍청이가 되거든." 레빈이 어찌할 바를 몰라 힐긋 그를 보고는 신부 쪽으로 움직이자 그는 치리코프한테 말했다.

"잘 봐요, 키티! 당신이 양탄자를 먼저 밟아야 해요. 그래야 가정에서 주도권을 당신이 쥐지요." 노르드스톤 백작 부인이 키티에게 다가오며 말했다. "당신도 멋지시군요!" 그녀는 레빈을 향해 말했다.

"어때, 두렵지 않니?" 늙은 친척 아주머니 마리야 드미트리예브나가 말했다.

"춥지 않니? 창백하구나. 잠깐만 숙여 봐!" 키티의 언니 르보바가 말했다. 그리고 미소 띤 얼굴로 자신의 통통한 예쁜 손을 동그랗게 한 뒤, 그녀의 머리 위에 있는 꽃을 고쳐주었다.

돌리는 옆으로 다가와서 무언가 말하려고 했으나, 차마 말을 잇지 못하고 울음을 터트렸다가 금방 웃고 말았다.

키티도 레빈과 마찬가지로 정신없는 눈빛으로 내빈들을 바라보았다. 사람들이 자기에게 건네는 말에 그녀는 그저 행복한 미소로 답할 뿐이었다. 그 미소는 이제 그녀에게 지극히 자연스러웠다.

그러는 가운데 교회지기들은 법의를 입고 사제는 부제와 함께 교회 계단참에 놓인 독경대로 나왔다. 사제는 무언가 말한 뒤에 레빈을 돌아보았다. 레빈은 사제가 말한 것을 잘 알아듣지 못했다.

"신부의 손을 잡고 이끌어 나가세요." 들러리가 레빈에게 말했다.

레빈은 한참 동안 자기한테 무엇을 요구하는지 이해할 수 없었다. 사람들은 그를 바로잡아주려고 하다가 그냥 내버려두었다. 왜냐하면 그는 매번 딴 손을 내놓거나 다른 손을 잡았기 때문이었다. 마침내 그는 위치를 바꾸지 않고 오른손으로 신부의 오른손을 잡아야 한다는 것을 깨달았다. 그리고 그가 신부의 손을 제대로 잡자, 사제는 그들 앞으로 몇 걸음 걸어 나와서 독경대 옆에 멈추었다. 가족들과 지인들은 웅성거리면서 치맛자락 스치는 소리를 내며 그들의 뒤를 따라갔다. 누군가가 허리를 구부리고 신부의 치맛자락을 바로잡아주었다. 교회 안은 너무도 고요해서 촛농 떨어지는 소리가 들릴 정도였다.

둥근 사제모를 쓴 늙은 사제는 귓바퀴 뒤에서 둘로 갈라진 은백색의 머리채를 반짝이며 등에 황금색 십자가가 달린 무거운 은빛 제의 밖으로 자그마한 늙은 손을 내밀어 독경대 옆에서 무언가를 뒤적거렸다.

스테판 아르카디치는 조심스럽게 그에게 다가가서 무언가 속삭이고 레빈한테 눈짓을 하고는 다시 제자리로 돌아왔다.

사제는 꽃으로 꾸며진 두 개의 초에 불을 붙인 뒤, 천천히 촛농이 떨어지도록 왼손으로 비스듬히 들어 신랑 신부 쪽으로 얼굴을 돌렸다. 사제는 레빈의 고해성사를 들은 바로 그 사람이었다. 사제는 피곤하고 우울한 시선으로 신랑 신부를 바라보며 깊은 한숨을 쉬었다. 그러고는 제의 밖으로 오른손을 내밀어 신랑을 축복하고 마찬가지로, 하지만 긴장된 부드러움으로 모은 손가락을 고개 숙인 키티의 머리 위에 얹었다. 그런 다음 그는 그들에게 양초를 건네주고는 향로를 들고 천천히 그들에게서 물러섰다.

'정말 이게 생시일까?' 레빈은 이렇게 생각하며 신부를 돌아보았다. 그에게 그녀의 옆모습이 약간 아래로 내려다보였다. 그는 희미히게 보이는 그녀의 입술과 속눈썹의 움직임으로 그녀가 자기의 시선을 느끼고 있다는 것을 알았다. 그녀는 돌아보지 않았지만, 앙증맞은 장밋빛 귀까지 높게 올라간 주름 잡힌 높은 깃이 움직였다. 그는 그녀의 가슴속에서 숨이 멎고 긴 장갑을 낀, 촛불을 들고 있는 작은 손이 떨리는 것을 보았다.

셔츠와 지각 소동, 친지며 친척들과의 대화, 그들의 불만, 그의 우스꽝스러운 처지, 그 모든 것이 갑자기 사라져버리면서 그는 기쁘기도 했지만 다른 한편으론 두려운 기분이 들었다.

은색 제의에 곱슬머리를 빗어 양쪽으로 갈라 붙인 잘생기고 키가 큰 부제는 힘차게 앞으로 나와서 익숙한 동작으로 영대領帶

를 두 손가락으로 들어 올리고 사제와 마주보고 섰다.

"축—복—하—소—서, 주님." 장엄한 목소리가 천천히 공기 속에 울려 퍼졌다.

"우리 하느님은 언제나 찬양을 받으시는도다. 지금도, 언제나, 영원히." 노사제가 독경대 위에서 무언가 계속 뒤적거리며 평안하게 노래하듯 대답했다. 그러자 눈에 보이지 않는 성가대의 화음이 창문에서 둥근 천장까지 교회 전체에 가득 울려 퍼지면서 조화롭고도 높게 솟아오르며 강해지다가 순간 멈추고는 조용히 사라졌다.

언제나처럼 하늘의 평화와 구원을 위해, 시노드[27]를 위해, 황제를 위해 기도했다. 그리고 오늘 결혼하는 하느님의 종인 콘스탄틴과 예카테리나를 위해 기도했다.

"오, 하느님, 이 두 사람에게 보다 완전한 사랑과 평화와 구원을 내려주시기를 간구하나이다." 부제의 목소리에 교회 전체가 호흡하는 듯했다.

레빈은 그 말을 들으며 깊은 감동을 받았다. '사람들은 어떻게 깨달은 거지? 구원, 바로 구원을 말이야.' 그는 근래 자기를 괴롭혔던 의혹과 공포를 기억해 내며 생각했다. '난 무엇을 알고 있는 건가? 이런 무서운 일에서 무엇을 할 수 있을까?' 그는 생

---

27 영어로도 시노드(synod)라고 하며, 주교 관할권 하에 있는 교리, 규율, 전례의 문제를 토의하고 결정하기 위해 교회의 권위 하에 열리는 교회 회의를 말한다.

각했다. '구원이 없다면? 바로 지금, 내게 무엇보다 필요한 건 구원이다.'

부제가 기도문을 다 읽고 나자, 사제는 책을 들고 신랑과 신부 쪽으로 얼굴을 돌렸다.

"떨어져 있던 두 사람을 하나로 합치는 영원하신 하느님!" 그는 부드럽게 노래하는 듯한 목소리로 읽었다. "사랑의 결합을 떼어놓을 수 없을지니, 이삭과 리브가에게 축복을 내리시고 당신의 서약의 상속자로 보여주셨으니, 당신의 종 콘스탄틴과 예카테리나에게 은총을 내리시고 이들을 선한 길로 인도하소서. 당신은 자애롭고 인간을 사랑하시니 성부와 성자와 성신의 이름으로 당신에게 영광을 비옵나이다. 아멘." 또다시 눈에 보이지 않는 성가대의 합창이 교회 안에 울려 퍼졌다.

'떨어져 있던 두 사람을 하나로 합치시고 사랑의 결합을 맺어주시니, 이 얼마나 뜻깊은 일인가! 지금 이 순간 느껴지는 감정과 얼마나 잘 어울리는 말인가!' 레빈은 생각했다. '그녀도 나와 같은 기분일까?'

그리고 돌아본 순간, 그는 그녀의 시선과 마주쳤다.

그는 그 눈빛을 통해 그녀도 자기와 똑같은 느낌을 받고 있다고 생각했다. 그러나 그의 생각이 틀렸다. 그녀는 기도문을 거의 이해하지 못했을 뿐만 아니라 의식이 진행되는 동안 그 말을 듣고 있지도 않았다. 그녀는 귀를 기울여 들을 수도, 이해할 수도 없었다. 그녀의 마음 가득 점점 더 강해져만 가는 하나의 감정이 있었던 것이다. 그 감정이라는 것은 벌써 한 달 반 전부터 그녀의 마음속에서 형성되어, 지난 6주 내내 그녀를 기쁘게도 하고 괴롭게도 하더니 이제야 완전히 이루어졌다는 기쁨의 감정이었다. 그녀가 황갈색 옷을 입고 아르바트에 있는 집의 홀에서 말없이 그에게 다가가 마음을 맡겼던 그날, 그녀의 마음속에는 그날 이전의 모든 삶과 완전한 이별을 하면서 전혀 새롭고 색다른 미지의 삶이 시작된 것이다. 그런데 현실적으로는 여전히 예전의 삶이 지속되고 있었다. 그녀에게 있어서 지난 6주 동안은 가장 행복하면서도 가장 괴로웠던 시간이었다. 그녀의 모든 삶, 욕구, 희망은 그녀로서는 아직 이해하기 힘든 이 한 사람에게 집중되어 있었다. 그 사람과 그녀를 연결하고 있는 것은 그 사람 자체보다도 한층 더 이해할 수 없는, 때론 가까워지는 듯하다가도 때론 밀어내는 것 같은 감정이었다. 그리고 그와 동시에 그녀는 여전히 예전의 생활 조건 속에서 살아가고 있었다. 그녀는 예전과 똑같은 생활을 하면서 자기 자신에 대해, 자기의 모든 과거에 대해 극복할 수 없는 완전한 무관심에 경악을 금치 못했다. 즉, 그녀의 옛 물건들, 습관들, 자기를 사랑했고 자기가 사랑했던 사람들, 그녀의 무관심을 슬퍼하는 어머니, 이 세상에서 누구보다 사랑하는 다정한 아버지에게 무관심해진 자신이 두려웠다. 그녀는 때론 이 무관심에 기겁하기도 하고, 때론 자기가 무관심해지는 것에 대해 기뻐하기도 했다. 그녀는 그 사람과의 삶 외에는 아무것도 생각할 수도 바랄 수도 없었다. 그러나 그 새로운 삶이라는 건 아직 없었고, 그것에 대한 분명한 그림조차 상상할 수 없었다. 단 하나의 기대, 즉 그것은 새로운 미지에 대한 두려움과 기쁨이었다. 그런데 이제는 그런 기대도, 미지도, 예전 삶과의 이별에 대한 아쉬움도, 모두 끝나고 새로운 삶이 시작되는 것이었다. 그러나 이 새로운 것은 미지라는 점에서 두렵지 않을 수 없었다. 하지만 두렵든지 두렵지 않든지, 그것은 이미 6주 전에 그녀의 마음속에서 완성되었고, 지금은 이미 오래전 그녀의 마음속에서 형성된 것을 신성시할 뿐이었다.

사제는 다시 독경대 쪽으로 돌아와서 키티의 조그마한 반지를 간신히 집어 들고 레빈에게 손을 달라고 하여 그의 손가락 첫마디에 끼워주었다.

"하느님의 종 콘스탄틴과 하느님의 종 예카테리나는 하나가 되었도다." 그리고 사제는 키디의 여리고 작은 장밋빛 손가락에 커다란 반지를 끼워주고는 똑같은 말을 되풀이했다.

신랑 신부는 몇 번이나 무엇을 해야 할지 가늠해보려고 했지만 매번 실수를 해서 사제가 귓속말로 바로잡아주었다. 마침내 해야 할 일을 모두 마치고 사제는 그들에게 반지로 성호를 그은 다음, 다시 키티에게 커다란 반지를 레빈에게는 작은 반지를 건네주었다. 그런데 그들은 또다시 혼동하여 두 번이나 반지를 손에서 손으로 건넸지만, 역시 제대로 하지 못했다.

돌리와 치리코프와 스테판 아르카디치가 바로잡아주려고 앞으로 나갔다. 주위가 술렁거리고, 수군거리는 소리와 웃는 소리가 들렸다. 그래도 신랑 신부의 감동에 찬 엄숙한 표정은 변함이 없었다. 오히려 그 반대로, 손이 실수로 얽히면서 그들은 전보다 더 진지하고 엄숙한 눈빛으로 서로를 바라보았다. 그래서 스테판 아르카디치가 이제는 서로 자기의 반지를 끼라고 속삭이며 미소를 지었을 때, 그 미소가 저절로 입에서 얼어붙었다. 지금은 그 어떤 미소라도 그들을 모욕하는 게 될 것 같은 느낌이 들었던 것이다.

"하느님이시여, 당신은 태초에 남자와 여자를 창조하셨습니다." 사제는 반지를 교환한 뒤에 낭송했다. "당신에 의해 아내는 남편을 돕고, 인간의 출산을 위해 남편과 결합하였습니다. 우리 주 하느님이시여, 당신의 유산과 당신의 성약을 위해, 당신의 종인 우리 아버지들을 위해, 그리고 당신이 선택하신 모든 대대의 후손에게 진리를 보내셨나니, 당신의 종 콘스탄틴과 예카테리나를 보살피시어 그들의 결혼을 믿음과 화합과 진리와 사랑으로 굳건하게 하소서."

레빈은 결혼에 대한 자신의 온갖 생각들, 생활을 어떻게 꾸려 나갈지에 대한 자신의 공상, 이 모든 것이 어린아이의 장난 같다고 생각했다. 그리고 지금까지 그가 무엇인지 이해 못하고 있고, 지금 자기에게 이루어지고 있는데도 오히려 한층 더 이해 못하는 무언가를 깨닫고 있었다. 그의 가슴은 점점 더 강하게 전율에 휩싸였고, 억제할 수 없는 눈물이 솟구쳤다.

5

교회 안에는 모스크바 전체, 즉 친척들과 친지들이 모두 모여 있었다. 그리고 결혼식이 진행되는 동안 교회의 환한 불빛 속에서 성장을 한 부인들, 처녀들, 하얀 넥타이에 연미복 혹은 제복 차림을 한 신사들이 점잖고 조용하게 서로 얘기를 나누었다. 그러나 얘기는 주로 남자들의 몫이었고, 여자들은 언제나 마음에 감동을 주는 성스러운 의식을 유심히 넋을 잃고 관찰하고 있었다.

신부와 가장 가까운 무리 가운데에는 그녀의 두 언니가 있었다. 큰언니인 돌리와 외국에서 돌아온 차분하고 아름다운 르보바였다

"마리는 왜 결혼식에서 검정색처럼 보이는 자주색 옷을 입었을까요?" 코르순스카야 부인이 말했다.

"얼굴색에 맞춰서 그래요. 유일한 구원의 색이지요……." 드루베츠카야 부인이 대답했다. "그런데 결혼식을 저녁에 해서 놀

랐어요. 장사꾼들이 그렇게 하지요⋯⋯."

"더 아름답게 보이잖아요. 나도 저녁에 했는걸요." 코르순스 카야 부인이 대답했다. 그녀는 그날 자기가 얼마나 귀여웠는지, 남편은 얼마나 우스꽝스러울 정도로 자기에게 반했었는지를 떠올렸다. 하지만 지금은 그렇지 않은 것을 떠올리며 이내 한숨을 내쉬었다.

"열 번 이상 들러리를 선 사람은 결혼을 못한다던데요. 열 번을 채우려고 했는데 자리를 빼앗겼네요." 시냐빈 백작은 자기한테 마음을 두고 있는 아름다운 챠르스카야 공작 영애에게 말했다.

챠르스카야는 그저 미소로 그에게 답할 뿐이었다. 그녀는 언제 어디서 시냐빈 백작과 함께 자기도 키티와 같은 위치에 서게 될지, 그때가 되면 그에게 어떻게 지금의 농담을 상기시켜줄지를 생각하며 키티를 바라보고 있었다.

셰르바츠키는 늙은 여관女官 니콜라예바에게 키티가 행복해지도록 자기가 그녀의 올린 머리 위에 화관을 씌워줄 작정이라고 말했다.

"올린 머리까지 할 필요는 없는데." 니콜라예바는 이렇게 말했다. 그녀는 자기가 붙잡은 늙은 홀아비가 자기와 결혼하게 된다면 결혼식은 지극히 간단하게 올릴 거라고 오래전부터 마음먹고 있던 터였다. "난 이런 요란스러운 게 싫어요."

세르게이 이바노비치는 다리야 드미트리예브나와 대화를 하면서, 결혼 후에 신혼부부가 여행을 가는 풍습이 확산되는 것은 그들이 언제나 약간은 부끄러워하기 때문일 거라며 농담을 섞어 단언했다.

"당신의 동생은 아마 자랑스러울 거예요. 키티는 놀라울 정도로 사랑스러워요. 당신이 부러워하실 것 같은데요."

"난 이미 그런 시절을 넘겼는걸요, 다리야 드미트리예브나." 그는 대답했다. 그러나 그의 얼굴에는 뜻밖에도 침울하고 굳은 표정이 나타났다.

스테판 아르카디치는 처제에게 이혼에 대한 신소리를 하고 있었다.

"화관을 고쳐줘야겠네요." 그녀는 그의 말을 듣지도 않고 대답했다.

"너무 야위었어요, 안타깝네요." 노르드스톤 백작 부위이 르보바에게 말했다. "그래도 신랑이 신부의 발뒤꿈치에도 못 미치는군요. 그렇죠?"

"아니요, 난 신랑이 아주 마음에 드는걸요. 이건 저분이 동생의 남편이 돼서 하는 말이 아니에요." 르보바가 대답했다. "사태가 정말 훌륭하잖아요! 이런 상황에서 훌륭한 자태를 유지하는 건 정말 어려운 일이에요. 조금도 우스꽝스럽게 보이지 않잖아요. 저분은 우스꽝스러워 보이지도 경직되어 보이지도 않고, 감격스러워 하고 있는 게 보여요."

"당신은 이렇게 되기를 기다렸나 보군요."

"거의 그래요. 저 애는 늘 저분을 사랑했거든요."

"자, 누가 먼저 양탄자를 밟는지 봅시다. 키티에게 조언은 했는데."

"마찬가지예요." 르보바가 대답했다. "우리는 모두 순종적인 아내예요. 우리는 그렇게 타고난걸요."

"아, 난 바실리보다 일부러 먼저 양탄자를 밟았는데요. 돌리, 당신은요?"

돌리는 그들의 옆에 서서 이야기를 듣고 있었으나 대답은 하지 않았다. 그녀는 깊이 감동받고 있었다. 그녀의 눈에는 눈물이 글썽였다. 그녀는 울어버리지 않고는 아무런 말도 할 수 없을 것 같았다. 그녀는 키티와 레빈의 결혼을 기뻐하고 있었다. 그녀는 자기의 결혼식을 회상하며 스테판 아르카디치의 환한 모습을 바라보았다. 그녀는 현재의 일은 모두 잊고 자기의 순수했던 첫사랑만을 떠올렸다. 그녀는 자기 일 하나만이 아닌 자기에게 가까운 친구들이며 지인들까지 모든 여자들을 떠올렸다. 그녀는 오늘 키티처럼 모두들 화관을 쓰고 서서 마음속에 사랑과 희망과 두려움을 안고 과거를 뒤로 한 채 신비한 미래로 들어서던, 일생에 단 한 번뿐인 엄숙한 그 순간의 그녀들을 떠올렸다. 그녀는 기억에 떠오른 수많은 신부들 가운데에서 최근에서야 이혼에 관한 추측을 자세히 듣게 된 사랑스러운 안나의 모습도 떠올렸다. 그녀도 역시 오렌지 꽃과 베일에 싸인 순결한 모습으로 서 있었다. 그런데 지금은 어떤가?

'정말로 이상한 일이야.' 그녀는 혼자 중얼거렸다.

이 신성한 의식을 지켜본 사람은 언니들이나 친구들이나 친척들만이 아니었다. 아무 상관없는 여자 구경꾼들도 들떠서는 숨을 죽인 채 신랑 신부의 움직임과 표정을 하나라도 놓치지 않으려고 뚫어지게 바라보고 있었다. 그녀들은 농담하거나 상관없는 말을 하는 무관심한 남자들의 얘기에 귀찮다는 듯 대답도 하지 않고 때로는 들으려고도 하지 않았다.

"신부의 눈은 왜 저렇게 부은 거야? 마음에 없는 결혼을 하는 건가?"

"저렇게 훌륭한 사람에게 시집가는데 싫을 리가 있겠어요? 신랑이 공작이라고 했지요?"

"저 하얀 공단 드레스를 입은 여자가 언니죠? 좀 들어 봐요. 부제기 '남편을 공경할지니'라고 말하네요.."

"츄도프 수도원 사람들인가요?"

"종무원 사람들이래요."

"내가 하인한테 물어봤더니 곧 자기 영지로 데려간다는군요. 굉장한 부자라나 봐요. 그래서 시집을 보내는 거지요."

"그래도 잘 어울리는 한 쌍이에요."

"참, 마리야 블라시예브나, 당신은 크리놀린[28]을 헐렁하게 입어야 한다고 그랬죠? 하지만 저기 적갈색 옷을 입은 분을 봐요.

---

28 스커트를 부풀게 하기 위해 뻣뻣한 천으로 만든 페티코트

대사 부인이라고 하던데, 어떻게 입었는지……. 저렇게도 입었
잖아요."

"신부가 너무 귀엽군요. 예쁘게 꾸며놓은 어린 양 같아요! 뭐
라고 해도 우리의 자매가 참 안됐어요."

교회 안으로 들어오는 데 성공한 여자 구경꾼들 사이에서 이
런 얘기가 오갔다.

6

결혼식이 끝나고 교회지기가 교회의 한가운데 있는 성서대 앞에 장밋빛 비단을 깔았고, 성가대는 베이스와 테너가 서로 번갈아 가며 노래하는 기교적이고 복잡한 성가를 부르기 시작했다. 그러자 사제는 돌아보며 신혼부부에게 앞에 펼쳐진 장밋빛 비단을 가리켰다. 먼저 비단을 밟는 사람이 가정에서 주도권을 잡게 된다는 징크스에 대해 수차례 들어왔지만, 레빈도 키티도 몇 걸음 내딛으면서도 그것을 기억하고 있을 여유가 없었다. 한편에서는 남자가 먼저 밟았다고 하고 또 다른 한편에서는 누 사람이 동시에 밟았다고 큰 소리로 언쟁했으나, 그 소리가 그들의 귀에는 들어오지 않았다.

그들이 결혼하기를 바라고 있는지, 또 다른 사람과 결혼을 약속한 사실은 없는지에 대한 일상적인 질문과 그 자신에게도 이상하게 들리던 대답이 끝난 후 새로운 예배가 시작됐다. 키티는 의미를 이해하려고 기도문에 귀를 기울였으나 도무지 이해할 수가 없었다. 예식이 진행되어 감에 따라 장엄하고도 신선한 기쁨의 감정이 점점 더 강하게 그녀의 마음에 넘치며 그녀의 주의력을 빼앗아버렸다.

'이들에게 정절과 모태의 열매를 주시옵소서. 이들에게 아들과 딸을 보는 기쁨을 누리게 하소서.' 기도문이 낭송되었다. 그리고 하느님이 아담의 갈비뼈로 아내를 만드셨다는 말과 '이런 이유로 사람은 부모를 떠나 아내와 결합하여 두 사람이 한 몸을 이룰지니'라는 말과 '그 비밀은 위대하다'라는 말도 언급되었다. 그리고 또 하느님이 이들에게 이삭과 리브가, 요셉, 모세, 십보라에게 주신 것처럼 다산과 축복을 내리시기를, 이들이 아들들의 아들들도 볼 수 있도록 해주시길 기도했다. '모든 게 너무도 훌륭해.' 키티는 그 말을 들으며 생각했다. '정말 모든 게 그대로 이루어지게 될 거야.' 그러자 기쁨의 미소가 그녀의 환한 얼굴에 떠올랐고, 그녀를 보고 있던 모든 사람들에게도 무의식중에 전해졌다.

"씌워주세요!" 사제가 그들에게 관을 씌워주었을 때 이런 소리가 들렸다. 그래서 셰르바츠키는 단추가 세 개 달린 장갑을 낀 손을 떨며 그녀의 머리 위로 높이 관을 받들었다.

"씌워주세요." 그녀는 미소를 지으며 속삭였다.

레빈은 그녀를 돌아보고는 그녀의 얼굴에 깃들인 기쁨의 빛에 깊은 감동을 받았다. 그리고 그녀의 감정은 어느새 그에게로 옮아갔다. 그도 그녀와 같이 밝고 즐거운 기분이 되었다.

두 사람은 사도행전의 낭독을 듣는 것도, 일반 구경꾼들이 초조하게 기다리던 시편을 마지막으로 낭독하는 부제의 커다란 목소리를 듣는 것도 모두 즐거웠다. 그들은 물을 섞은 따듯한 적포도주를 즐겁게 마셨고, '이사야여, 환호하라.' 하고 베이스가 장엄하게 노래하는 가운데 사제가 제의의 앞자락을 걷어 올리며 그들의 양손을 잡고 성서대 주의로 이끌자 한층 더 즐거웠다. 관을 들고 있던 셰르바츠키와 치리코프도 한가득 웃음을 머금고 기뻐하면서 신부의 치맛자락에 걸리기도 하고, 사제가 발을 멈출 때마다 신랑 신부 뒤로 물러서거나 부딪치기도 했다. 키티에게서 타오르던 기쁨의 불꽃이 교회 안의 모든 사람들에게 옮아간 것 같았다. 레빈에게는 사제도 부제도 자기와 마찬가지로 웃고 싶어 하는 것처럼 보였다.

사제는 그들의 머리에서 관을 벗기고 마지막 기도문을 읽고는 젊은 두 사람을 축복했다. 레빈은 키티를 흘끔 쳐다보았다. 그는 이제까지 한 번도 그녀의 그런 모습을 본 적이 없었다. 그녀의 얼굴에 나타난 새로운 행복의 빛으로 그녀는 너무도 아름다웠다. 그는 그녀에게 무언가 말하고 싶었으나 식이 끝났는지 알 수 없었다. 그때 사제가 그를 구해주었다. 그는 입가에 선한 미소를 머금고 조용히 말했다. "아내에게 키스하세요. 그리고 당신은 남편에게 키스하세요." 그리고 그들의 손에서 초를 받았다.

레빈은 그녀의 미소를 머금은 입술에 조심스럽게 입을 맞추고 그녀에게 손을 내밀었다. 그리고 새로우면서도 이상하게 서로 가까워진 느낌을 받으면서 교회를 나섰다. 그는 이런 사실이 믿기지 않았다. 아니, 믿을 수가 없었다. 그들의 놀란 듯하면서도 수줍은 눈빛이 마주쳤을 때, 비로소 그는 그것을 믿었다. 하나가 되었다는 것을 느꼈기 때문이었다.

그날 밤 만찬이 끝난 후, 두 젊은이는 시골로 떠났다.

7

브론스키와 안나는 벌써 석 달째 함께 유럽을 여행하고 있었다. 그들은 베니스, 로마, 나폴리를 돌아다니다가 얼마간 머무를 계획으로 이탈리아의 작은 도시에 막 도착했다.

숱 많은 머리카락에 포마드를 발라 목덜미에서부터 가르마를 타고 연미복 차림에 넓은 가슴이 두드러진 흰색 아마포 와이셔츠를 입고 불룩한 배 위로 시곗줄을 늘어뜨린 잘생긴 급사장은 양손을 주머니에 넣은 채 경멸하는 듯한 눈을 가늘게 뜨고, 거기에 서 있는 신사에게 제법 엄숙한 어조로 뭐라고 대답하고 있었다. 급사장은 입구의 다른 쪽에서 층계를 올라오는 발소리를 듣고 돌아보았다. 그리고 그 호텔에서 가장 좋은 방을 차지하고 있는 러시아인 백작을 보자 주머니에서 손을 빼고 정중하게 허리를 굽혀 인사하고는, 급사가 다녀갔는데 팔라초(저택) 임대 건이 성사되었음을 알려왔다고 보고했다. 책임자가 그 계약에 서명할 준비가 되어 있다고 했다.

"아, 잘됐군." 브론스키가 말했다. "마님은 안에 계시나, 아니면 어디 나가셨나?"

"산책하러 나가셨다가 이제 돌아오셨습니다." 급사장이 대답했다.

브론스키는 머리에서 챙이 넓은 부드러운 모자를 벗고 손수건으로 땀에 젖은 이마와 뒤로 빗어 넘겨 대머리를 가린, 귀 중간까지 내려온 머리를 닦았다. 그리고 여전히 서서 자기를 지켜보고 있는 신사를 무심히 쳐다보고는 지나치려고 했다.

"저분도 러시아 분이신데 당신에 대해 물었습니다." 지배인이 말했다.

어디를 가든 아는 사람들에게서 벗어날 수 없다는 짜증스러운 기분과 단조로운 생활에서 벗어나기 위해 위안거리를 찾고자 하는 희망이 뒤섞인 기분으로, 브론스키는 물러서서 멈춰 선 그 신사를 다시 한 번 돌아보았다. 그러자 그와 동시에 두 사람의 눈이 환하게 빛났다.

"골레니셰프!"

"브론스키!"

그는 바로 귀족 유년학교 시절의 친구인 골레니셰프였다. 골레니셰프는 학창 시절에 자유파에 속해 있었고, 문관으로 학교를 졸업한 후에 어디서도 근무하지 않았다. 두 사람은 학교를 졸업하면서 완전히 헤어졌고, 그 후로 한 번 만난 게 전부일 뿐이었다.

그 당시 만남에서, 브론스키는 골레니셰프가 무언가 고상한 자유주의 활동을 선택했고 그로 인해 자기의 직업과 지위를 얕보려고 한다는 사실을 깨달았다. 그래서 브론스키는 골레니셰프를 만났을 때, 사람들에게 하던 냉정하고 오만한 태도를 취했다. 그 태도의 의미는 이런 것이었다. '내 생활방식이 당신들의 마음에 들든지 말든지 난 전혀 상관하지 않습니다. 만약 나를 알고 싶다면 당신들은 나를 존중해야만 합니다.' 골레니셰프도 브론스키의 이러한 태도에 대해 무시하는 듯한 냉정한 태도를 보였다. 그 만남은 어쩌면 그들을 더욱 멀어지게 만든 것 같았다. 그런데 지금 그들은 서로를 알아보고는 얼굴을 빛내며 기쁨으로 함성을 질렀던 것이다. 브론스키는 골레니셰프를 만난 게 기쁠 것이라고는 전혀 예상치 못했다. 그러나 그는 분명 자신이 얼마나 무료해하고 있었는지 스스로 깨닫지 못하고 있었던 것이다. 그는 지난번에 만났을 때의 불쾌한 인상도 잊어버린 채 한껏 기쁜 얼굴로 옛 친구에게 손을 내밀었다. 그러자 골레니셰프의 얼굴에 나타났던 불안한 표정도 기쁨의 표정으로 바뀌었다.

"자네를 만나게 돼서 얼마나 기쁜지 모르겠네!" 브론스키는 우정 어린 미소를 머금고 튼튼하고 하얀 이를 드러내 보이며 말했다.

"나도 브론스키라는 이름을 들었을 때, 어느 브론스키를 말하는 건지 몰랐네. 정말로 반갑네."

"자, 들어가세. 자네는 뭐하나?"

"난 벌써 2년째 여기서 살지. 사업을 하고 있네."

"아!" 브론스키는 관심을 가지고 말했다. "자, 들어가세."

그리고 그들은 러시아 사람들의 공통적인 습관대로 하인들에게 숨기고 싶은 얘기는 러시아어로 하지 않고 일부러 프랑스어로 말하기 시작했다.

"자네도 카레닌 부인을 알던가? 우리는 함께 여행하고 있네. 그녀한테 가는 길이야." 그는 골레니셰프의 얼굴을 신중하게 들여다보며 프랑스어로 말했다.

"아! 몰랐네(사실은 알고 있었다)." 골레니셰프는 태연하게 대답했다. "여기 온 지 오래됐나?" 그는 덧붙여 물었다.

"나? 나흘째야." 브론스키는 다시 한 번 신중하게 친구의 얼굴을 들여다보며 대답했다.

'그래, 이 친구는 올바른 사람이니까. 사물을 제대로 볼 거야.' 브론스키는 골레니셰프의 얼굴 표정과 화제를 바꾼 의미를 깨닫고는 혼잣말을 했다.

'이 친구라면 안나에게 소개시켜도 될 거야. 모든 걸 제대로 볼 테니까 말이야.'

브론스키는 안나와 외국에서 함께 보낸 석 달 동안 새로운 사람과 만날 때마다 그 새로운 사람들이 자기와 안나와의 관계를 어떻게 볼지 항상 자신에게 물어보았다. 그리고 대부분의 경우 남자들은 그렇게 될 수밖에 없었을 것이라고 이해하는 것 같았다. 그러나 만약 그렇게 될 수밖에 없었을 것이라고 이해하는 사람들에게 그런 생각의 근거가 무엇인지 묻는다면 그도, 그들도 매우 난처했을 것이다.

사실 브론스키는 '그럴 수밖에 없다'라고 이해한 사람들도 실은 전혀 이해하고 있는 게 아니라, 단지 교양을 갖춘 사람들이 삶을 둘러싸고 일어나는 복잡하고 해결될 수 없는 온갖 문제들에 대해 처신하는 것과 같이 예의를 지키며 어떤 암시나 불쾌한 질문을 피하고 있는 것이라고 생각했다. 그리고 그들은 상황의 의미와 가치를 이해하고 인정할 뿐만 아니라 심지어 찬성하는 모습을 보이지만, 그것에 대해 해명하는 것은 적절치 않은 불필요한 행동으로 여기고 있었다.

지금 브론스키는 골레니셰프도 그런 사람들 중 한 사람이라고 판단했기에 그를 만난 것이 훨씬 더 반가웠다. 그리고 실제로 골레니셰프는 브론스키와 함께 카레니나에게로 갔을 때 브론스키가 바라는 대로 그녀를 대했다. 그는 분명히 그다지 힘을 들이지 않고 불편한 대화는 모두 피하는 것 같았다.

그는 전에는 안나를 알지 못했기 때문에 그녀의 아름다움과 더욱이 자기를 대하는 그녀의 소탈한 모습에 큰 감동을 받았다. 그녀는 브론스키가 골레니셰프를 데리고 들어오자 얼굴을 붉혔는데, 골레니셰프는 그 밝고 아름다운 얼굴에 번진 아이 같은 홍조가 무척 마음에 들었다. 하지만 그중에서도 특히 그의 마음에 들었던 것은, 그녀가 다른 사람에게 오해받지 않으려고 일부러 그러기라도 하는 듯 브론스키를 솔직하게 알렉세이라고 부르고 이제 자기들은 이곳 사람들이 팔라초라고 부르는 새로 임대한 집으로 이사할 예정이라고 말한 것이었다. 자기 처지에 대한 이 직선적이고도 진솔한 태도는 더욱 골레니셰프의 마음에 들었다. 알렉세이 알렉산드로비치도 알고 브론스키도 알고 있는 골레니셰프는 안나의 선하면서도 밝고 정열적인 태도를 보면서 그녀를 완전히 이해하고 있는 것 같은 느낌이 들었다. 심지어 그는 그녀 자신도 도무지 이해할 수 없는, 즉 남편을 불행하게 만들고 그와 아들을 버린 데다 명예까지 잃어버린 그녀가 어떻게 그토록 열정적이고 명랑하고 행복할 수 있는지 알 것 같았다.

"그 집은 여행 안내서에도 있어." 골레니셰프는 브론스키가 임대했다는 그 팔라초에 대해 말했다. "거기에는 틴토레토의 걸작이 걸려 있어. 그의 말기 작품이지."

"그러면 날씨도 좋은데 거기 가서 다시 한 번 보지 않겠어요?" 브론스키는 안나에게로 얼굴을 돌리며 말했다.

"좋아요. 모자 쓰고 금방 올게요. 밖이 덥다고 하셨죠?" 그녀는 문가에 멈춰 서서는 묻는 듯한 표정으로 브론스키를 쳐다보며 말했다. 그러자 그녀의 얼굴은 또다시 붉게 물들었다.

브론스키는 그녀의 눈빛을 통해 그가 골레니셰프와 어떤 관계를 가지려 하는지 그녀가 모르고 있고, 그가 원하는 대로 처신을 하고 있는 것인지 두려워하고 있다는 것을 알았다.

그는 부드러운 눈길로 한참 그녀를 바라보았다.

"아니, 그다지 덥지는 않아요." 그가 말했다.

그러자 그녀는 모든 것을, 특히 그가 그녀에게 만족하고 있다는 것을 알게 된 것 같았다. 그녀는 싱긋 웃어 보이고는 잰걸음으로 문을 나섰다.

두 친구는 서로 얼굴을 마주 보았다. 그러자 두 사람의 얼굴에는 당황스러움이 역력했다. 골레니셰프는 분명히 그녀에게 도취되어 그녀에 대해 무언가 얘기하고 싶은데 무슨 말을 해야 할지 모르는 거 같았고, 브론스키는 그것을 바라면서도 두려워하는 듯했다.

"그러니까……." 브론스키는 무슨 얘기든 시작하기 위해 말을 꺼냈다. "자넨 여기에 정착을 한 건가? 그러면 여전히 같은 일을 하고 있는 거야?" 그는 골레니셰프가 무언가 쓰고 있다는 소리를 들은 기억을 떠올리며 계속 말했다.

"그래.『두 개의 기원』의 2부를 쓰고 있어." 그런 질문에 만족한 듯 골레니셰프는 얼굴을 붉히며 말했다. "사실은 정확히 하려고 아직 집필을 시작한 건 아니야. 자료도 모아야 하니, 준비 중이라고 할 수 있겠군. 2부는 훨씬 더 광범위해서 거의 모든 문제를 다루게 될 거야. 우리 러시아에서는 우리가 비잔틴의 후예라는 것을 이해하려고 하지 않거든." 그는 열을 올리며 장황하게 설명하기 시작했다.

브론스키는 저자가 무슨 유명한 이야기라도 되는 양 말하고 있는『두 개의 기원』의 1부에 대해서도 모르고 있었기 때문에 처음에는 거북스러웠다. 그러나 골레니셰프가 자기의 사상을 설명하기 시작하고 그의 설명에 귀를 기울이다 보니, 브론스키는 『두 개의 기원』에 대해선 모르고 있었으나 골레니셰프가 워낙 이야기를 재미있게 하여 그다지 지루하지 않게 그의 얘기에 귀를 기울이고 있었다. 그런데 브론스키는 골레니셰프가 자신이 연구하고 있는 주제에 대해 설명하면서 흥분하고 조바심을 내는 모습이 실망스럽기도 하고 다른 한편으로는 슬프게도 여겨졌다. 얘기가 길어질수록 그의 눈빛은 더욱 강렬해졌고, 가상의 적에 대한 반박은 더욱 성급해졌으며, 그의 표정은 불안과 함께 분노에 휩싸였다. 브론스키가 기억하는 귀족 유년학교 시절의 골레니셰프는 항상 수석을 차지하던 활발하고 착한 명문가의 마른 소년이었다. 그런데 지금 그의 흥분하는 모습은 브론스키로서는 도무지 이해할 수도, 인정할 수도 없었다. 특히 마음에 들지 않았던 것은, 훌륭한 계층의 사람인 골레니셰프가 그를 짜증나게 했던 삼류 작가와 똑같은 수준에서 그들에게 화를 내고 있다는 것이었다. 과연 그럴 만한 가치가 있는 걸까? 그런 점이 브론스키의 마음에 들지 않았다. 그럼에도 브론스키는 골레니셰프가 불행해 보이고 가엾게 여겨졌다. 안나가 들어온 것도 눈치채지 못하고 자기의 사상을 조급한 어조로 토로하고 있던 골레니셰프의 아름답고도 표정이 풍부한 얼굴에는 광기에 가까운 불행이 깃들여 있었다.

모자를 쓰고 망토를 걸친 안나가 아름다운 손을 재빨리 움직여 양산으로 장난을 치면서 나와서는 그의 옆에 섰을 때, 브론스키는 하소연하듯 뚫어지게 자기를 쳐다보는 골레니셰프의 눈빛을 피해 안도의 마음으로 삶의 활력과 기쁨이 가득한 아름다운 연인을 새삼스러운 사랑의 눈빛으로 쳐다보았다. 골레니셰프는 겨우 제정신으로 돌아왔다. 처음에 그는 우울하고 어두운 표정으로 있었지만, 모든 사람에게 상냥하게 대하는 안나(그 당시 그녀는 그랬다)의 소탈하고 명랑한 태도는 이내 그의 기분을 밝아지게 했다. 다양한 화젯거리를 꺼내보다가 안나는 그가 얘기를 매우 재미있게 했던 그림으로 대화를 이끌었고, 그의 이야기에 귀를 기울였다. 그들은 걸어서 임대한 집에 이르러 그 집을 둘러보았다.

"한 가지 매우 기쁜 일이 있어요." 안나는 돌아오는 길에 골레니셰프에게 말했다. "알렉세이에게 훌륭한 아틀리에가 될 거예요. 자기가 필히 그 방을 쓰세요." 그녀는 브론스키에게 러시아어로 자기(ты)[29]라는 표현을 쓰며 말했다. 그녀는 골레니셰프가 자기들의 은둔 생활에서 가까운 사람이 될 거라는 것과 그의 앞에서 숨길 필요가 없다는 것을 알게 되었다.

"자네가 정말 그림을 그리나?" 골레니셰프는 재빨리 브론스키를 돌아보며 말했다.

"응. 오래전에 그려본 적이 있는데, 요즘에 와서 다시 조금 시작해보고 있어." 브론스키는 얼굴을 붉히며 말했다.

---

29 'ты'는 러시아 인칭대명사 2인칭으로 가까운 사이에 사용한다.

“저이한테는 큰 재능이 있어요.” 안나는 기쁜 미소를 지으며 말했다. “물론 저는 전문가는 아니에요. 하지만 전문가들이 그렇게 말했는걸요.”

8

안나는 자유롭게 되고 건강도 빠르게 회복되던 초기에는 자기 자신도 용서할 수 없을 만큼 삶의 기쁨과 행복을 느꼈다. 남편의 불행을 떠올려 보아도 그녀의 행복에는 조금도 영향을 미치지 못했다. 그 기억은 한편으로는 떠올리는 것조차 끔찍스러운 일이었지만, 또 다른 한편으로 남편의 불행은 후회하기에는 너무도 커다란 행복을 그녀에게 가져다주었다. 병을 앓고 난 뒤 그녀에게 일어난 모든 일들에 대한 기억, 즉 남편과의 화해, 결별, 브론스키의 부상 소식, 재회, 이혼 준비, 남편의 집에서 나온 것, 아늘과의 이별, 그 모든 것은 그녀에게 있어서 브론스키와 함께 외국에 와서야 비로소 깨어난 악몽과도 같이 여겨졌다. 남편에게 준 죄악에 대한 기억은 물에 빠진 사람이 자기한테 달라붙은 사람을 뿌리쳐버릴 때 경험할 수 있는 느낌과 흡사한 혐오감을 그녀에게 불러일으켰다. 그 사람은 빠져 죽었다. 물론 그것은 나쁜 일이지만 그래도 그게 유일한 구원 방법이었기 때문에 그런 끔찍한 일은 떠올리지 않는 편이 좋은 것이다.

결별하던 첫 순간에 그녀는 자신의 행동에 대해 위안을 주는 한 가지 생각이 떠올랐다. 그녀는 지금 과거의 온갖 일들을 떠올리며 그 하나를 기억해 냈다. '내가 그 사람을 불행하게 만든 것은 피할 수 없는 일이었어.' 그녀는 생각했다. '하지만 그 불행을 이용하고 싶지는 않아. 나도 괴로워하고 있고 앞으로도 괴로워할 거야. 나는 무엇보다 소중히 여기던 것을 잃어버렸어. 나는 훌륭한 명성과 아들을 잃어버린 거야. 나는 나쁜 짓을 했으니까 행복도 이혼도 원하지 않아. 난 치욕과 아들과의 이별로 괴로워하며 살 거야.' 하지만 아무리 진심으로 괴로워하려고 해도 안 나는 괴로워할 수가 없었다. 치욕스러운 느낌도 들지 않았다. 두 사람은 자기들이 가지고 있는 상당한 재치로 외국에서 러시아 부인들을 피해가면서 결코 자기 자신을 거짓 속에 놓아두지 않았다. 그리고 그들 자신들보다 훨씬 더 그들 상황을 이해하는 체 가장하는 사람들을 도처에서 만났다. 그녀가 사랑했던 아들과의 이별, 그것조차도 처음에는 그녀를 괴롭히지 않았다. 그녀는 브론스키에게서 태어난 딸아이가 너무도 귀여웠고 자기에게 남은 이 딸아이에게 마음이 끌리면서부터는 아들에 대한 생각도 별로 나질 않았다.

건강이 회복되면서 삶에 대한 욕구가 점점 더 강렬해졌고, 생활 조건도 너무나 새롭고 즐거워서 안나는 스스로도 용서할 수 없을 만큼 행복감에 빠져 있었다. 그녀는 브론스키를 알면 알수록 더욱더 그를 사랑하게 되었다. 그녀는 그 자신과 그녀에 대한 그의 사랑 때문에 그를 사랑했다. 그를 완전히 소유했다는 느낌은 그녀에게 끊임없는 기쁨을 주었다. 그가 가까이 있다는 사실은 그녀에게 언제나 즐거운 일이었다. 그의 성격에 대한 특징 하나하나를 알아갈수록 안나는 형언할 수 없는 사랑을 느꼈다. 평상복을 입어 변화된 그의 용모는 마치 젊은 시절 사랑에 빠진 소녀처럼 그녀에게는 매혹적으로 보였다. 그녀는 그가 말하고, 생각하는 모든 것에 무언가 특별히 고귀하고 고상한 점을 보곤 했다. 그의 앞에서 황홀해하는 그녀의 모습은 때때로 그녀 자신을 놀라게 했다. 그녀는 아무리 찾으려 해도 그의 모습 속에서 훌륭하지 않은 점을 좀처럼 발견해 낼 수가 없었다. 그녀는 그의 앞에서 자기가 스스로 하찮은 인간이라고 느끼고 있다는 사실을 드러낼 수가 없었다. 만약 그가 그 사실을 알게 되면 당장에라도 그녀에 대한 그의 사랑이 식어버릴 것처럼 여겨졌기 때문이었다. 물론 그의 사랑을 잃을 만한 특별한 이유는 없었지만 그녀에게는 그의 사랑을 잃는 것보다 두려운 것은 없었다. 하지만 그녀는 자기에 대한 그의 태도에 감사하지 않을 수 없었고, 사기가 그것을 얼마나 높이 평가하고 있는지 표현하지 않을 수 없었다. 그녀의 생각에, 그는 국가적인 일에 어떤 사명을 가지고 마땅히 그 속에서 눈에 띄는 활약을 펼쳐야 했지만 그녀를 위해 그것을 희생하면서도 추호도 후회하는 모습을 보이지 않았다. 그는 전보다 더 그녀를 사랑하고 존중하는 것 같았다. 그리고 그녀가 지금의 처지에 조금도 거북함을 느끼지 않도록 해야 한다는 생각이 한순간도 그에게서 떠나지 않았다. 그토록 남성적인 사람이 그녀와의 관계에서는 한 번도 반대 의견을 갖지 않았을 뿐만 아니라 자신의 의지도 갖고 있지 않았다. 오직 그녀의 바람을 예측하는 데만 정신을 쏟고 있는 것 같았다. 그래서 그녀는 비록 자기에게 극도로 집중되어 있는 그의 관심과 자기를 감싸고 있는 그의 보살피는 분위기에 때때로 압박감을 느끼기도 했지만 그것에 감사하지 않을 수가 없었다.

반면 브론스키는 자기가 그토록 오랫동안 바라던 일이 완전히 실현되었으나 마음 가득 행복하지는 않았다. 그에게 그와 같은 욕망의 실현은 기대하고 있던 행복이라는 산에서 겨우 모래알 하나를 얻은 정도의 느낌 이상으로 느껴지지 않았던 것이다. 이와 같은 실현은 행복이 욕망을 실현시키는 것이라고 생각하는 사람들이 범하는 영원한 오류를 그에게도 깨닫게 해주었다. 그녀와 결합하고 평상복으로 갈아입은 후 처음에는, 그는 이전에 몰랐던 자유와 연애의 자유에 온통 매력을 느끼고 만족했지만, 그것은 오래가지 못했다. 그는 곧 마음속에서 욕망을 구하는 욕망, 권태가 고개를 들고 일어나는 것을 느꼈다. 자기의 의지와 상관없이 순간적으로 일어나는 변덕을 욕망과 목적으로 받아들이며 그것을 붙잡기 시작했다. 하루의 열여섯 시간을 무언가에 몰두해야만 했다. 왜냐하면 그들은 페테르부르크에서 대부분의 시간을 차지하던 사회생활의 조건을 벗어나서 지금은 외국에서 완전히 자유롭게 지내고 있었기 때문이었다. 이전의 외국 여행에서 브론스키가 즐겼던 독신생활의 만족 같은 것은 생각조차 할 수 없었다. 왜냐하면 그런 종류의 즐거움을 시도만 해도, 지인들과의 밤늦은 만찬 정도만으로도, 안나는 예기치 못한 우울 증세를 보였기 때문이었다. 그들의 처지가 분명하지 않았기 때문에 그 지역의 모임에도 나갈 수 없었고, 러시아인들과의 교제도 할 수 없었다. 러시아인으로서 또한 총명한 인간으로서 그에게는 명승지를 둘러보는 것도, 이미 둘러본 것을 제외하고라도, 영국인들이 이런 일에 부여하는 그 어떤 설명할 수 없는 의미를 발견할 수 없었다.

굶주린 짐승이 먹이를 찾기 위해 걸리는 것이면 뭐든 잡아채듯이 브론스키도 때론 정치에, 때론 신간 서적에, 때론 그림에 진히 아무런 생각 없이 달려들었다.

그는 어릴 때부터 그림에 소질이 있었다. 그래서 어디에 돈을 써야 할지 몰랐던 그는 판화를 수집하기 시작했는데, 그러다 보니 직접 그림을 그리게 되었고 이제는 그것에 몰두하고 있었다. 그리하여 그는 만족을 요구하는 채워지지 않은 욕망을 그림에 쏟아붓고 있었다.

그에게는 그림을 이해하는 능력과 제대로 모방하는 재능이 있었다. 그래서 그는 자기에게 화가로서의 소질이 있다고 여기고 한동안 어떤 종류의 그림을 그릴지 망설였다. 그리고 종교화든, 역사화든, 사실화든 여하튼 그리기 시작했다. 그는 모든 종류의 그림을 이해했고, 그 어느 것에서도 영감을 받을 수가 있었다. 그러나 그는 어떤 종류의 회화가 있는지 전혀 몰랐고, 자기가 그리는 그림이 어떤 유파에 속하는지도 전혀 신경 쓰지 않았고, 자기 마음속에서 직접 영감을 받을 수 있다는 것을 상상도 하지 못했다. 그는 이런 사실을 몰랐고, 삶에서 직접 영감을 받은 것이 아니라 이미 예술로 구체화된 삶의 간접적인 영감을 받은 것이었으므로 지극히 빠르고 쉽게 영감을 받았다. 그리고 그런 빠른 속도와 용이성으로 그는 빠르고 쉽게 자기가 모방하고자 하는 유파의 그림과 매우 흡사하게 자기의 그림을 그려 냈다.

다른 어떤 유파보다도 그는 우아하고 인상적인 프랑스풍이 가장 마음에 들었다. 그래서 그는 그 화풍으로 이탈리아 의상을 입은 안나의 초상화를 그리기 시작했는데 그 초상화는 그에게도, 그것을 본 모든 사람에게도 상당히 성공적으로 보였다.

9

석고로 장식된 높은 천장과 벽화, 모자이크로 된 마루, 높은 창문에 달린 묵직한 노란색 다마스크 커튼, 테이블과 난로 위의 꽃병들, 조각이 새겨진 문들과 그림들이 걸려 있는 음침한 홀들이 방치되어 있던 낡은 팔라초의 외관은 그들이 그곳으로 이사 온 후부터 브론스키의 마음속에 지기는 러시아 영주나 지무를 떠난 기마대 장교라기보다는 교양 있는 미술 애호가이자 보호자이며 사랑하는 연인을 위해 사교계도 인간관계도 공명도 버린 겸손한 화가라는 기분 좋은 착각을 불러일으켰다.

팔라초로 옮겨오면서 브론스키가 선택한 역할은 완벽하게 성공적이었다. 그리고 골레니셰프의 소개로 몇몇 흥미로운 사람들을 알게 되면서 그는 처음 얼마 동안은 안정된 생활을 했다. 그는 한 이탈리아인 회화 교수의 지도로 자연을 대상으로 스케치를 했고, 중세 이탈리아인의 생활에 몰두하기도 했다. 최근에 중세 이탈리아인의 생활이 브론스키의 마음에 파고들어서, 그는 중세 스타일로 모자를 쓰고 어깨에 망토를 걸쳤는데 그에게 꽤나 잘 어울렸다.

"그런데 우리는 여기에 살면서도 아무것도 모르고 있었네." 하루는 아침 일찍 찾아온 골레니셰프에게 브론스키가 말했다. "자네는 미하일로프의 그림을 본 적 있나?" 그는 그날 아침에 막 받은 러시아 신문을 골레니셰프에게 건네주며, 이 도시에 살고 있으며 오래전부터 소문이 나서 최근에 그림이 완성되기도 전에 이미 살 사람이 정해져 있는 그림을 완성한 러시아인 화가에 대한 기사를 가리키며 말했다. 그 기사는 그런 뛰어난 화가에게 아무런 장려금이나 보조금도 주어지지 않는 것에 대해 정부와 아카데미를 비난하는 내용의 글이 있었다.

"보았네." 골레니셰프가 대답했다. "물론 그가 재능이 없다는 말은 아니네만, 그는 완전히 그릇된 길로 가고 있어. 그리스도와 종교화에 대해 이바노프, 슈트라우스, 르낭[30]과 같은 식이라고 할 수 있어."

"그 그림이 표현하고자 하는 게 뭔데요?" 안나가 물었다.

"빌라도 앞에 있는 그리스도예요. 새로운 유파의 사실주의적인 표현으로 그리스도가 유대인으로 묘사되어 있어요."

---

30 A. A. 이바노프는 역사화 창시자로 가장 유명한 작품으로는 『민중에 나타난 그리스도』가 있다. 다비드 슈트라우스는 독일의 신학자이자 철학자이며 그의 작품으로는 『예수의 생애』가 있고, 에르네스트 르낭은 프랑스 종교 역사가로서 역시 『예수의 생애』라는 작품을 썼다.

골레니셰프는 작품 내용에 대한 질문으로 인해 자기가 가장 좋아하는 주제 중에 하나로 화제가 옮겨지자 설명을 늘어놓기 시작했다.

"난 그들이 어떻게 그런 어리석은 실수를 저지르는지 이해할 수 없어. 그리스도는 이미 위대한 거장들의 예술 작품 속에 분명하게 구현되어 있어. 그러니까 만약 그들이 신이 아닌 혁명가나 현자를 표현하고 싶다면 역사 속에 있는 소크라테스, 프랭클린, 샤를로트 코테[31] 같은 사람들을 선택하면 되잖아. 다만 그리스도는 아니라는 말이야. 그들은 예술을 위해 선택해서는 안 될 바로 그 인물을 선택하고 있어. 그리고……."

"그런데 그 미하일로프라는 사람이 그렇게 가난하다는 게 사실인가?" 브론스키는 그의 작품이 좋든 나쁘든 상관하지 않고 지기는 러시아인 후견인으로서 화가를 도와줘야 한다는 생각에 이렇게 물었다.

"그럴 리가 없을 텐데. 그는 훌륭한 초상화가잖아. 그가 그린 바실리치코바야의 초상화를 보았습니까? 그런데 그는 더 이상 초상화를 그리고 싶어 하지 않는 것 같거든. 어쩌면 어렵게 산다는 게 사실일지도 모르겠군. 내가 말하는 건……."

"그 사람한테 안나 아르카디예브나의 초상화를 그려달라고

---

31 프랑스의 급진적 정치가로 프랑스 대혁명 때 10월 학살을 주도한 장 폴 마라를 살해한 여성이다.

부탁해보면 안 될까?”

“왜 내 초상화를 그려요?” 안나가 말했다. “당신이 이미 그렸는데, 다른 초상화는 싫어요. 아냐(그녀는 자기 딸을 이렇게 불렀다)를 그려달라고 하는 게 낫겠어요. 저기 그 애가 있네요.” 그녀는 이렇게 덧붙이고는 아이를 데리고 뜰에 나와 있는 아름다운 이탈리아인 유모를 창 너머로 바라보았다. 그리고 동시에 브론스키를 살며시 슬쩍 돌아보았다. 브론스키는 자신의 그림을 위해 미인인 유모의 머리를 모델로 삼아 그렸는데, 그것이 안나의 생활에서 유일한 비밀스러운 슬픔이었다. 브론스키는 그녀를 모델로 그리면서 그녀의 아름다움과 중세기적인 분위기에 도취되어버린 것이다. 그러나 안나는 자기가 그 유모에게 질투를 느낄까 봐 두려워한다는 것을 인정할 용기가 나지 않았다. 그래서 안나는 그녀와 그녀의 어린 아들을 유달리 귀여워하며 다정하게 대했다.

브론스키도 창 쪽과 안나의 눈을 번갈아 보고는 이내 골레니셰프에게로 시선을 돌리며 말했다.

“그런데 자네, 그 미하일로프라는 사람을 알고 있나?”

“만난 적은 있지. 그런데 그 사람은 꽤나 괴짜인 데다 배움이라곤 털끝만큼도 없어. 알 거야, 요즘에 자주 볼 수 있는 그런 새로운 야만인 중의 한 사람이거든. 즉, 무신론과 부정과 유물론의 관념 속에서 직접 교육을 받은 자유사상가 중의 한 사람일세. 예전에는…….” 골레니셰프는 안나와 브론스키가 무언가 말하고 싶어 한다는 것도 눈치채지 못하고, 아니 눈치 보려고도 하지 않고 계속 말했다. "예전의 자유사상가는 종교나 법률이나 윤리 같은 개념 속에서 길러졌고 투쟁과 노고에 의해 자유사상에 이르렀지만, 오늘날에는 태어나면서부터 자유사상가라고 하는 새로운 유형의 인간들이 나타나고 있어. 그런 인간들은 윤리, 종교, 법률이 있다는 것과 권위라는 게 있다는 것은 들어보지도 못했고, 일체의 부정이라는 개념 속에서 자라난, 즉 야만인으로서 자란 인간이지. 그 사내가 바로 그런 인간이거든. 그는 아마도 모스크바의 어느 궁정 시종의 아들로 교육이라고는 전혀 받지 않은 것 같아. 그런데 아카데미에 들어가서 명성을 얻게 되자, 그는 어리석지는 않았던 모양일세. 교육을 받고 싶었던 거지. 그리고 자기 생각에 교양의 근원이라고 여겼던 잡지에 관심을 기울였어. 예전에는 교양을 쌓으려고 하면, 가령 프랑스인처럼 말이야, 온갖 고전을 연구했을 것일세. 즉 신학자든 비극 작가든 역사가든 철학자든 자기 앞에 있는 모든 정신적인 역작을 연구했을 거란 말이네. 하지만 요즘 우리의 작가는 부정주의 문학에 빠져서 부정주의 학문의 개요만을 빨리 습득하고는, 그것으로 준비가 다 됐다고 한단 말일세. 뿐만 아니라, 20년 전쯤의 인간은 그 문학 속에서 권위나 수세기에 걸쳐 이어져 온 견해와 투쟁의 징후를 발견하고, 그 투쟁 속에 다른 무언가가 있었다는 사실을 깨달았어. 그런데 지금은 낡은 견해는 논쟁거리도 되지 않고, 그런 학문에 곧장 빠져들어서는 '아무것도 없다. 진화, 자연 도태, 생존 경쟁만이 있을 뿐이다.' 하고 직설적으로 말하지. 나는 내 논문에서……."

"그러면요." 벌써 오래전부터 조심스럽게 브론스키와 시선을 교환하던 안나는 브론스키가 이 미술가의 교양에 관해선 조금도 관심을 갖고 있지 않으며 오직 그를 도와 그에게 초상화를 주문해야겠다는 생각만 하고 있다는 것을 알고 이렇게 말했다. "그러면요." 그녀는 열심히 말하고 있는 골레니셰프의 말을 단호히 가로막았다. "그 사람한테 가 보죠!"

골레니셰프는 정신을 차리고 기꺼이 동의했다. 그 화가가 먼 구역에 살고 있었으므로 그들은 마차를 타고 가기로 했다.

한 시간 후, 마차의 앞자리에 앉은 브론스키와 그의 맞은편에 나란히 앉은 골레니셰프와 안나는 먼 구역의 아름답지 않은 새 집에 도착했다. 그리고 그들에게로 나온 문지기 아내에게서 미하일로프는 화실로 손님을 모시지만 지금은 두어 발자국 떨어진 집에 있다는 말을 듣고는, 그들은 그의 그림을 볼 수 있도록 허락해달라고 청하면서 자기들의 명함과 함께 그녀를 그에게로 보냈다.

10

브론스키 백작과 골레니셰프의 명함을 그에게 가져왔을 때, 화가인 미하일로프는 여느 때처럼 일을 하고 있었다. 아침에는 작업실에서 커다란 그림을 그렸고, 집으로 돌아와서는 돈을 청구하러 온 집주인 여자를 잘 다루지 못했다는 이유로 아내에게 화를 냈다.

"당신한테 스무 번은 말했을 거야. 변명하지 말라고. 당신은 그렇지 않아도 멍청한데, 이탈리아어로 변명을 늘어놓으면 세 배는 더 멍청해 보인단 말이야." 그는 오랜 말싸움 끝에 그녀에게 이렇게 말했다.

"그러면 당신도 팽개쳐 두지 말아요. 내 잘못이 아니잖아요. 나도 돈이 있었다면……."

"제발 나 좀 가만히 내버려 둬!" 미하일로프는 울먹이는 목소리로 소리를 지르고는 귀를 틀어막고 칸막이 뒤쪽 작업실로 들어가 문을 잠가버렸다. '멍청한 여자 같으니!' 그는 이렇게 혼잣말을 하고는 탁자 앞에 앉았다. 그리고 화첩을 펼친 후 곧바로 대단한 열의를 보이며 그림을 그리기 시작했다.

그는 생활이 잘 풀리지 않을 때, 특히 아내와 말다툼을 하고 난 뒤만큼 작업을 열정적이고도 성공적으로 한 적이 없었다. '아! 어디로든 꺼져버렸으면!' 그는 일을 계속하며 생각했다. 그는 분노로 발작 상태에 있는 사람의 모습을 그리고 있었다. 그 그림은 전에도 한 번 그린 적이 있었지만 그의 마음에 들지 않았다. '아냐, 그게 더 나았어……. 그건 어디에 두었더라?' 그는 아내에게로 갔다. 그러고는 인상을 찡그리고 아내는 보지도 않은 채 자기가 준 종이를 어디에 두었냐고 만딸에게 물었다. 그림이 그려진 종이는 발견되었는데 스테아린으로 더럽혀지고 엉망이 되어 있었다. 그래도 그는 그 그림을 가지고 와서 자기 탁자 위에 올려놓고는 조금 떨어져서 실눈을 뜨고 그것을 바라보기 시작했다. 그러더니 그는 갑자기 싱긋 웃고 기쁜 듯이 양손을 내저었다.

'그래, 그거야.' 그는 중얼거리고는 곧바로 연필을 집어 들고 빠르게 그려 나가기 시작했다. 스테아린 얼룩이 그 인물에게 새로운 포즈를 주었다.

그는 이 새로운 포즈를 그리다 문득 자기가 항상 담배를 사는 상점 주인의 턱이 쑥 튀어나온 정력적인 얼굴이 떠올랐다. 그는 바로 그 얼굴을, 그 턱을 그림 속의 인물에 그려 넣었다. 그는 기쁨의 웃음을 터트렸다. 생명이 없던, 인위적으로 만들어진 듯한 인물이 갑자기 더 이상 고칠 필요도 없는 생명 가득한 인물로 살아났기 때문이었다. 그 형상은 살아 있었다. 그리고 선명하고 의심할 여지없이 명백했다. 그 인물의 요구에 따라 그림을 수정할 수도 있었다. 두 다리를 다르게 배치하고, 왼손의 위치를 완전히 바꾸며, 머리카락을 뒤로 넘길 수 있었을 뿐만 아니라, 그렇게 해야만 했다. 그러나 그런 수정을 하면서도 그는 결코 그 인물을 바꾸지는 않았다. 단지 그 인물을 가리는 부분만을 벗겨 낼 뿐이었다. 마치 그 인물이 보이지 않도록 덮고 있던 막을 거둬 내는 것 같았다. 그러자 새로운 선 하나하나는 스테아린으로 만들어진 얼룩으로 인해 그의 머리에 떠올랐던 그 정력적인 힘이 충만한 인물로 더욱 명확하게 부각되었다. 문지기의 아내가 명함을 가지고 왔을 때, 그는 조심스럽게 인물 작업을 마치고 있었다.

"곧 끝나, 끝났어!"

그는 아내한테로 갔다.

"자, 이제 됐어, 사샤. 화내지 마!" 그는 수줍고 부드럽게 미소를 지으며 그녀에게 말했다. "당신도 잘못했고, 나도 잘못했어. 내가 알아서 다 처리할게." 이렇게 아내와 화해를 한 뒤, 그는 비로드 깃이 달린 올리브색 외투에 모자를 쓰고 작업실로 갔다. 잘 그려진 인물화에 대해선 벌써 잊고 있었다. 지금은 마차로 도착한, 신분이 높은 러시아 손님들의 방문이 그를 기쁘고 들뜨게 했다.

그는 지금 이젤에 놓여 있는 자기 그림에 대한 생각을 하면서,

그의 마음속 깊은 곳에는 지금까지 그 누구도 그와 비슷한 그림을 그린 적이 없다는 확신을 가지고 있었다. 그는 자기의 그림이 라파엘로의 그림보다 훌륭하다고 생각하지는 않았다. 그러나 그는 자신이 그 그림에서 표현하려고 했고 또 표현한 것은 그 누구도 표현한 적이 없다는 사실을 알고 있었다. 그는 이미 오래전에 자기가 그 그림을 시작한 때부터 그러한 사실을 알고 있었다. 그러나 사람들의 비평은 그것이 어떤 것이든 그에게는 대단히 중요했고 그를 흥분시켰다. 그 어떤 비평도 그가 그 그림 속에서 본 것의 일부분만이라도 그 비평가가 발견하여 표현한 것이라면, 아무리 하찮은 비평일지라고 그의 마음을 깊이 동요시켰다. 그는 자기 그림의 비평가가 자기보다 더 깊은 이해력을 가지고 있다고 항상 생각했다. 그래서 그는 언제나 자신이 자기 그림 속에서 발견하지 못하는 것을 그들에게서 기대하고 있었다. 그리고 그는 관람자의 비평 속에서 종종 그것을 발견해 낸 것 같기도 했다.

그는 잰걸음으로 화실의 입구로 다가갔다. 그는 흥분하고 있었음에도, 입구의 그늘진 곳에 서서 뭔가 열심히 얘기하고 있는 골레니셰프에게 귀를 기울이는 동시에 다가오는 화가를 보려고 돌아보는 안나의 부드럽고 신선한 모습에 감동을 받았다. 그는 그들에게 다가가면서 담배 가게 주인의 턱을 보았을 때와 마찬가지로 자기도 모르게 그 인상을 포착해 흡수하고 필요할 때 꺼내 쓰기 위해 머릿속 어딘가에 숨겨 두었다. 골레니셰프가 미리 말해줘서 이 화가에 대해 실망하고 있던 방문객들은 그의 용모에 한층 더 실망을 하고 말았다. 땅딸막한 중키에 갈색 모자를 쓰고 올리브색 외투를 입은 미하일로프는 경박한 걸음걸이로 다가왔다. 오래전부터 통 넓은 바지가 유행하고 있었지만 통 좁은 바지를 입은 그는 특히나 넓적한 얼굴의 평범함과 소심하면서도 위엄을 갖추려고 하는 태도가 뒤섞여 불쾌한 인상을 주었다.

"어서 들어오십시오." 그는 냉정하게 보이려고 애쓰며 말했다. 그리고 현관으로 들어가서 주머니에서 열쇠를 꺼내 문을 열었다.

<h1 style="text-align:center">11</h1>

작업실로 들어서자 미하일로프는 다시 한 번 손님들을 돌아보았다. 그리고 그는 브론스키의 얼굴 표정, 특히 그의 광대뼈를 머릿속에 그려보았다. 그의 화가로서의 느낌이 소재를 모으면서 끊임없이 일을 하고 있었음에도, 또 자기 작품에 대한 비평의 순간이 다가오면서 더욱 흥분하고 있었음에도, 그는 마음속으로 빠르고도 섬세하게 눈에 띄지 않는 특징으로부터 이 세 사람에 대한 견해를 구성하고 있었다. 한 남자(골레니셰프)는 이 마을에 살고 있는 러시아인이지만 미하일로프는 그 남자의 성도, 어디서 만나서 무슨 대화를 했는지도 기억하지 못했다. 그는 단지 본 적이 있는 얼굴은 모두 기억하고 있었기 때문에 그의 얼굴을 기억하고 있을 뿐이었다. 그러나 그는 그의 얼굴이 가장되고 표정이 빈약한 얼굴들 가운데 하나로 자기 기억 속에 밀쳐 두었던 얼굴이라는 것은 기억하고 있었다. 숱이 많은 머리카락과 상당히 넓은 이마가 그의 얼굴에 외형적인 특색을 주고 있었는데, 그

얼굴에는 좁은 콧날 위로 집중되어 있는 어린아이의 불안정한 표정이 나타나 있었다. 미하일로프의 판단에 따르면, 브론스키와 카레니나 부인은 높은 신분의 부유한 러시아인으로 그런 부류의 러시아인들이 그렇듯이, 예술에 대해 아무것도 모르면서 애호가나 전문가인 척하는 사람들임에 틀림없었다. '분명히 옛날 것은 다 돌아보고, 이제 신인들이나 독일의 사기꾼들, 영국의 라파엘로 이전의 명청한 영국인들의 작업실을 돌아보는 중이겠지. 나한테 온 것도 견문이나 넓혀보려고 온 걸 거야.' 그는 이렇게 생각했다. 그는 미술은 타락했고 새로운 작품을 보면 볼수록 위대한 옛 거장들의 작품들이 얼마나 훌륭한지 더 잘 알게 된다고 말할 권리를 찾기 위한 목적으로 현대 미술가의 작업실을 둘러보고 다니는 딜레탕트[32](그들은 똑똑하면 똑똑할수록 더욱 나빴다)의 태도를 잘 알고 있었다. 그는 그 모든 것을 예상했다. 그리고 그들의 얼굴에서, 그가 그림의 덮개를 벗기기를 기다리며 서로 얘기를 주고받고 마네킹과 흉상을 보며 자유롭게 거니는 그들의 무심한 태도에서, 그것을 알 수 있었다. 그럼에도 그는 자신의 습작들을 넘기고 커튼을 올리고 덮개를 벗기는 동안 강렬한 흥분을 느꼈다, 그리고 그는 높은 신분의 부유한 러시아인은 모두 짐승 같은 명청이들이라고 생각하고 있었음에도 브론스키가, 특히 안나가 마음에 들었기 때문에 그 흥분은 더욱 강했다.

---

32 예술을 즐기는 아마추어 애호가

"자, 어떻습니까?" 그는 경박한 걸음걸이로 옆으로 물러나 자신의 그림을 가리키며 말했다. "이건 빌라도의 훈계입니다. 마태복음 27장입니다." 그는 흥분으로 자기의 입술이 떨리기 시작한 것을 느끼며 말했다. 그는 물러서서 그들의 뒤에 섰다.

방문객들이 조용히 그림을 보고 있는 그 몇 초 동안, 미하일로프도 무관심한 제삼자의 눈으로 그 그림을 바라보았다. 그는 이 몇 초 동안 정당한 최고의 비판이 이들에게서, 자기가 몇 분 전까지만 해도 그토록 경멸했던 이 방문객들에게서 나올 것이라고 믿고 있었다. 그는 그 그림을 그리던 3년 동안 그것에 대해 생각했던 모든 것을 잊어버렸다. 그는 자기에게는 의심할 여지가 없었던 그 그림의 가치를 전부 잊고, 그 그림을 무관심한 제삼자의 새로운 눈으로 보았다. 그러자 그 속에서 아무런 아름다움도 보이지 않았다. 그는 그 전경에서 빌라도의 화난 얼굴과 그리스도의 고요한 얼굴을 보았고, 그 배경에서는 빌라도의 부하들과 무슨 일이 일어났는지 내다보고 있는 요한의 얼굴을 보았다. 모든 얼굴은 힘겨운 탐구와 실패와 수정을 거듭한 끝에 그의 마음속에서 독특한 성격을 담고 있었고, 그에게 수많은 고통과 기쁨을 안겨주었다. 전체적인 조화를 위해 몇 번이고 다시 그렸던 얼굴들, 더욱이 온갖 노력으로 간신히 일궈 낸 색채와 명암의 음영들, 그 모든 것들이 지금 그들의 눈으로 바라보니 그에게는 수천 번이나 반복되었던 범속한 것으로 여겨졌다. 그에게는 가장 귀중한 얼굴이자 그 그림의 중심이기도 한 얼굴이, 그것을 발견했을 때 커다란 기쁨을 가져다주었던 그리스도의 얼굴이, 지금 그들의 눈으로 보자 그 모든 가치를 잃어버린 것이다. 그는 거기에서 티치아노와 라파엘로와 루벤스가 수없이 그려 왔던, 잘 그려진(아니, 오히려 좋지 않았다. 지금 그에게는 그 속에서 수많은 결점이 선명하게 보였던 것이다) 그리스도와 병사들과 빌라도의 모사를 보고 있을 뿐이었다. 그것은 모두 진부하고 빈약하고 낡고 서투르기까지 했다. 색채가 조잡하고 힘이 약했다. 방문객들이 화가 앞에서는 예의를 갖춰 정중하게 말하다가도 자기들끼리 남으면 그를 불쌍하게 여기며 조롱한다고 해도, 그들의 잘못이라고 할 수 없을 것 같았다.

그에게는 이 침묵이 너무도 고통스러웠다(사실은 1분도 지속되지 않았지만). 그는 그 침묵을 깨트리면서도 자기가 동요하고 있는 것을 보여주지 않기 위해 용기를 내어 골레니셰프를 향해 말했다.

"선생은 뵌 적이 있는 것 같습니다만." 그는 그들의 얼굴 표정하나도 놓치지 않기 위해 불안한 눈빛으로 브론스키와 안나를 번갈아 보며 그를 향해 말했다.

"그럼요! 로시 댁에서 뵈었지요. 기억하실 겁니다. 그 이탈리아 아가씨, 새로운 라셀[33]이 시를 낭독했던 파티에서요." 골레니셰프는 주저하지 않고 그림에서 눈을 떼고는 화가 쪽으로 돌아

---

33 스위스 태생의 여배우로 프랑스 고전 비극의 발전에 기여했다.

보며 자유롭게 말했다.

그러나 그는 미하일로프가 그림에 대한 비평을 기다리고 있다는 것을 알아채고는 이렇게 말했다.

"당신의 그림은 지난번에 보았을 때보다 상당히 발전했군요. 그때나 지금이나 빌라도의 모습은 유난히 감동을 줍니다. 사람들은 그가 착하고 훌륭한 사람이지만 자기가 하는 일을 몰랐던, 영혼 밑바닥까지 관료적인 인물이었다고 하지요. 하지만 내 생각으로는……."

표정이 잘 변하는 미하일로프의 얼굴이 돌연 빛나기 시작했다. 두 눈이 반짝였다. 그는 무언가 말하려고 했으나 흥분되어 말을 이을 수가 없어서 기침을 하는 척했다. 그는 예술을 이해하는 골레니셰프의 능력을 아무리 낮게 평가한다 해도, 관료로서 빌라도의 표정의 진실성에 대한 정당한 언급이 아무리 하잘 것없다 해도, 또 중요한 것은 모두 제쳐 두고 이런 쓸데없는 의견을 맨 먼저 얘기한 것이 아무리 화가 나는 일이라고 해도 미하일로프는 이 비평으로 날듯이 기분이 좋아졌다. 빌라도의 형상에 대해서는 그 자신도 골레니셰프가 언급했던 것과 같은 생각을 하고 있었다. 그런 의견은 전적으로 옳은 수백만 가지 의견 중의 하나라는 것을 미하일로프 자신도 잘 알고 있었지만, 그렇다고 그에게 있어서 골레니셰프의 의견에 대한 가치가 줄어드는 것은 아니었다. 그는 이런 의견을 내놓은 골레니셰프가 마음에 들었다. 그리고 의기소침해 있던 기분이 갑자기 들뜬 기분으로 바뀌었다. 그러자 그의 모든 그림들이 그의 앞에서 형언할 수 없는 생생함으로 되살아났다. 미하일로프는 다시 자기도 빌라도에 대해선 그와 같이 생각한다고 말하려고 했으나 입술이 떨려서 말을 할 수가 없었다. 브론스키와 안나도 낮은 목소리로 무언가 얘기하고 있었다. 그것은 한편으로는 화가의 기분을 상하게 하지 않기 위한 배려였고, 또 다른 한편으로는 일반적으로 그림 전시회에서 미술에 관해 얘기할 때 쉽게 뱉을 수 있는 어리석은 말을 큰 소리로 말하지 않기 위해서였다. 미하일로프가 느끼기에 그들도 그림에 깊은 인상을 받은 것 같았다. 그는 그들 옆으로 다가갔다.

"그리스도의 표정이 정말 잘 나타나 있어요!" 안나가 말했다. 그녀는 지금까지 자기가 본 것들 가운데 이 표정이 가장 마음에 들었다. 그리고 그녀는 그것이 그림의 중심이기 때문에 이런 찬사는 화가의 기분을 좋게 해줄 거라고 생각했다. "빌라도를 가엾게 여기고 있는 모습이 보여요."

이것 또한 그의 그림과 그리스도의 형상에서 찾을 수 있는 수백만 가지 옳은 의견 중의 하나였다. 그녀는 그리스도가 빌라도를 가엾게 여기고 있다고 말했다. 그리스도의 표정에는 연민의 표정이 있어야만 한다. 그 안에는 사랑과 천상의 평온함, 죽음에 대한 준비와 말의 공허함에 대한 자각의 표정이 나타나 있기 때문이었다. 물론 한쪽은 관능적인 생활의 구현이고, 다른 한쪽은 정신적인 생활의 구현이기 때문에 빌라도에게는 관료의 표정이

있고 그리스도에게는 연민의 표정이 있다. 이런 모든 생각과 그
밖의 많은 것들이 미하일로프의 머릿속에서 번뜩였다. 그리고
또다시 그의 얼굴이 환희로 빛났다.

"그러게 말입니다. 이 형상이 만들어진 건 또 어떻고요? 공간
좀 보세요. 주위를 걸을 수도 있겠어요." 골레니셰프는 분명히
이 말로 자기는 그 형상의 사상과 내용에 찬성하지 않는다는 것
을 보여주며 이렇게 말했다.

"아, 정말 훌륭한 재능입니다!" 브론스키가 말했다. "배경의
인물은 튀어나올 것 같잖아! 거기에 바로 기교가 있는 거라고."
그는 골레니셰프 쪽으로 돌아서면서 그 말로 그들이 서로 주고
받던 대화, 즉 자기는 그런 기교를 습득하는 것을 포기했다는 것
을 암시하며 말했다.

"그래요, 정말로 훌륭해요!" 골레니셰프와 안나가 맞장구를
쳤다. 미하일로프는 흥분한 상태였지만, 기교라는 브론스키의
비평에 가슴을 도려내는 듯한 아픔을 느꼈다. 그래서 그는 화난
듯 브론스키를 바라보다가 얼굴을 찌푸렸다. 그는 이 기교라는
말을 자주 듣고는 했지만 정확히 그것이 무엇을 의미하는지는
이해하지 못했다. 그는 그 말이 내용과는 전혀 상관없이 쓰고 그
리는 기계적인 능력을 의미하는 것으로 알고 있었다. 그는 지금
의 칭찬에서와 같이 사람들이 종종 기교를 나쁜 것을 잘 그릴 수
있는 능력인 것처럼 내적 가치에 대립되는 의미로 생각한다는
것을 알고 있었다. 그는 덮개를 벗길 때 작품이 손상되지 않도록

하기 위해, 즉 모든 덮개를 완전히 벗기기 위해서는 많은 관심과 주의가 필요하다는 것을 알고 있었다. 그러나 그림에는 그 어떤 기교도 필요하지 않았다. 만약 아주 어린아이나 가정부한테 그가 본 것과 똑같은 것이 보인다면, 그들도 자기가 본 것을 꺼내 보일 수 있을 것이다. 그러나 경험이 많고 숙달된 전문 화가라고 해도 그려야 할 내용의 한계가 제시되지 않는다면, 기계적인 재능만으로 아무것도 그려 낼 수 없을 것이다. 게다가 만약 기교에 대해 말한다면, 그 점에서는 칭찬받을 수 없다는 것을 그는 알고 있었다. 그는 자기가 그리고 있거나 이미 다 그린 모든 그림들 속에서 자기가 덮개를 벗길 때 부주의해서 생겨난, 지금에 와서는 수정으로도 회복될 수 없어서 버려야만 하는, 자기 눈을 찌르는 듯한 결점을 보고 있었다. 거의 모든 인물의 모습과 얼굴에 완전히 제거되지 않아 그림을 손상시킨 덮개의 흔적이 아직도 보였다.

"만약 당신이 허락하신다면 한 말씀 더 드리겠습니다만……." 골레니셰프가 말했다.

"예, 괜찮습니다. 말씀해보시지요." 미하일로프는 억지웃음을 지으며 말했다.

"그건 말하자면, 당신의 그리스도는 신인神人이 아니라 인신人神이라는 겁니다. 물론 그것이 당신의 의도라는 것을 잘 알고 있습니다."

"나는 내 마음에 없는 그리스도를 그릴 수는 없습니다." 미하일로프는 음울한 어조로 말했다.

"그렇군요. 그렇다면 내 의견을 말씀드려도 괜찮으시다면 말입니다. 당신의 그림은 참으로 훌륭하기 때문에 나의 비평으로 그 가치가 손상되지는 않을 겁니다. 더욱이 그것은 내 개인적인 의견이고, 당신에게는 당신의 의견이 있으시지요. 생각은 서로 다르니까요. 이바노프를 보더라도 말입니다. 만약 그리스도를 역사적 인물로 끌어내릴 정도라면 아무도 건드리지 않은 새로운 주제를 선택하는 게 좋지 않았을까 하는 생각을 합니다."

"하지만 그것이 예술에 주어진 가장 큰 주제라면요?"

"만약 찾으시려고 하면 다른 주제도 발견할 수 있을 것 같은데요. 하지만 예술은 논의와 비평을 겪지 않는다는 데 요점이 있지요. 하지만 이바노프의 그림 앞에 서면 신자든 신자가 아니든 이것은 신일까, 신이 아닐까 하는 의문을 품게 되거든요. 그러면서 인상의 통일성을 깨뜨려버린다는 겁니다."

"왜 그렇죠? 내 생각에 교양 있는 사람들에게는……." 미하일로프가 말했다. "논쟁은 있을 수 없을 것 같은데요."

골레니세프는 그의 말에 동의하지 않았다. 그리고 예술에 있어서 필요한 인상의 통일성에 대한 자신의 처음 의견을 고수하며 미하일로프를 논파했다.

미하일로프는 흥분했지만 자기의 사상을 변호하기 위한 어떤 말도 할 수 없었다.

12

안나와 브론스키는 친구의 잘난 체하는 수다를 유감스러워하며 이미 오래전부터 서로 눈짓을 주고받고 있다가, 마침내 브론스키가 주인의 안내를 기다리다 못해 작은 다른 그림 쪽으로 걸음을 옮겼다.

"아, 너무도 아름답군요. 참으로 아름다워요! 놀라워요!" 그들은 입을 모아 소리쳤다.

'뭐가 저렇게 마음에 든다는 걸까?' 미하일로프는 생각했다. 그는 3년 전에 그린 그 그림에 대해 잊고 있었다. 그는 몇 달 동안 밤낮으로 온통 그 그림에 정신을 쏟으면서 경험했던 그 모든 고뇌와 환희를 완전히 잊어버리고 있었다. 완성된 그림에 대해 늘 잊고 지내듯, 그 그림도 그렇게 잊고 있었던 것이다. 그는 그 그림을 바라보기도 싫었지만, 그 그림을 구입할 영국인을 기다리고 있었기 때문에 내놓고 있었다.

"그건 오래전에 그린 습작이에요." 그는 말했다.

"정말 좋군!" 골레니셰프는 또다시 진심으로 그 그림의 아름다움에 빠져든 듯 말했다.

두 남자아이가 버드나무의 그늘에서 낚시질을 하고 있었다. 나이가 더 많아 보이는 아이는 이제 막 낚싯줄을 던지고 온 정신을 그것에 쏟으며 덤불 뒤에서 찌를 끌어당기고 있었다. 그 아이보다 어린 다른 아이는 풀밭에 누워 헝클어진 금발을 팔로 괴고 깊은 생각에 잠긴 듯한 파란 눈으로 수면을 바라보고 있었다. 그는 무슨 생각을 하고 있는 걸까?

이 그림에 대한 찬사는 미하일로프의 마음에 지난날의 흥분을 불러일으켰다. 그러나 그는 이런 찬사가 기쁘기는 했으나, 과거에 대한 무익한 감정이 두려운 데다 좋지도 않았기 때문에 방문객들의 관심을 세 번째 그림 쪽으로 돌려보려고 했다.

그런데 브론스키가 그 그림을 팔지 않겠냐고 물었고, 방문객들 때문에 흥분되어 있던 미하일로프는 돈 문제에 관한 얘기를 듣자 몹시 불쾌한 기분이 들었다.

"그 그림은 다른 사람에게 팔려고 내놓은 겁니다." 그는 우울한 표정으로 눈살을 찌푸리며 대답했다.

방문객들이 돌아간 후, 마하일로프는 빌라도와 그리스도의 그림 앞에 앉았다. 그리고 마음속으로 방문객들이 한 얘기와 비록 입에 올리지는 않았지만 그 방문객들에 의해 암시되었던 내용들을 되새겨보았다. 그런데 이상했다. 그들이 여기에 있었을 동안에는, 그리고 그가 그들의 관점으로 옮겨가 있었을 땐 그에게 그토록 중대한 의미를 가지고 있었던 것들이 갑자기 그 모든 의미를 잃어버린 것이다. 그는 이제 자기의 그림을 완전한 예술가의 시각으로 보기 시작했다. 그러자 자신의 그림이 완벽하고 의미를 가지고 있다는 것을 확신하게 되었다. 그것은 다른 모든 관심을 제거하기 위한 긴장감을 위해 그에게 필요한 것이었으며, 오직 그러한 상태에서만 그는 일을 계속할 수 있었다.

원근법으로 그려진 그리스도의 한쪽 발은 역시 제대로 된 것이 아니었다. 그는 팔레트를 들고 일에 착수했다. 그는 다리를 수정하면서도 배경 속에 있는 요한의 모습을 줄곧 들여다보았다. 방문객들은 그것을 알아채지는 못했지만, 그는 그 모습이 완성의 극치임을 알고 있었다. 발을 다 수정한 그는 그 형상을 손보려고 했으나, 그러기에는 자기가 너무나 흥분해 있는 것 같았다. 그는 마음이 너무 냉정해져도, 또 너무 마음이 풀어져서 모든 것을 지나치게 잘 볼 때도 일을 할 수가 없었다. 오직 냉정에서 감흥으로 옮아가는 그때만이 일을 할 수 있었다. 그런데 지금 그는 너무 흥분해 있었다. 그래서 그는 그림에다 덮개를 씌우려고 한 손으로 덮개를 들고는 잠시 멈춰 선 채 행복한 미소를 지으며 한참 동안 요한의 모습을 바라보았다. 마침내 그는 떨어지는 게 슬프다는 듯 덮개를 씌우고 피곤하지만 행복한 기분으로 집으로 갔다.

브론스키와 안나와 골레니셰프는 집으로 돌아오는 내내 유난히 쾌활하고 즐거웠다. 그들은 미하일로프와 그의 그림에 대해

이야기를 주고받았다. 그들은 이성이나 감정과 상관없이 타고
난 육체적 능력이라고 해석한, 화가가 경험하는 모든 것을 명명
하고 싶어서 사용한, '재능'이라는 말을 대화 도중에 자주 사용
하였는데 그 이유는 그들이 전혀 이해하지 못하지만 그래도 말
하고 싶은 것을 표현하기 위해 그 말이 필요했기 때문이었다. 그
들은 미하일로프에게 재능이 있다는 것은 부정할 수 없지만, 그
의 재능은 러시아 화가들의 공통적인 불행인 교육의 부족으로
발전하지 못했다고 말했다. 그러나 소년들을 그린 그림은 그들
의 기억 속에 깊이 새겨져, 그들의 대화가 그것에 대한 이야기로
돌아오곤 했다.

"굉장한 그림이었어! 그건 정말 성공적이야. 그 단순함! 그 남
자는 그 그림이 얼마나 좋은 작품인지 모르고 있어! 그래, 놓쳐
서는 안 되는데. 그걸 꼭 사야만 해." 브론스키는 말했다.

13

미하일로프는 브론스키에게 그림을 팔고 안나의 초상을 그리겠다고 했다. 그는 정해진 날에 찾아와서 작업을 시작했다.

다섯 번째 작업부터 그 초상화는 모두를, 특히 브로스키를 놀라게 했다. 그것은 실물과 닮았기 때문이 아니라 특별한 아름다움이 있었기 때문이었다. 미하일로프가 그녀의 그런 특별한 아름다움을 발견할 수 있었다는 것이 이상할 뿐이었다. '그녀의 가장 사랑스러운 마음의 표정을 찾아내기 위해서는 그녀를 잘 알고 또 내가 그녀를 사랑하는 것처럼 사랑해야만 해.' 브론스키는 그 자신도 이 초상화를 통해 비로소 그녀의 그 가장 사랑스러운 마음에서 나오는 표정을 발견했으면서도 이렇게 생각했다. 그러나 그 표정은 너무나 진정으로 그녀를 닮아서 그도, 다른 사람들도 마치 전부터 알고 있던 표정처럼 여겨질 정도였다.

"내가 얼마나 노력해왔는데, 나는 아무것도 얻은 게 없어." 브론스키는 자신이 그린 초상화에 대해 말했다. "하지만 그는 한

번 훑어보고는 그냥 그린단 말이야. 그게 바로 기교라는 거야.”

“곧 그렇게 되겠지.” 골레니셰프가 그를 위로했다. 그의 생각으로는 브론스키는 재능도 있고, 특히 예술에 대한 고양된 견해를 주는 교육이 바탕에 깔려 있었다. 브론스키의 재능에 대한 골레니셰프의 확신은 자기의 논문이나 사상에 대해 브론스키의 동감과 칭찬을 필요로 했기 때문이었고, 그는 칭찬도 지지도 상호적인 것이어야 한다고 느꼈다.

남의 집에서, 특히 브론스키의 팔라초에서 미하일로프는 자기의 화실에 있을 때와는 전혀 다른 사람 같았다. 그는 자기가 존경하지 않는 사람들과 가까워지는 것을 두려워하는 사람처럼 어색할 정도로 공손한 태도를 보였다. 그는 브론스키를 각하라고 불렀고 안나와 브론스키가 초대를 해도 결코 식사에 남지 않았으며, 그림을 그리기 위해 방문할 때를 제외하고는 한 번도 나타나는 적이 없었다. 안나는 다른 사람을 대하는 것보다 그에게 더욱 상냥하게 대했으며, 자기의 초상화에 대해 감사하게 생각하고 있었다. 브론스키도 좀 더 예의 바르게 그를 대했다. 그는 자기 그림에 대한 이 화가의 비평에 관심을 갖고 있는 게 분명했다. 골레니셰프는 예술에 대한 참된 이해를 미하일로프에게 세뇌시킬 기회를 놓치지 않았다. 그러나 미하일로프는 모든 사람들에게 여전히 냉담한 태도로 대했다. 안나는 그의 눈길에서 그가 자신을 보는 것을 좋아한다고 느꼈다. 그러나 그는 그녀와 대화하는 것을 피했다. 브론스키가 그의 그림에 대해 얘기할 때도 그는 굳게 입을 다물었고, 브론스키가 자기의 그림을 그에게 보여주었을 때도 역시 입을 다물고 아무런 말을 하지 않았다. 골레니셰프의 이야기를 부담스러워하는 게 분명했으나 반박하지는 않았다.

대체로 마치 적의라도 품고 있는 듯한 위축되고 불쾌한 미하일로프의 태도는 그를 가까이에서 알면 알수록 그들의 마음에 더욱 들지 않았다. 그래서 작업이 끝나고 훌륭한 초상화가 그들 손에 남게 되어 그가 더 이상 오지 않는 게 그들로서는 무척 기쁜 일이었다.

골레니셰프는 모두가 가지고 있던 생각, 즉 미하일로프는 단지 브론스키가 부러울 뿐이라는 생각을 먼저 털어놓았다.

"가령 그가 재능이 있으니까 부러워하지 않는다고 해도 그는 화가 나는 거라고. 자네는 고관이고 부자잖아, 게다가 백작(그들은 이런 모든 것을 증오하잖아)인데 특별한 노력도 없이, 비록 자기보다 뛰어나지는 않아도, 자기는 평생 몸 바쳐온 일을 똑같이 하고 있다는 게 화가 나는 거지. 아니, 무엇보다도 중요한 건 교육인데, 그 사람한테는 그게 없지 않은가."

브론스키는 미하일로프를 변호했지만 마음속 깊은 곳에서는 그것을 믿고 있었다. 왜냐하면 그의 생각에, 낮은 계급의 사람은 다른 사람을 부러워하기 때문이었다.

안나의 초상화, 브론스키와 미하일로프가 실물을 보고 그린 똑같은 그림은 브론스키에게 자기와 미하일로프와의 차이를 보여주어야만 했다. 그런데 그는 그것을 보지 못했다. 그는 미하일로프의 작품이 완성되자 이제는 쓸데없는 일이라고 여기고 안나의 초상화 그리는 작업을 그만두었다. 중세의 풍속을 소재로 한 그림은 계속 그렸다. 그리고 그 자신도 골레니셰프도, 특히 안나도 그 그림이 매우 훌륭하다고 생각했다. 왜냐하면 그 그림은 미하일로프의 그림보다 훨씬 더 명화와 비슷했기 때문이었다.

한편, 미하일로프는 안나의 초상화에 무척 마음이 끌렸음에도, 그림 작업이 끝나자 더 이상 골레니셰프의 예술에 대한 해설을 들을 필요도 없고 브론스키의 그림을 잊을 수 있게 돼서 그들보다 더욱 기뻤다. 그는 브론스키가 그림을 가지고 노는 것을 못하게 할 수 없다는 것을 잘 알았다. 그는 브론스키도 딜레탕트들도 자기들이 원하는 대로 그림을 그릴 충분한 권리를 가지고 있다는 것을 알고 있었다. 그러나 그는 그것이 불쾌했다. 사람이 밀랍으로 큰 인형을 만들어 그것에 키스하는 것을 금지할 수는 없다. 그러나 만약 그 사람이 인형을 가지고 와서 사랑에 빠진 남자 앞에 앉아, 그 남자가 사랑하는 여자를 애무하듯이 그 인형을 애무한다면 그 사랑에 빠진 남자는 불쾌할 것이다. 미하일로프는 브론스키의 그림을 볼 때마다 이와 같은 불쾌한 느낌을 경험했다. 그로서는 우스꽝스럽기도 하고 화가 나기도 하면서 안타깝기도 하고 모욕감마저 들었다.

회화와 중세시대에 대한 브론스키의 열정은 오래 지속되지 않았다. 그의 회화에 대한 재능은 그림을 끝낼 수 있을 정도는 아니었다. 그림은 중단되었다. 그는 처음에는 눈에 띄지 않던 결점들이 만약 그림을 계속 그린다면 결국 놀랄 만큼 두드러질 것이라는 사실을 어렴풋이 느꼈다. 자기에겐 아무런 할 말이 없다고 느끼면서도 아직 생각이 영글지 않았다고, 그것을 성숙시키며 자료를 준비하고 있다고 자기 자신을 끊임없이 속이는 골레니셰프와 똑같은 감정을 느꼈던 것이다. 그러나 이런 감정은 골레니셰프를 화나게도 하고 괴롭히기도 했지만, 브론스키는 자기 자신을 속이거나 괴롭힐 수 없었고 특히 격분할 수 없었다. 그는 천성적으로 결단력을 타고난 사람이었으므로 아무런 설명이나 변명도 없이 그림 그리는 일을 그만두었다.

그런데 이런 소일거리가 없어지자 그에게도, 그의 실망스러워하는 모습에 놀란 안나에게도 이탈리아에서의 생활이 너무도 무료하게 다가왔다. 문득 팔라초가 확연히 낡고 지저분해 보였고, 커튼의 얼룩, 바닥의 갈라진 틈, 처마의 회반죽에 이르기까지, 보는 자체가 불쾌했다. 늘 똑같은 골레니셰프, 이탈리아인 교수, 독일인 여행가와의 교제도 시무해졌으므로 마침내 생활을 바꾸어야만 했다. 그들은 러시아의 시골로 돌아가야겠다고 결심했다. 페테르부르크에서 브론스키는 형과 재산을 분배할 계획이었고, 안나는 아들을 만나볼 생각이었다. 그리고 여름은 브론스키 집안의 넓은 영지에서 보내기로 했다.

14

레빈은 결혼한 지 석 달째가 되었다. 그는 행복했다. 그러나 그 행복은 그가 기대했던 행복과는 차이가 있었다. 그는 매 순간 예전에 꿈꾸었던 것에 대한 실망과 함께 예기치 못한 새로운 매력을 발견하고 있었다. 그는 행복했다. 그러나 가정생활을 시작하면서 그는 자기가 상상하고 있던 것과는 전혀 다르다는 것을 매 순간 깨달았다. 호수 위를 떠가는 나룻배의 행복한 움직임을 넋을 잃고 바라보던 사람이 그 나룻배를 직접 타고 느끼는 것 같은 그런 기분을 매 순간 그는 경험했다. 즉, 흔들리지 않게 조용히 타고 있는 것만으로는 부족하다는 것을 알게 되었다. 어디로 항해할지 한순간도 잊지 않고 생각해야 하고, 발밑에는 물이 있으니 노를 저어야 하고, 익숙하지 않은 손의 움직임은 아프고, 보고만 있는 것은 쉽고 직접 하는 것은 기쁘지만 지극히 어렵다는 사실을 알게 된 것이다

독신일 때는 남의 결혼 생활, 사소한 걱정거리, 언쟁, 질투 같

은 것들을 보며 그는 마음속으로 비웃었다. 그는 자기의 신념에 따라, 앞으로 자기의 부부 생활에는 그런 일은 있을 수 없을 뿐만 아니라 모든 외면적인 형태조차도 모든 면에서 다른 사람의 생활과는 완전히 달라야만 한다고 여기고 있었다. 그런데 아내와의 생활은 특별하지 않을 뿐만 아니라 오히려 그 반대로 전에는 그가 그토록 경멸했던, 하지만 지금은 그의 의지에 반하여 특별하고도 중요한 의미를 지닌 보잘것없는 일들로 이루어져 있었다. 그리고 레빈은 그런 모든 사소한 일들의 정돈이 자기가 이전에 생각했던 것처럼 결코 쉬운 게 아니라는 것을 알았다. 레빈은 자신이 가정생활에 대해 지극히 정확한 개념을 가지고 있다고 여기고 있었지만, 그 역시 다른 모든 남자들과 마찬가지로, 가정생활을 아무런 장애도 있을 수 없고 또한 사소한 걱정으로 마음을 빼앗겨서도 안 될 사랑의 쾌락으로만 상상하고 있었다. 그의 생각에는, 그는 일을 하고 사랑의 행복 속에서 일로부터 휴식을 취해야만 했다. 그녀는 사랑을 받아야만 했다. 그게 전부였다. 그러나 그도 다른 모든 남자들과 마찬가지로, 그녀도 일을 해야만 한다는 사실을 잊고 있었다. 그래서 그는 이 시적이고 매력적인 키티가 결혼 생활의 첫째 주도 아니고 첫날부터 식탁보, 가구, 손님용 침구, 쟁반, 요리사, 식사 외에도 세세한 부분까지 생각하고 기억해 두는 것이 놀라울 따름이었다. 아직 약혼 시절에 그녀가 외국 여행을 거절하고 마치 무엇이 필요한지 자기는 알고 있다는 듯, 또 사랑 외의 일도 생각할 수 있다는 듯, 시골로 가겠다고 결심했을 때 그는 그녀의 결단성에 놀랐었다. 당시 그 일은 그의 기분을 상하게 했었다. 그런데 지금은 그녀의 소소한 근심과 걱정이 여러 번 그를 언짢게 하곤 했다. 그러나 그는 그것이 그녀에게 필요하다는 것을 알고 있었다. 그리고 그는 그녀를 사랑하고 있었기 때문에, 비록 왜 그러는 건지 이해할 수 없고 그러한 염려를 비웃기는 했지만, 그래도 그런 모습을 넋을 잃고 바라보지 않을 수 없었다. 그는 그녀가 모스크바에서 가지고 온 가구를 배치하고, 새로운 방법으로 자기 방과 그의 방을 정리하고, 커튼을 달고, 손님과 돌리를 위한 방을 미리 정해놓고, 자기의 새 몸종의 방을 정해주고, 요리사 영감에게 식사 준비를 시키고, 주방 일을 맡고 있는 아가피야 미하일로브나를 물러나게 해서 그녀와 말다툼을 하는 것을 보며 웃음이 절로 나왔다. 그는 요리사 영감이 그녀의 불가능한 서툰 명령을 넋을 잃고 들으면서 웃고 있는 모습이라든지, 아가피야 미하일로브나가 식료품 창고에서 젊은 마님의 새로운 지시에 대해 깊이 생각하는 듯 부드럽게 고개를 끄덕이는 모습을 보았다. 또 키티가 웃거나 울면서 자기를 찾아와서는 하녀인 마샤가 예전의 습관대로 자기를 아가씨로 생각하고 있어서 아무도 자기 얘기를 듣지 않는다고 하소연하던 그녀의 모습이 그는 너무도 사랑스러웠다. 이런 일은 그에게는 사랑스럽기도 하고, 또 이상하기도 했다. 그래서 그는 차라리 이런 일이 없었으면 좋을 것이라고 생각했다.

그는 결혼 후에 그녀가 경험하는 감정의 변화를 알지 못했다.

그녀는 시집오기 전에 집에서는 때때로 크바스에 곁들인 양배추 절임이라든지 과자를 먹고 싶어도 어느 하나도 얻을 수 없었다. 그러나 지금은 그녀가 원하는 것은 무엇이든 주문하고 산더미만큼 과자를 구입할 수도 있었고 돈도 원하는 만큼 쓸 수가 있었으며 어떤 케이크든 원하는 대로 주문할 수 있었다.

그녀는 돌리가 아이들을 데리고 오기를 즐거운 마음으로 꿈꾸고 있었다. 특히 아이들을 위해 각자 좋아하는 케이크를 주문해주고, 돌리가 새롭게 꾸민 그녀의 살림을 칭찬해줄 것이라는 생각을 했기 때문이었다. 그녀 자신은 어째서, 무엇을 위해서인지 몰랐지만 집안 살림은 억제할 수 없는 힘으로 그녀를 끌어당겼다. 본능적으로 봄이 다가오는 것을 느끼고 궂은 날도 올 것이라는 것을 알았던 그녀는 할 수 있는 한 자신의 보금자리를 꾸미고 동시에 그것을 어떻게 만드는지 서둘러 배웠다.

키티의 이런 소소한 걱정은 당초 레빈이 꿈꿨던 고상한 행복의 이상에 반하는 것이어서 그것 역시 그에게는 실망 중의 하나였다. 그러나 의미를 이해할 수 없는 그 사랑스러운 소소한 걱정은 그가 사랑하지 않을 수 없는 새로운 매력의 하나이기도 했다.

또 다른 하나의 매력이자 실망스러운 것은 말다툼이었다. 레빈은 자기와 아내 사이에 부드러움과 존경과 사랑의 관계 외에도 다른 관계가 있을 수 있다는 것을 결코 상상할 수 없었다. 그런데 갑자기 신혼 초부터 그들은 말다툼을 했던 것이다. 그녀는 그에게 '당신은 나를 사랑하지 않고 당신 자신만을 사랑하는 사람이에요.’라고 말하며 울음을 터트리고 두 손을 내저었다.

그들의 첫 번째 말다툼은 레빈이 새로 지은 농가로 갔을 때, 지름길로 가려다가 길을 잃고 30분쯤 늦어진 데서 시작되었다. 그는 그녀와 그녀의 사랑에 대해, 자기의 행복에 대해 생각하며 집으로 돌아오고 있었다. 그리고 집이 가까워질수록 그의 마음 속에서는 그녀에 대한 부드러운 사랑이 불타오르고 있었다. 그는 셰르바츠키 댁으로 청혼하러 찾아갔을 때 이상의 강한 감정으로 방 안으로 뛰어 들어갔다. 그러나 갑자기 그를 맞이한 것은 그가 아직까지 그녀에게서 한 번도 본 적이 없는 어두운 표정이었다. 그는 그녀에게 키스하려고 했으나 그녀는 그를 밀쳤다.

“무슨 일이오?”

“당신은 기분이 좋네요…….” 그녀는 침착하면서도 표독스럽게 말하기 시작했다.

그러나 그녀가 입을 열자, 무의미한 질투로 질책하는 말들과 꼼짝도 않고 30분 동안 창가에 앉아 그녀를 괴롭히던 것들이 온갖 비난의 말들로 쏟아져 나왔다. 그는 결혼식 후 그녀를 교회에서 데리고 나왔을 때 이해하지 못했던 것을 비로소 분명히 이해하게 되었다. 그는 그녀가 자기에게 가까운 사람일 뿐만 아니라 이제는 어디까지가 그녀이고 어디서부터가 그인지 모른다는 것을 깨달았다. 그것은 그 순간 경험한 괴로운 감정의 분열을 통해 깨달은 것이었다. 처음에 그는 모욕을 받은 느낌이었지만 이내 자기는 그녀에 의해 모욕을 받을 수 없다는 것을 느꼈다. 그녀는 곧 자기 자신이기 때문이었다. 그는 그 순간 갑자기 뒤에서 강하게 얻어맞은 사람이 화가 나서 복수하기 위해 뒤를 돌아보고 범인을 찾으려다가 그 범인이 자기 자신임을 확인하고는 누구한테 화내지도 못하고 스스로 아픔을 달랠 때 느끼는 것과 같은 감정을 느꼈다.

그는 그 이후로 한 번도 그런 강한 감정을 느낀 적은 없었지만, 그 첫 번째 다툼에서 오랫동안 정신을 차릴 수가 없었다. 자연스러운 감정으로는 그는 자기를 정당화시키고 그녀에게 잘못을 알려줘야 했다. 그러나 그녀에게 그 잘못을 증명해 보인다는 것은 그녀를 더욱 자극하는 일이고, 모든 불행의 원인인 불화를 더욱 키울 뿐이었다. 그에게 익숙한 감정으로는 그는 자기의 잘못을 거둬 내고 그녀에게 넘겨줘야 했다. 그러나 또 다른 더욱 강한 감정은 가능한 빨리 불화가 확대되기 전에 그것을 진정시켜야 한다는 것이었다. 이런 부당한 비난을 안고 그대로 있는 것은 괴로운 일이었지만, 정당화하느라 그녀에게 고통을 주는 것은 더욱 안 될 일이었다. 선잠 속에서 육체적 고통을 견디는 사람처럼 그는 자신에게서 아픈 부분을 떼어 내고 싶었다. 그러나 정신을 차리고 보니 그 아픈 부분이 바로 자기 자신이라는 것을 깨달았다. 그는 단지 아픈 부분이 아물도록 애써 돕는 수밖에 없었고, 그렇게 하려고 노력했다.

그들은 화해했다. 그녀는 말로 표현하지는 않았지만 자신의 잘못을 깨닫고 그에게 더욱 부드럽게 대하기 시작했다. 그리고 그들은 배가된 새로운 사랑의 행복을 느꼈다. 그러나 이 일도 이러한 충돌이 되풀이되는 것이나 예상치 못한 지극히 하찮은 이유로 발생하는 충돌을 막는 데 도움이 되지는 못했다. 이런 충돌은 그들이 아직 서로를 위해 무엇이 중요한지를 몰랐던지 또는 신혼 초기에 그들 모두 기분이 좋지 않은 이유로 자주 일어나곤 했다. 한 사람의 기분이 나빠도 다른 한 사람의 기분이 좋으면 평화가 깨지지는 않았다. 그러나 그들 모두 기분이 좋지 않은 상태에서는 이해할 수 없는 하찮은 이유로, 나중에는 무엇 때문에 다투었는지 기억조차 나지 않는 이유로 다툼이 일어나곤 했다. 실제로 두 사람 모두 기분이 좋을 때는 생활의 기쁨이 배가 되곤 했다. 그래도 결혼 초기에 두 사람에게는 고통스러운 시간이 있었다.

신혼 초기 내내 두 사람은 서로 묶여 있는 사슬을 양쪽에서 잡아당기는 듯한 팽팽한 긴장을 느끼고 있었다. 대체로 전해 내려오는 말을 듣고 레빈이 꽤나 기대했던 결혼 후 첫 달, 즉 밀월은 달콤하기는커녕 그 두 사람의 기억 속에 그들의 생애에서 가장 괴롭고 굴욕적인 시기로 남아 있었다. 그 후의 생활에서 두 사람은 그 병적인 시기, 두 사람이 정상적인 기분일 때가 드물었고 그들 자신으로 있었던 적이 드물었던 그 모든 기형적이고 수치스러웠던 상황을 기억 속에서 지워버리려고 애썼다.

결혼한 지 석 달째 되고, 그들이 한 달간 모스크바에서 머물고 돌아온 다음부터는 그들의 생활은 좀 더 순조로웠다.

15

그들은 막 모스크바에서 돌아와 자기들만의 은둔 생활을 기뻐하고 있었다. 그는 서재의 책상에 앉아서 글을 쓰고 있었고, 그녀는 결혼 초에 입곤 했던, 그에게는 특별히 기억에 남아 있는 소중한 자줏빛 드레스를 입고 레빈의 할아버지와 아버지의 서재에 항상 놓여 있던 그 낡은 가죽소파에 앉아 영국 자수를 뜨고 있었다. 그는 그녀가 옆에 있다는 느낌에 끊임없이 기뻐하면서 생각도 하고 글도 썼다. 그는 농사일도, 새로운 농사의 기초를 정리하기 위한 저술도 그냥 내버려 둔 것이 아니었다. 그러나 이전에는 이런 일들과 생각들이 자신의 생활 전체를 덮고 있던 어둠에 비하면 사소하고 하찮은 것으로 여겨졌었는데, 그와 마찬가지로 지금은 이 같은 일들이 행복의 빛으로 가득한 미래의 생활에 비하면 중요하지 않고 사소하게 여겨졌던 것이다. 그는 자기의 일을 계속하고 있었지만 이제 그의 관심의 무게중심이 다른 데로 옮겨졌고, 그 결과 그는 전혀 다른 시선으로 좀 더 선명하게 자신의 일을 바라보게 되었다는 것을 느꼈다. 이전에 그는 이 일 없이는 자신의 삶이 너무도 침울해질 것으로 느꼈었다. 그러나 지금은 삶이 너무 단조롭게 밝지 않도록 하기 위해 이 일이 그에게 필요했다. 쓴 원고를 집어 들고 다시 읽으면서 그는 만족스럽게도 이 일에 몰두할 가치가 있다는 것을 발견했다. 이 일은 새롭고 유용했다. 이전에 가지고 있던 많은 생각들이 불필요하고 극단적인 것이라고 여겨지기도 했으나 그의 기억 속에서 그 모든 일들이 새롭게 조명되자, 그간의 많은 공백이 분명해졌다. 그는 지금 러시아에서 농업 상태가 부진한 원인에 대해 새로운 장을 쓰고 있었다. 그는 러시아의 빈곤이 토지 소유권의 불공정한 분배나 잘못된 경향 때문만이 아니라, 최근 러시아에 비정상적으로 들어온 외래 문명, 특히 도시로의 집중화 현상을 촉진시킨 교통과 철도와 사치 풍조, 그 결과로 농업이 황폐해질 정도로 발전한 공업, 신용 대출과 그 동반자 격인 투기사업 때문이기도 하다는 것을 입증했다. 그는 한 나라의 부가 정상적으로 발전할 경우, 이런 모든 현상은 농업에 상당한 노동이 투입되어 농업이 올바르고 적어도 일정한 조건에 서 있을 때만 이루어진다고 생각했다. 또한 한 나라의 부는 일정하게, 특히 다른 부원이 농업을 앞지르지 않는 수준에서 성장해야만 하고, 교통망도 농업의 일정한 상태에 준하여 그에 맞아야만 한다고 생각했다. 그리고 러시아의 잘못된 토지 이용에서 볼 때 경제적인 필요에 의해서가 아니라 정치적인 필요에 의해서 부설된 철도는 시기상

조여서 기대했던 농업의 발전을 돕기는커녕 오히려 농업을 앞지르고 공업과 신용 대출을 활성화시키면서 농업의 발전을 가로막고 있다고 생각했다. 따라서 그것은 마치 동물의 한 기관이 한쪽으로만 치우쳐 지나치게 빨리 발달함으로써 전체적인 발달을 방해하는 것과 마찬가지로, 유럽에서는 시기적절하고 의심할 여지없이 필요한 것이라고 해도 러시아의 전체적인 부의 발전을 위해서는 신용 대출, 교통망, 공업의 발전은 시급하고 중요한 농업의 정리라는 문제를 제쳐놓음으로써 폐해가 된다고 여겼다.

그가 이런 글을 쓰고 있는 동안, 키티는 출발하기 전날 지나치게 눈치 없이 자기에게 따라붙던 젊은 차르스키 공작에게 남편이 얼마나 부자연스러운 관심을 보였던지 생각하고 있었다. '저이가 정말 질투를 하네!' 그녀는 생각했디. '세상에! 저이는 정말로 귀여운 바보로군. 나 때문에 질투를 하다니! 만약 저이가 나에게 저런 모든 사람들은 지나가는 요리사 표트르에 불과하다는 것을 안다면.' 그녀는 자기 스스로도 기이한 소유감을 가지고 그의 뒤통수와 빨간 목덜미를 바라보며 생각했다. '일의 맥을 끊는 건 안됐지만(그러나 그는 제시간에 끝낼 거야) 저이의 얼굴을 봐야겠어. 저이는 내가 보고 있는 것을 느낄까? 얼굴을 좀 돌리면 좋을 텐데……. 돌아봐요, 어서요!' 그녀는 시선의 효과를 증대시키기 위해 눈을 더욱 크게 떴다.

'그래, 그들은 모든 단물을 자기 쪽으로 뽑아내고는 거짓의 빛을 보여주고 있어.' 그는 쓰던 글을 멈추고 중얼거렸다. 그리고 그녀가 자기를 바라보며 미소 짓고 있는 느낌에 돌아보았다.

"왜?" 그는 미소를 머금고 일어서며 물었다.

'아, 돌아보았어.' 그녀는 생각했다.

"아무것도 아니에요. 그냥 당신이 돌아보았으면 좋겠다고 생각했어요." 그녀는 자기가 그의 일을 방해한 것에 대해 그가 못마땅해하는 건 아닌지 알아내려는 듯 유심히 살폈다.

"아아, 우리 둘이 있는 게 너무 좋군! 나는 그렇다는 거요." 그는 그녀한테 다가서며 행복한 미소를 머금은 환한 얼굴로 말했다.

"나도 좋아요! 아무데도 가지 않겠어요. 특히 모스크바요."

"그래, 당신은 무슨 생각을 하고 있었오?"

"나요? 난 말이에요……. 아니, 아니에요. 가서 마저 쓰세요. 딴 데 신경 쓰지 마시고요." 그녀는 입술을 모으며 말했다. "나도 지금 여기 이 구멍을 오려 내야 해요. 보이죠?"

그녀는 가위를 들고 오리기 시작했다.

"아니오, 어서 말해보오." 그는 그녀 옆에 다가앉아서 작은 가위가 동그랗게 움직이는 것을 보며 말했다.

"참, 내가 무슨 생각을 하고 있었지? 난 모스크바에 대해 생각하고 있었어요. 당신의 목덜미에 대해서요."

"어떻게 내게 이런 행복이 온 거지? 부자연스러워. 너무 행복하단 말이오." 그는 그녀의 손에 키스하며 말했다.

"난 그 반대예요. 좋을수록 더 자연스러워지던데요."

"당신 머리카락이⋯⋯." 그는 조심스럽게 그녀의 머리를 돌리며 말했다. "여기, 꼬인 머리카락. 아니, 아니오. 일이나 하지."

그러나 이제 더 이상 일은 계속되지 않았다. 그들은 차가 준비된 것을 알리려고 쿠지마가 들어왔을 때 잘못이라도 저지른 사람들처럼 화들짝 놀라 서로에게서 물러섰다.

"그런데 시내에서 돌아왔나?" 레빈은 쿠지마에게 물었다.

"지금 막 도착해서 짐들을 정리하고 있습니다."

"빨리 오세요." 그녀는 서재에서 나가며 그에게 말했다. "그렇지 않으면 당신 없이 편지를 읽을 거예요. 그리고 함께 피아노를 쳐요."

혼자 남은 레빈은 그녀가 사다 준 새 서류 가방에 자신의 원고를 넣고는 그녀와 함께 등장한 우아한 부속품이 붙어 있는 새 세면대에 손을 씻기 시작했다. 그는 자기만의 생각에 젖어 빙그레 웃었다. 그러고는 그 생각이 마땅치 않다는 듯 고개를 내저었다. 후회와 같은 감정이 그를 괴롭혔다. 그의 현재 생활에는 무언가 부끄럽고 나약하고, 그가 붙인 표현으로 카푸아[34] 석인 데가 있었

---

34 카푸아는 이탈리아의 도시명으로 제2차 포에니 전쟁 때 한니발은 이곳에서 겨울을 보내면서 군사들이 육체적으로나 정신적으로 사치스럽고 나태해져서 전투에서 패했다. 톨스토이는 자신의 일기에서 무기력한 생활을 '카푸아적'이라고 했다. 1870년대 언론은 보불전쟁에서 참패한 나폴레옹 3세가 통치하던 파리를 '카푸아'라고 했다.

다. '이렇게 사는 것은 좋지 않아.' 그는 생각했다. '이제 곧 석 달이 되는데, 나는 거의 아무것도 하지 않잖아. 오늘 거의 처음으로 진지하게 일을 잡았는데, 이게 뭐야! 시작하자마자 제쳐두었으니. 심지어 일상적인 일조차 거의 돌보지 않고 있잖아. 농사일은 거의 나가보지도 않고 있군. 그녀를 혼자 두고 나가는 게 마음이 쓰이기도 하고, 무료한 게 보이는걸. 나는 결혼 전의 생활이라는 건 그럭저럭 되는 대로 살면 된다고 여기면서, 진짜 생활은 결혼하면 시작된다고 생각했어. 그런데 곧 석 달이 되는데, 나는 지금까지 한 번도 이토록 무위하고 무익하게 시간을 보낸 적이 없었다. 아니, 이래서는 안 된다. 일을 시작해야만 해. 물론 그녀의 잘못은 아니지. 그녀를 질책할 일은 하나도 없어. 나 자신이 더 확고하고 남자다운 독립심을 보여야만 한다. 그렇지 않으면 나 자신은 물론 그녀도 이런 생활에 익숙해질 거야……. 물론 그녀의 잘못은 아니야.' 그는 스스로에게 말했다.

그러나 불만을 가진 사람이 그 불만에 대해 다른 누군가를, 무엇보다 자기와 가장 가까운 사람을 비난하지 않기란 어려운 일이다. 그래서 그녀의 잘못이라는 건 아니지만(그녀는 어떤 면에서도 잘못이 있을 수 없다), 단지 너무도 피상적이고 경박한 그녀의 교육 때문이라는 생각이 레빈의 뇌리에 어렴풋이 스쳤다(그 멍청한 차르스키, 나는 그녀가 그를 제지하고 싶어 했으나 할 수 없었다는 것을 알고 있다). '그래, 집안 살림에 대한 관심(그것은 그녀도 가지고 있었다)과 자기 치장에 대한 관심, 영국 자수에 대한 관심을 제외하면 그녀에게는 진지한 관심거리가 없다. 내 일에도, 농사에도, 농부들에게도, 상당한 재능을 보이는 음악에도, 독서에도 관심이 없다. 그녀는 아무 일도 하지 않으면서 너무도 만족스러워한다.' 레빈은 마음속으로 그것을 비판하면서 그녀가 앞으로 그녀 자신에게 다가올 활동 시기, 즉 남편의 아내로, 한 집안의 주부로 아이를 낳아서 기르고 교육시키게 될 시기를 위해 준비하고 있다는 것을 이해하지 못했다. 그는 그녀가 본능적으로 그것을 알고 그 무서운 노동을 준비하고 미래의 보금자리도 즐겁게 꾸미면서, 지금 자신이 누리고 있는 사랑의 행복과 태평한 순간들 속에서 자신을 질책하지 않는 것을 이해하지 못하고 있었다.

16

레빈이 2층으로 올라갔을 때, 그의 아내는 새 찻잔 세트를 앞에 놓고 새 은제 사모바르 옆에 앉아 있었다. 그녀는 차를 따른 찻잔을 든 아가피야 미하일로브나를 작은 탁자 옆에 앉히고, 끊임없이 서신 교환을 하던 돌리에게서 온 편지를 읽고 있었다.

"보세요, 마님께서 저를 앉히시고 같이 있자고 하시네요." 아가피야 미하일로브나는 키티에게 다정한 미소를 지어 보이며 말했다.

아가피야 미하일로브나의 이런 말 속에서 레빈은 근래 아가피야 미하일로브나와 키티 사이에 있었던 드라마의 막이 내렸음을 알았으며, 또 새로운 안주인에 의해 집안의 실권을 빼앗긴 아가피야 미하일로브나의 노여움에도 불구하고 키티가 그녀를 이기고 자기를 사랑하도록 만든 게 보였다.

"여기 당신의 편지를 읽는 중이에요." 키티는 글을 겨우 깨우친 사람이 쓴 듯한 편지를 그에게 건네며 말했다. "이것은 아마 그 여자분한테서 온 것 같아요, 당신 형님의 그……." 그녀는 말했다. "다 읽지는 않았어요. 이건 우리 집하고 돌리 언니한테서 온 거예요. 상상해보세요, 여보! 돌리는 사르마츠키의 댁에서 열린 어린이 무도회에 그리샤하고 타냐를 데리고 갔었대요. 타냐가 후작 부인이었다는군요."

그러나 레빈은 그녀의 얘기를 듣고 있지 않았다. 그는 얼굴을 붉히곤, 니콜라이 형의 정부였던 마리야 니콜라예브나에게서 온 편지를 받아 들고 읽기 시작했다. 이번이 벌써 마리야 니콜라예브나에게서 온 두 번째 편지였다. 첫 번째 편지에서 마리야 니콜라예브나는 그의 형이 아무런 잘못도 없는 자기를 내쫓아서 자기는 다시 가난하게 되었지만 요구하거나 바라는 것이 없다고 했다. 다만 니콜라이 드미트리예비치의 건강 상태가 좋지 않아서 자기가 옆에 없으면 쓰러질지도 모른다는 생각에 자기는 견딜 수가 없다며 감동적이고 순박한 말투로 덧붙이고는 그한테 형을 지켜봐달라고 부탁했었다. 지금의 편지는 내용이 달랐다. 그녀는 니콜라이 드미트리예비치를 찾아서 그와 함께 모스크바에서 살다가 그가 일자리를 구해 현청 소재지로 갔다고 했다. 그런데 거기서 상관과 말다툼을 해서 다시 모스크바로 돌아오는 도중에 병이 나서 이제는 거의 일어나지 못할 정도라고 적혀 있었다. '계속 당신 얘기만 하고 있습니다. 게다가 더 이상 돈도 없습니다.'

"여기를 읽어보세요. 돌리가 당신 애길 쓰고 있어요." 키티는 웃으며 말을 시작하다가, 갑자기 남편의 표정이 변한 것을 눈치 채고는 입을 다물었다.

"왜 그래요, 여보? 무슨 일이에요?"

"니콜라이가, 형이, 죽음이 임박하다고 적어 보냈오. 가 봐야 겠어."

키티의 얼굴빛도 갑자기 변했다. 후작 부인으로 분장한 타냐와 돌리에 대한 생각이 모두 사라져버렸다.

"그럼, 언제 떠날 거예요?" 그녀가 물었다.

"내일."

"그럼, 나도 당신과 함께 가요. 괜찮죠?" 그녀가 말했다.

"키티! 그게 무슨 소리오?" 그는 질책하는 듯한 어조로 말 했다.

"무슨 소리긴요?" 그녀는 자기의 제안을 마음 내키지 않는 듯 언짢게 받아들이는 그의 태도에 모욕을 느끼며 이렇게 말했다. "내가 가면 안 되는 이유가 뭐예요? 당신을 방해하지 않아요. 난……."

"내가 가는 건, 형이 죽어가고 있기 때문이오." 레빈이 말했다. "그런데 당신은 무엇 때문에……."

"무엇 때문이냐고요? 당신이 가는 이유와 같아요."

'나한테 이렇게도 중요한 순간에 저 사람은 혼자 있는 게 지루하다는 생각만 하고 있군.' 레빈은 이렇게 생각했다. 그리고 이런 중대한 일에서 그런 핑계는 그를 더욱 화나게 했다.

"그건 안 될 말이오." 그는 단호하게 말했다.

아가피야 미하일로브나는 이 일이 말다툼으로 이어질 것 같아지자 조용히 찻잔을 내려놓고 나갔다. 키티는 미처 그것도 눈치채지 못했다. 남편의 마지막 말투가 특히 자신의 말을 믿지 않은 것처럼 들려 모욕감이 들었다.

"나는 당신이 간다면 나도 당신과 함께 간다는 말을 하고 있는 거예요. 꼭 갈 거예요." 화가 난 그녀의 말투가 빨라졌다. "왜 안 된다는 거예요? 당신은 왜 안 된다고 말하는 거예요?

"왜냐하면 어디로 갈지, 어떤 길로 가게 될지, 어떤 호텔에 머물게 될지 모르기 때문이오. 당신이 있으면 신경을 써야 하니까."

레빈은 냉정해지려고 애쓰며 말했다.

"아니에요, 조금두 신경 쓸 것 없어요, 난 아무것도 필요 없어요. 당신이 갈 수 있는 곳이라면 나도 함께 할 수 있어요……."

"게다가 거기에는 당신이 가까이 지낼 수 없는 여자도 있단 말이오."

"거기에 어떤 사람이 있고, 무엇이 있는지 아무것도 모르고 알고 싶지도 않아요. 내가 아는 건 내 남편의 형님이 죽어가고 있고, 남편이 그에게로 가려고 한다는 것이에요. 그래서 나도 남편과 같이 가서……."

"키티! 화내지 말고, 한번 생각해보오. 이 일은 너무도 중대한 일인데 당신이 혼자 집에 있고 싶지 않은 연약한 마음과 혼동하는 것 같아서 마음이 아프군. 그럼 혼자 지내는 게 무료할 것 같으면 모스크바에 가 있으시오."

"그렇군요. 당신은 언제나 나에 대해 그런 나쁘고 비열한 생각을 결부시키는군요." 그녀는 모욕감과 분노로 눈물을 머금고 말하기 시작했다. "난 그런 것은 상관없어요. 난 결코 나약하지 않아요. 결단코 그렇지 않아요. 난 단지 남편이 슬픔에 빠져 있을 때 남편과 함께 있는 게 내 의무라고 생각했을 뿐이에요. 그런데 당신은 일부러 나를 아프게 하고 일부러 이해하지 않으려고 하는군요."

"아니, 이건 끔찍한 일이오. 노예가 된 것 같아!" 레빈은 일어나며 자기의 화를 더 이상 억누르지 못하고 소리를 질렀다. 그러나 그 순간 그는 자기 자신을 스스로 때리는 것 같은 기분이 들었다.

"그럼 당신은 왜 결혼하셨어요? 자유로웠더라면 좋았을 텐데요. 왜 결혼한 거예요? 후회하는 거라면……." 그녀는 이렇게 말하고는 벌떡 일어나 객실로 뛰어나갔다.

그가 뒤를 따라갔을 때 그녀는 어깨를 들썩이며 울고 있었다.

그는 그녀를 설득하기 위한 말보다는 진정시킬 수 있는 말을 찾으려고 애쓰며 얘기를 시작했다. 그러나 그녀는 그가 하는 말을 들으려고도 하지 않고, 그 어떤 말도 받아들이지 않았다. 그는 그녀에게로 몸을 굽히고, 잡히지 않으려고 빼는 그녀의 손을 잡았다. 그는 그녀의 손에, 그녀의 머리에, 그리고 또다시 그녀의 손에 키스했다. 그녀는 줄곧 아무런 말도 하지 않았다. 그러나 그가 양손으로 그녀의 얼굴을 감싸고 "키티!"라고 부르자, 갑자기 그녀는 제정신을 차리고 조금 울다가 진정되었다.

그들은 내일 같이 가기로 결정했다. 레빈은 아내에게 자기는 그녀가 도움이 되기 위해 떠나고 싶어 한다는 것을 믿는다고 말했다. 그리고 마리야 니콜라예브나가 형의 옆에 있는 것이 결코 예의에 어긋날 게 없다는 점에도 동의했다. 그러나 여행을 하면서도 그의 마음속 깊은 곳에서는 그녀에게도 그 자신에게도 불만이 남아 있었다. 그녀에 대해서는 필요할 때 자기를 떠나보내주지 않았다는 것에 대한 불만이 있었다(여태까지는 그녀로부터 사랑을 받을 수 있다는 행복을 감히 믿을 수 없었던 그가 지금은 그녀로부터 지나칠 만큼 사랑을 받고 있어서 자기를 불행하다고 느끼고 있다는 것은 얼마나 야릇한 일인가!). 그 자신에 대한 불만은 자기 성격대로 밀어붙이지 못한 것이었다. 더욱이 그의 마음속 깊은 곳에서는 그녀가 형과 같이 있는 여자와 아무런 상관이 없다는 것에 동의하지 않고 있었다. 그리고 그는 두려운 마음으로 앞으로 있을지 모를 엄청난 온갖 충돌에 대해 생각해보았다. 그의 아내, 그의 키티가 그런 여자와 한방에 있게 된다는 그 사실 하나만으로도 혐오와 공포로 몸서리가 쳐졌다.

17

니콜라이 레빈이 누워 있는 현청 소재지의 호텔은 새로운 완벽한 계획대로 지어진 시골 호텔 가운데 하나로, 깨끗하고 안락했으며 우아하기까지 했다. 그런데 이런 호텔들은 그곳을 방문하는 사람들에 의해 매우 빠른 속도로 현대식 건축이라는 이름뿐, 구식의 지저분한 호텔들보다 더욱 불결한 선술집으로 전락했다. 이 호텔도 그런 상태에 있었다. 더러운 제복 차림에 입구에서 담배를 피우고 있는 호텔의 문지기로 보이는 군인, 음침하고 불쾌한 철제 계단, 더러운 연미복을 입은 무례한 급사, 먼지가 쌓인 밀랍 꽃다발이 탁자를 장식하고 있는 큰 홀, 여기저기에 널린 먼지와 더러움과 불결함, 게다가 이 호텔의 새로운 철도식 자기만족의 서비스라고 하는 이 모든 것들은 레빈 부부에게 신혼생활 이후로 가장 큰 괴로움을 안겨주었다. 특히 이 호텔이 불러일으킨 가식적인 인상은 그들이 기대했던 것과는 도무지 화합할 수 없는 것이었기에 더욱 괴로웠다.

늘 그렇듯, 그들은 얼마 정도 가격의 방을 원하는지 묻고 난 후에 좋은 방은 하나도 남아 있지 않다는 것을 알렸다. 좋은 방 하나는 철도 검열관이, 또 하나는 모스크바에서 온 변호사가, 나머지 하나는 시골에서 온 아스타피예바 공작 부인이 투숙해 있었다. 그리고 지저분한 방 하나가 남아 있었고, 그 방 옆에 방 하나가 저녁에 빌 거라고 했다. 레빈은 자기가 예상했던 일, 즉 자기 마음은 온통 형에 대한 걱정으로 가득한데 도착하자마자 곧장 형에게 달려가지 못하고 아내를 걱정해야 할 것이라는 예상이 그대로 일어난 것에 대해 아내를 못마땅하게 생각하면서 그녀를 정해진 방 쪽으로 데리고 갔다.

"가세요, 가세요!" 그녀는 주눅들고 미안해하는 눈빛으로 그를 쳐다보며 말했다.

그는 말없이 방을 나왔다. 거기서 그는 자기의 도착을 알고도 안으로 들어올 엄두를 내지 못하고 서 있던 마리야 니콜라예브나와 마주쳤다. 그녀는 그가 모스크바에서 보았을 때와 똑같은 모습이었다. 똑같은 모직 옷과 노출된 팔과 목, 선하면서도 둔해 보이는 약간 통통한 얽은 얼굴 그대로였다.

"그래, 어때요? 형은 어떻습니까? 어떤가요?"

"아주 좋지 않아요. 일어나지를 못하세요. 줄곧 당신을 기다리고 계셨어요. 그분은……, 당신은……, 부인과 함께……."

처음에 레빈은 그녀가 왜 어쩔 줄 몰라 하는지 그 이유를 몰랐다. 그러나 이내 그녀는 그것을 분명히 했다.

“전 나갈게요. 부엌에 가 있을 거예요.” 그녀는 이렇게 말했다. “그분은 기뻐하실 거예요. 그분도 들으셔서 알고 계세요. 외국에서 만나셨던 것도 기억하고 계세요.”

레빈은 그녀가 자기 아내 얘기를 하고 있다는 것을 알았지만 무슨 대답을 해야 할지 몰랐다.

“갑시다, 갑시다!” 그는 말했다.

그러나 그가 움직이자마자 그의 객실 문이 열리면서 키티가 내다보았다. 레빈은 아내가 그녀 자신과 그를 이런 곤란한 상황에 빠뜨린 것에 대해 부끄러움과 분노로 얼굴이 붉어졌다. 그러나 마리야 니콜라예브나는 한층 더 붉게 달아올랐다. 그녀는 온몸이 위축되면서 눈물이 날 정도로 빨개졌다. 그리고 무슨 말을 해야 할지, 무엇을 해야 할지 몰라 양손으로 손수건 끝을 붙잡고 빨개진 손가락으로 만지작거렸다.

그 순간 레빈은 키티가 그녀로서는 이해할 수 없는 이 무서운 여자를 바라보는 시선에서 탐욕스러운 호기심의 빛을 보았다. 그러나 그것은 한순간일 뿐이었다.

“그래, 어떠세요? 형님은 어떠신가요?” 키티는 남편을, 그리고 그녀를 바라보며 말했다.

“복도에서 얘기할 수는 없지 않소!” 레빈은 이때 마치 볼일이 있는 것처럼 다리를 후들거리면서 복도를 지나가는 신사를 못마땅한 시선으로 바라보며 말했다.

“그래요. 그럼 들어오세요.” 키티는 마음을 진정시킨 마리야 니콜라예브나를 향해 말했지만 놀란 듯한 남편의 얼굴을 보고는 "아니면, 다녀오세요. 어서요. 나중에 저를 데리러 사람을 보내세요." 하고 말하고는 방 안으로 들어갔다. 레빈은 형에게로 갔다.

그가 형에게서 보고 느낀 것은 전혀 예상치 못했던 것이었다. 그는 폐병 환자들에게서 흔히 나타나는 것이라고 들었던, 가을에 형이 왔을 때 자기를 몹시 놀라게 했던, 그런 자기기만의 상태를 발견하게 되리라고 예상하고 있었다. 그는 눈앞에 닥친 죽음으로 훨씬 더 쇠약해지고 훨씬 더 마른 육체적 징후를 보게 될 것이라는 예상은 했지만 그래도 거의 이전과 똑같은 상태일 거라고 생각하고 있었다. 그리고 그는 자기가 이전에 경험했던 감정, 즉 죽음에 대한 공포와 사랑하는 형을 잃는 것에 대한 애석한 감정을 좀 더 강하게 느끼게 될 것이라고 예상하고 있었다. 그리하여 그는 그것에 대한 마음의 준비를 하고 있었는데, 전혀 다른 모습을 보게 된 것이다.

페인트칠을 한 벽에는 침이 뱉어져 있고, 얇은 칸막이 너머로 사람의 말소리가 들려오는 작고 더러운 방 안은 숨이 막힐 듯 불결한 냄새가 가득 배어 있었다. 그리고 그는 벽에서 조금 떨어진 침대 위에 담요에 싸여 누워 있는 하나의 육체를 보았다. 그 육체의 한 손은 담요 위로 나와 있었는데, 갈퀴 같은 그 손의 큼직한 손목은 처음부터 중간까지 가늘고 고른 긴 팔뼈에 기이하게 붙어 있었다. 머리는 베개 위에 옆으로 뉘어 있었다. 그의 관자놀이 위의 땀에 밴 성긴 머리카락과 투명해 보이는 팽팽한 이마가 레빈의 눈에 들어왔다.

'이 무서운 육체가 니콜라이 형이라니.' 레빈은 생각했다. 그러나 가까이 가서 그 얼굴을 보고는 의심할 수가 없었다. 얼굴의 끔찍한 변화에도 불구하고 이 시체 같은 육체가 살아 있는 형이라는 무서운 사실을 믿는 데는, 방에 들어서는 자기를 향해 치켜뜬 형의 그 생기 있는 눈빛과 들러붙은 콧수염 아래로 옅게 움직이는 입술을 보는 것으로 충분했다.

반짝이는 눈은 엄하게 책망하는 듯 들어오는 동생을 바라보았다. 그러자 이내 그 시선으로 살아 있는 사람들 사이에서 느껴지는 생명의 관계가 형성되었다. 레빈은 곧 자기를 응시하는 시선에 담긴 질책과 자신의 행복에 대한 회한을 느꼈다.

콘스탄틴이 형의 손을 잡자, 니콜라이가 빙그레 웃었다. 그러나 그 웃음은 겨우 보일 정도로 희미했다. 그리고 그 웃음에도 불구하고 엄한 눈빛은 여전했다.

"너도 이런 모습의 날 보게 될 거라고 예상하지 못했겠지." 니콜라이는 힘겹게 말했다.

"네……, 아니요." 레빈은 말을 더듬고 있었다. "왜 좀 더 일찍 알려주지 않았어요? 내 결혼식 무렵에 말이에요. 난 여기저기 수소문했었어요."

침묵을 피하기 위해 얘기를 해야만 했다. 그러나 레빈은 무슨 말을 해야 할지 몰랐다. 더욱이 형은 아무런 대답도 하지 않고 그에게서 눈을 떼지 않고 바라보면서 그가 하는 말의 의미 하나하나를 파고들었기에 더욱 그랬다. 레빈은 형에게 아내가 함께 왔다는 사실을 알렸다. 니콜라이의 얼굴에 만족하는 빛이 엿보였으나, 자기의 상태가 그녀를 놀라게 할까 두렵다고 말했다. 침묵이 흘렀다. 갑자기 니콜라이가 몸을 꼼작이더니 무언가 말하기 시작했다. 레빈은 그의 얼굴 표정에서 무언가 특별히 의미심장한 말을 기다렸다. 그러나 니콜라이는 자기의 건강에 대한 얘기를 꺼냈다. 그는 의사를 비난하면서 모스크바에 명의가 없는 것을 안타까워했다. 그래서 레빈은 그가 아직 희망을 가지고 있다는 것을 알았다.

레빈은 한순간이라도 괴로운 감정에서 벗어나기 위해 침묵의 순간을 틈타 일어나서 아내를 데려오겠다고 말했다.

"그런, 그래라. 난 여기 좀 치우도록 일러야겠다. 여기는 더러워서 악취가 날 거야. 마샤, 여기 좀 치워줘." 병자는 힘겹게 말했다. "그리고 다 치우면 나가 있어." 그는 물어보는 듯이 동생을 살피며 이렇게 덧붙였다.

레빈은 아무런 대답도 하지 않았다. 복도로 나오자 그는 걸음을 멈췄다. 그는 아내를 데려오겠다고 했지만, 지금 자기가 경험한 감정을 되새겨보고는 반대로 그녀가 병자한테 오지 못하도록 설득해야겠다고 마음먹었다. '그녀가 왜 나처럼 괴로움을 겪어야 하지?' 그는 생각했다.

"그래, 어때요? 어떤 상태세요?" 키티는 놀란 표정으로 물었다.

"아, 끔찍해. 끔찍한 일이오! 당신은 왜 따라온 거요?" 레빈이 말했다.

키티는 한동안 아무런 말없이 겁에 질린 슬픈 표정으로 남편을 바라보았다. 그리고 그에게로 다가가서 두 손으로 그의 팔꿈치를 잡았다.

"코스챠, 날 그분에게 데리고 가줘요. 둘이 있는 게 더 나을 거예요. 제발 날 데리고 가주세요. 제발요. 정말이에요. 그리고 나가세요." 그녀가 말했다. "당신을 보면서 그분을 보지 않는 게 내게 얼마나 괴로운 일인지 당신은 이해하셔야 해요. 내가 거기에 가면 당신에게도 그분에게도 도움이 될 수 있을 거예요. 제발 허락해줘요!" 그녀는 마치 삶의 행복이 그것에 달려 있기라도 하다는 듯 남편에게 애원했다.

레빈은 승낙하지 않을 수 없었다. 그리고 그는 마리야 니콜라예브나에 대해서는 완전히 잊고, 마음을 추스른 후에 키티와 함께 다시 형에게로 갔다.

그녀는 가볍게 걸으며, 과감하고 동정 어린 얼굴로 남편을 끊임없이 바라보며 병자의 방으로 들어갔다. 그리고 서둘러 몸을 돌려 소리가 나지 않도록 문을 닫았다. 그녀는 발소리를 죽이고 얼른 병자의 침상으로 다가갔다. 그리고 병자가 고개를 돌리지 않아도 되는 쪽으로 가서는 바로 자기의 젊고 싱싱한 손으로 그 뼈만 남은 큼직한 손을 쥐고, 마음을 다치지 않게 하면서도 연민이 가득한 여성 특유의 동정 어린, 조용하고 생기 있는 어조로 병자와 이야기를 나누기 시작했다.

"소덴에서 뵌 적이 있어요. 서로 인사를 나누지는 않았지만요." 그녀가 말했다. "제가 당신의 제수가 되리라고는 생각도 못하셨을 거예요."

"당신은 나를 알아보지 못하실걸요." 그는 그녀가 오자 환하게 미소를 지으며 말했다.

"아니요, 알아보았어요. 정말 저희들에게 잘 알려주셨어요! 코스챠는 당신 생각을 하면서 걱정하지 않은 날이 없었거든요."

그러나 병자의 생기는 오래 지속되지 못했다.

그녀가 미처 말을 끝내기도 전에 그의 얼굴에는 죽어가는 사람이 산 사람을 부러워하는 준엄하고도 질책하는 듯한 표정이 나타났다.

"제 생각에 이 방은 당신에게 좋지 않은 것 같아요." 그녀는 뚫어지게 바라보는 그의 시선을 피해 방을 둘러보며 말했다. "호텔 주인에게 다른 방이 있는지 알아봐야겠어요." 그녀는 남편에게 말했다. "우리와 가깝게 있도록 말이에요."

18

레빈은 형을 편안하게 바라볼 수 없었고, 형 앞에서 자연스럽고 침착하게 행동할 수가 없었다. 병자의 방으로 들어갈 때면, 그의 눈과 주의는 무의식적으로 흐려져서 형의 상태를 자세히 살필 수도, 판단할 수도 없었다. 그는 지독한 악취를 느꼈고, 더러움과 무질서, 고통스러운 상황과 신음소리를 들으며 형을 돕는 건 불가능하다고 느꼈다. 그의 머릿속에는 환자의 상태를 자세히 살펴야 한다는 생각, 즉 육신이 담요 아래서 어떻게 누워 있는지, 그 깡마른 종아리와 대퇴부 등이 어떻게 구부러져 놓여 있는지, 그를 어떻게 좀 더 편히 눕힐 수 있는지, 지금보다 더 낫지는 않아도 더 이상 나빠지지 않게 하려면 어떻게 해야 하는 건지에 대한 생각은 떠오르지도 않았다. 그가 그런 모든 것들에 대해 자세히 생각하기 시작하자 등골이 싸늘해졌다. 그는 생명을 늘이거나 고통을 가볍게 해줄 그 어떤 방법도 없다는 것을 굳게 확신했다. 그러나 그 어떤 도움도 줄 방법이 없다고 레빈이 인식하는 것을 느끼게 된 환자는 화가 났다. 그래서 레빈은 더욱 괴로웠다. 그는 환자의 방에 있는 것도 괴로웠지만 그의 방에서 나와 있는 것은 더욱 괴로웠다. 그래서 그는 끊임없이 온갖 핑계를 대면서 병실을 나왔다가 혼자 있지 못하고 다시 들어가곤 했다.

그러나 키티는 전혀 다르게 생각하고 느끼고 행동했다. 환자를 보자, 그녀는 그가 가엾게 여겨졌다. 그런 여성스러운 마음속에서 깨어난 그녀의 연민은 그녀의 남편에게서 나타났던 두려움이나 혐오감과는 전혀 다른, 환자의 상태를 자세히 알고 그에게 도움을 주어야 한다는 의욕을 불러일으켰다. 그리고 그녀의 마음속에 그를 도와야만 한다는 것과 그 가능성에 대해 추호의 의심도 없었기 때문에 그녀는 당장 일을 시작했다. 그리고 생각하는 것만으로도 레빈을 두렵게 만들었던 그 모든 세세한 일들은 곧 그녀의 주의를 끌었다. 그녀는 의사를 부르러 사람을 보내고, 약국으로도 사람을 보냈다. 그녀는 자기가 데려온 하녀와 마리야 니콜라예브나에게 쓸고 털고 닦도록 지시하고, 자기 자신도 뭐가를 씻고 닦고 또 담요 밑으로 무언가 넣기도 했다. 그녀의 지시에 따라 환자의 방으로 뭔가 들여놓기도 하고 또 기기서 무언가 내가기도 했다. 그녀 자신도 복도를 오가며 만나는 사람들에 대해 신경 쓰지 않고 수차례 자기 방으로 오가며 시트, 베갯잇, 수건, 셔츠를 꺼내 가지고 왔다.

홀에서 기사들의 식사 시중을 들던 급사는 그녀가 부를 때마다 화난 얼굴로 수차례 왔다 가곤 했다. 그녀는 거절할 수 없게 상냥하지만 집요하게 지시했기 때문에 그 지시를 따르지 않을 수 없었다. 레빈은 이 모든 것이 마음에 들지 않았다. 이런 것들이 병자를 위해 유익할 것이라고 그는 믿지 않았다. 무엇보다도 그는 환자가 노여워할까 봐 두려웠다. 그러나 환자는 그것에 대해 무관심해 보였고, 그다지 화가 난 것 같지도 않았다. 단지 부끄러워하면서 대체로 그녀가 자기에게 하는 일에 흥미를 가지고 있는 것 같았다. 키티의 지시대로 의사에게 다녀온 레빈은 문을 열다가, 마침 키티의 지시대로 환자에게 내복을 갈아입히는 것을 보았다. 길쭉한 하얀 등뼈, 불거져 나온 커다란 견갑골과 드러난 갈비뼈, 그리고 등뼈가 드러난 환자의 모습이 보였다. 마리아 니콜라예브나와 급사는 축 늘어진 긴 손을 루바슈카의 소매에 끼지 못해서 쩔쩔매고 있었다. 키티는 그쪽은 보지 않고, 레빈이 들어온 문을 얼른 닫았다. 환자가 신음소리를 내자, 그녀는 빨리 그쪽으로 갔다.

"서둘러요." 그녀가 말했다.

"오지 말아요." 환자는 성난 목소리로 말했다. "나 혼자서……."

"뭐라고 하셨어요?" 마리아 니콜라예브나가 다시 물었다.

그러나 키티는 그의 말을 알아듣고, 그가 그녀 앞에서 알몸을 드러내 보이는 것을 부끄럽고 불쾌하게 여긴다는 것을 알아차렸다.

"보지 않아요. 안 봐요!" 그녀는 손을 바로잡아주며 말했다.

"마리야 니콜라예브나, 당신은 저쪽으로 가서 바로잡아주세요."
그녀는 덧붙였다.

"저기요, 내 작은 손가방 안에 작은 유리병이 있어요." 그녀는
남편을 향해 말했다. "옆 주머니에 있으니까 좀 가져다주실래
요? 그동안 여기는 깨끗이 치워놓을 거예요."

유리병을 가지고 돌아온 레빈은 환자가 이미 눕혀져 있고, 그
의 주위의 모든 것이 완전히 달라져 있는 것을 발견했다. 역겨운
악취도 향수가 섞인 식초 냄새로 바뀌었다. 키티는 입술을 내밀
고 발그레한 볼을 부풀려서 작은 대롱으로 그것을 뿜어내고 있
었다. 먼지는 어디에도 보이지 않았고, 침대 밑에는 양탄자가 깔
려 있었다. 탁자 위에는 유리병과 물병이 정돈되어 놓여 있었고,
필요한 속옷과 키티의 영국 자수가 정돈되어 있었다. 환자의 침
대 옆에 다른 탁자에는 음료와 양초의 가루약이 있었다. 깨끗하
게 몸이 씻기고 머리가 빗질된 환자는 부자연스러울 정도로 여
윈 목 주위를 감싼 하얀 깃이 달린 새 루바슈카를 입고 정갈한
시트 위에 놓인 높은 베개를 베고 누워 있었다. 그는 새로운 희
망을 품은 눈빛으로 눈도 떼지 않고 키티를 바라보고 있었다.

클럽에서 발견하여 레빈이 데리고 온 의사는 니콜라이 레빈
을 치료하던, 그가 불만스럽게 여기던 그 의사가 아니었다. 새
의사는 청진기를 꺼내 환자를 진찰했다. 그리고 고개를 젓고는
처방을 적어주며 약을 어떻게 복용해야 하는지, 식이요법은 어
때야 하는지 상세히 설명했다. 그는 날계란이나 계란 반숙, 일정

한 온도로 데운 우유를 탄 젤테르 광천수를 권했다. 의사가 떠나고 환자가 뭐라고 동생에게 말을 했는데, 레빈은 단지 '너의 카챠'라고 하는 마지막 말만 알아들었다. 그러나 그녀를 바라보는 그의 눈빛을 보고 레빈은 그가 그녀를 칭찬하는 것이라는 사실을 알았다. 그는 그녀를 카챠라고 부르며 옆으로 오라고 했다.

"난 벌써 아주 좋아졌어요." 그가 말했다. "당신이 간호해주었다면 벌써 오래전에 나았을 텐데 말이에요. 기분이 정말로 좋군요!" 그는 그녀의 손을 잡아당겨 자기 입술로 가져갔다가 그녀가 불쾌해할지도 모른다는 두려움에 생각을 바꿔 그녀의 손을 쓰다듬기만 했다. 그러자 키티는 두 손으로 그의 손을 꼭 쥐어주었다.

"이젠 나를 왼쪽으로 돌려서 눕혀주고 가서 자도록 해요." 그가 말했다.

아무도 그가 하는 말을 알아듣지 못했으나 유일하게 키티만이 그것을 알아들었다. 그녀가 마음속으로 그에게 무엇이 필요한지 끊임없이 살피고 있었기 때문이었다.

"돌아누우시겠대요." 그녀는 남편에게 말했다. "항상 저쪽을 보고 주무신대요. 돌려 뉘어드려요. 급사를 부르는 건 불쾌해요. 나는 할 수 없는데. 당신도 못하시겠어요?" 그는 마리야 니콜라예브나를 향해 말했다.

"무서워요." 마리야 니콜라예브나가 대답했다.

레빈은 두 손으로 저 끔찍한 육체를 안고, 알고 싶지도 않은

담요 밑으로 손을 대야 한다는 게 꺼림직했지만, 아내의 기세에
눌려 아내에게도 익숙한 결연한 표정으로 양손을 담요 밑으로
넣어 안으려고 했다. 그러나 레빈은 힘이 좋았음에도 불구하고
그 야윈 몸의 엄청난 무게에 놀랐다. 그가 자신의 목을 큼직한
야윈 손으로 감싸는 것을 느끼며 형을 돌려 눕히는 동안, 키티는
재빨리 소리가 나지 않게 베개를 뒤집어 두드리고는 환자의 머
리와 또다시 관자놀이 위에 들러붙은 성긴 머리카락을 바로잡
아주었다.

　환자는 동생의 손을 자기 손 안에 꼭 쥐고 있었다. 레빈은 형
이 그 손으로 무언가 하려고 어디론가 잡아당기는 것을 느꼈다.
레빈은 그대로 손을 맡겼다. 그러자 형은 그 손을 자기 입으로
가져가 키스했다. 레빈은 흐느낌으로 몸을 들썩였다. 그러고는
아무 말도 할 수 없어서 방에서 나와버렸다.

19

'지혜로운 자들에게는 숨기시고 아이들과 무지한 자들에게는 드러내셨도다.' 레빈은 그날 밤 아내와 대화를 하면서 그녀에 대해 이렇게 생각했다.

레빈이 성경의 잠언에 대해 생각한 것은, 자기 스스로 지혜로운 자라고 생각해서가 아니었다. 그는 자신이 지혜롭다고 생각하지 않았다. 그러나 그는 자기가 아내나 아가피야 미하일로브나보다 더 현명하다는 생각을 하지 않을 수 없었고, 죽음에 대해서도 온 마음을 다해 깊이 생각했다는 것을 인정하지 않을 수 없었다. 그는 또 지성을 갖춘 많은 남자들이 죽음에 관한 생각을 적은 책을 읽었는데, 지금 자기 아내나 아가피야 미하일로브나가 알고 있는 것의 백분의 일도 모른다는 생각이 들었다. 형 니콜라이가 그렇게 불렀고, 지금은 레빈 자신 또한 그녀를 그렇게 부르는 것을 특히 좋아하게 된 카챠와 아가피야 미하일로브나, 이 두 사람이 아무리 다르다고 해도 이 일에서만큼은 완전히 닮아 있었다. 그녀들은 지금 레빈에게 제시된 질문에 대한 해답은커녕 그 질문 자체도 이해하지 못했지만, 현실 속에서의 삶과 죽음이 무엇인지는 분명히 이해하고 있었다. 그리고 그녀들은 이 현상의 의미에 대해 조금의 의심도 품지 않았으며, 자기들끼리만 주고받는 것이 아닌 수백만의 사람들과 똑같은 견해를 공유하며 죽음을 바라보고 있었다. 그 증거로 그녀들은 죽어가는 사람에 대해 어떻게 행동해야 하는지 순간의 망설임도 없이 알고 있었고, 두려워하지도 않았다. 그들은 죽음이 무엇이라는 것을 분명히 알고 있었다. 레빈이나 다른 사람들은 죽음에 대해 많은 말들은 할 수 있었지만 분명히 알지는 못했다. 왜냐하면 그들은 죽음을 두려워하면서 사람들이 죽어갈 때는 어떻게 해야 하는지 확실히 몰랐기 때문이다. 만약 레빈이 지금 니콜라이 형과 단둘이 있었다면, 그는 다만 공포의 눈으로 형을 바라보면서 공포심만 끌어안고 기다릴 뿐 그 이상은 아무것도 할 수 없었을 것이다.

게다가 그는 무슨 말을 하고, 어떻게 바라보고, 어떻게 다녀야 할지도 몰랐다. 전혀 관계없는 얘기를 한다는 것은 그에게 모욕감을 줄 수 있었기 때문에 안 될 말이었다. 죽음에 대한 얘기나 음울한 얘기도 할 수 없었고, 말없이 가만히 있을 수도 없었다. '형을 보고 있으면 형은 내가 자기를 관찰하고 두려워한다고 생각할 수 있어. 하지만 보지 않고 있으면 형은 내가 다른 생각을 하고 있다고 생각할 거야. 발꿈치를 들고 걸으면 형은 불만스럽게 생각할 것이고, 발을 다 딛고 걷는 것은 내 양심에 걸리는 일이야.' 그러나 키티는 자기에 대해선 생각하지 않고, 또 생각할 여유도 없는 게 분명했다. 그녀는 그에 대해서만 생각했다. 왜냐하면 그녀는 무언가 알고 있었고, 그래서 모든 게 잘 진행되었다. 그녀는 자기 자신과 자신의 결혼에 대해 이야기했다. 그리고 그녀는 미소를 머금고, 안타까워하기도 하고 그를 위로하기도 하며 완쾌한 경우에 대한 이야기도 했다. 모든 게 순조로웠다. 말하자면, 그녀는 그것을 확실히 알고 있었던 것이다. 그녀와 아가피야 미하일로브나의 행동이 본능적이고 동물적이며 비이성적인 것이 아니라는 증거는, 아가피야 미하일로브나와 키티가 육체에 대한 간호라든지 고통을 덜어주는 일 이외에 죽어가는 사람을 위해 육체적인 간호보다 좀 더 중요한, 즉 육체적인 조건과 아무런 상관없는 것을 요구했다는 것이다. 아가피야 미하일로브나는 죽은 늙은이에 대해 이야기하면서 이렇게 말했다. "아, 다행히 성찬식도 받았고 성유식도 받았어요. 제발 하느님, 모두가 그런 죽음을 맞이하게 하소서." 카챠도 그와 같이 속옷이나 욕창이나 음료에 대한 걱정 이외에, 여기에 온 첫날부터 성찬식과 성유식을 받아야 할 필요성에 대해 환자를 설득했다.

밤이 되어 환자의 방에서 자기네 두 칸짜리 호텔 방으로 돌아온 레빈은 고개를 숙이고 앉아서 무엇을 해야 할지 몰랐다. 저녁 식사도, 잠자리 준비도, 앞으로 무슨 일을 해야 할지에 대해서도 말이 없었을 뿐만 아니라, 아내와 대화조차도 할 수 없었다. 그는 부끄러웠지만 키티는 그와 반대로 평소 때보다도 더 활동적이었다. 그녀는 그 어느 때보다도 활기에 차 있었다. 그녀는 저녁을 가져오라고 지시하고, 짐을 직접 정리하고, 잠자리를 펴는 일을 돕기도 하고, 향이 나는 살충제를 뿌리는 일도 잊지 않았다. 그녀의 마음속에는 전투나 시합을 앞두었을 때, 인생에서 위험하고 결정적인 순간을 앞둔 남자에게서 나타나는, 즉 남자가 일생에 단 한 번 자신의 가치를 보여줌으로써 지나온 과거가 가치 없는 게 아니었으며 모든 게 그 순간을 위한 준비였다는 것을 입증하는 순간에 나타나는 흥분과 빠른 판단이 있었다.

모든 일은 그녀에 의해 잘 처리되고 있었다. 아직 12시 전이었지만 모든 짐이 어딘지 특별하고 깨끗하게 정돈되어, 마치 호텔방이 그녀의 집, 그녀의 방과 같은 느낌을 자아냈다. 잠자리가 정논되고, 브러시, 빗, 기울이 가지런히 놓여 있었고, 냅킨도 있었다.

레빈에게는 식사를 하고 잠을 자고 얘기하는 것조차 받아들일 수 없는 일처럼 느껴졌다. 그리고 자신의 행동 하나하나가 너무나도 무례하게 여겨졌다. 그녀는 브러시를 정리하고 있었지만, 그런 행동이 남의 마음을 상하게 할 일은 없다는 듯한 모습이었다.

그럼에도 불구하고 그들은 아무것도 먹을 수 없었고 오랫동안 잠을 이룰 수 없었다. 오랫동안 잠자리에 들 수조차 없었다.

"난 정말 기뻐요. 내일 성유식을 받으시도록 그분을 설득해서요." 그녀는 접이식 경대 앞에 잠옷을 입은 채로 앉아서 향기를 품은 부드러운 머리를 참빗으로 빗으며 말했다. "난 한 번도 직접 본 적은 없지만, 병이 낫는 기도가 있다는 말을 어머니에게서 들은 적이 있어요."

"당신은 정말로 형이 나을 거라고 믿는 거요?" 레빈은 그녀가 빗을 앞쪽으로 빗을 때마다 가려져 보이지 않는, 그녀의 작고 동그란 머리의 뒤쪽에 난 좁은 가르마를 바라보며 말했다.

"내가 의사에게 물어보니까 사흘밖엔 더 살 수 없을 거라고 하더군요. 그런데 의사들이 정말 그런 걸 알 수 있다는 거예요? 난 그분을 설득해서 너무 기뻐요." 그녀는 머리카락 사이로 남편을 곁눈질하며 이렇게 말했다. "모든 것은 가능한 일이죠." 그녀는 종교에 관한 얘기를 할 때면, 특히 늘 나타나곤 하는 다소 능글맞은 표정을 짓고 이렇게 덧붙였다.

그들은 약혼 시절에 종교에 대한 이야기를 나눈 이후로는, 두 사람 다 한 번도 그 문제에 대해 말을 꺼낸 적이 없었다. 그러나 그녀는 지극히 필요한 일이라는 한결같은 생각으로 교회에 나가서 예배를 드리고 기도를 드렸다. 그의 신념은 그것과 반대되는 것이었지만 그녀는 그가 자기와 같은, 아니 자기보다도 한층 더 나은 그리스도인이라고 확신했다. 그리고 이와 관련된 그의 모든 말들은 그가 영국 자수에 대해 하는 말, 즉 선량한 사람들은 구멍을 꿰매고 있는데 당신은 일부러 잘라 내고 있다고 하는 말처럼, 남자들의 우스꽝스러운 하나의 호기로 확신하고 있었다.

"그래, 그 여자, 마리야 니콜라예브나는 이 모든 일을 처리하지 못할 거요." 레빈이 말했다. "그래서…… 난 당신한테 고백하지 않을 수 없군. 당신과 함께 온 게 난 정말, 정말 기쁘오. 당신은 정말 순수해서……." 그는 그녀의 손을 잡았다. 그러나 손에 키스하지는 않고(죽음 앞에서 그녀의 손에 키스하는 게 그에게는 점잖지 않게 여겨졌다), 그녀의 빛나는 눈을 바라보며 잘못이라도 저지른 사람의 표정으로 그녀의 손을 꼭 쥐기만 했다.

"당신 혼자였으면 정말 괴로웠을 거예요." 그녀는 말했다. 그리고 만족감으로 붉어진 볼을 가리고 있던 두 손을 높이 치켜들어 목덜미의 머리채를 말아서 핀을 꽂았다. "아니에요." 그녀는 말을 계속 이었다. "그녀는 몰라요……. 난 다행히 소덴에서 많은 것을 배웠어요."

"그럼 거기에도 저런 환자가 있었단 말이오?"

"더 나쁜 경우도요."

"내가 끔찍한 건, 형에게서 젊었을 때의 모습을 찾을 수 없다는 거요. 형이 얼마나 훌륭한 청년이었는지 당신은 믿지 못할 거요. 하지만 당시엔 형을 이해하지 못했소."

"아니요, 믿어요. 정말 믿어요. 난 저분과 친하게 지냈을 것 같다는 느낌이 들어요." 그녀가 말했다. 그리고 그녀는 자기가 한 말에 스스로 놀라며 남편을 돌아보았다. 그녀의 눈에는 이미 눈물이 맺혀 있었다.

“그래, 그랬을 거요.” 그는 슬프게 말했다. “형님은 사람들이 말하는 이 세상과 어울리지 않는 그런 사람 가운데 한 사람이야.”

“그건 그렇고, 앞으로 해야 할 일이 많은데 잠을 좀 자 둬야죠.” 키티는 자신의 조그마한 시계를 들여다보며 말했다.

20

죽음

다음 날, 환자는 성찬식과 성유식을 받았다. 의식을 치르는 동안 니콜라이 레빈은 열렬히 기도했다. 꽃무늬 냅킨으로 덮인 카드놀이용 탁자 위의 성상을 응시하는 그의 커다란 눈 속에는 너무도 열성적인 기도와 희망의 빛이 드러나 있어서 레빈은 그것을 보기가 무서웠다. 레빈은 이 열성적인 기도와 희망이 그가 그토록 사랑하는 삶과의 이별을 한층 더 고통스럽게 만들 뿐이라는 것을 알고 있었다. 레빈은 형을 알았고, 형의 사고 흐름도 알고 있었다. 그는 형에게 신앙이 없는 것은 신앙 없이 사는 게 편했기 때문이 아니라 세계의 현상에 대한 현대 과학의 해석이 한 걸음씩 그의 신앙을 밀어냈기 때문이라는 것을 알았다. 그래서 그는 지금 형이 신앙으로 돌아간 것은 똑같은 사상의 과정을 통해 실행된 합리적인 것이 아니라 단지 병을 치료하고 싶은 광기 어린 희망에서 생긴 일시적이고 이기적인 것임을 알고 있었다. 레빈은 또 키티가 그녀 자신이 들은 기적적인 치유 이야기로 그 희망을 한층 더 강하게 했다는 것도 알고 있었다. 레빈은 이 모든 것을 알고 있었다. 그래서 그 희망으로 가득 찬 애원하는 듯한 눈빛, 팽팽하게 조여진 이마 위로 간신히 들어 올려 십자가를 긋고 있는 앙상한 손, 두드러진 어깨, 환자가 간구하고 있는 생명을 더 이상 담아 둘 수 없는 헐떡거리는 텅 빈 가슴을 바라보고 있는 게 그에게는 괴롭고 아픈 일이었다. 성례식이 진행되는 동안 레빈은 기도했고, 신앙이 없는 자로서 천 번도 더 했던 말을 반복했다. 그는 하느님을 향해서 말했다. '만약 당신이 존재한다면 저 사람을 치유해주십시오(이 말은 정말로 많이 되풀이되었다). 그러면 당신은 그와 나를 구원하시는 겁니다.'

성유식이 끝나고 환자의 상태가 호전되는 것처럼 보였다. 그는 한 시간 내내 기침 한 번 하지 않고, 웃기도 하고, 눈물을 글썽이는 눈빛으로 키티에게 감사하며 그녀의 손에 키스도 했다. 그리고 그는 자기는 좋아졌으며 아픈 데도 전혀 없고 식욕도 생기고 힘도 솟아나는 느낌이라고 말하기도 했다. 심지어 그는 수프를 가져오자 혼자 일어나서는 커틀릿도 달라고 했다. 그가 아무리 희망이 없다고 해도, 겉으로 보기에 도무지 회복될 가능성이 없는 게 분명하다고 해도, 그 한 시간 동안 레빈과 키티는 똑같이 행복해하면서도 동시에 자신들이 착각한 게 아닐까 하는 흥분 속에 있었다.

"좋아졌어요?" "네, 훨씬요." "놀랍네요." "놀라울 건 전혀 없어요." "아무튼 좋아졌군요." 그들은 서로 미소를 주고받으며 속삭였다.

그러나 그것은 오래가지 못했다. 환자는 곤히 잠들었다가 30분쯤 지나자 기침을 하며 잠에서 깨어났다. 그러자 별안간 자신에게서도 주위 사람들에게서도 모든 희망이 사라져버렸다. 의심할 여지없는, 조금 전의 희망에 대한 기억마저 무의미한 고통의 현실이 레빈과 키티와 환자에게 있던 희망을 짓밟아버렸다.

환자는 자기가 30분 전에 믿었던 것도 잊어버리고, 그것을 기억하는 것조차 부끄럽다는 듯 종이에 싸여 구멍이 뚫린 유리병 속의 흡입용 요오드를 달라고 했다. 레빈이 그에게 그 병을 건네주자, 성유식을 받을 때의 그 열렬한 희망을 품은 눈길로 이번에는 요오드의 흡입이 기적을 가져올 수 있다고 한 의사의 말을 동생이 확인해주길 기대하며 동생에게 매달렸다.

"카챠는 없어?" 그는 주위를 둘러보더니 마지못해 의사의 말을 확인해준 레빈에게 쉰 목소리로 말했다. "없군. 그럼 얘기해도 되겠구……. 실은 그녀를 위해 그런 희극을 벌인 거야. 그녀는 정말 사랑스러운 사람이야. 하지만 우리끼리는 자신을 속일 필요가 없지. 난 이걸 믿어." 그는 이렇게 말하곤 앙상한 뼈만 남은 손으로 병을 쥐고 그 위로 숨을 쉬기 시작했다.

저녁 7시가 지나서, 레빈이 아내와 함께 자기 방에서 차를 마시고 있는데 마리야 니콜라예브나가 숨을 헐떡거리며 뛰어 들어왔다. 그녀의 얼굴은 창백했고 입술은 떨렸다.

"임종이 가까운 것 같아요." 그녀는 속삭였다. "돌아가실 것 같아요."

두 사람은 그에게로 달려갔다. 그는 일어나 한쪽 팔을 침대에 괴고 긴 등을 구부린 채 머리를 깊이 숙이고 앉아 있었다.

"기분이 어때요?" 침묵 뒤에 레빈이 속삭이듯이 물었다.

"떠나는 기분이 드는구나." 니콜라이는 힘겹지만 지나칠 정도로 정확히, 안에서 천천히 짜내며 말했다. 그는 머리를 들지 않고 그저 눈만 위로 치켜떴는데 그 시선이 동생의 얼굴에는 다다르지 못했다. "카챠, 좀 나가줘요." 그는 다시 말했다.

레빈은 벌떡 일어나 명령조로 속삭이며 그녀를 방에서 내보냈다.

"나는 이제 가는 것 같다." 그는 다시 말했다.

"왜 그런 생각을 해요?" 레빈은 뭐라도 얘기하려고 말했다.

"갈 때가 되었으니까." 그는 마치 이 말을 좋아하게 된 것처럼 반복했다. "끝이군."

마리야 니콜라예브나가 그의 옆으로 다가왔다.

"누우시는 게 좋겠어요. 그게 나으실 거예요." 그녀가 말했다.

"곧 조용히 눕겠지." 그는 말했다. "죽어서 말이야." 그는 조롱하듯이 성난 목소리로 말했다. "그럼 눕혀줘. 그렇게 원한다면야."

레빈은 형을 반듯이 눕히고 그 옆에 숨죽이고 앉아 그의 얼굴을 바라보았다. 죽어가는 사람은 눈을 감고 누워 있었으나 그 이마의 근육들은 마치 무슨 깊은 생각에 잠긴 사람처럼 가끔씩 움직였다. 레빈은 자기도 모르게 형과 함께 지금 그의 마음속에서 일어나고 있는 일에 대해 생각하고 있었다. 그러나 레빈은 형과 함께 나아가기 위한 생각에 온갖 노력을 집중했음에도 불구하고 그 조용하고 엄숙한 얼굴의 표정과 눈썹 위 근육의 움직임에서, 자기에게는 여전히 어둠 속에 남아 있는 것이 죽어가는 사람에게는 점점 더 선명해져 가는 것을 볼 수 있었다.

"그래, 그래, 그렇지." 죽어가는 사람은 띄엄띄엄 천천히 말했다. "잠깐만." 그는 다시 말이 없었다. "그렇지." 별안간 그는 모든 게 해결이라도 된 것처럼 편안한 어조로 말을 길게 끌었다. "오, 오, 하느님!" 그는 이렇게 말하고는 무겁게 한숨을 몰아쉬었다.

마리야 니콜라예브나는 그의 발을 만졌다.

"차가워지고 있어요." 그녀가 속삭였다.

오랫동안, 아주 오랫동안 레빈에게는 환자가 꼼짝도 않고 누워 있는 듯했다. 그러나 그는 여전히 살아 있었고 가끔 숨을 몰아쉬었다. 레빈은 긴장감으로 벌써 피곤했다. 그는 이 모든 정신적 긴장감에도 불구하고 '그렇지'가 무슨 의미인지 이해할 수 없을 것 같았다. 그는 이미 오래전에 죽어가는 사람한테서 멀어진 것 같은 느낌이었다. 그는 이제 죽음 바로 그 자체의 문제마저 생각할 수가 없었다. 그러나 어느새 그의 머리에는 지금 자기가 해야만 하는, 즉 죽은 사람의 눈을 감기고 옷을 갈아입히고 관을 맞추고 하는 일들에 대한 생각이 떠올랐다. 그리고 그는 이상하게도 자기 자신이 완전히 냉담해진 것 같은 느낌이 들면서 슬픔도 상실감도 느껴지지 않았다. 형에 대한 연민은 더더욱 느껴지지 않았다. 만일 지금 그에게 형에 대한 어떤 감정이 있다면, 그건 자기는 가질 수 없는데 죽어가는 형이 지금 가진 지식에 대한 선망이라고 할 수 있었다.

그는 형의 임종을 기다리며 오랫동안 계속 앉아 있었다. 그러나 최후는 아직 오지 않았다. 문이 열리고 키티의 모습이 나타났다. 레빈은 그녀를 멈춰 세우려고 일어섰다. 그러나 그가 일어서자마자 형의 움직임이 느껴졌다.

"나가지 마." 니콜라이는 이렇게 말하고 손을 뻗었다.

레빈은 형의 손을 잡고 아내에게는 나가라고 화난 듯 손을 저었다.

그는 죽어가는 사람의 손을 자신의 손으로 쥔 채 반 시간, 한 시간, 또 한 시간을 앉아 있었다. 그는 이제 죽음에 대해선 생각하지 않았다. 그는 키티는 무얼 하고 있는지, 옆방에는 어떤 사람이 묵고 있는지, 의사는 세가 아닌 자기 집에 살고 있는지에 대해 생각했다. 그는 식사도 하고 잠도 자고 싶었다. 그는 조심스럽게 손을 놓고 형의 다리를 만져보았다. 다리는 차가웠다. 그러나 환자는 숨을 쉬고 있었다. 레빈은 또다시 발뒤꿈치를 들고 나가려고 했다. 그러자 환자가 다시 몸을 움직이더니 말했다.

"가지 마."

먼동이 텄다. 환자의 상태는 여전했다. 레빈은 조용히 손을 놓고 죽어가는 사람을 보지 않고 자기 방으로 가서 잤다. 그리고 잠에서 깼을 때, 그는 기다렸던 형의 죽음에 대한 소식 대신 환자가 다시 예전의 상태로 돌아왔다는 것을 알게 되었다. 환자는 다시 앉아서 기침하고, 먹고 말하기 시작했다. 그리고 다시 죽음에 대한 얘기를 멈추고 치유에 대한 희망을 보이기 시작했고, 전보다도 더욱 예민해지고 우울해졌다. 동생도, 키티도, 아무도 그를 진정시킬 수가 없었다. 그는 모든 사람에게 화를 냈고, 불쾌한 말을 쏟아 냈으며, 자기의 고통에 대해 모든 사람을 질책했고, 모스크바에서 유명한 의사를 불러달라고 요구했다. 그는 기분이 어떠냐고 묻는 사람에게 증오와 비난의 표정을 지으며 똑같은 대답을 했다.

"괴로워, 끔찍해. 견딜 수 없어!"

환자의 고통은 점점 더 심해졌다. 특히 이제 치유할 수도 없는 욕창 때문에 더욱 고통스러워했다. 그리고 점점 더 모든 것에 대해 주위에 있는 사람들을 질책하면서 그들에게 화를 내고 있었다. 특히, 모스크바에서 명의를 불러오지 않는 것에 대해 화를 냈다. 키티는 그를 돕고 마음을 위로하기 위해 온갖 노력을 다했으나 모두 헛수고였다. 그녀가 스스로 인정하지는 않아도 레빈은 그녀가 육체적으로나 정신적으로나 지쳐 있다는 것을 알았다. 니콜라이가 동생을 부르러 보냈던 그날 밤 그가 이 세상과 작별을 고하면서 모두에게 감동을 불러일으켰던 죽음에 대한 그 감정은 무너져버렸다. 사람들은 그가 틀림없이 곧 죽을 것이고, 벌써 반은 죽은 것과 같다는 것을 알고 있었다. 오직 그가 가능한 빨리 죽기만을 바라고 있으면서도 모두들 그것을 숨기고 그에게 약병을 주고 약과 의사를 찾으면서, 그와 그들 자신과 서로를 속이고 있었다. 이 모든 것은 거짓이었다. 추악하고 모욕적이고 불경스러운 거짓이었다. 레빈은 자기 성격상, 그리고 죽어가는 환자를 누구보다 사랑했기에 그 거짓이 특히 아프게 느껴졌다.

비록 죽음을 앞두고 있지만 오래전부터 두 형을 화해시키려고 생각했던 레빈은 형 세르게이 이바노비치에게 편지를 보냈다. 그리고 그에게서 답장을 받자 그것을 병자에게 읽어주었다. 세르게이 이바노비치는 자기가 직접 찾아올 수 없다고 적었지만, 감동적인 표현으로 동생에게 용서를 구했다.

환자는 아무 말도 하지 않았다.

"형한테 뭐라고 쓸까요?" 레빈이 물었다. "형은 아직도 큰형한테 화나 있는 건 아니죠?"

"아니, 조금도!" 니콜라이는 이런 질문에 언짢아하며 대답했다. "형에게 의사 좀 보내달라고 써라."

또다시 괴로운 사흘이 지났다. 환자는 똑같은 상태를 유지하고 있었다. 이제 그를 본 사람들은 모두들, 호텔의 급사도, 호텔 주인도, 투숙객들도, 의사도, 마리야 니콜라예브나도, 레빈도, 키티도 그의 죽음을 바라는 감정을 경험했다. 오직 한 사람, 환자만이 이런 마음을 표현하지 않았을 뿐만 아니라 오히려 그 반대로 의사를 데려오지 않는다고 화를 내기도 하고, 약을 계속 복용하면서 삶에 대해 애기하기도 했다. 그리고 아편 주사가 끊임없는 고통을 잠시 잊게 해주는 순간에만, 그는 반수면 상태로 누구보다 강하게 자기 마음속에 있던 말을 했다. "아아, 빨리 끝났으면!" "언제 끝나는 거야!"

고통은 일정한 속도로 점점 더 커져가면서 자기의 일을 수행했고, 그에게 죽음을 준비시켰다. 그가 고통스럽지 않은 순간은 없었고, 그가 정신을 잃는 순간도 없었다. 그의 몸뚱이 가운데 어느 한 군데 아프지 않은 곳이 없었고, 그를 괴롭히지 않는 데가 없었다. 그 육체에 대한 기억, 인상, 생각마저도 이제는 그에게 그 육체와 마찬가지로 혐오감을 주었다. 다른 사람들의 모습도, 그들의 말도, 자신의 추억도, 그 모든 것들이 그에게는 오직 고통일 뿐이었다. 주위 사람들도 그것을 느끼고 있었다. 그래서 그의 앞에서는 무의식적으로 자유로이 움직이는 것도, 애기하는 것도, 자기 희망을 표현하는 것도 조심했다. 그의 생녕은 고통과 그것에서 벗어나고 싶은 바람으로 모아졌다.

그의 마음속에는 분명히 그가 죽음을 욕망의 충족으로, 행복으로 바라보게 하는 대변혁이 일어나고 있었다. 전에는 굶주림, 피로, 갈증처럼 고통과 상실감이 불러오는 개별적인 욕망은 쾌락을 제공하는 육체의 활동에 의해 충족되었다. 그러나 이제는 그러한 고통과 상실감은 충족되지 않았고, 충족을 얻으려는 시도는 새로운 고통을 불러올 뿐이었다. 그래서 모든 욕망은 오직 하나의 욕망, 고통과 그 고통의 근원인 육체로부터 벗어나는 욕망으로 스며들었다. 그러나 그에게는 그러한 해방의 욕망을 표현하기 위한 적당한 말이 없었다. 그래서 그는 그것에 대해서 얘기하지 않고, 이제는 실현될 수 없는 그 욕망의 만족을 습관적으로 요구하는 것이었다. 그는 "옆으로 돌려 눕혀줘."라고 말하고는 또 금방 원래대로 눕혀달라고 요구했다. "고기 수프 좀 줘요." "수프 치워요." "무슨 말 좀 해 봐요. 왜 말을 안 하는 거지?" 그래서 사람들이 이야기하기 시작하면, 그는 이내 눈을 감고는 피곤하다면서 무관심과 혐오감을 드러냈다.

이곳에 온 지 열흘째 되는 날 키티는 병이 났다. 그녀는 두통이 있었고 구역질을 했다. 그래서 오전 내내 침상에서 일어나지 못했다.

의사는 피로와 흥분으로 생긴 병이라고 설명하고 그녀에게 정신적인 안정을 취할 것을 지시했다.

그러나 점심 식사 후, 키티는 자리에서 일어나 여느 때처럼 일거리를 가지고 환자에게로 갔다. 그녀가 들어가자, 그는 엄한 표정으로 그녀를 쳐다보았다. 그녀가 아팠었다는 말을 하자, 그는 멸시하듯 미소를 지었다. 그날 그는 쉴 새 없이 코를 풀었고 애처롭게 신음소리를 냈다.

"기분이 좀 어떠세요?" 그녀가 그에게 물었다.

"더 나빠요." 그는 간신히 말했다. "아파요!"

“어디가 아프세요?”

“온몸이요.”

“오늘은 돌아가실 것 같아요. 보세요.” 마리야 니콜라예브나가 속삭이듯이 말했다. 그러나 환자가 매우 예민해져 있어서 레빈 생각에는 그 말을 알아들은 것이 분명했다. 레빈이 그녀에게 ‘쉿’ 하며 환자를 돌아다보았다. 니콜라이는 듣고 있었다. 그러나 그 말은 그에게 아무런 느낌도 주지 않았다. 그의 눈빛은 여전히 질책하듯 긴장되어 있었다.

“어째서 그렇게 생각하세요?” 레빈은 그녀가 자기 뒤를 따라 복도로 나왔을 때, 그녀에게 물었다.

“자기의 몸을 뜯기 시작하셨어요.” 마리야 니콜라예브나가 말했다.

“어떻게 뜯는다는 말이에요?”

“이렇게요.” 그녀는 자기의 모직 옷 주름을 뜯는 시늉을 하며 말했다.

사실 레빈도 그날 온종일 환자가 자신의 몸을 움켜잡고는 마치 무엇을 잡아 벗기려 한다는 것을 발견했다.

마리야 니콜라예브나의 예언은 옳았다. 밤이 되면서 환자는 손을 들어 올릴 힘도 없어지고, 한곳에 집중한 시선을 바꾸지 않은 채 자기 앞만 응시하고 있었다. 그리고 동생과 키티는 그가 자기들을 볼 수 있게 하려고 그의 위로 몸을 굽혀 보았지만, 그는 여전히 같은 곳을 응시할 뿐이었다. 키티는 임종 기도문을 읽어 줄 사제를 데려오도록 사람을 보냈다.

사제가 임종 기도문을 읽고 있는 동안, 죽어가는 사람은 어떤 생명의 빛도 보이지 않았다. 눈은 감겨 있었다. 레빈과 키티와 마리야 니콜라예브나는 그의 침상 옆에 서 있었다. 사제가 기도문을 다 읽기도 전에, 죽어가는 사람은 몸을 쭉 펴고 숨을 몰아쉬더니 눈을 떴다. 기도를 끝낸 사제는 그 싸늘한 이마에 십자가를 얹었다. 그러고는 십자가를 견대로 천천히 감싸고 다시 말 없이 2분간 서 있다가 싸늘해진 핏기 없는 커다란 손을 만져보았다.

"돌아가셨습니다." 사제는 이렇게 말하고 나가려고 했다. 그러나 갑자기 죽은 사람의 달라붙어 있던 콧수염이 약간 움직이더니, 가슴 깊은 곳에서 나오는 날카로운 소리가 정적 속에서 분명하게 들렸다.

"아직은……, 곧."

그리고 잠시 후, 콧수염 아래로 미소가 떠올랐다. 모여 있던 여자들은 분주히 시신을 수습하기 시작했다.

형의 모습과 죽음의 접근은 레빈의 마음속에 형이 찾아왔던 그 가을 저녁에 자기를 사로잡았던 죽음의 불가해함과 동시에 죽음의 임박함과 불가피함에 대한 공포심을 불러일으켰다. 이 감정은 전보다 지금이 한층 더 강했다. 그는 자기에게 죽음의 의미를 이해할 능력이 없다는 것을 느끼면서 그 불가피함이 더욱 두렵게 생각되었다. 그러나 이제는 아내가 가까이 있는 덕분에

이 감정도 그를 절망으로 이끌지는 못했다. 그는 죽음이 존재함에도 불구하고, 살아가고 사랑해야만 한다는 것을 느꼈다. 그는 사랑이 자신을 절망에서 구했고, 절망의 위협에서 이 사랑은 더욱 강하고 순결해졌다는 것을 느꼈다.

불가해한 채 남은 죽음의 신비가 그의 눈앞에서 아직 완성되기도 전에, 사랑과 삶으로 이끄는, 그만큼 불가해한 또 다른 하나의 신비가 생겨났다.

의사는 키티에 대해 자신의 추정을 확인해주었다. 그녀가 건강이 좋지 않았던 것은 임신 때문이었다.

21

알렉세이 알렉산드로비치는, 벳시와 스테판 아르카디치와의 대화를 통해 자기한테 요구하는 것은 오직 자기가 아내를 그대로 내버려두고 아내를 방해하지 않는 것뿐이라는 사실을, 그리고 안나 또한 그것을 바라고 있다는 사실을 깨달은 순간부터 그는 완전히 미쳐버릴 것만 같은 기분이 들면서 자기 스스로는 아무런 결정도 할 수 없고, 지금 자신이 무엇을 원하고 있는지도 모를 지경에 이르렀다. 그래서 그는 자신의 이런 일들을 기꺼이 즐거운 마음으로 처리하는 사람들에게 맡겨놓고는 모든 일에 동의하고 있었다. 단지 안나가 이미 집을 나간 후에 영국인 가정 교사가 사람을 보내 같이 식사를 해야 하는지, 아니면 따로 해야 하는지를 물었을 때 그는 비로소 자신의 처지를 확실히 깨닫고 경악을 금치 못했다.

이런 경우, 가장 어렵게 느껴지는 것은 그가 도저히 자신의 과거와 지금 벌어지고 있는 상황을 결합시키고 조율할 수 없다는 것이었다. 그의 마음을 혼란스럽게 만든 것은 아내와 행복하게 살았던 그 과거가 아니었다. 그는 이미 그 과거 속에서 아내의 부정을 알기까지의 과정을 고통스럽게 겪어 냈다. 그런 상황은 물론 견디기 힘겨웠지만 결국 이해할 수 있는 것이었다. 만약 그때 아내가 그에게 자기의 부정을 밝히고 그를 떠나버렸다면, 그는 매우 고통스럽고 불행했을 테지만 그가 지금 느끼고 있는 이런 막막하고 이해할 수 없는 상황은 일어나지 않았을 것이다. 그는 지금 최근 느꼈던 용서와 감동, 병든 아내와 다른 남자의 자식에 대한 애정을 도무지 이해할 수 없었다. 즉, 마치 그러한 모든 것에 대한 대가를 치르기라도 하듯 세상의 수치스러운 웃음거리가 되어 아무에게도 쓸모없고 모든 사람들 앞에 경멸의 대상으로 혼자 내던져진 사실을 받아들일 수 없었던 것이다.

아내가 십을 나간 뒤 처음 이틀 동안, 알레세이 알렉산드로비치는 청원자와 사무장을 만나기도 하고 회의에도 출석하며 여느 때와 마찬가지로 식당에서 식사도 했다. 그는 왜 자기가 이런 일을 하고 있는지에 대해 아무 생각 없이, 이틀 동안 온 마음을 쏟으며 오직 평정심을 유지하기 위해 애쓰고 있었다. 안나 아르카디예브나가 쓰던 물건과 방을 어떻게 처리해야 할지 물어올 때도, 그는 마치 예상했던 것이고 특별할 것도 없다는 듯 엄청난 자제력을 가지고 행동했기에 그 모습에서 아무도 절망의 빛을 찾아볼 수 없었다. 그러나 그녀가 떠난 지 이틀째 되던 날, 안나가 유명 상점에 지불해야 할 계산을 잊고 가는 바람에 그 상점

직원이 계산서를 직접 들고 찾아왔을 때, 알렉세이 알렉산드로
비치는 코르네이로부터 그 보고를 받고 직원을 불러오라고 지
시했다.

"각하, 걱정을 끼쳐드려 죄송합니다. 그런데 마님한테 가보라
고 말씀하신다면, 죄송하지만 마님이 계신 곳을 알려주시겠습
니까?"

알렉세이 알렉산드로비치는 생각에 잠겼다. 그 직원에게는
그렇게 보였다. 그는 갑자기 몸을 돌려 탁자 옆에 앉아서 양손으
로 머리를 감싸고 오랫동안 그대로 앉은 채, 몇 번이나 말을 꺼
내려다 멈추곤 했다.

주인의 마음을 읽은 코르네이는 다음에 다시 한 번 들르라고
점원에게 부탁했다. 다시 혼자가 된 알렉세에 알렉산드로비치
는 자기에겐 더 이상 평정심을 잃지 않을 힘이 없다는 사실을 스
스로 깨달았다. 그는 대기하고 있던 마차의 말을 풀고 아무도 접
견하지 않겠다고 이르고는 식사에도 나오지 않았다.

그는 그 점원의 얼굴과 코르네이의 얼굴에서, 그리고 그가
이틀 동안 만났던 모든 사람들의 얼굴에서 예외 없이 보았던
그 모멸과 냉혹함이 주는 전반적인 압박을 견딜 수 없을 것 같
았다. 그는 사람들의 증오를 모르는 채 견딜 수 없을 것 같았다.
왜냐하면 그 증오는 그가 나빠서가 아니라(만약 그렇다면 좀 더 개
선하도록 노력할 수도 있겠지만) 그가 수치스럽고 혐오스러울 정도
로 불행했기 때문이다. 그는 그 사실 때문에, 자기 마음을 찢어

놓은 바로 그 사실 때문에 그들이 자기에게 냉혹하게 대하리라는 것을 느꼈다. 그는 마치 수많은 개들이 달려들어 아픔으로 울부짖는 개 한 마리를 물어 죽이는 것처럼 사람들이 자신을 파멸시킬 것 같은 느낌이 들었다. 그는 자기의 상처를 숨기는 것만이 이런 사람들로부터 빠져나갈 수 있는 유일한 길이라고 생각했다. 그래서 그는 이 이틀 동안 무의식적으로 그렇게 했던 것인데, 이제는 자기에게 그런 버거운 싸움을 지속할 힘이 없다는 것을 느꼈다.

그의 절망은 자신의 슬픔과 함께 완전히 홀로 남겨졌다는 의식으로 한층 더 강해지고 있었다. 그가 겪고 있는 모든 괴로움을 털어놓을 수 있는 사람은 페테르부르크뿐만 아니라 그 어디에도 없었다. 그를 고관으로서나 사회의 일원으로서가 아니라 단순히 고통받고 있는 인간으로서 동정해줄 사람이 한 사람도 없었던 것이다.

알렉세이 알렉사드로비치는 고아로 자랐다. 그에게는 형이 하나 있을 뿐이었다. 그들은 아버지를 기억하지 못했고 어머니는 알렉세이 알렉산드로비치가 열 살 때 돌아가셨다. 재산은 넉넉하지 않았다. 정부의 고관으로서 예전에는 선대 황제의 신하로 총애를 받던 아저씨뻘 되는 카레닌이 그들을 키워주었다.

중학과 대학을 훌륭한 성적으로 졸업한 알렉세이 알렉산드로비치는 그 아저씨 덕분에 좋은 관직에 올라 그때부터 출세만을 위해 전력투구했다. 그는 중학에서도, 대학에서도, 그리고 관직에 나가서도 그 누구하고도 친분을 맺지 않았다. 그에게 가장 가까운 사람은 형이었지만, 그는 외무성에 근무했기 때문에 항상 외국에서 살았었는데 그나마 있던 그도 알렉세이 알렉산드로비치가 결혼한 지 얼마 되지 않아 외국에서 죽었다.

그가 현의 지사로 있을 때, 그 현의 귀부인인 안나의 아주머니가 이제 젊다고는 할 수 없지만 그래도 지사로서는 젊은 그에게 자기의 조카딸을 소개하면서, 청혼을 하든지 아니면 그 도시를 떠나든지 하라면서 그를 난처한 상황에 처하게 했던 것이다. 알렉세이 알렉산드로비치는 오랫동안 망설였다. 그 당시에는 그것을 향해 가는 데 있어서 반대할 이유만큼 찬성할 이유도 있었고, 더욱이 의심스러운 경우에는 피한다는 자신의 원칙을 바꿀 만한 결정적 이유도 없었다. 그러나 안나의 아주머니는 친지를 통해 그가 이미 처녀의 명예를 더럽혔으니 청혼을 하는 것이 마땅하다는 것을 그에게 주입시켰다. 그는 청혼했고, 약혼자이자 미래의 아내에게 가능한 모든 애정을 쏟았다.

안나에 대한 그의 애정은 사람들과 심리적 관계를 유지하려는 마지막 요구마저 없애버렸다. 그래서 지금도 그에게는 많은 친지들 가운데서도 가까운 사람이 아무도 없었다. 관계는 다양하게 맺고 있었지만, 친한 관계라고 할 만한 사람은 없었다. 식사에 초대할 만한 사람, 자기가 관심을 가지고 있는 일에 대해 도움을 청할 수 있을 만한 사람, 다른 사람의 일이나 정부 사업에 대해 터놓고 의논할 만한 사람은 있었다. 그러나 그러한 사람들과의 관계는 의례적이고 습관적인 틀 속에서 이루어졌다. 개인적인 슬픔도 얘기할 수 있을 만한, 졸업 후에 가깝게 지낸 대학 시절의 한 친구가 있었는데 그는 장학관으로 먼 지방에 가 있었다. 그래서 페테르부르크에 있던 사람들 가운데 그에게 가장 가깝고 믿을 만한 사람은 서기장과 의사뿐이었다.

사무장인 미하일 바실리예비치 슬류진은 단순하고 총명하고 선량하고 도덕적인 사람이었다. 알렉세이 알렉산드로비치는 그에게 자기에 대한 호의적인 감정이 있다는 것을 느꼈다. 그러나 5년간의 그들의 근무생활은 그들 사이의 소통을 방해하는 장벽을 쌓고 있었다.

알렉세이 알렉산드로비치는 서류에 서명을 하고는 한참 동안 말없이 미하일 바실리예비치의 얼굴을 바라보면서 몇 번이나 말을 꺼내려다가 결국 말을 꺼내지 못했다. 그는 '내 불행에 대해 이미 알고 있지?' 하는 말을 준비해 두고 있었지만 결국 여느 때처럼 "그렇게 해주게."라고 말하곤 그를 내보냈다.

다른 한 사람, 의사 역시 그에게 호감을 가지고 있었다. 그러나 그들 사이에는 일이 너무 많아서 지체해서는 안 된다고 하는 그들만의 암묵적인 동의가 있었다.

알렉세이 알렉산드로비치는 자기의 여자 친구들에 대해, 그 중에서 누구보다 가까운 리디야 이바노브나 백작 부인에 대해서는 생각도 하지 않았다. 그에게는 모든 여자들이 단지 여자라는 이유만으로 무섭고 꺼림칙하게 여겨졌다.

22

알렉세이 알렉산드로비치는 리디야 이바노브나 백작 부인에 대해 잊고 있었지만, 그녀는 그를 잊고 있지 않았다. 그가 홀로 힘겨운 절망의 시간을 보내던 순간에 그녀는 그의 집에 찾아와서는 허락도 받지 않고 곧장 그의 서재로 들어갔다. 그때 그녀의 눈앞에 두 손으로 머리를 쥐고 앉아 있는 그의 모습이 보였다.

"지시를 어기고 들어왔어요." 그녀는 잰걸음으로 방에 들어와서는 흥분과 빠른 움직임으로 가쁜 숨을 몰아쉬며 말했다. "다 들었어요, 알렉세이 알렉산드로비치! 보세요!" 그녀는 양손으로 그의 손을 꼭 쥐고, 생각에 잠긴 듯한 그 아름다운 눈으로 그의 눈을 들여다보며 계속 말했다.

알렉세이 알렉산드로비치는 얼굴을 찌푸리며 일어나 그녀의 손을 뿌리치고 그녀 쪽으로 의자를 밀었다.

"앉으시겠어요, 백작 부인? 몸이 좀 좋지 않아서 지금은 아무도 만나지 않고 있습니다, 백작 부인." 그가 말했다. 그의 입술이 떨리고 있었다.

"저런, 참!" 리디야 이바노브나 백작 부인은 그에게서 눈을 떼지 않고 되풀이해서 말했다. 그러고는 갑자기 그녀의 눈썹 안쪽이 치켜올라가 이마에 세모꼴이 생기자 그녀의 예쁘지 않은 누런 얼굴이 더욱 못생겨 보였다. 하지만 알렉세이 알렉산드로비치는 그녀가 자기를 가엾게 여긴 나머지 울음을 터뜨릴 것 같은 느낌을 받고는 감동했다. 그는 그녀의 통통한 손을 잡고 입을 맞췄다.

"보세요!" 그녀는 흥분으로 중간중간 끊어지는 목소리로 말했다. "슬픔에 빠져 계시면 안 돼요. 물론 엄청난 슬픔이지만, 위안을 찾아야만 해요."

"나는 만신창이가 되었어요. 나는 파멸입니다. 나는 이제 더 이상 사람 노릇을 할 수 없습니다!" 알렉세이 알렉산드로비치는 그녀의 손을 놓으며, 여전히 눈물이 맺혀 있는 그녀의 눈을 계속 바라보며 말했다. "현재 처한 상황이 두려운 것은 나 스스로 그 어디에서도, 나 자신 속에서도 버틸 수 있는 힘을 찾을 수 없나는 겁니다."

"당신은 그 버팀목을 찾게 되실 거예요. 내게서 찾으라고 말씀드리는 게 아니에요. 내 우정을 믿어달라고 말씀드리고 싶지만요." 그녀는 한숨을 쉬며 말했다. "우리들의 힘은 사랑이에요. 하느님께서 우리에게 선물하신 사랑이요. 그분의 짐은 가벼워요." 그녀는 알렉세이 알렉산드로비치가 익히 잘 알고 있는, 기뻠으로 가득 찬 눈빛으로 말했다. "하느님께서는 당신을 지지하시고 도와주실 거예요."

그런 말 속에는 고상한 감정에 대한 자아도취와 최근 페테르부르크에 퍼져 있는, 알렉세이 알렉산드로비치에게는 쓸데없는 것으로 여겨지는 새로운 환희와 신비주의 분위기가 있었지만, 지금의 알렉세이 알렉산드로비치에게는 그런 말을 듣는 게 싫지 않았다.

"나는 허약한 사람이고, 망가져버렸어요. 난 무슨 일이 일어날지 예상하지 못했고, 무슨 일인지 지금도 이해하지 못하겠습니다."

"아, 보세요." 리디야 이바노브나 백작 부인은 또다시 말했다.

"지금 없는 것을 잃었다는 말이 아닙니다. 그런 게 아니에요." 알렉세이 알렉산드로비치는 계속 말했다. "난 아쉬워하지 않습니다. 하지만 난 지금 내가 처한 이 상황에 대해 세상 앞에 부끄러움을 느끼지 않을 수 없습니다. 그건 옳지 않지만 어쩔 수가 없어요."

"당신이 보여주신 그 고귀한 관용의 마음은 나를 비롯한 모든 사람이 감탄하고 있어요. 그런 마음은 당신에게서 나온 게 아니라, 당신 안에 있는 하느님의 뜻인 거예요." 리디야 이바노브나 백작 부인은 스스로 감격한 듯 눈을 올려 뜨며 말했다. "그렇기 때문에 당신은 자신의 행동에 대해 수치스럽게 여기실 필요가 없다는 말이에요."

알렉세이 알렉산드로비치는 눈살을 찌푸리고, 손가락을 꺾어 소리 내기 시작했다.

"모든 상황을 자세히 알아야만 합니다." 그는 가는 목소리로 말했다. "인간의 힘에는 한계라는 게 있습니다, 백작 부인. 그리고 나는 그 한계에 부딪혔습니다. 나는 오늘 혼자 살아가는 이 새로운 상황에서 생겨난(그는 '생겨난'이란 말을 강조했다) 소소한 집안일들을 온종일 지시하고 처리했습니다. 하인, 가정교사, 청구서까지……. 이러한 사소한 불길이 나를 태워버려 이젠 더 이상 버틸 힘이 없습니다. 식사 중에……, 어제 나는 자리를 박차고 뛰쳐나갈 뻔했습니다. 나를 바라보는 내 아들의 시선을 도저히 견딜 수 없었습니다. 그 아이는 지금 일어난 일들이 무얼 의미하는지 묻지는 않았지만, 그의 눈은 묻고 싶어 했습니다. 나는 그 시선을 견딜 수 없었어요. 그 아이도 나를 보는 걸 두려워하고 있어요. 게다가……."

알렉세이 알렉산드로비치는 자기에게 가져온 청구서에 대해 언급하려고 했지만 목소리가 떨려서 그냥 입을 다물어버렸다. 그는 자기 연민 없이는 그 푸른 송이에 적힌 모자의 리본의 청구서를 생각할 수 없었다.

"그럼요, 이해해요." 리디야 이바노브나 백작 부인이 말했다. "이해하다마다요. 당신이 찾을 수 있는 도움이나 위안이 내게 있지는 않겠지만, 그래도 할 수만 있다면 당신에게 도움이 되고 싶어서 오직 그 마음으로 왔어요. 정말 내가 당신에게서 이런 꺼림칙하고 사소한 걱정을 없애 줄 수 있다면……. 지금은 여성의 말이나 지시가 필요해요. 나한테 맡겨주시겠어요?"

알렉세이 알렉산드로비치는 감사의 표현으로 말없이 그녀의 손을 쥐었다.

"우리 함께 세료쟈를 돌보기로 해요. 나는 실질적인 일에서는 도움이 되지 않겠지만, 해 볼게요. 댁의 가정부 역할을 맡을게요. 하지만 고마워하지는 마세요. 이건 내가 하는 게 아니라……."

"감사하지 않을 수 없습니다."

"하지만 당신이 말씀하셨던 것과 같은 감정에 굴복해서는 안 돼요. '스스로 낮추는 자는 높아질 것이다'라고 하는 기독교의 고귀한 덕목을 부끄러워하시면 안 됩니다. 그리고 나한테 고맙다고 하실 필요 없어요. 하느님께 감사하고 그분께 구원을 청하세요. 오직 그분에게서만이 평안, 위안, 구원, 그리고 사랑도 있으니까요." 그녀가 말했다. 그리고 그녀는 하늘을 올려다보며 기도하기 시작했다. 알렉세이 알렉산드로비치는 그녀가 조용해진 것을 보고 기도하고 있다는 것을 알 수 있었다.

알렉세이 알렉산드로비치는 이제 그녀의 말을 듣고 있었다. 이전에는 불쾌하다기보다 쓸데없는 것으로 느껴졌던 말들이 지금은 자연스럽게 들리고 위안이 되는 듯한 느낌이 들었던 것이다. 알렉세이 알렉산드로비치는 그 새로운 감흥을 좋아하지 않았다. 그는 신앙심은 있었지만 정치적 의미로서의 종교에 대한 흥미를 가지고 있었다. 그래서 그는 어떤 새로운 해석을 허용하

는 새로운 교리에 대해서는 그것에 대한 논쟁과 분석을 유발시
킨다는 점에서 원칙적으로 탐탁지 않게 여겼다. 그는 전에는 이
새로운 교리에 대해 냉담했고, 심지어 적의까지 품고 있었기 때
문에 그것에 열중하고 있는 리디야 이바노브나 백작 부인과는
한 번도 논쟁하지 않으면서, 침묵으로 그녀의 도전을 피하려고
노력해왔다. 그런데 지금 그는 처음으로 그녀의 말을 기꺼이 경
청하고, 마음속으로도 그것에 대한 거부반응을 보이지 않은 것
이다.

"나는 진심으로, 대단히 당신에게 감사하고 있습니다. 도움에
대해서도, 말씀에 대해서도." 그녀의 기도가 끝나자, 그는 이렇
게 말했다.

리디야 이바노브나 백작 부인은 다시 한 번 양손으로 친구 손
을 꼭 잡았다.

"이제 일을 시작해야겠어요." 그녀는 잠시 말없이 있다가 얼
굴에 남아 있던 눈물을 닦으며 미소를 머금고 이렇게 말했다.
"지금 세료쟈한테 가볼게요. 어쩔 수 없는 경우엔 당신과 상의
하도록 할게요." 그리고 그녀는 일어나서 나갔다.

리디야 이바노브나 백작 부인은 세료쟈의 방으로 들어가 놀
란 어린아이의 뺨을 자기의 눈물로 적시며, 아이에게 그의 아버
지는 훌륭한 분이고 그의 어머니는 죽었다고 말했다.

리디야 이바노브나 백작 부인은 자신의 약속을 지켰다. 그녀

는 실제로 알렉세이 알렉산드로비치의 집안일을 꾸려 나가고 정리해야 할 일들을 대부분 처리했다. 그러나 그녀가 자신은 실질적인 도움이 되지는 않을 것이라고 한 말은 과장이 아니었다. 그녀가 내린 모든 지시는 실행하는 게 불가능한 것이어서 바꾸지 않으면 안 되었다. 그리고 그것들은 알렉세이 알렉산드로비치의 시종인 코르네이에 의해서 수정되었다. 그는 지금 아무도 눈치채지 못하게 카레닌의 집안일을 처리하고 있었으며, 주인이 옷을 갈아입을 때 필요한 것에 대해 침착하고 조심스럽게 보고했다. 그러나 리디야 이바노브나의 도움은 실질적으로 상당한 효과가 있었다. 알렉세이 알렉산드로비치는 그녀가 자기를 존경하고 사랑한다는 인식을 함으로써 정신적인 힘을 얻고 있었다. 특히 그를 거의 기독교 신자로 귀의시켰다는 점은 그녀에게 커다란 위안을 가져다주었다. 즉, 냉담하고 나태한 기독교 신자인 그를 최근 페테르부르크에 확산되어 있는 기독교 교의의 새로운 해석에 대한 열렬하고 확고한 동조자로 끌어들였다는 점에서 그러하였다. 알렉세이 알렉산드로비치는 그것에 쉽게 설복되었다. 알렉세이 알렉산드로비치는 리디야 이바노브나 백작 부인이나 그녀와 견해를 같이하는 다른 사람들처럼 깊은 상상력을 갖지는 못했다. 즉. 상상력으로 생겨난 관념이 지극히 현실적이어서 다른 관념과 현실의 일치가 요구될 정도였던 것이다. 그는 신앙이 없는 자들에게 존재하는 죽음이 자기에게는 존재하지 않는다고 믿었다. 그는 자신은 완전한 믿음을 가지고 있고, 자신은 믿음에 대해 스스로 판단하므로 자기에게는 죄란 있을 수 없으며, 자신은 여기 지상에서 완전한 구원을 경험하고 있다는 생각에서 그 어떤 불가능하고 불합리한 점을 보지 못하고 있었다.

알렉세이 알렉산드로비치는 자기 신앙에 대한 이러한 관념이 경박하고 옳지 않다는 것을 어렴풋이 느끼고 있었다. 그리고 그는 자기의 관용이 전능한 힘의 작용이라고 전혀 생각하지 않았고, 그 직접적인 감정에 자신을 내맡겼을 때가 지금처럼 매순간 자기 안에는 그리스도가 살고 있고 서류에 서명하면서도 그리스도의 의지를 수행하는 것이라고 생각할 때보다 훨씬 더 행복했다는 것을 알고 있었다. 그러나 알렉세이 알렉산드로비치에게는 그렇게 생각할 필요가 있었다. 이런 굴욕적인 처지에 놓인 그에게는 설령 그것이 가공적인 높이라고 해도 모든 사람들에게 멸시를 당하고 있는 자기가 다른 사람들을 경멸할 수 있는 높은 곳에 설 필요가 있었기 때문이었다. 그래서 그는 참된 구원인 것처럼 가상적인 구원에 매달렸다.

<h1 style="text-align:center">23</h1>

리디야 이바노브나 백작 부인은 열광하기 쉬운 상당히 어린 나이였을 때, 어느 부유하고 저명하고 마음씨는 좋은데 지극히 방탕하고 쾌활한 남자에게 시집을 갔다. 그러나 두 달째가 되었을 때 남편은 그녀를 버렸고, 부드러움에 대한 그녀의 열광적인 신뢰에 대한 보답은 오직 조소뿐이었다. 백작의 선한 마음도 알고 열광적인 리디야에게서 아무런 결점도 발견하지 못한 사람들은 그의 적의를 도무지 이해할 수 없었다. 그때부터 그들은 비록 이혼을 하진 않았지만 별거 생활을 했다. 그리고 남편은 아내와 만날 때면 언제나 이유를 알 수 없는 악의적인 조소를 품고 그녀를 대했다.

리디야 이바노브나 백작 부인은 벌써 오래전부터 남편에 대한 사랑이 없었고, 그 후로는 언제나 누군가를 연모했다. 그녀는 남녀를 가리지 않고 한꺼번에 여러 사람에게 빠지기도 했다. 그녀는 무엇으로든 특별히 뛰어난 사람들에게 거의 빠져버리

곤 했다. 그녀는 황실과 친족관계를 맺은 모든 새로운 공자나 영
애들에게 반했다. 어떤 대주교에게도, 어떤 주교에게도, 또 어
떤 사제에게도 반했다. 또 한 잡지 기자에게, 세 명의 슬라브인
에게, 코미사로프[35]에게, 또 어떤 대신에게, 어떤 의사에게, 어떤
영국인 선교사에게도 사랑을 느꼈다. 그리고 카레닌을 사랑했
다. 이런 모든 사랑은 때로는 식기도 하고 때로는 강해지기도 하
면서, 그녀가 지극히 폭넓고 복잡한 궁정이나 사교계에서 관계
를 유지하는 데 방해되지 않았다. 그러나 카레닌에게 그 같은 불
행이 일어나고 그를 특별히 보살피게 된 후부터, 그녀가 그의 행
복을 염려하여 그의 집에서 일을 하게 된 후부터, 그녀는 다른
모든 사랑은 진실한 것이 아니고 오직 지금 한 사람, 카레닌만
이 자기의 진정한 사랑이라고 느꼈다. 그녀에게는 지금 그녀가
그에 대해 느끼는 감정이 이전의 어느 때보다 강렬한 것처럼 여
겨졌다. 그녀는 자신의 감정을 분석하고, 이전의 감정들과 그것
을 비교해보며 분명히 알았다. 만약 코미사로프가 황제의 목숨
을 구하지 않았다면 그에게 반하지 않았을 것이고, 만약 슬라브
문제가 없었다면 리스티치-쿠쥐츠키[36]에게 빠지지 않았을 것이

---

35 오시프 코미사로프(Osip Ivanovich komisarov 1838~1892)는 1866년 4월 4일
에 황제 알렉산드르 2세의 목숨을 구하고 세습 귀족이 되었다.

36 리스티치 이요반(Ристич Йован 1831~1899)은 밀란 오브레노비치 공작의
섭정으로 세르비아에 대한 터키와 오스트리아의 영향에 맞섰다. 당시 그
의 이름은 러시아에서 유명했다.

다. 그러나 그녀가 카레닌을 사랑하게 된 건 그의 이해할 수 없
는 고상한 영혼 때문이었다. 그녀에게는 사랑스럽게 들리는 길
게 끄는 듯한 억양이 섞인 그의 가는 목소리, 그의 피곤한 듯한
시선, 그의 성격과 핏줄이 드러난 부드럽고 하얀 손 때문에 그녀
는 그를 사랑했다. 그녀는 그와 만나는 것을 기뻐했을 뿐만 아니
라 그의 표정에서 자기가 그에게 준 인상의 징표를 찾곤 했다.
그녀는 말로만이 아닌, 자기 자체로 그의 마음에 들고 싶었다.
그녀는 요즘 그를 위해 화장을 하면서 전에 없던 신경을 쓰고 있
었다. 그녀는 자기가 유부녀가 아니고, 그가 자유로운 몸이라면
어땠을까 하는 공상을 하곤 했다. 그녀는 그가 방으로 들어오면
설렘으로 얼굴이 붉어졌고, 그가 자기에게 기분 좋은 말을 하면
감격의 미소를 감출 수가 없었다.

　이미 며칠 동안 리디야 이바노브나 백작 부인은 극도로 흥분
상태에 있었다. 안나와 브론스키가 페테르부르크에 있다는 사
실을 알았기 때문이다. 그녀는 안나와 알렉세이 알렉산드로비
치가 마주치는 일이 없도록 해야만 했고, 또 그가 이 무서운 여
자와 한 도시에 있어서 언제든 마주칠지도 모른다는 것을 알게
되는 괴로움으로부터 그를 구해줘야만 했다.

　리디야 이바노브나는 자기의 몇몇 친지를 통해서 자기가 '혐
오스러운 사람들'이라고 부르는 안나와 브론스키가 무슨 일을
하려는지 살펴보고, 요 며칠 동안은 그들이 만나는 일이 없도록
하기 위해 자기 친구에게 행동을 지시하느라 애쓰고 있었다. 브

론스키의 친구인 젊은 부관을 통해서 그녀는 정보를 얻었고, 이
남자는 리디야 이바노브나 백작 부인을 통한 이득을 기대하고
있었다. 그는 그들이 볼일을 다 마쳐서 내일 떠나려고 한다는 말
을 그녀에게 알렸다. 리디야 이바노브나는 겨우 안도의 한숨을
돌렸는데 다음 날 아침 그녀에게 한 통의 편지가 배달되었고, 그
필적을 보고 그녀는 너무도 놀랐다. 그것은 안나 카레니나의 필
적이었다. 봉투는 나무껍질처럼 두꺼운 종이였다. 그 노란색 긴
종이에 커다랗게 이름의 머리글자가 적혀 있었다. 편지에서는
향내가 퍼졌다.

"누가 가져온 거지?"

"호텔의 심부름꾼입니다."

리디야 이바노브나 백작 부인은 앉아서 편지를 읽을 수가 없
었다. 그녀는 흥분해서 지병인 천식발작을 일으켰던 것이다. 그
리고 진정되자 그녀는 프랑스어로 적힌 다음의 편지를 읽었다.

백작 부인, 당신 마음에 충만한 기독교인의 온정에 편승하여 저
스스로도 용서할 수 없는, 이런 편지를 낭신에게 올리는 용기
를 얻었다고 생각합니다. 저는 아들과 헤어져 있어 몹시 불행합
니다. 제발 이곳을 떠나기 전에 그 애를 한 번만 보게 해주길 간
청합니다. 당신에게 저에 대해 상기하게 해서 죄송합니다. 제
가 알렉세이 알렉산드로비치에게 부탁하지 않고 당신에게 부
탁하는 까닭은, 관대한 그에게 저에 대한 기억을 떠올리게 하여

괴로움을 드리고 싶지 않아서입니다. 당신은 그분과 평소 친분이 있으시니 제 마음을 이해해주시리라 믿습니다. 세료쟈를 제게로 보내주실지, 아니면 정해진 시간에 제가 그리로 가야 할지, 또는 집 밖에 다른 곳에서라면 언제 어디서 볼 수 있는지 알려주십시오. 이 간청을 결정할 분의 관대한 마음을 잘 알고 있기에 이 간청이 거절될 것이라 생각하지 않습니다. 당신은 제가 지금 그 애를 얼마나 보고 싶어 하는지 상상도 못하실 겁니다. 그렇기 때문에 당신이 제게 주시는 도움에 대해 제가 얼마나 큰 감사를 느끼는지 상상하실 수 없을 겁니다.

안나

이 편지의 내용은 모두 리디야 이바노브나 백작 부인의 감정을 상하게 했다. 내용도, 관대함에 대한 암시도, 특히 거리낌 없이 느껴지는 그녀의 어조까지도.

"답장은 없다고 전해요." 리디야 이바노브나 백작 부인이 말했다. 그리고 곧 종이를 꺼내서 알렉세이 알렉산드로비치에게 궁정의 축하연에서 12시와 1시 사이에 만나고 싶다고 써 보냈다.

'당신과 중요하고 슬픈 일에 대해 상의해야 할 것 같아요. 장소는 거기서 의논해요. 아무래도 저의 집이 가장 좋기는 하지요. 당신에게 차를 준비하라고 일러놓을게요. 중요한 일이에요. 하느님께서는 십자가를 지우시지만, 힘도 주세요.'

그녀는 그가 조금이라도 마음의 준비를 하도록 이렇게 덧붙였다.

리디야 이바노브나 백작 부인은 하루에 두세 통 정도의 편지를 알렉세이 알렉산드로비치한테 보내곤 했다. 그녀는 개인적인 만남에서 느낄 수 없는 그런 우아함과 신비함을 갖는 이런 방법의 연락 과정을 좋아했다.

24

축하연은 끝나고 있었다. 자리를 떠나는 사람들은 서로 마주치면서 최신 소식, 즉 새로이 발표된 포상과 고관들의 인사이동에 대한 이야기를 서로 주고받았다.

"그런데 마리야 보리소브나 백작 부인에게 국방부를 맡기고, 바트코프스카야 공작 부인이 참모장이면 좋았을 텐데요." 금실로 수놓은 제복을 입은 백발노인이 인사이동에 대해 묻는 키가 크고 아름다운 여관을 보며 이렇게 말했다.

"그럼 저는 부관이고요." 여관은 웃으며 대답했다.

"당신은 벌써 정해졌잖아요, 종무宗務 장관으로요. 그리고 당신의 보좌관은 카레닌이죠."

"안녕하세요, 공작!" 노인은 다가온 사람의 손을 잡으며 말했다.

"지금 카레닌에 대해 말씀하시는 건가요?" 공작이 물었다.

"그 사람과 푸쟈토프가 알렉산드르 네프스키 훈장을 받았어요.”

“그 사람은 이미 전에 받은 것 같은데.”

“아니에요. 그를 좀 보세요.” 노인은 수놓아 장식한 모자로 궁정 예복 차림에 어깨에 새 붉은색 띠를 두르고 국무회의의 영향력 있는 한 의원과 함께 홀 입구에 멈춰 서 있는 카레닌을 가리키며 말했다. “무척이나 행복하고 만족스러워 보이는군요.” 그는 건장한 체격의 잘생긴 시종과 악수하기 위해 걸음을 멈추며 덧붙였다.

“그런데 그도 좀 늙었는데요.” 시종이 말했다.

“걱정이 많아서겠죠. 지금 그는 모든 의안들을 작성하잖아요. 그는 무슨 일이든 상세히 설명하기 전까지는 저 불쌍한 사람을 놓아주지 않을 거예요.”

“뭐가 늙었어요? 열정의 화신인걸요. 리디야 이바노브나 백작 부인은 지금 저 사람의 아내를 질투하는 거예요.”

“뭐라고요! 리디야 이바노브나 백작 부인에 대해선 나쁘게 말씀하시지 마세요.”

“그럼 그녀가 카레닌에게 반한 게 나쁘다는 긴기요?”

“그래, 카레닌 부인이 여기에 있다는 건 사실인가요?”

“여기 궁정에 와 있는 건 아니고, 페테르부르크에 있는 건 사실이에요. 나는 어제 그들을 보았어요. 알렉세이 브론스키와 팔짱을 끼고 모르스카야 거리를 걷고 있더군요.”

“그런 사람에게는 없는…….” 시종은 말을 시작하려다, 지나가던 황족의 부인에게 길을 비켜주고 허리를 굽혀 인사하며 말을 멈췄다.

사람들은 그렇게 끊임없이 알렉세이 알렉산드로비치를 비난하고 조소하면서 그에 대한 얘기를 하는 사이에, 그는 한 국무위원의 길을 가로막고 그를 놓치지 않을 마음으로 한순간도 쉬지 않고 자기의 재정 계획을 세세히 설명하고 있었다.

아내가 알렉세이 알렉산드로비치를 떠난 것과 거의 동시에 그에게는 관리로서는 가장 괴로운 일, 즉 승진이 정지되는 일이 일어났다. 이는 기정사실이었고 사람들은 모두 그것을 분명히 알고 있었지만, 알렉세이 알렉산드로비치 혼자만은 자기의 출셋길이 끝났다는 사실을 믿지 않았다. 스트레모프와의 갈등 때문인지, 아내와의 불화 때문인지, 아니면 단지 그에게 예정되었던 한계에 다다랐기 때문인지, 아무튼 올해 그의 관리로서의 활동이 끝난 건 분명해 보였다. 그는 아직 중요한 지위에 있었고 여러 위원회의 위원이기는 했지만, 이미 모든 것을 내려놓은 사람이었기 때문에 사람들은 그에게 더 이상 아무것도 기대하지 않았다. 그가 무슨 말을 하든, 무엇을 제안하든 사람들은 마치 오래전부터 알고 있었다는 듯이, 전혀 필요 없는 얘기라는 듯이 듣고 있었다.

그러나 알렉세이 알렉산드로비치는 그렇게 느끼지 않았다. 오히려 그 반대로 직접적인 정치활동에서 물러나게 되자, 다른 사람의 정치활동에 대한 결점과 오류를 이전보다 더욱 분명히 보면서 그것을 바로잡도록 방법을 알려주는 게 자신의 의무라고 여겼다. 아내와 헤어진 후 그는 곧 집필하기로 되어 있던 모든 행정 분야에 관한, 아무에게도 필요 없는 수많은 법안 중 하나인 새 재판부에 관한 건안을 적기 시작했다.

알렉세이 알렉산드로비치는 자기에게 더 이상 관직 생활에서 전망이 없다는 것을 알아채지도 못했고, 슬퍼하지도 않았다. 그는 여느 때보다도 자기의 활동에 만족하고 있었다.

"기혼자는 아내를 기쁘게 하기 위해 세상일에 대해 걱정하고, 미혼자는 주님을 기쁘게 하기 위해 주님의 일을 걱정한다."라고 사도 바울은 말했다. 모든 일에서 성경의 가르침대로 행동하는 알렉세이 알렉사드로비치는 이 구절을 자주 떠올렸다. 그는 아내 없이 혼자 남게 된 이후부터 이런 계획 그 자체로 이전보다 더 많이 하느님을 섬기고 있다고 여겼다.

그로부터 도망가고 싶어서 안절부절못하는 의원의 분명한 태도도 알렉세이 알렉산드로비치를 불안하게 만들지는 않았다. 그는 황족이 지나가는 것을 빌미로 의원이 자기에게서 빠져나갔을 때야 비로소 설명을 멈췄다.

혼자 남은 알렉세이 알렉산드로비치는 생각을 정리하느라 고개를 숙였다. 그러고는 대충 주위를 둘러본 뒤에 문 쪽으로 걸어갔다. 그는 거기서 리디야 이바노브나 백작 부인을 만날 수 있을 것이라 기대했다.

'저들은 정말 모두들 육체적으로 건강하고 힘이 있어 보이는

군.' 알렉세이 알렉산드로비치는 깔끔하게 다듬어 향내가 풍기는 구레나룻을 기른 건장한 시종과 몸에 딱 맞게 제복을 입은 공작의 붉은 목을 쳐다보면서 이렇게 생각했다. 그는 그의 옆을 지나가야만 했다. '세상의 모든 것이 사악하다는 말은 정말 옳은 말이야.' 그는 시종의 장딴지를 다시 한 번 곁눈질하며 생각했다.

알렉세이 알렉산드로비치는 천천히 걸음을 옮기면서 평소처럼 피곤한 듯 당당한 모습으로 자기 얘기를 하고 있는 사람들에게 고개 숙여 인사했다. 그리고 출입문 쪽을 보며 리디야 이바노브나 백작 부인을 눈으로 찾았다.

"아, 알렉세이 알렉산드로비치!" 노인은 카레닌이 옆으로 지나가면서 무심한 태도로 목례를 하자 심술궂게 눈을 반짝이며 말했다. "아직 축하 인사를 못 드렸군요." 노인은 그의 새 훈장을 가리키며 말했다.

"감사합니다." 알렉세이 알렉산드로비치가 대답했다. "오늘 정말 훌륭한 날씨군요." 그는 특히 자신의 습관대로 '훌륭한'이란 단어를 강조하며 덧붙였다.

알렉세이 알렉산드로비치는 자기에 대한 그들의 조소를 알고 있었지만 그들에게 적의 외에는 기대하는 것도 없었고, 또 그런 일에 대해 이미 익숙해 있었다.

문으로 들어온 리디야 이바노브나 백작 부인의 코르셋 밖으로 부풀어 오른 누런 어깨와 자기를 부르는 듯한 아름답고 깊은 눈을 본 알렉세이 알렉산드로비치는 변함없이 하얀 이를 드러내고 미소 지으며 그녀에게로 걸어갔다.

리디야 이바노브나의 화장법은 근래 그랬던 것처럼 그녀에게 굉장한 노력을 필요로 했다. 지금 그녀가 화장하는 목적은 30년 전에 추구했던 것과는 완전히 반대되었다. 그때의 그녀는 오로지 예쁘게만 치장하면 더욱 아름다워지는 거라고 생각했다. 그러나 지금은 반대로 자기의 본 나이와 모습에 맞지 않게 치장해야 했기 때문에 그러한 치장과 자기의 외모가 어울리지 않아서 너무 추하게 보이지나 않을지 걱정할 뿐이었다. 그러나 알렉세이 알렉산드로비치에 관한 한, 그것은 성공적이었고 그에게는 그런 그녀의 모습이 매력적으로 보였다. 알렉세이 알렉산드로비치에게 있어 그녀는 친절을 베푸는 사람임은 물론, 그의 주변을 둘러싼 적의와 조소의 바다 한가운데에 있는 유일한 섬 같은 존재였던 것이다.

그는 조소의 시선 속을 통과하면서 마치 빛을 쫓는 식물처럼 그녀의 사랑 가득한 눈길로 이끌렸다.

"축하해요." 그녀는 눈으로 훈상을 가리키며 말했디.

그는 만족스러운 미소를 참으며, 이런 건 자신을 기쁘게 하지 않는다고 말하는 듯 눈을 감고 어깨를 움츠렸다. 리디야 이바노브나 백작 부인은 비록 그가 그것을 절대 인정하지 않는다고 해도 그것이 그의 커다란 기쁨 중의 하나라는 것을 잘 알고 있었다.

"우리의 천사는 어때요?" 리디야 이바노브나 백작 부인은 세료쟈를 염두에 두고 말했다.

"매우 만족스러운 상태라고 할 수는 없어요." 알렉세이 알렉산드로비치는 눈썹을 치켜올리고 눈을 뜨며 말했다. "그리고 시트니코프도 그 아이에게 만족하지 않고 있어요(시트니코프는 세료자의 일반 교육을 위임받은 교육자였다). 당신에게도 말씀드렸지만 그 아이에게는 모든 사람, 모든 아이들의 영혼을 움직이는 그런 중요한 문제에 대해 왠지 냉담한 구석이 있어요." 알렉세이 알렉산드로비치는 업무 외에 유일하게 관심을 갖고 있는 문제, 즉 아들의 교육에 관한 문제에 대해 자신의 생각을 늘어놓기 시작했다.

리디야 이바노브나의 도움으로 생활과 활동으로 다시 돌아온 알렉세이 알렉산드로비치는 자기 손에 남겨진 아들의 교육에 관심을 기울일 의무가 있다고 생각했다. 이전엔 한 번도 교육 문제에 신경 쓴 적이 없었던 알렉세이 알렉산드로비치는 그와 관련된 이론적 연구에 얼마간의 시간을 보냈다. 그는 인류학, 교육학, 교수법에 관한 몇몇의 서적을 읽은 뒤 직접 교육 계획을 세웠다. 그리고 지도하기 위한 최고의 교육자를 페테르부르크에서 초빙하여 그 일에 착수했다. 그리고 그 일은 끊임없이 그의 관심을 끌었다.

"그럼, 마음은요? 나는 아드님에게서 아버지의 마음을 봐요. 그런 마음을 가지고 있는 아이는 나쁘게 되지 않아요." 리디야 이바노브나는 감동하며 말했다.

“그래요, 그럴는지도 모르죠……. 나로서는, 내 의무라고 생각하고 하고 있어요. 이게 내가 할 수 있는 전부입니다.”

“저희 집에 오시는 거죠?” 리디야 이바노브나 백작 부인은 잠시 말없이 있다가 이렇게 말했다. “당신에겐 우울한 일인데, 의논해야 할 것 같아요. 당신을 그 상처에서 구해 내기 위해 나는 모든 일을 할 거예요. 그런데 사람들은 그렇게 생각하지 않지요. 난 **그녀**에게서 편지를 받았어요. **그녀**는 여기, 페테르부르크에 있어요.”

알렉세이 알렉산드로비치는 아내에 대한 기억이 떠오르자 몸을 떨었다. 그러나 그의 얼굴에는 이내 그가 이 일에 아무런 힘이 없다는 것을 보여주는 죽은 사람과 같은 굳은 표정이 나타났다.

“예상하던 바입니다.” 그가 말했다.

리디야 이바노브나 백작 부인은 감동에 찬 시선으로 그를 바라보았다. 그리고 그의 너그러운 마음 앞에 감동의 눈물이 그녀의 눈에 맺혔다.

25

알렉세이 알렉산드로비치가 고풍스러운 도자기들과 초상화들이 걸려 있는 작고 안락한 리디야 이바노브나 백작 부인의 서재로 들어갔을 때, 그녀는 옷을 갈아입는 중이어서 아직 그곳에 없었다.

탁자보를 씌운 둥근 탁자 위에는 중국산 다기와 알코올램프가 달린 은제 찻주전자가 놓여 있었다. 알렉세이 알렉산드로비치는 서재를 장식하고 있는 수많은 낯익은 얼굴의 초상화들을 둘러보았다. 그리고 탁자 옆에 앉아 그 위에 놓인 복음서를 펼쳤다. 백작 부인의 비단 옷자락 스치는 소리가 그의 주의를 환기시켰다.

"자, 이제야 편안히 않을 수 있겠군요." 리디야 이바노브나 백작 부인은 들뜬 미소를 머금고 서둘러 탁자와 소파 사이로 들어가며 말했다. "차라도 드시면서 말씀 나눠요."

준비를 위해 몇 마디 말을 던진 후, 리디야 이바노브나 백작 부인은 무겁게 한숨을 쉬고 얼굴이 빨개지면서 알렉세이 알렉산드로비치에게 자기가 받은 편지를 건넸다.

편지를 다 읽고 나서 그는 한참동안 말없이 있었다.

“난 내게 이것을 거절한 권리가 있다고 생각하지 않습니다.” 그는 눈을 치뜨고 소심하게 말했다.

“맙소사! 당신은 누구에게서도 사악함을 보지 못하시는군요!”

“그 반대예요. 난 이 세상의 모든 게 사악하다고 생각해요. 하지만 그게 정당한 건지…….”

그의 얼굴에는 그로서는 이해되지 않는 이 일에 대한 망설임과 조언, 지지와 통솔을 구하는 빛이 역력했다.

“아니에요.” 리디아 이바노브나 백작 부인이 그의 말을 가로막았다. “모든 일에는 한게라는 게 있어요. 나도 부도덕은 이해해요.” 그녀는 무엇이 여자를 부도덕하게 만드는지 이해할 수 없었기 때문에 완전히 진실한 말을 한 것은 아니었다. “그렇지만 잔인성은 이해하지 못하겠어요. 누구에게요? 당신에게요! 당신이 계시는 이 도시에 어떻게 그녀가 머물 수 있을까요? 아니에요, 사람은 평생 배워야 한다고 했어요. 나는 당신의 숭고함과 그녀의 천박함을 배우고 있어요.”

“그래도 누가 돌을 던지겠어요?” 알렉세이 알렉산드로비치는 자신의 역할에 만족하는 게 분명했다. “난 모든 걸 용서했어요. 그러니 그녀의 사랑이 요구하는 것, 다시 말해 아들에 대한 그녀의 사랑을 빼앗을 수는 없어요."

"그렇지만 그것이 사랑일까요, 네? 진실한 마음일까요? 비록 당신이 용서하셨고, 용서하신다고 해도 말이에요. 그렇지만 우리가 그 천사에게 영향을 줄 권리를 가지고 있을까요? 그 아이는 그녀가 죽었다고 생각해요. 그 아이는 그녀를 위해 하느님께 기도하고, 그녀의 죄에 대해 용서를 구하고 있어요……. 그러는 편이 나아요. 그런데 그렇게 되면 아이가 어떻게 생각하겠어요?"

"난 그 부분은 생각하지 못했어요." 이렇게 말하는 알렉세이 알렉산드로비치는 틀림없이 찬성하고 있었다.

리디야 이바노브나 백작 부인은 양손으로 얼굴을 가리고 조용히 있었다. 그녀는 기도하고 있었다.

"만약 내 충고를 듣고 싶으시다면……." 그녀는 잠시 기도한 뒤 얼굴에서 손을 떼며 말했다. "그렇게 하지 말라고 말씀드리겠어요. 그로 인해 옛 상처를 들춰내고 당신에게 고통을 줄 게 뻔히 보이거든요. 그렇지만 당신이 늘 자신에 대해 잊는다고 해도 그게 무슨 결과를 가져올까요? 당신에게는 새로운 괴로움을 주고, 아이에겐 괴로움만 남을 거예요. 만약 그녀에게 인간다움이라는 것이 남아 있다면, 그녀는 스스로 그런 짓을 하면 안 되는 거예요. 그래요, 나는 조금도 주저하지 않고 당신에게 그런 조언은 하지 않을 거예요. 만약 당신이 허락해주신다면 제가 그녀에게 편지를 쓰겠어요."

알렉세이 알렉산드로비치는 그녀의 말에 동의했고, 리디야 이바노브나 백작 부인은 프랑스어로 다음과 같은 편지를 썼다.

친애하는!

아드님에게 당신을 떠올리게 하는 건 아드님의 마음속에 신성하게 있어야만 될 것에 대한 비난의 마음을 심어주지 않고는 대답이 불가능한, 아드님의 입장에서는 의문이 될 수 있는 문제를 불러일으킬지도 모를 일입니다. 따라서 기독교적인 사랑의 정신으로 당신의 남편께서 거절하신 것을 이해해주시길 부탁드립니다. 전능하신 하느님께서 당신에게 은총을 베풀어주시길 빌겠습니다.

리디야 백작 부인

리디야 이바노브나 백작 부인은 이 편지로 자기 자신에게조차 숨기고 있던 비밀스러운 목적을 성취했다. 이 편지는 안나의 마음속 깊이 수치심을 불러일으켰던 것이다.

리디야 이바노브나의 집에서 돌아온 알렉세이 알렉산드로비치는 이날 평소 하던 일에 열중할 수 없었고, 이전에 느꼈던 구원받은 신앙인으로서의 마음의 안정을 찾을 수도 없었다.

그에게 너무도 많은 잘못을 범한 그녀 앞에서 그는 거룩한 태도를 보였으니, 리디야 이바노브나 백작 부인이 공정하게 말했

듯이, 아내에 대한 기억이 그의 마음을 혼란스럽게 할 수는 없었
다. 그런데 그의 마음은 편치 않았다. 그는 읽고 있는 책을 이해
할 수도 없었고, 그녀에 대한 자신의 태도와 지금에 와서 생각하
기에, 자기가 그녀에게 행한 잘못 같은 괴로운 기억을 몰아낼 수
가 없었다. 그리고 경마에서 돌아오면서 그녀가 자신의 부정을
고백했을 때 그가 어떻게 받아들였는지에 대한 기억(특히 그녀에
게 겉으로 드러나는 체면을 지켜줄 것을 요구하며 결투를 신청하지 않았다
는 것에 대한 기억)은 후회로 다가와 그를 괴롭혔다. 그가 그녀에
게 썼던 편지에 대한 기억도 역시 그를 괴롭혔다. 특히 누구에게
도 필요치 않았던 자신의 용서와 남의 자식에 대한 자기의 보살
핌은 수치와 회한으로 남아 그의 심장을 불태웠다.

그리고 그는 지금 그녀와 함께 보냈던 모든 지난날을 하나하
나 떠올리고, 오랜 망설임 끝에 그녀에게 청혼했을 때 했던 서
툰 말을 떠올리면서 그때와 똑같은 수치심과 후회의 감정이 들
었다.

'그런데 대체 내게 무슨 잘못이 있단 말이지?' 그는 속으로 중
얼거렸다. 그리고 이런 물음은 항상 그에게 다른 물음, 즉 브론
스키나 오블론스키……, 그 굵은 장딴지를 가진 시종과 같은 다
른 사람들은? 다르게 느끼고, 다르게 사랑하고, 다르게 결혼하
는지에 대한 물음을 불러일으켰다. 그리고 그에게 항상 여기저
기서 뜻하지 않게 그의 호기심 어린 주의를 끌었던 생기 있고 건
강하고 의심을 모르던 사람들이 줄줄이 떠올랐다. 그는 이런 생

각을 마음에서 몰아내려고 했다. 그리고 그는 자신이 일시적인 이 세상을 위해서가 아니라 영원한 삶을 위해 살고 있고, 그래서 자기 마음속에는 사랑과 평화가 내재하고 있다는 것을 스스로 믿으려고 애썼다. 그러나 그는 이 일시적이고 하찮은 생활 속에서 자기가 저지른 것 같이 여겨지는 몇몇의 하찮은 잘못으로, 자기가 믿고 있던 영원한 구원이 없는 것 같아 괴로웠다. 그러나 이러한 괴로움은 오래 지속되지는 않았다. 이내 알렉세이 알렉산드로비치의 마음속에는 다시 그 평온하고 숭고한 감정이 되살아났고, 그 덕분에 그는 떠올리고 싶지 않던 것을 잊을 수 있었다.

26

"그래 어떻게 됐어, 카피토니치?" 자신의 생일 전날, 산책에서 돌아온 붉은 볼의 명랑한 세료쟈는 자기의 키 높이에서 미소를 지으며 내려다보고 있는 키 큰 문지기 노인에게 주름 잡힌 반외투를 건네며 말했다. "그래, 그 붕대 감은 관리는 오늘 왔었어? 아버님이 그를 만나셨어?"

"만나셨어요. 서기장이 나가자마자 제가 보고를 올렸어요." 문지기는 즐겁게 눈짓을 하며 말했다. "제가 벗겨드릴게요."

"세료쟈!" 슬라브인 가정교사가 안쪽 방들로 연결되는 문에 멈춰 서서 말했다. "혼자 벗도록 하세요."

그러나 세료쟈는 가정교사의 흐릿한 목소리를 들었음에도 그 말에 신경 쓰지 않았다. 그는 문지기의 어깨끈을 붙잡고 서서 그의 얼굴을 바라보고 있었다.

"그럼, 아버지가 그 사람이 필요한 걸 해주셨어?"

문지기는 그렇다는 듯이 고개를 끄덕였다.

알렉세이 알렉산드로비치에게 무슨 부탁을 하기 위해 벌써 일곱 번이나 오갔던 그 붕대를 감은 관리는 세료쟈와 문지기의 흥미를 끌었다. 세료쟈는 현관에서 그를 한 번 본 적이 있는데, 그가 아이들과 함께 죽게 생겼다고 말하면서 문지기에게 하소연하듯이 접견을 청하는 것을 들은 적이 있었다.

세료쟈는 현관에서 다시 한 번 관리를 보게 되자, 그에게 관심을 갖기 시작했다.

"그래, 매우 기뻐했어?" 그가 물었다.

"어떻게 기쁘지 않을 수 있겠어요! 거의 뛰다시피 하면서 여기서 나갔는걸요."

"그리고 뭐를 가지고 왔어?" 세료쟈는 한동안 아무 말 없이 있다가 물었다.

"네, 노련님." 문지기는 고개를 끄덕이며 속사이는 듯한 목소리로 말했다. "백작 부인에게서 와 있는 게 있습니다."

리디야 이바노브나 백작 부인이 생일선물을 보낸 것에 대해 문지기가 말한다는 것을 세료쟈는 이내 알아차렸다.

"뭐라고? 어디에?"

"코르네이가 아버님한테 가지고 갔습니다. 분명히 좋은 선물일 거예요."

"얼마나 크지, 이만큼?"

"그보다 작지만, 그래도 좋은 거예요."

"책인가?"

"아니에요, 다른 거예요. 가보세요, 가세요, 바실리 루키티가 부르네요." 문지기는 가정교사가 다가오는 발소리를 듣고, 장갑이 반쯤 벗겨진 채 자기의 허리띠를 붙잡고 있는 세료쟈의 조그만 손을 조심스럽게 떼어 냈다. 그러고는 눈을 깜박이면서 부니치 쪽으로 고갯짓을 하며 말했다.

"바실리 루키티, 잠깐만요!" 세료쟈는 꼼꼼한 실행가인 바실리 루키티를 항상 굴복시키고 마는 그 밝고 사랑스러운 미소를 지으며 말했다.

세료쟈는 매우 즐거웠다. 그는 여름 공원을 산책하면서 리디야 이바노브나 백작 부인의 조카딸로부터 들은 가족 경사에 대한 얘기로 너무 행복해서 그 기쁨을 자기 친구인 문지기와 나누지 않을 수 없었다. 이 기쁨은 관리의 기쁨과 장난감을 가져왔다는 소식에 대한 기쁨과 뒤섞여 그에게 유달리 중요하게 여겨졌다. 세료쟈에게 오늘 같은 날은 누구나 기쁘고 즐거워야 하는 것처럼 여겨졌다.

"아버지가 알렉산드르 네프스키 훈장을 받으신 거 알아?"

"어떻게 모르겠어요? 벌써 모두들 축하하러 오시는데요."

"그럼, 아버지는 기뻐하셔?"

"폐하의 은총을 어떻게 기뻐하시지 않을 수 있겠어요! 그건 그럴 만한 공적이 있으시다는 거예요." 문지기는 근엄하고 심각하게 말했다.

세료쟈는 세세한 점까지 환히 꿰고 있는 문지기의 얼굴을, 특히 백발의 구레나룻 사이로 늘어져 있는, 세료쟈 외에는 아무도 아래에서 본 적이 없는 그의 아래턱을 쳐다보며 생각에 잠겼다.

"그래, 할아범 딸은 할아범한테 왔다 간 지 오래됐어?"

문지기의 딸은 발레리나였다.

"평일에 올 시간이 있겠어요? 그 아이도 수업이 있는걸요. 자, 도련님도 공부하셔야죠. 어서 가세요."

세료자는 자기 방에 들어가서 책상 앞에 앉지 않고, 오늘 가져온 선물은 틀림없이 기계일 거라고 자신의 추측을 가정교사에게 이야기했다. "선생님은 어떻게 생각하세요?" 그가 물었다.

그러나 바실리 루키티는 2시에 올 교사를 위해 문법을 공부시켜야 한다는 생각뿐이었다.

"아뇨, 그것만 얘기해주세요, 바실리 루키티." 그는 책상 앞에 앉아 두 손으로 책을 쥐고는 갑지기 이렇게 물었다 "알렉산드르 네프스키 훈장보다 더 높은 훈장은 뭐예요? 선생님, 우리 아버지가 알렉사드르 네프스키 훈장을 받으신 거 아시죠?"

바실리 루키티는 알렉산드르 네프스키보다 더 높은 것은 블라디미르 훈장이라고 대답했다.

"그럼 더 높은 건요?"

"가장 높은 건 안드레이 페르보즈반니 훈장이에요."

"그럼 안드레이보다 더 높은 건요?"

"모르겠어요."

"어떻게, 선생님이 모르세요?" 세료쟈는 양손으로 턱을 괴고 깊은 생각에 빠졌다.

그의 생각은 매우 복잡하고 다양했다. 그는 아버지가 갑자기 블라디미르 훈장과 안드레이 훈장을 받고, 그 결과로 오늘 공부가 좀 더 다정하게 진행되고, 자기도 크면 모든 훈장을 받고, 안드레이보다 높은 훈장이 고안되면 그것도 받을 거라고 상상했다. 그런 훈장이 고안되기만 하면 자기는 그만큼의 공적을 세울 것이고, 그보다 높은 것을 고안해 내면 또 그 만큼의 공적을 세울 것이라고 생각했다.

이런 공상을 하는 사이에 시간이 지나버려서 선생님이 왔을 때는 시간과 장소와 동작의 부사어에 대한 수업 준비가 되어 있지 않았다. 그래서 선생님은 불만스러웠을 뿐만 아니라 실망이 이만저만이 아니었다. 선생님의 이런 실망스러워하는 기색은 세료쟈의 마음을 움직였다. 그는 수업 준비를 하지 않은 게 자기 잘못이라고 여기지 않았다. 아무리 노력해도 그는 그것을 할 수가 없었기 때문이다. 선생님이 설명하고 있는 동안에는 이해하고 있다고 믿다가도, 혼자 남기만 하면 그는 '갑자기' 같은 간단하고 짧은 단어가 '동작을 나타내는 부사어'라는 것을 기억하지도, 이해하지도 못했다. 그러나 그래도 자기가 선생님을 실망시켰다는 것이 유감스러워 그는 선생님을 위로하고 싶었다.

세료자는 선생님이 조용히 책을 들여다보고 있는 순간을 잡았다.

"미하일 이바니치, 선생님의 명명일은 언제예요?" 그는 갑자기 이렇게 물었다.

"자기 일에 대해 생각하면 좋을 텐데요. 명명일은 영리한 사람에게는 아무런 의미도 없는 날이에요. 일을 해야 하는 날과 다를 바 없어요."

세료쟈는 선생님의 얼굴을, 그의 성긴 수염을, 콧대의 자국 아래로 내려와 있는 안경을 보며 깊은 생각에 잠겨서 선생님의 설명은 전혀 귀에 들어오지 않았다. 그는 선생님이 자신의 말을 듣고 있지 않다는 것을 선생님의 어조에서 느꼈다. '그런데 사람들은 왜 약속이라도 한듯 모두들 똑같은 방법으로 말을 하는 걸까? 지극히 지루하고 필요 없는 거잖아? 선생님은 왜 나를 밀어내는 거지? 왜 나를 좋아하지 않는 거야?' 그는 서글프게 스스로에게 물었다. 그 답은 생각해 낼 수가 없었다.

27

교사의 수업이 끝나면 아버지의 수업이 있었다. 아버지가 오기 전에 세료쟈는 책상 앞에 앉아 주머니칼을 만지작거리며 생각에 잠기기 시작했다. 산책하는 동안 어머니를 찾는 일은 세료쟈가 좋아하는 일 가운데 하나였다. 그는 대체로 죽음이라는 것을 믿지 않았다. 리디야 이바노브나가 어머니는 죽었다고 말했고 아버지가 그것을 확인해주었지만, 특히 어머니의 죽음은 더욱 믿을 수가 없었다. 그래서 어머니가 죽었다는 말을 들은 뒤에도 그는 산책을 나가면 어머니를 찾곤 했다. 통통하고 우아하고 검은 머리카락을 가진 모든 여자가 그의 어머니였다. 그런 여자를 볼 때면 그의 마음에는 부드러움의 감정이 차올랐고, 숨이 막히고 눈에는 눈물이 고일 정도였다. 그리고 그는 곧 그녀가 자기에게로 다가와서 베일을 들어올리기를 기다리곤 했다. 그러면 그녀의 얼굴이 보일 것이다. 그녀가 미소를 머금고 그를 안아주면, 그는 그녀의 향을 맡고 그 손의 부드러움을 느끼며 행복감으로 울기 시작할 것이다. 언젠가 저녁에 그는 어머니의 발치에 누워 있는데 그녀가 간지럼을 태워서 깔깔거리다가 반지가 여러 개 끼워진 하얀 손을 문 적이 있었다. 그는 마치 그날처럼, 나중에 우연히 어머니가 죽지 않았다는 것을 유모로부터 알게 되었을 때도, 그리고 아버지와 리디야 이바노브나가 어머니는 나쁜 사람이기 때문에(그는 어머니를 사랑하고 있었기 때문에 결코 그 말을 믿을 수가 없었다) 그에게는 죽은 사람이나 마찬가지라는 말을 했을 때도, 그는 여전히 어머니를 찾고 그녀를 기다렸다. 오늘은 여름 공원에서 보라색 베일을 쓴 한 부인을 보고, 그는 그녀가 어머니일 거라고 기대하며 두근거리는 마음으로 그녀가 오솔길을 따라 자기 쪽으로 다가오기를 지켜보며 기다렸다. 그러나 그 부인은 그에게로 다가오기도 전에 어디론가 사라져버렸다. 그래서 세료자는 오늘 그 어느 때보다도 강렬하게 어머니에 대한 그리움을 느꼈고, 지금도 아버지를 기다리며 모든 걸 다 잊어버린 채 반짝이는 눈으로 앞을 바라보고 어머니를 생각하면서 주머니칼로 탁자의 모서리를 긋고 있었다.

"아버님께서 오시는군요." 바실리 루키티가 그의 주의를 환기시켰다.

세료자는 벌떡 일어나 아버지에게 다가갔다. 그리고 그의 손에 입을 맞춘 뒤 아버지의 안색을 살피며 알렉산드르 네프스키 훈장을 받아 기뻐하는 기색을 찾았다.

"산책은 잘했니?"

알렉세이 알렉산드로비치는 안락의자에 앉아 구약성서를 자기 쪽으로 끌어당겨 펼치며 말했다. 알렉세이 알렉산드로비치는 기독교인이라면 모두 성경의 거룩한 역사를 확실히 알아야 한다고 자주 말했지만, 그 자신도 종종 구약성서를 보며 참조했고 세료쟈도 그것을 눈치채고 있었다.

"네, 무척 즐거웠어요, 아버지." 세료쟈는 의자에 비스듬히 앉아 의자를 흔들거리며 말했다. 그러나 그건 금지된 행동이었다. "나젠카를 만났어요(나젠카는 리디야 이바노브나의 집에서 양육하는 그녀의 조카였다). 아버지가 새 훈장을 받으셨다고 그녀가 말해주었어요. 기쁘시죠, 아버지?"

"첫째, 의자를 흔들면 안 된다." 알렉세이 알렉산드로비치가 말했다. "둘째, 중요한 건 훈장이 아니라 일을 하는 거야. 그걸 네가 알았으면 좋겠다. 너도 만약 상을 타기 위해 공부하고 일을 한다면 그 일은 네게 괴롭게 느껴질 거야. 하지만 네가 일을 할 때……." 알렉세이 알렉산드로비치는 이렇게 말하고는 있었지만, 오늘 아침 118건이라는 서류에 서명해야 했던 따분하기 그지없는 일을 하면서 오직 의무감으로 자기 자신을 지탱했던 사실을 떠올렸다. "그 일을 사랑하는 가운데 저절로 포상이 따르게 되는 거야."

부드러움과 즐거움으로 반짝이던 세료쟈의 눈빛이 힘을 잃고 아버지의 시선 아래로 떨어졌다. 자기를 대할 때면 항상 나타나는 아버지의 이런 태도는 세료쟈에게는 이미 오래전부터 익숙했기 때문에 세료쟈도 그것에 대해서 어떻게 행동해야 할지 벌써 알고 있었다. 세료자가 느끼기에, 아버지는 자기와 얘기할 때면 언제나 실제 자기와 전혀 다른, 마치 책 속에 있는, 아버지가 상상해 낸 아이를 대하듯 했다. 그래서 세료쟈도 아버지와 함께 있을 때는 항상 그런 책 속에 있는 아이처럼 보이려고 애썼다.

"네가 이해했으면 좋겠구나." 아버지가 말했다.

"네, 아버지," 세료쟈는 상상 속의 아이인 척하며 대답했다.

수업은 복음서 가운데 몇 개의 시를 암송하고, 구약성서의 처음 부분을 복습하는 것이었다. 복음서의 시들은 세료쟈도 충분히 알고 있었는데, 그것을 암송하던 중에 관자놀이 부분이 심하게 굽어진 모양을 한 아버지의 이마뼈를 보고는 문득 정신을 빼앗겨 똑같은 단어에서 한 시의 끝 부분을 다른 시의 첫 부분과 헷갈리고 말았다. 아들이 자기의 말을 이해하지 못한다고 생각한 알렉세이 알렉산드로비치는 화가 났다.

그는 눈살을 찌푸리고는 세료쟈가 이미 귀가 아플 정도로 많이 들어서 '갑자기'라는 단어가 동작의 부사어라는 것을 기억하지 못했던 것처럼, 너무도 확실히 이해하기 때문에 오히려 기억할 수 없었던 것을 설명하기 시작했다.

세료쟈는 놀란 눈으로 아버지를 바라보며, 때때로 그랬던 것처럼 아버지가 자신이 한 말을 반복하도록 시키진 않을까 하는 생각만을 하고 있었다. 이런 생각에 당황한 세료쟈는 이제 아무것도 이해할 수 없었다. 그러나 아버지는 그것을 되풀이하도록 시키지 않고, 구약성서 수업으로 넘어갔다.

세료쟈는 사건 자체는 잘 이야기했지만 몇몇 사건이 무엇을 예시하고 있는지에 대한 질문의 대답은, 이 수업에서 벌을 받았었음에도 불구하고 모르고 있었다. 그가 아무런 말도 하지 못하고 우물쭈물하며 책상을 긁고 의자에 앉아 흔들댔던 때는, 노아의 홍수 이전의 족장에 대해 말해야만 했던 부분에서였다. 그는 그중에 살아서 승천한 에녹 외에는 아무도 모르고 있었다. 전에는 그 이름들을 기억하고 있었는데 지금은 완전히 잊어버리고만 것이다. 에녹은 구약성서에서 그가 가장 좋아하는 인물이었고 에녹이 살아서 승천했다는 사실은 그의 머릿속에서 긴 생각의 고리와 연결되어 있었기 때문에, 그는 아버지의 시곗줄과 반쯤 채워진 조끼 단추에 시선을 고정하고 그 생각의 고리에 빠져 있었다.

사람들이 꽤나 자주 자기에게 말해주는 죽음을 세료쟈는 전혀 믿지 않았다. 그는 자기가 사랑하는 사람들이 죽을 수 있다는 사실, 특히 자기 자신의 죽음을 믿지 않았다. 그에게 그것은 전혀 불가능하고 이해할 수도 없는 일이었다. 그러나 사람들은 그에게 모든 사람은 죽는다고 말했다. 그는 자기가 믿는 사람들에게조차 그것을 물어보았고, 그들은 그것을 확인해주었다. 유모도 꺼리기는 했지만 역시 같은 말을 했다. 그러나 에녹은 죽지 않았다. 그렇다면 모두가 죽는 건 아니다. '그럼 왜 모든 사람들이 하느님께 공을 세워 살아서 승천할 수 없는 걸까?' 세료쟈는 생각했다. 나쁜 인간, 즉 세료쟈가 사랑하지 않는 사람들은 죽어도 되지만, 좋은 사람들은 모두 에녹처럼 될 수 있는 것이다.

"그럼 어떤 족장들이 있었지?"

"에녹, 에노스,"

"그래, 그건 네가 말했잖니. 좋지 않아, 세료쟈, 정말 나쁘구나. 만약 네가 기독교인에게 가장 필요한 것을 알려고 노력하지 않는다면……." 아버지는 일어나며 말했다. "넌 도대체 무슨 일에 관심이 있는 거니? 난 네가 실망스럽다. 난 너에게 만족할 수 없구나. 표도르 이그나티치(그는 주임 교사였다)도 네게 만족하지 못하더구나……. 넌 벌을 받아야겠다."

아버지도 교사도 모두 세료쟈에게 불만이었다. 사실 세료쟈는 공부를 상당히 못했다. 그렇다고 그가 재능이 없는 아이라고 말할 수 없었다. 오히려 그 반대로 선생님이 세료쟈에게 본보기로 세웠던 아이들보다 그는 많은 재능을 가지고 있었다. 아버지의 견해로는, 그는 가르쳐주는 것을 배우려는 마음이 없었다. 사실 그는 그것을 배울 수 없었다. 그의 마음속에는 아버지와 선생님이 가르치려 했던 것보다 훨씬 더 필요한 요구가 있었기 때문에 배울 수 없었던 것이다. 그런 요구들은 그들의 요구와 대립되는 것이었기 때문에 그는 자신의 선생님들과 직접 부딪혔다.

그는 고작 아홉 살짜리 어린애였다. 그러나 그는 자기의 마음을 알고 있었다. 그에게 그것은 소중한 것이었고, 그는 그것을 눈꺼풀이 눈을 보호하는 것처럼 보호했다. 그리고 사랑의 열쇠

없이는 아무도 자기의 마음에 못 들어오게 했다. 그의 선생님들은 그가 배우고 싶어 하지 않는다고 불평했다. 그러나 그의 마음은 지식에 대한 열망으로 가득 차 있었다. 그래서 그는 선생님에게서가 아닌, 카피토니치에게서, 유모에게서, 나젠카에게서, 바실리 루키티에게서 배웠다. 아버지와 선생님들이 자기들의 물레방아를 돌리기 위해 기다렸던 물은 이미 오래전에 새어 나가 다른 곳에서 일하고 있었던 것이다.

아버지는 벌로 세료쟈에게 리디야 이바노브나의 조카인 나젠카를 찾아가지 못하게 했다. 그러나 그 벌은 세료쟈에게는 다행이었다. 바실리 루키티가 기분이 좋아서 그에게 풍차 만드는 법을 가르쳐주었던 것이다. 그날 저녁 내내 그는 풍차를 만드는 일과 풍차를 타고 돌려면 어떻게 만들어야 하는지, 즉 양손으로 날개를 움켜쥐어야 할지 또는 자신을 거기에 동여매야 할 것인지에 대한 공상 속에 빠져 지냈다. 그날 저녁은 어머니에 대한 생각을 하지 않았다. 단지 잠자리에 들어서야 문득 어머니가 떠올라서 그는 어머니가 숨는 것을 그만두고 내일 자기 생일에 와주기를 기도했다.

"바실리 루키티, 내가 평소에 하는 기도 외에 또 뭘 기도했는지 알아요?"

"공부를 더 잘하게 해달라고요?"

"아니요."

"장난감이요?"

"아니요, 못 맞추실걸요. 아주 좋은 건데 비밀이에요! 그게 정말 이루어지면 말해줄게요. 그래도 모르겠어요?"

"네, 모르겠군요. 말해보세요." 웃음에 인색한 바실리 루키티가 미소를 지으며 말했다. "이젠 누우세요. 촛불을 끌 거예요."

"하지만 촛불 없이도 난 내가 보는 것이나 기도하는 게 더 잘 보이는걸요. 앗, 비밀을 말해버릴 뻔했어요!" 세료쟈는 명랑하게 웃으며 말했다.

바실리 루키티가 촛불을 들고 나가자, 세료자는 어머니의 목소리를 듣고 어머니를 느꼈다. 어머니는 그에게로 몸을 굽혀 애정 어린 눈길로 그를 어루만져 주었다. 그러나 풍차와 주머니칼이 나타나 모든 게 뒤섞이더니, 그는 곧 잠에 빠져들었다.

28

브론스키와 안나는 페테르부르크에 도착한 후 최고급 호텔 가운데 하나에 묵었다. 브론스키는 아래층에 따로 머물었고, 네 칸짜리 방이 있는 위층에는 안나와 아기와 유모와 식모가 묵었다.

도착한 그날 브론스키는 형을 찾아갔는데, 그곳에 모스크바에 볼일이 있어 와 있던 어머니를 만났다. 어머니와 형수는 평소대로 그를 맞았다. 그녀들은 그에게 외국 여행에 대해 묻기도 하고, 모두가 아는 지인들에 대해 얘기도 했지만 그와 안나의 관계에 대해선 한마디도 하지 않았다. 그러나 다음 날 아침, 브론스키를 찾아온 형은 직접 먼저 그녀에 대해 물었다. 알렉세이 브론스키는 자신과 카레니나 부인과의 관계를 혼인 관계로 보고 있다고 솔직히 말했다. 그러면서 자기는 이혼 문제가 해결되길 바라고 있으며, 그때는 그녀와 결혼할 것이라고 했다. 그러니 그때까지는 다른 아내들과 마찬가지로 그녀를 자신의 아내라고 여기고 있으니, 어머니와 형수에게도 그렇게 전해주었으면 좋겠다고 부탁했다.

"세상이 혹여 그것을 인정하지 않는다고 해도 난 상관없어요." 브론스키가 말했다. "하지만 친인척분들이 나와 친척 관계를 원한다면, 그들은 내 아내와도 같은 관계를 유지해야만 할 거예요."

언제나 아우의 판단을 존중하던 형도 세상이 이 문제를 해결하기 전까지는 그가 옳은지 아닌지 알 수가 없었다. 그리고 자기 쪽에서 보았을 때 반대할 이유를 찾을 수 없었기 때문에 그는 브론스키와 함께 안나에게로 갔다.

브론스키는 형 앞에서도 모든 사람들 앞에서처럼 안나에게 존칭을 쓰며 가까운 지인을 대하듯 불렀는데, 그건 형이 두 사람의 관계를 알고 있는 게 분명해 보였기 때문이며 안나가 브론스키의 영지에 간다는 것을 말하는 것이기도 했다.

브론스키는 자신의 모든 사교적 경험에도 불구하고, 현재 자신이 처한 새로운 상황 때문에 이상한 착각에 빠져 있었다. 그는 자기 자신과 안나에게 사교계의 문이 닫혀 있다는 것을 깨달았어야만 했다. 그런데 그의 머릿속에는 그런 것은 옛날에나 있었던 얘기고, 지금은 시대가 급격히 진보하고 있기 때문에(그는 지금 자기도 모르는 사이에 진보의 편에 서 있었다) 사교계의 시각도 변화하였으며, 사회에서 자기들의 관계를 받아들지에 대한 여부는 아직 결정되지 않았다는 모호한 생각이 자라고 있었다. '물론.' 그는 생각했다. '궁정 사회는 그것을 받아들이지 않을 테지. 하

지만 가까운 사람들은 마땅히 그것을 이해할 수 있을 것이고, 또 이해해야만 하는 거야.'

사람은 자기의 자세를 바꿀 수 있다는 것을 알고 있을 경우에는 다리를 옆으로 꼬고 앉아서 몇 시간을 버틸 수 있지만, 만약 그런 자세로 계속 앉아 있어야만 한다는 것을 안다면 다리에 경련과 쥐가 일어나며 자기가 뻗고 싶은 쪽으로 다리를 뻗으려고 할 것이다. 브론스키는 사회에서 그와 같은 경험을 했던 것이다. 비록 그는 마음속 깊숙한 곳에서는 자기들에게 세상의 문이 닫혀 있다는 것을 알고 있었지만 이제 사교계도 변하지 않았을지, 자기들을 받아주지 않을지에 대해 시험해보았다. 그리고 그는 사교계가 그에게는 문을 열어준다고 해도 안나에게는 닫혀 있다는 것을 금방 알아차렸다. 마치 쥐와 고양이의 놀이처럼, 그를 위해 들린 손이 안나 앞에서는 곧바로 내려지는 것이다.

브론스키는 페테르부르크 사교계의 내로라하는 부인들 가운데 한 사람인 사촌 벳시를 만났다.

"드디어 나타나셨군요!" 그녀는 기쁘게 그를 맞았다. "안나는요? 너무 기뻐요! 어디에 머물고 계세요? 즐거운 여행을 하고 오셨으니 이곳 페테르부르크가 끔찍하게 여겨지실 것 같아요. 로마에서 어떻게 신혼여행을 보냈을지 상상이 가는군요. 이혼은요? 모든 게 정리된 거예요?"

브론스키는 이혼이 정리되지 않았다는 말이 벳시의 기쁨을 반감시킬 것이라는 사실을 알았다.

"세상은 내게 돌을 던지겠죠. 알아요." 그녀는 말했다. "하지만 안나에게 가 봐야겠어요. 그래요, 꼭 가야겠어요. 당신들은 이곳에 오래 머물지 않는 거죠?"

그리고 정말로 그녀는 곧바로 안나를 만나러 갔다. 그러나 그녀의 태도는 이전과 사뭇 다른 것이었다. 그녀는 자신의 용기를 자랑스러워하는 게 분명했다. 그리고 그녀는 안나가 자기 우정의 진실성을 높이 평가해주길 바라고 있었다. 그녀는 사교계의 소식을 전하며 10분도 채 머무르지 않았고, 그곳을 떠나며 이렇게 말했다.

"당신은 언제 이혼하실 거란 말씀을 하시지 않네요. 설령 나는 아무래도 상관하지 않는다고 해요, 하지만 옷깃을 세운 다른 사람들은 당신들이 결혼하기 전까지는 당신들을 냉담하게 대할 거예요. 지금은 그런 일이 아주 간단히잖아요. 그건 보통이지요. 그럼 당신은 금요일에 가시는 거군요? 유감스럽게도 더 이상 만날 수 없겠네요."

벳시의 어조로 브론스키는 사교계에서 무엇을 기대할 수 있는지 이해할 수 있었다. 그는 자신의 가족 안에서 그 시험을 해보았다. 어머니에 대해서는 기대하지 않고 있었다. 그는 어머니가 안나와 처음 인사를 나누었을 때는 그토록 매혹되었다가 지금은 안나를 자기 아들의 출세를 가로막는 원인으로 여기며 받아들이지 않는다는 것을 알고 있었다. 그러나 그는 형수인 바랴에게는 큰 희망을 갖고 있었다. 그녀는 돌을 던지지 않고 솔직하고도 의연한 태도로 안나에게 다가와 그녀를 받아들일 것이라고 여겼다.

도착한 이튿날, 브론스키는 그녀에게 갔다. 그는 마침 혼자 있던 그녀를 보고 자신의 희망을 솔직히 털어놓았다.

"알잖아요, 알렉세이." 그녀는 그의 말을 다 들은 후에 말했다. "내가 당신을 얼마나 사랑하고 있고, 당신을 위해서라면 뭐든 할 수 있다는 걸 말이에요. 하지만 난 당신에게도, 안나 아르카디예브나에게도 아무런 도움이 될 수 없다는 것을 알아요. 그래서 아무 말도 하지 않고 있었던 거예요." 그녀는 '안나 아르카디예브나'라는 말을 특별히 조심스럽게 말했다. "내가 당신들을 비난한다고 생각하지 마세요. 절대 그건 아니에요. 내가 그분과 같은 입장이었다면 어쩌면 똑같이 행동했을 거예요. 난 자세한 건 말하지도 않을 거고, 말할 수도 없어요." 그녀는 그의 어두운 표정을 소심하게 바라보며 말했다. "솔직히 말할게요. 당신은 내가 그녀에게 찾아가서 그녀를 맞이하고, 그렇게 그녀를 다시 사교계로 이끌어 복귀시켜주길 바라고 계시는 거죠. 하지만 이해해주세요. 난 그럴 수가 없어요. 우리 딸들이 성장하고 있어요. 게다가 나는 남편을 위해 사교계 생활을 등질 수가 없어요. 물론 안나 아르카디예브나에게 갈 거예요. 그러면 그녀도 자기를 우리 집에 초대하지 못하는 내 마음을 이해하게 될 거예요. 아니면 그녀를 이상한 눈으로 보는 사람들과 마주치지 않도록 해야만 해요. 그런 건 오히려 그녀를 모욕하는 일이잖아요. 그래서 난 그녀를 일으켜 줄 수 없어요."

"네, 그런데 난 당신이 맞이하고 있는 수백 명의 여자들보다 그녀가 더 타락했다고 생각하지 않아요." 브론스키는 한층 더 어두운 표정으로 그녀의 말을 가로막았다. 브론스키는 형수의 결심이 바뀌지 않으리라는 것을 깨닫고는 말없이 일어섰다.

"알렉세이! 나한테 화내지 말아요. 내 잘못이 아니라는 걸 제발 이해해줘요." 바랴는 소심한 미소를 머금고 그의 얼굴을 보며 말했다.

"당신한테 화가 난 건 아니에요." 그는 여전히 침울한 어조로 말했다. "하지만 마음이 배로 아프군요. 이것으로 우리의 우정에 금이 갈 거라는 게 또 다른 고통입니다. 설령 금이 가지는 않아도 약해지는 것은 틀림없을 테니까요. 달리 어쩔 수 없는 내 마음을 당신도 이해하시겠지요."

브론스키는 이런 말을 남기고 그녀를 떠났다. 그는 앞으로의 노력이 헛수고가 될 거란 것과 견디기 힘든 불쾌감과 굴욕감을 겪지 않기 위해선 이전의 사교계와의 교류를 피하며 마치 낯선 도시에 있는 것처럼 페테르부르크에서에서 며칠을 너 지내야만 한다는 것을 깨달았다. 페테르부르크에서 특히 불쾌하게 느껴진 것 중의 하나는, 여기저기에 있는 것 같은 알렉세이 알렉산드로비치와 그의 이름이었다. 알렉세이 알렉산드로비치에 관한 얘기가 아니면 아무런 대화를 할 수가 없었다. 그를 만나지 않으려면 아무 데도 가지 말아야 했다. 적어도 브론스키에게는 그렇게 여겨졌다. 그건 마치 손가락이 아픈 사람이 고의로 그러기라도 하는 것처럼 계속 아픈 손가락만 어딘가에 부딪치는 것과 같은 느낌이었다.

페테르부르크에서 체류하는 동안 브론스키를 한층 더 괴롭히던 것은, 안나의 마음속에서 그로서는 이해할 수 없는 어떤 새로운 기분을 보았기 때문이었다. 그녀는 때론 온통 그에게만 빠져 있는 사람 같아 보이다가도, 또 때론 냉담해져서 예민해지고 짐작할 수 없게 되곤 했다. 그녀는 무언가로 괴로워하며 그에게 그것을 숨기고 있었다. 그리고 그것은 그의 삶에 독이 되고, 섬세한 이해력을 가진 그녀로서는 더 없이 괴로웠을 것이 분명한 모욕을 전혀 눈치채지 못하는 것처럼 보였다.

29

안나가 러시아에 온 목적 가운데 하나는 아들을 만나는 것이었다. 이탈리아를 출발하던 그날부터 안나의 마음은 그런 생각으로 한시도 편치 않았다. 그리고 페테르부르크에 가까워지면 가까워질수록, 그 만남의 중요성과 기쁨이 점점 더 커져가는 것 같았다. 그녀는 이떤 방식으로 아들을 만날 것인지에 대해선 신경 쓰지 않았다. 그녀는 자기가 아들과 같은 도시에 있을 때 아들을 만나는 건 자연스럽고도 단순한 일이라고 여겼다. 그러나 페테르부르크에 도착하자, 현재 사교계의 분위기가 뚜렷이 느껴지면서 그녀는 아들을 만나는 게 쉽지 않으리라는 것을 깨달았다.

그녀는 벌써 페테르부르크에서 이틀을 보냈지만, 아들에 대한 생각이 잠시도 머리를 떠나지 않았다. 그러나 그녀는 아직 아들을 만나지 못했다. 그렇다고 알렉세이 알렉산드로비치와 마주칠지도 모를 집으로 직접 찾아갈 수도 없었다. 그녀는 이제 자신에게 그럴 권리가 없다고 여겼다. 어쩌면 집 안으로 들이지도 않고 모욕을 줄지도 모를 일이었다. 편지를 써서 남편과 타협점을 찾아야 하는지 생각만으로도 괴로웠다. 그녀는 남편에 대한 생각을 하지 않을 때만 겨우 마음이 안정되었다. 아들이 언제 어디로 나가는지 알아내서 산책 중에 아들을 만나는 것은 그녀에게 너무 부족했다. 그녀는 이 만남을 오랫동안 준비하였기에 그만큼 할 얘기도 많았고, 그 애를 안고 키스하고 싶은 마음이 간절했다. 세료쟈의 늙은 유모라면 그녀에게 도움도 주고 방법도 알려주었을 것이다. 그러나 그 유모는 이미 알렉세이 알렉산드로비치의 집에 있지 않았다. 이렇게 우왕좌왕하고 유모를 찾는 사이에 벌써 이틀이 지나가버렸다.

알렉세이 알렉산드로비치가 리디야 이바노브나 백작 부인과 가까운 사이라는 것을 알게 된 후, 안나는 사흘째 되던 날 자기에게는 커다란 어려움을 필요로 하는 편지를 쓰기로 결심했다. 그리고 그 편지 속에 자기가 아들을 만날 수 있는 것은 남편의 관대한 마음에 달려 있다는 것을 의도적으로 적어 넣었다. 그녀는 백작 부인이 만약 남편에게 자기의 편지를 보여주면, 그는 관대한 사람의 역할을 수행하면서 자신의 부탁을 거절하지 않으리라는 것을 알았다.

편지를 가져갔던 심부름꾼은 그녀에게 답장이 없을 것이라는 너무도 잔혹하고 예상치 못한 답변을 전해주었다. 안나는 심부름꾼을 불러 그가 기다린 끝에 '답장은 없습니다.'라는 말을 들은 상황을 상세히 듣는 순간, 안나는 심한 모욕감과 수치심을 느꼈다. 그러나 안나는 리디야 이바노브나 백작 부인이 옳다는 것을 알고 있었다. 안나의 슬픔은 그녀 혼자 겪어야 한다는 데에 더욱 심화되었다. 그녀는 그 슬픔을 브론스키와 나눌 수도 없었고, 나누고 싶지도 않았다. 그녀의 불행의 주된 원인이 그였음에도 불구하고, 정작 그는 그녀가 아들을 만나는 문제에 대해 그다지 중요하게 여기지 않는다는 것을 그녀는 알고 있었다. 그녀는 자신이 겪는 내면의 고통을 그가 결코 이해할 수 없다는 것을 알았다. 그래서 그녀는 그 문제를 기억해 낼 때마다 그의 차가운 태도 때문에 그를 증오할 것이라는 것도 알고 있었다. 그리고 그것이 그녀가 세상에서 가장 두려워하는 것이었기 때문에 아들과 관련된 문제에 대해선 그에게 숨겼던 것이다.

그녀는 온종일 방에 틀어박혀서 아들과 만날 방법을 궁리하다가 남편에게 편지를 쓰기로 결심했다. 리디야 이바노브나의 편지가 그녀에게 도착했을 때 그녀는 이미 편지를 다 쓴 상태였다. 백작 부인의 침묵은 그녀의 마음을 차분하고도 순종적으로 만들었다. 그러나 그 편지, 그녀가 행간에서 읽은 모든 내용은 그녀를 매우 자극했다. 그 안에 들어 있는 내용이 그녀에게는 아들에 대한 열렬하고 당연한 사랑에 비해 너무도 악의적으로 여겨졌다. 그것은 그녀를 격분시켰고, 그 분노는 타인들에게 표출되어 그녀는 더 이상 자신을 책망하지 않게 되었다.

'이 냉정함은 감정을 위장한 것이다.' 그녀는 스스로에게 말했다. '그들은 단지 나를 모욕하고 아이를 괴롭힐 뿐이야! 그들에게 복종해야 한단 말이지, 천만에! 그 여자는 나보다 더 나빠. 적어도 난 거짓말은 하지 않아.' 즉시 그녀는 세료쟈의 생일인 바로 내일, 남편의 집으로 직접 찾아가서 하인들을 매수하든지 속임수를 쓰든지 해서 무슨 일이 있어도 아들을 만나고 이 가엾은 아이를 둘러싼 그 추악한 위선을 깨버리겠다고 결심했다.

그녀는 장난감 가게로 마차를 몰아 장난감 여러 개를 구입하고 어떻게 할지 계획을 짰다. 그녀는 아침 일찍, 알렉세이 알렉산드로비치가 틀림없이 아직 일어나지 않았을 8시에 그곳에 도착할 것이다. 그녀는 돈을 준비하고 있다가 문지기와 하인에게 찔러주고 안으로 들여보내달라고 부탁할 것이다. 그리고 베일은 벗지 않은 채로, 세료쟈 대부의 부탁으로 축하하러 왔는데 그가 아들의 침대 옆에 장난감을 두고 오라고 부탁했다고 말할 것이다. 그러나 그녀는 아들에게 할 말만은 준비하지 못했다. 아무리 생각해도 무슨 말을 해야 할지 생각해 낼 수가 없었다.

다음날 아침 8시에 안나는 혼자서 삯마차에서 내려 자기 옛집의 커다란 현관문의 벨을 눌렀다.

"무슨 일인지 가 봐. 어느 댁 마님이 오셨군." 아직 옷을 갈아입지 않은 카피토니치가 외투 차림에 덧신을 신은 채로 창문을 통해 문 바로 옆에 서 있는 베일을 쓴 귀부인을 내다보며 말했다.

안나가 모르는 문지기의 조수인 젊은이가 그녀에게 문을 열어주자마자, 그녀는 안으로 들어가서 머프 속에서 3루블짜리 지폐를 꺼내 서둘러 그의 손에 쥐어주었다.

"세료쟈……. 세르게이 알렉세이치." 그녀는 이렇게 말하고 앞으로 나아갔다. 지폐를 살펴본 문지기의 조수는 유리문 앞에서 안나를 멈춰 세웠다.

"어느 분께 볼일이 있으십니까?" 그가 물었다.

그녀는 그의 말을 듣지도 못했고 아무런 대답도 하지 않았다.

모르는 부인이 당황해하는 모습을 본 카피토니치가 직접 그녀에게로 나와 그녀를 안으로 들이고 용무가 무엇인지 물었다.

"스코로두모프 공작님의 부탁을 받고 세르게이 알렉세이치를 만나러 왔습니다." 그녀가 말했다.

"아직 일어나지 않으셨습니다." 문지기는 주의 깊게 그녀를 살피며 말했다.

안나는 자기기 9년 동안 살았던 그 집의 전혀 변함없는 현관의 모습이 그토록 강렬히 자기에게 영향을 미칠 것이라고는 전혀 생각지 못했다. 기쁘고 괴로웠던 추억들이 연이어 그녀의 마음속에서 깨어났다. 그래서 한순간 그녀는 자기가 왜 여기에 있는지 잊어버렸다.

"잠시 기다려주십시오." 카피토니치는 그녀가 털외투 벗는 것을 도우며 말했다.

털외투를 받아들고 그녀의 얼굴을 힐긋 쳐다본 카피토니치는 그녀를 알아보고는 말없이 머리를 숙여 인사했다.

"어서 오십시오, 마님." 그가 말했다.

안나는 무언가 말하고 싶었지만, 아무런 소리도 나오지 않았
다. 그녀는 죄를 지은 듯 애원하는 눈빛으로 노인을 보고는 가볍
고도 빠른 걸음으로 계단을 올라갔다. 카피토니치는 온몸을 앞
으로 숙인 채 덧신이 계단에 걸려가며 그녀를 앞서려고 뒤를 쫓
아왔다.

"거기엔 선생님이 계십니다. 아직 옷을 갈아입지 않으셨을 겁
니다. 제가 여쭙겠습니다."

안나는 노인이 무슨 말을 하는지도 모르고 익숙한 계단을 계
속 올라갔다.

"이쪽, 왼편입니다. 지저분해서 죄송합니다. 도련님은 예전의
소파가 있던 방에 계십니다." 문지기는 숨을 헐떡거리며 말했다.
"죄송합니다, 마님, 잠시만 기다려주십시오. 제가 들여다보고 오
겠습니다." 그는 이렇게 말했다. 그리고 그녀를 앞질러 가서 높
은 문을 조금 열더니 그 뒤로 사라졌다. 안나는 기다리고 서 있
었다. "지금 막 잠에서 깨셨습니다." 문지기가 다시 문에서 나오
며 말했다.

문지기가 그 말을 한 바로 그때, 안나는 아이의 하품 소리를
들었다. 그녀는 오직 그 하품 소리만으로 아들임을 알았고, 마치
눈앞에서 생생하게 그의 모습을 보는 것 같았다.

"들여보내주게, 제발 들여보내줘. 물러서게!" 그녀는 이렇게
말하고 높은 문 안으로 들어갔다. 문의 오른쪽에 놓여 있는 침대
위에, 잠에서 깬 사내아이가 단추를 풀어놓은 잠옷 차림으로 앉

아 있었다. 아이는 작은 몸을 구부렸다 펴면서 하품을 하고 있었다. 입술이 다물어지는 그 순간, 행복하고 졸린 듯한 미소가 입술 주위에 떠올랐다. 그리고 그 미소와 함께 그는 천천히 달콤하게 다시 벌렁 드러누웠다.

"세료쟈!" 그녀는 소리 나지 않게 그에게 다가가며 속삭였다.

그녀는 아들과 떨어져 있는 동안, 최근까지 내내 느끼고 있는 그 넘치는 사랑을 느낄 때마다 자기가 가장 사랑했던 네 살 때 아이의 모습으로 상상하곤 했다. 그러나 지금 그는 그녀가 집에 남겨놓고 떠났을 때와 다른 모습이었다. '어머! 어쩌면 저렇게 얼굴도 마른 데다 머리카락도 짧은 거야! 손은 왜 이렇게 길고! 내가 떠난 후로 아이가 정말 많이 변했구나!' 그러나 머리 모양, 입술, 부드러운 목 그리고 넓은 어깨까지 역시 그 아이였다.

"세료쟈!" 그녀는 아이의 귀에 바짝 입을 대고 다시 불렀다.

그는 팔꿈치를 짚고 다시 일어나 무언가를 찾는 듯 머리카락이 헝클어진 머리를 좌우로 돌리며 눈을 떴다. 그는 조용히 의심쩍은 눈으로 미동도 없이 자기 앞에 서 있는 어머니를 몇 초 동안 바라보다가, 갑자기 행복한 미소를 지어 보이더니 졸려서 눈꺼풀이 내려오는 눈을 다시 감고 쓰러졌다. 그러나 이번에는 뒤로 눕지 않고 그녀 쪽으로, 그녀의 팔로 쓰러졌다.

"세료쟈, 내 사랑스러운 아가야!" 그녀는 숨을 몰아쉬면서 두 손으로 그의 통통한 몸을 끌어안으며 말했다.

"엄마!" 그는 온몸이 그녀의 팔에 닿게 하려고 그녀의 팔 아래로 들어오며 말했다.

그는 졸린 눈을 감고 미소를 머금은 채 침대 등받이에서 통통한 작은 손으로 그녀의 어깨를 붙잡았다. 그리고 아이들에게 있는 그 사랑스럽고 꿈결 같은 향내와 온기로 그녀를 감싸며 그녀에게 달라붙어서는 얼굴을 그녀의 목과 어깨에 비벼대기 시작했다.

"난 알고 있었어." 그는 눈을 뜨며 말했다. "오늘이 내 생일이잖아. 그래서 엄마가 올 줄 알았어. 이제 일어날 거야."

그렇게 말하면서 아이는 다시 잠들어버렸다.

안나는 강렬한 눈빛으로 아이를 바라보았다. 그녀는 자기가 없는 동안 아이가 얼마나 성장하고 변화했는지를 보았다. 그녀는 담요 밖으로 나온, 이제는 커져버린 아이의 맨발을 알아볼 수 있을 것도 같고, 알아 볼 수 없을 것도 같았다. 그러나 그녀는 조금 여윈 볼과, 자기가 자주 입을 맞춰주던 짧게 자른 목덜미의 곱슬머리는 알아보았다. 그녀는 그런 모든 것을 어루만지면서 눈물로 목이 메어 아무 말도 할 수 없었다.

"왜 울어, 엄마?" 완전히 잠이 깬 아이가 물었다. "엄마, 왜 울고 있어?" 그는 울먹이며 외쳤다.

"나? 안 울게……. 엄마는 기뻐서 우는 거야. 널 오랫동안 못 봐서. 안 울게. 안 울어." 그녀는 돌아서서 눈물을 삼키며 말했다. "자, 옷을 입어야겠네." 그녀는 마음을 가라앉히고 잠시 조용히 있다가 이렇게 말했다. 그러고는 그의 손을 놓지 않고 옷이 준비되어 있는 침대 옆 의자에 앉았다.

"엄마도 없이 어떻게 옷을 입었어? 어떻게……." 그녀는 가볍고 쾌활하게 말을 시작하려 했지만 그럴 수가 없어서 다시 얼굴을 돌렸다.

"난 찬물로 씻지 않아. 아버지가 허락하지 않아서. 엄마, 바실리 루키티 봤어? 곧 올 거야. 엄마, 내 옷 깔고 앉았어!" 세료쟈는 이렇게 말하곤 깔깔대고 웃었다.

그녀는 그의 얼굴을 바라보며 미소를 지었다.

"엄마, 예쁜 엄마! 사랑하는 엄마!" 그는 또다시 그녀의 품에 달려들어 그녀를 껴안으며 소리쳤다. 그는 이제야 그녀의 미소를 보고 무슨 일이 일어나고 있는지 분명히 알게 된 것 같았다. "이런 건 필요 없어." 그는 그녀의 모자를 벗기며 말했다. 그리고 모자를 벗은 그녀를 새롭게 보기라도 한 것처럼 그녀에게 키스하려고 또다시 달려들었다.

"그런데 넌 엄마를 어떻게 생각하고 있었니? 엄마가 죽었다고 생각하지 않았니?"

"그런 말은 조금도 믿지 않았어."

"내 아들, 믿지 않았어?"

"난 알고 있었어, 알고 있었어!" 그는 자기가 좋아하는 문구를 반복해서 말했다. 그리고 자기의 머리를 쓰다듬던 그녀의 손을 잡고는 손바닥을 자기의 입에 갖다 대고 입을 맞추기 시작했다.

30

그러는 사이, 안나가 집을 나간 뒤에 이 집에 들어온 바실리 루키티는 처음엔 이 귀부인이 누군지 몰랐다가 두 사람의 대화를 통해 남편을 버리고 나간 바로 그 아이의 어머니라는 것을 깨닫고는 안으로 들어가야 할지 말아야 할지, 또 알렉세이 알렉산드로비치에게 알려야 할지 말아야 할지 망설이고 있었다. 마침내 그는 자신의 의무는 정해진 시간에 세료쟈를 깨우는 것이므로 거기에 누가 있든, 즉 어머니가 있든 다른 사람이 있든 상관없이 자신의 의무를 수행해야만 한다고 판단하고는, 옷을 갈아입고 문으로 가서 문을 열었다.

그러나 어머니와 아들이 서로 어루만지는 모습과 대화하는 그들의 목소리는 그가 계획대로 수행할 수 없도록 만들었다. 그는 고개를 젓고 한숨을 내쉬고는 문을 닫았다. '10분만 더 기다리자.' 그는 헛기침을 하고 눈물을 닦으며 혼잣말을 했다. 이때, 집 안의 하인들 사이에서도 강하게 술렁거리고 있었다. 모두들 마님이 왔다는 것, 카피토니치가 그녀를 들여보냈다는 것, 그녀가 지금 아이 방에 있다는 것을 알게 되었다. 한편 주인은 언제나 9시에는 아이 방에 들렀다. 그리고 그들은 모두 이 부부가 서로 만나서는 안 되므로 그들의 만남을 막아야 한다는 것을 알고 있었다. 시종 코르네이는 문지기 방으로 내려가서 누가, 어떻게 그녀를 들여보냈는지 물었다. 그리고 카피토니치가 그녀를 집 안으로 들여 안내했다는 것을 알고는 노인을 질책했다. 수위는 고집스럽게 입을 다물고 있었다. 그러나 코르네이가 이 일로 그를 쫓아내야 한다고 말하자, 카피토니치는 그 쪽으로 벌떡 일어나 그의 눈앞에서 두 손을 내두르며 말하기 시작했다.

"그래, 맞아, 너라면 들여보내지 않았을 테지! 10년 동안 일하면서 내게 자애롭기만 하셨어. 너 같으면 지금 당장이라도 가서 '자, 나가십시오!' 하겠지! 닌 저세를 질하니까! 그렇고말고! 그런데 너도 너 자신을 생각해 봐. 주인을 속이고 너구리 털외투를 훔쳐 가잖아!"

"이 졸병 놈 같으니!" 코르네이는 얕잡아 보듯이 말하고는 안으로 들어오고 있는 유모를 돌아보았다. "잘됐네, 마리야 예피모브나, 한번 생각해 봐요. 저 자가 마님을 들여보내고는 아무한테도 말하지 않았단 말입니다." 코르네이는 그녀를 보며 말했다. "주인께서 이제 나오시면 아이 방으로 가실 텐데 말입니다!"

"일났군, 일났어!" 유모가 말했다. "당신이요, 코르네이 바실리예비치, 어떻든 주인어른을 붙잡아 둬요. 난 달려가서 어떻게

든 마님을 데리고 나갈 테니까. 일났군, 일났어!!"

유모가 아이 방으로 들어갔을 때, 세료쟈는 어머니에게 나젠카와 썰매를 타고 산을 내려오다 넘어져서 세 번이나 굴렀던 얘기를 하고 있었다. 그녀는 아이의 목소리를 듣고, 아이의 얼굴과 표정의 변화를 바라보고, 아이의 손을 쓰다듬고는 있었지만, 아이가 하는 말은 머리에 들어오지 않았다. 나가야만 한다. 아이를 두고 가야만 한다. 그녀는 오직 이것만을 생각하고 느끼고 있었다. 그녀는 문으로 다가오며 헛기침을 하던 바실리 루키티의 발소리도 들었고, 다가오는 유모의 발소리도 들었다. 그러나 그녀는 말을 꺼낼 기운도, 일어설 기운도 없어서 마치 돌로 변한 사람처럼 앉아 있었다.

"마님, 우리 마님!" 유모는 안나에게 다가가 그녀의 손과 어깨에 입을 맞추며 말을 시작했다. "하느님께서는 우리 도련님의 생일에 기쁨을 보내주셨군요. 마님께서는 하나도 변하지 않으셨어요."

"아, 유모였군. 난 유모가 집에 있는 줄 몰랐네." 안나는 잠시 정신을 차리고 말했다.

"전 이곳에서 살지는 않아요. 딸하고 같이 살고 있지요. 축하하러 왔어요. 안나 아르카디예브나 우리 마님!"

유모는 갑자기 울음을 터뜨리며 다시 그녀의 손에 입을 맞추기 시작했다.

세료자는 눈빛과 미소로 한껏 빛내며 한 손으론 어머니를, 다른 한 손으론 유모를 붙잡고 통통한 맨발로 양탄자 위를 굴렀다. 자기가 좋아하는 유모가 어머니를 대하는 부드러운 태도는 그를 기뻐 어쩔 줄 모르게 했다.

"엄마! 유모는 나한테 자주 와요. 그리고 오면……." 그는 말을 하려다 유모가 무언가 어머니에게 귓속말을 하자, 어머니의 얼굴에 놀라움과 어머니에게는 어울리지 않는 수치심 같은 표정이 떠오르는 것을 보고 말을 멈췄다.

그녀는 아이에게로 다가갔다.

"사랑스러운 내 아들!" 그녀가 말했다.

그녀는 '안녕'이라고 말할 수 없었다. 그러나 그녀의 표정은 그렇게 말하고 있었고, 그도 그것을 깨달았다. "귀여운, 귀여운 쿠틱!" 그녀는 어렸을 적에 불렀던 이름으로 그를 불렀다. "엄마를 잊지 않겠지? 넌……." 그러나 그녀는 더 이상은 아무 말도 할 수가 없었다.

나중에서야 그녀는 아이에게 할 수 있었을 말을 얼마나 많이 생각해 냈는지 모른다. 그러나 지금은 무슨 말을 해야 할지도 몰랐고, 아무 말도 할 수가 없었다.

그러나 세료쟈는 어머니가 자기에게 말하고 싶어 하는 것을 모두 알았다. 그는 어머니가 불행하다는 것과 자기를 사랑한다는 것을 알았다. 그는 유모가 귓속말로 무엇을 말했는지도 알고 있었다. 그는 '언제나 9시에'라고 하는 말을 들었다. 그는 그것이 아버지에 관한 말이라는 것과 어머니와 아버지는 만나선 안

된다는 것도 알았다. 그런 것은 그도 이해했지만 한 가지 이해할 수 없는 것은, 어머니의 표정에 왜 놀라움과 수치심이 나타났는지에 대한 것이었다. 어머니는 잘못한 게 없다. 그런데 어머니는 아버지를 두려워하고 무언가 부끄러워하고 있다. 그는 자신의 이 의심을 풀어줄 수 있는 질문을 하고 싶었지만 용기가 나지 않았다. 그는 괴로워하는 어머니의 모습을 보자 어머니가 가엾게 느껴졌다. 그는 말없이 어머니에게 바짝 달라붙어 이렇게 속삭였다.

"아직 가지 마. 아버지는 금방 오시지 않아."

어머니는 아이가 생각하고 하는 말인지 알기 위해 아이를 자기의 몸에서 조금 떼어놓았다. 그리고 그녀는 아이의 놀란 표정에서 아이가 아버지에 대해 말만 하고 있는 게 아니라 아버지에 대해 어떻게 생각해야 할지 자기에게 묻고 있다는 것을 읽었다.

"세료쟈, 아가." 그녀는 말했다. "넌 아버지를 사랑해야 해. 아버지는 엄마보다 훌륭하고 좋은 분이야. 엄마는 아버지에게 잘못을 저질렀어. 너도 어른이 되면 판단할 수 있을 거야."

"엄마보다 좋은 사람은 없어……!" 그는 눈물을 흘리며 절망적으로 외쳤다. 그리고 어머니의 어깨를 움켜쥐고 긴장하여 떨리는 두 손으로 온 힘을 다해 끌어안았다.

"사랑하는, 내 아가야!" 안나는 이렇게 말하고는 아들처럼, 마치 아이가 울듯이 가늘게 울기 시작했다.

바로 그때, 문이 열리고 바실리 루키티가 들어왔다. 다른 쪽문에서 발소리가 들리자, 유모는 놀란 듯 속삭이며 말했다.

"오십니다." 그리고 안나에게 모자를 건넸다.

세료쟈는 침대 위에 주저앉아 두 손으로 얼굴을 가리고 흐느껴 울었다. 안나는 그 손을 떼고 다시 한 번 아이의 젖은 얼굴에 키스하고는 잰걸음으로 문을 나갔다. 알렉세이 알렉산드로비치가 그녀의 맞은편에서 걸어오고 있었다. 그녀를 알아본 그는 걸음을 멈추고 고개를 숙였다.

그녀는 방금 그가 자기보다 훌륭한 사람이라고 말했음에도 불구하고, 슬쩍 그의 모습을 자세히 살피고 나자 그에 대한 혐오감과 증오심, 아들에 대한 질투심이 그녀의 마음을 사로잡았다. 그녀는 서둘러 베일을 내리고 걸음을 재촉하여 거의 뛰다시피 방에서 나갔다.

그녀는 어제 가게에서 그토록 큰 사랑과 슬픔으로 골랐던 장난감을 건네줄 사이도 없이 그대로 가지고 숙소로 돌아왔다.

31

안나는 아들과의 만남을 아무리 간절히 바라고, 아무리 오랫동안 그 만남을 준비하였다 해도 그 만남이 그토록 강하게 자기에게 영향을 주리라고는 전혀 예상치 못했다. 쓸쓸한 호텔 객실로 돌아온 그녀는 왜 자기가 여기에 있는지 오랫동안 이해할 수가 없었다. '그래, 모든 게 끝났어. 그리고 난 또 혼자야.' 그녀는 혼잣말을 하고는 모자도 벗지 않고 벽난로 옆에 있는 안락의자에 앉았다. 그녀는 창문과 창문 사이의 탁자 위에 놓인 청동 시계에 시선을 고정시키고 물끄러미 바라보며 생각하기 시작했다.

외국에서 데려온 프랑스인 하녀가 옷을 갈아입는 것을 도우려고 들어왔다. 그녀는 놀라서 하녀를 보고는 말했다.

"나중에."

하인이 커피를 권했다.

"나중에." 그녀가 말했다.

이탈리아인 유모가 곱게 꾸민 아기를 데리고 들어와 안나에게 안겨주었다. 잘 먹여 통통한 여자아이는 어머니를 보자 여느 때처럼 아직 이가 나지 않은 입으로 방실방실 웃으며 실로 꼭 졸라맨 듯한 작은 맨손을 손바닥이 아래로 오도록 뒤집고는, 물고기가 낚시찌를 잡아당기는 것처럼 풀 먹여 주름 잡은 수놓인 스커트 자락을 사각사각 소리를 내며 잡아당겼다. 그 모습을 보고 누구든 미소 짓지 않을 수 없었고, 입을 맞추지 않을 수 없었으며, 아기에게 손가락을 내밀어 주지 않을 수 없었다. 그러면 아기는 손가락을 쥐고 소리를 지르며 온몸으로 펄떡거렸다. 또 아기가 입을 맞추려는 듯 입을 내밀어 그녀는 아기에게 입술을 내밀지 않을 수 없었다. 안나도 딸에게 그렇게 했다. 그녀는 아기를 잡고 껑충껑충 뛰게도 하고, 아기의 생생한 볼과 드러난 팔꿈치에 입을 맞추기도 했다. 그러나 딸아이를 볼 때마다 그녀는 세료쟈에 대해 느끼는 사랑에 비해 딸아이에 대한 감정은 사랑이라고 할 수 없다는 것을 분명히 깨닫곤 했다. 딸아이는 모든 게 다 귀여웠다. 그러나 어쩐지 그녀의 마음을 움직이지는 못했다. 첫아이에게는, 비록 사랑하는 사람의 아이는 아니었지만, 충족되지 못한 사랑의 온 힘을 쏟아부었다. 그러나 딸아이는 가장 어려운 상황 속에서 태어났다. 그 때문인지 딸아이에게는 첫아이에게 쏟았던 보살핌의 백분의 일도 기울이지 않았다. 게다가 딸아이에게는 아직 모든 게 기대하고 있는 것뿐이지만, 세료쟈는 벌써 거의 한 인간이, 사랑스러운 한 인간이 되어 있었다. 그의 내면에서는 벌써 사상과 감정이 충돌하고 있었다. 그녀는 그의 말과 시선을 떠올리며, 그가 그녀를 이해하고 사랑하고 그녀에 대해 판단도 한다고 생각했다. 그러나 그녀는 이제 육체적으로뿐만 아니라 정신적으로도 그와 영원히 분리되었고, 이제는 그것을 되돌릴 수 없게 되었다.

그녀는 딸아이를 유모에게 건네고 그녀를 내보냈다. 그리고 세료쟈의 사진이 든 목걸이를 열었다. 그 사진은 세료쟈가 딸아이와 거의 같은 나이 때 찍은 것이었다. 그녀는 일어나 모자를 벗고 작은 탁자 위의 사진첩을 집어 들었다. 그 속에는 나이가 다른 시기의 아들의 사진들이 있었다. 그녀는 비교해보고 싶어서 사진첩에서 사진을 꺼내기 시작했다. 그녀는 그것을 모두 꺼냈다. 최근에 찍은 가장 좋은 사진 한 장만 남았다. 하얀 루바슈카를 입은 그가 의자에 걸터앉아 눈을 찡그리며 입가에 미소를 머금고 있었다. 그것은 가장 특징적이고 훌륭한 그의 표정이었다. 작고 날렵해 보이는 손으로, 오늘은 유난히 긴장하여 움직이던 그 희고 가녀린 손가락으로 그녀는 몇 번이나 사진의 귀퉁이를 잡아당겼다. 그러나 사진이 잘 걸리지 않아 꺼낼 수가 없었다. 탁자 위에는 페이퍼 나이프가 없었다. 그래서 그녀는 그 사진 옆에 있던 사진을 꺼내(그것은 길게 기른 머리에 둥근 모자를 쓴, 로마에서 찍은 브론스키의 사진이었다) 그 사진으로 아들의 사진을 밀어냈다. '아, 그이구나!' 그녀는 브론스키의 사진을 보고는 중얼거렸다. 그러자 문득 지금 자기의 슬픔의 원인이 누구인지가 떠올랐다. 그녀는 이날 아침 내내 한 번도 그에 대해 생각하지 않았다. 그런데 지금 갑자기 남자답고 훌륭한, 그녀에게는 너무도 친근하고 사랑스러운 그 얼굴을 보자, 예상치 못한 그에 대한 사랑이 밀물처럼 밀려 들어오는 것을 느꼈다.

'그런데 그이는 도대체 어디 있을까? 어떻게 그이는 이런 고통 속에 나 혼자 남겨놓은 것일까?' 그녀는 아들과 관련된 것은 모두 그에게 숨겼다는 사실을 잊은 채 그에 대한 비난의 감정을 품으며 이런 생각을 했다. 그녀는 지금 당장 자기에게 오도록 그에게 사람을 보냈다. 그리고 그녀는 심장이 멎는 듯한 마음으로 그에게 할 말과 그가 자기를 위로해줄 사랑에 대한 그의 표현들을 생각하며 그를 기다리고 있었다. 그런데 심부름꾼은 그로부터 손님이 있지만 곧 가겠다는 답변과 함께 페테르부르크에 온 야시빈 공작을 함께 데려가도 좋은지 묻는 전갈을 가지고 돌아왔다, '혼자 오는 게 아니라는 거군. 어제 낮부터 보지 못했는데도.' 그녀는 생각했다. '내가 무슨 말이든 모두 얘기할 수 있게 혼자 오지 않고 야시빈과 함께 온다는 거지?' 그리고 그녀의 머릿속에 갑자기 '사랑이 식은 거라면 어쩌지?' 하는 이상한 생각이 떠올랐다.

그리고 최근에 있었던 일들에 대해 하나하나 떠올리며 그녀는 모든 점에서 그 이상한 생각의 확증을 발견해 냈다. 그가 어제 집에서 식사를 하지 않은 것도, 페테르부르크에 있는 동안 방을 따로 쓰자고 고집을 부린 것도, 또 지금 단둘이 얼굴을 대하는 것을 피하기라도 하려는 듯 손님과 함께 오려는 것도 모두 그녀에게는 이상했다.

'하지만 그이는 내게 말을 해야만 해. 난 그것을 알아야만 하고. 만약 내가 그걸 알게 되면 난 무엇을 해야 할지 알거든.' 그녀는 혼잣말을 했다. 그녀에겐 그의 무관심을 확인하고 나서 자기가 놓이게 될 상황을 상상할 힘조차 없었다. 그녀는 자기를 향한 그의 사랑이 식었다고 생각하며 절망에 가까운 감정을 느꼈다. 그 때문에 그녀는 유난히 불안했다. 그녀는 벨을 울려 하녀를 부르고 옷 방으로 갔다. 그녀는 옷을 갈아입으며 최근 그 어느 때보다 더 치장에 신경을 썼다. 그녀는 마치 잘 어울리는 옷에 예쁜 머리 모양을 하면 식었던 그의 사랑이 되돌아올 것이라고 믿는 사람 같았다.

그녀가 준비를 다 마치기도 전에 벨 소리가 들렸다.

그녀가 객실로 나오자, 그가 아니라 야시빈이 눈길로 그녀를 맞았다. 브론스키는 그녀가 잊고 탁자 위에 놓아둔 그녀 아들의 사진들을 보느라 그녀에게 서둘러 눈길을 돌리지 않았다.

"우리는 인사를 나눈 적이 있지요." 그녀는 자기의 조그만 손을 어쩔 줄 몰라 하는(그 모습은 그의 큰 키와 거친 얼굴에 어울리지 않았다) 야시빈의 커다란 손에 얹으며 말했다. "작년에 경마장에서 뵈었죠. 이리 주세요." 그녀는 브론스키가 보고 있던 아들의 사진을 재빨리 잡아채면서 의미심장하게 반짝이는 눈길로 그를 바라보며 말했다. "올해의 경마는 좋았나요? 그 대신 저는 로마에서 코르소 경마를 봤어요. 그런데 당신은 외국 생활을 싫어하시죠." 그녀는 상냥하게 미소를 지으며 말했다. "아직 많이 뵙지는 못했지만, 전 당신에 대해, 당신의 취향에 대해 전부 알고 있어요."

"유감스럽게도 제 취미는 전부 나쁜 것뿐이라 말입니다." 야시빈은 왼쪽 콧수염을 씹으며 말했다.

잠시 얘기하다가 브론스키가 시계를 힐끗 쳐다보는 것을 눈치챈 야시빈은 그녀에게 페테르부르크에 더 오래 머물 예정인지 물었다. 그리고 그 거대한 몸을 펴면서 모자를 들었다.

"오래 있을 것 같지는 않아요." 그녀는 브론스키의 얼굴을 힐끗 쳐다보고는 망설이며 말했다.

"그럼 이제 뵙지 못하겠군요?" 야시빈은 일어나며 브론스키를 향해 말했다. "자네는 어디서 식사할 텐가?"

"식사하러 저희 집에 오세요." 안나는 당황하는 자신의 모습에 화라도 난 사람처럼 결연한 어조로 말했다. 그러나 그녀는 새로운 사람 앞에서 자신의 처지를 보여줄 때면 늘 그렇듯 얼굴을 붉혔다. "이곳의 식사가 썩 좋시는 않지만 적어도 지이를 보실수 있으시잖아요. 알렉세이는 연대의 옛 친구들 가운데 당신을 가장 좋아하거든요."

"그렇다니 기쁩니다." 야시빈은 미소를 지으며 말했다. 그 미소로 브론스키는 안나가 무척 그의 마음에 들었다는 것을 알았다.

야시빈은 인사를 하고 나갔고, 브론스키는 뒤에 남았다.

"당신도 가세요?" 안나가 그에게 물었다.

"난 벌써 늦었어." 그가 대답했다. "어서 가게! 자네를 뒤따라 갈 테니." 그는 야시빈에게 소리쳤다.

그녀는 그의 손을 잡은 채 눈도 떼지 않고 그를 붙잡아 둘 구실을 찾으면서 그를 쳐다보았다.

"잠깐만요, 당신한테 할 얘기가 있어요." 그녀는 그의 짧은 손을 잡아 자기의 목에 갖다 대고 누르며 말했다. "저분을 식사에 초대해도 괜찮죠?"

"잘했어요." 그는 편안한 미소를 지으며 고른 치아를 드러내고 그녀의 손에 입을 맞추며 말했다.

"알렉세이, 당신, 나에 대한 마음이 변한 거 아니에요?" 그녀는 두 손으로 그의 손을 쥐며 말했다. "알렉세이, 난 여기 있는 게 너무 괴로워요. 우리 언제 떠나는 거예요?"

"곧, 곧이요. 여기서 우리가 이렇게 사는 게 나한테도 얼마나 괴로운 일인지 당신은 믿지 못할 거예요." 그는 이렇게 말하고 손을 뺐다.

"그럼 가세요, 가요!" 그녀는 모욕감을 느낀 듯 이렇게 말하곤 재빨리 그의 곁을 떠났다.

32

브론스키가 숙소로 돌아왔을 때, 안나는 아직 돌아오지 않았다. 그에게 전한 말에 따르면, 그가 나가고 얼마 지나지 않아 한 부인이 그녀를 찾아와서 함께 나갔다고 했다. 그녀가 어디 가는지 얘기하지 않았다는 것, 그녀가 지금까지 돌아오지 않았다는 것, 아침에도 아무런 말없이 그녀가 어딘가 다녀왔다는 것, 이런 모든 것들이 오늘 아침 이상하리만큼 흥분해 있던 그녀의 표정과 야시빈이 있는 데서 자기 손에서 거의 잡아채듯이 아들의 사진을 가져가던 적의에 찬 그녀의 태도에 대한 기억과 함께 뒤섞여 그를 생각에 잠기게 했다. 그는 그녀와 대화를 해야만 한다는 생각이 들었다. 그래서 그는 객실에서 그녀를 기다렸다. 그러나 안나는 혼자가 아니라, 자기의 아주머니뻘인 노처녀 오블론스카야 공작 영애를 데리고 돌아왔다.

그녀가 아침에 안나를 찾아와서 안나와 함께 쇼핑하러 나갔다는 바로 그 부인이었다. 안나는 브론스키의 근심 어린, 물어보는 듯한 시선을 눈치채지 못한 듯 쾌활하게 오늘 아침에 쇼핑한 애기를 시작했다. 그는 그녀의 마음속에서 뭔가 특별한 일이 일어나고 있음을 알 수 있었다. 그의 얼굴 위에 언뜻 머물렀던 반짝이는 눈빛 속에 긴장감이 감돌았다. 그리고 말과 행동에 신경질적인 민첩함과 우아함이 있었다. 그런 모습은 그들의 관계가 가까워진 무렵에는 상당히 그를 매혹시키곤 했지만, 지금은 그를 불안하게 하고 놀라게 했다.

네 명을 위한 식사가 차려졌다. 작은 식당으로 가려고 다 모였을 때, 투쉬케비치가 벳시 공작 부인이 안나에게 보내는 전갈을 가지고 들어왔다. 벳시 공작 부인이 몸이 좋이 않아 작별 인사를 하러 오지 못한다며 용서를 구하는 내용이었다. 그러면서 안나에게 6시 반에서 9시 사이에 자기한테로 와달라고 부탁했다. 브론스키는 그 시간은 안나가 다른 사람과 만나지 못하도록 하기 위한 의도가 담겨 있는 시간이었기 때문에 안나를 살펴보았다. 그러나 안나는 눈치채지 못한 것 같았다.

"유감스럽게도 마침 6시 반에서 9시 사이에는 갈 수가 없겠는데요." 그녀는 희미한 미소를 지으며 말했다.

"부인께서 매우 섭섭해하시겠군요."

"저도 그래요."

"파티[37]를 들으러 가시는 거군요?" 투쉬케비치가 물었다.

---

[37] 카를로타 파티(1840~1889), 이탈리아의 오페라 소프라노 가수

"파티요? 당신은 제게 좋은 생각을 주셨네요. 만약 좌석만 얻을 수 있으면 가겠어요."

"제가 얻어다 드리죠." 투쉬케비치가 말했다.

"정말, 정말 고마워요." 안나가 말했다. "그런데 우리와 함께 식사하지 않으시겠어요?"

브론스키는 거의 눈에 띄지 않을 정도로 어깨를 움츠렸다. 그는 안나가 무엇을 하고 있는 건지 도무지 이해할 수 없었다. 그녀는 어째서 이 늙은 공작 영애를 데리고 온 걸까? 왜 투쉬케비치를 식사에 초대하고, 그에게 좌석을 부탁하는 걸까? 정말 그녀의 처지에서, 사교계의 모든 지인이 참석할 파티의 공연을 보러 갈 생각을 할 수 있단 말인가? 그는 진지한 눈길로 그녀를 바라보았다. 그러나 그녀는 도전하는 듯한, 즐거운 것도 절망하는 것도 아닌 그로시는 도무지 그 의미를 이해할 수 없는 눈빛으로 그를 바라보았다. 식사를 하는 동안, 안나는 지나치리만큼 쾌활했다. 그녀는 마치 투쉬케비치에게도 야시빈에게도 아양을 부리고 있는 것처럼 보였다. 식사를 마치고 모두 자리에서 일어나자 투쉬케비치는 좌석을 구하러 나가고, 브론스키는 담배를 피우러 가는 야시빈과 함께 자기의 방으로 내려갔다. 그리고 잠시 앉아 있다가 그는 2층으로 뛰어 올라왔다. 안나는 벌써 파리에서 맞춘, 벨벳을 댄 가슴이 넓게 패인 밝은 색 실크 드레스를 입고 값비싼 하얀색 레이스 장식을 머리에 달아, 그녀의 얼굴을 뚜렷하게 하고 그녀의 선명한 아름다움을 더욱 두드러지게 했다.

“정말 극장에 갈 생각이에요?” 그는 그녀를 보지 않으려고 애쓰며 말했다.

“왜 그렇게 놀라서 묻는 거예요?” 그녀는 그가 자기를 보지 않는 것에 다시 모욕을 느끼며 말했다. “내가 가면 안 되는 이유가 뭐예요?”

그녀는 마치 그가 한 말의 의미를 이해하지 못하는 것 같았다.

“물론 이유가 있는 건 아니에요.” 그는 눈살을 찌푸리며 말했다.

“그래요, 나도 그 얘길 하는 거예요.” 그녀는 비꼬는 듯한 그의 어조를 의도적으로 이해하지 못한 체하면서 향내가 풍기는 긴 장갑을 차분히 접으며 말했다.

“안나, 제발! 도대체 무슨 일이에요?” 그는 언젠가 그녀의 남편이 그녀에게 말했던 것과 같은 말을, 그녀를 일깨우려고 애쓰며 말했다.

“당신이 무엇을 묻고 있는지 모르겠어요.”

“갈 수 없다는 것은 당신도 알고 있잖아요.”

“어째서요? 난 혼자 가는 게 아니에요. 바르바라 공작 영애는 옷을 갈아입으러 가신 거예요. 그분과 함께 가요.”

그는 당혹감과 절망감으로 어깨를 움츠렸다.

“하지만 당신이 모른다는 건…….” 그는 말을 시작하려고 했다.

“그래요, 난 알고 싶지 않아요!” 그녀는 거의 소리치듯 말했다. "알고 싶지 않아요. 내가 한 일을 후회하고 있냐고요? 아니, 아니요, 아니에요. 만약 처음부터 다시 시작한다고 해도 똑같을 거예요. 우리에게, 나에게, 당신에게 중요한 건 오직 하나, 우리가 서로 사랑하고 있는가 하는 거예요. 다른 것은 생각할 게 없어요. 우리는 도대체 왜 여기서 따로 살면서 만나지도 못하는 거죠? 왜 난 극장에 갈 수 없는 거예요? 난 당신을 사랑해요. 나머진 아무래도 좋아요." 그녀는 그로서는 이해할 수 없는 특별한 눈빛으로 그를 바라보며 러시아어로 말했다. "만약 당신이 변한 게 아니라면, 왜 당신은 내 얼굴을 보지 않는 거예요?"

그는 그녀를, 그녀 얼굴의 아름다움과 언제나 그녀에게 잘 어울리는 그녀의 옷차림을 보았다. 그러나 이제 바로 그 아름다움과 우아함이 오히려 그를 자극하고 있었다.

"내 마음은 변할 리가 없어요. 당신도 알고 있을 거예요. 하지만 난 당신이 가지 않았으면 좋겠어요. 제발 부탁이에요." 그는 목소리에 부드러운 애원을 실어 프랑스어로 다시 말했지만, 시선에는 냉정한 빛을 띠고 있었다.

그녀는 그의 말을 듣지는 못했지만 그의 냉정한 시선은 보고 있었다. 그래서 짜증을 섞어 대답했다.

"그럼 내가 왜 극장에 가면 안 되는지, 그 이유를 당신이 설명해줘요."

"왜냐하면 그것은 잘못하면, 당신에게……." 그는 이렇게 우물거렸다.

“아무것도 모르겠어요. 야시빈이 명예를 훼손시킬 사람도 아
니고, 바르바라 공작 영애도 다른 사람들보다 나쁜 게 없는 사람
이에요. 아, 저기 공작 영애가 오네요.”

33

브론스키는 애써 자기 처지를 이해하려 하지 않는 듯한 안나의 태도에 처음으로 그녀에게 거의 증오에 가까운 분노를 느꼈다. 그런 감정은 그 자신이 화난 이유를 그녀에게 표현할 수 없다는 것 때문에 더욱 강렬해졌다. 만약 그가 자신의 생각을 그녀에게 솔직히 말했다면, 그는 이렇게 말했을 것이다. '그런 차림을 하고 모든 사람이 다 아는 공작 영애와 함께 극장에 나타난다는 것은, 타락한 여자라는 자신의 처지를 인정하는 것일 뿐만 아니라 사교계에 도전장을 내는 것, 다시 말해 영원히 사교계와 인연을 끊는 것을 의미해요.'

그는 그녀에게 그것을 말할 수가 없었다. '그런데 그녀는 어떻게 이것을 이해하지 못하는 걸까? 그녀에게 무슨 일이 일어나고 있는 걸까?' 그는 스스로에게 물었다. 그러자 그는 그녀에 대한 존경심이 약해지면서, 동시에 그녀의 아름다움에 대한 의식이 강해지는 것을 느꼈다.

그는 찡그린 얼굴로 자기 방에 돌아와 긴 다리를 의자 위로 뻗고는 코냑에 젤테르 광천수를 섞어 마시고 있던 야시빈의 곁에 앉아 자기에게도 같은 것을 가져오라고 지시했다.

"자네, 란코프스키의 마구치 얘기를 했었지. 그건 좋은 말이야. 자네에게 사라고 권하겠네." 야시빈은 친구의 시무룩한 얼굴을 보며 말했다. "엉덩이는 좀 처진 듯하지만 다리와 머리는 더 이상 바랄 수 없을 정도지."

"나도 살 생각이야." 브론스키가 대답했다.

말 얘기는 그의 흥미를 끌었지만 그는 한순간도 안나를 잊지 않았고, 자기도 모르게 복도에서 들려오는 발소리에 귀를 기울이며 난로 위의 시계를 쳐다보았다.

"안나 아르카디예브나께서는 극장에 가셨다 전하라 말씀하셨습니다."

야시빈은 거품이 이는 탄산수에 코냑 한 잔을 다시 부어 그것을 다 마시고는 단추를 잠그며 일어섰다.

"자, 가세." 그는 브론스키가 침울한 이유를 자기는 이해하지만 그것에 의미를 두지는 않는다는 것을 보여주기라도 하려는 듯 콧수염 아래로 엷은 미소를 지으며 말했다.

"난 안 가겠네." 브론스키가 침울하게 대답했다.

"난 가야 하네, 약속했거든. 그럼 잘 있게. 오려거든 아래층, 크라신스키의 자리를 잡게." 야시빈은 나가며 덧붙였다.

"아니야, 할 일이 있어."

'아내 문제로군. 아내가 아니면 더욱 나쁘지.' 야시빈은 호텔을 나서며 생각했다.

혼자 남은 브론스키는 의자에서 일어나 방 안을 이리저리 거닐기 시작했다.

'그런데 오늘은? 네 번째 공연이지……. 예고르도 아내와 있을 테고, 어머니도 틀림없이 계실 텐데. 그건 모든 페테르부르크가 거기에 있다는 거야. 지금쯤 그녀는 들어가서 털외투를 벗고 사교계로 나왔겠지. 투쉬케비치, 야시빈, 바르바라 공작 영애…….' 그는 그것을 상상해보았다. "난 뭐야? 두려워하고 있는 거야? 아니면 그녀를 투쉬케비치의 보호 하에 버려둔 건가? 아무리 봐도 어리석어. 어리석어……. 도대체 그녀는 왜 나를 이런 상황에 처하게 만드는 걸까?" 그는 손을 내저으며 이렇게 말했다.

그는 이 동작을 하다가 탄산수와 코냑 병이 놓여 있던 탁자에 부딪쳐 탁자를 넘어뜨릴 뻔했다. 그는 병을 잡으려 했지만 떨어져버렸다. 화가 난 그는 탁자를 발로 걸어차고 벨을 울렸다.

"만약 내 밑에서 일하고 싶으면……." 그는 들어온 하인에게 말했다. "자기가 할 일을 기억해 둬. 이런 일이 없도록, 어서 치우도록 해."

자기에게 잘못이 없다고 느낀 하인은 변명할까 하였지만 주인의 안색을 살피다가 조용히 있는 게 좋겠다고 판단하고는 서둘러 사과하고 양탄자에 앉아 온전하기도 하고 깨지기도 한 컵과 병을 치우기 시작했다.

"그건 자네 일이 아니잖아! 급사를 불러 치우게 하고, 자넨 내 프록코트나 준비해."

브론스키는 8시 30분에 극장에 들어갔다. 공연은 절정에 이르렀다. 늙은 좌석 안내원은 브론스키한테서 털외투를 벗겨주다가 그를 알아보고는 "각하" 하고 불렀다. 그러고는 옷걸이 표를 받지 말고 공연이 끝나면 그냥 표도르를 부르라고 그에게 말했다. 환한 복도에는 좌석 안내원 한 사람과 팔에 털외투들을 걸치고 문 옆에서 듣고 있는 두 명의 하인을 제외하고는 아무도 없었다. 가볍게 닫힌 문 안에서 오케스트라의 조심스러운 스타카토 반주와 또렷하게 가사를 부르는 여가수의 목소리가 들렸다. 문이 열리고 좌석 안내원이 슬그머니 들어가자, 마지막 부분의 아리아가 브론스키의 귀에 선명하게 울렸다. 그러나 문이 곧바로 닫혀서 브론스키는 그 아리아의 끝과 카덴차를 듣지 못했다. 하지만 문 안쪽에서 들리는 우레와 같은 박수 소리로 카덴차가 끝났다는 것을 알았다. 그가 샹들리에와 청동 가스등으로 환하게 밝힌 홀로 들어갔을 때도 계속 웅성거리고 있었다. 무대 위의 여가수는 드러낸 어깨와 보석을 빛내며 미소 띤 얼굴로 허리를 굽힌 채 자신의 손을 잡고 있는 테너의 도움을 받아 각광을 넘어 여기저기 흩어져 있는 꽃다발을 모으고 있었다. 그리고 그녀는 포마드를 발라 반짝이는 머리에 가운데 가르마를 탄, 각광 너머로 무언가 든 긴 손을 뻗고 있는 신사에게 다가갔다. 그러자 1층과 특별석의 관객들이 온통 술렁이면서 앞쪽으로 몸을 내밀고 박수를 치며 환호성을 질렀다. 단 위에 있던 지휘자는 그것을 건네는 것을 도와주고 자신의 흰 넥타이를 바로 고쳤다. 브론스키는 1층 가운데 좌석으로 들어갔다. 그리고 멈춰 서서 둘러보기 시작했다. 오늘 그는 낯익고 익숙한 무대장치, 무대, 소음, 극장 안에 꽉 들어 찬 이 모든 낯익고 재미없고 잡다한 관객의 무리에는 그 어느 때보다 관심을 덜 두었다.

여느 때처럼 똑같은 귀부인들이 특별석에 앉아 있었고, 그들 뒤에 똑같은 장교들이 있었다. 그들이 누군지 하느님만이 알 수 있을 것 같은 똑같은 형형색색의 치장을 한 부인들, 제복을 입은 사람들, 프록코트 차림의 신사들, 맨 위층의 일반석에 앉은 지저분한 군중들도 여느 때와 똑같았다. 그리고 온통 이런 군중들 가운데 특별서과 앞줄에는 마흔 명가량의 신사와 숙녀뷰들이 있었다. 브론스키는 곧장 그 오하시스에 관심을 돌렸고, 이내 그들과 인사를 나누었다.

그가 들어갔을 때 한 막이 끝났다. 그래서 그는 형의 좌석에 들르지 않고 앞줄까지 가서 각광 옆의 세르푸호프스고이 곁에 멈춰 섰다. 세르푸호프스코이는 멀리서 그를 발견하고는 한쪽 무릎을 구부리고 구두 굽으로 각광을 치면서 웃는 얼굴로 그를 불렀다.

브론스키는 아직 안나를 보지 못했다. 그는 일부러 그녀가 있는 쪽을 쳐다보지 않았다. 그러나 그는 사람들의 시선이 향한 곳에 그녀가 있다는 것을 알았다. 그는 슬쩍 주위를 둘러보았으나 그녀를 찾았던 건 아니었다. 최악에 경우를 생각하며 그는 알렉세이 알렉산드로비치를 눈으로 찾았다. 그러나 다행이도 알렉세이 알렉산드로비치는 극장에 있지 않았다.

"자넨 군인 같은 모습이 거의 없어졌군." 세르푸호프스코이가 그에게 말했다. "외교관이나 예술가 같은, 뭐 그런 모습인걸."

"그래, 집으로 돌아오자마자 바로 프록코트를 입었거든." 브론스키는 미소를 짓고 천천히 오페라글라스를 꺼내며 대답했다.

"그렇군. 그 점에서 자네가 부럽네. 나도 외국에서 돌아와 이것을 입었을 때는……." 그는 손으로 견장을 만지며 말했다. "자유가 아쉬웠어."

세르푸호프스코이는 이미 오래전부터 브론스키의 직무 활동에는 손을 내젓고 있었다. 그러나 그는 여전히 그를 좋아했고, 지금은 그에게 유난히 친절했다.

"아쉽게도 1막을 놓쳤군."

브론스키는 한 귀로만 얘기를 들으면서 1층석에서 2층으로 오페라글라스를 움직여 특별석을 자세히 둘러보았다. 터번을 쓴 귀부인과 성난 듯 오페라글라스를 이리저리 움직이며 눈을 깜박거리는 대머리 노인 옆에서 브론스키는 문득 레이스 테두리 안에서 미소 짓고 있는 놀랍도록 아름다운 도도한 모습의 안나를 보았다. 그녀는 그에게서 스무 걸음쯤 떨어져 있는 1층의 다섯째 줄에 앉아 있었다. 그녀는 맨 앞에 앉아 약간 몸을 돌려

야시빈에게 무언가 말을 하고 있었다. 아름답고 넓은 어깨 위의 머리 모양과 얼굴과 눈동자에서 감도는 절제된 흥분의 빛은 그에게 예전 모스크바의 무도회에서 그녀를 보았을 때의 모습을 떠올리게 했다. 그러나 그는 지금 그 아름다움을 전혀 다른 것으로 느꼈다. 그녀에 대한 그의 감정 속에는 이제 아무런 신비로움이 없었다. 따라서 그녀의 아름다움은 이전보다도 강하게 그의 마음을 끌었지만, 동시에 지금은 그에게 굴욕감을 주었다. 그녀는 그가 있는 쪽을 보지 않았지만, 브론스키는 그녀가 벌써 자기를 보았다고 느꼈다.

브론스키가 다시 그쪽으로 글라스를 돌렸을 때, 그는 얼굴이 새빨개진 바르바라 공작 영애가 부자연스럽게 웃으며 끊임없이 옆 좌석을 돌아보고 있는 것이 보였다. 그러나 안나는 부채를 접어 붉은 벨벳을 씌운 난간을 두드리면서 어딘가를 바라볼 뿐, 옆 좌석에서 일어나는 일을 보지 않거나 분명히 보고 싶지 않는 것 같았다. 야시빈의 얼굴에는 내기에 졌을 때 보일 법한 표정이 나타나 있었다. 그는 얼굴을 찌푸리고 왼쪽 콧수염을 점점 더 깊이 입 속으로 넣으며 옆 좌석을 곁눈질하고 있었다.

왼쪽 옆의 그 좌석에는 카르타소프 부부가 있었다. 브론스키는 그들을 알고 있었고, 안나가 그들과 아는 사이라는 것도 알고 있었다. 마르고 작은 카르타소프 부인은 그 좌석에 서 있었다. 안나 쪽으로 등을 돌린 그녀는 남편이 입혀 주는 외투에 손을 넣고 있었다. 창백하고 화가 난 듯한 그녀는 흥분하여 무언가 말을 하고 있었다. 뚱뚱한 대머리 신사인 카르타소프는 계속 안나 쪽을 돌아보며 아내를 진정시키려 애쓰고 있었다. 아내가 나가자, 남편은 안나에게 인사를 하려는 듯한 눈으로 그녀의 시선을 구하며 오랫동안 머뭇거렸다. 그러나 안나는 분명히 일부러 그를 못 본 체 등을 돌리고 짧게 깎은 머리를 자기 쪽으로 기울인 야시빈에게 무언가 얘기하고 있었다. 카르타소프는 인사를 하지 않고 나갔고, 그 좌석은 빈자리로 남았다.

브론스키는 카르타소프 부부와 안나와의 사이에 무슨 일이 있었는지는 몰랐지만, 안나에게 무언가 굴욕적인 일이 있었다는 것은 알았다. 그는 자기가 본 것과 무엇보다도 자기에게 주어진 역할을 다하기 위해 안간힘을 쓰고 있는 그녀의 안색에서 그것을 알 수 있었다. 그리고 그녀는 표면적으로 침착해 보이는 이 역할을 성공적으로 해냈다. 그녀와 그녀의 주변을 모르는 사람들은, 그녀가 사교계에 나타난 것에 대해, 그것도 레이스로 화려하게 눈에 띄는 몸치장을 하고 아름다움을 뽐내며 나타난 것에 대한 부인들의 동정과 분노와 경악의 그 모든 소리를 듣지 못한 사람들은, 그녀의 아름다움과 침착함에 넋을 잃었다. 그들은 그녀가 칼이 씌워진 사람의 심정을 경험하고 있다는 건 상상도 하지 못했을 것이다.

무슨 일이 일어났다는 것을 알았지만 그것이 어떤 일인지 몰랐던 브론스키는 힘겨운 불안감에 무슨 일인지 알게 되길 기대하며 형이 있는 좌석으로 갔다. 그는 일부러 안나가 있는 반대쪽의 1층 일반석 통로를 택해 나가려고 했다. 그런데 그는 거기서 두 사람의 지인과 대화를 나누던 자신의 옛 연대장과 마주쳤다. 브론스키는 카레니나라는 이름이 언급되는 것을 들었다. 그는 연대장이 대화 상대자들에게 의미 있는 눈짓을 보내고는 서둘러 자기를 큰 소리로 불렀다는 것을 알았다.

"아, 브론스키, 언제 연대에 올 건가? 송별식 없이 자네를 보낼 수는 없지. 자넨 우리 연대의 고참 아닌가." 연대장이 말했다.

"안타깝게도 시간이 여의치 않네요. 다음 기회에 뵙지요." 브론스키는 이렇게 말하고 계단을 뛰어 올라 형의 좌석으로 갔다.

잿빛 곱슬머리를 한 브론스키의 어머니인 백작 부인도 형의 관람석에 있었다. 바랴는 소로키나 공작 영애와 함께 2층 복도에서 그와 마주쳤다. 바랴는 소로키나 공작 영애를 어머니에게 데려다 주고는, 시동생에게 손을 내밀고 곧바로 그가 관심을 가지고 있는 일에 대해 말하기 시작했다. 그녀는 그가 거의 본 적이 없는 그런 흥분 상태에 있었다.

"난 그런 짓은 비열하고 추악하다고 생각해요. 카르타소프 부인에게 그럴 권리는 없어요. 카레니나는……." 그녀는 말을 시삭했다.

"그래, 무슨 일이에요? 난 모르겠어요."

"아니, 아직 못 들으셨어요?"

"그런 얘기는 제일 마지막에 내 귀에 들어오는 법이지요."

"그 카르타소프 부인만큼 악의적인 사람이 또 있을까요?"

"그분이 뭘 어쨌는데요?"

"남편이 그러는데요……. 그녀가 카레니나를 모욕했다네요. 자기 남편이 좌석 칸막이 너머로 카레니나하고 대화하려고 하자, 그녀가 남편에게 난리를 쳤대요. 그러고는 큰 소리로 무슨 모욕적인 말을 하고는 나갔다는 거예요."

"백작님, 어머님께서 부르세요." 소로키나 공작 영애가 특별석의 문에서 얼굴을 내밀고 말했다.

"널 내내 기다렸다." 어머니는 비웃는 듯 그에게 말했다. "널 전혀 볼 수가 없구나."

아들은 어머니가 기쁨의 미소를 억제하지 못하는 것을 보았다.

"안녕하세요, 어머니. 뵈려고 하고 있었어요." 그는 차갑게 말했다.

"카레니나 부인의 비위 맞추러 안 가니?[38]" 그녀는 소로키나 공작 영애가 자리에서 물러나자 이렇게 덧붙였다. "그 여자가 사건을 만드는군. 그 여자 때문에 파티를 잊고들 있잖아.[39]"

"어머니, 그런 말씀 하지 마세요." 그는 눈살을 찌푸리며 말했다.

"난 모두가 말하는 얘기를 하는 거야."

---

38 faire la cour à madame Karenine(프랑스어)
39 Elle fait sensation. On oublie la Patti pour elle.(프랑스어)

브론스키는 아무런 대답도 하지 않았다. 그리고 소로키나 공작 영애에게 몇 마디 건네고는 나가버렸다. 문에서 그는 형을 만났다.

"아, 알렉세이!" 형이 말했다. "정말 추잡한 일이다! 멍청한 여자야! 그 이상 아무것도 아니야……. 지금 그녀에게 가려던 참이다. 같이 가자."

브론스키는 형의 말을 듣고 있지 않았다. 그는 잰걸음으로 아래로 내려갔다. 그는 자기가 뭔가를 해야만 할 것 같은 느낌이 들었다. 그러나 그것이 무언지는 몰랐다. 그녀 자신을 이런 상황으로 몰아넣고 그를 이런 비난받을 만한 상황에 빠뜨린 그녀에 대한 노여움과 그녀가 겪는 고통에 대한 연민과 뒤섞여 그의 마음을 요동치게 했다. 그는 1층 일반석으로 내려가 곧장 안나의 특별석으로 갔다. 거기에는 스트레모프가 서서 그녀와 이야기를 하고 있었다.

"더 이상 테너 가수들이 없어요. 그런 사람들은 사라졌어요."

브론스키는 그녀에게 살짝 고개를 숙여 보이고, 스트레모프와 인사를 나누며 그 자리에 멈춰 섰다.

"늦게 오셔서 가장 좋은 아리아를 듣지 못하신 것 같네요." 안나는 그를 쳐다보며, 그가 느끼기에 조롱하듯 브론스키에게 말했다.

"난 이 방면에 문외한이니까요." 그는 굳은 얼굴로 그녀를 바라보며 말했다.

"야시빈 공작처럼 말씀이죠." 그녀는 웃으며 말했다. "그분은 파티가 너무 크게 노래한다고 생각하세요."

"고마워요." 그녀는 긴 장갑을 낀 작은 손으로 브론스키가 집어 준 프로그램을 받아 들고 말했다. 그 순간 문득 그녀의 아름다운 얼굴이 가늘게 떨렸다. 그녀는 일어나서 특별석 안쪽으로 갔다.

브론스키는 다음 막이 올랐는데도 그녀의 좌석이 비어 있는 것을 보고는, 카바티나[40]의 노랫소리에 고요해진 장내에서 '쉿' 하는 소리를 야기시키며 극장을 나와 집으로 돌아갔다.

안나는 벌써 돌아와 있었다. 브론스키가 그녀의 방에 들어갔을 때, 그녀는 극장에서 입고 있던 옷차림 그대로 혼자 있었다. 그녀는 벽에서 가까운 안락의자에 앉아 자기 앞을 응시하고 있었다. 그녀는 그를 힐긋 쳐다보더니 곧바로 다시 본래 자세로 돌아갔다.

"안나." 그가 말했다.

"당신, 전부 당신 잘못이에요!" 그녀는 일어나면서 절망과 악의에 찬 목소리로 눈물을 흘리며 이렇게 외쳤다.

"내가 부탁하고, 가지 말라고 애원했잖아요. 난 당신에게 불쾌한 일이 생길 것이라 짐작했기 때문에……."

"불쾌해요!" 그녀는 소리쳤다. "무서워요! 내가 살아 있는 동

안엔 잊을 수 없을 거예요. 그 여자는 내 옆에 같이 앉아 있는 게 창피하다고 했어요."

"멍청한 여자의 말이에요." 그가 말했다. "하지만 무엇 때문에 그런 위험을 무릅쓰고, 그런 도전을……."

"난 당신의 침착함이 싫어요. 당신은 내가 그런 처지까지 가지 않도록 해야 했어요. 만약 당신이 날 사랑한다면……."

"안나! 거기에 내 사랑에 대한 문제가 무슨 상관이에요……."

"그래요. 만약 내가 당신을 사랑하는 것처럼 당신이 나를 사랑했다면, 내가 괴로워하는 것처럼 당신도 괴로워하고 있다면……." 그녀는 놀란 표정으로 그를 바라보며 말했다.

그는 그녀가 가여우면서도, 화가 치밀었다. 그는 그녀에게 자기의 사랑을 맹세했다. 왜냐하면 오직 그것만이 그녀를 진정시킬 수 있을 것이라고 생각했기 때문이었다. 그는 말로는 그녀를 비난하지 않았지만 마음속으로는 그녀를 비난하고 있었다.

그리고 그에게 말하기도 부끄러울 만큼 저속하다고 느껴졌던 사랑의 맹세를 마신 그녀는 조금씩 진정되었다. 그 일이 있던 다음 날, 그들은 완전히 화해하고 시골로 떠났다.

(3권에서 계속)